Paul Ernst
Tagebuch eines Dichters

Paul Ernst
Tagebuch eines Dichters

1.Aufl.
Taschenbuch – Literatur - Klassiker
Herausgeber Frank Weber, Marburg
Bibliografische Information der Deutschen Nationalbibliothek:
Die Deutsche Nationalbibliothek verzeichnet diese Publikation in der Deutschen
Nationalbibliografie; detaillierte bibliografische Daten sind im Internet abrufbar über
http://dnb.dnb.de
© 2021 Paul Ernst
ISBN: 9783753463759
Herstellung und Verlag: BoD – Books on Demand, Norderstedt

Inhalt

Vorwort
(um 1923)

Ein Dichter ist, wie jeder Künstler, ein Mensch, welcher ein völliges Weltbild in sich trägt, das er durch seine Werke irgendwie darstellt. In vernünftigen und sittlichen Zeiten stimmt das Weltbild der großen Masse mit dem seinigen überein, in unvernünftigen und unsittlichen Zeiten lebt der Dichter mit seinem Weltbild ganz für sich.

Viele Dichter werden dadurch in ihrer Arbeit nicht geändert. Dieses Glück habe ich nicht gehabt. Die Art meiner Begabung brachte es mit sich, daß ich erst spät, mit fast 40 Jahren, das erste Werk fertigstellte, das mir selber bis zu einem gewissen Grad genügte; so konnte ich nicht mehr jenes naive Selbstgenügen erringen, das von der Torheit der Außenwelt gar nichts merkt; ich mußte immer erstaunt mich fragen, woher es denn komme, daß ich so in allem anders fühlte als die anderen Menschen, und lange habe ich in mir selber die Schuld gesucht, bis mir endlich die völlige Läppischkeit unserer Zeit klar wurde.

In die Dichtung darf solche Arbeit der Auseinandersetzung nicht eingehen. Was herauskommt, wenn das doch geschieht, das kann man an Kellers Salander sehen: Keller hat in diesem Roman sein Talent vernichtet. Ich hoffe, daß ich mich in meiner Dichtung freigehalten habe von dieser Zerstörung. Aber die Auseinandersetzung war doch nötig; ich nahm sie in kleinen Aufsätzen vor, die in Zeitungen erschienen.

Ich mußte in ihnen vorsichtig sein, damit die Herausgeber und Schriftleiter nicht merkten, was ich eigentlich sagte, sonst hätten sie die Aufsätze nicht gedruckt, und so steht denn das Wesentliche in diesen kleinen Arbeiten zwischen den Zeilen. Inzwischen ist nun die Revolution und der Beginn des allgemeinen Zusammenbruchs gekommen; ich sammle die Aufsätze in einen Band, und vielleicht ist nun heute ganz klar und unmißverständlich, was zwischen den Zeilen steht, die damals in den bürgerlichsten Blättern von der Welt abgedruckt wurden.

Sonnenhofen b. Königsdorf

Paul Ernst

Kunst und altes Spiegelbild
(1914)

Wenn man unsere Zeit zu betrachten vermöchte von einem Standpunkte, der außerhalb der Zeit läge, so würde man das wirre Bild sich ordnen können, indem man sich klarmachte, daß zwei große Mächte miteinander ringen, ohne selber von ihrem Kampf zu wissen: die Summe alles Absterbenden, Leeren und Nachklingenden und die Summe alles Jungen, Ungeformten und ziellos Wollenden. Alles hat in der Tiefe seinen Zusammenhang, deshalb würde man auf allen Gebieten eine solche Ordnung vornehmen dürfen. Wir leben in dieser Zeit, deshalb wird uns dieser gewaltige Kampf nicht klar, deshalb kommt es uns nicht zum Bewußtsein, daß wir in einer großen geschichtlichen Wende leben, in der sich alles ändert, in einer Wende, wie es die vom Altertum zum Mittelalter, vom Mittelalter zur Neuzeit war.

Gerade durch diesen allgemeinen Kampf sind die einzelnen Gebiete so voneinander geschieden, daß wenigstens ein teilweises Außerhalb-der-Zeit-Stehen möglich ist. Ich möchte es den Vielen raten, welche heute hilflos der Kunst gegenüber sind, indem sie nicht wissen, was gewollt wird und was die einzelnen Leistungen bedeuten. Auch in der Kunst ordnet sich alles, wenn man sich klarmacht, daß zwei Weltalter heute aufeinanderstoßen, die nichts miteinander zu tun haben, trotzdem das eine sich aus dem anderen entwickelt, die sich nicht verstehen können, trotzdem beide Weltalter unter Umständen in demselben Menschen sind. Die Fremdheit ist so groß, daß die einen notwendig die Leistung der anderen überhaupt nicht für Kunst zu halten vermögen. Der gewissenhafte Beobachter und Kritiker wird heute in vielen Fällen sagen müssen: »Wenn ich die Werke ansehe, so scheinen sie mir gänzlich unsinnig; wenn ich aber die Menschen betrachte, die sie geschaffen, so finde ich ernste, strenge Persönlichkeiten, die ihr ganzes Selbst für ihre Arbeit hingeben; das aber ist ein Zeichen dafür, daß diese Werke etwas künstlerisch Bedeutendes sein müssen; und ich muß zugeben, daß das Künstlergeschlecht, das man heute schätzt, zu seiner Zeit ebenso unsinnig erschien.« So entsteht eine allgemeine Unsicherheit in der Kunstbeurteilung; diese wird naturgemäß von den Betrügern und Narren ausgenutzt, und so wird der Wirrwarr noch größer.

Wenn man sich klargemacht hat, daß zwei Weltalter heute miteinander kämpfen, dann ordnet sich alles. Aber wie? Welches ist denn das neue, welches das vergehende Alter? Wohin rechne ich den Naturalismus, die neue Romantik, den Impressionismus in der Literatur, wohin den Impressionismus in der Malerei, den Kubismus oder Expressionismus? Ach, und die Namen sind so trügerisch; wie oft geben Männer ihrem Kunstwollen einen ganz falschen Namen, weil sie selber nicht wissen, wohin sie gehören: denn das neue Wollen hat ja naturgemäß noch kein Ziel, es ist nur Trieb, und das alte Wollen hat kein Ziel mehr, es ist Betrieb geworden; so können sich die neuen Richtungen als alte, die alten als neue Richtungen verkleiden.

Eine Führung in diesem Wirrwarr bekommt man durch die ältere Kunst. Alles, was die Menschen wollen können, haben sie schon einmal wollen müssen; der Ablauf des Damaligen liegt geschichtlich vor uns, und so können wir das Heutige einordnen. Es ist nicht so, als ob nun die Menschen in der Kunst immer wieder auf dasselbe kämen; die Kunst ist immer wieder neu; aber wir verstehen das Wollen einer heutigen Kunst, indem wir das Wollen einer alten Kunst zu verstehen suchen.

Diese Gedanken wurden veranlaßt durch das Lesen eines eben erschienenen Buches über die Plastik der Ägypter von Hedwig Fechheimer. Das Buch ist sehr gut in seiner Art; es ist selbständig, was mehr ist; und was noch mehr ist, es stellt einen Teil unseres heutigen Kunstwollens dar, des in die Zukunft weisenden Kunstwollens, indem es eine alte, abgeschlossene Kunst darstellt: es ist ein Buch für Künstler und nicht bloß für Museumsbeamte.

Es ist merkwürdig, wie bei den verschiedensten Veranlassungen von dem einen Punkt her alle Äußerungen immer wieder auf den einen Punkt kommen; mein eigenes Arbeiten in einer ganz anderen Kunst geht auf ähnliche Ziele, wie die ägyptische Kunst sich gestellt hatte; und bei dem verstandesmäßigen Erwägen, das ja bei jedem selbständig und nicht aus zweiter Hand schaffenden Künstler notwendig ist, bin ich als Dichter auf Gedanken gekommen, welche fast im wörtlichen Ausdruck mit Sätzen der Verfasserin dieses Buches über Plastik übereinstimmen; es heißt: »Der Entwicklungsgedanke wurde unter dem Druck der Naturwissenschaften in die ägyptische Kunstgeschichte eingeführt und damit diese Kunst zu einer archaischen Vorstufe der griechischen herabgewürdigt. Nichts ist willkürlicher und irreführender als die Methode, ein Kunstwerk zum Vorläufer eines anderen zu stempeln. Kunst stellt eine Summe von Vollendungen dar, die nicht vergleichsweise, sondern aus sich heraus zu begreifen sind. Die Meinung, als habe die bildende Kunst im großen sich in fünftausend Jahren weiterentwickelt, ist ganz und gar trügerisch. Es gibt nicht Entwicklungen oder Stufen des Künstlerischen – nur Formen. Form ist vielfältig. Sie ist notwendig die eine bei Jan van Eyck, und notwendig eine andere bei Michelangelo und Daumier. Form ist nicht willkürlich und wird nicht gelernt, sie ist die Spiegelung des Geistigen, sein endgültiger Ausdruck. Ein Genie ist gerade dadurch Künstler, daß es die Form besitzt. Nicht einmal die äußeren Mittel der Realisierung – das Handwerk – zeigen eine Entwicklung. Welcher spätere Steinmetz ist kunstfertiger als ein ägyptischer, der den Basalt gänzlich beherrschte und nach seiner Absicht modelte und polierte! Wie beklagen angesehene moderne Künstler den Verfall der Mal-technik. Ein Maler vom Range Renoirs beneidet die Giotto-Schüler um ein Handwerk, das damals Gemeingut der Ateliers war.«

Ach, wie beneidenswert sind doch die bildenden Künstler, wenn eine unbekannte Dame solche Worte sagen kann, die nicht einmal selber Künstlerin ist, sondern nur Kunstgelehrte! Ich, der ich als Dichter solche Ansichten verkündige, finde ein verwundertes Kopfschütteln und als einziges tatsächliches Ergebnis die Ansicht, daß ich ein Mann bin, der sich eine merkwürdige Lehre ausgedacht hat, nach welcher er nun in der achtungswertesten, aber auch langweiligsten Weise von der Welt unentwegt Dramen verfaßt.

Es gibt kaum eine Kunst, welche ein passenderes Beispiel gäbe als die ägyptische für diesen Satz, für die Kunstgesinnung, welche diesem Satz zugrunde liegt: deshalb, weil sie immer strenge Kunst gewesen ist. Das älteste Relief, das die Verfasserin abbildet, von 3200 v. Chr., die ältesten Rundplastiken von 2900 haben schon die höchste künst-lerische Vollendung. Später werden die bildnerischen Vorwürfe bereichert, tauchen neue Vorwürfe auf, werden andere Aufgaben gestellt; aber diese ältesten Werke sind in ihrer Art vollkommen. Das Große an der ägyptischen Kunst ist nun, wie die Künstler ihre Persön-lichkeit der Kunst unterordnen, wie deshalb bis etwa 600 v. Chr., wo der Einfluß der griechischen Kunst beginnt, immer eine gleich hohe Ebene der Kunst vorhanden ist. Man denkt an die Franzosen, die ja von den heutigen Völkern immer die künstlerisch ehrenhaftesten gewesen sind: nur daß ihnen stets die eigentliche Schöpferkraft mangelte; so bleibt bei den Franzosen die Ebene immer eine mittlere, und wenn man dann etwa an die in Kunstdingen fast immer gewissenlosen und dilettantisch gerichteten Deutschen denkt, bei denen aber geniale Personen auftauchten, so kommt man leicht zu der Ansicht, das sei eben nun so: in Deutschland gebe es einige Spitzen, die selber nicht ohne ein gewisses Aber sind, und eine Flut des Albernen und Un-fähigen, bei den Franzosen aber eine ausgeglichene gute Ebene, ohne die Tiefen des Unsinns, aber auch ohne die Höhen der Schöpferkraft. Selten finden wir ein so glückliches Beispiel wie das ägyptische, das die Unrichtigkeit dieser Ansicht beweist: denn – vor-ausgesezt, daß man unseren gänzlich törichten Geniebegriff beibehält – bei den Ägyptern findet man die höchste denkbare Ebene von lauter Genies, und zwar lauter Genies ohne ein Aber.

Es gibt für diese Erscheinung eine Erklärung eben in dem Wollen dieser Kunst. Diese Kunst hatte immer einen außerkünstlerischen Zweck.

Die Kunst ist ein Weib: sie darf nie Selbstzweck sein, sonst entartet sie; sie muß sich immer als Mittel betrachten; sie darf nicht herrschen, sondern sie muß dienen. Die ägyptische Kunst fand in der Religion eine vorzügliche Herrin, welche sie Jahrtausende gehalten hat. Jede Kunst aber, welche das will, was die ägyptische Kunst will, ist religiöse Kunst. Wir haben noch nicht eine neue Religion – Religion ist ja wie Kunst ein Höhepunkt, auf dem es nur selten ein Beharren gibt, von dem meistens ein Verfall ausgeht – und wir haben noch nicht eine neue Kunst; aber überall, wo an neuer Kunst gearbeitet wird, da wird auch an neuer Religion gearbeitet.

Die Neuzeit war ungläubig, ja man kann sagen glaubensfeindlich. Seit Beginn der Renaissance bis heute wird das Christentum aufgelöst und nichts an die Stelle gesetzt; man werfe nicht ein, daß ja die christlichen Kirchen noch bestehen; eine Religion ist tot in dem Augenblick, wo nur noch die mittleren und unteren Schichten des Geistes ihr ange-hören, nicht mehr die obersten, denn die obersten Schichten sind ja die geschichtsbildenden. Das Ende dieses Vorganges war die vollständige Herrschaft der Naturwissenschaften und des Entwicklungsgedankens. Eine solche ungläubige Zeit überschätzt die Bedeutung des Einzelnen und treibt so den Einzelnen zu seiner höchsten persönlichen Leistung, unterschätzt die Überlieferung, zwingt dadurch Jeden, von vorn anzufangen, und muß in der Kunst naturgemäß den Ausdruck der Persönlichkeit einerseits und die Darstellung der entgotteten, dadurch aber gerade empfindsam aufgefaßten sogenannten Wirklichkeit oder Natur verlangen. Die Ergebnisse in der Kunst sind das Ästhetentum, der Dilettantismus, die Verlogenheit, der Naturalismus, die Albernheit, die leere Kunstfertigkeit, die Stillosigkeit.

Schon bei den sogenannten Naturvölkern kann man die zwei Ansichten über den Ursprung der Menschheit finden: die einen Völker glauben, daß sie von den Göttern, und die anderen, daß sie von den Tieren abstammen. Mit den entsprechenden Veränderungen wechseln diese beiden Ansichten in der geistigen Geschichte der Menschheit ab: die unfrommen Zeiten glauben an eine Entwicklung aus dem Tier, die frommen glauben an die Gotteskindschaft. Derartige Ansichten sind Übertragungen des Wollens der Menschen in ihre Vorstellungen von ihrer Geschichte.

Heute ist die letzte Folge der ungläubigen Richtung gezogen, und was in den Künsten heute noch nach dieser Richtung geht, das ist leerer Nachklang. Es ist das heute in den Künsten äußerlich Herrschende und dadurch den Menschen allein Bekannte; kein Wunder, daß die Menschen heute von der Kunst nichts wissen wollen.

Das Neue, das sich entwickelt, ist naturgemäß schwerer zu bezeichnen als das Alte, das vergeht. Man kann sagen: es wird nach objektiver, reiner Kunst gesucht, nach der in sich vollendeten Form, nach dem Organischen als Gegensatz zum romantisch und naturalistisch Willkürlichen und Zufälligen, nach dem Festgefügten; die Persönlichkeit ordnet sich dem Werk, das Werk dem Zweck unter; es ist die Gefahr der Schematisierung vorhanden.

Aber: die schlimmste Gefahr ist, daß der Zweck noch gar nicht da ist. Wir könnten eine Freskomalerei bekommen, und wir haben keine Wände zu bemalen; ein Drama, und wir haben keine Bühne; eine Baukunst, und wir dürfen uns keine baukünstlerischen Aufgaben stellen. War das immer so in solchen Zeiten? Wir können es nicht wissen; denn wenn es so war, dann ist von dem, was keinen Boden finden und deshalb nicht Gestalt werden konnte, eben nur noch die Nachwirkung erhalten, die wir nicht mehr entziffern können. Aber wie das auch sei: ob dem, der heute arbeitet, Dauerndes gelingt oder ob er nur Lehrer oder gar nur Anreger ist: seine Arbeit ist gut und steht in einer bedeutenden Wirkungsreihe.

Die Kunst und der Bürger
(1912)

Von zwei Klassen von Menschen wird das Wort »Bourgeois« ingrimmig als Schimpfwort gebraucht, von den Arbeitern und von den Künstlern. Beide sehen im »Bourgeois« ihren Feind nicht nur, gegen den sie etwa zu kämpfen hätten, sondern ihren Gegner, dessen bloßes Dasein sie schon verneinen möchten.

Der Klassenkampf zwischen Arbeiter und Bürger ist eine geschichtliche Erscheinung, die, wie alle geschichtlichen Erscheinungen, bestimmt ist, sich in einer höheren Erscheinung aufzulösen; und ich glaube, daß die Zeit nicht fern ist, wo aus den Gegensätzen sich eine neue Einheit entwickelt: könnte nicht auch die Feindschaft zwischen Künstler und Bürger (sie ist gegenseitig, man lasse sich nicht durch die Bildungsredensarten und die Kunstspielerei der bürgerlichen Gesellschaft täuschen) auch nur eine Zeiterscheinung sein? Wenn man sie verstehen könnte, so würde man vieles Merkwürdige im heutigen Kunstleben verstehen.

Die bürgerliche Gesellschaft ist am tiefsten begründet in den germanischen Ländern; schon in Frankreich ist sie mehr Oberflächenerscheinung, Italien ist noch von mittelalterlicher Gesinnung, und Spanien ist kaum ein neuzeitliches Land zu nennen. Hand in Hand mit der bürgerlichen Gesellschaft geht das Übergewicht der Wissenschaft und des wissenschaftlichen Denkens und die Auffassung, daß die Kunst einen mehr oder weniger überflüssigen Zierat und Luxus des Lebens liefere; so daß folgerichtige Denker sogar zu der Ansicht kommen können, daß eine Zeit bevorstehe, wo die Kunst überhaupt verschwinde, wie, nach ihrer Ansicht, die Religion bereits verschwunden sei. Dort, wo die Gesinnungen der Menschen mittel-alterlicher sind, schätzt man die Religion am höchsten ein, gibt etwa die zweite Stelle der Kunst und den metaphysischen Bemühungen, und erst an die dritte Stelle setzt man die Wissenschaft. Wir sind ja geneigt zu dem Glauben, daß unsere heutigen Ansichten richtiger sind als die Ansichten der früheren Menschen, und daß Entwicklung für uns wenigstens auch immer Fortschritt zu Höherem ist: könnte man nicht die verschiedene Schätzung aus den verschiedenen Lebensbedürfnissen erklären und dann vielleicht die Hoffnung schöpfen, daß auch für die Kunst wieder einmal bessere Tage kommen können?

Wir haben bekanntlich nur unsere Empfindungen, aus diesen bilden wir unsere Vorstellungen, deren Gesamtheit wir die Welt nennen; wir sind gezwungen, uns diese als in sich folgerichtig zusammenhängend vorzustellen.

In unseren nördlichen Ländern nun, wo die Natur karg ist, werden die Menschen veranlaßt, sich besonders mit diesem Zusammenhang begrifflich zu beschäftigen; denn wenn sie begrifflich klar die Ursachen erkennen, so können sie vielleicht durch eine Einwirkung auf diese Ursachen Folgen erzeugen, welche ihnen den Kampf um ihr Dasein erleichtern. In einem Topf mit kochendem Wasser entwickelt sich Dampf; dieser hebt von Zeit zu Zeit den Deckel; ein Mensch beobachtet das, macht sich klar, daß das Wasser in Dampfform einen größeren Raum einnimmt, und baut daraufhin die Dampfmaschine. Unendlich lange Zeiten hindurch haben die Menschen nur empfunden, daß in dem Topf ein Treiben und Heben war; sie haben wohl gewußt, daß das irgendwelche Ursachen haben muß; aber sie haben sich mit ihrer Empfindung und mit ihrer Vorstellung des kochenden Topfes genügen lassen. Einmal auf den Weg geraten, ging die nördliche Menschheit immer weiter, Entdeckungen reihten sich an Entdeckungen, die Natur wurde durch sie ihnen immer ergiebiger, die Bevölkerung wuchs, Wunsch nach Gewinn und Furcht vor Not drängten nach. Durch die ungeheure Wichtigkeit, welche auf diese Weise das begriffliche Denken für die Menschen gewann, erschien es als die einzig wichtige geistige Betätigung; es griff sofort über den Nutzen hinaus, verband sich mit älteren geistigen Bestrebungen und erzeugte so die heutige Wissenschaft. Nun haben die Menschen heute ganz kindlich den Glauben, das auf diese Weise begrifflich geschaffene Weltbild sei das wirklich richtige, ein auf andere Weise geschaffenes Weltbild könne nur eine belanglose Spielerei der Phantasie bedeuten oder sei das Ergebnis von längst überwundenen Arten des Denkens.

Nun ist aber der erörternde Verstand nicht die einzige Kraft, die Begriffe nicht der einzige Stoff, durch welche wir die Welt schaffen, und das wissenschaftliche Weltbild ist nicht »richtiger« als das künstlerische. Der Künstler – hier kann man alle Künste zusammennehmen, denn in diesem sind sie alle gleich – hat denselben Stoff wie der Wissenschaftler, seine Empfindungen; wie der Wissenschaftler bildet er aus den Empfindungen Vorstellungen; dann aber schlägt er einen anderen Weg ein: er nimmt diese Vorstellungen zu anderen Vorstellungen in sein Inneres, läßt sie hier zu einem großen organischen, das heißt lebendig zusammenhängenden Gebilde zusammenwachsen, nach einer Richtung, oder sagen wir zu einem Zweck, den sein aus irgendeinem Unbekannten und Unerkennbaren aufsteigender Wille verlangt, und stellt nun dieses Gebilde mit seinen Kunstmitteln dar.

Man glaube nicht, daß der Wissenschaftler sein Bild ohne Willen schafft: nur er meint immer, und sei es in der höchsten Vergeistigung, einen nützlichen Zweck; der Künstler hat keinen nützlichen Zweck, deshalb nennt man sein Werk zwecklos oder schiebt ihm einen sittlichen Zweck, einen Zweck der Ergötzung und dergleichen unter. Beides ist falsch: er hat einen Zweck, aber der ist nicht durch den Verstand zu erkennen und ist nicht »nützlich«.

Man hat gefunden, daß Maler die Verhältnisse ihres eigenen Körpers in ihren gemalten Figuren haben; daß ein Bildnis stets Ähnlichkeiten mit dem Bildnismaler hat; man sieht, daß ein Dichter immer nur sein eigenes Ich formt, sein eigenes Schicksal darstellt, mag er auch einen Jago und eine Desdemona schaffen, die Fabel des Sturms oder die Fabel von Romeo und Julia erzählen: nach dieser Richtung geht, was ich den Willen des Künstlers nenne.

Das Kunstwerk muß wirklich gelungen sein, das heißt, es muß organisch sein, dann gibt es ein Weltbild, welches gerade so »richtig« ist wie ein wissenschaftliches Weltbild. Die Gestalten Shakespeares oder Homers haben nie gelebt, und nur die Kunstfertigkeit der Dichter bewirkt, daß man sich denken konnte, solche Menschen vermöchten auf dieser Erde zu wandeln; aber die von diesen Dichtern geschaffenen Bilder sind so in sich einheitlich, daß das Ganze in sich lebt. Daher sind »Verlogenheit« und »Disharmonie« die schwersten Vorwürfe, welche man gegen ein Kunstwerk richten kann, außer ihnen gibt es aber auch keine.

Das wissenschaftliche Weltbild hat die praktischen Interessen für sich – welche Interessen hat für sich das künstlerische Weltbild? Stellen wir uns vor, die menschliche Gesellschaft käme bis zur höchsten Spitze der sogenannten Beherrschung der Natur. Man brauchte nur auf einen Knopf zu drücken, und alles, was man braucht oder sinnlos wünscht, stellt sich ohne weiteres dar zur gefälligen Verwendung. Offenbar würden die Manschen in diesem Schlaraffendasein das Leben bald als eine unerträgliche Last empfinden, und es würde sich bald herausstellen, nachdem nun der Wahn verschwunden wäre, der die Mittel so lange als Zweck setzte (das ist vor allem die Arbeit), daß irgend etwas da sein muß, weshalb oder wozu die Menschen leben, oder wodurch man über das Unerträgliche des Lebens hinwegkommen kann.

Die höchsten Menschen würden die Lösung in der Religion finden, sie würden die Notwendigkeit ihres zufälligen Daseins als in einem höheren Weltzusammenhang begründet fromm fühlen und durch diese Empfindung über die Leiden des Unbefriedigtseins hinweggesetzt werden. Aber nur wenig Menschen sind ausgewählt, dieser Lösung teilhaftig zu werden. Für die anderen würde es die Kunst und die Metaphysik geben: sie würden sich mit ihrem ganzen inneren Menschen in ein anderes Weltbild retten und sich dadurch befreien können. Befreiung: das ist es, was die Kunst den Menschen geben kann.

Der Bürger hat nun offenbar keine Befreiung vom Leben nötig, er hat noch weniger eine Lösung der Frage nötig, wozu und weshalb er lebt. Er erscheint sich als zufriedener Selbstzweck, und die Wissenschaft gilt ihm als die höchste Betätigung der Menschen. So kann er die Kunst immer nur als ein Vergnügen betrachten, und er wird es nie verstehen, wie Menschen die ungeheuerste Anstrengung auf diese Dinge wenden mögen. Aber es gab Zeiten vor der bürgerlichen Gesellschaft, es wird auch Zeiten nach ihr geben; und schon scheinen ja Bedürfnisse nach Religion, Kunst und Metaphysik dunkel und unverstanden sich neu in der Menschheit zu regen.

Die literarische Kritik
(1913)

Die Kritik ist entstanden, damit sich die Menschen in der Fülle der Kunsterscheinungen irgendwie zurechtfinden können, wird also desto wichtiger, je größer diese Fülle ist. Aber je wichtiger sie wird, desto offener erscheint auch ihr äußerst fragwürdiger Charakter, und es scheint gar nicht ausgeschlossen, daß sie von einem gewissen Punkt an nicht nur nicht klärend wirkt, sondern noch mehr verwirrt. Die Kämpfe, welche in diesen Verwirrungen entstehen, werden gewöhnlich mit großer persönlicher Erbitterung geführt, und es scheint doch das Gewöhnliche zu sein, daß Verschiedendenkende sich gegenseitig entweder für Schurken oder für Dummköpfe halten; vielleicht wäre der

Versuch nicht ohne Dank, einmal den Gründen der Verwirrung nachzugehen. Ein Geschichtsforscher, der viel Zeit aufwenden könnte, wäre gewiß imstande, Gesetze in diesen Kämpfen zu erkennen, wenn er die kritischen Einwände, welche in einem größeren Zeitenverlauf jedesmal gegen neue Werke gemacht worden sind, sammelte und etwa feststellte: gegen wen und von wem geht der Vorwurf der Willkür, der Kälte, des Schwulstes, der Leere usf. aus. Von der Kunst selber verstehen ja natürlich immer die Künstler am meisten, die darf man aber hier nicht fragen, denn jeder Künstler wird alle Kritiker, welche gegen ihn gestimmt sind, für mindestens überflüssig, und die, welche ihn schätzen, nur deshalb für notwendig halten, weil sie ihm nützen: von seinem Standpunkt aus mit Recht, denn er will ja doch immer unmittelbar auf das Gefühl wirken, weiß, daß selbst behutsames Dazwischenkommen des Verstandes schadet, und kann nicht ahnen, daß in verwickelten Zeiten das Gefühl derer, auf die er wirken will, seine Sprache vielleicht überhaupt noch gar nicht versteht, daß die Menschen, wie der Ausdruck lautet, »zu ihm erzogen werden müssen«.

Zunächst überrascht die Erscheinung, daß in der Musik und Malerei das kritische Verständnis nicht so häufig zu versagen pflegt wie in der Dichtung.

Könnte man ein Gesetzbuch für die Kritiker aufstellen, so würde das zwei Gebote enthalten: erstens, du sollst die Beschaffenheit erkennen, das heißt, du sollst wissen, ob ein Kunstwerk in seiner Art gut oder schlecht gemacht ist; zweitens, du sollst die Ebene unterscheiden, das heißt, du sollst die Werke von bedeutendem Gehalt von denen sondern, die nur einen geringen Gehalt haben. Im ersten Fall hat der Kritiker das – im weitesten Sinn – Handwerkliche des Werkes zu untersuchen, muß also überhaupt vom Handwerklichen etwas verstehen; im zweiten Fall hat der Kritiker ein Werturteil abzugeben, muß also ein seelisch bedeutender Mensch sein, der die verschiedenen Gehalte abschätzen kann.

Kritiker, welche über Musik und Malerei schreiben, verstehen nun fast immer etwas vom Handwerklichen, können also kaum in die ganz groben Irrtümer verfallen, welche kommen, wenn der Kritiker überhaupt nicht weiß, was der Künstler gewollt hat, und welche Mittel er für seine Zwecke verwenden mußte. Außerdem ist in der Musik der Gehalt nackt, ohne das Gewand eines Inhalts, und in der Malerei ist wenigstens gegenwärtig auch bei den geringeren kritischen Geistern bekannt, daß es nicht auf den Inhalt ankommt, sondern auf den Gehalt, der in ihm ausgedrückt ist, und daß in einem Zerrbild Daumiers eine ebenso heldische Seele zu uns sprechen kann wie in einer Bildhauerarbeit Michelangelos.

Aber erinnern wir uns an große kritische Kämpfe in der Musik und Malerei, etwa an die Kämpfe Glucks und die der Impressionisten. Heute empfinden wir Gluck als Klassiker, sehen Manets Olympia ruhig neben den alten Meistern, damals wurden von den gegnerischen Kritikern, und natürlich waren alle Kritiker gegnerisch, gegen die Beschaffenheit der Werke Einwände erhoben, man bezeichnete sie als schlecht gemacht, ihre Urheber als unfähige Menschen.

Will man nicht annehmen, daß die gegnerischen Kritiker damals alle gänzlich unwissend und dumm waren, daß sie an sich vom Handwerklichen nichts verstanden und an sich Beschaffenheit nicht erkennen konnten, so bleibt nur eine einzige Erklärung: der neue Gehalt wirkte so aufreizend auf sie, daß die Erbitterung ihre Sinne ganz geblendet hat, daß sie nicht mehr richtig sahen und hörten.

Das klingt unwahrscheinlich, ist aber doch zu erklären.

Jedes Werturteil, welches wir abgeben, ist zunächst ein Werturteil über uns selbst. Indem wir Dinge verehren, lieben, schätzen, laufenlassen, belächeln, bekämpfen, verachten, sitzen wir über uns selber zu Gericht. Eine hohe Seele verehrt das Hohe, eine gemeine haßt es. Wenn eine Zeit gemein ist, so bringt sie die Wortführer hervor, welche die Gemeinheit ihr für das allgemein Menschliche erklären; wenn sie bedeutend ist, so bringt sie die Männer in die Höhe, welche sie lehren, nach dem Großen und Edlen zu streben. Kommt in die erste Zeit ein Künstler mit bedeutendem Gehalt, in die zweite einer mit gemeinem, so verneint er ja die betreffende Zeit und ihre Wortführer in ihrem sittlichen Dasein, er muß als Todfeind von ihnen gehaßt werden, und ein solcher Todhaß macht blind.

Um den Gedanken klarzumachen, sind so schroffe und auch wenigsagende Gegensätze gewählt wie »bedeutend« und »gemein«; der Gehalt der Kunstwerke ist ja mit Worten so sehr schwer zu sagen: eben weil es sich um Gefühle handelt.

Wenden wir uns mit diesen Erklärungen nun zu der literarischen Kritik, so werden wir uns nicht langer wundern, daß sie ganz besonders fragwürdig ist, denn in der Dichtung ist Handwerk, Inhalt und Gehalt ganz besonders eng miteinander verknüpft. Dadurch ist zunächst die

Untersuchung des Handwerks viel schwieriger als in den anderen Künsten; im höchsten Sinn gibt es in der Dichtung überhaupt kein reines Handwerk, ist das Handwerkliche immer inhaltlich bestimmt; bei der eigenen Arbeit – bei der allein man ja diese Dinge erfährt – wurde mir klar, daß selbst etwas scheinbar ganz Inhaltliches, wie der *Deus ex machina*, doch gleichzeitig eine Formforderung ist. Daraus ergibt sich zunächst, daß die Kritiker der Dichtung gewöhnlich schon die Beschaffenheit nicht erkennen können. Und das ist nicht etwa von kleinen Schriftstellern gesagt, bei den bedeutenden Menschen ist es sogar noch auffälliger. Wenn ein Mann wie Lessing imstande war, zu sagen, er könne jedes beliebige Stück von Corneille bessermachen als Corneille, wenn Schiller über Alfieri urteilte, er sei überhaupt kein Dichter, wenn Goethe über Kleist den Kopf schüttelte, so konnten sie alle drei die Beschaffenheit nicht abschätzen. Ein Dürer aber konnte die Beschaffenheit eines Bellini und Raffael, ein Richard Wagner die Beschaffenheit eines Bach abschätzen, und diese Männer waren gewiß ebensoweit von den Beurteilten entfernt wie jene. Dostojewski hat einmal von Tolstois Schriften gesagt, das sei Gutsbesitzerliteratur, Tolstoi von Dostojewski, ein so unklarer Mensch dürfe doch nicht andere Leute auch noch unklar machen wollen. Auch diese Männer konnten gegenseitig ihre Beschaffenheiten nicht abschätzen. Es ist ja auch längst bekannt, daß Musiker und Maler sich gegenseitig meistens am richtigsten beurteilen, sie vertragen sich ja auch menschlich untereinander; Dichter aber beurteilen sich gegenseitig fast immer falsch, und es kommt sehr selten vor, daß sie freundschaftlich verkehren können.

Denn, und nun kommt unser Endergebnis, der Gehalt hat in der Dichtung eine ganz andere Bedeutung als in den anderen Künsten; er hat eine so große Bedeutung, daß sogar der Inhalt ganz anders von ihm mitgerissen wird als in den übrigen Künsten.

Damit hängt zusammen, daß der Gehalt inhaltlich viel mannigfaltiger ist in der Dichtung als in der Malerei oder gar der Musik.

Wenn also schon die Leidenschaften für und gegen bei der Dichtung stärker erweckt werden als in den übrigen Künsten, so kommt noch dazu, daß bei der Dichtung sich viel mehr Gruppen unter den Aufnehmenden bilden.

Nehmen wir an, ein Musiker schreibe eine Symphonie, bei welcher er an das wirklich oder ihm so scheinende heldische Leben Napoleons gedacht hat. Wenn er es nicht sagt, so merkt niemand etwas davon; man spürt nur den Schwung einer großen Seele und mag sich Religiöses oder Tragisches oder Patriotisches oder Königstreues oder Revolutionäres oder sonst etwas denken, was Einem naheliegt, wenn man das Bedürfnis nach einer gedanklichen Bestimmung des Schwunges fühlt. Ein Dichter könnte die gewaltigste Tragödie der Welt dichten, welche Napoleon als Helden hätte, er würde in Deutschland sofort die lebhafteste Feindschaft aller vaterländisch gesinnten Leute erwecken, und es würde ihm gar nichts nützen, wenn er sagte: »Meine gedichtete Gestalt hat mit dem wirklichen Napoleon nichts gemein, ich bin doch ein Deutscher, habe, ohne es besonders hervorheben zu müssen, deutsche Empfindungen, die kein Fremder haben kann, mein Werk ist rein deutsch, selbst wenn ich es anders gewollt hätte.« Hier tritt also sofort das kindlichst Inhaltliche in den Vordergrund. Aber gesetzt, der Dichter vermeidet diesen Anstoß, nennt seinen Helden Friedrich und läßt das Ganze in der deutschen Geschichte spielen; dann hat er sofort andere Leute als Gegner, welche wieder das Inhaltliche in seinem Gehalt finden und sagen: »Staatliche Kämpfe interessieren uns nicht, wir wollen Weltanschauungskämpfe, unser Held wäre Giordano Bruno.« Es nutzt dem Dichter nichts, wenn er sagt: »Mit Giordano Bruno kann ich dramatisch nichts anfangen, ich muß einen handelnden Mann haben, mit dem Denker geht es nicht; aber es kommt doch auch darauf nicht an, es kommt doch auf den Kampf an und den Empfindungsgehalt.« So kann er sich wenden wie er will, überall stößt er auf Widerspruch. Nun ist noch dazu die Vorstellung natürlich inhaltlich bestimmt, wenn jemand das Bild Napoleons vor seinem geistigen Auge hat, so kann er nicht so einfach einen Friedrich daraus machen: er kann also durch etwas, das im Grunde ganz gleichgültig ist und das er doch nicht ändern kann, die Gegnerschaft erzeugen.

Gegen den Musiker kämpft nur der Mann, der überhaupt ein Gegner der heldischen Empfindung ist, gegen den Dichter eine Menge Leute, welche seine Empfindung teilen und sie nur anders gedanklich bestimmen. Und man sage nicht, daß die Beispiele von Napoleon, Friedrich und Giordano Bruno übertrieben seien. Selbst Männer wie Klopstock und Herder sind doch in solche Torheiten verfallen, als sie sich einbildeten, es sei nötig, statt der alten Mythologie in unsere

Dichtung das schnurrige Phantasieerzeugnis einzuführen, welches sie für die germanische Mythologie hielten.

Mit anderen Worten: ein Dichter, der Neues bringt, verletzt dadurch, daß der Gehalt in der Dichtung eine viel größere Rolle spielt und dabei inhaltlich viel mannigfacher ist als in den anderen Künsten, alle die Menschen in ihrem innersten Lebensnerv, welche seelisch anders gerichtet sind, und macht sie dadurch unempfindlich gegen seine Beschaffenheit; es kommt dazu, daß die Beschaffenheit in der Dichtung überhaupt viel schwerer zu erkennen ist als in den anderen Künsten, weil das Handwerkliche nie rein förmlich ist.

Als ein Schulbeispiel, von einem großen Geiste, möge folgende Äußerung von Goethe über Kleist dienen: »Auch in seinem ›Kohl-haas‹, artig erzählt und geistreich zusammengestellt wie er sei, komme doch alles gar zu ungefüg. Es gehöre ein großer Geist des Widerspruches dazu, um einen so einzelnen Fall mit so durchgeführter, gründlicher Hypochondrie geltend zu machen. Es gebe ein Unschönes in der Natur, ein Beängstigendes, mit dem sich die Dichtkunst bei noch so geistreicher Behandlung weder befassen noch aussöhnen könne. Und wieder kam er auf die Heiterkeit, auf die Anmut, auf die fröhlich bedeutsame Lebensbetrachtung italienischer Novellen.« Hier haben wir den reinsten Ausdruck für den merkwürdigen Zustand: Goethe lehnt Kleist ab, weil Kleists Dichtung gegen sein untragisches Lebensgefühl geht. Und denselben Grund hat der letzte dumme Teufel, der Rezensionen schreibt, weil er nichts Ordentliches gelernt hat, um auf ehrliche Weise sein Brot zu verdienen, wenn er von »unnational«, oder »kalt«, oder »gedanklich«, oder »frivol« oder Ähnlichem spricht: er verteidigt sein Lebensgefühl. Und dieser Rezensent hat ebenso recht wie Goethe gegen Kleist, er verteidigt sich selber.

Aber wenn wir die Betrachtung nun umkehren, so haben wir als Ergebnis der Überwindung der gegnerischen Kritik für den Dichter auch etwas sehr viel Wichtigeres als für Maler und Musiker. Heute wird wohl niemand mehr wie noch in den fünfziger Jahren des vorigen Jahrhunderts etwa Goethe als unnational, kalt, frivol oder gedanklich bezeichnen, denn Goethe hat seinen Gehalt der Nation aufgezwungen. Dumpf kommt den Menschen ja zum Bewußtsein, daß die Gegnerschaft gegen einen Dichter ein Ausdruck für seine Bedeutung ist; leider hat diese Erkenntnis aber die üble Folge, daß man nun heute schließt, ein Dichter, den etwa jeder für dumm hält, müsse nun notwendig bedeutend sein, und dieser Fehlschluß hat bereits verheerende Wirkungen erzeugt. Jedes Instinkturteil, so dumm auch der Mensch sei, von dem es ausgeht, hat schließlich irgendwie eine Berechtigung; die heutige Instinktlosigkeit aber, die man oft gerade bei ganz gescheiten Literaten antrifft, ist immer schädlich und schafft die größte Verwirrung.

Shakespeare und das deutsche Drama
(1912)

Von Friedrich Gundolf ist ein Buch erschienen: »Shakespeare und der deutsche Geist«, das man auf das freudigste begrüßen muß als den Versuch einer wirklichen Literaturgeschichtsschreibung, von einem Manne, welcher weiß, was Dichtung ist. Gundolf stammt aus dem Kreise Stefan Georges und hat von daher seine Einsichten; denn nur aus der Literatur und von den Dichtern kann ja der Literaturhistoriker lernen. Voraussichtlich wird das vortreffliche Buch bald den großen Erfolg haben, welchen man ihm wünschen muß: und da ist es vielleicht schon jetzt angebracht, auf eine gefährliche Wirkung der Arbeit hinzuweisen.

Stefan George als Lyriker bewertet natürlich das Schrifttum nach den lyrischen Beschaffenheiten. Man schüttelt vielleicht den Kopf darüber, wie derselbe Mann gleichzeitig Dante und Jean Paul hochschätzen mag; aus Georges Lyrik versteht man, wie das möglich ist. Man sollte auch nichts dagegen sagen, wenn ein Jünger diese Wertungen herübernimmt: wenn so erfreuliche Werke entstehen wie Gundolfs Buch, so ist das doch etwas Schönes; aber man darf immer nicht vergessen, daß man da nun nichts weniger als ewige Wahrheiten vor sich hat. Kunsturteil ist sittliches Urteil; und so verschieden die sittlichen Richtungen der Menschen sind, so verschieden werden auch immer ihre Kunsturteile sein. Wahrscheinlich wird jeder Lyriker – wenigstens jeder subjektive Lyriker, den wir heute ja allein haben – immer Relativist sein, alles Metaphysische ablehnen und als Absicht seiner Kunst die Darstellung der inneren Bewegung des Dichters empfinden. Er wird also vor allen Dingen dem epischen Epos, also etwa Homer, und dem dramatischen Drama, also etwa dem alten Dramatiker ohne starke Anteilnahme gegenüberstehen; denn das Epos will ein freundliches Weltbild ohne starke innere Bewegung des Dichters geben, das Drama will eine metaphysische Erschütterung im Zuschauer hervorrufen. Er wird Epos und Drama um so mehr schätzen, je lyrischer es ist, je mehr es seiner eigenen Dichtungsart entspricht. Ich selber, der ich auf dem Gegenpol von Stefan George stehe, empfinde naturgemäß die entsprechenden umgekehrten Wertungen; man müßte sich nicht scheuen, seine Empfindung zu sagen, denn im großen Leben der Nation verbessern sich ja die Einseitigkeiten der Einzelnen. Jemand, der eine bestimmte Art von Kunst wirklich empfindet, muß unbedingt die entgegengesetzte für unberechtigt halten und kann sie im besten Fall nur verstandesgemäß auffassen; verständlicherweise wird er sich ja denn wohl immer sagen, daß der Grund in seiner persönlichen Beschränkung liegt, denn schließlich kann man doch nicht alle entgegengesetzt empfindenden Menschen für ganz töricht halten.

Die Elisabethanischen Dramatiker hatten eine ganz andere Bühne als wir und wollten eine ganz andere Wirkung erzielen. Sie wollten irgendeinen Vorgang möglichst in seiner menschlichen Fülle und möglichst zur Kunst erhoben ihren Zuschauern vorführen. Aus solchen Absichten ist Shakespeare zu verstehen: als lyrisch-epischer Dichter, welcher für die Darstellung durch Schauspieler schreibt. Mag es sich da um Zeittriebe handeln, um gesellschaftliche Ursachen, oder um einen völkischen Trieb: das ist etwas ganz Anderes, als was die Deutschen wollten, in demselben Augenblick, als sie ihre Literatur machten, mit Lessing. Es ist bezeichnend, wie die Gesinnung den Geschichtschreiber sofort die Dinge falsch deuten lehrt. Von Anfang an ist unser dramatischer Vers anders gewesen als Shakespeares Vers, weil wir eben etwas Anderes wollten. Gundolf hält das für einen geschichtlichen Zufall: »Doch gerade deshalb, weil dieser (Lessings) Blankvers aus einem anti-shakespearischen Prinzip heraus gebaut ist und sich für die deutschen Nachfolger vor Shakespeares Original schob, hat er nicht nur eine heilsame, sondern auch eine verwirrende Wirkung ausgeübt. Wenn man bis auf den heutigen Tag den Theatervers nicht als ein dichterisches, sondern als ein rhetorisches, bühnenmäßiges Mittel ansieht, so hat Lessings großes Vorbild mit daran schuld. Wir werden bei Schiller seiner Nachwirkung noch begegnen.

Überhaupt, vergessen wir nie, daß die Begründung des sogenannten nationalen Dramas der Deutschen durch Lessing (Goethe und Schiller sind, bei größerem Talent, darin nur seine Erben) nicht auf einen großen Dramatiker, sondern auf einen großen Literaten zurückgeht, und zwar auf einen, dem die Bühne moralische Anstalt war, also in einem außerhalb ihres eigenen Wesens liegenden Zweck beruhte. Dies ist ein πρῶτον ψευδος unseres gesamten Theaterwesens, das auch unsere höchsten Dramen als solche zu ihrem Nachteil nicht nur von den Shakespearischen, sondern selbst von den französischen unterscheidet, von Corneille und Racine, die als Genies nicht an Goethe heranreichen. Die Vereinigung von Theater und Dichtung ist bei uns immer künstlich und gewaltsam gewesen, und unsere höchsten Dramen taugen etwas, nicht weil, sondern trotzdem sie für das Theater sind. Keines unserer größten Dichterwerke paßt in den Rahmen der Bühne, entweder sie überschreiten ihn, oder sie füllen ihn nicht. Unser Drama ist nicht der Schöpfer seines Theaters, unsere Bühne nicht Schöpferin unsers Dramas, sondern beide sind unter allerlei Vorwänden außerdramatischer und anßerdichterischer Natur einen Kompromiß eingegangen. Dieser Kompromiß geht letzten Endes auf Gottsched zurück, der Bühne und Literatur aus rationeller Herrschsucht wieder zusammengezwungen. Diesen Zustand hatte denn Lessing übernommen für den neuen Gehalt, und indem er für seine Bühne mit dem moralischen Endzweck den Shakespeare als obersten Typus gewann, hat er Shakespeare in einen falschen Zusammenhang gebracht, der bis auf unsere Tage die deutsche Dramatik verhängnisvoll beeinflußt.«

Sollte der Wirrwarr, der ja unzweifelhaft ist, nicht ganz anders erklärt werden können? Ist zu denken, daß unser dramatischer Vers sich nach dem zufälligen Vorbild Lessings entwickelt hat? Ist nicht die einfachere Erklärung, daß die Deutschen als Drama etwas Anderes wollen als Shakespeare? Man beobachte nur die Wirkung Shakespeares auf unsere Literatur: sie ist so lange gut und wird als gut empfunden, wie man Shakespeare als Wirklichkeitsdarsteller auffaßt, der zur Natur zurückführe; als man durch ihn die französische Konvention los war, stellten sich bald Bedenken ein: Goethe versuchte wieder Voltaire einzubürgern und schrieb »Shakespeare und kein Ende«; Schiller schrieb die »Braut von Messina«; Grillparzer prophezeite, die deutsche Literatur werde an Shakespeare zugrunde gehen, wie sie durch ihn groß geworden sei; Kleist wollte Shakespeare mit Sophokles vereinigen; selbst der schlichte Shakespearenachahmer Grabbe schrieb über Shakespearomanie; Hebbel macht den Eindruck hier wie in anderen Dingen, daß er sich nicht bis zum Äußersten vorgewagt hat. Das sind alles unklare Strebungen, denn sie gehen durchaus zusammen mit fortdauernder Wirkung Shakespeares auf unsere Dramatiker; aber sie zeigen doch, daß in der deutschen Dichtung das Streben ist, von Shakespeare loszukommen.

Es liegen ja da geheimnisvolle Dinge zugrunde, die wir um so weniger fassen können, als unser neueres Schrifttum doch noch nicht abgeschlossen vor uns liegt: wir leben noch immer in der Zeit, welche Lessing begonnen hat. Wenigstens auf Eines möge hingewiesen werden: Shakespeare, wie die großen Spanier, wie die Franzosen sind aristokratische Dichter, sie schließen die feudale Zeit ab; unsere Klassiker sind bürgerliche Dichter, sie beginnen die bürgerliche Zeit, und sie beginnen sie, noch ehe sie in der Wirklichkeit eingerichtet war. Deshalb haben sie auch keinen Ort gefunden, von dem sie sprechen konnten, deshalb haben sie das elende Zwitterding benutzen müssen, welches man heute Theater nennt. Und ist es nicht merkwürdig: auch die andern Kulturvölker haben doch dieses heutige Theater, aber bei ihnen denkt man nicht daran, die Bühne für die Dichtung in Anspruch zu nehmen; nur die Deutschen haben die Vorstellung, daß die Bühne für die Dichtung da sei; und diese Vorstellung, die doch jeder Wirklichkeit so ins Gesicht schlagt, kann doch nicht einfach, weil das nun einmal aktenmäßig so nachgewiesen ist, durch Gottsched erklärt werden: hier muß etwas in der Nation sein, das zum Ausdruck ringt. Viel einfacher als die aktenbelegte Ansicht Gundolfs scheint mir die zu sein: Im deutschen Volke, das offenkundig metaphysisch und religiös begabt ist, muß man einen Drang zu einer Art von Drama annehmen, das es bis jetzt noch nicht gab, das vielleicht eine Ähnlichkeit mit dem Drama des Äschylus und Sophokles hat. Aber in der Kunst sucht man immer an Überlieferung anzuknüpfen. Shakespeare war eine Weile, solange er als Befreier wirkte, eine angemessene Überlieferung; dann aber kam man nicht mehr richtig los von ihm, weil die hervorragenden Dichter zu jung starben, weil die zweite Sohnschaft fehlte, weil die Entwicklung aus verschiedenen Gründen auf lange Zeit unterbrochen wurde. Denn bei uns hat die Dichtung immer nur auf einigen großen Dichtern gestanden, sie hatte nie, wie bei anderen

Völkern, eine Grundlage von vielen mittleren Begabungen, welche das Geschaffene erhielten. So ist fast alles, was wir bis jetzt im Drama besitzen, fragwürdig: aber deutlich geht es nach einer anderen Richtung wie Shakespeare. Man mag über die Formulierung »Bühne als moralische Anstalt« denken, wie man will; was damit gemeint ist, das meint jedenfalls unsere Nation, und das ist ganz das Gegenteil von dem, was Shakespeare will.

Und hier liegt die zweite Gefahr des Gundolfschen Buches. Nie wird ein Geschichtschreiber das Leben erfassen können: wer das kann, der kann nicht Geschichtschreiber sein. Dem Geschichtschreiber liegen die Dinge fertig vor Augen, er kann nicht unterscheiden, was abgeschlossen ist und was noch wird. Shakespeare ist ein Ende, das deutsche Drama von Lessing bis Hebbel ist ein Anfang. Shakespeare kann man nur nachahmen, und abgesehen von der Torheit jeder Nachahmung: er hat in einer Zeit und für Verhältnisse gedichtet, die auf ewig verschwunden sind; wenn man ihn als einen noch wirkenden Dichter empfindet, so kommt man in totes Ästhetentum, wie wenn man Dante als noch wirkenden Dichter empfände. Auf unseren Dramatikern aber kann man weiter bauen: es ist ganz klar, wo ihre Schwächen liegen, es ist aber auch ganz klar, was sie an Kunstmitteln, die wir heute gebrauchen können, schon geformt haben.

Dostojewskis Weltanschauung
(1913)

In der großen Ausgabe von Dostojewskis Werken ist als zwölfter Band eine Anzahl von Aufsätzen erschienen, die früher in Deutschland noch nicht bekannt waren. Für den Kenner von Dostojewskis Dichtung enthalten diese Aufsätze wohl nichts Neues; wie jeder große Dichter, so war auch Dostojewski in allen seinen Werken und immer derselbe, und was er in diesem Bande sagt, das hat er oft genug als Dichter gestaltet. Dennoch ist das Buch äußerst wertvoll, denn für die meisten Menschen wirkt ja das Grundgefühl eines bedeutenden Gebens ganz anders, wenn es gedanklich, als wenn es künstlerisch ausgedrückt wird: es macht sicher nicht den tiefen Eindruck, aber es geht deutlicher ins Bewußtsein über und wird, da ja meistens das verstandesmäßig Dargestellte überschätzt wird, ernsthafter genommen. So wird, aus

Gründen der Zweckmäßigkeit, wenigstens heute wohl jeder Dichter, der mehr ist als ein bloßer Ästhet, das Bedürfnis haben, sich auch begrifflich zu äußern.

Der Ausdruck »Weltanschauung« ist recht irreführend bei einem Dichter, man sollte lieber den Ausdruck »Lebensgefühl« nehmen; immerhin gibt er eine volkstümliche Vorstellung von der Aufgabe, um welche es sich handelt.

Wenn man sich im heutigen Schrifttum umsehen will, so wird man am besten tun, auf die klassische deutsche Dichtung zurückzugehen, das letzte große Schrifttum Europas; von ihr aus kann man die Romantik, den Naturalismus und die hervorragenden völkischen Literaturen in der zweiten Hälfte des 19. Jahrhunderts verstehen, die norwegische und russische, die sich nicht so leicht wollen in das Gesamtbild der allgemeinen Entwicklung einfügen lassen.

Ibsen und Björnson haben als Voraussetzung Sören Kierkegaard; Kierkegaard aber ist eine Persönlichkeit von der Art, wie wir sie im Deutschland der vorklassischen Zeit hatten, die wir allgemein als Pietisten auffassen mögen. Der deutsche Pietismus entstand im Gegensatz gegen die Orthodoxie, er wollte das orthodoxe feste Verhältnis von Gott und Mensch in ein bewegliches Verhältnis verwandeln, ähnlich wie es die alte Mystik getan; aber er drang nicht wie die alte Mystik bis zur Metaphysik der Religion durch und belud sich zuviel mit der Sittlichkeit, es fehlte ihm der letzte religiöse Schwung. So ist der deutsche Pietismus, wie es denn wohl auch den Verhältnissen entsprach, kleinbürgerlicher Art.

Man wußte in unserer klassischen Zeit nichts von der alten Mystik; unsere großen Geister suchten über die Enge des Pietismus hinauszukommen mit Hilfe von Spinoza. Das waren keine gedanklichen Vorgänge, das waren Gefühlsvorgange; wenn man Goethes Iphigenie liest und an die Bekenntnisse einer schönen Seele denkt, so mag man sich ungefähr klarmachen, wie alles Edle und Freie, das im Pietismus war, von dem Engen und Kleinbürgerlichen befreit wird und sich nun klar und schön gestaltet in dem, was man Humanität nannte, fast ohne sichtbaren Zusammenhang mit der recht ärmlichen damaligen Welt. Wenn wir heute an die damalige Zeit denken, dann denken wir eben nur an Goethe und Schiller, Kant und Lessing und einige andere Männer und vergessen, daß außer ihnen an geistigen Leuten nur die damaligen Frommen im Lande waren.

Gewiß hat Kierkegaard einen mystischen Kern in seiner Seele, Ibsen aber und Björnson haben ihn nicht, für sie hat sich Gott ganz in Sittlichkeit aufgelöst und noch dazu nicht selten in eine beschränkte bürgerliche Sittlichkeit; sie stehen in ihrem Empfinden noch hinter einem Mann wie etwa Jung-Stilling, so kindlich der auch war. Goethe hatte sich zuletzt zu dem Gefühl der ungeheuren Weltharmonie durchgerungen; ein Jung-Stilling konnte nie anders, wie sich selber als Hauptperson in der Welt zu denken, aber er wußte doch, daß es einen Gott gab, durch dessen unermüdliches Eingreifen die Angelegenheiten dieser Hauptperson immer zu einem glücklichen Ende geführt wurden; ein Ibsen aber dichtete Brand, der sich auch als Hauptperson fühlt, und seine Ansicht als die allein richtige, aber nicht einmal diesen kindlichen Glauben hat, sondern notwendig scheitert, weil er mit dem Kopf durch die Wand will. Unsere Klassiker hätten sicher die norwegischen Dramatiker lächelnd abgelehnt und sie geistig etwa auf eine Höhe mit Iffland gestellt.

Mitten in die Arbeit unserer Klassiker kam die Französische Revolution, dann, durch die Napoleonischen Kriege, das Entstehen des Nationalitätsbewußtseins bei den europäischen Menschen.

Es ist schon oft auf die Verwandtschaft der reindemokratischen Lehren mit den Lehren des Christentums hingewiesen; aber auch das neue Nationalgefühl hatte seine tiefsten Wurzeln im Christentum, in dem Bewußtsein, daß im letzten Grunde die Unterschiede des Standes, des Vermögens, der Bildung nichts bedeuten und alle Menschen gleich und Brüder sind. Diese Zusammenhänge waren damals den Menschen zum großen Teil noch unklar; unser klassisches Schrifttum hat nichts mit ihnen anfangen können, aber in der Romantik, der französischen wie der deutschen, beginnen sie sich bemerkbar zu machen – immer noch nicht deutlich genug durch die innige Verbindung, die die Umsturzgedanken auf dem gottlosen Boden Frankreichs mit der Ungläubigkeit geschlossen hatten. In unserem politischen Leben leiden wir ja noch heute an dieser Unklarheit.

Hier hat nun auf russischem Boden die Weiterentwicklung angesetzt, und der Mann, der sie als Persönlichkeit wie als Träger der völkischen Triebe geleitet hat, ist Dostojewski.

Dostojewski ist durch diese Leistung immer noch der jüngste Geist des heutigen Europas. Aber wir können sagen: auch er ist nicht tatsächlich über das Humanitätsideal unserer Klassiker hinausgekommen; er hat es nur in dem wirklichen Leben verankert und ihm dadurch einerseits viel von seiner vernünftigen Klarheit genommen, andererseits ihm mit dem Unverstand auch eine neue mystische Tiefe gegeben, wodurch es unmittelbarer wirken kann.

Es handelt sich hier immer nur um das allgemeine Gefühl, das der dichterischen Gestaltung zugrunde liegt, nicht um die dichterische Gestaltung selber, um die Ebene und nicht um die Beschaffenheit. Dostojewski hat das Hauptgewicht auf das Inhaltliche gelegt; er war zu sehr grübelnder Sucher und begeisterter Seher, um in genügendem Maße ein heiterer Gestalter zu sein, er war das gerade Gegenteil des Ästheten. Welche Bedeutung sein Lebenswerk endgültig haben wird, wenn einstmals auch diese Kämpfe ausgekämpft sein werden, und nur noch das reine Kunst gewordene Werk eine Wirkung ausübt, ist eine ganz andere Frage, die ja aufzuwerfen gar nicht nötig sein wird; deshalb wäre es auch töricht, sich zu fragen, ob er denn als Dichter neben Goethe zu nennen ist oder nicht; hier handelt es sich um ganz andere Dinge.

Dostojewski lehrt, daß das russische Volk »Christus und die Lehre Christi in sich aufgenommen« habe; er bekennt: »ich kenne unser Volk, ich habe jahrelang mit ihm zusammengelebt, habe mit ihm gegessen und geschlafen und ward selbst ›zu den Verbrechern‹ gezählt; ich habe gemeinsam mit ihm im Schweiße des Angesichts die Arbeit schwieliger Hände verrichtet, während die anderen, die ihre Hände in ›Blut getaucht‹, die ›Liberalen‹ spielten und über das Volk spöttelten und in Vorträgen und Aufsätzen zu dem Ergebnis kamen, daß unser Volk ›von Tiergestalt und auch geistig von Tierart‹ sei. Also sagen Sie mir nicht, daß ich das Volk nicht kenne! Ich kenne es, von ihm aus habe ich Christus wieder in meine Seele aufgenommen, den ich als Kind im Elternhause kennengelernt, dann aber verloren hatte, als auch ich mich in einen ›europäischen Liberalen‹ verwandelte.« Solche Lehren werden ja nicht Jeden überzeugen; man kann mit Recht sagen, daß der persönliche Eindruck, den ein bedeutender Mensch vom Volke hat, nicht maßgebend ist, weil er eben im Volk findet, was er ihm gegeben hat. Aber nicht darauf kommt es an, ob Dostojewski eine richtige Tatsache erzählt: er stellt eine richtige Forderung; mag das Volk Christus in sich aufgenommen haben oder nicht – es soll ihn aufnehmen, und es wird ihn aufnehmen, das ist der Sinn dieser Lehre. Und wie die Völker verschieden sind nach ihren Anlagen und

Gesinnungen, so werden sie diese Lehren auch verschieden erfüllen, das Volk, in welchem der Schuhmacher Jakob Böhme lebte, wird einen anderen Christus in sich aufnehmen als das russische Volk.

Schwerlich wird heute ein Mensch zur Religion kommen durch die Lehren, die er von Kindheit an hört; diese Lehren führen doch offenbar die gebildeten Menschen zur Gleichgültigkeit oder zur Gottlosigkeit; aber vielleicht war es in früheren Zeiten nicht anders, denn die bedeutenden Männer haben immer gesagt, daß Religion ein Vorgang ist, der im Verlauf des Lebens vor sich geht. Natürlich ist ein Mann wie Dostojewski tiefer in die Abgründe des Unglaubens getaucht als ein anderer: ein bedeutender Mann weiß schon, weshalb er gläubig wird.

Und hier liegt der Punkt, wo Dostojewski sein Ideal stärker verankert hat als unsere Klassiker das ihre, das tatsächlich dasselbe war: er hat sich aus sinnloser Verzweiflung und blinder Leidenschaft, aus dem ursprünglichen Bösen der menschlichen Natur gerettet; das klassische Humanitätsideal aber weiß nichts von den seelischen Abgründen; es nimmt den Menschen als ursprünglich gut an. Vergleichen wir die Idealfigur Goethes, die Iphigenie, mit Dostojewskis Idealfigur, dem Idioten. Der Idiot versteht alles Fürchterliche, Entsetzliche und Gemeine, das in einer Menschenbrust herrschen kann, Iphigenie würde erstaunt sein, wenn sie davon erführe. Es ist nicht Zufall, daß die höchste sittliche Reinheit hier in einem Weibe, dort in einem Manne verkörpert ist. Dostojewski würde den Punkt verstanden haben, um den sich das Denken Luthers drehte, die Rechtfertigung durch den Glauben; Goethe hat nicht gewußt, was damit gemeint war.

Einmal faßt Dostojewski seine Anschauung in einem Gedanken: »Sittlich ist nur das, was mit unserem Schönheitsgefühl übereinstimmt, und mit dem Ideal, in welchem es sich verkörpert.«

Zur Entwicklung des Romans
(1913)

Unser Roman hat sich bekanntlich gebildet aus den Prosaauflösungen alter Ritterepen, die man zutreffend als Versromane bezeichnet hat. Diese alten Versromane waren bereits Gebilde zweiter Hand; sie waren entstanden durch mehr oder weniger äußerliche Zusammenstellung von einzelnen Erzählungen, die entweder schon vorher als Balladen ein selbständiges künstlerisches Leben geführt oder als Märchen und Sagen von Mund zu Mund gegangen waren, oder in Nachbildung solcher vorhandenen Geschichten gemacht wurden. Als Beispiel mag man den besonders gut gebauten Roman von Tristan und Isolde annehmen. Man unterscheidet noch genau die einzelnen unzusammenhängenden, einander zuweilen widersprechenden Balladen über die Liebesabenteuer, in denen Tristan, Isolde und Marke ihre Rollen spielen; man sieht, wie manches nicht ganz organisch verbunden ist, das vielleicht ursprünglich einen anderen Helden betraf, vielleicht einen anderen Helden mit zufällig demselben Namen: die Geschichte, wie Tristan zu Marke kommt, die Geschichte mit Morholt von Island u. a. Der erste Erzähler Beroul schmiedet aus den einzelnen Teilen als Dichter sein Werk, spätere Dichter überarbeiten es, endlich kommt die Prosafassung. Es handelt sich im Grunde um eine Aufeinanderfolge von dichterisch merkwürdigen Erzählungen, in denen von der verschollenen alten Form der Ballade noch so viel dramatisches Leben ist, daß neben der lyrischen Anteilnahme am Einzelvorgang noch eine Gesamtspannung stärkerer oder geringerer Art übrigbleibt.

Dieses dichterische Gebilde zweiter Hand sucht sich nun zu einer dichterischen

Form zu entwickeln. Das kann es aber nur, wenn eine Zeit kommt, die dafür günstige Bedingungen in der allgemeinen Betrachtung der Welt schafft.

Wie der Prosaroman mit dem Bürgertum ursprünglich entstanden ist, mit dem Leser auf seiner stillen Stube und der Buchdruckerkunst, so findet er auch für seine Weiterbildung zur Kunstform die geistigen Voraussetzungen in der Weltauffassung des entwickelten Bürgertums. Die ritterliche Gesellschaft war eine nach ihrer Natur unorganische Gesellschaft; sie umfaßte nur die zwei höheren Stände und beachtete nicht die anderen, die für das Dasein der höheren Stände ja doch nötig waren; sie wußte nicht, daß ein Volk eine Einheit bildet, in welcher der Bettler mit dem König durch die engsten Bande verknüpft ist. Die bürgerliche Gesellschaft hatte von Natur die Neigung, das gesamte Volk zu umfassen; denn alle Bestrebungen nach Ausschließlichkeit einer herrschenden Schicht mußten daran scheitern, daß das Bürgertum sich nicht als Kaste abgrenzen kann. Es entwickelt sich eine neue Wissenschaft, die Soziologie, zunächst noch formlos und ohne Zucht, und ebenso zunächst noch formlos und ohne Zucht kündet sich der neue Roman an, in dem man nicht eine Form sucht, sondern etwas Inhaltliches.

Balzac ist der erste bewußte Vertreter des neuen Romans, der erste auch, der die enge Verbindung des Romans mit der Soziologie sucht und sein Dichten als eine Art Wissenschaftsbetrieb auffaßt. Man muß ja wohl, wenn man die Dinge klarmachen will, den volkstümlichen Gegensatz von Form und Inhalt beibehalten. Die Geschichte des neuen Romans wäre dann also aufzufassen als das Suchen der neuen Inhalte nach der ihnen angemessenen Form. Die neuen Inhalte aber, das sind nicht etwa nur neue Tatsachen: es ist eine neue Empfindung, ein neues Weltgefühl; die Menschen fühlen ihre Abhängigkeit voneinander, von den Verhältnissen, von der Vergangenheit, von der Natur; die Dichter sehen nicht mehr einzelne selbständige Herrennaturen, die rein aus sich heraus wirken, sondern sie sehen ein ungeheures Netz, in dem alles verknotet ist; Menschen und Dinge; sie sehen nicht mehr logische Ursächlichkeit, sondern psychologische, zuletzt physiologische.

Es kommt hier nicht darauf an, ob diese Weltauffassung richtig ist oder nicht; sie ist vorhanden und für den größten Teil der heutigen Menschheit herrschend geworden. Es scheint, daß eine neue Betrachtung der Dinge sich anbahnt, die einem neuen Drang der Menschheit entspricht, die auch die bürgerliche Gesellschaft verneint und in ihrer beginnenden Auflösung die Grundlagen einer neuen Bildung ahnt. Der Mensch will wieder frei werden, und Dichter wie Tolstoi, Dostojewski, Ibsen suchen hier jeder in seiner Art, sich selbst unklar und oft über ihre notwendige Unklarheit, ihren selbst-verständlichen Gegensatz zu der herrschenden bürgerlichen Gesell-schaft verzweifelt. Mir scheint, daß das, was hier erstrebt wurde, sich einmal in einem neuen Drama ausdrücken wird. Aber von diesem, dem Neuen, wollen wir nicht sprechen: wir wollen der Entwicklung des Andern folgen.

Man weiß, wie Zola bewußter noch als Balzac und deshalb dichterisch unzulänglicher das Ziel des »wissenschaftlichen Romans« verfolgt hat. Man weiß auch, woran er scheiterte. Er wollte die gesamte Gesellschaft in einer Reihe von Romanen darstellen, indem er ein großes Epos schuf, dessen einzelne Episoden die verschiedenen Romanbände waren. Aber der Stoff ist zu umfangreich, als daß ihn ein Dichter dichterisch beherrschen könnte, nämlich alles in sich selber lebendig haben und aus seinem eigenen Innern herausstellen.

Er kann nur äußerlich beobachten und Dinge erzählen, die er mit den Augen gesehen hat; aus dem Dichter ist ein Berichterstatter geworden. So hat Zola die Idee des bürgerlichen Romans zu ihrer eigenen Verneinung geführt, soweit es eine nicht künstlerische, sondern inhaltliche Idee war.

Aber wie nun, wenn es der Dichtung gelänge, aus dem Inhalt eine Form zu entwickeln?

Es ist soeben in deutscher Übersetzung der Roman eines bei uns bis jetzt noch unbekannten polnischen Dichters erschienen: »Die polnischen Bauern« von W. S. Reymont. Mich wird gewiß niemand im Verdacht haben, daß ich eine Vorliebe für die Art Reymonts habe; denn ich gehe in meinen eigenen Arbeiten von ganz anderen Vorbedingungen zu ganz anderen Zielen. Desto gewichtiger muß es sein, wenn ich erzählen kann, daß ich von diesem neuen Dichter den allerstärksten Eindruck gehabt habe, daß ich oft beim Lesen zu mir selber sagen mußte wie glücklich wäre ich, wenn ich in meiner Art so Schönes und Vollkommenes schaffen könnte wie dieser Mann in seiner! Das Einordnen der Künstler ist ja eine große Torheit; man muß es tun, um der Allgemeinheit irgendeine Vorstellung von dem Wert eines Mannes zu geben. Nun, dieser Reymont hat die Beschaffenheit der bedeutenden Dichter des vorigen Geschlechts, neben die wir Heutigen, wenn wir etwa Pontoppidan ausnehmen, ja niemand zu setzen haben.

Wie die Einleitung des Buches berichtet, ist der Dichter als Sohn eines dem Bauernstand entstammenden Dorforganisten in der Welt aufgewachsen, die er darstellt: nicht als bloßer Zuschauer, sondern als ein in ihrer Mitte Lebender. Dadurch hat er das gesamte Leben des Dorfes als dichterisches Eigentum erhalten. Selbst ein Jeremias Gotthelf erscheint neben ihm als ein Außenstehender und bloßer Beobachter. Gleichzeitig ist aber in ihm auch Instinkt geworden die bürgerliche soziologische Betrachtungsweise von Menschen und Dingen, die gegenseitige Abhängigkeit, das Fluten der Erscheinungen in allgemeinen Beziehungen, die Auflösung der scharfen Umrisse der Charaktere in Wirkung und Gegenwirkung, kurz alles, was in der Erzählung dem aus gleichen Ursachen entstandenen neuen Wollen der Maler entspricht. Er hatte das Glück, daß diese seine Welt, die in ihm lebte, in sich fast abgeschlossen war, daß nur wenige Fäden nach außen liefen.

Die merkwürdige Widersprüchlichkeit in der bürgerlichen Gesellschaft macht sich auch in der bürgerlichen Kunst bemerkbar: diejenigen Dichter, die den klarsten Blick über sie haben und begrifflich ihr Getriebe kennen, vermögen nicht, sie darzustellen; denn sie ist durch ihre Vielfältigkeit undarstellbar, und dadurch gelingt ihnen der neue Roman nicht. Nun kommt ein Mann, der nur eine eigentlich vorbürgerliche Gesellschaftsordnung kennt, und indem er diese dichterisch darstellt, befriedigt er einen künstlerischen Trieb der bürgerlichen Gesellschaft. Aber freilich, bei den Ritterromanen war der Vorgang ja ähnlich: nicht die wirkliche feudale Gesellschaft wird in ihnen dargestellt, sondern ein aus Teilen der mißverstandenen vorfeudalen Zeit sich entwickelndes Wunschbild der feudalen Gesellschaft.

Es ist schon gesagt, daß in dem Roman Reymonts der Inhalt Form geworden ist. Die Geschichte des Romans scheint ja völlig wirr zu sein, es wird nach dieser Richtung Form gesucht und nach jener; so ist es denn schwer, etwas Festes da mit wenigen Worten zu bezeichnen. Form in der Kunst ist auch immer etwas Neues, das aus sich selbst verstanden werden muß, nicht durch allgemeine Regeln oder durch Ähnlichkeit mit anderen Formen; sie ist ja doch das Wesen der Kunst selber. Deshalb soll versucht werden, den allgemeinen Kunstwillen aufzuzeigen, der hier zum Ausdruck drangt.

Man denke an einen breiten, ruhig fließenden Strom, der bestimmt ist durch den allgemeinen Fall des Geländes, die Beschaffenheit des Grundes, der Ufer, durch die Wassermenge, die aus dem Stromgebiet zur Verfügung steht. Eine Unruhe kommt in dieses ruhige Fließen, runde Felsen ragen plötzlich aus dem Grund, das Wasser bricht sich, Strudel entstehen, Schaum sprüht, die allgemeine Bewegung wird schneller. Dann wird wieder alles ruhig, still wie vorher gleiten die ungeheuren Wassermassen in ihren Ufern dahin. Wer würde auf den Gedanken kommen, daß ein Atom des Wassers, eine einzelne Welle einen besonderen Willen, ein eigenes Ziel haben könnte? Alles bewegt sich mit Allem, durch Alles; auch jene plötzliche Unruhe war nichts Eigenes und Neues, sie war ebenso notwendig bestimmt, vorgeschrieben und unabänderlich. Man erzählt, daß ein solcher großer Strom in der Einsamkeit des Waldes auf den Anwohner, der lange Stunden auf das Ziehen und Treiben der Wasser sieht, einen unheimlichen, verwirrenden Einfluß haben soll, daß alle seine Gefühle sich ändern, daß er mit unter den Zwang dieses ewig rinnenden und gleitenden Wassers gerät.

Das ist der Kunstwille, der hinter diesem Roman steht, ein Wille, zu dem der slawische Mensch, die slawische Landschaft ja eine Veranlagung zu haben scheinen. Wie war es nur möglich, daß ein cholerisch-sanguinisches Temperament wie Balzac sich an die Darstellung eines solchen Flusses machen konnte; er erzählt uns ja auch lauter Romantik: die Romantik des gesellschaftlichen Strebers, des Geizhalses, der liebenden Frau, immer nur Romantik, Leidenschaft, die aus dem Innern der Menschen kommt und aus dem bürgerlichen Leben eine Reihe von Ausbrüchen schafft, aus dem Strom eine Reihe von Wasserfällen.

Nur das schwermütige Temperament eines Slawen ist einer solchen Aufgabe gewachsen.

Wie fürchterlich, wie entsetzlich ist dieses Weltbild! Welche hoffnungslose Schwermut setzt es voraus! Wie? Ist das die Welt, dieser träge, lehmige, sich wälzende Strom, sind das die Menschen, diese auftauchenden, niedergehenden, gleichmäßigen Wellen? Aber wie? Wenn wir das wunderbare Werk lesen, wenn wir geduldig Stunde für Stunde die Wogen vorbeiziehen sehen, dann kommt das über uns, was die Kunst schafft, wir erleben die Schönheit. Was ist denn das, was erzählt wird? Schmutzige polnische Bauern, rohe Trinkgelage, Schimpfworte, Kot der Dorfstraße, das Kläffen der Dorfhunde, tierische Sinnlichkeit, Habgier, Selbstsucht, Beschränktheit, Ungeziefer – von solchen Dingen wird allein erzählt, und doch ist das Ganze von einer wunderbaren Schönheit, es ist von der Schönheit des vollendeten Kunstwerkes, bei dem man das Stoffliche längst vergessen, den unmittelbaren Empfindungseindruck allmählich überwunden hat und nur noch die reine Heiterkeit der freien und leicht in der Luft schwebenden Kunst fühlt.

Das Theater
(1913)

Zwei Auffassungen vom Theater sind seit alten Zeiten vorhanden, haben sich in der Geschichte abgelöst oder haben sich, gleichzeitig herrschend, vertragen, wie es Gegensätze im wirklichen Leben ja so oft müssen: das Theater als Befriedigung der Bedürfnisse der höheren Sinnlichkeit, wie Goethe, und als moralische Bildungsanstalt, wie Schiller wollte. Größere Gegensätze sind ja wohl kaum zu denken; zu ihnen kommt aber noch, daß nach dem Urteil der Kenner niemals weder das eine noch das andere Leitbild auch nur annähernd erreicht ist, denn immer hören wir die Klage, daß das Theater weit entfernt sei von dem, was es sein solle. In jeder Kunst steht den Menschen ein Leitbild vor der Seele, in keiner Kunst wird es erreicht; aber immer sind doch Werke geschaffen, welche dem Leitbild nahekamen; und wenn sie die Höhe nicht erreichten, so war der Grund immer nur die menschliche Unzulänglichkeit des Künstlers, der nun eben nicht Gott ist. Wenn beim Theater aber, mag man es nun ansehen wie Goethe oder wie Schiller, die Klagen über die Unzulänglichkeit ertönen, so haben sie nicht diesen allgemeinen Grund allein der menschlichen Unzulänglichkeit auch der Besten, sondern noch einen besonderen für sich.

Dieser besondere Grund ist, daß das Theater in grundsätzlich anderer Weise wie jede andere Kunst vom Publikum abhängt.

Man könnte sich vorstellen, daß Lessing unrecht hätte, und daß bei einer Bühne tatsächlich noch der letzte Lampenputzer ein Genie wäre; trotzdem würde das Theater immer noch jenen Zusatz von Gemeinheit haben, der es den höheren Geistern oft so zuwider macht. Der Dichter kann allein auf seinem Zimmer arbeiten, der Maler und Bildhauer auf seiner Werkstatt, ohne daß ihnen von der Mitwelt Anerkennung und Dank wird; im Lauf der Jahre, Jahrzehnte und Jahrhunderte erleben an ihren Werken dann die Wenigen, für die sie schufen, das, was sie wollten, daß an ihren Werken erlebt werden sollte. Der Baumeister, wenn er keinen geeigneten Bauherrn findet, wird irgendwie zugrunde gehen, der eine, indem er der Mittelmäßigkeit nachgibt, der andere, indem er überhaupt nicht zum Bauen kommt. Die Bühnenkunst aber, die einerseits nur für den Augenblick da ist, also nicht auf spätere Wirkung rechnen kann, andererseits nicht vom Einzelnen, sondern von der Menge abhängt, ist durch ihre Lebensbedingungen genötigt, aus der Wechselwirkung zwischen Darstellung und Publikum, in welcher sie lebt, immer eine große Menge Publikumsseele in sich aufzunehmen. So ist es nicht verwunderlich, wenn manche ganz strenge Künstler das Theater überhaupt nicht mit zur Kunst rechnen, wenn gerade die Gebildeten nicht ins Theater gehen mögen.

Was man nun aber auch vom Standpunkt der strengsten künstlerischen Sittlichkeit gegen das Theater sagen mag – und schließlich ist selbst der schroffste Vorwurf berechtigt, den man je gegen es erhoben hat –, man kann damit doch nicht die Tatsache aus der Welt schaffen, daß das Theater die Vorbedingung der höchsten dichterischen Form ist welche es gibt, des Dramas. Die Gesetze des Dramas entwickeln sich aus den Bedürfnissen der zuschauenden Menge; ohne das Theater wäre das Drama nicht entstanden; und wenn auch scheinbar kein Zusammenhang vorhanden ist zwischen den Bedürfnissen einer gespannten Menge und einer Dichtungsform, in welcher man das Verschlungensein von Schicksal und Charakter, Freiheit und Notwendigkeit, das Spielen zwischen diesseitiger und jenseitiger Welt allein darstellen kann, so möge man an den eigentümlichen Zusammenhang denken, welcher zwischen dem rohen Steinblock und dem Bildwerk ist; wie bei dem guten Bildhauer, der seine Form beherrscht, das Werk sich aus dem Stein entwickelt. Hätte dem Bildhauer nie der Stein zur Verfügung gestanden, sondern etwa nur die Bronze, die Bildhauerei hätte nie ihr letztes, bedeutendstes Wort sagen können. Aber nicht nur, daß das Theater einmal da war, ist für das Drama nötig; es muß immer da sein, auch wenn es so unwürdig ist, daß es dem dichterischen Drama gegenüber versagt; wenn nicht wenigstens die Möglichkeit vorhanden bleibt, daß es aufgeführt werden kann, so entartet das Drama zum Buchdrama; und an die Stelle des höchsten Kunstwerkes tritt die liebhaberische Begabungsäußerung eitler Einzelner.

So wunderliche dialektische Spannungen liegen ja unserem gesamten Leben zugrunde; wir hüten uns nur, sie uns klarzumachen, um uns das Leben nicht allzusehr zu erschweren. Es wäre aber unrecht, wenn der Dramatiker sich über die Vernachlässigung durch die Theaterleiter, der Freund der Dichtung über die Roheit der Aufführungen beklagen wollte. Alles Hohe ist uns ja nur begrenzt zugänglich. Die edelsten Gebäude sehen wir zertrümmert oder wieder hergestellt; wir graben Figuren aus dem Boden, denen nicht nur die wichtigsten Glieder fehlen, sondern die womöglich sogar einige Millimeter ihrer Oberfläche verloren haben; die Gemälde zerfallen von dem Tage an, da der letzte Pinselstrich an ihnen gemacht ist; Dichtwerke sind in fremden Sprachen und haben tausend Voraussetzungen, die für uns nicht mehr gelten; von den Religionen gelingt es uns, einmal ein Stückchen zu empfinden, von den Philosophien, ein Stückchen zu verstehen. Dennoch können wir das alles besitzen, denn unsere Ahnung ergänzt uns alles Fehlende.

Wie mancher, der keinen Fuß zum Theater rühren mag, sitzt abends allein für sich bei der Lampe, liest still das Drama eines bedeutenden Dichters, und die Gestalten werden vor ihm lebendig, schreiten mit den Schritten, welche der Dichter gewollt hat, des Helden oder des Komödianten, sprechen mit Stimmen, die nur einem Schauspieler zu Gebote standen, und handeln in jenem Räume, welcher nicht die Wirklichkeit ist, sondern jene unwirkliche Welt, welche durch Hintergrund und Kulissen so roh geschaffen werden soll. Wie der Dichter sein Drama nicht ohne das Theater schaffen konnte, so kann dieser Mann das Drama für sich nicht so lesen, wie es gelesen werden muß, wenn er nicht das Theater gesehen hat. Es war nötig für ihn, daß er einmal als junger Mensch von oben herab, nachdem der raumbeherrschende Kronleuchter verschwunden war, in jenen hellen Guckkasten sah, der ihm denn so zauberisch erschien, diese Häuser aus Leinwand, die zu klein sind für die Menschen, diese geschminkten Darsteller, diese falschen Farben, dieses ungeheuerliche Licht, daß er diese unmögliche Sprechweise hörte. Er muß einmal das Theater geliebt haben, um es später zu verachten, durch seine Phantasie zu ersetzen.

Für diesen einsamen Freund des Theaters ist kürzlich ein entzückendes Werk erschienen: »Das Theater«, Bühnenbilder von Karl Walser. Wenn wir an die moralische Bildungsanstalt denken und im stillen eines jener großen Werke in uns aufnehmen wie den »König Öpidus« oder die »Orestie« des Äschylus, so genügt uns ja das Wort des Dichters. Es gibt ein bekanntes Geschichtchen von einem berühmten Schauspieler, der den Ödipus spielen sollte und mit der »Rolle« nichts anzufangen wußte. Er ging zu einem Bekannten, klagte ihm sein Leid und bat ihn um eine »Auffassung«. Der Bekannte suchte ihm das Drama klarzumachen; geduldig hörte der Mime lange den unverständlichen Worten zu; endlich blitzte es über sein Gesicht, und er rief aus: »Nicht weiter! Ich bin orientiert! Tragischer Heuler!«

Die Geschichte ist so wahr, daß sie sicherlich erfunden ist. Nirgends wirkt das Theater so abschreckend, wie wenn diese großen Werke dargestellt werden sollen, die in eine Kirche gehörten, nirgends ist es auch so überflüssig, denn das Lesen im stillen Kämmerlein gibt uns diese Werke fast ganz.

Anders ist es bei jenen Dichtungen, welche auf die höhere Sinnlichkeit wirken wollen. Bei ihnen ist das Wort immer gedacht in Begleitung anmutiger Bühnenbilder, unwirklicher Beleuchtungen, märchenhafter und zauberischer Vorgänge, die doch ihre eigene Unmöglichkeit immer zeigen sollen; hier hat ja auch die Verbindung mit der Musik, mag man gegen die heutige Oper noch so große Bedenken haben, immer ihr Recht. Wenige Menschen gibt es, welche eine solche Einbildungskraft haben mögen, sich diese Begleitung der Dichtwerke selber zu schaffen: für sie hat Walser seine reizenden Figurinen gesammelt.

Wir erleben ja heute auf dem wirklichen Theater eine in ihrer Art und in ihren Grenzen reizvolle Darstellung solcher Werke, welche auf die höhere Sinnlichkeit rechnen, und geschickte Theaterleute, welche die Bedürfnisse der Zeit verstanden haben und die Begabung der geeigneten Männer für ihre Zwecke anwenden, haben hier große Erfolge erzielt; man braucht nur die Namen Reinhardt und Gregor zu nennen. Aber wie das Werk des Dichters vergröbert wird auf dem wirklichen Theater und der Gemeinheit nicht entgehen kann, so hat auch der Bühnenmaler zu leiden. Vor allem wird in der Hinsicht fast immer ein unangenehmes Gefühl entstehen: die Dinge auf der Bühne sollen unwirklich sein, aber nicht unwahr, und fast immer werden sie unwahr und nicht unwirklich. Die Lumpen des Bettlers, der Purpur des Königs sollen nicht wirkliche Lumpen, nicht wirklicher Purpur sein: aber die Theaterleute lügen uns unwahre Lumpen und unwahren Purpur vor. Die ästhetische Barbarei unseres angebildeten Großstadtwesens kommt in diesem Punkt zum Ausdruck: man will Wirklichkeit vortäuschen, und macht sich nicht klar, daß man Vortäuschung einer unwirklichen, nicht einer wirklichen Welt zu geben hat. Man macht dem Bühnenmaler scheinbar alle Zugeständnisse, die er verlangt; aber wenn dann alles bis zuletzt scheinbar in Ordnung ist, kommt immer der Komödiant, der mit dem Schein des Scheins nicht zufrieden ist, und nie sich selber vergessen kann; und der schlimme Komödiant von heute nennt sich nicht mehr Schauspieler und tritt nicht mehr mit gespreizten eigenen Beinen vor das entzückte Publikum, sondern er nennt sich heute Spielleiter, steht fettgedruckt auf dem Theaterzettel, von dem er am liebsten den Namen des Dichters verdrängen möchte, und läßt fremde Beine für seinen Ruhm sich spreizen. Wer einmal eine Gesellschaftslehre unserer Zeit schriebe, dem müßte dieses Abstraktwerden des Konkretesten, der Komödianteneitelkeit, doch eigentlich der bezeichnendste Vorgang in dem allgemeinen Ablauf unserer Zeit erscheinen, dem Verflüchtigen alles Wirklichen zur Beziehung, alles Tatsächlichen zur Abziehung.

Die Figurinen, welche Walser in seinem Band gesammelt hat, sind nun Ausdruck des Theaters der höheren Sinnlichkeit ohne den störenden Spielleiter, sie sind reines Theater ohne den Komödianten, Spiel ohne Lüge.

Walser wäre nicht zu denken ohne den vorherigen Aubrey Beardsley. Wie kommt es nur, daß Beardsley immer unrein, ja gemein wirkt und Walser immer rein und edel?

Der Strich Beardsleys ist konventionell, sein Gefühl für den menschlichen Körper gering, aber er hat eine merkwürdige, auf den ersten Blick, ehe man nämlich das Kunstgewerbliche steht, unbegreifliche Schönheit. Auch Walser weiß und empfindet recht wenig vom menschlichen Körper; denkt man sich seine Figürchen ausgekleidet, so sieht man, daß alle Glieder falsch angesetzt sind; sie können nicht stehen, nicht sitzen und nicht gehen. Aber was bei Beardsley als ein Nichtkönnen wirkt, das wirkt hier – man gestatte das so oft mißbrauchte Wort – als Stil: sie sind da wegen der anmutigen Kostüme, wegen der seltsamen Bewegungen, wegen des Zusammenklingens der Farben. Sie sind Theater, das echte, schöne Theater, welches wir in unserer Phantasie haben, das wir uns ausdenken und vorstellen, um die Schwermut unseres Lebens zu überwinden, als Kunst. Beardsley könnte man etwa vergleichen mit unserem unglückseligen Frank Wedekind, wenn Wedekind nämlich Geschmack hatte: er ist ein Clown, welcher tragisch, ein Pornograph, welcher empfindsam ist, ein Artist, welcher nichts kann. Bei Walser aber würde ich an den heiteren, ewig jungen Lesage denken; und wenn er den Fleiß aufböte, welchen er auf diese Figurinen verwendet hat, so würde er uns einen wundervoll bebilderten Gil Blas schaffen können, welcher besser wäre wie der von Jean Gigour oder Deveria, geschweige denn der Chodowieckis.

Die meisten Bilder sind zu »Figaros Hochzeit« und zu »Carmen«. Sollte es möglich sein, daß man die entzückende Musik und die seltsamen Vorgänge nicht nötig hätte, um in Empfindungen zu geraten ähnlich denen beim reinen Genuß dieser Werke, wenn man nur die Figurinen eines Zeichners betrachtet? Es ist möglich, wenn man die Blätter Walsers vornimmt.

Möglichkeiten einer Kinokunst
(1913)

Alle Künste haben sachliche und handwerkliche Vorbedingungen, ohne die sie nicht hätten entstehen können. Der Gedanke liegt einer auf das Sinnliche gerichteten Zeit nahe, daß sie einzig aus diesen Vorbedingungen entstanden seien und nicht aus der menschlichen Seele, welche sich mitteilen wollte und nun diese sachlichen und handwerklichen Umstände als Mittel verwenden mußte. So kann diese selbe Zeit denn auf den Gedanken kommen, es müsse möglich sein, daß durch neue handwerkliche und sachliche Bedingungen ganz neue Künste entstehen könnten, die es früher nicht gab, weil es diese Vorbedingungen nicht gab. Derartige Ansichten sind ja immer recht einleuchtend, weil es da mit Ursache und Wirkung recht einfach zugeht und den Menschen restlos alles klar wird, während bei anderen Betrachtungsweisen vieles unklar und unerklärbar bleibt. Aber das Einleuchtende ist gewöhnlich das Falsche: tiefere Zeiten wissen das durch philosophisches Nachdenken oder verständig gemachte Erfahrung; wenn unsere Zeit das nicht weiß, so ist der Hauptgrund wohl darin zu suchen, daß sie mit ihren Interessen innerhalb des Gebietes des Einleuchtenden bleibt.

Schon einmal, vor etwa einem halben Menschenalter, kam man auf den Gedanken einer neuen Kunst, welche aus den neuen Verhältnissen geboren sei: der Plakatkunst. Der Unsinn stellte sich bald heraus; es zeigte sich, daß man allerdings geschmackvolle und zweckentsprechende Plakate machen kann an Stelle der geschmacklosen und unzweckmäßigen, daß man aber solche Betätigung im günstigsten Fall eben noch zum Kunstgewerbe zu rechnen hat. Heute, wo das Geschrei von der Veredlung des Kinos ertönt, hören wir dieselben Gründe, welche damals für die Möglichkeit einer Plakatkunst vorgebracht wurden – von derselben Art von Menschen – für eine neue Kinokunst vorgebracht.

Bei so plötzlich erwachter allgemeiner Anteilnahme ist es in Anbetracht der menschlichen Gebrechlichkeit immer gut zu fragen, wer den Vorteil von ihr haben kann, denn für die höheren Ziele der Menschheit pflegt die Anteilnahme ja selten so allgemein zu sein und so lebhaft zu erwachen. Da sieht man denn auf der einen Seite das märchenhaft aufblühende Filmgewerbe sehr lebhaft beteiligt. Stimmen von angesehenen Personen sind laut geworden, welche in ihm eine Gefahr für das Volk sehen, Maßregeln der Verwaltungsbehörden sind bereits ergriffen, und eine eindämmende Gesetzgebung wird verlangt, vielleicht auch schon vorbereitet. Es mag dahingestellt sein, ob in dem allgemeinen Auflösungsvorgang der heutigen Völker, in welchem ja Bedürfnis nach und Befriedigung durch Filmaufregungen nur eine Erscheinung sind, nun gerade das Kino so bedeutend sein kann, wie man denkt; jedenfalls wird es verfolgt, und es sucht sich naturgemäß zu schützen; der naheliegendste Schutz ist, daß es erklärt, es sei gar nicht so schlimm, wie es gemacht werde, es sei im Begriff, sich zu veredeln, es entwickle sich zur Kunsteinrichtung, und die ersten Geister der Nation seien an dieser Entwicklung zur Kunst beteiligt. Die ersten Geister auf der anderen Seite beteiligen sich denn nun wirklich, da das Filmgeschäft ja gut bezahlen kann, und so werden wir denn mit der neuen Filmkunst beschenkt.

Welche Mittel hat nun, so muß man fragen, das Kino für die Kunst zur Verfügung?

Es wird ein Ereignis oder eine Abfolge von Ereignissen durch Schauspieler pantomimisch wiedergegeben; die nächste Verwandtschaft hätte also die Filmkunst mit der Pantomime. Die Unterschiede sind folgende. Bei der Pantomime stehen wirkliche Schauspieler auf der Bühne, es entsteht also jene seelische Beziehung zwischen Zuschauerraum und Bühne durch die körperliche Wirkung des Schauspielers, die auch beim eigentlichen Drama stattfindet; das heißt, die Zuschauer fühlen auch Nichtausgedrücktes mit. Diese Beziehung fällt bei der Vorführung einer Folge von Augenblicksaufnahmen fort; um sich verständlich zu machen, muß der Schauspieler also übertriebener spielen als bei der Pantomime.

Zweitens: es hat sich erfahrungsgemäß herausgestellt, daß eine Kino-aufführung nur dann Vergnügen macht, wenn die Vorgänge sich schneller abrollen als in der Wirklichkeit; wahrscheinlich, weil der Zuschauer doch irgend etwas haben will, was das Bild grundsätzlich als unwirklich erscheinen läßt. Dadurch gewinnen die Vorgänge von selber schon etwas Groteskes, und man könnte geneigt sein zu der Annahme, daß Möglichkeiten für groteske Wirkungen beim Kino vorhanden sind, die es sonst nicht gibt.

Drittens: dadurch, daß man bei der Herstellung des Films Dinge fortretuschieren kann, welche für die Figuren und Bewegungen in der Wirklichkeit durchaus notwendig sind, entsteht die Möglichkeit besonders phantastischer Wirkungen; nicht phantastischer Wirkungen überhaupt, sondern nur jener Art von ihnen, welche auf dem Auslassen von Zwischengliedern ihrer Entstehung beruht.

Das Kino gibt uns also eine Pantomime ohne das seelische Band von Schauspieler und Zuschauer, aber mit gewissen eigenen Möglichkeiten grotesker und phantastischer Art.

Wir müssen nun zunächst sehen, was die Pantomime bedeuten kann. Wir haben hier das Glück, daß wir uns nicht auf die ja immer graue Theorie zu verlassen brauchen; seit undenklichen Zeiten hat es die Pantomime gegeben, wenn also hier etwas herauskommen kann, so müßte es irgendwann und irgendwo einmal herausgekommen sein. Davon hat man aber nichts gehört. Was man erfährt, das ist, daß zu gewissen Zeiten die Pantomime eine nicht sehr hoch geachtete Volksunterhaltung war, zu anderen eine gleichfalls nicht sehr geschätzte Unterhaltung vornehmer Kreise. Das ist alles. Man kann ja so etwas als Kunst bezeichnen und dann mit dem in solchen Fällen gerade beim Theater so gern angewendeten Fehlschluß darüber dieselben Aussagen machen, die man etwa über Goethes Iphigenie macht; im Bewußtsein der betreffenden Zeiten aber stand diese Kunst der Kunst des Wintergartens gleich, nicht der Kunst des Dichters.

Wo soll es denn auch herkommen? Gefühle und Empfindungen hat jeder Mensch; den Dichter unterscheidet es, daß er sie durch Worte schön darstellt und zu einem höheren sinnvollen Gebilde vereinigt. Das Wort ist das Mittel des Dichters, wie die Farbe das Mittel des Malers ist, und die allgemein anerkannte höchste Stellung der Dichtung unter den Künsten rührt daher, daß im Wort in eigentümlicher Weise Sinnliches und Geistiges, Anschauliches und Begriffliches vereinigt ist, so daß der Dichter alles ausdrücken kann, was den Menschen bewegt, der Maler und Musiker nur einiges.

Wenn ein Mann schreibt: »Adolf tritt auf, drückt durch Gesten seine Verzweiflung aus, erblickt einen geöffneten Brief vor sich liegen, hebt ihn mit dem Ausdruck der Neugierde auf, liest ihn, seine Mienen drücken nacheinander Erstaunen, Verliebtheit, Eifersucht, Haß aus...« und so fort, so ist da doch nichts gedichtet; es ist auch nichts gedichtet, wenn Auguste dazukommt, Adolf sie totsticht, die Schutzleute erscheinen usw. Ein guter Schauspieler kann so etwas ja sehr nett machen, und seine Leistung hat immerhin noch eher Ähnlichkeit mit der Schauspielkunst als die Leistung des Textverfassers mit der Dichtkunst; aber man mache sich doch nur bei einem guten Schauspieler klar, ob nicht neun Zehntel des Eindrucks, den er macht, durch seine Beseelung des Wertes kommen; mit der Mimik kann man immer nur eine Tatsache ausdrücken; erst das Wort erweckt der Tatsache die tiefere Anteilnahme, macht sie geistig, indem es sie lebendig macht und ihr die seinen Abschattierungen gibt. Ich bin durchaus nicht geneigt, das Theater zu überschätzen; aber bis zu einem gewissen Grade kann auf dem Theater doch ein Schauspieler, der zu den Füßen einer Schauspielerin sitzt, Hamlet zu Ophelias Füßen darstellen; in der Pantomime nur einen jungen Mann, der zu den Füßen eines jungen Mädchens sitzt, die Augen verdreht, die Hand aufs Herz legt und empfindsam ist.

Also: die Pantomime kann nichts wie eine Folge von Tatsachen darstellen.

Wenn die Schauspieler in der Pantomime nun seine, begabte Menschen sind mit Herz und Verstand, so können sie durch ihre Persönlichkeit vielleicht eine Wirkung über das Bekanntgeben von Tatsächlichem hinaus erzielen durch jene seelische Verbindung mit dem Publikum, von der oben die Rede war, die ohne das gesprochene Wort freilich unendlich schwer zu erzielen ist, weil gerade der Klang der Stimme die ersten Fäden zu ziehen pflegt.

Fehlt dieser Umstand beim Kino, so ist doch durch die größeren Möglichkeiten des Grotesken und Phantastischen vielleicht etwas Neues, Günstigeres zu schaffen.

Auch hier kann man, ehe man sich die Sache gedanklich betrachtet, sich an Tatsächliches halten. Die Amerikaner haben offenbar eine besondere Begabung für die Art von grotesker und phantastischer Kunst, welche hier in Frage stehen würde, nämlich für die, welche durch verstandesmäßige Entwicklung des Tatsächlichen entsteht und das Gefühl nur als allgemeinen Untergrund der gesamten Empfindung hat. Man denke an Poe und Mark Twain – natürlich sollen nicht etwa die Persönlichkeiten der Beiden verglichen werden, sondern ihre allgemeine Richtung. Nun hat das Kino eine besondere Förderung in Amerika empfangen; ist es nicht merkwürdig, daß sich dort keine Begabung gefunden, die aus ihren Bedingungen heraus etwas Besonderes entwickelt hat?

Ein sehr häufiger und immer dankbarer Vorwurf ist die Jagd hinter einem fliehenden Geschöpf (Tier, Radler, Dieb usw.), bei der es an Straßenecken zu Zusammenstößen kommt; ich denke aber, wenn man die möglichen Abwandlungen des Vorwurfs gesehen hat, daß man dann hinreichend befriedigt ist. Sollte es nur an der Geistesarmut der Verfasser von Kinotexten liegen, daß diese öde Gleichförmigkeit herrscht? Man kann natürlich nicht beweisen, daß nicht ein Genie kommen könnte, das hier etwas sehr Komisches und immer Neues zustande brächte; jedenfalls aber ist es bis jetzt nicht gekommen, und man sieht nicht, wie es kommen könnte. Manche dieser Versuche sind bloß abgeschmackt, zum Beispiel, wenn ein Film, welcher einen Zigarrenmacher darstellt, von rückwärts vorgeführt wird; das Groteske daran ist zu dünn, um für einen gebildeten Menschen auch nur über eine halbe Minute auszuhallen.

Mehr Glück wäre vielleicht bei jenen phantastischen Vorführungen anzunehmen, wo man an den Films retuschiert hat. Hierher gehört der Umzug, bei dem die Möbel sich von selber an ihre Stelle begeben und zuletzt ein Lampentischchen ratlos umherirrt, bis es seinen Platz findet. Ich habe einmal einen Pariser Film gesehen, wo ein hölzernes Pferd sich aus einzelnen Stücken selber zusammensetzte und dann zu galoppieren begann. Auch hier scheint doch aber nur wenig möglich zu sein; jener Umzug wird seit langen Jahren vorgeführt; und wenn der Film in seiner Art ja auch wirklich gelungen ist, als ein Kunstwerk kann man ihn schließlich denn doch nicht bezeichnen.

Es ist eben doch so, daß zur Kunst zunächst Geist gehört, und Geist findet sich nun eben nicht im Tatsächlichen. Wenn ein Albrecht Dürer mit wissenschaftlicher Genauigkeit ein Rasenstück malt, dann haben wir ein Kunstwerk, denn das kleine Aquarell ist aus seinem Gehirn und seinem Herzen hervorgegangen; wenn das Kino uns eine im Wind bewegte Wiesenfläche vorführt, dann haben wir kein Kunstwerk, trotzdem für den rohen Betrachter die Filmvorführung sicher eindrucks-

voller ist als das unscheinbare Bildchen. (Es soll nicht damit behauptet werden, daß sie wie Ähnliches nicht an sich eindrucksvoll wäre.)
Unsere Zeit setzt ja überall an die Stelle der menschlichen Arbeit die Arbeit der Maschine. Heute beginnt allmählich den Menschen klarzuwerden, daß das Ergebnis – abgesehen von den Folgen für die beteiligten Arbeiter – doch sehr seine Bedenken hat, schon bei den einfachsten gewerblichen Gegenständen; überall wo wir eine seelische Beziehung zu dem Gegenstände haben wollen, wirkt die Maschinenarbeit roh und gemein. Im Kino wird der Versuch gemacht, die höchste Betätigung des Menschen, die Kunst, durch Maschinenbetrieb herzustellen. Daß der Versuch scheitern muß, ist ja klar; daß er aber gemacht werden kann, das ist eines der schlimmsten Zeichen der Verwilderung unserer Zeit.

Kunst und Persönlichkeit
(1914)

Es scheint, daß mit der zunehmenden Verbürgerlichung der Menschen und der damit verbundenen Entfernung von der Natur das Verständnis für die Kunst den Menschen immer schwieriger wird; wenigstens sollte man das als Grund annehmen für die merkwürdige Erscheinung, daß die Schriften über die Kunst, die Künstler und die Kunstwerke sich immer vermehren.
Diese Schriften wirken nun jedoch durchaus nicht immer aufklärend. Kunst muß mit dem Gefühl aufgenommen werden, nicht mit dem Verstand; was man aber über Kunst schreiben kann, das wird naturgemäß meistens verstandesmäßige Untersuchung sein. Dadurch wird erstens für die Menschen leicht ein falscher Punkt gegeben, von dem aus sie Kunst betrachten sollen; und zweitens werden durch den grübelnden Verstand eine Menge Fragen aufgeworfen, die dann durch ihn freilich auch gelöst werden, aber für den, welcher die Kunst wirklich fühlt, eigentlich gar nicht vorhanden sind.
Eine solche Frage ist die von dem Verhältnis zwischen Kunst und Persönlichkeit.
Ein jedes Kunstwerk hat einen Gehalt, einen bedeutenden oder einen unbedeutenden. Angenommen, daß der Künstler in beiden Fällen seine Sache gekonnt hat, so sprechen wir dann von einem großen oder einem

geringeren Kunstwerk. Der Gehalt kommt ungewollt und unbewußt aus der Seele des Künstlers, und aus einer bedeutenden Seele kommt natürlich ein bedeutender, aus einer unbedeutenden ein unbedeutender Gehalt.

Das ist eigentlich doch wohl selbstverständlich, und niemand, der ein Kunstwerk fühlend erlebt, wird hier eine Frage sehen. Wenn man aber das zeitgenössische Schrifttum über diese Dinge betrachtet, so findet man, daß über die Frage von der Persönlichkeit in der Kunst heftig gestritten wird. Ich las kürzlich einen Aufsatz über die Frage. In diesem stand folgender Satz: »Daß heut vollends die experimentierende Neuklassik, wiederum über das Ziel hinausschießend, die rein unpersönliche Stillinie, also etwas Extrem-Künstlerisches statt des Extrem-Persönlichen sucht, begreift sich sehr wohl aus der entgegengesetzten Übertreibung, für die das Ich alles und die Form nichts oder wenig bedeutet.«

Da die bedenkliche Aufschrift »Neuklassik« schließlich auf mir allein klebenzubleiben scheint, so bin ich wahrscheinlich mit diesem Satz gemeint. Ich muß mich aber sehr dagegen verwahren, daß ich jemals einen solchen Unsinn, wie er mir hier zugeschoben wird, ausgesprochen habe.

Ich glaube, und solche Aufsätze bestärken mich in dieser Ansicht, daß die Ästhetiker bei der Gegenüberstellung von Kunst und Persönlichkeit von einer falschen Voraussetzung ausgehen. Klassizität in der Kunst ist künstlerische Vollkommenheit, der restlos geglückte Ausdruck des Wollens durch das Können; wenn die »Neuklassik« wirklich klassisch ist, dann ist also »experimentierende Neuklassik« ein Widerspruch in sich selbst. Da die Begriffe über das Vollkommene in den Zeiten verschieden sind, so wird auch das Urteil darüber verschieden sein, ob ein Kunstwerk klassisch ist. Für Lessing war der Laokoon klassisch, für das vorige Geschlecht der Hermes von Praxiteles, für uns heute ist es etwa eine ägyptische Figur aus der guten Zeit und von einem guten Künstler. Bei einem solchen wirklich klassischen Werk darf man dann nicht mehr an die Persönlichkeit des Künstlers denken, der es gemacht hat, denn seine Persönlichkeit ist vermöge seines künstlerischen Könnens restlos in seinem Werk aufgegangen; aber natürlich hat er doch eine Persönlichkeit gehabt. Da die ägyptische Bildhauerkunst vernünftigerweise Urbilder, die einmal geglückt waren, festhielt, so ist hier für unseren unruhigen und eitlen Verstand die Sache nicht so klar einzusehen; man denke sich denn etwa den Mann, der als Erster das plastische Urbild des Schreibers geschaffen hat, und suche das Werk zu verstehen, dann wird einem klar werden, was der für eine große Persönlichkeit gewesen sein muß.

Der klassischen Kunst steht die romantische Kunst gegenüber, welche unabsichtlich oder absichtlich nicht Vollkommenheit anstrebt. Man kann hier vielleicht zwei Arten unterscheiden: die des Kunstfertigen und die des Ringenden. Der Laokoon etwa erscheint uns heute als ein rein gekonntes Werk: ein außerordentliches Können ist in den Dienst eines gemeinen Wollens gestellt. Eine Arbeit von Michelangelo ist das Werk eines Ringenden, dem seine Kunst und sein Kunstwerk nicht genügten, um seine Welt auszudrücken, bei dem das Wollen also größer war als das Können. Bei solchen romantischen Werken wird man natürlich leicht darauf geführt, über die Persönlichkeit des Künstlers nachzudenken; aber deshalb ist doch nicht gesagt, daß hier die Persönlichkeit eine größere Rolle gespielt hat als bei den klassischen Künstlern. Freilich, die Leute, welche mit dem Verstande an die Kunst herangehen und nicht über jene Kraft des Gefühls verfügen, welche ein großes, harmonisches Kunstwerk in seiner Gesamtheit erleben kann, werden solchen Erscheinungen immer den Vorzug geben und sie gegenüber den andern maßlos überschätzen.

Wir haben in unserer deutschen Kunst eine große Menge von fragwürdigen Erscheinungen, und je mehr über Kunst geschrieben wird, desto mehr werden solche Erscheinungen hervortreten. Dazu gehört etwa ein Mann wie Grabbe.

Grabbe hatte eine Begabung in sehr hohem Maße: die Darstellungs-kraft. Aber diese Begabung stand ganz allein in einer im tiefsten Grunde albernen Persönlichkeit; und man kann sich vielleicht sogar fragen, ob sie sich nicht deshalb so stark zeigen kann, weil durch die Albernheit gewiß Hemmungen und höhere Zwecke fehlen. Was hat es nun eigentlich für einen Zweck, einen solchen armen Menschen denn etwa einem Sophokles entgegenzuhalten, der die ungeheure Kraft hatte, sich selber gänzlich auszugleichen, und der einer von den paar Menschen ist, welche durch ihre gewaltige Persönlichkeit in den späteren Jahrtausenden die Vorstellung erweckt haben, die alten Griechen wären ein ausgeglichenes Volk gewesen! Hätte man Sophokles nach »Persönlichkeit und Kunst« gefragt, so hätte er doch wohl nur gelächelt: man hat es eben, oder man hat es nicht. Welcher

Weg ist vom »König Ödipus« zum »Ödipus auf Kolonos«! Wenige
Menschen hat es gegeben, die einen solchen Weg gegangen sind; auch
ein Goethe hätte nicht die Kraft für ihn gehabt. Sophokles ist ihn
gegangen und hat die beiden Dramen geschrieben, bei denen nun
niemand mehr an ihn selber denkt, die wir hinnehmen als selbstverständlich wie die Früchte eines Baumes.

Die Seiltänzer, Akrobaten, Taschenspieler und ähnlichen Leute nennen
sich bekanntlich Artisten oder Künstler. Diese Redeweise gibt einen
Fingerzeig für die falsche Auffassung des Künstlers, die bei uns immer
noch herrscht und die wahrscheinlich in der italienischen Renaissance
entstanden ist. Der Künstler ist den Leuten immer der Kunstfertige, der
Mann mit einer bestimmten Begabung, der Mann, der etwas Merkwürdiges kann, was andere Leute nicht können; nur daß bei der eigentlichen Kunst dann an die Stelle des bloßen Kunststückes das Kunst-
stück als Persönlichkeitsäußerung tritt. In dieser Philisterauffassung
vom Künstler liegt auch der Grund für solche Untersuchungen über
Kunst und Persönlichkeit.

In Wirklichkeit ist der Künstler aber ein Mann, der ein neues, zunächst
nur in ihm vorhandenes Weltbild in sich trägt, das er dann mit schwerer
Arbeit, so gut er kann, sinnlich darzustellen sucht; unter den Künstlern
ist der Dichter der höchste, weil bei ihm die Sinnlichkeit am geistigsten
ist, weil für seine Künstlerschaft also der ganze Mensch in Anspruch
genommen werden muß. In unserer Zeit, welche von der Wissenschaft
und vom Geldverdienen eine übertrieben hohe Vorstellung hat, klingt
es ja etwas anstößig, wenn man das sagt; aber hat Schiller recht, daß
der Dichter der einzige wahre Mensch ist: nun, dann wird es ja wohl
bei ihm auch nicht ohne Persönlichkeit gehen.

Aussichten des Kunstgewerbes
(1913)

Die kunstgewerbliche Bewegung in Deutschland hat nun schon eine
solche Zeit hinter sich, daß man imstande ist, über ihre Erfolge und
Leistungen ein Urteil zu fällen; wenn wir mit unserem Wollen und
Schaffen nicht im Dunkeln tappen mögen, so ist es doch immer nötig,
daß wir uns von Zeit zu Zeit klarmachen, was von unseren Absichten
denn nun erreicht, was nicht erreicht wurde.

Die kunstgewerbliche Bewegung hat gleich zu Anfang allgemeine Anteilnahme erregt, Männer von Begabung wendeten sich ihr zu und widmeten ihr die Arbeit ihres Lebens, öffentliche Anstalten, Behörden und Publikum unterstützten sie, und wirklich ist ja doch nun etwas entstanden, was mindestens aus unserem heutigen Leben nicht mehr auszustreichen ist.

Das Kunstgewerbe in früheren Zeiten ruhte in erster Linie auf dem Handwerk, und zwar, wie man nach allen Anzeichen vernünftigerweise schließen muß, nicht so, daß nun unter den Handwerkern sich eine besondere Art von Kunsthandwerkern mehr oder weniger von den anderen abgeschieden hätte, sondern die einfache Brotarbeit, das, was der Tag und Bedarf an bloß nützlichen Dingen verlangte, war überall bei den Handwerkern das Gewöhnliche; sie hatten aber den Geschmack, die Fertigkeit und den guten Willen, vorkommende Aufträge auf höhergeartete Arbeiten zu erfüllen oder bei besonderen Gelegenheiten solche Arbeiten von sich aus zu machen, auch ohne Auftrag.

In zweiter Linie ruhte das Kunstgewerbe damals auf der Frauenarbeit. In Klöstern, in den Familien gab es viele Frauen von Bildung, Geschmack und handwerklichen Fähigkeiten, welche schöne Arbeiten herstellten, nicht für den Verkauf, sondern für den eigenen Verbrauch der Familie oder für den Schmuck der Kirchen.

Man hat nun, als man das Kunstgewerbe neu beleben wollte, sich die Bedingungen nicht genügend klargemacht, unter denen damals in diesen Kreisen die heute so viel bewunderten Kunstarbeiten entstanden. Die Hauptbedingung, die Bedingung, welche heute nie wieder zu schaffen ist, war unbezahlte Arbeitszeit.

In den weitaus meisten Fällen macht den Reiz der kunstgewerblichen Arbeit eine sehr mühsame Herstellung aus, und bis zu einem gewissen Grade kann man sagen, daß der Unterschied von Kunstgewerbe und eigentlicher Kunst darin liegt, daß bei jenem Mühe und Fleiß bewußt das Urteil über den Wert der Arbeit mitbestimmen, bei dieser nicht.

Die neuzeitliche bürgerliche Gesellschaft hat bekanntlich die Arbeitsformen des Mittelalters zerstört, nicht aus Unkenntnis, Leichtfertigkeit oder ähnlichen Ursachen, wie von politischen und sozialen Idealisten oft angenommen wird; es handelt sich da um einen gesellschaftlichen Entwicklungsvorgang, den man ja beklagen oder bejubeln mag, auf keinen Fall aber seiner Zeit anders leiten konnte oder heute aus der

Welt zu schaffen vermag. Das Kunstgewerbe war seiner Zeit natürlich innerhalb der damaligen Verhältnisse entstanden, ohne daß jemand die Absicht gehabt hätte, es zu begründen; es mußte mit dem Untergang dieser Verhältnisse auch untergehen.

Solche Entwicklungen nun sind aber nur bis zu einem gewissen Punkt wissenschaftlich zu begreifen. Wie die großen Umwälzungen der Menschheit, der Übergang etwa von der antiken Gesellschaft zur feudalen, von der feudalen zur bürgerlichen immer einen geheimnisvollen Grund aufweisen, den unser nachspürender Verstand nie erklären kann, so auch die kleineren Umwälzungen, die jene begleiten und durch sie erzeugt werden. Wir gebrauchen hier gern das unbestimmte Wort »die Zeit« — »die Zeit verlangt dieses«, »die Zeit erzeugt jenes«; in diesem Wort fassen wir erkennbare und unerkennbare Dinge zusammen, Um diesen langen Umschweif zu beenden: auch dort, wo es eigentlich scheinbar gar nicht nötig gewesen wäre, daß das Kunstgewerbe verschwand, konnte es sich nicht mehr halten. Die »Zeit« war anders geworden. Deshalb etwa verschwindet plötzlich das katholische Kirchenkunstgewerbe, weshalb sind plötzlich keine guten Buchbinder mehr vorhanden? Die Anregung zum heutigen Kunstgewerbe kam aus England, aus einem sozialistisch-romantisch-ästhetischen Kreis, sie kam nicht aus dem Leben, den Verhältnissen und Umständen, sondern aus einer Sehnsucht und Theorie.

Wenigstens gestreift werden muß hier die Frage der gesamten heutigen Kunst: entsteht die heutige Kunst durch das Fliehen aus der häßlichen Wirklichkeit von heute, oder durch ihr tieferes Erfassen als eine neue Schönheitsmöglichkeit? Mir scheint, die romantischen Engländer waren wie alle Romantiker zu dünne Männer, sie hatten nicht die Kraft, von außen in das Innere zu dringen, und so fanden sie sich ab mit der alten, uralten Auskunft in allen Fällen, wo die Kraft versagt: sie fanden, daß die heutigen Trauben sauer sind. Das heutige Wirtschaftsleben ruht nicht mehr auf der Handarbeit und den Handwerksmeistern, sondern auf der Maschine und dem Großgewerbe. Wenn im natürlichen Fortgang der Dinge sich aus dem heutigen Leben allmählich wieder Schönheit entwickelt, so muß sie aus den heutigen Lebensbedingungen kommen, aus der Maschine und dem Großgewerbe; und sehr wahrscheinlich wird dieser Vorgang genau so sein wie seiner Zeit beim Handwerk, nämlich ohne bewußte Absicht Einzelner, vielleicht so, daß man ihn lange Zeit überhaupt nicht merkt.

Die Engländer gingen nun bewußt wieder auf das Handwerk zurück: ja in ihrer Nichtachtung der heutigen Verhältnisse trieben sie es so weit, daß sie Schönheitsmöglichkeiten von heute ablehnten. Ruskin, den man als einen geistigen Vater der Bewegung betrachten muß, preist einmal die durch die handwerklichen Unzulänglichkeiten der älteren Arbeitsvorgänge entstandenen Unregelmäßigkeiten eines venetianischen Glases gegenüber der geistlosen Vollendung eines heutigen Erzeugnisses; aber unzweifelhaft liegt doch in der Genauigkeit und Sauberkeit der neuzeitlichen Arbeit für das Kunstgewerbe die Möglichkeit ästhetischer Reize; man darf eben nicht, wie es jene Engländer fast immer taten, die Kunst mit dem Kunstgewerbe verwechseln.

Unmittelbar und auf verschiedenen Umwegen kamen die englischen Anregungen nach Deutschland, und hier ist nun wirklich ein neues Kunstgewerbe entstanden.

Gleich von Anfang an zeigte sich ein neuer Stil, der eigentlich fix und fertig war, als er das erste Mal auftrat.

Bei den Engländern waren die Führer der Bewegung Theoretiker und theoretisierende Künstler gewesen, bei den Deutschen hatten die Künstler die Führung. Dadurch ergab sich, daß die Wirklichkeit, ohne daß man es merkte, sofort einen größeren Einfluß gewann; man stand ihr nicht mehr mit theoretisch verbundenen Augen gegenüber. Das war ein Vorteil. Für die Betrachtung aber wurde die Sache jetzt recht verwickelt, denn die englischen Gedanken und Worte wurden beibehalten, ohne daß man sich klarmachte, daß ein teilweise neuer Geist in die Sache hineingekommen war; man sprach immer noch von Handwerk und von der Beherrschung des Stoffes, man schuf aber im Geist der Maschine, sprach sogar ausdrücklich vom »Geist des Maschinenalters« und schuf, ohne überhaupt eine Ahnung vom Stoff zu haben, verfiel also gleich in einen der schlimmsten ästhetischen Fehler der heutigen Industrie, die man eben bekämpfen wollte. Mit anderen Worten: eine Anzahl Künstler wie Eckmann, Behrens, van de Velde und andere entwarfen Zeichnungen für Töpfe, Stühle, Geldtaschen, Buchschmuck, Tapeten, Schmuck, Löffel, Gläser und alle möglichen anderen Gebrauchsgegenstände. Nach diesen Zeichnungen wurde nun von Handwerkern und Fabriken gearbeitet.

Wenn man sich den verhältnismäßigen Erfolg der deutschen Kunstgewerbebewegung erklären will, so wird man finden, daß die

Erklärung darin liegt, daß sie die bestehenden Zustände gar nicht grundsätzlich änderte; sie tat nichts, als daß sie an die Stelle der früheren Musterzeichner, die herkömmlich und gedankenlos arbeiteten, neue Musterzeichner setzte, die höher standen und in dem neuen Stil zeichneten. Aber gerade hierin liegt das Gesunde der deutschen Bewegung, sie ist gar nicht das, was sie sein wollte, aber sie bahnt etwas Neues an. Es wäre ja nicht das erste Mal, daß neue geistige Werte aus einem Mißverständnis entstanden.

Nur daß eben wegen der gedanklichen Unklarheit der deutschen Führer doch die Entwicklung noch weit davon entfernt ist, rein und klar zu sein. Noch immer spuken die Vorstellungen von Handwerk und Handarbeit und richten vielfachen Schaden jeder Art an.

Ein Beispiel möge genügen.

Die ersten Drucke aus den Anfängen der Buchdruckerkunst sind noch heute unerreicht schöne Vorbilder. Die Ursache war, daß man aus der Zeit der Handschriften her offenbar noch viele Männer von Geschmack hatte, die zu der neuen Kunst übergingen; diese schnitten die Typen, setzten und ordneten das Satzbild und das ganze Buch; außerdem, weil doch ein Buch immer noch kostbar war, verwendete man nur das allerschönste Papier. Da man noch keine Maschinenpresse hatte, so druckte man mit der Handpresse; das ging sehr langsam und verbesserte den Druck nicht, denn wenn man einen guten Drucker hat, so kann man heute auf der Maschinenpresse viel gleichmäßiger drucken, und noch dazu gleich tausend Bogen hintereinander, als früher auf der Handpresse. Aber die hohe Schätzung der schönen Inkunabel ist, dank der kunstgewerblichen Romantik, auf die Handpresse übergegangen, und so druckt man denn heute ganz sinnlos schöne Bücher mühsam auf der Handpresse, statt das Geld lieber auf das Papier zu verwenden. Der Druck ist doch gerade das Muster einer maschinenmäßigen Herstellung gegenüber dem Abschreiben. Die Schönheit muß hier also entstehen nicht aus dem Persönlichen, welches der Handarbeit anhaftet, sondern aus der Sauberkeit, den guten Verhältnissen, der Vorzüglichkeit des Rohstoffes, der verhältnismäßigen Billigkeit und ähnlichem.

Drucker wie Bodoni oder Didot waren da vor hundert Jahren zeitgemäßer als die Darmstadter Presse.

Der eine Teil dessen, was krank ist an dem neuen Kunstgewerbe, rührt von dieser Unklarheit und der noch spukenden Romantik her.

Das mittelalterliche Kunstgewerbe war kein eigentliches Gewerbe, sondern eine Summe von gelegentlichen Einzelleistungen für besondere Gelegenheiten und Personen. Die – man muß das Schlagwort wohl gebrauchen – demokratisierende neue Zeit ist solchen Erscheinungen ungünstig. Das Bestreben geht offenbar daraufhin, daß alle Leute dieselben Kleider tragen und in denselben Möbeln wohnen, und der Unterschied ist etwa, daß die Stoffe bei den einen echt, bei den andern nur scheinbar echt sind. Durch ihre Romantik verleitet, haben sich die Führer des Kunstgewerbes zu einem großen Teil an die reichen Leute gewandt; aber man denke an ein Zimmer, das etwa Lancret ausge-schmückt hat und an ein Zimmer von van de Velde, man wird den Unterschied sofort sehen; das Zimmer von Lancret mußte von Lancret selber mit seinen eigenen Händen gemacht werden, das Zimmer van de Veldes wird von andern nach seinen Angaben gemacht; das eine kann nur einmal vorhanden sein, das andere kann zu Tausenden hergestellt werden; das neue Kunstgewerbe sündigt gegen seinen eigenen Geist; wenn es sich an Einzelne wendet und nicht an Alle. Eine zweite Krankheit, von der man eigentlich annehmen sollte, daß sie langst hätte überwunden sein müssen, rührt daher, daß die Künstler nur Musterzeichner sind.

Eins der englischen Schlagwörter war die Entwicklung aus dem Stoff, die Beherrschung des Stoffes. Wo ein Handwerker kunstgewerbliche Arbeiten macht, ergibt sich das von selber, wenigstens bis zu einem gewissen Punkt; denn wir werden immer sehen, wie die Stile im Kunstgewerbe, welche ja anderswoher zu kommen pflegen, immer die Neigung haben, den Stoff zu vergewaltigen; man denke an gotische Schränke, welche sinnlos die Zinnenkränze von Burgmauern wieder-holen, vermutlich zum ständigen Ärger der Handwerker und Besitzer, denen die aufgeleimten Klötzchen immer abbrachen. Das Schlagwort von der Entwicklung aus dem Stoff hat auch das deutsche Kunstge-werbe beibehalten, aber die Künstler, welche die Entwürfe machen, bekümmern sich in Wirklichkeit wenig um Eisen, Leder, Holz oder Faden: sie bedenken nur ihre Linie. Wenn wir aber erst den Nachwuchs haben, so wird dieser Übelstand sich gewiß von selber verbessern.

Bei dem ersten Übelstand wird die Heilung sehr viel schwerer sein. Diese Fragen liegen ja überhaupt im letzten Grunde nicht im Ästhetischen, sondern im Sozialen und Wirtschaftlichen, auch sie kommen, wie alle Fragen der heutigen bürgerlichen Gesellschaft, auf

Fragen der Organisation hinaus. Die Romantik wäre längst überwunden, wenn die Vereinigung des Kunstgewerbes mit dem Großgewerbe so einfach wäre.

Ein Beispiel: Fabriken von Kleiderstoffen lassen sich Muster zeichnen von einem guten Künstler und von ihren alten, bewährten Musterzeichnern, welche grauenhaft geschmacklose Entwürfe liefern; sie lassen danach weben und schicken die Reisenden aus. Wenn die zurückkommen, sind fast nur die abscheulichen Muster bestellt.

Man kann dann natürlich auf den Geschmack des Publikums schelten, oder wenn man tiefer gehen will, auf den Geschmack der Verkäufer; aber schließlich hat doch jede Erscheinung ihre Ursache, und mit der Behauptung, daß die Welt im Argen liegt, fördert man nichts. Mir scheint, der Grund liegt darin, daß man noch nie versucht hat, die Gesetze der Mode zu erforschen. Jede Erscheinung hat ihre Gesetze, auch die Mode. Jene geschmacklosen, alten Zeichner fühlen sie, weil sie eben selber mit zu dem geistigen Mittelstand gehören, welcher der Mode unterliegt, die Künstler fühlen sie nicht, weil sie zu denen gehören, von denen unter Umständen die Mode ausgeht. Im Geschäftlichen hat aber nicht der Künstler Erfolg, sondern der geschmacklose alte Zeichner. In Paris scheint man jetzt Versuche zu machen, die Mode bewußt zu leiten: von Herrn Poiret kann man zwar nicht lernen, wie man schöne Kleider macht, aber man kann von ihm lernen, wie man Kleider – und vielleicht sogar schöne – verbreiten kann.

Sprache und Dichtung
(1916)

Die Leute sind überzeugt, daß ein Baum grün ist. Plötzlich treten Maler auf, welche Bäume in anderen Farben malen, und die Leute stehen etwa vor einem Bild mit einer violetten Blätterkrone. Die Leute sind entrüstet und erklären, je nach ihrer eigenen seelischen Verfassung, die jungen Maler für verrückt, unverschämt, unfähig oder marktschreierisch, nach dreißig Jahren etwa aber haben sie sich an den violetten Baum gewöhnt, wo sie die Natur genießen, machen sie sich gegenseitig auf die Blätterkronen aufmerksam, welche sie sehen.
Was geht da vor?

Der wesentliche Unterschied von Mensch und Tier ist, daß das Tier als Erkenntnisquelle nur die Wirklichkeit hat, der Mensch außer der Wirklichkeit auch noch die Begriffe. Diese Begriffe entwickeln sich in Wechselwirkung mit der Sprache.

Wir ahnen nun nicht, wie ungeheuer viel mehr Erkenntnisse wir durch die Begriffe erhalten als durch die Sinne. Wenn wir einen Menschen vor einen Baum führen und ihn fragen, was er sieht, so wird er sagen: »Einen Baum«. In Wirklichkeit steht da nicht »ein Baum«, sondern dieses bestimmte, einzigartige Ding, das der Mensch unter den Begriff »Baum« unterordnet. Wenn wir ihn fragen, wie der Baum aussieht, so wird er antworten: »er sieht natürlich grün aus«, falls er nicht durch das Sehen neuerer Bilder erzogen ist. Mit andern Worten: der Mensch sieht den Baum gar nicht, der vor ihm steht; das Bild auf seiner Netzhaut erweckt sofort den Begriff »Baum« in ihm, der mit soundso vielen Merkmalen verbunden ist, unter andern dem der grünen Blätter; und dieser Begriff schiebt sich ihm gleich vor: nicht sein Netzhautbild kommt ihm zum Bewußtsein, sondern sein allgemeiner Begriff.

Man versteht jetzt den einen Teil der Aufgabe, welche die Kunst zu erfüllen hat – den Teil, welchen die impressionistische Kunst als ihre Aufgabe überhaupt betrachtet – nämlich den Menschen das Sinnenbild zum Bewußtsein zu bringen und es an die Stelle des Begriffsbildes zu setzen.

Wir wollen jetzt das Beispiel für die bildende Kunst fallen lassen und zu dem viel schwierigeren Vorgang bei der Dichtung übergehen. Weshalb ist es denn nötig, daß man das Sinnenbild an die Stelle des Begriffsbildes setzt?

Ein Bekannter erzählte mir, er habe Kotzebues »Menschenhaß und Reue« in französischer Übersetzung gehört und sei erstaunt darüber gewesen, daß dieses doch durch und durch falsche Stück ganz wahr auf ihn gewirkt habe. Er zog den Schluß, die französische Sprache müsse doch ganz verlogen sein. Nebenbei sei bemerkt, daß der Bekannte ein deutscher Schriftsteller war, dem selber Verlogenheit vorgeworfen wird. Leute, die im Elsaß bekannt sind, erzählen, daß sie oft beobachten, wie zwei Leute, die sich auf der Straße begegnen, zuerst französisch miteinander sprechen und nach einer kurzen Weile deutsch fortfahren. Die allgemeinen Redensarten und Liebenswürdigkeiten, welche nichts bedeuten, und einem sehr strengen Mann als gesell- schaftliche Lüge erscheinen mögen, werden französisch abgemacht, wenn aber das Besondere kommt, das, was den Leuten am Herzen liegt, ob die Kuh krank ist und der Wein teurer wird, dann spricht man deutsch.

Das Wort drückt niemals das Ding aus, sondern nur seinen Begriff. Das kann nicht geändert werden. Der Maler – könnte man sich vorstellen, in Wirklichkeit ist das auch unmöglich – kann den augenblicklichen sinnlichen Eindruck eines Baumes genau auf die Leinwand bringen; wenn ich spreche, kann ich immer nur einen Begriff sagen; denn selbst wenn ich etwa einen Satz bilde wie: »Als die Sonne über jenem Berge stand und der Himmel wolkenlos war, erschienen die Blätter der Zitterespe, welche dort im Tal im Halbschatten stand, violett« – so habe ich ja doch immer nur Begriffe zusammengestellt. Der sinnliche Eindruck ist durch das Wort »violett« nicht bezeichnet. Aber wenn das auch nicht geändert werden kann, daß die Menschen durch die Sprache sich immer nur Begriffe mitteilen, so können die Begriffe doch allgemeiner und besonderer, die Worte unbestimmter und bestimmter sein. Die natürliche geistige Trägheit der Manschen im Empfinden und im Wiedergeben bewirkt, daß überall die Neigung vorhanden ist, immer allgemeiner zu werden; wenn man etwa Menschen fragt, was ist das für ein Ding, so werden neunundneunzig sagen: ein Baum, und nur einer antwortet: eine Zitterespe. Die Dichter mit ihrer stärkeren geistigen Kraft wirken diesem Vorgang entgegen. Jedes neue Dichtergeschlecht setzt sich wieder die Aufgabe, Worte und Wortverbindungen zu finden, welche mehr an die Wirklichkeit herankommen. Das wirkt zunächst verrückt, wie sich einmal der doch sehr kluge Lichtenberg über die Stürmer und Dränger ausdrückt: »Es treffen sich bei ihnen Worte, die außer im Narrenhaus sich noch nie zusammengefunden haben«; später wird es angenommen.

Nun gibt es Sprachen, welche diesem Vorgang einen heftigeren Widerstand entgegensetzen als andere. Das nächstliegende Beispiel einer solchen Sprache ist für uns das Französische. In Frankreich hat man sogar eine eigene Behörde, die Akademie, für diesen Widerstand. Wer dessen Ursachen nachwiese – er beginnt mit dem Zeitalter Ludwigs XIV., mit welchem das heutige Frankreich überhaupt beginnt –, der würde die letzten Gründe für das Schicksal Frankreichs aufdecken. Ein neues Dichtergeschlecht in einer solchen Sprache muß natürlich im höchsten Maße umstürzlerisch wirken; man begreift, welche unheilvolle Folgen es haben kann, wenn andere Völker, wie etwa die Deutschen, Schriftsteller haben, welche solche Vorgänge sklavisch nachahmen, die bei uns einen ganz andern Sinn bekommen. Die wirklichen Dichter handeln natürlich nur aus dem Geist ihrer eigenen Sprache heraus; aber bei der heutigen allgemeinen Verwirrung haben diese nicht entfernt den Einfluß, wie die auf dem Markt stehenden Schriftsteller. Der Schwulst, welcher bei uns heute weit verbreitet ist, hat hier seinen Ursprung, wie er ihn im 17. Jahrhundert hatte. Man mache die Probe mit einer entfernter liegenden Erscheinung.

Viktor Hugo ist für sein Volk ein Spracherneuerer gewesen; wenn man ihn getreu übersetzt, so kommt oft Albernheit und Schwulst heraus.

Aber das ist eine Abschweifung.

Die Dichter haben zu allen Zeiten behauptet, daß sie »schaffen«. Was bedeutet das?

Wer Tiere genau beobachtet, weiß, daß sie ebensoviel Seele haben wie die Menschen; oft ist man versucht, den höheren Tieren mehr Seele zuzusprechen als den gemeineren Menschen. Aber man wird auch immer fühlen, daß die Tierseele – man kommt unwillkürlich auf den Ausdruck – »gefangen« ist, weil die Tiere ihre inneren Vorgänge nicht ausdrücken können, weil sie keine Sprache haben.

In der heutigen Jugendbewegung fällt neben anderem auf, wie oft von den jungen Leuten betont wird, daß die Sprache unzureichend sei, um auszudrücken, was sie fühlen; daß die Worte alle abgenutzt und falsch seien; daß sie nur stammeln können, und daß man mit ihnen fühlen muß, um zu verstehen, was sie wollen. Auf der höheren Stufe des Menschen wiederholt sich hier, was bei der gefangenen Tierseele geschieht; wie dem Tier die Sprache überhaupt, so fehlt diesen jungen Leuten die ihrem Gefühl angemessene Sprache.

Nun besteht aber eine Wechselwirkung zwischen Sprache und Seele. Seelische Inhalte, welche nicht durch die Sprache ausgedrückt werden können, verflüchtigen sich, wenn man das Wort von dem ohnehin Flüchtigen gebrauchen darf. An ihre Stelle tritt entweder das Geschwätz, oder es bleibt gar nichts. Vielleicht ist das ein Grund, weshalb ältere Tiere so oft weniger menschlich sind als jüngere: ein Grund freilich, welchen die Wissenschaft schwerlich zugeben wird. Wie für den Maler die sinnliche Außenwelt, so ist für den Dichter – unter anderem – die seelische Welt seines Innern der Gegenstand seiner Darstellung; wenn es dem Dichter gelingt, Inhalte darzustellen, welche in einem Geschlecht unausgesprochen und unaussprechbar vorhanden sind, dann kann man mit einem gewissen Recht behaupten, daß er sie geschaffen hat; mit gewissem Recht kann man behaupten, daß sie mit dadurch sind, daß er sie sagt; denn was sein Geschlecht vorher fühlte, war ja ganz unbestimmt, und ohne ihn wäre es völlig verschwunden.

Es ist ja durchaus nicht nötig, daß das Neue, was so durch die Dichter geschaffen wird, einen »Fortschritt« bedeutet. Inwieweit man bei den Menschen von Fortschritten im wesentlichen sprechen kann, ist wohl überhaupt fraglich. Aber es ist Leben; und durch die beständige schöpferische Tätigkeit der aufeinanderfolgenden Dichtergeschlechter, welche die erstarrende Begriffswelt immer wieder in Fluß bringen, lebt die Menschheit; würde diese Tätigkeit der Dichter aufhören, dann könnten zwar noch immer Menschen geboren werden, die Zahl der Menschen

kann sich sogar vermehren; aber die Menschheit lebt dann nicht mehr: es tritt ein ähnlicher Vorgang ein, wie die christliche Lehre beim Einzelnen behauptet, wenn sie vom »geistlichen Tod« spricht.

Solche Völker sind uns ja zur Genüge bekannt; wir rechnen alle sogenannten Wilden zu ihnen. Sie sind Menschen, die eine bestimmte Stufe der Entwicklung, wie wir es nennen, erreicht haben und nun nicht weiterkommen. In sehr vielen Fällen verschwinden sie von selber, wenn sie Berührung mit höheren Rassen haben, ohne daß man immer genötigt ist, Alkoholismus, ansteckende Krankheiten und ähnliches als Ursache anzunehmen: welche Erklärung ja überhaupt nur ein Zurückschieben des Unerklärlichen um eine Stufe ist, denn warum gehen die höheren Rassen aus solchen Ursachen nicht zugrunde?

Wir Deutschen haben von den heutigen großen Völkern nächst den Russen die wandlungsfähigste und ausdruckreichste Sprache. Vieles, was wir als schwere Unart empfinden, hängt mit diesen Vorzügen – sei es der Sprache, sei es des mit ihr in Wechselwirkung stehenden Nationalcharakters – zusammen, so die häufige Verlotterung und die Fremdwörterei. Jede lottrige Wendung drückt doch etwas Neues aus, jedes Fremdwort sagt doch etwas Anderes als das eigene Wort: wir sollten suchen, den Mißbrauch zu verhüten, vor allem, indem wir die wirklichen Freiheiten unserer Sprache besser untersuchten und indem wir ihre große Fähigkeit, Neuworte zu bilden, besser ausnützten; aber wir sollten uns immer freuen, daß die Möglichkeit der Unarten doch vorhanden ist, denn sie beweist unsere Stärke. Selbst der heutige Schwulst wird doch einmal irgendwie zur Bereicherung beitragen, wie es der Schwulst des 18. Jahrhunderts getan hat.

Die Schicksale der Völker sind uns ja unverständlich. Wir wissen nicht, weshalb die Griechen haben sterben müssen, und weshalb die Inder dem geistlichen Tod verfallen sind, um die zwei bedeutendsten Völker zu nennen, welche bis nun gelebt haben. Alle Erklärungen langen nicht zu, denn ein Volk stirbt nicht durch gesellschaftliche oder politische Ursachen; es stirbt nur, wenn es nicht mehr leben kann.

Eines wissen wir aber sicher: daß dieses Sterben immer irgendwie mit Veränderungen der Sprache zusammenhängt. Das Unheilvollste scheint zu sein, wenn die Sprache des täglichen Lebens nicht mehr die Sprache des höheren Geistes ist, wenn die Dichter die Sprache der Vorfahren sprechen. Wir sehen Beispiel und Gegenbeispiel in den romanischen Ländern Europas: der Verfall währt so lange, als die höhere Sprache das Lateinische ist; sobald die Dichter in der Sprache des täglichen Lebens dichten, beginnt wieder neues Leben. Wir Deutschen haben das ungeheure Glück, daß trotz des künstlichen Ursprungs unserer höheren Sprache ein solches Auseinanderfallen bei uns unmöglich ist; der glücklichste Zustand scheint zu sein, wenn eine Mundart gesprochen wird, neben der die allgemeine Schriftsprache herrscht, wie heute noch in der deutschen Schweiz: hier erfüllen die Dichter ihre Aufgabe besonders gut infolge des Unterschiedes zwischen Umgangsprache und Schriftausdruck, der so gering ist, daß die Sprache doch immer dieselbe bleibt, aber doch so groß, daß die Schriftworte immer frisch gefühlt werden.

Das Geschichtslose
(1913)

Die heutige Menschheit lebt in der Vorstellung einer allgemeinen Entwicklung, von der sie annimmt, daß sie immer vom Niedern zum Höhern geht; auf Grund dieser Vorstellung reiht sie die ihr wichtigen Erscheinungen, die in den verschiedenen Zeiten ein verschiedenes Gesicht hatten, in einem Zusammenhang auf und erhält dadurch eine Geschichte dieser Erscheinungen. Für diese Geschichte sucht sie dann Gesetze, die in ihr wirksam sein müssen.

Diese geschichtliche Betrachtung hat nun ihre sehr großen Bedenken, sobald sie auf die höchsten Dinge der Menschheit angewendet wird, denn es entsteht dann leicht eine Überschätzung des Teiles der Erscheinungen, der sich in den Zeiten ändert, und eine Unterschätzung, ja ein Übersehen des Unveränderlichen, des jenseits aller Geschichte Liegenden, das denn doch das eigentlich Wichtige ist.

Man spricht zum Beispiel von einer Religionsgeschichte und ordnet da, so gut es gehen will, die verschiedenen geschichtlichen Religionen nacheinander. Wenn man dann aber die selbständig Frommen aller Zeiten liest, so findet man, daß sie durch alle Jahrtausende und alle Nationen und Rassen hindurch immer dasselbe gesagt haben, und erst die Männer zweiter Hand, vor allem die Stifter der Religionen und Kirchen, bringen die Unterschiede. Die Menschen erster Hand sind wohl meistens dem Handeln und Wirken abgeneigt, so urteilen sie denn auch wenig; aber man kann fast immer bei ihnen spüren, daß sie Gegner der andern sind, daß sie das geschichtliche Gewand für eine Verfälschung des reinen Körpers halten. In sehr tiefer Weise hat ein persischer Dichter das dargestellt:

>>Wenn Absolutes wird zum Einzelleben,

Mußt Namen du, wie Ich und Du, ihm geben.

Für Accidens mußt Du und Ich du halten,

Das Absolut' erhält durch sie Gestalten.

Die Geister stammen aus einem Licht, sind Brüder,

Dies eine Licht, verschieden strahlen sie's wider.

Der eine ein Spiegel ist, das Licht das Antlitz,

Der andere die Latern' ist, Gott der Lichtblitz.

So Höll' als Paradies dem Menschen nah' ist,

Als Scheidwand zwischen beiden Du und Ich ist.

Jedwedes Staubkorn deckt ein leichter Schleier,

Hebst du es auf, spricht ein geheimes Feuer.

Hebst auf den Schleier du von allen Dingen,

Muß Tod dies Religionen allen bringen.

Nur Ich und Du die Sekten all erzeugen,

Dies Ich und Du ist nur dem Teilsinn eigen.

Wenn Ich und Du und Einzelsein verschwinden,

Dann wird Moschee und Kirch' nicht mehr dich binden.<<

Mir scheint, daß der letzte Grund für die religiösen Leiden unserer Zeit der ist, daß das geschichtliche Gewand unserer Religion uns nicht mehr paßt, und daß wir einerseits zuviel haben, was wir heute wissenschaftliche Wahrheitsliebe nennen, um es etwa in der Art des Meisters Eckehart oder Jakob Böhmes für uns zurechtzumachen, und andrerseits es auch nicht fortwerfen wollen, weil wir doch auch fest überzeugt sind, ein solches Gewand müsse sein.

Eine ähnliche Lage ist in der Kunst.

Wie es in Wirklichkeit keine Religionsgeschichte gibt, so gibt es in Wirklichkeit auch keine Kunstgeschichte.

Wir haben heute einen sehr viel größeren Wissensstoff zur Verfügung als je eine frühere Zeit, wenn wir das Kunstwollen der Menschheit betrachten. Je größer aber der Stoff wird, je mehr wir uns dadurch von den zufälligen paar Jahrhunderten freimachen können, innerhalb deren wir uns bewegen, desto klarer wird uns – um meine Meinung ganz deutlich zu machen, will ich sie übertrieben ausdrücken mit einem Vergleich: gewisse Kunstschauungen sind an sich vorhanden wie gewisse mathematische Sätze; auf unerklärliche Weise kommt plötzlich in die Menschheit der Drang, eine dieser Kunstschauungen zu formen; nach einigen wenigen Versuchen gelingt es ihr, wie man auch den mathematischen Satz nach Suchen findet; sobald diese Schauung geformt ist, kündet sich das Streben nach einer neuen an, die mit der alten nichts mehr zu tun hat, indessen Nachahmer jene geformte Schauung mehr oder weniger seelenlos für äußere Bedürfnisse noch kürzere oder längere Zeit nachahmen mögen. Wenn man sich schroff ausdrücken wollte, so könnte man sagen: eine Geschichte der Kunst ist nur möglich als eine Geschichte des Verfalls der Künste; der Weg nach oben ist oft so kurz, daß man ihn unter Umständen gar nicht mehr sieht: woher kommt etwa mit einem Male Giotto? Der Weg nach unten ist oft recht lang, und in der Tat ist es ja auch dieser Weg, der den meisten in die Augen fällt. Aber was nach dem Höhepunkt kommt, das hat eigentlich mit der wirklichen Kunst gar nichts mehr zu tun, das ist denn Bedarf und Gewerbe.

Bis zu einem gewissen Grade wird dieser Zustand von der Geschichtschreibung anerkannt durch die Abteilung in Stile und Schulen; aber man sollte sich sagen, daß zwischen diesen sogenannten Stilen und Schulen nicht geschichtliche Zusammenhänge wichtig sind – die man ja denn freilich immer aufweisen kann, weil eben die Vorgänge neben-

und nacheinander stattfanden –, sondern daß ein ganz neues Kunstwollen aus der Tiefe des menschlichen Gemütes aufgetaucht ist. Man könnte die Religion vielleicht bezeichnen als das Ruhen der Seele in Gott; ihr ist Mitteilung nicht eigentliches Bedürfnis, in ihr ist auch keine Mannigfaltigkeit: es genügt, wenn die Seele den Unwert des Äußerlichen, der Erscheinung, erkannt hat und sich nun zurückzieht auf sich selbst und dadurch eins wird mit dem Unerkennbaren. Kunst aber ist Unruhe, Tätigkeit, die höchste und angespannteste Tätigkeit: das Wirken einer Seele auf andere Seelen. Alles Wirken aber geht im Äußerlichen vor sich und muß äußerliche Mittel gebrauchen, deshalb ist eines der wichtigsten Mittel der Künstler die Nachbildung der Wirklichkeit; sie ist ein so wichtiges Mittel, daß sie ihnen als Zweck erscheinen mag, denn es ist ja nicht nötig, daß ihnen bewußt ist, was sie eigentlich wollen: die anderen Menschen beherrschen.

Nach welcher Richtung diese Herrschaft gehen soll, welcher Art die Seele ist, welche herrschen will, das bestimmt nun die Kunstschauung – so müßten wir sagen, wenn wir vom tatsächlich Vorhandenen ausgingen; eine Kunstschauung wird, wie durch eine Art von Besessenheit, plötzlich ohne allen sichtbaren Grund von Menschen erstrebt, welche dann nach einer bestimmten Richtung die Menschen formen wird, wenn sie erst gestaltet ist – so müssen wir sagen, wenn wir uns den eigentlichen Vorgang klarmachen wollen, bei dem wir ja doch eben nicht wissen, ob die Schauung dieser Menschen zu einer Gestaltung kommen wird. Es ist auch eine Folge der Geschichtlichkeit, daß ein so großes Gewicht auf die Persönlichkeit der Künstler gelegt wird, während doch bei ihrer Leistung nur das wichtig ist, was jenseits ihres Persönlichen liegt. Die alte Vorstellung, daß ein Gott den Künstler ergreift, wider seinen Willen vielleicht ergreift, drückt in sagenmäßiger Ausdrucksweise das Richtige aus.

Frühere Zeiten standen der Kunst rein zweckgebunden gegenüber: sie fragten, was dieses oder jenes Kunstwerk als solches nutze, und wenn sie keine Beziehung zu einem alten Werk hatten, so zerstörten sie es mitleidlos. Unsere geschichtlich empfindende Zeit hält ein solches Vorgehen für barbarisch und hebt sorgfältig alles auf, was von alter Kunst übrig ist, ja, was nur eben noch nach Kunst aussehen dürfte. Die Museen und Museumsgelehrten vermehren sich in unheimlicher Weise, und nach ein paar Jahrhunderten müßte, wenn das so fortgeht, jedes 67 zweite Haus ein Museum und jeder dritte Mensch ein

Museumsbeamter sein. Die Ursache ist, daß durch die geschichtliche Betrachtung die Kunstwerke Gegenstände der Wissenschaft geworden sind; für die wissenschaftliche Erkenntnis aber gibt es keine Wertunterschiede, durch die Wissenschaft wird die Kunst aus dem Kreis des Willens entfernt, in den sie durch ihre Natur hineingehört. Ein solches Verhältnis aber ist, weil es unnatürlich ist, für die Kunst viel schädlicher als das alte barbarische; auf die Dauer muß die Kunst unter diesen Bedingungen absterben, denn was man gegenüber der alten Kunst empfindet, das empfindet man auch gegenüber der Kunst der lebenden Manschen. Die Kunst will erschüttern, erheben, fort-reißen, will die Menschen anders machen, will töten und aufwecken: aber wenn ein Mann heute eine Dichtung drucken läßt oder ein Bild malt, so wird untersucht, in welche Sparte man – noch nicht einmal das Werk, nein, den Mann selber einordnen kann; ist das geschehen, so hängt man das Bild neben anderen Bildern im Museum auf und läßt die jungen Leute in den germanistischen Seminaren Arbeiten über die Quellen des Dichters machen; der Künstler steht verwundert da und denkt sich, daß er die Sache doch eigentlich anders gemeint hat; aber darauf kommt es ja nicht an.

Während man so die Kunst in die Wissenschaft einkapselt und dadurch ihr den Einfluß auf die Menschen nimmt, entwickelt sich unter den führerlosen Menschen eine neue Barbarei, die gebildete Barbarei. Diese besteht darin, daß nichts Gutes mehr zerschlagen, sondern alles Schlechte aufgehoben wird, bis man das Gute nicht mehr sehen kann, daß die großen Gefühle verlorengehen und nur noch der Tagesbedarf von Gefühlen übrigbleibt.

Idealismus und Realismus in der Kunst
(1913)

In Jean Pauls »Kometen« gibt es eine reizende Schilderung der Kunststadt Lukasstadt. In dieser sind zwei Malerschulen, die nieder-ländische und italienische; die italienische Schule wird bezeichnet durch: »Kolorit, Karnazion, Projekzion, perspektivische Vorgründe, Gruppierung, Idealismus und erhabenes Pittoreskes, und tiefen Faltenwurf und höhere Seele in allem«; und in der niederländischen Schule gibt es einen Maler, der den berühmten Balthasar Denner noch übertrifft, denn dieser soll ein altes Gesicht so gemalt haben, daß man alles Feine erst durch ein Mikroskop recht erkennen konnte, der Lukasstädter aber malte einem Alten das Vergrößerungsglas gleich in die Hand, durch welches man jedes Schweißloch des Kopfes gleich vergrößert sehen konnte.

Diesen Kunstzuständen in Lukasstadt entspricht heute noch die volkstümliche Vorstellung von den künstlerischen Dingen, während die Kunstkritik und Kunstwissenschaft längst von den Künstlern eine richtigere Auffassung gelernt haben. Die literarische Kritik aber steht heute leider sehr viel tiefer als die Kritik der bildenden Kunst, und in ihr finden wir denn auch noch ganz unbekümmert diese Lukasstädter Vorstellungen.

Idealismus und Realismus sind überhaupt keine Begriffe, die man auf Kunstwerke anwenden kann. Auch wenn man von dem kindlichsten Inhaltlichen absieht; und selbst in der sich für ganz ernsthaft haltenden Kritik wird noch heute ein Werk mit einem antiken Vorwurf wie die Iphigenie etwa einfach durch den Vorwurf für etwas ganz anderes genommen als eines mit einem Vorwurf aus der Gegenwart, wie etwa der Baumeister Solneß: und dabei ist die Iphigenie sicher »realistischer« als der Solneß – und nur das Handwerkliche betrachtet: Verallgemeinerung oder Verpersönlichung der Gestalten und Vorgänge und Abziehung oder Einzelausführung werden von den Künstlern doch nicht so einfach nach einem Schema vorgenommen, sondern ergeben sich aus den Gesetzen, unter denen sich ein jedes Kunstwerk bildet; sie richten sich nach dem Ziel, das der Künstler verfolgt, wenn er sein Werk schafft; dieses Ziel ist nämlich nicht, wie man in der Literaturkritik immer noch glaubt, eine Persönlichkeitsäußerung, sondern die Erzielung einer Wirkung auf Andere, die allerdings von einer Persönlichkeit ausgeht.

Wenn man in ein durchschnittliches Museum kommt, so führt etwa rechts eine Tür, überschrieben »Italienische Schule«, in eine Anzahl von Sälen mit italienischen und links eine Tür, überschrieben »Niederländische Schule«, in Säle mit niederländischen Bildern. In genau derselben Weise sind da aufgehängt Bilder, die für einen Altar bestimmt waren, vor dem gläubige Menschen betend niederknieten, die in Schlössern hingen, wo eine festlich gekleidete Menge unter ihnen wogte, oder in dem Zimmer eines einsamen Mannes, der zuweilen einen ruhigen Blick auf eine schöne Malerei werfen wollte, wenn er von seinem Schreibtisch aufsah. Wir können noch wunderlichere Dinge sehen. Glasgemälde, die für Fenster eines Domes bestimmt waren, wo sie mit anderen Glasgemälden zusammen dem Frommen einen mystischen Schauer erwecken sollten, sehen wir in ein Museums-fenster eingelassen und mit hellen Glasscheiben umgeben, in einem Licht, das durch andere helle Fenster einfällt; Steinfiguren, die man zehn Meter hoch über sich sehen sollte, erblicken wir auf meterhohen Sockeln und erstaunen über die langen Körper und die überhängenden großen Köpfe.

Man macht heute bescheidene Versuche, diese alte Museumsbarbarei zu beseitigen; diese Versuche können natürlich nie weit gehen, denn wenn man folgerichtig sein wollte, so müßte man die Museen überhaupt abschaffen und die Kunstwerke wieder in die Aufstellung und Umgebung und vor die Beschauer bringen, für die sie bestimmt sind. Jedenfalls weiß man aber heute in der Kunstwissenschaft und Kunstkritik, daß ein Kunstwerk als Kunstwerk nur in der richtigen Beziehung zu seinem Beschauer besteht, und außer dieser nur Gegenstand einer an sich überflüssigen Wissenschaft ist.

Bei der Beurteilung von dichterischen Werken weiß man das aber nicht.

Ein Drama von Shakespeare ist für die Aufführung auf der damaligen englischen Bühne, eines von Sophokles für die Aufführung auf der damaligen griechischen bestimmt gewesen. Aus dieser Bestimmung ergaben sich die Gesetze ihrer Handlungsführung, Charakteristik, Versbehandlung und so fort. Da zu den damaligen Bühnen auch die damaligen Zuschauer gehören, so sind diese Werke auf ewig aus ihrem natürlichen Zusammenhang gerissen.

Die Werke, welche wir in den Museen betrachten können, haben auch in der falschen Umgebung doch immer noch etwas an sich, das eine Beziehung zum Beschauer ermöglicht, desto mehr natürlich, je geringer die Gebundenheit an ihren Ort ist. Die Sixtinische Madonna wirkt noch immer, das herrlichste Glasfenster wird im Museum immer nur als eine Art kunstgewerblicher Arbeit erscheinen. So machen auch die großen Dichtungen der Vergangenheit immer noch ihren Eindruck: freilich oft einen falschen, und genau, wie man alle Bilder, die nichts miteinander gemeinsam haben, als daß sie mit Öl oder Tempera gemalt sind, in ein einziges Haus hängt, so macht man es mit den aus ihrem natürlichen Zusammenhang gerissenen Dichtwerken.

Die Lage wird noch erschwert dadurch, daß in der heutigen bürgerlichen Gesellschaft die Kunst überhaupt keine natürliche Stelle hat. Man spricht und schreibt viel mehr von ihr als früher, aber das ist nur Geräusch; was wir heute von Kunst haben, das führt ein durchaus unnatürliches Leben; jeder wirkliche Künstler lebt in Wahrheit heute gänzlich einsam, schafft seine Werke ohne Hinblick auf einen Platz, für den sie bestimmt sind, und erwartet entsagend die sogenannte Anerkennung nach dem Tode, nämlich ein Museumsdasein. Dieser Zustand erscheint den Leuten, weil sie in ihm leben, als natürlich, und so fördert dieses abgezogene Arbeiten des heutigen Künstlers die abgezogene Betrachtung der Kunstwerke.

Raffael malte Bilder, welche auf einen Altar in einer schlecht-beleuchteten Kirche gestellt werden sollten; vor ihnen bewegte sich ein Priester, der heilige Handlungen verrichtete, knieten die Chorknaben mit den Weihrauchfässern; dann kamen die Stufen des Altars, dann vielleicht noch ein freier Raum, dann stand da die fromme Menge. Velasquez malte das Bildnis eines Papstes, das in einem kleinen Raum an der Wand hing, in einer Beleuchtung, die er sich aussuchen, auf die er sich verlassen konnte, für wenige vornehme und feingebildete Männer. Natürlich sehen die heutigen Maler, welche überhaupt an keine anderen Bedingungen denken können für ihre Arbeit, wie die des Velasquez-Bildes sind, in Velasquez ihren Ahn und nicht in Raffael; das ist sehr verständig von ihnen; aber man fragt sich vergeblich, was das eine eigentlich mit Idealismus, das andere mit Realismus zu tun hat, oder weshalb Raffael »überwunden« ist?

Wenn man das heutige Theater überhaupt als Kunsteinrichtung will laufen lassen, so hat es immerhin noch am ersten Ähnlichkeit mit dem Theater der Elisabeth-Zeit. Natürlich sehen die heutigen Bühnenschriftsteller, so mäßig sie auch sein mögen, ihren Ahn in Shakespeare; über das griechische Schauspiel hat man, wohl aus eingewurzelter Achtung für das Altertum, nicht solche Albernheiten gesagt wie über Raffael, aber immerhin gilt das Typisieren doch als »überwunden«.

Schon dieses Wort »überwunden«, welches so recht aus dem Wortschatz der heutigen Großmannssucht genommen ist, zeigt die falsche Stellung zu diesen Dingen. Ein Kunstwerk ist da und ist in seiner Art entweder gut oder schlecht. Wer es nicht mag, der braucht es ja nicht anzusehen; aber wenn einer sagt: der heutige Mensch mit seiner empfindlichen Psyche usf. – dann überwindet er nichts, sondern er sagt nur, mit einigem Selbstlob verbrämt, daß er dieses Werk nicht mag.

Indem unsere Zeit nun für die Kunst überhaupt keine natürlich gegebenen Bedingungen hat und den Künstler in völliger Einsamkeit für eine erträumte Nation arbeiten läßt, schafft sie aber etwas völlig Neues; wer heute wirklich Künstler ist, der muß nicht nur sein Werk schaffen, er muß sich auch die Bedingungen selber vorstellen, für die es geschaffen sein soll; seine Werke werden einmal das Museumsdasein bekommen wie die Werke früherer Künstler, aber sie haben nie die lebendige Wirkung, die jene zu ihrer Zeit hatten. Dadurch nun sind sie von allem Kleinen befreit, das nun einmal immer aus der Wirklichkeit kommt; wenn heute ein Künstler eine sehr große Begabung hätte, so könnte er, freilich mit einer bedeutenden künstlerischen und sittlichen Anstrengung, reinere und freiere Werke schaffen wie irgendein Künstler vor ihm. So frei wie der heutige Künstler ist noch nie ein Mensch gewesen: es bekümmert sich niemand um ihn, er kann tun, was er will.

In früheren Zeiten wurde naturgemäß jede Begabung auf den ruhigen Weg der bestehenden Bedingungen der Kunst gelenkt, wo dann die Persönlichkeit sich mehr oder weniger angemessen äußern konnte; heute wird der Künstler seinen Weg nur aus seinem Persönlich-keitsdrang heraus suchen. Damals ergab sich ein einheitliches Bild der Kunst einer Zeit und eines Landes im wesentlichen aus den allgemein gleichen Bedingungen;

heute kann ein solches einheitliches Bild nur entstehen durch gegen-seitige Beeinflussung, Nachahmung und Übertragen von Vor-stellungen; da diesen nur die geringeren Persönlichkeiten unter-liegen, so werden die bedeutenderen also außerordentlich weit ausein-ander-gehen; und etwa wenn früher der sogenannte Idealismus und Realismus sich zur gleichen Zeit und im gleichen Land ziemlich ausschloß, kann er heute sich gleichzeitig und im gleichen Lande finden.

Hier nun ist die Einordnung nicht mehr bloß irreführend für den Kunst-liebhaber, sondern sie wird für die Kunst selber schädlich. Was eine Angelegenheit des Handwerks ist, die eigentlich niemand angeht wie den Künstler selber, wird zu einer allgemeinen Angelegenheit der Zeit gemacht, als welche sich ja die Kritiker gern empfinden.

Zu allen den Schwierigkeiten, welche die heutige Kunst ohnehin schon hat, tritt dann noch die Einwirkung durch die Kritiker hinzu.

Der Krieg und die Kunst
(1915)

In früheren Zeiten hatten es die Künstler besser als heute. Man hatte sein Handwerk gelernt und machte seine Sache, wie man konnte. Heute hat sich eine große Klasse von Personen gebildet, welche über Kunst schreiben; diese Leute stehen zwischen dem Künstler und dem Publikum und sagen dem Künstler, was er machen soll, und dem Publikum, was es sich bei dem, was die Künstler machen, zu denken hat. Das Publikum scheint diese Leute ja für nötig zu halten, die Künstler denken anders über sie.

Aus den Kreisen der Schriftsteller, die sich in dieser Weise mit der Kunst beschäftigen, ist nun jetzt die Losung gekommen, daß der Krieg befruchtend auf die Künstler einwirken müsse, und mehr oder weniger deutlich wurde den Künstlern die Aufgabe gegeben, nun den Krieg darzustellen. Wir erleben auch bereits nicht nur von seiten solcher Leute, welche der Nachfrage zu genügen pflegen, Kriegsdarstellung; vielleicht ist da eine Untersuchung über die Gefahren eines solchen Betriebes jetzt nicht ganz überflüssig.

Man muß unterscheiden erstens: der Krieg soll im allgemeinen befruchtend wirken, also doch wohl entweder Empfindungen bei den Künstlern erzeugen, die sonst nicht vorhanden waren, oder ihnen Wirklichkeitsstücke geben, die sie sonst nicht hatten, und zweitens: der Krieg und das, was mit ihm zusammenhängt, soll dargestellt werden, indem gewissermaßen die gegenwärtige Zeit als eine allgemeine Auftraggeberin gedacht wird, welche Kunstwerke mit bestimmten Inhalten bestellt.

Wir wollen das Zweite zuerst betrachten, denn das Mißverständnis ist hier am klarsten.

Man erinnert sich wohl der allgemeinen Schlachtenbilder, wo im Vordergrund ein Offizier mit der rechten Hand den Säbel von sich streckt, den linken Fuß vorsetzt und den Kopf zurückwendet zu Soldaten, die ihm mit gefälltem Bajonett folgen, indessen im Hintergrund Pulverrauch und durch farbige Vierecke angedeutete Truppenkörper zu sehen sind. Je nachdem sieht man den Offizier von vorn oder vom Rücken, und die Unterschrift unter dem Bild lautet je nach dem Namen der Schlacht, welche durch diese gemalten Offiziere und Soldaten angeblich dargestellt wird. Der arme Mensch, der das Bild gemalt hat, stand ungefähr vor derselben Aufgabe, die in dem niedlichen Gedicht der reiche Bauer dem Maler stellt, daß er ihn und sein Weib in und außer dem Haus, beim Mähen, Melken, Essen, Heiraten und Kindtaufen abmalen soll. Eine Schlacht ist ein Vorgang, noch dazu ein sich aus vielen Tausenden von Einzelvorgängen zusammensetzender Vorgang; und man kann wohl einen einfachen Vorgang malen, wenn durch eine Bewegung ein Vorher und Nachher deutlich gemacht wird, aber natürlich nicht so einen verwickelten, daß zwei große Heere von vielen tausend Mann der verschiedensten Truppengattungen einen ganzen Tag hin und her marschieren, schießen, reiten, fallen, fliehen, verfolgen. Jener unglückliche Mann, der die Schlacht trotzdem malen muß, hilft sich, indem er in Wirklichkeit etwas anderes malt: vor einem Hintergrund, der eine Schlacht andeutet, wie der Nichtmaler sie sich vorstellt, malt er einige Gestalten in einer Bewegung, welche nach seiner Ansicht den Empfindungsgehalt einer Schlacht ausdrückt. Diese Ansicht ist natürlich grundfalsch; aber das schadet ihm nichts, denn merkwürdigerweise glauben sogar Leute, welche eine Schlacht mitgemacht haben, daß die Sache so stimmt.

Ein Freund zeigte mir einmal ein Lichtbild nach einem Gemälde von Delacroix, das ein in der Schlacht gefallenes Pferd darstellte, nichts weiter. Trotzdem ich nur das Lichtbild sah, hatte ich hier doch plötzlich in der eigenen Seele die Empfindungsmasse der Schlacht, nur durch das Lichtbild eines kleinen Gemäldes, das ein totes Pferd darstellte.

Weshalb sind jene Schlachtenbilder lächerlich und wirkt dieses Bild furchtbar? Weil Delacroix ein guter Maler war und die anderen Leute nicht.

Was die Leute wollen, ohne es zu wissen, wenn sie ein Schlachtenbild wünschen, das ist der Empfindungsgehalt der Schlacht, die furchtbare Erschütterung; aber nicht in der rohen und harten Wirklichkeit, sondern in der Verklärung der Kunst. Sie können es sich als Laien nicht anders vorstellen, als daß man diese Erschütterung erzeugt, indem man eine zweite Schlacht auf die Leinwand bringt, die der ersten gleicht, welche in der Wirklichkeit auf dem Felde geschah.

Diese Vorstellung ist aber falsch; in Wahrheit ist die Erschütterung nur zu erzeugen, wenn ein Künstler mit einer großen Seele sie in sich erlebt, und für diese seine Empfindung einen Ausdruck künstlerisch gestaltet; das ist nur möglich mit den Mitteln der betreffenden Kunst überhaupt und mit den Mitteln, welche gerade diesem Mann zur Verfügung stehen, im besonderen. Mit anderen Worten: der Empfindungsgehalt eines Kunstwerkes ist nicht abhängig von dem Vorgang in der Wirklichkeit, bei dem er in der Wirklichkeit vorhanden war; sondern er kommt aus der Seele des Künstlers und wird durch jeden beliebigen Inhalt des Bildes ausgedrückt; diesen Inhalt sucht sich der Künstler aus den Gesetzen seiner Kunst und der Art seiner Begabung. So ist es zu verstehen, wenn man sagt, daß jedes Kunstwerk sinnbildlich ist.

Es ist hier ein Beispiel aus der Malerei genommen; man könnte aber ebensogut ein Beispiel aus irgendeiner anderen Kunst wählen. Äschylus hat in seinen »Persern« den gewaltigen Empfindungsgehalt ausgedrückt,

den die Perserkriege für die Griechen hatten; nichts ist dargestellt wie ein Weib, das seinen Mann erwartet, und ein Mann, der mit einem leeren Köcher heimkehrt. Dennoch erfüllte das Drama für die Griechen seine Aufgabe und würde noch heute auf uns, die wir mit den Perserkriegen doch gewiß nichts zu tun haben, eine starke Wirkung ausüben, wenn wir für die Art der Darstellung heute noch Verständnis hätten.

Aus den beiden Beispielen ersehen wir auch das, was man früher das »allgemein Menschliche« nannte. Große Kunst wächst aus völkischen Bedingungen, ist aber in ihrer Wirkung nicht mehr völkisch, sondern allgemein menschlich. Delacroix war ein Franzose und hat als solcher gemalt, Äschylus ein Grieche und hat als solcher gedichtet; bei beiden würde man aber nicht mehr an französische oder griechische Schlachten denken, sondern wer ein fühlendes Herz für die Kunst und eine Seele, groß genug für hohe Empfindungen, hat, der findet seine eigenen Empfindungen bei ihnen wieder, und so kann ganz gut der Deutsche als Deutscher von dem Franzosen Delacroix heute erschüttert werden. Wenn also die Künstler jetzt auf die Schriftsteller hören, so können sie nur in Gefahren kommen. Die Schriftsteller, welche eine Verherrlichung der deutschen Waffentaten verlangen, meinen es gewiß gut mit allen Teilen; aber ebenso, wie etwa ein General heute auf wohlgemeinte Ratschläge antworten wird, daß die Vaterlandsliebe im Krieg nicht genügt, sondern daß vor allem Begabung und Fachkenntnis nötig sind, ebenso sollte auch der Künstler antworten. Jene alten Schlachtenmaler hätten, wenn sie sich nicht hätten dreinreden lassen, vielleicht teilweise gute Stilleben oder Landschaften malen können, während sie so nur sich und auch die Nation geschädigt haben.

Und nun die erste Forderung: der Krieg soll allgemein befruchtend wirken.

Der volkstümlichen Vorstellung vom Künstler am Nächstliegenden ist der Gedanke, daß der Krieg in den Künstlern Empfindungen erzeugen soll, die sie sonst nicht gehabt hätten. Es wäre das eine höhere Stufe gegenüber dem vorigen Verlangen, daß sie nun glatt und einfach den Krieg malen sollen; aber auch hier muß man doch sehr vor Gefahren warnen.

Was für jeden Künstler das Wichtigste ist, das ist die »Natur«, seine Natur nämlich, die Reinheit und Ausgeglichenheit seines Innern. Ein Kunstwerk muß entstehen im Künstler wie das Kind in der Mutter; es muß sich nähren und sich bilden aus den Lebenskräften des Künstlers, und dieser Vorgang darf nicht von außen gestört werden.

Nun wird gewiß der Durchschnitt der Menschen durch ein so großes Ereignis, wie der Krieg ist, wenigstens für einige Zeit auf eine höhere Stufe gehoben, obwohl man sich da auch vor Überschätzungen hüten muß; aber das bedeutet doch nichts weiter, als daß der Durchschnitt eben gewöhnlich unter dem Höchststande steht, den er einnehmen könnte; er steht unter ihm, weil der durchschnittliche Mensch eben der durchschnittliche Mensch ist, dessen Geist vielleicht willig sein mag, aber sein Fleisch bleibt immer schwach. Der Künstler, der wirkliche Künstler, muß aber schon von selber beständig die Kraft haben, sich auf der höchsten Höhe zu erhalten, die ihm nach seiner ganzen Art zugänglich ist; jede Art von Trägheit oder Feigheit ist für ihn die Sünde gegen den heiligen Geist, die Sünde überhaupt. Er wird also kaum durch Erleben, auch des Stärksten und Höchsten, noch gesteigert werden können; dafür aber besteht die Gefahr, wenn er die vielen gegen früher gesteigerten Menschen um sich sieht, daß er nun sich bewußt selber steigern will, seiner »Natur« Gewalt antut, und nun, mit dem besten Willen von der Welt, unwahre und gespreizte Werke schafft.

Goethe wird immer das schönste Beispiel für einen Künstler bleiben, der seiner »Natur« nie Gewalt antat. Von den Freiheitskriegen ist er vermutlich tiefer erschüttert gewesen als mancher Philister, der damals begeisterte Gedichte machte; aber er wußte, seine Natur war nicht so beschaffen, daß in ihr ein Werk wachsen konnte, welches den Empfindungsgehalt dieser Zeit ausdrückte, und so schwieg er. Noch heute werden ihm von Unverständigen Vorwürfe darüber gemacht. Hätte Schiller noch gelebt, so hätte der eine Dichtung geschrieben, welche den damals in der Nation lebenden Geist ausgedrückt hätte.

Was endlich die Möglichkeit betrifft, daß der Künstler durch den Krieg Wirklichkeitsstücke bekommt, die er sonst noch nicht hatte, so ist dagegen wohl nichts zu sagen; jede Wirklichkeit ist wichtig für den Künstler – freilich immerhin nie so wichtig wie seine Fähigkeit, mit ihr etwas zu machen. Hier aber ist der Krieg ja offenbar nicht grundsätzlich verschieden von allem äußeren Geschehen und Sein.

Vielleicht ist aber mit dem ganzen Wunsch, daß der Krieg unsere Kunst befruchten möge, ganz etwas anderes gemeint, und drücken sich die Menschen nur falsch aus.

Dem Volk ist zum Bewußtsein gekommen, daß es im Begriff war, in Materialismus zu versinken; nun erlebt es eine große sittliche Bewegung in sich; und so hat es den Wunsch, daß die Gemeinheit und Albernheit, die während jener materialistischen Zeit in der naturgemäß auch materialistischen Kunst herrschten, nun verschwinden mögen, und daß wieder eine ernste nnd wertvolle Kunst erstehe. Der Wunsch ist gewiß berechtigt; aber wer ihn ausspricht, der möge sich klar machen: zu seiner Erfüllung wäre vor allen Dingen nötig, daß die Nation nicht nur während des Krieges, sondern auch dauernd nachher sich auf der ihr zukommenden sittlichen Höhe hält. In der Wüste ist kein Prophet möglich; nur in einem Volke, das, mag es sonst sein wie es will, wenigstens ihm zuhört, wenn er spricht.

Zu Goethes Novellen und Märchen
(1913)

Goethes Werke sind heute in den Händen der Gebildeten in Deutschland; es scheint ein fremdartiger Einfall, aus den Bänden ein Bändchen auszuziehen, welches nur Schriften enthält, die den Gebildeten doch wohl genügend bekannt sind.

Aber wenn man Goetheverehrer hört, wenn man Goethes Einfluß auf unsere Zeit betrachtet, so kann man doch oft Bedenken nicht zurückdrängen, ob denn nicht in Goethes Namen manches Verkehrte geschieht. Es ist eine eigene Sache um den Ruhm, der großen Männern folgt: er ruht nur zu oft auf Mißverständnissen. Auch ein großer Mann hat seine Schwächen, und er ist gewiß nicht durch seine Schwächen groß; die Menschen machen sich das Leben gern leicht; und wenn sie dann endlich nach langem Widerstreben genötigt sind, Größe anzuerkennen, so suchen sie sich gern gerade die Punkte aus, wo der große Mann nicht groß ist, die ja denn freilich ganz mit seiner Persönlichkeit zusammenhängen; und indem sie seine Schwächen bewundern und als Vorzüge hervorheben, wissen sie eine Entschuldigung für ihre eigene Schwäche zu finden und diese durch das große Beispiel noch stärker wuchern zu lassen. Hier liegt der Grund, weshalb bedeutende Menschen so oft Schaden bei der Nachwelt angerichtet haben.

Goethe hatte eine ungemeine dichterische Begabung und eine große menschliche Klugheit, aber er war – immer den höchsten Maßstab angenommen, den allein wir ja in solchen Fällen anlegen dürfen – eine läßliche Natur; er widerstrebte dem Zwang, er floh die letzte Folgerung, er stand dem Leben mehr als aufnehmendes und feinfühlendes Weib gegenüber wie als herrschender Mann. Seine Begabung und seine Klugheit trieben ihn zur großen Kunst; aber große Kunst verlangt Willen zur Form, Zwecksetzung für die Empfindung, Beschränkung der Persönlichkeit; der große Künstler ist kein selbstherrlicher Olympier, er ist der Diener seiner Nation und weiterhin der Menschheit. Die Art von Goethes Begabung hat eine gewisse Ähnlichkeit mit der Begabung Homers; aber die homerischen Werke sind geschlossene Schöpfungen, so geschlossen, daß sie sogar Einfügungen von größtem Umfang haben ertragen können; die Werke Goethes sind zu einem großen Teil nicht geschlossen, sie sind eine Reihe von wundervollen Einzelstücken, welche zusammengehalten werden nur durch die Tatsache, daß sie von einem einzigen Dichter geschaffen sind.

Die größte Gefahr für die deutsche Kunst ist immer der Dilettantismus gewesen; durch das Vorbild Goethes haben sich Geringere für berechtigt gehalten, nun auch läßlich zu sein; und heute ist es nun endlich so weit gekommen, daß ganz ernsthaft schon jede bloße Persönlichkeitsäußerung als Dichtung genommen wird mit dem Ende, daß denn nun freilich zuletzt den Leuten Briefwechsel, Tagebücher und Lebensgeschichten wertvoller erscheinen müssen, als solche dilettantischen Schöpfungen, welche mit der Kunst nur das Eine gemein haben: daß sie nicht Natur sind.

Da möchte es an der Zeit sein aufzuzeigen, wie der so übel verwendete Goethe dort, wo es seine Natur vermochte oder wo er einen äußeren Halt fand, durchaus geschlossene und abgerundete Kunstwerke geschaffen hat; es möge aber erst noch eine Stelle aus einem Brief von Schiller an ihn gestattet sein, wo in den Worten, mit welchen solche Männer untereinander verkehren, wohl das eben Ausgeführte gesagt ist.

»Da Sie auf einem solchen Punkte stehen, wo Sie das Höchste von sich fordern müssen und Objektives mit Subjektivem absolut in Eins zerfließen muß, so ist es durchaus nötig, dafür zu sorgen, daß dasjenige, was Ihr Geist in Ein Werk legen kann, immer auch die reinste Form ergreife und nichts davon in einem unreinen Medium verloren gehe. Wer fühlt nicht alles das im Meister, was den Hermann so bezaubernd macht! Jenem fehlt Nichts, gar Nichts von Ihrem Geiste, er ergreift das Herz mit allen Kräften der Dichtkunst und gewährt einen immer sich erneuenden Genuß, und doch führt mich der Hermann (und zwar bloß durch seine reine poetische Form) in eine göttliche Dichterwelt, da mich der Meister aus der wirklichen Welt nicht ganz herausläßt.« Goethe hat eine Anzahl Novellen geschrieben, welche fast alle in größere Werke eingefügt sind, und zwar bekanntlich oft recht äußerlich. Diese Novellen sind nun für eine Sonderausgabe herausgelöst und werden den Lesern in ihrer Reinheit dargereicht.

Die Novelle ist eine feste Kunstform und bietet dem Dichter, der sie zu handhaben weiß, die außerordentlichen Vorteile jeder festen Kunstform. Da sie ihrer Natur nach nicht über einen gewissen Umfang gehen kann, so mußte sie einem Dichter wie Goethe besonders Halt geben; freilich hat er einmal auch diese Form gesprengt, als er die

Wahlverwandtschaften schrieb und sich nicht enthalten mochte, sich episch gehen zu lassen – vielleicht deshalb, weil er hier den fruchtbaren Augenblick nicht gefunden hatte, in welchem sich das Schicksal der Personen entscheiden muß. Die Novelle nämlich, und damit ihre Form, verdichtet das lange und ruhige Geschehen, Werden und Entwickeln der Vorgänge in einem einzigen Punkt, in welchem von vorwärts und rückwärts und von den Seiten alles zusammenkommt. Eine Probe, ob der Bau einer Novelle geglückt ist, gewährt die mündliche und schmucklose Erzählung. Wie etwa ein Bild von Giotto durch alle Zerstörungen der Zeit, selbst durch Übermalungen kaum viel verliert, so hält sich auch eine gute Novelle, wenn man sie einfach und ohne jede Ausarbeitung mündlich vorträgt. Nun wird berichtet, wenigstens von den Novellen, welche in die Wanderjahre eingefügt sind, daß Goethe sie gern erzählt habe, ehe er sie niederschrieb; es kommt dazu, daß die meisten der Geschichten nicht von ihm selber erfunden sind, er hat sie nur auf einen höheren, einige von ihnen auf den höchsten möglichen Ausdruck gebracht.

So kommt es, daß diese Prosadichtungen uns eine ganz besondere Freude machen, welche die anderen prosaischen Schriften nicht zu gewähren vermögen; denn zu dem wunderbaren Zauber von Goethes Sprache, zu der großen Klugheit, der Anmut und Liebenswürdigkeit der Darstellung kommt noch das Vergnügen an strengem Aufbau, das Fehlen jener Enttäuschung, die uns so oft befällt, wenn in einem locker gefügten Werk Erwartungen nicht befriedigt, Ereignisse nicht vorbereitet, die einzelnen Teile nicht ausgewogen sind.

Wir schätzen in Deutschland die Novellen Kleists besonders hoch, und mit Recht; in diesen Novellen Goethes haben wir ein merkwürdiges Gegenstück zu ihnen, denn wenn sie ihnen gleich sind durch die vollständige Beherrschung der novellistischen Form, so sind sie ihnen doch ganz ungleich in der dichterischen Darstellung. Kleist, als ein junger Mann, gibt nach Möglichkeit das Wirkliche und den Augenblick, der alte Dichter Goethe suchte das Dauernde zu geben und das was hinter dem Wirklichen liegt. Man könnte sagen, daß Goethes Darstellung abgezogen sei gegenüber Kleists Darstellung; das wäre aber nicht richtig, indem man ihm da einen Vorwurf machen würde. Man sollte verschiedene Grade der Wirklichkeit unterscheiden, verschiedene Grade der Annäherung an den unmittelbaren sinnlichen Eindruck. Unsere Vorstellungen kommen zustande durch den

Eindruck und unsere Verarbeitung der Eindrücke; je älter wir werden, desto stärker wird das Geistige in unseren Vorstellungen, desto geringer das Sinnliche; aber nicht so, daß bei einem großen Dichter nun die Vorstellungen unsinnlicher werden; sie haben nur weniger überflüssige Sinnlichkeit, aber dafür mehr eigentliche Gestalt, weil der ältere Mann hinter dem blühenden Fleisch, das er sieht, das Knochengerüst kennt, das er nicht sieht. Um Goethes Novellen ganz zu würdigen, muß man sich das besonders klarmachen; unsere heutige Zeit, welche den sinnlichen Eindruck so hoch schätzt, daß sie sich merkwürdigerweise vorstellt, man könne ihn künstlerisch darstellen, während man doch immer nur seine Vorstellungen darstellen kann, wird wahrscheinlich der Prosa des älteren Goethe nicht leicht gerecht werden können.

Noch ein Zweites können wir uns an dem Vergleich mit den Kleistschen Novellen klarmachen. Bei Kleist geht es immer auf die Darstellung von Leidenschaften, bei Goethe auf das Schaffen möglichst anmutiger Bilder, so sehr, daß als Gipfelpunkt der Novelle oft genug ein solches anmutiges Bild erscheint wie etwa in der »Novelle«. Auch hier liegt ein wichtiger Grund in dem Altersunterschied der beiden Dichter. Der junge Mann erlebt die Leidenschaften noch ungebrochen, er kennt nur sich und seine seelische Bewegung, und alle Außenwelt scheint ihm nur da zu sein für ihn und seine Leidenschaft. Der reife Mann, welcher selber vieles durchgemacht mit Beginnen, Höhepunkt, Widerstand der Außenwelt, Abnehmen und Erlöschen, und die ähnlichen Vorgänge bei vielen Andern beobachtet hat, kann nicht mehr auf dem Standpunkt verharren, wo er allein die wichtige Person ist; er sieht ein, daß die Schicksale aller Menschen ineinander verflochten sind, daß das Leiden des einen für das Glück des andern nötig ist und deshalb nicht die ausschließende Bedeutung hat, wie ihm früher schien; aus der Subjektivität, welche notwendig zu einem tragischen Weltbild führen muß, denn jede Leidenschaft muß ja an Grenzen stoßen und so zu Leiden führen, entwickelt sich nun jene Objektivität, welche das Weltganze zu empfinden sucht und so zu einer Überwindung des Tragischen, zu Harmonie und Schönheit gelangt. Der Ausspruch Goethes über Kleists Kohlhaas ist bekannt: er könne diese Hypochondrie dem Weltlauf gegenüber nicht als berechtigt empfinden. Der Ausspruch ist richtig, aber er ist ungerecht, denn als Jüngling hatte

Goethe selber den Werther geschrieben; der Kohlhaas ist ein Jünglingswerk und durch seine Vollendung ebenso berechtigt wie nur ein Werk eines menschlich reifen Dichters.

Das dürfen wir nie vergessen, wenn wir die folgenden Novellen lesen: die älteste von ihnen schrieb er mit etwa fünfunddreißig Jahren, die letzte mit siebenundsiebzig.

Über die einzelnen Stücke bleibt nach dem Vorhergehenden nicht mehr viel zu sagen.

Wir beginnen mit den Bekenntnissen einer schönen Seele. Dieses Stück kann man nicht als eine Novelle im strengen Sinn ansprechen, es ist ein Lebenslauf, in der Art wie solche Sachen wohl zuerst in der Insel Felsenburg geschrieben wurden, unter dem Einfluß der damals neuen innerlichen Frömmigkeit, deren verschiedene Äußerungen man als Pietismus zusammenfassen kann. Aber ein solcher, aus einem Punkt gesehener Lebenslauf hat mindestens eine große Verwandtschaft mit der Novelle; in diesem Band war das Stück auch deshalb wichtig, weil er die Stelle zeigt, von wo die Objektivität und Reife des Dichters sich entwickelt, seine Humanität und sein harmonisches Weltbild. Man bezeichnet ja Goethe als den großen Heiden, und beruft sich da unter Umständen auf eigene Äußerungen; aber man sollte doch nicht vergessen, daß er ein Heide war, den das Christentum gebildet hat; freilich nicht das Christentum, das Sünde und Rechtfertigung durch den Glauben, den Tod von Gottes Sohn und die Versöhnung lehrt, das strenggläubige Christentum, sondern jenes, das von einer mystischen Einheit mit Gott spricht; immerhin, jedenfalls nicht aus dem Altertum, sondern aus dem Pietismus stammt seine Humanität, und wenn man Iphigenien mit der schönen Seele vergleicht, so wird man eine große Familienähnlichkeit finden. Die Heiterkeit der späteren Novellen ist hier entstanden; man vergleiche nur die Novelle vom Kaufmann und seiner jungen Frau in den Unterhaltungen der Ausgewanderten mit ihrer Vorlage; in der alten Erzählung wird die junge Frau nur leiblich von ihrem Fehler zurückgehalten durch das Fasten; bei Goethe bewirkt das Fasten eine sittliche Einkehr. Wenn wir Goethes zierliche und anmutige Erzählung gelesen haben, so erscheint die Komik der alten Novelle plump und roh.

Die Unterhaltungen der Ausgewanderten waren bestimmt, ein Novellenbuch zu werden wie das Dekameron; wie in dem alten Buch die Pest, so sollte im neuen der Krieg einen ernsten Hintergrund abgeben und das Zusammenkommen der Gesellschaft erklären. Aber der Rahmen Goethes ist weniger glücklich, wie der Boccaccios: er enthält zuviel Gespräch, und die Novellen erscheinen als anschauliche Erläuterungen von Gedanken; Boccaccios Rahmen ist wirklich bloß Rahmen; die Geschichten sind im ganzen eingefaßt, dann in zehn Abteilungen getrennt, dann ist noch einmal jede einzelne eingefaßt; die Einführung der einzelnen Geschichte ist inhaltlich belanglos, die größeren Einführungen von je zehn Geschichten geben anmutige Bilder ohne wichtiges Geschehen, und der allgemeine Rahmen hat die furchtbare Schwere, durch welche das ganze Buch zusammengehalten wird. Goethes Rahmen erinnert an ähnliches bei den Romantikern; es schien uns, daß die Geschichten durch ihre Auslösung gewinnen würden.

Ähnlich liegen die Dinge bei den Novellen, welche aus den Guten Weibern genommen sind.

Märchen sind Novellen von einer besonderen Art, nämlich solche, in denen das Wunderbare eine Rolle spielt. Mit dem Knabenmärchen aus Wahrheit und Dichtung hat es eine besondere Bewandtnis: auch hier müssen wir nicht vergessen, daß der Name des Buches lautet: Wahrheit und Dichtung. Ein Sechzigjähriger schreibt ein Märchen nieder, das er als Knabe erfunden und erzählt hat; wir haben also nicht die Dichtung eines Knaben vor uns, sondern die Dichtung eines Mannes: kindliche Fabelgesichte, die sich aus Gelesenem und Kinderwünschen gebildet haben, sind mit der formenden Kraft eines Dichters dargestellt so, daß wir die liebenswürdigsten Eindrücke bekommen.

Die Krone unserer Sammlung sind die Novellen aus den Wanderjahren und die einzelne Novelle. Die Art, wie die Wanderjahre zusammen-gestellt wurden, ist ja bekannt; hier wird man am wenigsten den Vorwurf der Ehrfurchtlosigkeit erheben können, wenn wir das Geformte aus dem Ungeformten aussuchen, um es zu besserer Geltung zu bringen.

Eigenes Erleben und Verarbeitung älterer Dichtung hat hier die reizendsten Geschichten ergeben; der alternde Dichter, welcher der Liebe nicht entsagen mag und nun überall fühlen muß, daß Ruhm und geistige Bedeutung doch nicht die Jugend ersetzen können, hat schmerzliche Erlebnisse zu heiteren Erzählungen geformt; aus einer dutzendmäßigen französischen Erzählung wird fast nur durch Übersetzung eine Reihenfolge schöner Bilder; ein alltägliches

Vorkommnis wird mit heiterer Spannung auseinandergesetzt; ein gerader sittlicher Charakter weiß ein geringes Erlebnis zu der höchsten Bedeutung für sein inneres Leben zu gestalten; die Melusinensage wird ihrer Schauerlichkeit entkleidet, und mit dem Swiftschen Einfall verbunden, zu Lieblichkeit umgebildet; gar ein Dummenjungenstreich wird schön erzählt.

»Der Mann von fünfzig Jahren« und die »Novelle« sind die Höhepunkte; hier ist alles bis ins Letzte hinein verbunden und verknüpft, wird eine Geschichte wirklich erzählt und doch über sie hinausgewiesen auf Höheres, das hinter dem Wirklichen steht, und das nie gedanklich, sondern immer durch das Bild. Damit wir uns klar vorstellen können, wie das Kind den Löwen leitet, wird uns zu Anfang der Geschichte die Örtlichkeit durch die Erzählung der neuen Anlagen dargestellt; und dieses Kind mit dem Löwen ist dann, wenn wir lange Jahre nach dem ersten Lesen an die Geschichte denken, ein heiteres Sinnbild geworden, etwas Unwirkliches, etwas Deutendes.

Von hier muß man auch das Märchen verstehen. Es erscheint vielleicht zunächst allegorisch; aber wenn wir den Dichter ganz kennengelernt haben, so wird uns klar, daß er alles Irdische nur als Gleichnis empfand, daß so das Tote ihm lebend wurde und das Wirkliche bedeutsam; diese Bedeutung ist nicht begrifflich darzustellen, es ist keine Art von Philosophie, die er hier gibt, sondern es ist gleich jenem poetischen Mitleben, für das wir unschuldige Zeiten in den vergangenen Zuständen der Menschheit erträumen.

Kunst, Wissenschaft, Adel und Bürgertum
(1913)

Es wird oft genug festgestellt, daß die Gegenwart die Wissenschaft pflegt und unterstützt, nicht nur durch alle möglichen Einrichtungen und durch eine geschickte Organisation der wissenschaftlichen Arbeit, sondern auch durch sofortige Anerkennung und Belohnung hervorragender Leistungen, welches dann die Leistungsfähigkeit bedeutender Leute naturgemäß steigert; Fälle, wo durch Fachneid außergewöhnliche Personen unterdrückt werden, sind außerordentlich selten, denn dem ja allgemein menschlichen Fachneid und dem

Wunsch Gleichstrebender, Neuartiges nicht aufkommen zu lassen, steht das lebhafteste Interesse der gesamten Gesellschaft gegenüber.

Im Mittelalter sehen wir den entgegengesetzten Zustand. Nicht nur fehlen alle heutigen wissenschaftlichen Einrichtungen; es wird auch ein entschiedener Druck von den verantwortlichen Vertretern der Gesellschaft auf die Wissenschaft ausgeübt durch Verschweigen der Leistungen und selbst durch Verfolgen der Persönlichkeiten.

Im Mittelalter aber und in allen aristokratischen Zeiten sehen wir eine starke Anteilnahme der Gesellschaft für die Kunst; und in einer Weise, die uns heute unbegreiflich erscheint, fehlt die eigentlich elende Kunst vollständig; denn zwar gibt es bessere und geringere Künstler, auch wohl einmal einen ganz schlechten, aber das, was man heute Kitschiers nennt, fehlt vollständig. In der Gegenwart dagegen herrschen in der öffentlichen Meinung jedesmal die Kitschiers von höherer oder niederer Ordnung, und die wirklichen Künstler müssen indessen in der Dunkelheit, in Mangel an Anerkennung und Lohn schaffen, können also nicht das leisten, was sie unter anderen Verhältnissen leisten würden. Und man halte nicht entgegen, daß es ja offenbar Zeiten gibt, in welchen keine künstlerisch schöpferischen Genies geboren werden; eine Anzahl künstlerisch schöpferischer Genies sind doch in den letzten Geschlechtern aufgetreten; mag man ihre Kraft noch so gering ansetzen, immerhin waren sie doch etwas, während die gleichzeitigen Größen des Publikums nichts waren; und kein einziger von ihnen wurde gefördert, alle wurden mehr oder weniger unterdrückt.

Eine solche merkwürdige Erscheinung muß doch Ursachen haben; vielleicht liegen diese Ursachen im Bau der Gesellschaft, und vielleicht können wir die Gesellschaft, in welcher wir leben, und welche wir für die naturgemäße halten, besser verstehen, wenn wir diese Ursachen zu erkennen vermögen.

Wenn man von bürgerlicher oder adeliger Gesellschaft spricht, so meint man, daß diese Gesellschaft nicht nur ihre herrschende Klasse im Bürgertum oder im Adel hat, sondern auch, daß diese herrschenden Klassen der ganzen Gesellschaft ihren Stempel aufdrücken, indem ihre Empfindungen die allgemeinen Empfindungen der Völker sind. In der adeligen Gesellschaft gibt es nur wenige Vornehme, aber auch der letzte Tagelöhner teilt in irgendeiner Weise die Empfindungen seiner Herren; in der bürgerlichen Gesellschaft empfinden auch die Könige und vornehmen Herren bürgerlich.

Es gibt natürlich viele Unterschiede zwischen adeligem und bürgerlichem Empfinden: welcher kann der in diesem Fall wichtige sein?

Die gesellschaftliche Stellung der Künstler ist in adeliger und bürgerlicher Gesellschaft ganz verschieden. Die ausübenden Künstler, Schauspieler, Musiker und dergleichen, von denen hier im übrigen nicht die Rede sein soll, sind in adeligen Gesellschaften verachtet und bilden einen Stand, welcher dem der Gaukler und Dirnen nahe steht; Baumeister, Bildhauer und Maler gelten als Handwerker, deren Geschicklichkeit man schätzt, die man im übrigen aber durchaus zu den »Leuten« rechnet; die Dichter haben als Dichter keine besondere Stellung, sondern ihre Stellung richtet sich nach ihren sonstigen gesellschaftlichen Eigenschaften, man rechnet sie zu den Gauklern und Seiltänzern, oder sie gehören zu den Bürgern, Kriegern, vornehmen Herren und Vertretern der Kirche.

Heute gelten die Künstler jeder Art als eine Art von Menschen, welche hoch über dem durchschnittlichen Bürgertum stehen; soweit man bei dem gesellschaftlichen Durcheinander heute überhaupt ordnen kann, muß man sie jedenfalls den höheren Schichten der Gesellschaft zurechnen und nicht mehr den mittleren oder gar dem Bodensatz.

Nun kann man sagen, daß eine gute gesellschaftliche Stellung dem Talent schadet. Eine Schauspielerin, die heute Abend an der Tafel einer Exzellenz glänzt, kann unmöglich morgen die Balkonszene in der »Julia« gut spielen. Und mutatis mutandis geht es den anderen, nicht ausübenden Künstlern gerade so. Aber damit verschiebt man nur die Frage, denn man sagt damit ja nichts anderes, als daß heute in den Künsten talentlose Leute im Vordergrund stehen; eine Schauspielerin, die wirklich Talent hat, wird keinen Ehrgeiz nach Exzellenzentafeln äußern; jeder wirkliche Künstler ist am glücklichsten, wenn er mit äußeren Ehrungen möglichst verschont wird, damit er seine Zeit und Kraft für seine Arbeit verwenden kann und seine Erholung in der ihm angenehmen Weise zu suchen vermag, nämlich unter Leuten, die irgendwie durch Temperament, Gesinnungen, Empfindungen seinesgleichen sind.

In der adeligen Gesellschaft weiß jeder durchaus, was er ist, und dadurch weiß er auch, was er nicht ist. Jeder hat Menschen über sich, jeder aber, außer den Leuten, die draußen stehen, hat auch noch Menschen unter sich; und dieses Letztere ist viel wichtiger als das

Erstere, denn aus diesem Umstand ergibt sich ein unerschütterliches Selbstbewußtsein in bezug auf das, was man ist. Der letzte Flickschuster hat gern tausend Staffeln der gesellschaftlichen Leiter über sich, wenn er, nur sicher sein kann, daß er drei, vier Staffeln unter sich hat. Ehrgeiz und Eitelkeit der Einzelnen, und der Ehrgeiz war damals ebensogroß wie heute die Eitelkeit, wenden sich dadurch vom Gesellschaftlichen ab auf das Persönliche und damit mehr oder weniger Sittliche. Die Frau des Flickschusters darf nicht so schöne Kleider tragen wie die Frau des Kaufmanns, aber der Flickschuster kann in seiner Art ein ebenso tüchtiger oder noch tüchtigerer Mann sein wie der Kaufmann.

In der bürgerlichen Gesellschaft weiß niemand, was er ist, und so sind dem gesellschaftlichen Ehrgeiz keine Schranken gesetzt. Die Klassen gehen durcheinander, haben keinerlei äußere Kennzeichen; Familien steigen auf und ab in den Klassen, in den Großstädten, bei wichtigen Handlungen des Lebens, in wichtigen Einrichtungen findet eine offenkundige Gleichmachung statt. Da die Menschen trotz aller bürgerlichen Einrichtungen doch verschieden sind, so fühlen sie sich trotz alledem doch auch wieder als verschieden, aber sie haben die Sicherheit dieses Gefühls verloren, denn sie wissen nicht, ob es von den anderen anerkannt wird. Deshalb verteidigt jeder seine gesellschaftliche Geltung, sucht gleichzeitig eine höhere zu erreichen, wehrt sich gegen jeden Anspruch von Überlegenheit bei anderen Menschen. Der Drang zum Höheren wird nun nicht mehr ausschließlich auf das Persönliche gerichtet, er wird zum großen Teil vom Gesellschaftlichen aufgesogen, die Eitelkeit wird immer weniger persönlicher, immer mehr gesellschaftlicher Natur. Aber das Persönliche hängt von uns ab: ein tüchtiger Mensch weiß, daß er tüchtig ist, auch wenn ihn niemand gelten läßt; das Gesellschaftliche hängt von den anderen ab: ob man mich für vornehm hält, das wird von den anderen entschieden, nicht von mir. Dadurch kommt Mißtrauen und Unduldsamkeit in die Menschen gegenüber den anderen Strebenden. Der mittelalterliche Flickschuster ordnete sich gesellschaftlich dem Kaufmann unter, der heutige begehrt auf: ich bin ebensoviel wie er.

Nun gehört es zum Wesen der Kunst, daß sie Herrschaft ausübt. Die Menschen glauben mit ihren Augen die Dinge zu sehen, sich mit ihren Empfindungen zu ihnen zu stellen. Sie irren sich, sie sehen mit den Augen, empfinden mit den Empfindungen früherer Künstler.

Das geht bis zum scheinbar Äußerlichsten, bis zum Aufnehmen der Farben in der Natur, bis zum scheinbar Innerlichsten, bis zur Rückwirkung auf seelische Reize. Diese Herrschaft ist gewiß von allen Herrschaften die unschuldigste, die Menschen haben sich ihr stets gern und freudig gebeugt, und ein großer, sicher der reinste Teil des menschlichen Glücks hat in der ruhigen und selbstverständlichen Anerkennung dieser Herrschaft bestanden, und von den großen geistigen Mächten, der Religion, der Liebe und der Kunst, war die Kunst immer die freundlichste und gütigste: sie konnte ja immer nur mit Einwilligung des Menschen wirken. Die heutige Unbotmäßigkeit aber, das Mißtrauen gegen jedes Höhere und gegen jede Herrschaft, die Gleich-machungsbestrebungen, stimmen die Manschen argwöhnisch und bald feindlich gegen die Kunst. Das ist aber immer nur die neue Kunst, die von dieser Gegnerschaft betroffen wird, denn die ältere ist allmählich immer schon in das Bewußtsein eingedrungen und herrscht, ohne daß die Menschen es wissen.

Diese Deutung leuchtet ein, wenn man die Geschichte der neueren Künstler im einzelnen betrachtet, denn man sieht mit Erstaunen, daß unter Umständen eine offene Feindschaft vorhanden ist. Die Olympia Manets, welche jetzt im Louvre als klassisches Bild wirkt und mit Ehrfurcht angesehen wird, wurde auf der ersten Ausstellung von den entrüsteten Damen mit den Schirmen angegriffen; Flaubert erhielt wegen seiner Madame Bovary eine Anklage wegen Unsittlichkeit und entkam mit Mühe einer Verurteilung zu zwei Jahren Galeere; man könnte Hunderte von Beispielen selbst der tätlichen Feindschaft anführen, ganz zu schweigen von den bloßen Vorwürfen und Beschimpfungen der Unsittlichkeit, Kälte, Lieblosigkeit, Verrücktheit u. a. Eine bloße Nichtbeachtung der Kunst könnte schließlich ja ihre Gründe in der Stumpfheit einer nur materialistisch gerichteten Gesellschaft haben, diese Feindschaft setzt doch tiefere Gründe voraus.

Wir sahen, daß im Fall der Wissenschaft die Sache umgekehrt ist, daß die Wissenschaft früher verfolgt wurde, heute sehr unterstützt wird. Sieht man hier genauer zu, so findet man, daß es sich eigentlich nur um die sogenannten exakten Wissenschaften handelt, daß die Liebe zu diesen etwas auf die anderen überstrahlt und nicht gerade zu ihrem Vorteil, denn die Geisteswissenschaften werden dadurch unter ein fremdes Joch gebracht. Der Grund der Liebe ist aber recht klar: es ist der äußere Vorteil, den sie der heutigen Gesellschaft bringen; wie der

Grund zu dem früheren Haß in dem Aufrührerischen liegt, das sie enthalten.

Die bürgerliche Gesellschaft hat für ihre gesellschaftlichen Kämpfe nun andere Mittel, als frühere Gesellschaften hatten. Sie unterdrückt nicht mehr, indem sie Scheiterhaufen errichtet, und deshalb sind die Ausbrüche der offenkundigen Feindschaft gegen die Kunst auch verhältnismäßig unbedeutend gegenüber einem anderen Mittel der Kunstunterdrückung: der Erzeugung der sogenannten Kitschkunst.

Es ist doch eine Tatsache, die zu denken gibt, daß es keine einzige Gesellschaft bisher gab, welche Kitschkunst erzeugte; selbst die hellenistische Gesellschaft, die der heutigen in so manchem ähnlich ist, hat sie nicht; der Kitsch ist durchaus ein Erzeugnis der heutigen bürgerlichen Gesellschaft und erscheint sofort überall da in Europa, wo ihre ersten Anfänge sich zeigen.

Wenn man dieses Ersatzes Unterschied von der wirklichen Kunst auf eine Formel im Sinne dieser Ausführungen bringen will, so kann man sagen, daß er nicht Herrschaft über die Menschen anstrebt, sondern unter Vortäuschen, wirklich Kunst zu sein, die in den Menschen einer bestimmten Zeit vorhandene Gemeinheit und Dummheit enthält. Ähnlich wie das Dienstmädchen sich einen falschen Brillantring für zwei Mark fünfzig Pfennig kauft und dadurch in ihrer Vorstellung sich auf die Stufe der Herrschaft erhebt, welche einen echten Ring hat, gibt sich die große Menge von heute dieser falschen Kunst hin. Diese Unterdrückung durch den Ersatz statt durch Zwang ist die allgemeine Unterdrückungsweise der bürgerlichen Gesellschaft, die natürlich, als Gesellschaft, genau so unterdrückt wie jede andere Zeit, nur daß das dem durchschnittlichen Wünschen von heute nicht zum Bewußtsein kommt, wie es ja dem Mann, der sich über eine Ketzerverbrennung freute, auch nicht zum Bewußtsein kam, daß er unterdrückte. Man kann also von vornherein sicher sein, daß ein Buch, eine Tondichtung, ein Bild, welche allgemeines Aufsehen machen, unter allen Umständen schlecht sind.

Wie aber jede Unterdrückung etwas enthält, wodurch sie sich zuletzt wieder selber aufhebt, so auch diese: alle Kitschkunst ist kurzlebig, und ihre kurzlebigen Geschlechter befehden sich auf das grimmigste, indem immer der Kitsch von heute dem Kitsch von gestern den Garaus macht. Dadurch kommt es im Lauf der Zeit, daß die besseren Teile des Volkes die Anteilnahme an der Kunst überhaupt verlieren und sich in den höheren Schichten des Geistes allmählich eine Leere bildet, in die bei gegebenen Verhältnissen die wirkliche Kunst wieder einströmen kann.

Dichtung und Nation
(1914, vor dem Krieg)

In der großen deutschen Gesamtausgabe von Gogols Werken erscheinen jetzt auch die Briefe Gogols. Diese Briefe sind etwas ganz Besonderes; man kann sie nicht mit den Briefen anderer Dichter vergleichen, denn sie handeln nicht von den persönlichen Angelegenheiten des Dichters, sondern sind eigentlich Aufsätze über verschiedene Angelegenheiten des russischen Volkes, die nur das von anderen Aufsätzen unterscheidet, daß sie nicht ursprünglich für den Druck bestimmt waren, sondern an einzelne Personen als Briefe gerichtet sind.

Wenn man als Deutscher die höchst merkwürdigen Blätter liest, so beschleicht Einen doch ein eigentümliches Gefühl.

Gogol gehört zu den Dichtern, die eine ganz bestimmte Begabung haben: er verstand die Armseligkeit und Gemeinheit der Durchschnittsmenschen in unübertrefflicher Weise darzustellen; nach der volkstümlichen Auffassung ist er denn ja auch ein Satiriker. Bei jedem anderen Volk würde gerade eine solche Begabung zunächst den dichterischen, dann den menschlichen Charakter des Mannes bestimmen, der Mann würde nur ein Anhängsel von ihm sein; es gibt kaum eine andere Art von Begabung, welche so den Menschen beherrscht. Nun ist Gogol aber ein leidenschaftlicher Sucher des Metaphysischen geworden und hat seine Begabung vergewaltigt, statt sich von ihr vergewaltigen zu lassen. Es ist ja bekannt, daß die komische Begabung in gewissen Fällen die Menschen zu schwermütigen Gedankengängen treibt; aber die Entwicklung Gogols, der zu einem tief innerlich erfaßten Christentum kam, ist doch sonst nicht erlebt; nur von weitem kann man an unseren Wilhelm Busch denken, der seine Kunst aufgab und sich mit seinem Gemüt in die Schopenhauersche Philosophie versenkte: denn Gogol wurde nicht ein schwermütiger Brüter, sondern ein tätiger Arbeiter.

Das bedeutende russische Schrifttum von Puschkin bis zu Tolstoi wird ja bei uns täglich mehr verstanden; vielleicht sind die Deutschen dasjenige Volk, das noch am ersten von den andern Völkern Verständnis für sie hat. Was aber auch uns so schwer an ihr zu ver-stehen ist, das ist der Punkt, in dem eigentlich ihre tiefste Bedeutung ruht: diese russischen Dichter finden noch eine einheitliche Nation vor und können der Ausdruck ihrer Nation sein. Das ist auch die Erklärung der Erscheinung Gogol: als er gegen sich und seine Begabung wütete, wurde er nicht ein verzweifelter Einsiedler, sondern er fand eine würdige Aufgabe – wie er sie erfüllte, ist ja hier gleichgültig – in seinem Volk.

Wir heutigen Nationen wissen nicht mehr, was Volkszusammenhang und einheitliches völkisches Leben ist. Vielleicht hat der Eine oder Andere von uns das Glück, in einer entlegenen Gegend aufzuwachsen, wo noch wirkliches Volk lebt; der kann dann wenigstens eine dunkle Ahnung davon haben, was es bedeuten muß, wenn über ein ungeheures Gebiet durch viele, viele Millionen Menschen dasselbe Gefühl, derselbe Wille geht; unter unseren bedeutenden Dichtern gibt es keinen, auf den diese Ahnung gewirkt hätte; von den mehr oder weniger dilettantischen Heimatkünstlern und von den Unterhaltungs-schriftstellern, die ihre Stoffe aus dem sogenannten Volksleben nehmen, ist natürlich nicht zu reden. Es handelt sich ja überhaupt nicht um das Stoffliche, sondern um das Gefühl.

Es ist etwas sehr Merkwürdiges um das Russentum. Die Russen haben wohl noch bis vor kurzem immer ausländische Baumeister gehabt und doch einen eigentümlichen russischen Baustil geschaffen, der sich aus dem byzantinischen Stil weiterentwickelt hat. So sind auch ihre großen Dichter nicht im geringsten Männer aus dem Volk, sondern Männer aus dem Adel und mindestens aus der gebildeten Gesellschaft, die doch, wie sie selber klagen, von der Nation ganz losgelöst ist, bis vor kurzem sogar noch nicht einmal die russische Sprache ordentlich sprach, sondern das Französische vorzog. Dennoch hingen diese Männer fest mit der Nation zusammen. Es wird einmal eine Anekdote von Tolstoi berichtet: ein Moskauer Droschkenkutscher habe ihm erzählt, daß er »Kindheit, Knabenalter und Jünglingsjahre« von ihm gelesen habe; Tolstoi habe ihm erwidert, daß sei ein schlechtes Buch, er solle lieber seine Volkserzählungen lesen. Das erschien ihm also nicht merkwürdig, daß der Mann jenes Werk gelesen hatte: wie würde es uns auffallen, wenn ein Berliner Droschkenkutscher mit Goethes Wahrheit und Dichtung bekannt wäre! Denken wir an einen Hebbel, welcher der Sohn eines Dorfmaurers war; wie unendlich entfernt ist der vom Volk!

Unser deutsches Schrifttum ist aus einer bestimmten Klasse hervorgegangen, aus dem gebildeten Mittelstand, und hat von Anfang an bis in die neueste Zeit eine enge Verbindung mit dem Gelehrtentum gehabt. Die Klage ist ja leicht ausgestoßen, daß unsere Bildung die Nation zerrissen habe; aber ein Puschkin, Gogol, Dostojewski, Tolstoi haben doch eine Bildung gehabt, die der Nation eher noch fremdartiger war wie die Bildung der deutschen Gelehrten; denn die Gelehrten sind doch oft genug aus dem unteren Volk emporgestiegen. Die Sache ist umgekehrt: die deutsche Nation hat zu wenig Kraft gehabt, ihre bedeutenden Geister aus ihrer Vereinzelung zu zwingen, sie hat zu wenig Anteilnahme gehabt an dem, was sie schufen. Ist denn nicht schließlich Goethe ebenso deutsch, wie Dostojewski russisch ist? Oder sollte es denn am Stoff liegen, daß ein deutscher Fabrikarbeiter nicht die Iphigenie, aber ein russischer die Brüder Karamasow liest? Wenn wir Hans Sachs aufschlagen, so sehen wir doch, daß es eine Zeit gab, wo die antiken Stoffe auch dem Volk vertraut waren; und man kann wirklich sicher sein, daß das Stoffliche nie einen bedeutenden Einfluß auf diese Verhältnisse ausübt; es wird ohne weiteres aufgenommen, wenn die Nation nur überhaupt ihre Dichter aufnehmen will. Man kommt zu keinem anderen Schluß: die russischen Dichter sind mit ihrer Nation verbunden und fühlen das; die deutschen sind es nicht; und der Grund liegt im Willen der Nationen.

Suchen wir andere Vergleiche. In England sprachen noch die Dichter der Elisabethanischen Zeit zum ganzen Volk; die Dichter aus der Zeit der Königin Anna sind nie volkstümlich geworden. Die großen spanischen Dichter waren volkstümlich bis zu solchem Grade, daß man Lope sogar als Volksdichter bezeichnet hat. Was aber noch merkwürdiger ist: die Dichtung des Mittelalters war in ganz Europa offenbar volkstümlich geworden; ob sofort oder erst nach einiger Zeit, ist wohl schwer zu sagen; jedenfalls hat sie sehr lange im eigentlichen Volk gelebt; und dabei war sie in ihren Stoffen und Gefühlen ritterlich. Hier müssen irgendwelche allgemeine Ursachen vorliegen.

Man wird sagen: die heutige Gesellschaft ist abgestufter als die ältere. Shakespeare, die große spanische Literatur trafen in ihren Zeiten noch eine weniger abgestufte Gesellschaft als Fielding und Goethe; und auch heute ist die russische Gesellschaft in sich so wenig unterschieden, wie es etwa zu Lopes Zeit die spanische, zu Shakespeares Zeit die englische war.

Aber gesellschaftliche Abstufung ist ein recht unbestimmter Begriff. Sollte ein Matrose, der den Hamlet ansah, einem damaligen Minister nähergestanden haben als ein heutiger Fabrikarbeiter einem Minister von heute? Die Kluft war doch viel größer; heute kann aus einem Arbeiter ein Minister werden. Der Moskauer Droschkenkutscher ist gesellschaftlich vom Grafen Tolstoi unendlich viel weiter entfernt als ein Berliner Kutscher von einem entsprechenden Mann; denn wenn seine Freunde ihn in den Reichstag wählen, dann steht er ihm als Gleicher gegenüber. Es gibt heute keine unüberbrückbaren gesellschaftlichen Klüfte mehr, denn selbst die Bildung ist heute für den Geringsten erreichbar, wenn er will, wie viele Beispiele zeigen.

Die Gründe müssen viel tiefer liegen: wenn man sie fände, so würde man auf die Grundfragen unserer fragwürdigen neuzeitlichen Kultur kommen. Die großen russischen Dichter finden noch eine einheitliche Nation vor: weshalb? Weshalb fanden sie noch Shakespeare und Lope vor? Weshalb find diese Männer noch der Ausdruck ihrer Nation gewesen, und wie kommt es, daß unsere großen Dichter, obwohl sie offenbar doch ganz deutsch sind, nicht der Ausdruck ihrer Nation sind? In den sechziger Jahren des vorigen Jahrhunderts war bei uns im ganzen Volk eine Zeitlang eine tiefgehende Begeisterung für Schiller. Der Grund war, daß man ihn damals für einen Dichter der Freiheit hielt und Dinge erstrebte, von denen man annahm, daß auch Schiller sie erstrebt habe. Hier muß der Grund liegen: wenn eine Nation einen einheitlichen Willen hat, dann nimmt sie als Ganzes den Dichter an, welcher diesen Willen ausdrückt. Nicht eine stärkere gesellschaftliche Abstufung liegt bei den heutigen Völkern vor, sondern ein Auseinandergehen der Willensrichtungen bei den einzelnen Klassen.

Zu allen Zeiten hat es Klassen gegeben, und zu allen Zeiten war eine von diesen Klassen die herrschende. Bis auf die Neuzeit aber, wo das Bürgertum sich als herrschende Klasse behauptete, hat die übrige Gesellschaft immer treuherzig die Gefühle und Willensrichtungen der herrschenden Klasse angenommen. Ein mittelalterlicher Handwerksgeselle war gewiß kein Ritter; aber er las Ritterbücher, und wenn er dichterisch begabt war, dann dichtete er in der Art der Ritter; unser

Volkslied hat seinen hauptsächlichen Ursprung in der Minnedichtung. Wie immer in solchen Verhältnissen entsteht Wechselwirkung; die Gefühle der unteren Klassen wirken auch umgekehrt auf die der oberen und kommen irgendwie so gleichfalls zum Ausdruck in der Dichtung. Erst unter der Herrschaft des Bürgertums finden wir die Erscheinung, daß die unteren Schichten der Gesellschaft die Gefühle und Willensrichtung der herrschenden Klasse nicht mehr teilen. Es ist sehr bezeichnend: seit undenklichen Zeiten haben die Menschen Geschichte geschrieben; erst in der bürgerlichen Gesellschaft aber entwickelt sich die Klassenkampflehre als Erklärung der geschichtlichen Vorgänge; uns heute ist diese Lehre verständlich, einem Mann zur Zeit Lopes wäre sie noch nicht verständlich gewesen, den Russen zur Zeit ihrer großen Literatur leuchtete sie auch noch nicht ein, man darf dabei nicht an die wenigen gesellschaftlichen Umstürzler denken, die ja immer klagen, daß das Volk nicht hinter ihnen steht.
Inzwischen müssen die europäischen Völker sich klarmachen, daß sie heute in einem geschichtlichen Ausnahmedasein sich befinden. Wenn nicht alle Zeichen trügen, so wird die Weiterentwicklung die Kluft wieder schließen, die sich in ihnen aufgetan hat, und neue Völkereinheiten an Stelle der zerrissenen Kultur von heute werden sich bilden.

Der Künstler

(1916)

Wir Heutigen fassen Maler, Bildhauer, Tonsetzer und Dichter unter einem Wort als »Künstler« zusammen; zu den Künstlern rechnen wir auch die Schauspieler und ausübenden Musiker, indem wir sie als nachschaffende Künstler von den andern unterscheiden.
Bekanntlich war das nicht zu allen Zeiten so. Etwa in der Blütezeit Athens rechnete man den Bildhauer zu den Handwerkern, und dem Dichter gab man eine sehr viel höhere Stellung, als er jetzt einnimmt. Auch die allgemeine Hochschätzung des Künstlers, die wir heute haben, war nicht immer; es gab Zeiten, wo der Dichter in der allgemeinen Meinung etwa mit dem heutigen Seiltänzer gleichstand.

Verschiedene Auffassungen sind auch heute noch gleichzeitig vorhanden. Der Deutsche sieht den Künstler, bei seinen allgemeinen Betrachtungen
wenigstens, immer mit dem Auge Schillers, der Franzose betrachtet ihn in solchen Fällen weit nüchterner; die wirkliche Wertschätzung hat mit solchen Urteilen ja nichts zu tun, sie richtet sich, wie das nun einmal allgemein menschlich ist, nach dem Geldverdienen. Auch andere Berufe und Stände werden in verschiedenen Zeiten und bei verschiedenen Völkern verschieden beurteilt, aber man steht dann immer die gesellschaftlichen Gründe: daß in einem Kaufmannsstaat der Kaufmann und in einem Kriegerstaat der Krieger an erster Stelle steht, ist verständlich aus der geschichtlichen Lage der Stände; bei den Künstlern erklärt sich die verschiedene Wertschätzung und Stellung aus den inneren Gründen ihrer Tätigkeit und ihrer Persönlichkeit. Jedes Kunstwerk ist eine Darstellung und hat einen Gehalt. Die Darstellung ist Sache der Begabung und des Handwerks, der Gehalt ist Sache der Persönlichkeit. Das erste ist das eigentlich Künstlerische, das zweite etwas allgemein Menschliches.
Bedeutende Persönlichkeiten flößen immer Achtung ein, und die Achtung kann sich zur Verehrung steigern. Die Begabung und das Können wird immer als etwas Seltenes und Schwieriges bewundert werden; aber eine solche Bewunderung kann ebensogut einem geschickten Taschenspieler zuteil werden, sie geht auf die Seltenheit und Schwierigkeit, nicht auf den seelischen Wert der Leistung.
Wir sehen hier schon den Grund, weshalb man die nachschaffenden Künstler nicht gern mit den andern ganz zusammennimmt: bei ihrer Leistung hat naturgemäß die Persönlichkeit nur eine geringe Bedeutung, sie ist im wesentlichen Leistung von Begabung und Handwerk. Das Verhältnis wird ganz klar, wenn wir zwei Männer sich gegenüberstellen, die jeder nach einer Seite das Übergewicht haben. Man zählt Klopstock zu unsern großen Dichtern, obwohl er eigentlich nur eine sehr kleine Begabung hatte; aber er war eine große Persönlichkeit: er hatte Leidenschaft, Geist und großen Sinn. Amadeus Hoffmann hatte eine sehr große, in unserem deutschen Schrifttum recht seltene Darstellungsgabe, aber er war keine große Persönlichkeit, und so wird man ihn immer zu den geringeren Dichtern rechnen. Klopstock liest man nicht, und Hoffmann liest man; trotzdem wird auch heute noch Klopstock auf die Manschen wirken und sie über sich erhöhen,

denn seine Persönlichkeit wirkt; an Hoffmanns Persönlichkeit aber
wird niemand denken, der nicht etwa eine seelenkundliche Neugier hat
und das Künstlertemperament als Liebhaber schätzt; seine Werke, die
noch durchaus lebendig sind, unterhalten, erfreuen, funkeln und
blitzen; aber sie werden nie eine tiefe Wirkung ausüben, eine Wirkung,
welche die Menschen verändern würde.

Dadurch, daß man die beiden Dinge zusammenwirft, entstehen große
Irrtümer und falsche Wartungen, welche sehr üble Folgen haben
können. Es stehen in der Menschheit große Persönlichkeiten auf,
welche als Führer zu Höherem angenommen werden; diese
Persönlichkeiten bewegen sich in bestimmten Lebenskreisen, es sind
die Denker, Propheten, Staatsmänner, Feldherren. Ihnen rechnet man
auch die großen Künstler zu, und mit Recht. Aber man rechnet sie nicht
zu, weil sie Künstler sind, sondern weil sich in ihnen eine große
Persönlichkeit durch Kunstwerke äußert.

Wir sind heute sehr geneigt, die Persönlichkeit in der Wertung der
Künstler zu vergessen und damit dem nur Kunstfertigen – der Aus-
druck soll nicht herabsetzend sein – einen Einfluß auf die Menschheit
zuzugestehen, der ihm nicht gebührt. Es gibt ja in den andern
Lebenskreisen ähnliche Erscheinungen. Ein Mann wie Ludwig XI.
hatte sicher eine außerordentliche staatsmännische Begabung und
Technik: aber niemand würde ihm den Beinamen des Großen geben,
den man dem vielleicht nicht so klugen Großen Kurfürsten etwa gibt.
Es ist durchaus richtig, daß die Kunst die Menschen bildet; auch die
Kunst eines guten Künstlers, der keine große Persönlichkeit ist: sie
bildet aber nur Auge oder Ohr oder seelenkundliche Einsicht, und
bildet nicht die Seele. Wenn man nun, durch die Unklarheit über
Begabung und Persönlichkeit verführt, sich in der Wahl der Lehrer der
Menschheit vergreift, so kann es kommen, daß geringe Persönlichkeiten eine Gewalt ausüben, die schädlich ist.

Die Schwierigkeit ist, zu erklären, was man eigentlich als große
Persönlichkeit, ja als Persönlichkeit überhaupt auffaßt. Wie kommt es,
daß man Tolstoi und Dostojewski etwa als große Persönlichkeiten
empfindet und einen Mann wie Flaubert nicht, den man als Künstler
nur mit Ehrfurcht betrachten kann? Ganz abgesehen davon, daß die
beiden Russen als Künstler durchaus fragwürdig sind, was Flaubert
sicher nicht ist: der Gehalt ihrer Werke ist doch auch fragwürdig. Es
muß offenbar im letzten Grunde eine Kraft sein, die irgendwie im

Religiösen wurzelt, welche uns bestimmt, einem Künstler die Bezeichnung zu gewähren.

Damit sagen wir aber schon, wie schwierig es nun wird, seine Wirkung abzuschätzen. Der Mann, der Amerika entdeckte, der die erste Dampfmaschine baute, der das Gesetz von der Erhaltung der Kraft aufstellte oder den Blutkreislauf fand – sie haben alle etwas tatsächlich Wertvolles geleistet, etwas unzweifelhaft Richtiges gefunden, das man vorher nicht wußte und das den Menschen nützlich ist. Aber wo ist das Wertvolle, das etwa Dostojewski gibt? Und bringt er nicht durch seine Schriften vielleicht etwas ganz Falsches in die Menschheit? Vielleicht schadet er nicht nur, wenn er mißverstanden, sondern auch, wenn er richtig verstanden wird? Dennoch ist er durch seinen Gehalt ein großer Dichter, denn es ist in ihm jene merkwürdige Kraft, von der man eben auch nichts weiter sagen kann, als daß der eine große Persönlichkeit ist, der sie hat, und die man nicht notwendig zu haben braucht, wenn man etwa die erste Dampfmaschine baut.

Ganz schwierig aber wird nun die Sache, wenn wir bedenken, daß bei dem vollkommenen großen Künstler bedeutende Persönlichkeit und bedeutende Begabung und Handwerk vereinigt sein müssen, und uns nun fragen: wie weit hat die Begabung gewisse menschliche Minderwertigkeiten zur Voraussetzung?

Wir brauchen uns durchaus nicht auf den Standpunkt der gewöhnlichen bürgerlichen Moral zu stellen, um am Künstler Bedenkliches zu finden. Die bürgerliche Moral hat den Zweck, die bürgerliche Gesellschaft ohne Reibungen im Gang zu erhalten, und da der Künstler notwendig außerhalb der bürgerlichen Gesellschaft stehen muß, so kann man ihn natürlich nicht ihren Gesetzen unterwerfen. Die Moral hat mit diesen Fragen überhaupt nichts zu tun. Ganz allgemein gefaßt: Voraussetzung für den Künstler ist leidenschaftliches Erleben. Das ist aber nur möglich, wenn die sittlichen Widerstände bei ihm gering sind. Wenn etwa Dostojewski den Mord 99 Raskolnikows schildert, soll man vielleicht glauben, er stellt das nur so von außen her dar? Dostojewski war ein Mörder, sonst hätte er den Mord nicht so darstellen können. Er hat keinen Mord begangen; aber wie wenig bedeutet für die Seele das äußere Tun! So abgeschmackt die Lombrososche Lehre ist, einen richtigen Punkt hat sie doch, nur daß die Grenze zwischen Genie, Wahnsinn und Verbrechen woanders liegt, wie er denkt: es kommt eben im Seelischen immer nur auf die Unterschiede an und nicht, wie der Mann glaubt, der mit Statistik und festen Begriffen arbeitet, auf die wirklichen Taten. Wir haben im Evangelium bereits das ausgedrückt: was für den einen ein Mord ist, das ist für den andern schon ein böses Wort. Man kann sagen, daß die künstlerische Begabung zu neun Zehnteln im Temperament steckt; nun, Temperament ist jene Beweglichkeit und Reizbarkeit der Seele, die dem großen, auf ein Ziel gerichteten Willen naturgemäß feindlich sein muß, der doch zum mindesten die Eigenschaft einer großen Persönlichkeit ist.

Wie die großen Künstler diesen inneren Widerspruch ausgeglichen haben, das ist immer die Sache jedes Einzelnen gewesen und wohl sehr schwer von Andern zu verstehen. Wenn nun aber ein großer Künstler die ihm angemessene Wirkung auf sein Volk hat, dann geschieht etwas sehr Merkwürdiges: in der Auffassung der Menschen verschwindet der Widerspruch zwischen Begabung und Persönlichkeit, und die Manschen machen sich von dem großen Künstler ein ganz anderes Bild, als er in Wirklichkeit war.

Es tritt durchaus nicht etwa eine Verfluchung ein. Man kann sich den Vorgang etwa so vorstellen, daß die Menschen die metaphysische Persönlichkeit, wenn der Ausdruck erlaubt ist, ahnen, welche hinter dem geschichtlichen großen Künstler steht, und daß sie in seiner Begabung, die ja nur im Diesseitigen wirkt und wirken kann, die Äußerung dieser jenseitigen Persönlichkeit sehen und alle Mangel der diesseitigen ruhig zur Seite lassen. Es tritt ein Idealisieren ein in dem Sinn, wie unsere klassische Zeit das Wort verstand.

Es ist sehr merkwürdig, wie notwendig dieser Vorgang offenbar sein muß. Unsere Zeit ist doch so sorgfältig in bezug auf alles Wirkliche, schafft mit solcher Mühe die kleinsten Züge und Vorgänge zusammen, wenn sie ein Bild eines früheren Menschen gestalten will; trotzdem ist etwa bei Goethe von Jahr zu Jahr der Idealisierungsvorgang weiter fortgeschritten, ganz in dem Verhältnis, wie er für unser Volk wichtiger geworden ist.

Unmittelbare und vermittelte Wirkung der Kunst
(1916)

In den beiden letzten Menschenaltern ist in der Erziehung des Volkes eine grundstürzende Veränderung eingetreten. Zunächst drangen mit den billigen Ausgaben unsere Klassiker und Nachklassiker in einer Weise ins Volk, die wir uns, obwohl wir den Vorgang vor unseren Augen sich abspielen sehen, doch schwer vorstellen können. Dann kamen die billigen Wiedergaben klassischer Gemälde und Bildhauerwerke, die gleichfalls eine tiefe und weite Verbreitung gefunden haben. Endlich scheint jetzt auch die klassische Musik in neuer Weise durchzudringen.

Es haben hier allerhand wohlgesinnte Unternehmungen gewirkt; die Hauptsache aber ist doch wohl von selber gekommen, und jene Unternehmungen konnten ja nur wirken, weil der allgemeine Zug vorhanden war.

Diese Entwicklung ist ganz unabhängig von dem augenblicklich lebendigen Schrifttum vor sich gegangen. Im achtzehnten Jahrhundert, in der vorklassischen Zeit, war offenbar ein merkwürdiger Zusammenhang zwischen dem lebendigen Schrifttum und dem Volk; dieser Zusammenhang riß etwa um 1780. In der bildenden Kunst war er kaum je vorhanden gewesen, wenigstens wenn man die Betrachtung, wie man ja muß, mit der Zeit nach dem Dreißigjährigen Krieg beginnt, in der Musik scheint er länger gedauert zu haben. Heute ist der Zustand nun so, daß die lebendige Kunst weniger Beziehungen zu dem lebenden Volk hat als je, daß aber die Kunst der früheren Geschlechter die Menschen in früher unbekannter Weise zu beherrschen beginnt. Es ist doch gewiß höchst merkwürdig, wenn man in der Wohnung eines Arbeiters ein Bücherbrett mit Schiller und Goethe, Lessing und Hebbel antrifft, einen bemalten Gipsabguß nach Donatello und Wiedergaben von Rembrandtschen oder Dürerschen Bildern. Der Gipsabguß ist schlecht, die Wiedergaben zeigen eigentlich nichts von dem Namentlichen, und dem entspricht wahrscheinlich, daß der Mann die dichterischen Klassiker nur bedingt auffassen kann: aber irgend etwas muß doch von diesen Dingen auf ihn wirken, denn sonst würde er einen gefälligeren billigen Prunk vorziehen.

Die Volkstümlichkeit, wenn wir diesen hier nicht recht passenden Ausdruck gebrauchen wollen, geht unter Umständen bis recht nahe an das Lebende heran. Etwa Böcklin schien eine Weile überall verbreitet zu werden; Gottfried Keller und vielleicht auch Liliencron würden es sein, wenn ihre Werke schon billig waren; mit Menzel und Leibl wird es länger dauern.

Was bedeutet dieser merkwürdige Vorgang?

Der Begriff »Volk« ist etwas ungemein Schwankendes. Im achtzehnten Jahrhundert lebte die Landbevölkerung in den weitaus meisten Gegenden von Deutschland offenbar noch ein Leben für sich, mit alten Märchen, Geschichten und Liedern; die Landbevölkerung war auch noch nicht so schroff abgestuft wie heute in Besitzende und Besitzlose. Wenn wir in dieser Zeit von Volk sprechen, dann denken wir immer unwillkürlich an die Handwerker in den Städten. Diese aber hatten bei den eigentümlichen deutschen Verhältnissen sehr viele verwandtschaftliche und gesellschaftliche Beziehungen zu den Standen, die man heute die gebildeten nennt; die Juristen und vornehmeren Mediziner standen für sich, die übrigen Studierten aber kamen oft aus dem Volk, und ihre Kinder gingen oft wieder ins Volk. Unser vorklassisches und klassisches Schrifttum war aber ein Schrifttum des heute sogenannten gebildeten Mittelstandes; dadurch kam die Wirkung einerseits auf den kleinen Adel, andrerseits auf die Handwerker: das erscheint uns heute als »Volk«.

Das deutsche Volk besteht heute nicht nur aus einer viel größeren Menge von Menschen als damals, es ist auch einerseits einheitlicher, indem durch Aufhebung der Leibeigenschaft, Schulzwang, Heeresdienst, Freizügigkeit die Unterschiede zwischen Stadt und Land viel geringer geworden sind; und andrerseits abgestufter, indem neue Klassen entstanden und zwischen den alten höhere Mauern gezogen sind. Es sind also einerseits die gesellschaftlichen Beziehungen zwischen den einzelnen Klassen sehr viel geringer wie früher, andrerseits geht infolge des ungemein erstarkten Lebens des Staates doch eine einheitliche Gesamtstimmung durch das Volk. Das Volk ist heute atomisiert; aber die Atome werden wieder in eine neue Einheit zusammengefaßt.

Das bedeutet für die Kunst, daß eine unmittelbare Wirkung immer schwieriger sein wird, daß aber die vermittelte Wirkung eine immer größere Bedeutung bekommen wird: das ist der Grund für die starke Verbreitung der wertvollen älteren Kunst in der heutigen Zeit, Um uns den Unterschied zwischen der unmittelbaren und der vermittelten

Wirkung klarzumachen, wollen wir des schärferen Gegensatzes wegen einen Vergleich aus einer anderen Zeit holen. Ein Zeitgenosse von Grunewald, der etwa in Kolmar oder Aschaffenburg lebte, konnte die Bilder des großen Malers sehen; Grunewald stand gesellschaftlich nicht wesentlich höher als ein einfacher Handwerker seiner Zeit; die Handwerker, welche ihm örtlich nahe lebten und seine Bilder sahen, haben vielleicht ein unmittelbares Verständnis für sein Wollen und Können gehabt. Aber über die örtliche Nähe ging nicht viel hinaus: ein paar Kenner und Liebhaber und ein paar Maler wußten im übrigen Deutschland noch von ihm. Das war die unmittelbare Wirkung. Grunewald ist ja nicht leicht zu verstehen, und sein Wesentliches ist durch Nachbildungen nicht wiederzugeben. Aber man könnte sich doch denken, daß eines der volkserzieherischen Unternehmen durch Beschreibungen, Untersuchungen und Erklärungen seine Werke den Leuten verständlicher machte, und daß gleichzeitig farbige Wiedergaben seiner Bilder wenigstens etwas von ihm den Leuten nahebrachten; solche Wiedergaben könnten dann weit eher verbreitet werden, und die vermittelte Wirkung von Grünewalds Kunst würde eintreten.

Hier stoßen wir aber nun auf etwas Merkwürdiges.

Diese vermittelte Wirkung ist ganz etwas Anderes wie jene unmittelbare. Sie geht notwendig wenigstens teilweise durch den Verstand.

Es ist mit den großen Kunstwerken ja wie mit der Natur. Jeder nimmt sich etwas Anderes aus ihnen heraus. Schon bei der unmittelbaren Wirkung würde man verwundert sein, wenn man wußte, wie Verschiedenes die Manschen vor demselben Werk empfinden und denken; durch die zeitliche Entfernung und die Vermittlung wird aber zu alledem noch etwas ganz Neues hinzugebracht. Es geht auf der einen Seite von dem Sinnlichen des Kunstwerks unendlich viel verloren; auf der anderen Seite kommt das Geistige des Kunstwerks erst jetzt ganz zum Vorschein.

Kommt es wirklich zum Vorschein? Geht nicht etwas Anderes bor sich? Das ist eine Frage, auf die es wohl keine Antwort gibt. Was unserem Volk heute die Klassiker sind, das war ihm im achtzehnten, noch in der ersten Hälfte des neunzehnten Jahrhunderts die Bibel. Die Bibel ist eine Sammlung der verschiedensten Schriften, die zu einer Zeit zusammengestellt wurde, als diese Schriften klassisch geworden waren. Wir heute vermögen sie wieder so zu sehen, wie sie gemeint waren, als sie niedergeschrieben wurden: da ist Geschichte, Mythos, Liebeslied, Märchen, Predigt, Sage, Naturlyrik, Theologie, philosophisches Grübeln – ungefähr alles, was das höhere geistige Leben der Menschen ausmacht. Da sind alle Leidenschaften: Haß, Liebe, Hingabe an Gott, Grausamkeit, Geiz, Verehrung, Streben zum Höchsten und so fort. Unsere Vorfahren aber lasen die Bibel als ein Buch, das sie in allem zu Gott führen und sittlich veredeln sollte. Und sie hat beides getan.

Könnte nicht bei der gegenwärtigen Aufnahme unserer bedeutenden Kunst der Vergangenheit etwas Ähnliches vor sich gehen? Daß etwas ganz Anderes als Wirkung herauskäme, als die Künstler zu ihrer Zeit gedacht haben?

Goethe ist manchem ernsten und achtenswerten Manne seiner Zeit als ein unsittlicher und irreligiöser Schriftsteller erschienen. Haben wir ein Recht, einfach über einen solchen Mann zu lächeln? Damals hätte man zu seiner Verteidigung nur sagen können, daß wirkliche

Künstler deshalb nie unsittlich sein können, weil sie alles auf eine Daseinsebene heben, wo der Gegensaß von Sittlichkeit und Unsittlichkeit nicht mehr vorhanden ist. Eine solche Verteidigung macht erfahrungsgemäß wenig Eindruck. Heute ist es doch in manchen Kreisen schon so weit, daß man sich an Goethe religiös und sittlich erbaut.

Dieser Vorgang ist aber nun nicht etwa eine Eigentümlichkeit unserer Zeit.

Wir stellen uns Homer wohl am besten vor als einen Mann wie Ariost, der an den Höfen der kleinasiatischen vornehmen griechischen Herrn seine heiteren Werke dichtete. Es gehört eine nicht allzu kühne Einbildungskraft dazu, sich Männer zu denken, die gewiß nicht die schlechtesten ihres Volkes waren, die zu seiner Zeit den Dichter der Liebesgeschichte von Ares und Aphrodite und so manches skeptischen Verses für unsittlich und irreligiös hielten: die späteren Griechen betrachteten die Homerischen Gedichte als Religionsurkunde. Als sie das taten, dichtete Äschylus. Die Athener klagten ihn der Gottlosigkeit an und hätten ihn vielleicht hinrichten lassen, wenn nicht sein Bruder, der in der Schlacht bei Salamis den Arm verloren, für ihn eingetreten wäre. Heute erscheint uns Äschylus gerade als ein religiöser Dichter.

Welche Folgen muß es nun für die Kunst haben, wenn die unmittelbare Wirkung immer mehr verschwindet, und die vermittelte, die spätere, immer wichtiger für sie wird? Unzweifelhaft muß das die Kunst geistiger machen.

Wir müssen schon oft Zeiten einer derartigen Kunst gehabt haben; nur wird es uns heute schwer, die zu erkennen. Die orphische Dichtung der Griechen, die mystische Lyrik der Perser muß hierher gehören, vielleicht auch die byzantinische Kunst. Vielleicht erklären sich schwer verständliche Erscheinungen in der jüngsten Kunst, denen allen ja ein Überwiegen des Verstandes über die Sinnlichkeit zu eigen ist, wenn man an solche Gedanken denkt: die Künstler würden den Abstand, welchen sonst die Zeit schafft, schon selber in ihr Werk legen und eine Wirkung auf die Mitlebenden erzielen wollen, die sonst nur auf die Spätergeborenen eintritt.

Die Entartung des Weibes und die Kunst
(1914)

Solange die Kunst eines Volkes gesund ist, das heißt, weder in Ästhetentum noch in Publikumsunterhaltung entartet, stellt ste die höchsten Vorstellungen dieses Volkes dar: nicht, wie heute manche denken, das, was in einer Nation ist, sondern das, was die Nation wünscht, daß in ihr sein soll. In Zeiten gesunder Kunst spielen auch die malenden, bildhauenden und dichtenden Frauen keine Rolle und das künstlerische wie jedes andere Schaffen ist den Männern vorbehalten. So kommt es, daß in diesen Zeiten die von den Männern der Nation gewünschten weiblichen Vorbilder geschaffen werden.

Im Laufe der Zeit bekommen die wertvollen Kunstwerke einen immer größeren Einfluß auf die Nation. Um allerzugäuglichsten solchen Einflüssen aber sind die Frauen; und indem sie sich denn nun allmählich den Vorbildern angleichen, welche die großen Künstler aufgestellt haben, kann man endlich sagen, daß die Frauen von den Künstlern ihres Volkes geschaffen werden.

Gewöhnlich machen sich ja die Menschen die ungeheure Bedeutung der Kunst nicht klar, weil sie nur das Nächstliegende sehen; die Bildung der Frauen durch die Kunst ist nur ein geringer Teil der großen

Wirkung auf das tägliche Leben, die von der Kunst ausgeht; indessen wollen wir hier bei diesem Einen stehen bleiben.

Das achtzehnte Jahrhundert hatte bekanntlich die Meinung, daß die Kunst dadurch ihre Berechtigung erweise, daß sie die Menschen bessere, mit welchem Bessern denn ein bürgerliches Moralisieren gemeint war. Unsere Klassiker, welche ganz auf dem Boden der bürgerlichen Weltanschauung standen und doch als die Ersten über sie hinaus kamen, setzten an die Stelle des bürgerlichen Tugendspiegels die Humanität. Die Humanität ist ein religiös-sittliches Ideal und wurde schon zu ihrer Zeit nur von Wenigen verstanden; seit etwa Ende der dreißiger Jahre des vorigen Jahrhunderts, mit dem der allgemeine Kulturrückschritt beginnt, wurde sie der Nation ganz fremd, bis sie in dem Tiefstand am Anfang der achtziger Jahre sogar verspottet werden konnte. Als am Ende der dreißiger Jahre das sogenannte junge Deutschland auftrat, mochte man nicht wieder zu dem immerhin doch rechtschaffenen und tüchtigen achtzehnten Jahrhundert zurück; man glaubte, wie man es noch heute glaubt, daß es, um nicht mittelmäßig zu sein, genügt, wenn man nicht brav ist. So griff man denn damals aus den unklaren Gedanken der Sturm- und Drangzeit eine Auffassung auf, die man etwa als die Lehre vom Recht der Leidenschaft bezeichnen kann; dichterisch hatte sich ihrerzeit die Lehre auf Shakespeare gestützt, der in diesen Dingen Schauspieler und Renaissancenatur war und denn damals als »Natur« erschien. Ähnlich wie heute das Geschwätz von der Persönlichkeit von Personen verübt zu werden pflegt, deren reichlich zwölf auf ein Dutzend gehen, so ging im jungen Deutschland das Leidenschaftsgerede gleichfalls von den Philisternaturen aus, die einfach ihren Mangel an Zucht mit ihm verdecken wollten.

Die literarische Bewegung der achtziger Jahre hat einige Begabungen gezeitigt, welche heute unser literarisches Leben bestimmen. Diese Dichter haben sicher eine höhere durchschnittliche Begabung als das Geschlecht vor ihnen – wenn man die ja immer zur Seite stehenden Ersten der Zeit ausnimmt, damals also Keller und Meyer –, aber geistig bedeuten sie ebensowenig wie diese. Es kann deshalb nicht wundernehmen, wenn von ihnen keinerlei menschliches Vorbild, und sei es noch so bescheiden, geschaffen wird, und wenn sie, ohne sich weitere Gedanken zu machen, das immer wässeriger werdende »Recht der Leidenschaft«, unter Umständen als einfache Empfindsamkeit, herübergenommen haben, bis es denn endlich zu dem »Sichausleben« gekommen ist, das heute jede Bedientennatur im Munde führt. Einige haben eine gewisse Ungebärdigkeit der Geste beibehalten, wie etwa Wedekind, einige haben sie aufgegeben, wie etwa Hauptmann: aber ein grundsätzlicher Unterschied etwa von Geibel oder Heyse ist nicht zu bemerken. Wichtiger als unsere deutsche Literatur von heute ist für unsere Zeit aber die nordische, russische und französische des vorigen Geschlechts.

Alle Einsichtigen klagen heute über die furchtbare Entartung des Weibes: die Abnahme der weiblichen Instinkte, Überhandnehmen der Dirnentriebe und Annäherung an das männliche Wesen. Sicher haben wir viele gefährliche Erscheinungen in unserer heutigen Gesellschaft; aber diese gerade an ihren gefährlichsten Stellen oft so unscheinbare Krankheit unseres heutigen gesellschaftlichen Körpers ist vielleicht die schlimmste unserer bedenklichen Erscheinungen, schlimmer noch als die Landflucht; denn sie wurzelt am allertiefsten im Geistigen.

Shakespeare hatte eine große Reihe anmutiger, edler und natürlicher Mädchengestalten geschaffen, die ganz aus der Seele des englischen Volkes empfunden sind und offenbar sehr auf die Bildung der weiblichen Wesensart in England gewirkt haben; es ist das noch in der heutigen Entartung des englischen Volkes deutlich zu erkennen. Die Frauen- und Mädchengestalten unserer klassischen Dichter haben ähnlich gewirkt; wie oft fiel mir bei einer vollkommenen älteren Frau der Einfluß Goethes auf. Es ist nicht hoch genug an Gottfried Keller zu rühmen, daß er in seiner engeren Welt treulich fortgesetzt hat, was seine großen Vorgänger begonnen haben. Aber schon bei Kleist, dann bei Hebbel treffen wir die kranken Frauengestalten.

Die bloße Mittelmäßigkeit kann ja nicht viel schaden; die Gestalten Hauptmanns werden gewiß keine üble Wirkung auf unser Volk ausüben. Aber schon Wedekind, der, wenn auch sonst in allem unter Hauptmann stehend, doch eine stärkere Persönlichkeit ist, richtet Unheil genug an. Ich betone ausdrücklich, um nicht mißverstanden zu werden: ich meine das nicht moralisierend; ich glaube, daß Leute, welche immer gleich nach Polizei und Staatsanwalt schreien, sich über die Wirkungen der Bücher sehr täuschen. Aber diese kranken, unnatürlichen und gänzlich unwahren Gestalten erzeugen kranke und unnatürliche Menschen.

Und es geht ja doch weit über Wedekind hinaus. Strindberg, in dem eine fürchterliche dämonische Kraft sitzt, noch höher Ibsen, haben eigentlich nur kranke Frauengestalten geschaffen – krank wenigstens für unser deutsches Gefühl, denn in allen Frauen Ibsens wütet irgend etwas gegen das, worin für uns Deutsche die Wesensmitte des Weibes beschlossen liegt, gegen die Mütterlichkeit. Selbst in den »Gespenstern« ist das der Fall.

Einen Dichter hat das vorige Geschlecht hervorgebracht, den man doch zu den Großen rechnen muß: Dostojewski. Ihn kann man ja nicht in einem Atem nennen mit Ibsen oder gar den noch geringeren; aber auch bei ihm sind die Frauen alle krank; und als ob ein Dämon sein Talent geführt hätte, mit dem er doch so gern aufbauen wollte, dessen zerstörende Kraft er selber nicht ahnte: in der Sonja des Raskolnikow hat er einmal die edle, die mütterliche Weiblichkeit geschildert, in einer Straßendirne. Man ist wohl jetzt geneigt, Tolstoi gegen ihn niedriger zu stellen, weil er nicht so tief ist (Tiefe bei einem Dichter entsteht, wenn im entscheidenden Augenblick die Gestaltungskraft versagt): nun, Tolstoi hat ein gesundes Empfindungsleben, und seine Frauen haben alle Natur. Nenn man später einmal richtigere Maßstäbe für die Schätzung haben wird, dann wird man Tolstoi, mit allen seinen kindlichen Schwächen, hoch über Dostojewski stellen.

Aus welchem Punkt sind nun alle diese kranken Frauengestalten zu verstehen, auf welchen Punkt bei den Menschen, welche von ihnen lesen, wirken sie?

Es heißt im Evangelium: Wer sein Leben fortwirft, der wird es erretten. Der Mann muß sein Leben immer fortwerfen; wenn er es nicht tut, sich nicht gänzlich seinem Ziel, seinem Beruf, seiner Arbeit hingibt, dann wird er sofort als ein verächtlicher Schwächling erkannt. Wenn ein Dichter einen solchen Schwächling schildert, wie das etwa in der Weltschmerzperiode öfters geschah, so kann das nie sehr weitgehende Folgen haben, weil das wirkliche Leben gegen die Albernheit solcher Erscheinungen sehr kräftig Einspruch erhebt; die Folge ist dann nur, daß die Dichtung bei den vernünftigen Männern in Mißachtung kommt. Bei der Frau aber ist die Sache nicht so klar. Auch die Frau muß ihr Leben fortwerfen, wenn sie es gewinnen will: sie muß es fortwerfen für Mann und Kind, in scheinbar oft kleinlichen Sorgen und Mühen. Wo nicht viel in der Seele ist, da kann natürlich auch bei der größtmöglichen Hingebung nicht viel werden, und man braucht sich nicht zu verwundern, wenn die meisten Frauen in der Ehe bei Strickstrumpf und Dienstbotengespräch verhutzeln; sie entsprechen da den Männern, die beim Bier und Kannegießern

aufschwemmen. Es ist ja doch aber auch gar nicht nötig, daß nun jeder Mensch eine bedeutende Persönlichkeit wird; das Mittelgut ist denn doch durchaus zu gebrauchen, vorausgesetzt, daß es keine törichten Ehrgeize hat, seine Pflicht tut und sein Leben genießt, wie es dem Mittelgut ja beschieden ist.

Hier aber liegt der Punkt.

Man kann sagen, etwa seit der Julirevolution beginnt bei den Frauen die Vorstellung, daß ihr naturgewolltes Ziel nicht in dem Aufgehen für Mann und Kind liegt, sondern in der Entwicklung dessen, was man Persönlichkeit nennt, nach Art der Männer, aber nach falschverstandener Art der Männer, in der »Behauptung«. Das Ergebnis soll dann die »Kameradschaft« sein.

Nun hat selbst der unbedeutendste Mann von Hause aus soviel Kraft, Leidenschaft und Freiheitssinn, daß er vom Leben ganz gehörig geschunden werden muß, damit etwas aus ihm werden kann, und wenn er etwas Bedeutendes werden soll, so muß er selbst gebrochen werden. Wen Gott lieb hat, den züchtigt er, und er züchtigt ihn ganz gehörig. Das »Sichbehaupten« kommt erst nachher. Beim Weib gibt es da nur eine Eigenschaft, die dem entspricht: außer der jedem jungen Menschen natürlichen Selbstsucht der jungfräuliche Hochmut gegenüber dem Mann; beides muß durch die Liebe gebrochen werden, damit dann die Hingabe entsteht. Wird das versäumt, so ist die einzige Gelegenheit des Weibes versäumt, das Leben fortzuwerfen, und sie behält den kindischen Hochmut und die Selbstsucht durch ihr ganzes Leben.

Das ist aber der Punkt, aus dem die geistige Erkrankung kommt. Man denke an Hedda Gabler oder, wenn man lieber eine Gestalt eines großen Dichters haben will, an die Nastaßja in Dostojewskis »Idioten«. Beide Frauen sind hysterisch aus Hochmut und Selbstsucht. Ganz natürlich muß Hochmut und Selbstsucht zu geistiger Erkrankung führen, denn eine Befriedigung ist ja nicht möglich, es findet im Gegenteil im natürlichen Frauenleben eine immer größere Entfernung von der Möglichkeit der Befriedigung statt; denn wenn eine Frau älter wird und keine Güte zu geben hat, dann wird sie immer mehr vernachlässigt.

Aber Hochmut und Selbstsucht haben etwas furchtbar Verführerisches; wenn sie dichterisch dargestellt werden, dann verlocken sie, wie nur das Böse verlocken kann. In beiden Entartungsformen des Weibes sind Hochmut und Selbstsucht der Angelpunkt für das Verständnis, in der Entartungsform der Dirne natürlich nur bei der wirklichen, der Dirne aus Temperament, nicht der aus Temperamentlosigkeit.

Die Stimmen, welche das Übel beklagen, mehren sich ja immer mehr. Möge man sich klarmachen, daß es nicht ein oberflächliches Übel ist, sondern tief, sehr tief wurzelt. Wenn selbst ein Mann wie Dostojewski, den man nur mit Ehrfurcht nennen darf, zu seiner Verschärfung beiträgt, so muß es doch wirklich organisch sein. Dostojewski fühlte wohl den Zusammenbruch der heutigen Gesellschaft und dachte in seinem russischen nationalen Christentum eine Rettung gefunden zu haben: wer die russische Frau von heute kennt, die doch wesentlich durch ihn erzogen ist, wird zugeben, daß sein Mittel falsch war: und wer zwischen den Zeilen lesen kann, der liest vielleicht in seinen Werken, daß er selber an das Mittel nicht glaubte. Von Ibsen und den unter ihm Stehenden ist nicht zu reden: sie schwimmen einfach mit und bilden sich womöglich ein, nach irgendeinem seligen Eiland zu schwimmen.

Die Entartung des Weibes, die Frauengestalten in der Literatur, das alles sind eben nur Teilerscheinungen einer allgemeinen Krankheit: möge Jeder sich selber prüfen, wie weit auch er an dieser schuldig ist.

Bühne, Drama, Volk und Volkstheater
(1915)

In unserer vorklassischen, noch im Anfang unserer klassischen Zeit, war in unserer Dichtung der Gedanke eines Nationaltheaters verbreitet. Man machte sich eine dunkle Vorstellung von dem antiken und Elisabethischen Theater, ohne sich bewußt zu werden, daß diese beiden nichts miteinander zu tun haben, und nicht auf Grund irgendwelcher Tatsachen, sondern aus einem gesteigerten geistigen Nationalgefühl heraus nahm man an, daß nun auch wir Deutschen ein solches Theater haben müßten.

Unser Nationalgefühl war geistiger Art, es lebte auch nur in einigen wenigen geistigen Menschen: vor allem in Dichtern, dann in Philosophen, Schriftstellern und auch Gelehrten, und war vorhanden, ohne daß überhaupt eine Nation bestand.

So muß man sich denn nicht wundern, wenn solche Gedanken wie der vom Nationaltheater auftauchen konnten, die durch nichts Wirkliches begründet waren: das deutsche Nationaltheater war ja nicht unwirklicher als die deutsche Nation selber, vielleicht konnte es damals einem verständigen Mann sogar als weniger unwirklich erscheinen.

Im Lauf der Zeit hat sich nun herausgestellt, welche der damaligen Wunschbilder verkörpert werden konnten und welche nicht. Aber es ist nicht so einfach, das einzusehen, denn Wunschbilder werden nur zu gern von den Menschen mit beinahe gewollter Selbsttäuschung betrachtet; und wenn man heute auch nicht mehr von einem Nationaltheater spricht, so hat man doch die Vorstellung, daß wir gegenwärtig immerhin etwas dem, was damals ersehnt wurde, Entsprechendes haben.

Diese Vorstellung ist die Ursache von vielen Albernheiten der öffentlichen Meinung und von Leiden der jedesmaligen Dichter gewesen. Indem man treuherzig glaubte, ein wertvolles Theater zu haben, erhob die öffentliche Meinung jedesmal den mehr oder weniger mittelmäßigen Schriftsteller, der gerade die Bühne beherrschte – er brauchte sie gar nicht uneingeschränkt zu beherrschen, und es war ganz günstig, wenn ein noch mittelmäßigerer den größten Teil des Publikums für sich hatte – zu einer Art von Nachfolger Goethes oder Schillers; und wenn gerade ein wirklicher Dichter zu der Zeit lebte, dann hatte der zu dem Groll über sein ja notwendiges Verkanntsein noch die Bitterkeit über die Lobpreisungen und Einnahmen der andern. Der Grund ist, daß die bestehende Bühne, die nach ihrer ganzen Lebensform gar nichts mit der Dichtung zu tun hat, beständig den Schein erweckt, als sei sie mehr als sie ist, indem sie Werke unserer Klassiker aufführt.

Es ist so, als ob etwa ein Panoptikum neben die Wachsfiguren, welche den letzten Mörder, den ertappten Apfeldieb oder den Kaiserschnitt darstellen, einige je nachdem bestaubte oder buntangestrichene Gipsabgüsse klassischer Standbilder stellen würde. Das Panoptikum ist ehrlich; wenn es wirklich solche Abgüsse aufstellen sollte, so wird es doch niemals so tun, als seien diese Abgüsse die Hauptsache, und

Mörder, Apfeldieb und Kaiserschnitt seien nur aus trauriger Notwendigkeit des Geldverdienstes zugenommen. Das Panoptikum hat nie eine Ideologie gehabt und hat nie mit Hilfe dieser Ideologie Geldgeschäfte gemacht. Die Bühne aber, welche so vielfache Zuschüsse und Unterstützungen braucht, erhalt bewußt die Täuschung, daß sie etwas Höheres sei; und sie kann das, weil die Ideologie aus der Zeit unserer Vorklassiker noch nicht als falsch eingesehen ist. Es soll dabei nicht verhehlt werden, daß dieser Zustand auch seine gute Seite hat. In allen andern Ländern wird das Theater längst als ein Vergnügungsort für die mehr oder weniger gemeine Menge aufgefaßt; vielleicht verdanken wir Deutschen diesem Glauben an das Theater, daß wir heute das einzige Volk sind, welches noch ein lebendiges Drama hat; es kommt ja zwar nicht auf die Bühne, aber – so denken die Dichter immer – es müßte oder könnte doch auf die Bühne kommen. Aber vielleicht ist diese gute Wirkung auch nur ein Irrtum, wird den Dichtern auch nur die Tatsache verhüllt, daß unser Drama heute an einem ganz andern Art lebt als auf der Bühne.

Im Jahre 1825 sagte Goethe einmal zu Eckermann: »Ich hatte wirklich einmal den Wahn, als sei es möglich, ein deutsches Theater zu bilden. Ja, ich hatte den Wahn, als könne ich selber dazu beitragen und als könne ich zu einem solchen Bau einige Grundsteine legen. Ich schrieb meine ›Iphigenie‹ und meinen ›Tasso‹und dachte in kindischer Hoffnung, so würde es gehen. Allein es regte sich nicht und rührte sich nicht und blieb alles wie zuvor. Hätte ich Wirkung gemacht und Beifall gefunden, so würde ich auch ein ganzes Dutzend Stücke wie die ›Iphigenie‹ und den ›Tasso‹ geschrieben haben. An Stoff war kein Mangel. Allein, wie gesagt, es fehlten die Schauspieler, uns dergleichen mit Geist und Leben darzustellen, und es fehlte das Publikum, dergleichen mit Empfindung zu hören und aufzunehmen.«

Mag eine Selbsttäuschung vorliegen oder nicht, jedenfalls hatte Goethe damals die Vorstellung, es habe am Theater gelegen, daß er nicht mehr große Dramen geschrieben hat. Jedenfalls wissen wir von Grillparzer, Kleist und Hebbel, wieviel Kraft ihnen verlorengegangen ist durch die beständige Theaterenttäuschung. Wäre es nicht möglich, daß unsere dramatische Literatur heute reicher wäre, wenn unsere Dramatiker von vornherein sich sagten, daß das Vorgeben des Theaters, der Dichtung zu dienen, rein lügenhaft ist?

Welcher Gewinn wäre es für uns, wenn wirklich Goethe noch ein Dutzend Werke wie »Iphigenie« und »Tasso« geschrieben hätte! Wir sind durch unsere klassische Dichtung und Philosophie erzogen; wäre es nicht sehr wertvoll, wenn unsere Kämpfer heute noch mehr große Werke zu lesen hätten wie »Faust«, »Iphigenie« und »Tasso«?
Das Drama bekommt seine Form durch die Aufführungsbedingungen, also durch das Theater. Aber wir sehen oft in der Kunst, wie der Anlaß, der ursprünglich die Form gab, zurücktritt und nun Kunstwerke geschaffen werden, die mit diesem Anlaß gar nichts mehr zu tun haben. Musiker haben Tänze geschrieben, nach denen man nicht tanzt, und das Bild, das über dem Altar stand, hat durch die Maler endlich einen Sinn bekommen, daß wir nicht mehr an den Altar denken. Gewiß ist diese Entwicklung künstlich, und es liegen in ihr Gefahren der Entartung; aber unsere ganze Zeit ist so, daß alles von seinen natürlichen Bedingungen entfernt wird: ob das eine günstige Entwicklung ist oder nicht, das haben wir nicht zu prüfen; wir können ihr nur gehorchen, und wir tun weise, wenn wir ihr ohne Murren gehorchen; denn wenn ein Mann auch seine Ansichten nach seiner Kraft vertreten soll: was über Menschenkraft geht, das kann nur ein Narr versuchen, der sich selber aufzehrt und andern nichts nützt. Das dichterische Drama ist heute Buchdrama, und von der langsamen Wirkung des Buches muß der heißblütige Dichter erhoffen, was er sonst von der schnellen Wirkung der Bühne erhoffte. Hätte sich Goethe das klargemacht, so hätte er – immer angenommen, daß er sich nicht über sich selber täuschte – uns mehr große Werke hinterlassen, hätte er seine Aufgabe an seinem Volk und der Menschheit besser erfüllt.
Die Ideologie des Theaters hat immer weiter getrieben, und immer neue unhaltbarere Verhältnisse sind dadurch entstanden, daß man nicht entschlossen ein Ende mit ihr machte. Durch die Sozialdemokratie bekamen die Arbeiter ein bürgerliches und menschliches Selbstbewußtsein, das sie zuvor nicht gehabt hatten. In gerader Nachwirkung der Vorstellung vom Nationaltheater begründeten sie eine Volksbühne, welche ihrer Nennung nach das bedeuten sollte, was jenes Nationaltheater für die ganze Nation gewesen wäre. In Wirklichkeit kam zunächst ein Verein zustande, der Aufführungen der bestehenden Bühnen seinen Mitgliedern zu billigen Preisen vorführte und auch selbständig Stücke zur Darstellung brachte, welche den sonst aufgeführten Stücken durchaus ähnlich waren.

Später baute der Verein dann ein kostspieliges Theater, nahm eine große Schuld zu dem Zweck auf, die verzinst werden mußte, und erzielte damit, daß die Ranghöhe seiner Aufführungen nun endgültig festgelegt war. Man wird ja den Arbeitern gönnen, daß sie sich in derselben Weise vergnügen wie die höherbezahlten Leute, aber mit der Dichtung hat auch die Volksbühne nichts zu tun.

Die letzte bedeutende Literatur Europas war unsere deutsche klassische Dichtung. Die Romantik und der Naturalismus, welche auf sie folgten, haben sie nicht erreicht, sondern stehen unter ihr. Auch Dostojewski, der doch gewiß der bedeutendste der neueren Dichter ist, steht doch tief unter der geistigen Freiheit unserer Klassiker. Wir sehen bei Goethe und Schiller in dem, was man Humanitätsideal nannte, die Anfänge für die Erhebung eines neuen, geistigeren Christentums, das den Wurzeln unserer christlichen Religion näher gewesen wäre als unsere heutigen kirchlichen Lehren, während Dostojewski in unfreier Weise die -- wie man will: zurückgebliebenste oder entartetste – christliche Kirche der Gegenwart aufzwingen will; bei dem freier fühlenden Tolstoi spürt man schon den Zusammenbruch dieses, auf einer tiefen Lüge wurzelnden russischen Evangeliums. Die Frage der Religion ist für den Dichter eine Frage der dichterischen Form; nur im Drama sind die höchsten Dinge der Menschheit zu gestalten. Woran eigentlich unsere klassische Dichtung scheiterte, ist auch heute noch nicht klar; vielleicht lag der Fehler schon in der vorklassischen Zeit, als man im berechtigten Widerstand gegen die Franzosen sich zu tief in Shakespeare einließ und über seinem Studium die eigentlichen Formfragen des Dramas vernachlässigte. Jedenfalls ist auch das spätere Drama tief unter unserem klassischen Drama geblieben; Ibsen in seinen früheren Werken ist ein romantischer Nachkömmling und in seinen wertvolleren späteren Arbeiten kommt er nicht über die Auf-gaben hinaus, zu denen etwa der deutsche Pietismus vor unserer klassischen Zeit gekommen war. Wenn es den Dichtern bei uns gelänge, sich von dem Blendwerk des Theaters fernzuhalten und Dramen zu schaffen, unter den Bedingungen, die allein in der heutigen Gesellschaft möglich sind, so wäre eine Fortführung unserer klassischen Dichtung vorhanden.

Trügt nicht alles, so liegt aber den Deutschen ob, diese Fortführung zu geben.

Dieser Krieg muß uns doch mit dem Selbstgefühl erfüllen, daß wir das Volk sind, durch das Gott jetzt seine Taten tun will, denn wenn er einen Sinn hat, so bedeutet er die Verbreitung des Weltbildes unserer Klassiker auf die übrigen Völker.

Die Kunst und das Volk
(1913)

Die heutigen Menschen sprechen so viel über die Kunst, forschen so viel über sie und haben so viele Einrichtungen für Kunstbetrieb, wie wohl selten Menschen früherer Zeiten; dennoch wird man wohl sagen können, daß die Kunst für das Leben der Völker heute nicht so viel bedeutet wie in manchen Zeiten der Vergangenheit, in welchen viel weniger Geräusch mit ihr gemacht wurde.

Man kann nun wohl im allgemeinen behaupten, daß die Förderung, Unterstützung und Verbreitung der Kunst, Erziehung zur Kunst, Kunstbelehrung und Erklärung jeder Art der eigentlichen Kunst selten oder nie zugute kommen; durch diese Betätigungen aber wird der größte Teil des heutigen Kunstgeräusches erzielt. Für die Betätigungen hatte man in früheren Zeiten etwas, das uns immer mehr abhanden kommt: die Erziehung durch die Kunst. Wenn man in unseren höheren Schulen Homer und Sophokles, Horaz und Ovid, Schiller und Goethe liest, so liegt zum Teil da noch der alte Gedanke zugrunde, daß die Dichtungen erzieherisch wirken; aber es ist ja klar, daß diese Art der Erziehung im Absterben ist und eine neue sich herausbildet; die Erziehung durch die Dichtung kann immer nur bildend wirken, nie uns Wissen verschaffen oder Fähigkeiten und Fertigkeiten erzeugen; und so erleben wir denn gerade bei diesen Überbleibseln aus früheren gebildeteren Zeiten das Schnurrige, daß die heutigen Leute sie anders wenden möchten; nicht durch die Kunst, sondern zu ihr möchten sie erziehen und neue Fachleute da züchten, wo man früher Persönlichkeiten schuf.

Diese Erscheinungen hängen damit zusammen, daß die Mitmenschen heute nicht wissen, was die Kunst für ein Volk bedeutet, was sie überhaupt bis jetzt für die ganze Menschheit bedeutet hat. Diese Unwissenheit ist ja nur möglich dadurch, daß in unser allgemeines Bewußtsein so ungeheuer viel frühere Kunstarbeit übergegangen ist, welches uns denn nun als selbstverständliches allgemeines menschliches Gut gilt, daß wir unser tägliches Leben mit ihr bestreiten können; aber wir dürfen nicht vergessen, daß ein Schatz abnimmt, welcher nicht vermehrt wird, und daß durch die Weiterentwicklung der Kunst, welche nicht durch beständige Aufnahme begleitet wird, eine immer tiefere Kluft zwischen der Gesittung und der Nation entsteht, so daß am Ende die heutigen Völker in Roheit versinken müßten.

So sonderbar es erscheinen mag: die Erziehung durch die Kunst beginnt schon bei den Wahrnehmungen.

Der Mensch ist ein in allen seinen Handlungen zweckbedachtes Tier; was ihm nichts nutzt, das tut er nicht. Wahrnehmungen sind aber auch Handlungen; so geht der rohe Mensch blind durch alle Wunder der Schöpfung und bemerkt bloß, was ihm wirtschaftlich bedeutend ist. Erst der Künstler nimmt uneigennützig wahr, und indem er das Wahrgenommene darstellt, öffnet er den andern die Augen, vielmehr, zwingt er sie, mit seinen Augen zu sehen. Sie sehen nun, was sie bis dahin nicht sahen; und hier schon beginnt die ungeheure Wirkung guter und schlechter Kunst. Unendlich viel Verschrobenheit, Albernheit und Unsinn der Menschen entsteht dadurch, daß sie die Wirklichkeit mit den Augen schlechter Künstler sehen, unendlich viel Freude, Kraft und Verstand wird erzeugt, wenn sie durch die Augen guter Künstler blicken.

Was der Spießer so Naturgenuß nennt, das ist ja immer etwas Dummes; denn von Genuß ist da zunächst überhaupt keine Rede. Der Künstler »genießt« nicht, wenn er wahrnimmt, sondern er schafft; wer dann später wirklich mit seinen Augen sieht, der schafft nach: er erweitert und vertieft sein Weltbild. Das ist eine jener Tätigkeiten, welche dem Leben erst Wert, Inhalt und Bedeutung geben; und da dem Philister der Genuß als das einzig Wertvolle im Leben erscheint, so hält er naturgemäß eine solche Tätigkeit für einen Genuß, den er dann, so gut es geht, nachzumachen sucht. Nun ist es ja mit dem Genuß eine eigene Sache; in den weitaus meisten Fällen genießen die Menschen wirklich, wenn sie die Einbildung gewonnen haben, daß sie genießen; und so kann es denn geschehen, daß am Ende der Reihe der Philister etwa eine Luststimmung mit wahrem Genuß betrachtet, die zu ihrer Zeit die Verzweiflung des guten Malers ausmachte, welcher sie als erster darzustellen suchte.

Die Erweiterung und Vertiefung des Weltbildes: sie ist immer und überall die erste Folge der Beschäftigung mit der Kunst. Der rohe Mensch hält jeden für einen Schurken, der andere Bestrebungen hat wie er selber: wie ungezählte Jahrtausende muß die Dichtung gearbeitet haben, bis es dem Menschen klar wird, daß der andere genau ein solches Wesen ist wie er, bis er versteht, daß er nur eine Welle ist neben anderen, daß hinter seinem Willen etwas Allgemeines vorhanden ist, das auf Gott zurückgeht! Die Religion zieht die Folgen aus diesen Einsichten; ebenso wie bei der Naturbetrachtung ist das Verhältnis hier umgekehrt, wie das ungeschulte Denken vermutet.

Mit der künstlerischen Wahrnehmung eng verknüpft ist die künstlerische Empfindung: der Künstler nimmt ja nur deshalb feiner wahr, weil er feiner empfindet; feinere Empfindung ist aber tiefere und gerechtere Empfindung, denn sie entsteht dadurch, daß der Künstler imstande ist, seine Seele außer sich und von seinem Nutzen losgelöst zu halten, sie in die fremden Dinge zu versenken.

Man hat sich oft gewundert über die zarte Menschlichkeit bei Homer und hat angenommen, daß seine Zeit doch von einem merkwürdigen Hochstande des Menschentums gewesen sein müsse. Aber wenn man genauer zusieht, so merkt man, daß die Zeit es etwa für richtig hielt, wenn heimkehrende Krieger eine wildfremde Ortschaft aus bloßer Raubsucht angreifen, die Männer ermorden, Frauen und Kinder als Sklaven mitschleppen. Hat der Odysseus, von dem das berichtet wird, in Wirklichkeit die Empfindungen gehabt, welche Homer so oft von ihm erzählt? Homer hat sie ihm nur geliehen aus seiner Dichterseele, und mit solchem Erfolg, daß wir heute, nachdem mehr als zweiundeinhalbes Jahrtausend verflossen sind, seit er dichtete, das Furchtbare gar nicht mehr bemerken, das er so gelassen und ruhig erzählt, denn wir vergessen es über der zarten Gesinnung des Dichters. Das ganze griechische Altertum wird ja auf diese Weise für unser Gefühl verklärt; was für grausige Taten geschahen im Peloponnesischen Krieg, auf dem Höhepunkt der griechischen Kultur – Taten, wie wir sie etwa von den Indianern erwarten würden; und welche Höhe der Menschlichkeit nehmen für unsere Vorstellung diese Leute ein; wir übertragen eben die Leitbilder der Dichter auf sie.

Wenn aber einmal Einer die Empfindung eines Dichters nachempfunden hat, so ist seine ursprüngliche Roheit schon geschwächt, und je mehr der Einfluß der Dichter gewinnt, desto mehr werden Empfindungen des Dichters die Empfindungen der anderen Menschen. Wahrnehmungen und Empfindungen sind immer an irgendwelche Darstellung geknüpft. Die künstlerische Darstellung hat die Eigentümlichkeit,

daß sie sich dem Geist der Menschen tiefer einprägt als der größte Teil der Wirklichkeit; dadurch kommt es, daß ein großer Teil der Vorstellungen, welche die Menschen haben, irgendwie aus der Kunst stammt. Jede Vorstellung aber, welche aus der Kunst stammt, ist klarer, richtiger und im höheren Sinn vernünftiger als entsprechend die Vorstellung aus der Wirklichkeit; sie ist auch reiner losgelöst von allem Selbstischen und wirkt dadurch unmittelbar veredelnd.

Auch hier wieder ist natürlich immer nur von guter Kunst gesprochen; schlechte Kunst schafft falsche und unvernünftige Vorstellungen; aber schlechte Kunst, welche ja überhaupt erst entstanden ist in unserer geschäftlichen Zeit, kann man eigentlich gar nicht als Kunst bezeichnen, da sie in allen wesentlichen Merkmalen etwas Anderes ist, wie man einen elenden Ersatz ja auch nicht mit dem Namen des Dinges belegt, welches er ersetzen soll. Aus den Wahrnehmungen, Empfindungen und Vorstellungen nun bildet sich ein großer Teil der Gesinnungen der Menschen und ein großer Teil ihrer Willensantriebe. Es ist natürlich nicht gemeint, wenn unmögliche – im höheren Sinne unmögliche – Charaktere und Handlungen, die in braver erzieherischer Absicht geschrieben sind, zur Nacheiferung reizen sollen. Die Erfahrung zeigt, daß solche Absichten nie erreicht werden. Aber jedes wirkliche Kunstwerk wirkt auf unmittelbare Weise veredelnd auf die Gesinnungen der Menschen und ihre Willensantriebe, schon allein dadurch, daß ja das Selbstische, die unmittelbare Leidenschaft ausgeschaltet sind. Es kommt dazu, daß unbeabsichtigt im Lauf der Zeit die bedeutende Kunst eines Volkes eine Reihe Leitbilder dessen schafft, was in dem Volk nach Ausdruck ringt, daß diese Leitbilder dann wieder Ursachen für die Einzelnen abgeben, sich nach ihnen zu bilden, denn in der noch bildungsfähigen Jugend ist der Einfluß der Kunst ja am größten.

Wenn wir die Bildung des protestantischen Teils unseres Volkes verfolgen, soweit wir sie vernünftigerweise verfolgen können, nämlich bis zum Schluß des Dreißigjährigen Krieges, wo alles neu werden mußte, so sehen wir nach dem wüsten Durcheinander und furchtbaren

Arbeiten der ersten Geschlechter als wichtigstes Bildungsmittel die durch die Bibelgesellschaften verbreitete und überall fleißig gelesene Bibel. Das Religiöse und Erbauliche herrschte wohl vor, aber alles Dichterische, das sie enthält, wirkte doch in überraschender Weise: die Urvätergeschichten, die Gleichnisse, die Psalmen, so vieles, was man für geschichtlich hielt und das in Wirklichkeit Dichtung war. Aus diesem Boden ist unsere klassische Literatur und Philosophie erwachsen. Mancher wird vielleicht beklagen, daß der Einfluß der Bibel zu früh aufgehört hat; vielleicht ist der bemerkbare Rückgang unseres geistigen Lebens, der etwa mit Goethes Tod ganz klar wird und noch heute andauert, dadurch verursacht. Heute beginnt an die Stelle der Bibel unsere klassische Literatur zu treten; unzweifelhaft dringt sie gegenwärtig ins Volk, die Unmengen von billigen Klassikerausgaben werden nicht nur gekauft, sie werden doch auch gelesen, und im Laufe der Zeit wird man die Wirkungen davon verspüren. Wir dürfen nicht vergessen, daß unsere Gesittung doch ganz jung ist; wenn wir hören, daß ein Kuli in China mit seinen Klassikern vertraut ist, so dürfen wir nicht vergessen, daß in China die Gesittung sich fast ununterbrochen entwickelte, wenigstens im Vergleich zu uns. Sollten uns einige Jahrhunderte ruhiger Weiterentwicklung beschieden sein, so wird auch ein deutscher Fabrikarbeiter Goethes »Iphigenie« lesen und ihren Empfindungs- und Vorstellungsgehalt in sich aufnehmen.

Und hier sollten wir nach zwei Richtungen ernste Gedanken fassen.

Die Einen sollten sich sagen, daß die Kunst nicht bloß jener Luxus ist, als welcher sie einer nicht sehr hochstehenden Zeit erscheint, welche die Kunst immer nur als Kunstgewerbe verstehen kann, sondern die ernsteste Angelegenheit eines Volkes, denn sie stellt dessen künftigen seelischen Gehalt dar; und die Anderen sollten sich sagen: jedes Wort, das wir dichten, muß einst seine Wirkung haben zur Veredelung und Vergeistigung unseres Volkes.

Kultur

(1912)

Es ist nicht selten, daß einzelne Personen heute sehr große Einnahmen haben; meistens machen sie dann auch sehr große Ausgaben. Bedürfnisse sind bekanntlich persönlich sehr verschieden, und man kann es mit leichter Mühe dahin bringen, daß man bei einer Ausgabe von hunderttausend Mark jährlich doch immer noch nicht alle Ansprüche befriedigen kann, zu denen man sich berechtigt glaubt; durch nichts leichter gewinnt ja der kindliche Durchschnittsmensch die Ansicht, er sei ein höheres Wesen mit besonderen Rechten, als wenn er viel Geld ausgibt, denn neunundneunzig von hundert Menschen, mit denen ein solcher Mann zusammenkommt, kennen ja keine höhere Pflicht als die, eine solche Vorstellung in ihm zu erwecken. Wer viel Geld ausgibt, sieht mehr Sklaven um sich, als der mächtigste Fürst.

Wer viel Geld ausgibt, macht aber nicht nur andere zu Sklaven, sondern auch sich selber. Das köstlichste Gut, das ein vernünftiger Mensch besitzt, ist seine freie Zeit. Der Unglückliche, welcher sich für verpflichtet hält, jährlich hunderttausend Mark unterzubringen, opfert diese freie Zeit aber den Geschäftsleuten, Dienstboten, der Geselligkeit, den sogenannten Verpflichtungen, der Nachahmung anderer Leute, dem Sichwehren gegen die Personen, die ihm noch mehr abzapfen möchten. Man kann mit Recht klagen, daß alles höhere geistige Leben bei uns im Rückgang begriffen ist. Der Grund ist nicht, wie so oft gesagt wird, daß die Leute zu viel verdienen, sondern daß sie zu viel ausgeben; nicht daß sie zu viel arbeiten, sondern daß sie sich zu viel in dummer Weise vergnügen. Der arme Mann wird das ja nicht glauben, aber es ist doch so: es ist leichter, Verstand zu haben mit zu wenig Geld, als mit zu viel; am besten fährt man natürlich, wenn man ein mäßiges Auskommen hat bei einer nicht sklavischen Arbeit, die es immerhin auch heute noch gibt.

Die deutsche Kultur hat etwa von der Mitte des achtzehnten Jahrhunderts bis in die zweite Hälfte des neunzehnten Jahrhunderts hinein geblüht; ihr Träger war der wenig oder gar nicht begüterte Mittelstand;

nicht die eigentliche Aristokratie, auch nicht ein Großbürgertum, das es ja gar nicht gab, sondern die Gelehrten, Beamten und Offiziere, also das gebildete Kleinbürgertum und ein Teil des kleinen Adels, der ja doch nach seinen Lebensverhältnissen zu jenen gehörte. Noch die Männer, welche die großen Kriege geschlagen und Deutschland geeinigt haben, gehörten ihm an. Unter diesen Schöpfern und ersten Trägern der Kultur stand dann eine große Klasse der Handwerker und Gewerbsleute, welche in ihrer Art mit dieser Kultur einen Zusammenhang hatten, oft auch hervorragende Männer für sie geliefert haben. Diese Schicht des gebildeten Kleinbürgertums gab damals denn auch gesellschaftlich den Ton an. Noch ein Fürst wie der alte Kaiser Wilhelm lebte in ihren Anschauungen. Vieles, was wir heute als eigentümlich deutsch bezeichnen, von dem wir uns fälschlicherweise einbilden, daß wir es noch haben, war Eigenschaft dieser bestimmten Klasse: Weites und Enges, Großes und Kleines, Starkes und Schwächliches.

Der außerordentlich schnell gewachsene Reichtum hat eine neue Klasse geschaffen, das Großbürgertum, zum größten Teil aus den Nachkommen jener eben erwähnten unteren Schicht des damaligen Bürgertums, und nicht immer aus ihren vorzüglichsten Bestandteilen. Große Einnahmen, welche aus Handel und Großgewerbe fließen, und aus ihnen sich bildende Vermögen prägen den Menschen immer einen bestimmten Charakter auf, treiben vor allen Dingen immer zu großen Ausgaben. Die Geschichte zeigt uns, daß diese in den meisten Fällen verrohend wirken. Das große Unglück in Deutschland war, daß die früher tonangebenden Klassen vor dem Reichtum ihr Selbstbewußtsein verloren haben; statt festzuhalten, daß allein auf Höheres gerichtete Gesinnung und ein geistiges Sein in Verbindung mit Tüchtigkeit im Beruf und Rechtschaffenheit in der äußeren Lebensführung einem Manne Ansehen verleihen, gab man den Anschauungen aus der andern Gesellschaft nach, bei denen nur solche Dinge maßgebend sind, welche man durch Geld haben kann. So nahm die Überschätzung des Geldes einerseits, anderseits die Sklaverei durch das Geld, im Einnehmen wie im Ausgeben, auch in dieser Gesellschaft überhand; mit dem natürlichen Ergebnis, daß die führende Stellung in der Gesellschaft denn doch auf die Reichen überging und nicht bei den Anderen blieb. Durch geistige Leistung ist nur in den seltensten Fällen nennenswert zu verdienen; das Ergebnis war, daß die geistigen Leistungen abnahmen, daß Künste und Wissenschaften dem gemeinsten Erwerb dienstbar gemacht wurden, und daß ein elendes Strebertum überall Platz griff.

Was haben die Menschen eigentlich davon?

Das Lesen der Alten hat in dieser Zeit ja auch aufgehört; so mag denn folgende Stelle aus einem sehr berühmten Schriftsteller vielen neu sein.

Der jüngere Plinius war gewiß nichts weniger als ein bedeutender oder auch nur selbständiger Mann. Aber er hatte Kultur. Dieser Mann, der einen fürstlichen Reichtum und Rang besaß, schreibt einmal in einem Briefe an einen Bekannten, dem er scherzhafte Vorwürfe macht, daß er nicht einer Einladung zu ihm gefolgt sei: »Auf den Mann warteten ein Kopf Salat, drei Schnecken, zwei Eier, Grütze mit Milch und Eis, Oliven, Mangoldwurzeln, Melonen, Trüffeln, tausend andere ebenso leckere Sachen. Du hättest einen Schauspieler oder Vorleser oder Leierspieler gehört oder – du kennst ja meine Freigebigkeit – alle zusammen. Aber da hast du, ich weiß nicht bei wem, Austern, Euter, Seeigel und Tänzerinnen aus Cadix vorgezogen.«

Wenn heute ein armer Geheimrat seine belächelte Gesellschaft gibt, so würde er ja erröten, wenn er als Hauptgerichte einen Kopf Salat, Schnecken, Eier und Grütze auf den Tisch setzen sollte; wenn er schon nach einem Vorbilde für seinen Speisezettel im Altertum suchte, so könnte der nur beim Petron stehen, etwa: ein bekränztes Schwein, das mit Bratwürsten, gestopften Vögeln, Mangold und Schwarzbrot gefüllt war; kalte Torte mit warmem Honig übergossen; Erbsen- und Bohnensalat; Bärenschinken; Käse; Weinsuppe; Schnecken; ein Gemenge von Leber, Eiern, Rüben und Senf; Austern (man greift in die Schüssel mit Fäusten); Schweineschinken ... der Schluß der Speisenfolge fehlt; sie wurde aber bei einem Freigelassenen gegessen als Totenmahl für einen gestorbenen Sklaven. Wir haben unserer Zeit in der Schule gelernt, daß die Römer durch ihre Üppigkeit zugrunde gegangen seien; das war ja wohl nur eine fromme Sage, die Dinge gingen anders vor sich; aber was hätten unsere alten tüchtigen Schulmeister wohl zu dem heutigen Aufwand gesagt? In Kaufmannskreisen geht das Wort, daß ein Vermögen selten in die dritte Hand kommt; die Nation hat sich die Kaufmannsgesinnung in der Lebensführung zu eigen gemacht, und sie wird ja einmal sehen, ob sich das Wort auch im großen bewahrheitet, ob den Enkeln nicht einmal die Zähne stumpf sein werden von den Herlingen, welche heute die Väter essen.

Wenn eine Klasse das Bedürfnis hat, sich zugrunde zu richten, so kann kein Mensch sie zurückhalten.

Der französische Adel vor der Revolution in seinem wahnsinnigen Taumel wurde genug gewarnt, und es hat nichts genutzt. Aber das Furchtbare ist, daß mit dem Untergang einer solchen Klasse doch nicht bloß Menschen zugrunde gehen, sondern eine ganze Kultur, die ja von diesen Menschen doch nicht geschaffen ist, die nach Pflicht und Gewissen von ihnen verwaltet werden soll. Und ein solcher Untergang ist nicht ein plötzlicher Zusammenbruch: der französische Adel war schon tot, ehe er die Blutgerüste bestieg, und das deutsche Bürgertum, das so stolz ist auf den neuen Reichtum, auf die noch vorhandene Tüchtigkeit, hat längst schon die ersten Schritte zum Untergang getan, als es dem Geld die Rolle anwies, die der Kultur zukommt. Noch immer fürchtet man sich ja vor dem roten Gespenst, trotzdem die Sozialdemokratie längst verspießert ist und ein genau so materialistisches Bürgertum vorstellt, wie die Menschen über ihr; noch immer klagen weiche Gemüter über Not und Elend der unteren Klassen, und regt sich dann bei den Reichen das schlechte Gewissen. Aber in unserer Gesellschaft – wer weiß, wann sich eine neue Gesellschaft formt, wie die aussieht – muß es oben und unten geben, und wenn einer das Bewußtsein hat, daß er die Freiheit seiner höheren Stellung anwendet, um am geistigen Leben der Nation mitzuarbeiten, sei es auch nur als Aufnehmender, so braucht er kein schlechtes Gewissen zu haben und keine Unzufriedenheit zu fürchten.

Natürlich nützen solche Predigten ja nichts. Im besten Fall bei dem älteren Geschlecht sagt der Eine oder Andere: der Mann hat recht, das habe ich auch immer gesagt; und wenn nicht meine Stellung wäre, der ich dies und das schuldig bin, so würde ich auch ganz anders leben. Im schlimmeren Fall, der heute bei dem jüngeren Geschlecht wohl schon häufiger ist, ist ein Lächeln der Überlegenheit die einzige Antwort, und das Bewußtsein, daß ein guter Schneider, ein erster Schuhmacher und ein Auto unwiderlegliche Beweismittel sind: es fehlt bereits die Fähigkeit, über Anzug und Auto hinaus zu denken. Das alte Wort » après nous le déluge« ist ja nicht so zu verstehen, daß man sich déluge vorgestellt hat: man hat sich eben gar nichts gedacht. Deshalb möge denn nun, da doch einmal ein Ausspruch des Plinius gegeben ist, noch ein anderer Ausspruch aus ihm folgen, welcher die Nichtigkeit des gemeinen Lebens hübsch schildert: »Es ist seltsam, wie man in der Stadt bei jedem einzelnen Tage die Rechnung seiner Zeit richtig findet oder zu finden glaubt, und wie dies doch nie der Fall ist, wenn man

Alles oder das Meiste zusammenrechnet. Denn fragt man: Was hast du getan?, so wird die Antwort sein: Ich wohnte einer Bekleidung mit der männlichen Toga bei, ich war bei einer Verlobung oder Hochzeit; dieser bat mich als Zeugen zu seinem Testament, dieser nahm mich zum Rechtsbeistand an, jener fragte mich um Rat. Alles das ist notwendig, wenn man es tut; wenn man aber bedenkt, daß man es alle Tage tut, so erscheint es als gehaltlos, besonders wenn man sich aus der Stadt zurückgezogen hat. Dann erst fällt einem ein: an welche Nichtigkeiten habe ich so manchen Tag verschwendet! So geht es mir, wenn ich auf meinem Laurentinum etwas lese oder schreibe oder des Körpers pflege, dessen der Geist zu seiner Unterstützung bedarf. Dort höre ich nichts, was mich reut gehört zu haben, rede nichts, was mich reut geredet zu haben; dort wird niemand herabgesetzt, ich selbst tadle niemand als mich selbst, wenn ich ungeschickt schreibe. Mich plagt weder Furcht noch Hoffnung, mich kümmert kein Geschwätz. Ich rede bloß mit mir und meinen Büchern. O süße und achtungswerte Muße, fast schöner als jedes Geschäft! O Meer! O Gestade! Du wahrhafter und heimlicher Musensitz! Wie vieles dichtet und schafft in mir! Darum verlasse auch du bei der ersten Gelegenheit jenes Getöse, jenes nutzlose Hin- und Herrennen, jene abgeschmackte Geschäftigkeit, und ergib dich der Wissenschaft oder der Muße. Denn wie unser Acilius so gelehrt als witzig sagt: »Besser müßig sein als nichts tun.«

Luxus und Luxus
(1918)

Der Krieg hat uns gezwungen, unsere Lebensführung mit neuen Augen anzusehen. Es ist uns klar geworden, daß nach dem Kriege das Leben anders werden muß, als es vor dem Kriege war; der eine gelangte zu dieser Einsicht aus der Erwägung, daß ein Zustand, welcher etwas derart Ungeheures erzeugte, nicht wiederkehren dürfe; und der andere aus dem einfacheren Gedankengang, daß die Werte, welche der Krieg verschlungen hat, wieder ersetzt werden müssen durch Arbeit, Einteilung- und Sparsamkeit.
Bei solchen Erwägungen wird naturgemäß der Luxus heftig angegriffen. Man wirft ihm vor, daß er Ausdruck zugleich und Ursache

eines sinnlich gerichteten Dranges der Seele ist, und man berechnet, daß bei ihm die Sparsamkeit am ersten beginnen kann und muß.

Aber Luxus ist ein sehr schwankender Begriff.

Es ist ja leicht, zu sagen, daß jeder Verbrauch, der nicht unbedingt notwendig ist, ein Luxusverbrauch ist. Aber nicht nur, daß man über das, was unbedingt notwendig ist, nie eine Einigung unter den Menschen wird herbeiführen können; das, was von allen anerkannt wird, als über das unbedingt Notwendige hinausgehend, ist derartig untereinander verschieden, daß man es nicht in eins zusammenfassen kann; wenn man genauer zusieht, so findet man, daß die Bestimmung des nicht unbedingt Notwendigen eben die einzige ist, welche den Begriff macht; und daß man es also mit einem Begriff zu tun hat, den man eigentlich noch nicht einmal in ermahnenden Reden verwenden sollte, geschweige denn bei gesetzgeberischen Vorschlägen.

Aber in jenem Gedanken, daß der Luxus eine große Schuld trägt, und daß man ihn nach Möglichkeit bekämpfen müsse, ist doch unzweifelhaft eine Wahrheit enthalten. Wir stehen hier also vor einem jener nicht seltenen Fälle, wo durch die Schuld der Sprache ein richtiges Gefühl falsche Vorstellungen erzeugt.

Daß Essen, Trinken, Kleidung und Wohnung unbedingt notwendig sind für uns Kulturmenschen, ist wohl keinem Zweifel unterworfen, denn die Einwände des Zynikers und Naturmenschen pflegen wir zu übergehen. Man kann Wissenschaft und Technik, sofern sie diesen Bedürfnissen dienen, mit zu ihnen rechnen. Aber sobald das höhere Leben der Menschheit in Frage steht, wird die Antwort schon bedenklich. Daß Religion unbedingt notwendig für den Menschen ist, kann man nur behaupten, wenn man gleichzeitig ein Urteil über den Manschen abgibt, das nicht jeder anzunehmen braucht und auch nicht jeder annimmt, nämlich, daß der Mensch nicht da sei, um zu essen und zu trinken, sondern um den Willen Gottes zu erfüllen; und wenn wir etwa sagen, daß dieses Urteil eben von den höheren Menschen abgegeben werde, nach denen sich doch die Auffassungen richten müssen, so wird immer eine große Menge vorhanden sein, welche die Bewertung der so gearteten Manschen als höhere und ihre damit geforderte Führerschaft ablehnt. Es hat genug sozialistische Lehrer gegeben, welche die Religion als bloßen Luxus, ja als verderblichen Irrwahn ausrotten wollten.

Die Sache ist nicht so lächerlich, wie sie erscheint, wenn wir gerade das äußerste Beispiel betrachten; wir werden auf sehr schwierige Fragen stoßen, wenn wir genauer forschen.

Die katholische Kirche treibt einen sehr großen Luxus – wir wollen das Wort gebrauchen – mit kostbaren Meßgewändern, Kleinodien aller Art, Silber- und Goldarbeiten. Wir sind gewohnt, einen Teil dieser wertvollen Dinge als Kunstwerke zu bezeichnen, und da unsere Zeit vor der Kunst eine – unbegreifliche, weil sie sie durch nichts beweist – Achtung hat, so könnte man sich denken, daß man diesen Teil laufen ließe. Aber auch was Kunst ist, das ist schwer zu bestimmen. Es gibt gewiß Leute, welche das herrlichste Meßgewand nicht anders betrachten können als mit dem Gedanken an die Arbeitstage,

welche es gekostet hat; und diese Leute sind gegenwärtig in der Mehrzahl. Man vergesse nicht, daß die künstlerische Verarmung der Protestanten aus einer solchen Gesinnung kommt. Aber wer unbefangen urteilt, der wird gewiß zugeben: die katholische Kirche hat recht mit ihrem Luxus; recht nicht bloß im gewöhnlichsten Sinne, daß durch ihn eine Wirkung auf die fromme Menge erzielt wird, sondern in dem höheren Sinn, ja in dem höchsten; denn das Sinnliche ist nun einmal untrennbar mit dem wirklich Geistigen (nicht: dem Intellektuellen, das wir heute oft mit ihm verwechseln) verbunden; harmonisch verbunden im Kunstwerk; und eine geformte und lebendige Religion wird mit jeder Kunst eng verknüpft sein, auch mit dem, was wir heute als Kunstgewerbe abspalten von der literatenhaft aufgefaßten höheren Kunst.

Sie ist so nicht nur mit der Kunst verbunden, sondern auch mit dem Naturschönen.

Zu dem Naturschönen gehören nun eine Menge Dinge, welche man unzweifelhaft als Luxusgegenstände immer betrachten wird, so Edelsteine und Perlen.

Vielleicht wird man einmal das Kunstschöne irgendwie begrifflich fassen können; bei dem Naturschönen wird das nie gelingen; und die Folge davon wird immer sein, daß Menschen, welche nicht die Sinne und den Geist haben, um es auf sich wirken zu lassen, niemals seinen höheren Sinn verstehen können. Das ist ja kein Vorwurf. Verständnis für diese Dinge haben oft recht minderwertige Menschen, und hochstehende haben es nicht; aber zum vollkommenen Menschen wird es doch gehören, daß er auch den tausendfach verschiedenen Zauber aller der verschiedenartigen Edelsteine fühlen kann: ich habe mir immer gedacht, ein solcher Mensch müßte im höchsten Sinn fromm sein. Vielleicht gäbe man alles zu, das bis jetzt gesagt ist; man erkennte die Macht der Religion an, man gestattete ihr, sich mit allem Schönen zu schmücken; aber man gestattete diesen Schmuck nur in Verbindung mit dem Höchsten. Es wäre ein solcher Gedankengang möglich, und manche Völker der Vergangenheit sind ihm ja gefolgt.

Hier kommen wir nun an die Grundfrage, bei der sich alles entscheidet. Von Kaiser Heinrich dem Heiligen und seiner Gattin Kunigunde sind herrliche Mäntel aufbewahrt. Ihre Schönheit liegt rein im Sinnlichen; man muß sie, obwohl sie von Menschen gemacht sind, doch zum Naturschönen rechnen. Derartige Stücke, heute gearbeitet, könnte man sich gar nicht vorstellen, sie sind jedes eine Lebensarbeit. Heinrich und seine Gattin waren wirkliche Heilige; dennoch hielten sie es für richtig, an hohen Tagen, etwa zum Osterfest, wenn sie in die Kirche gingen, sich dem Volk in diesen wunderschönen Gewändern zu zeigen. Gute Künstler pflegen für ihre Person gänzlich bedürfnislos zu sein; aber man wird immer hören, daß sie schöne Steine, Perlen und ähnliches sehr geliebt haben. Das Schöne jeder Art, nicht nur das Kunstschöne, hat irgend etwas Befriedigendes an sich, und so wirkt auch das Naturschöne geistig, ja seelisch.

Daß das Schöne dieser Art kostbar ist, das ist eine sehr tiefe, fast möchte man sagen, überwirkliche Verbindung. Das alltägliche Schöne: einfaches Gerät von guten Verhältnissen, eine einfache Landschaft und ähnliches hat einen andern – nicht geringeren –- Wert; aber es ist eben etwas anderes. In einem sehr klugen, neuen Buch über die Erfordernisse der Zeiten nach dem Krieg las ich, daß eine Perlenkette den Wert des Lebenswerkes von zehn Arbeitern habe und daß man einen derartigen Luxus unterdrücken müsse, da mancher Hunger körperlicher oder geistiger Art mit dieser Arbeit gestillt werden könne. Wenn die Perlen nicht so kostbar wären, dann wären sie nicht so schön. Es gehört zu dieser Art von Schönheit das Bewußtsein, daß sie Opfer kostet.

Aber indem hier das Schöne mit dem Sittlichen verbunden ist, sehen wir auch sofort die schmale Grenzscheide zwischen dem Edlen und dem Unedlen. Die Kaisermäntel haben wahrscheinlich Nonnen gefertigt, welche ihre Liebe, Verehrung, Hingabe und Gläubigkeit ihrem kaiserlichen Herrn darboten; eine Nonne gab ihr ganzes Leben hin, um einen Mantel zu sticken; aber sie tat es freiwillig, und irgendwie fühlt man in dem Mantel, daß nicht ein mühseliger Proletarier eine verfluchte Arbeit für sinnlosen Prunk machte, sondern daß ein Mensch, der tief und sittlich fühlte, etwas Schönes schuf zum Schmuck für Hohes. Die Perlen werden von armen Fischern gesucht. Aber diese Perlenfischer waren – vielleicht ist es heute anders – freie Leute, welche ihren Beruf selbständig ausübten, wie ein Bauer sein Land pflügt, und welche wohl nicht mehr mit ihrer Arbeit verdienten wie der arme Bauer, aber auch nicht mehr bedurften. Ein Liebender, welcher der Geliebten eine Kette so gefundener Perlen schenkte, brauchte kein übles Gefühl zu haben. Gewiß, er hätte das Geld armen Leuten geben können; aber das kann man ja bei sehr vielen Ausgaben sagen. Eine schöne Frau, welche wert ist, die Kette zu tragen, trägt sie nicht für sich, sondern um Andere zu erfreuen, sie stellt ihr Bild mit dem Schmuck in eine Reihe mit dem Naturschönen. Ganz anders wird die Sache, wenn ein Unternehmer die Seeküste pachtet und Arbeiter um Lohn fischen läßt. Vielleicht verdienen seine Leute sogar mehr, wie die früheren selbständigen Fischer; aber sie sind Proletarier, und an dem Halsband hängen nicht mehr Arbeit, Zufall, Freude und Bescheidenheit, sondern Haß und Neid.

Wenn man von den Beispielen des Mantels und der Perlen weiter sucht, so wird man finden, daß der weitaus größte Teil dessen, was im edlern Sinn Luxus ist, durch die industriell-kapitalistische Gegenwart im höheren Sinn entwertet ist; hier liegt ja auch der letzte Grund, weshalb ein »Kunstgewerbe« heute nicht mehr möglich ist, trotzdem die Menschen es auf jede Weise künstlich zu schaffen suchen; ist doch die hohe Kunst nur möglich, wenn sie bewußt darauf verzichtet, in das Wirtschaftsgetriebe einzugehen.

Es soll ja nicht gesagt werden, daß frühere Zeiten sittlicher waren in allen wesentlichen Beziehungen; aber sie waren sittlicher außer in andern auch in Beziehung zur Kunst und zum Naturschönen; und deshalb, so bedenklich die Gegnerschaft gegen den sogenannten Luxus an sich ist; in der heutigen Zeit ist sie mindestens verständlich.

Aber man darf, wenn man das zugibt, auch ein Anderes nicht übersehen, das mit diesem Überhandnehmen des Großgewerbes zugleich entstanden ist, nämlich den Talmiluxus.

Man hat bekanntlich jetzt viele Fundstätten edler Steine entdeckt, welche früher sehr selten waren, so daß bei den meisten Edel- und

Halbedelsteinen der Wert gesunken ist. In sehr vielen Fällen sind diese Steine aber auch weniger schön. Noch mehr, man färbt jetzt Edelsteine, stellt sie künstlich her, ja verfertigt sie aus Glas. Abgestuft nach den Geldverhältnissen ist heute Schmuck käuflich für jeden bis zur Frau des Straßenkehrers hinunter.

Was an Luxus verwerflich sein kann, das ist hier vorhanden: hergestellt werden diese Dinge in Fronarbeit, und sie können nicht der Schönheit dienen, da sie ja häßlich sind, sondern sie dienen der Eitelkeit, und noch dazu einer ganz dummen Eitelkeit. Niemand von Urteil würde sich beklagen, wenn der sparsam werdende Staat diesen abscheulichen Luxus vernichtete.

<h2 style="text-align:center">Die Stellung der Bildung</h2>
(1918)

Man sagt gewöhnlich, in der heutigen Gesellschaft bestimme die Geburt die Stellung eines Menschen, oder das Geld. Für das heutige Deutschland ist das falsch. Weder niedrige Geburt, noch Armut können heute einen Menschen in den untern Schichten halten. Wenn es ihm gelingt, sich Bildung zu erwerben, so kann er überall dahin gelangen, wohin er nach seinen Fähigkeiten und nach der durch diese bestimmten Stellung gehört; er hat sogar die Möglichkeit der Einheirat in die höchsten Schichten, die ja bekanntlich am schwersten zu erreichen ist. Nicht Geburt und Geld, sondern die Bildung trennt heute die Menschheit in zwei scharf geschiedene Klassen.

Wenn man oberflächlich zusieht, so ist das eine sehr erfreuliche Erscheinung. Man denkt an Zeiten und Völker, wo der Geist herrschte, wo etwa, wie im alten Indien, der König von seinem Thron stieg und demütig zu dem bettelnden Brahmanen pilgerte, um sich von ihm darüber belehren zu lassen, was er zu tun habe.

Aber man müßte sehr oberflächlich zusehen, um zu einer solchen Ansicht zu kommen. Was wir heute Bildung nennen, auch die nicht amtlich geforderte und nur auf Abschlußprüfungen gerichtete Bildung, welche jenen gesellschaftlichen Wert hat, das ist etwas ganz anderes als das, was das Wort in seiner höchsten Bedeutung meint, wie sie etwa noch in der Zeit unserer Romantiker herrschte: es ist ein irgendwie erfolgreiches Universitätsstudium und die Beherrschung der während desselben erworbenen Umgangsformen; beides muß an sich mit Bildung im höheren Sinn gar nichts zu tun haben. Neben dem Studium und stellenweise über ihm steht der militärische Dienst in Offiziersstellung, der ja in den niederen Rangstufen subaltern ist.

In den angelsächsischen Ländern spielen Geburt und Geld eine viel größere Rolle als bei uns, dafür aber ist die gesellschaftliche Bedeutung dessen, was wir Bildung nennen, weit geringer. Dieser Zustand soll durchaus nicht etwa verteidigt werden; er ist gewiß im ganzen schlechter wie der unsrige; aber wir können Schwächen und selbst Lächerlichkeiten unserer Zustände besser sehen, wenn wir die angelsächsische Gesellschaft vergleichen. Diese Schwächen und Lächerlichkeiten haben während dieses Krieges eine besondere Bedeutung gewonnen. Manches von dem, was unsere Feinde unsern »Militarismus« nennen, hängt mit ihnen zusammen. Fast alle neuzeitlichen Worte sind ja ungenau geprägt wegen der Ungenauigkeit im Denken der heutigen Völker. Besonders gilt das von den in den angelsächsischen Ländern geprägten Worten, zu denen der »teutonische Militarismus« gehört; wir werden manches von unseren Feinden verstehen, wenn wir uns klarmachen, was sie eigentlich mit diesem Wort meinen.

Wenn ein Bürger bei uns sich durch Tüchtigkeit, Verstand und Ehrenhaftigkeit aus kleinen Anfängen in die Höhe arbeitet, dann wird sicher eine Zeit kommen, wo er sich bitter beklagt über das, was er »Kastengeist« nennt. Nach seiner Stellung im tätigen Leben gehört er zu der höheren Gesellschaft, zu den Menschen, welche irgendwie leiten; gesellschaftlich aber wird er in seiner Stadt nicht vom Herrn Amtsrichter, geschweige vom Herrn Landrat als gleichberechtigt aufgenommen. Der Mann braucht noch nicht einmal die doch fast allgemeine menschliche Eitelkeit zu haben, um diesen Zustand als unangemessen zu empfinden. Sein Sohn, der vielleicht viel weniger wert ist wie er, der sich einige Jahre studierenshalber auf einer Universität aufgehalten hat, irgendeinen kleinen Doktor macht und Reserveoffizier ist, wird gesellschaftlich anerkannt. Deutsche, welche in Amerika zu Bedeutung gelangt sind, haben oft genug den schärfsten Blick für die schlechten Seiten des amerikanischen Lebens, und mancher sehnt sich nach Deutschland zurück; aber wenn er den Versuch machen würde, zurückzukommen, er würde nicht hier leben können; denn sein berechtigtes Selbstgefühl würde beständig verletzt werden; man kann schließlich von einem reichen Mann, der einen Betrieb von einigen tausend Mann leitet, nicht verlangen, daß er sich einem kleinen Leutnant unterordnet.

Es ist ja durchaus richtig, wenn man darauf hinweist, welche lächerliche Verehrung die Engländer für ihre Aristokratie haben, welche widerwärtige Hochachtung die Amerikaner ihren Milliardären erweisen. Aber man vergißt, daß die englische Aristokratie auch eine wirkliche Aristokratie ist, nämlich Geburt, Reichtum und politische Macht vereinigt, daß der amerikanische Milliardär eben wirklich Milliardär ist und dazu die politische Macht in der Hand hat; die durchschnittlichen Menschen sind nun einmal nicht hochsinnig von Natur; vor solchen Verbindungen von Geld, Macht und Geburt beugen sie sich stets freiwillig.

Auch der gemeinste Mensch beugt sich eben so freiwillig vor dem Geist, wenigstens wenn er ihn versteht oder auch nur ahnt. Der Fehler der deutschen Gesellschaftsordnung ist aber, daß zwar idealistisch gemeint ist: die Menschen sollen sich vor dem Geist beugen. Aber gesellschaftlich kann man den Geist nie bestimmen. Wenn man gesellschaftliche Einrichtungen hat, dann muß man die Möglichkeit einer festen Bestimmung haben. Deshalb ist an die Stelle des Geistes von selber die Bildung getreten, die Bildung in dem eben behandelten Sinn. Vor dieser beugt sich aber niemand freiwillig, weder der Gemeine, noch der Edle; er beugt sich nur gezwungen und sagt in seinem Innern je nachdem: »Kastengeist« oder »Militarismus«.

Wir sehen hier die durchgehende Schwäche des deutschen Denkens: es geht zu weit im Verinnerlichen; es vergißt, daß für das tägliche Leben äußerliche, greifbare Dinge notwendig sind; es merkt nicht, daß die Veräußerlichung doch von selber kommt, wenn man zu weit mit der Verinnerlichung gegangen ist, und dann natürlich ganz unorganisch, zufällig und sinnlos wirkt.

Es liegt in der Natur der Dinge, daß herrschende Familien, Kreise, Gesellschaften, Kasten sich irgendeine Ordnung geben. Bei einer herrschenden Aristokratie wie in England ergibt sich diese Ordnung von selber, sie ist in sich vernünftig, weil sie sich aus einem vernünftigen Zustand ergibt – der, nochmals gesagt: durchaus nicht wünschenswert für uns ist. Die Familien kennen sich, man weiß, wo ein begabter junger Mann aufwächst, man bringt ihn in Stellungen, wo er sich bilden kann, und so kommt er allmählich hoch, unbehindert durch die Notwendigkeit einer bürokratischen Laufbahn, die ihm seine Fähigkeiten verderben würde. Die Schule der englischen Staatsmänner ist die denkbar beste der Welt: daß nicht noch mehr aus ihr herauskommt, liegt daran, daß die Rasse an sich überhaupt unbegabt ist. Auch bei den Amerikanern ergibt sich die Ordnung einfach: die Leute, welche die Kunst verstehen, die Menschen für politische Zwecke zusammenzubekommen, vereinbaren sich mit den Milliardären, wie ihrerzeit die Condottieri mit den herrschenden Gruppen der italienischen Städterepubliken sich vereinbarten, und sie haben unter sich einen Geschäftsbetrieb wie andere Geschäftsleute auch, indem sie ihre jungen Handlungsgehilfen sich zu Mitarbeitern heranziehen. In Deutschland haben wir an Stelle dieser, gewiß nicht schönen Einrichtung das Korpsstudentenwesen. Wer einmal zur herrschenden Klasse gehören will, muß durch ein Korps hindurchgehen. Nun sind aber die Studentenverbindungen von Hause aus für ganz andere Zwecke geschaffen, nämlich damit junge Leute nach ihrer Art das Leben genießen können, und diese Art ist natürlich das Mittelmaß der jungen Leute. Es wird auf diese Weise eine ganz unnatürliche Verbindung geschaffen zwischen der Erziehung der künftig herrschenden Klasse und mehr oder weniger kindlichen Betätigungen sich selbst überlassener Jünglinge.

Wenn in Amerika der Boß einer Parteiorganisation mit einer Kapitalistengruppe

seine Geschäfte macht, so ist das gewiß tief unsittlich. Aber man sieht doch den platt vernünftigen Zusammenhang und empfindet den Zustand nicht als jede Vernunft verhöhnend; als jede Vernunft verhöhnend muß der Außenstehende unseren Zustand empfinden, wonach jemand, der einmal auch nur Landrat werden will, mit anderen jungen Leuten eine bestimmte Zeit in einer rauchigen Kneipe sitzen und nach einem blöden Ritus mehr Bier trinken muß, als ihm gut sein kann.

Monarchie, Republik und Gottesträgertum
(1919)

Die Würde des Königtums besteht in der innigen Verbindung mit Gott. Diese Verbindung wird in den verschiedenen Zeiten der Menschheit verschieden aufgefaßt. Der Grund für diese Verschiedenheit liegt in der sich entwickelnden Vorstellung von Gott, durch welche auch an das andere Glied der Verbindung, an den Menschen, andere Ansprüche gestellt werden. In den barbarischen Zeiten ist der König eine Art Fetisch des Gottes; der Gott ist roh und ohne Sittlichkeit, er ist lediglich eine gefährliche oder nützliche Macht. Denn der Gottesbegriff sich höher entwickelt, dann muß auch der König, der in inniger Beziehung zu Gott steht, eine andere Art von Mensch sein. Der deutsche Kaiser Heinrich, welcher mit dem Ehrennamen des Heiligen geschmückt ist, hatte auf dem Höhepunkt des Mittelalters die Verbindung mit dem Gott, welcher die höchste Vorstellung von Gott war, die im Mittelalter gebildet werden konnte.

Der Gottesbegriff der heutigen Menschheit ist derartig verinnerlicht, daß auch das Letzte von vermenschlichtem Rest in ihm verschwunden ist. Man kann sich vielleicht so ausdrücken, daß für uns Heutige Gott reine Form geworden ist. Wer diesen Gedanken schwer verstehen kann, der denke an die künstlerische Form: die Form der Tragödie oder die Form des Flachbildwerks etwa. Diese reine Form ist in der Wirklichkeit nie vorhanden, in der Wirklichkeit gibt es nur die einzelnen Tragödien oder Flachbildwerke; wir können sie uns vorstellen nur als menschliche Abziehung. Der König, welcher der Welt der Wirklichkeit angehört und dessen Würde in der innigen Verbindung zu Gott besteht, muß so aufgefaßt werden, daß er die innigste Verbindung mit dem hat, was die Menschheit werden soll, denn in der Wirklichkeit ist heute unser Gott, der an sich reine Form ist, das, was wir werden sollen.

Es stellt sich also heraus, daß der heutige König eine ungeheure Aufgabe hat. Wenn sich Menschen fanden, welche sie erfüllen könnten, dann gäbe es nur Monarchien in der Welt. Aber vielleicht hat der Begriff des Königs in seiner Entwicklung heute seinen tragischen Punkt erreicht. Da das Königtum erblich ist, so kann man bei seinem Träger naturgemäß nur auf eine mittelmäßige sittliche Begabung rechnen; vielleicht werden durch die Verhältnisse, unter denen die

Fürsten aufwachsen, sogar noch einige Abstriche von dieser Mittelmäßigkeit gemacht. Um die Aufgabe des heutigen Fürsten zu erfüllen, gebrauchte es aber einer bedeutenden sittlichen Persönlichkeit, die sich naturgemäß so selten findet, wie Bedeutung überhaupt selten ist: und das würde denn erklären, daß das Königtum verschwindet und die republikanischen Einrichtungen an seine Stelle treten.

Es kommt dazu, daß die Entstehung der neuzeitlichen Monarchie der Verbindung mit Gott nicht günstig ist. In den alten Zeiten waren Familien da, deren Ursprung sich in der Sage verlor, bei denen von vornherein die Beziehung geglaubt wurde. Von dem vorigen König von Schweden wird eine hübsche Geschichte erzählt. Die heutigen Könige von Schweden sind bekanntlich Nachkommen Bernadottes. Der König saß mit seinen Hofherren nach einer Jagd zusammen, und es kam das Gespräch auf die Familien; da stellte sich heraus, daß die Hofherren alle alten Geschlechtern entsprossen waren und zum großen Teil von Odin abzustammen glaubten. Der König sagte zu seinem Leibarzt, der mit zugegen war: »Kommen Sie, Doktor, wir einfachen Bürgerlichen passen nicht in eine so vornehme Gesellschaft, wir wollen uns allein setzen.« Fast alle Monarchen der Gegenwart waren eines Ursprungs, der irgendwie menschlicher, allzu menschlicher Art war, denn seit es geschriebene Geschichte gibt, kann natürlich nicht mehr der Glaube an einen Gott als Ahn aufkommen; und seit Gott sich immer mehr vergeistigt hat, stört jeder rein menschliche Einschlag in der Vergangenheit der Geschichte. Die Hohenzollern etwa waren groß geworden durch Empörung gegen ihren göttlich gesetzten Oberherrn, den Kaiser; man mag die Tatsache notwendig finden, und es war ja auch ein geschichtlicher Vorgang wie andere, wo eine junge, kräftige Macht eine zerfallene ablöst; aber die Verbindung mit einem ganz geistig gedachten Gott ist in einem solchen Mall doch nur schwer zu glauben. Auf das Glauben aber kommt es an, das heißt, nicht auf ein bewußtes Denken, welches sich sagt, daß es versinnbildlicht.

Die alten Vorstellungen leben noch immer lange Zeit als leere Redensart nach, auch wenn sie nicht bei den verwandelten Umständen einen neuen Inhalt bekommen haben. Wir wissen, daß der frühere deutsche Kaiser sein Gottesgnadentum immer stark betonte und für sich selber an eine enge Verbindung mit Gott glaubte. Das hat nichts bedeutet und wurde allgemein als Romantik und Theater aufgefaßt. Die heutige Vorstellung von der Monarchie kommt auch bei ihren

Verfechtern, wenn man von den wenigen Romantikern in der Art des früheren Kaisers absieht, lediglich aus dem Verstande. Man beweist, daß die Monarchie dadurch, daß das Wohl einer Herrscherfamilie dauernd mit dem Wohl des Landes verknüpft ist, eine bessere Staatsform ist als die Republik, wo zufällige und sich ablösende Machthaber voraussichtlich die Vorteile von Klassen, Ständen und Klüngeln vertreten werden.

Wir haben gesehen, daß diese Annahme nicht richtig ist. Wenn einmal eine Gesellschaft erst soweit aufgelöst ist, daß die Monarchie dergestalt verstandesmäßig begründet werden muß, dann hat sie auch nicht mehr ihre feste und selbständige Stütze im ganzen Volk, sondern muß sich, wie jede verstandesmäßig begründete Macht, auf einzelne Klassen oder Klüngel stützen. Weit entfernt, über den Parteien zu stehen, ist sie genau so Ausdruck einer Klassen- und Klüngelherrschaft wie eine republikanische höchste Gewalt, nur mit dem Unterschied, daß diese den seinen Machtverschiebungen der Klassen und Klüngel im Staat viel besser nachgeben kann, so daß bei der Monarchie zu allem noch die Gefahr kommt, daß sie Herrschaft einer eigentlich schon gar nicht mehr herrschaftsfähigen Klasse oder Gruppe bedeutet. Wir haben das bei unserm Zusammenbruch bitter genug erfahren. Denn unser Zusammenbruch, das wollen wir uns nur ja recht klarmachen, kam daher, daß wir von Männern geführt wurden, welche keine einzige der Fähigkeiten hatten, die zur Führung berechtigten, so daß im Augenblick der höchsten Gefahr das Schiff völlig steuerlos war und ein Soldat, welcher gerade zur Hand war, das Ruder in die Hand nehmen mußte und es so führen, wie er als Soldat es nun eben verstand. Der Einwurf, daß die Staatsgewalt dem Wohl nur eines Teiles des Volkes dient, trifft also nicht nur die republikanische Staatsform, sondern auch die monarchische in Zeiten, wie die jetzigen sind, wo die Gesellschaft nicht einheitlich ist, sondern sich in einander befehdende Klassen aufgelöst hat.

Dieser Zustand der Auflösung der Gesellschaft nun erscheint uns heute als der natürliche, weil wir in ihm leben. Er ist es aber nicht. Es gab andere Zeiten, wo die Gesellschaft sich einheitlich fühlte. Solche Zeiten sind immer Höhepunkte der Menschheit gewesen, denn sie schweben den Vorzüglichsten als ein Leitbild vor, werden durch Kämpfe der Klassen erstrebt, für eine Zeit erreicht, bis dann wieder eine Zersetzung beginnt mit Neubildungen von sich befehdenden

Klassen. Das Mittelalter auf seiner Höhe stellte eine solche Zeit vor. Offenbar stehen wir heute in einer Entwicklung zu einer solchen Zeit hin. Wenn es unserm Volk gelingt, durch die furchtbaren Gefahren des Augenblicks zu einer geordneten Verfassung zu kommen, dann werden wir zwar noch nicht die sozialistische Republik haben, aber eine Republik, welche im Begriff ist, sich in eine sozialistische Republik zu verwandeln. Dieses bedeutet, daß es nicht mehr die Herrschaft einer einzelnen Klasse oder gar eines Klüngels geben wird, sondern daß die gesamte Nation verwaltet wird in der Art, wie es für sie als Gesamtheit gut ist. Wie man dann nicht mehr von Herrschaft sprechen kann, kann man auch nicht mehr von Staat im alten Sinn sprechen.

Ist dieser Zustand der Gesellschaft erreicht, dann ist auch wieder die Möglichkeit einer Verbindung des an der Spitze des Volkes stehenden Mannes mit Gott gegeben.

Das alte Deutsche Reich konnte man als eine Republik bezeichnen, in welcher alle Männer wahlberechtigt waren, die es bildeten, zu denen natürlich die Unfreien und Lehensleute nicht gehörten. Der Kaiser war der Präsident der Republik, er wurde auf Lebenszeit gewählt, und es war Regel, daß man seinen Sohn als Nachfolger wählte. Die Vorstellung der Gottesverbundenheit des Kaisers hat sich bei diesem Zustand, der doch nicht allzusehr verschieden von dem heutigen ist, erhalten können; es ist also anzunehmen, daß sie wieder eintreten kann und sich an den Mann knüpfen, den wir ja nun wohl als Präsidenten bezeichnen werden, wenn die Republik immer sozialistischer wird. Wohlgemerkt aber nun: die Vorstellung der Verbundenheit mit einem Gott, welcher den Menschen von heute angemessen ist.

Wer Augen hat, der wird schon jetzt die ersten Anfange dieser zu erwartenden Zustande sehen: schnurrigerweise in der Auffassung, die viele, gerade revolutionäre Männer von unserm Feinde, dem Präsidenten Wilson, haben.

Es handelt sich hier nicht um die Wirklichkeit. Wilson ist der Herrscher eines uns feindlichen Staates. Seine Persönlichkeit kann uns gleichgültig sein, und vernünftigerweise werden wir uns immer sagen, daß er eben unser Feind ist. Aber über die Wirklichkeit hinaus, oder gegen sie, macht sich das seelische Bedürfnis des Volkes geltend: das Volk will einen Mann auf dem Thron haben, an den es als einen Gottesträger glauben kann. In diesem Krieg hat Wilson eine Reihe von moralischen Sätzen geäußert, die vielleicht nicht allzu tief waren und vielleicht auch gewisse praktische Zwecke hatten, welche mit der Sittlichkeit nichts zu tun haben; aber immerhin stehen sie in einer gewissen Nähe zu dem, was für die heutigen Menschen Gott ist.

Schließlich weiß man ja auch nicht, wie weit in früheren Zeiten der Monarch nicht Träger des Gottes, sondern nur sein Schauspieler war, und man erinnert sich vielleicht, daß auf der Bühne – es wird wohl auf der Bühne der Welt nicht anders sein – das Messing wie Gold wirkt und der Plüsch wie Samt. Kurz: für viele, selbst im deutschen Volk, ist heute Wilson ein Mann, wie Kaiser Heinrich der Heilige es zu seiner Zeit war.

Der Gang, welchen die Entwicklung nehmen wird, liegt ziemlich klar vor uns: vielleicht ist es dem deutschen Volk beschieden, als erstes an das Ziel zu kommen.

Der Atheismus und die Politik
(1917)

Unser Verstand ist niemals untätig, er denkt immer. Aber nur ein Teil der Gedanken gewinnt eine wirkliche Form, äußert sich in Worten oder unmittelbaren Handlungen; der bei weitem größte Teil bleibt in einer Art von Halbbewußtheit.

Wenn man auf diese vernachlässigten Gedanken achtet, dann kann man merkwürdige Aufschlüsse über die treibenden Kräfte unseres Lebens gewinnen.

Ich ging mit einem Freund durch Felder, welche unter der Trockenheit litten. Wir sind in Kleinstädten erzogen, so daß wir sinnlich wohl von Kind auf das Wachsen und Ernten der Frucht kannten, aber da unsere Eltern weder Ur noch Halm hatten, doch nicht durch unsere Lebensumstände mit dem Geschick der Felder verbunden waren. Ich sagte meinem Freund: »Ich erinnere mich plötzlich, daß ich als Kind immer dachte: man müßte doch bei großer Trockenheit die Felder begießen können, wie man die Gartenbeete begießt; heute, als Mann von fünfzig Jahren weiß ich ja natürlich lange, daß dieser Kindergedanke ein Unsinn ist; aber wenn ich ganz tief in meinem Bewußtsein nachforsche, so finde ich, daß ich ihn doch noch nicht ganz verloren habe.« Mein Freund stutzte, besann sich und erwiderte: »Es wird mir jetzt klar, daß bei mir Ähnliches vorgeht; nur hatte ich als Kind den andern Gedanken, daß man die Ernte bei Regen doch durch etwas Ähnliches wie einen Regenschirm schützen könne, und dieser Gedanke ist es denn, den auch ich heute noch unbewußt festhalte.«

Zunächst also ist folgendes: der bloße, sinnliche Eindruck genügt durchaus nicht, um vernünftige und zweckmäßige Gedanken über das Beobachtete zu gewinnen; denn ein Kind müßte doch sehen, daß die große Fläche ein Begießen oder ein Bedecken unmöglich macht. Ein Bauernkind aber wird auf die Gedanken des Kindes landloser Eltern nicht kommen; denn das Vermögen der Eltern hängt von dem Stande der Dinge draußen ab, es fühlt schon frühzeitig die Sorgen der Eltern mit, und aus denen spürt es, daß keine Hilfsmittel gegen Trockenheit im Wachstum und Nässe in der Ernte vorhanden sind. Nicht die Sinne und die Überlegung schaffen also die richtige Vorstellung von der Wirklichkeit, sondern die Nützlichkeitsbeziehung, welche man mit der Wirklichkeit hat.

Zweitens aber ergibt sich: die Kindheitseindrücke werden später durch Erfahrung und gereiften Verstand überwunden, aber nicht vernichtet; sie bleiben immer noch lebendig in unserer Seele. In dem erzählten Fall wird das ja nun keine Gefahren mit sich bringen; gerade dadurch, daß die Unsinnigkeit so auffällig ist, wirkt ja das Beispiel so belehrend. Aber es gibt verwickeltere Verhältnisse dieser Art, bei denen überhaupt nie klare Gedanken endgültig entstehen; bei diesen müssen doch die ersten Kindheitsgedanken auch im späteren Alter noch wirken.

Könnte man nicht die merkwürdig unreifen Vorstellungen, welche heute in weiten Kreisen über religiöse Dinge herrschen, so erklären? Unsere Vorfahren – vielleicht im großen und ganzen noch die Eltern der mir Gleichaltrigen eingeschlossen – hatten das Gefühl, daß alle Nahrung ein Geschenk Gottes ist. Die Verkehrsmittel waren damals noch unvollkommen, und schlechte Ernten in einer Gegend konnten nicht durch Zufuhren ausgeglichen werden; ich erinnere mich noch, wie oft mein Großvater sagte: »Ja, heute kann keine Hungersnot mehr kommen, wir haben heute die Schiffe und Eisenbahnen«; dem alten Mann, der von einem Bauernhof stammte, muß die Hungersnot noch immer ein drohendes Gespenst gewesen sein. Die Menschen lebten auch noch in engerem Verhältnis zu den Erzeugern der Lebensmittel, sie kauften noch von den Landleuten unmittelbar und erfuhren dabei von ihnen die Zufälligkeiten der Ernte. So fühlten alle: es ist nicht durchaus gesagt, daß wir nächstes Jahr zu essen haben werden; die Ernte kann versagen. Durch dieses Fühlen aber war der Wunsch – um den Schleiermacherschen Ausdruck zu gebrauchen – in seinem endlichen Leben mit dem Unendlichen verknüpft: denn wenn auch die einzelnen Umstände, welche die Ernte bestimmen, eine verständig zu beherrschende Natur haben, das Ganze wird doch unberechenbar sein und in das Unendliche hineinweisen. Der begriffliche Ausdruck für dieses Gefühl ist: Gott läßt die Früchte wachsen, und nach seinem Willen haben wir unser tägliches Brot.

Eine der seelenkundlich auffallendsten Erscheinungen in dieser heutigen Zeit der Lebensmittelknappheit ist, daß die unteren Schichten des Volkes, die Arbeiter, triebmäßig denken: wenn wir arbeiten, dann müssen wir auch zu essen bekommen; daß sie die Nahrung nicht mit Gott verknüpfen, sondern mit ihrer täglichen Arbeit. Die unteren Schichten leben am meisten triebmäßig, deshalb tritt bei ihnen die Erscheinung am auffälligsten auf. Sie ist durchaus begreiflich: sie sind gewohnt zu arbeiten, am Sonnabend ihr Geld zu bekommen und für das Geld alles, was sie brauchen, käuflich zu finden. Die weiteren Zusammenhänge zu bedenken, hatten sie nicht nötig. Heute, wo durch den Krieg dieser Zustand gestört ist, fällt es den höherliegenden Teilen des bewußten Verstandes nun sehr schwer, über diesen Trieb hinweg die Tatsache aufzunehmen: auch wenn man gearbeitet hat und hat das Geld, dann kann man doch nicht alles kaufen, was man braucht.

Jene Beziehung zum Unendlichen und der Glaube, daß Gott uns unser tägliches Brot gibt, ist an sich ja durchaus nichts Wertvolles. Die Vernünftigung und der Gedanke: wenn man arbeitet, dann hat man auch zu essen, ist an sich gewiß nicht schlimm. Aber der frühere Zustand war eine der hauptsächlichsten Ursachen für die Frömmigkeit unserer Vorfahren. Aus etwas im Grunde Gemeinem erwuchs die Bescheidenheit vor dem Unbegreiflichen, die Ehrfurcht vor dem Höheren, der Glaube an eine göttliche Zeitung unserer Geschicke. Diese Ursache fällt in der entwickelten bürgerlichen Gesellschaft vollkommen fort. Es fallen ja noch andere Ursachen fort, deren Aufzählung hier zu weit führen würde. Das Ende davon ist: daß der fromme Sinn notwendig abnehmen muß.

Es ist von frommem Sinn gesprochen, nicht von dem Glauben an eine bestimmte Religion, der ja erst auf jenem ruht. Der bestimmte Glaube ist auch in früheren Zeiten schon oft erschüttert gewesen; im höheren

Sinn war das nicht wesentlich; es hatte sich da nur herausgestellt, daß der Begriff, durch welchen sich das Gefühl ausdrückte, nicht mehr angemessen war. Heute aber verschwindet das Gefühl. Es sei hervorgehoben: ich spreche von der großen Menge des Volkes, die eben immer nur durch ihre unmittelbaren sinnlichen Bedürfnisse erregt wird – die sich, auch das sei ausdrücklich gesagt, natürlich nicht auf die gesellschaftlich unteren Kreise beschränkt. Der bedeutende Mensch glaubt schon an Gott, auch heute; vielleicht macht das Gefühl, mit dem Unendlichen verbunden zu sein, auch ohne daß es ihm durch seine sinnlichen Bedürfnisse nahegelegt ist, die Hauptsache seiner Bedeutsamkeit aus.

Der Zustand hat nun seine weiteren Folgen.

Der Gedanke, daß der Staat zu seinem Bestehen der Religion bedarf, wird ja oft platt genug ausgedrückt und ist mit Recht beanstandet worden. Das Falsche an dieser Ausdrucksweise ist immer, daß man das fromme Gefühl, dessen Ausdruck erst die verschiedenen bestimmten Religionen sind, mit diesen verwechselt. Diese Verwechselung hat Unheil genug angerichtet. Die Religionen sind geschichtliche Erscheinungen und als solche wandelbar. Wenn der Staat sich für eine bestimmte Religion einsetzt, weil er glaubt, daß von ihr sein Bestehen abhängt, und dann die inneren Veränderungen, welche durch den geschichtlichen Selbstentwicklungsvorgang der Religion entstehen, unterdrücken will, dann treibt er eine unheilvolle Politik; der Zusammenbruch Rußlands ist die jüngste Erscheinung einer Folge solcher Politik.

Aber in seinem Grund ist der Gedanke wahr: der Staat kann nur bestehen, wenn im Volk das fromme Gefühl lebendig ist; stirbt dieses ab, dann sterben auch die Wurzeln seiner Kraft ab, und es ist dann nur noch Gesetzlosigkeit oder Gewaltherrschaft möglich – in den jedesmaligen geschichtlichen Formen natürlich.

Der Zusammenhang ist leicht einzusehen.

Bleiben wir bei unserm Beispiel der Nahrungsfürsorge. Die Vernünftigung ist nur scheinbar. Allerdings sind wir durch die Verkehrsmittel heute vor der Hungersnot bewahrt, welche durch eine Mißernte entstehen kann; aber wir sehen ja in diesem Kriege, daß es unberechenbare gesellschaftliche Ereignisse gibt, welche auf großen Gebieten denselben Erfolg haben wie die Mißernten früher auf kleinen. Ebenso scheinbar ist die Vernünftigung im täglichen Erwerb des

Arbeiters von heute. Wirtschaftliche Ereignisse können kommen, welche bewirken, daß der Arbeiter gern arbeiten möchte, und daß niemand seine Arbeit gebrauchen kann; er wird dann viel schlimmer daran sein als Vorfahren von ihm in früheren Zeiten. Diese gesellschaftlichen und wirtschaftlichen Ereignisse, zu einem sehr hohen Grade verstandesmäßig zu verstehen, genau so wie unheilvolle Ereignisse in der Natur, welche Mißernten erzeugen, sind doch im ganzen ebenso wie diese unbegreiflich. Man denke nur an diesen Krieg. Nur: früher waren die Manschen auf die Unbegreiflichkeit eingestellt durch die Religion; heute stehen sie ihr fassungslos gegenüber.

Auch der Staat hat sich ja scheinbar vernünftig!. Überall werden Parlamente gewählt, welche doch den Willen des Volkes auszudrücken scheinen. Dem Anschein nach ist es in allen Staaten fast oder ganz unmöglich, daß ein Krieg gegen den Willen des Volkes ausbricht. Wir sehen aber, daß tatsächlich gerade in den demokratischsten Staaten das Volk am wenigsten zu sagen hat darüber, ob es einen Krieg will. Der bei weitem größte Teil der Amerikaner etwa müßte doch ganz verwundert gewesen sein, daß das amerikanische Volk plötzlich den Krieg haben wollte – wenn den Völkern diese merkwürdigen Vorgänge überhaupt zum Bewußtsein kämen. Es wäre auch nicht richtig, wenn man sagte, wie Bismarcks Meinung war, daß irgendwelche kleinen Kreise, die durch irgendwelche Ursachen maßgebend sind, den Krieg wollen. Man kann auch hier eine ganze Menge Einzelheiten vernünftig erklären, aber das Ereignis im ganzen ist doch unerklärlich. Es ist hier nicht anders als mit den wirtschaftlichen Ereignissen. Die Vernünftigung des Staates ist im Grunde gleichfalls nur scheinbar.

Aber indem sie auf die Menschen wirkt, ihnen das Gefühl raubt, das die Vorfahren hatten, von göttlichen Mächten abhängig zu sein, erzeugt sie den allgemeinen Gedanken bei den Manschen, daß sie durch eigene vernünftige Tätigkeit die Dinge in Ordnung bringen könnten.

Naturgemäß ist dieser Gedanke am meisten bei den unteren Schichten vertreten, welche denn, im ganzen genommen, die unfrommsten sind. Hier entsteht so eine politische idealistische Verbohrtheit. Etwa man glaubt, es sei möglich, durch verständige Politik künftige Kriege unmöglich zu machen, indem man nichts erobert. Eine solche Gesinnung ist nur als Merkmal genannt und soll auch nur als Merkmal in ihren Folgen dargestellt werden; es hätte ebensogut Anderes genannt werden können. Vernünftigerweise wird ein Staat nur erobern, um für einen künftigen Krieg besser vorbereitet zu sein; die Idealisten, welche gegen die Eroberung sind, schwächen also den Staat für den künftigen Krieg, sie wirken also gegen ihn, und es ist in ihnen ein Trieb lebendig, der staatszerstörend wirkt.

Ein ganz ähnliches Merkmal ist die Demokratisierung. Es ist keine Staatsordnung vollkommen; die Demokratisierung befördert die scheinbare Vernünftigung, schwächt aber dadurch die eigentliche Staatsgewalt. Es ist doch ohne weiteres klar, daß die Mittelmächte dem Ansturm der soviel zahlreicheren übrigen Mächte nur dadurch standhalten können, daß ihre staatliche Verfassung ein stärkeres Zusammenraffen der Völker für die allgemeinen Zwecke erlaubt.

Aber wenn das letzte fromme Gefühl bei den Menschen fehlt: wenn sie nicht mehr fühlen, daß ihr zufälliges persönliches Leben nicht von ihnen selber abhängig ist, sondern von einer in der Unendlichkeit ruhenden Macht, hie nie erkannt und nur gläubig verehrt werden kann, dann werden sie immer weiter ihr Geschick dem eigenen Verstand anvertrauen wollen in der Art, wie ihnen möglich erscheint; und damit werden die Grundlagen des Staates schwinden.

Man ist ja heute gewohnt, die Parteien nur noch als Vertreterinnen von Interessengruppen zu betrachten. Aber das ist nur bis zu einem gewissen Grade richtig. Sie sind auch Vertreterinnen von Weltanschauungen, die unabhängig von den Interessen sind. Der durchschnittliche Konservative ist gewiß kein edlerer Mensch als der durchschnittliche Sozialdemokrat und umgekehrt; die Führer sind wahrscheinlich gleichfalls bei beiden Parteien sittlich gleichwertig. Beide Parteien vertreten Interessen, die einen des Besitzes und die andern der Arbeitskraft; und als Interessenparteien möchte jede ein möglichst großes Stück vom Kuchen haben.

Die Sozialdemokratie ist geneigt, die Neigung des Konservativen zur Religion für ein Mittel seiner Interessenpolitik zu halten, umgekehrt glaubt der Konservative von dem andern, daß seine Gottlosigkeit das Mittel sei, womit die Begehrlichkeit der Massen – als ob es keine Begehrlichkeit der Höheren gäbe – am leichtesten aufzureizen ist. Sie sind beide im Irrtum. Diese Weltanschauungen wurzeln tiefer, sie ruhen im letzten Lebenstrieb.

Auch die Gegensätze, welche über das Kriegsziel heute im Volk herrschen, ruhen im letzten Lebenstrieb.

Bei unsern Gegnern sind diese Gegensätze nicht vorhanden. Die Ursache ist einerseits, daß die unteren Klassen bei ihnen nicht soviel zu sagen haben wie bei uns; andererseits aber, und das ist die Hauptsache, daß die Nation bei ihnen viel ausgeglichener ist. Die Aufklärung oder die Gottlosigkeit ist bei ihnen allgemeiner; und die vorhandenen Gegensätze sind nicht solche der Weltanschauung, sondern der praktischen Politik. Die französischen Sozialisten, welche Elsaß-Lothringen erobern wollen, haben nicht etwa die Gründe unserer konservativen Eroberungspolitiker; sie wollen, genau wie unsere Sozialisten, daß dieser Krieg möglichst der letzte sein soll.

So erben sich Gesetz und Recht
(1918)

Man mache sich ein Bild vom täglichen Leben unserer Vorfahren. Jede Familie lebt auf ihrem Hof, arbeitet und erzeugt im wesentlichen, was sie gebraucht. Die Höfe sind entweder in Dörfer zusammengebaut oder liegen einzeln inmitten der Äcker, welche zu ihnen gehören.

Die Beziehungen der Menschen untereinander sind sehr gering. Am meisten hat der Machbar mit dem Nachbarn zu tun, indem einer dem andern Gerät leiht, bei der Arbeit hilft, von Vorräten mitteilt, indem man um eine Grenze streitet oder sich über die Hühner des andern ärgert. Weniger schon berührt man sich mit den übrigen Mittgliedern der Gemeinde; man hat etwa die Nutzung der gemeinsamen Weide zu besprechen oder des Waldes oder Angelegenheiten der Kirche. Noch weniger kommt man zusammen mit den Genossen des Gaues; man muß etwa urteilen über einen Mord, welchen ein Mann in einer Gemeinde an einem Mann in einer andern Gemeinde begangen hat, und die Sühne bedenken, welche der Mörder der Familie des Gemordeten anbietet. Es gibt einen noch größeren Verband, als der Gau ist; er tritt etwa in Wirksamkeit, wenn es sich um Krieg handelt. In diesen Verhältnissen sind die Beziehungen der Menschen so, daß sie meistens von den Menschen selber geleitet werden. Mit dem Nachbarn spricht man über den Zaun weg; mit den Gemeinde-mitgliedern kommt man am Sonntag nach der Kirche zusammen; den

Gautag hält man zweimal im Jahre ab in der Zeit, wo man keine dringende Arbeit hat; der größere Verband ruht in gewöhnlichen Zeiten, wenn er in Wirksamkeit treten soll, so wird ein Mann gewählt, welcher die Beziehungen besorgt; denn erst hier sind so viele Manschen beteiligt und ist ein räumlich so großes Gebiet zu bewältigen, daß die unmittelbare Rücksprache der Betroffenen nicht mehr genügt.

Das Recht, welches sich in diesen einfachen Verhältnissen entwickelt, kommt unmittelbar aus den Bedürfnissen und Zuständen, welche vielleicht mehr oder weniger klug aufgefaßt werden, immer aber doch natürlich und angemessen: nämlich so, daß Streitigkeiten möglichst beigelegt werden, und daß die Menschen möglichst in Frieden und Ruhe leben. Stören können in diesem Zustand allgemein verständiger Lebensordnung immer nur die unberechenbaren Leidenschaften Einzelner: Stolz, Rachsucht, Eifersucht, Liebe und dergleichen; aus der Form selber des gemeinschaftlichen Lebens kann keine Störung kommen.

Dieser unschuldige Naturzustand wird verändert durch zwei Erscheinungen: dadurch, daß sich der Adel herausbildet und der Kaufmann eindringt. In beiden Fällen werden neue Beziehungen geschaffen, welche die alten Beziehungen durchkreuzen und verwirren. Der adlige Herr beansprucht, besonders in der Gemeinde dazustehen und schließt sich mit den Herren in andern Gemeinden zu einer neuen Gemeinschaft zusammen; und er beansprucht Rechte über die Gemeindemitglieder und Leistungen von ihnen, die bloß bestehen können, wenn er sich auf eine außerhalb der alten Ordnung seiende Macht stützt. Der eindringende Kaufmann zieht von Hof zu Hof und von Gemeinde zu Gemeinde; er unterliegt nicht der Rechtsprechung der Leute, zwischen denen er gerade lebt, sondern er gehört irgend-einem jenseitigen Gesellschaftszusammenhang an; aber da er auf Kauf und Verkauf gestellt ist und nicht im geschlossenen Kreis selbst-genügender Arbeit lebt, so erzeugt er mehr Rechtsstreitigkeiten als die andern.

Zu den unschuldigen Formen, in welchen sich die rechtlichen Beziehungen der Menschen zunächst ausdrücken: dem nachbarlichen Übereinkommen, dem Gespräch am Sonntag und dem Ding im Gau, müssen also neue Formen kommen, welche weitere Kreise umfassen und dabei die alten Kreise schneiden.

Diese neuen Formen aber können nicht mehr so harmlos einfach sein, denn sie beziehen sich auf räumlich weit Getrenntes, auf entfernt wohnende und einander oft unbekannte Menschen.

Bis nun war die Richtung immer gewesen, daß die Menschen sich am Tatsächlichen festhielten und nur bei den seltenen Vorfällen, welche etwa im Ding geordnet wurden, sich an den Vorgang klammerten: wobei sie nicht eine Abziehung machten in der heutigen Art des Rechts, sondern suchten, den alten Vorgang einfach genau zu wiederholen. Nun kam eine neue Richtung auf, daß man von dem Tatsächlichen abgehen mußte, den Begriff suchte, der ihm zugrunde liegt, und durch logische Behandlung dieses Begriffs die Erkenntnis finden wollte. Man mache sich den Vorgang in grober Weise so klar: die Gemeindegenossen kennen sich und ihre Zustände genau, und alle ihre Lebensverhältnisse sind die gleichen. Geraten zwei Genossen in Streit über eine Grenze, so wissen die andern genau, wie die Sache zusammenhängt: daß der Großvater A dort gepflügt hat, daß der Großvater B der Grenze zu nahe gekommen ist, daß C geneigt ist, sich auf andrer Leute Kosten zu bereichern, oder daß D ein Vergnügen an unnützen Klagen hat. Wenn aber ein italienischer Kaufmann einem Bauern ein Fäßchen Wein verkauft hat, und der Bauer sagt, daß der Wein schlecht ist, und daß er sein Geld wieder haben will, und der Streit kommt vor einen Mann, welcher weder den Kaufmann noch den Bauern kennt, nicht beurteilen kann, ob der Wein schon schlecht war und noch nicht einmal ahnt, ob er es jetzt ist: dann wird wahrscheinlich die Neigung auftauchen, nach formalen Gründen zu entscheiden. Der Richter wird fragen, ob der Kauf schriftlich abgeschlossen ist, ob gutgesagt ist, er wird eine Gewohnheit anführen über die Dauer einer Gutsage und Ähnliches. Im ganzen und großen: der Mann, welcher nun entscheiden soll, wird sich die persönliche Entscheidung möglichst abschieben, denn er hat ja nichts, auf Grund dessen er entscheiden könnte; und wird die formalen Gesichtspunkte in den Vordergrund stellen, aus denen sich ohne sein wertendes und urteilendes Zutun eine Entscheidung von selber ergibt. Diese Entscheidung besagt dann nicht mehr: A. hat recht und B. unrecht, sondern: bei Lage der Dinge muß für A. entschieden werden und gegen B. Es handelt sich nicht mehr darum, daß ein Mann, der von einem Kaufmann übers Ohr gehauen wird, entschädigt wird, sondern ob die Dinge zufällig so liegen, daß für ihn entschieden werden kann. Es wird nicht mehr das Recht gefunden, sondern ein Würfelspiel gespielt.

In unsrer deutschen Entwicklung haben wir den im höchsten Maße auffälligen Vorgang der Übernahme des Römischen Rechts. Das Volk hat eine ordentliche und gesunde Rechtsentwicklung. Scheinbar ohne Grund gibt es sein eigenes Recht plötzlich auf und läßt sich nach einem fremden und gänzlich unpassenden Recht richten. Man hat viele geschichtliche Erklärungen für den rätselhaften Vorgang versucht; man erklärt ihn sich wahrscheinlich am einfachsten, wenn man bedenkt, daß sehr schnell in einer gewissen Zeit sich in der geschilderten Art neue Rechtskreise entwickelten, die in der alten Weise nicht mehr zu behandeln waren; daß das Römische Recht sich für diese den Leuten empfahl, welche hier zu entscheiden hatten, durch seine den neuen Ansprüchen entgegenkommende logische Ausbildung; und daß nun durch Absterben der alten Formen das Neue überall Platz griff.

Nun haben wir heute allgemein den Zustand, der sich aus solchen Voraussetzungen entwickeln muß.

Eine Richtung, die einmal eingeschlagen ist, geht nach ihrem innersten Gesetz immer weiter, bis sie die letzte Narrheit erreicht, wenn nicht irgendwoher eine Gegenwirkung kommt. Die Rechtsprechung ist vom Tatsächlichen losgelöst; sie wird von einer besonders vorgebildeten Klasse von Menschen ausgeübt; sie besteht in der Beziehung verschiedener abgezogener Begriffe zueinander. Die besonders vorgebildete Klasse, die Fachleute, sind die Führer jener Richtung auf die äußerste Narrheit. Die Entwicklung ist urbildlich für alle ähnlichen Entwicklungen – am grausigsten und der Menschheit gefährlichsten ist sie in der Religion – und erzeugt denselben Gedankengang wie sie alle, der sich hier schließlich aufgipfelt in dem Satz: *Fiat justitia, pereat mundus*. Das Recht ist da, damit die Welt bestehen kann: aber wenn der logische Fortgang einer falschen Richtung ungestört bleibt, dann muß die Welt zugrunde gehen, damit das Recht besteht. Man frage einen ernsten Juristen der alten Art auf sein Gewissen, ob das nicht seine wahre Meinung ist; er drückt sie vielleicht heute nicht mehr offen aus, aber das kommt eben davon, daß man in einer so unwissenschaftlichen Zeit eben nicht mehr wagen darf, die letzten Schlußfolgerungen zu ziehen. Der Satz entspricht durchaus dem Gedankengang des ernsten und ehrenhaften Theologen, welcher den Ketzer verbrennen läßt, weil bei ihm die Religion nicht für den Menschen, sondern der Mensch für die Religion da ist.

Wie in so vielen Fällen heute, so ist auch in der Rechtswissenschaft das Mittel zum Zweck geworden: aus denselben Gründen, aus denen es überall seine unheilvolle Laufbahn gemacht hat, nämlich durch die Loslösung von der Wirklichkeit. Die Art, wie das geschehen ist, ist eigentümlich und gewiß für einen Mann von Geist nicht ohne künstlerischen Reiz. Ganz frei in der Luft, wie ein mathematischer Bau, schwebt ein Gespinst von Begriffen, die nur unter sich selber Beziehungen

haben, die wie die Ideen Platos sich in die Äonen der Gnostiker verwandeln und sich beschmutzen, wenn sie in Beziehung zu der Wirklichkeit gebracht werden. Sie gleichen der guten Stube des kleinen Bürgers, die eigentlich eine Stube ist, aber doch ihr Wesen darin hat, daß man sie nicht als Stube benutzen darf; der ersten Garnitur des Soldaten, deren wesentliche Bedeutung darin besteht, daß ihre Knöpfe immer blank geputzt sind.

In der Wirklichkeit, zu welcher die Begriffswelt nur jene gnostische Beziehung hat, geht inzwischen rechtlich alles drunter und drüber. Der tatsächliche Wert unserer Gerichte besteht heute nicht darin, daß sie in den einzelnen Fällen, die ihnen vorgelegt werden, das Recht finden; er besteht lediglich darin, daß eine Behörde da ist, welche bei Streitigkeiten oder bei vorfallenden verbrecherischen Handlungen eine Entscheidung fällt. Wohl die meisten Rechtsgelehrten werden zugeben, was oben gesagt ist, daß diese Entscheidung in ihrer Beziehung auf den wirklichen Tatbestand einem Würfelspiel gleicht.

Die unheilvollen Ergebnisse für die Sittlichkeit des Volkes sind klar. Es ist denn auch die Einsicht heute allgemein verbreitet, daß eine wirklichkeitsnähere Behandlung des Rechtes nötig sei, und einige Schritte nach dieser Richtung werden zögernd getan.

Aber wir haben ein Übel vor uns, das in den letzten Gründen unserer gegenwärtigen Zustande verwurzelt ist, das nur grundsätzlich bekämpft werden kann. Ich möchte hier auf die Bemühungen eines Mannes hinweisen, der in dieser grundsätzlichen Weise kämpft Oberlandesgerichtsrat Richard Reinhardt, Jena: »Deutscher Rechtsfriede, Beiträge zur Neubelebung des Güteverfahrens«. Leipzig. 1916..

Er bleibt innerhalb des Kreises der rechtlichen Welt und arbeitet mit den Mitteln seiner Wissenschaft. Wenn gelänge, was er will, so würden wir ein natürliches und wahres Recht bekommen. Innerhalb der rechtlichen Welt kann man ihn nur mit den Waffen der alten formalen Wissenschaft bekämpfen. Aber diese Waffen treffen ihn ja gar nicht, weil er sie eben verneint. Vielleicht beweist das, daß er den Boden für seinen Kampf nicht richtig gewählt hat: der Kampf um ein neues Rechtswesen kann nicht innerhalb der Rechtswissenschaft ausgekämpft werden; man muß ihn im allgemeinen Leben des Volkes zum Austrag bringen; es ist kein rechtswissenschaftlicher, sondern ein politischer Kampf. Dem juristischen Denker ist aus dieser Verwechslung des Bodens kein Vorwurf zu machen, denn von Natur spricht jeder von dem Punkte aus, auf dem er gerade steht: erst Wille und Widerwille der Versammlung drängen ihn auf die allgemeine Rednerbühne. Wir haben Zeiten vor uns, in welchen man ziemlich sämtliche Grundlagen des heutigen Gebens bestreiten und verteidigen wird; auch Recht und Rechtsprechung werden nicht ausgenommen sein; und da werden die Gedanken, auf welche hier hingewiesen wird, eine sehr große Bedeutung haben.

Veränderungen der Staatstätigkeit
(1917)

Es gibt eine alte Schnurre, die so tiefsinnig ist, wie solche harmlosen alten Schnurren oft sind: zwei Gänsejungen besprechen miteinander, was sie tun werden, wenn sie Kaiser wären. Der eine sagt: »Ich äße den ganzen Tag Speck« und der andere: »Ich hütete meine Gänse nur noch zu Pferde.«
Nach dem Beispiel der beiden Jungen kann man das Betragen aller Menschen einteilen, welche in höhere Verhältnisse kommen: entweder sie essen den ganzen Tag Speck, das heißt, sie genießen ein sinnliches Wohlbehagen, das ihnen nach ihren alten Verhältnissen angemessen ist, oder sie hüten ihre Gänse zu Pferde, das heißt, sie betreiben ihre alten Tätigkeiten mit einem größeren Aufwand.
Wir haben seit einigen Jahrzehnten eine Aufwärtsbewegung der Arbeiterklasse gesehen. Jetzt im Krieg ist diese Bewegung sehr schnell vor sich gegangen; und wenn wir im Frieden erst überschauen können,

was der Krieg denn nun alles gebracht hat, so werden wir diese Bewegung an erster Stelle anmerken müssen.

Das nächste Ergebnis ist, daß die arbeitenden Klassen ihre sinnlichen Genüsse sehr stark gesteigert haben, was man als Steigerung der Lebenshaltung bezeichnet. Da unser Zeitalter ganz materialistisch gesinnt ist, so nimmt es an, daß das ein Glück für die Leute ist. Es würde ziemlich vergeblich sein, wollte man gegen diese Anschauung kämpfen. Das zweite Ergebnis wird sein, daß die größere Macht, welche die unteren Klassen haben, so angewendet wird, wie sie es nach ihrer ganzen geistigen Verfassung verstehen. Diese Verfassung ist aber, auch wenn man die Lebenshaltung noch so hoch steigert, immer nur die geistige Verfassung von Arbeitern, welche in ihrer Arbeit von der Leitung und Ordnung durch Höhergestellte abhängig sind und mehr oder weniger durch Maschinen bestimmt werden: man darf sie also nicht etwa mit den früheren Handwerkern gleichsetzen.

Man muß sich das einmal ganz klarmachen, wenn man ein Bild der kommenden Zeit gewinnen will. Es wird in diesen Dingen ja sehr viel mit Lehrmeinungen gewirtschaftet. Die Lehrmeinung ist, daß die Menschen im bürgerlichen Leben wohl sehr verschieden sind; aber wenn sie am Wahltag ihren Sonntagsanzug anziehen und den Wahlzettel in die Hand nehmen, dann sind sie alle gleich. Sie sind eben nicht alle gleich. Und zwar liegen die Unterschiede gar nicht so sehr in der Bildung, soweit diese auf Wissen beruht: diese Unterschiede sind vielmehr sehr fragwürdiger Natur; sie ruhen in der gesamten Willensrichtung, welche durch die ganze Lebensart gegeben ist. Man denke zum Beispiel nur daran, wie innerhalb einer gesellschaftlichen Klasse schon die Tätigkeit das Wesen der Menschen bestimmt; wie ein alter Schuster und ein alter Schneider etwa so verschiedene Geschöpfe geworden sind, daß sie auf die meisten Reize verschieden antworten werden; und mache sich dann klar, was es bedeuten muß, wenn eine neue Klasse einen großen Einfluß auf die öffentlichen Geschäfte gewinnt, den sie bis dahin noch nicht hatte: wie ganz andere Aufgaben in den Vordergrund rücken werden, wie man die verschiedenen Zwecke des Staates ganz anders gegeneinander bewerten wird, wie die Gangart der Verwaltung sich ändern muß, und so vieles Andere. Da der Staat schließlich doch die Summe seiner Tätigkeiten ist, so kann man sagen, daß der Staat ein anderer werden wird.

Bis heute war jeder Staat das, was Sozialdemokraten »Klassenstaat« nennen, das heißt, eine oder einige Klassen bestimmten im wesentlichen seine Tätigkeit; es ist natürlich, daß diese Klassen ihr Wohl für das Wohl des gesamten Volkes hielten; so weit aber, wie die Sozialdemokratie lehrt, ging das nicht, daß nun der Staat eine eigennützige Vertretung dieser Klassen gewesen wäre, denn so einfach geht es in den gesellschaftlichen Dingen nicht zu; auch die stummen Klassen wußten durch unbewußten Druck Dinge durchzusetzen, die ihnen nötig waren. Nach der sozialdemokratischen Lehre würde der Staat das Klassengepräge verlieren, wenn die unterste Klasse zur Herrschaft käme. Lassen wir dahingestellt, ob das überhaupt dauernd möglich wäre; jedenfalls wäre das etwas Anderes, als der Zustand, zu dem wir heute gelangen, daß nämlich die besitzlosen Arbeiter vom Staat vertreten werden.

Wir wollen hier nur die abgezogenen Fragen untersuchen und uns auf Wünschenswertes oder Bedenkliches nicht einlassen. Was wird der veränderte Zustand ergeben?

Unzweifelhaft war schon vorher der Staat der Schauplatz von Klassenkämpfen; er wird das nun in verstärktem Maße sein, denn die Gegensätze der neuen Klasse zu den alten sind sehr tief. Wir werden also sehr heftige innerpolitische Kämpfe bekommen.

Nun, der Kampf ist der Vater aller Dinge; man muß sich vor dem Kampf nicht fürchten.

Aber es fragt sich, um was gekämpft wird; es handelt sich um viel mehr als um das Ringen der Selbstsucht der verschiedenen Klassen.

Der Landwirt möchte so teuer wie möglich verkaufen, der Arbeiter möchte so billig wie möglich einkaufen. Das Interesse des Landwirts steigt, je mehr er auf den Markt bringt, und dem Rittergutsbesitzer liegt also mehr an hohen Preisen als dem Bauern. Ein solcher Gegensatz ist kennzeichnend für die wirtschaftlichen Kämpfe, die sich auf dem Boden des Staates abspielen; und es ist natürlich das Gesunde, daß sie zu solchem Ergebnis führen, wie dem Machtstande der Klassen angemessen ist.

Jedoch der Staat hat noch Aufgaben, welche von diesen Gegensätzen der Klassen an sich unabhängig sind, doch mit in den Streit hineingerissen werden.

Man denke etwa daran, daß er auch für die Zukunft des Volkes zu sorgen hat. Diese wird sich, wenn sie angebrochen sein wird, wieder durch den Kampf der Klassen gestalten: aber eben deshalb dürfen die einzelnen Klassen nicht jetzt schon einen Einfluß auf ihre Gestaltung haben wollen; denn diese Klassen denken ja eben immer nur an sich und nicht an die Gesamtheit, die erst das Ergebnis des Kampfes ist. Wenn man die Geschichte durchsieht, dann wird man finden, daß hier von allen Völkern, bei welchen der Staat sehr viele gegnerische Klassen zu vertreten hatte, gesündigt ist, indem man schlecht für die Zukunft sorgte: durch Schuldenmachen, durch Erbschaftssteuern und dergleichen. Es ist auch ganz klar, daß eine Klasse, welche ohne Besitz lebt, wenig Verständnis dafür haben wird, daß für das gesamte Volk für die Zukunft Besitz vorhanden sein muß. Ein solches Verständnis hat ja mit den Bedürfnissen nichts zu tun, es kommt aus der ganzen Lebensstimmung; so werden etwa heute alle Behörden, welche Bezugscheine für Kleidungsstücke ausstellen, die Erfahrung machen, daß bei diesen doch völlig gleich gehandhabten Bestimmungen es am schwersten ist, der Arbeiterbevölkerung klarzumachen, um was es sich handelt.

Aber auch noch andere Gebiete, wo der Staat sich betätigt, werden in Mitleidenschaft gezogen, ohne daß Lebensbedingungen der Klassen in Frage stehen. Man denke an die höhere Bildung.

Die höhere Bildung ist für das sinnliche Leben völlig nutzlos. Wenn Klassen im Staat den Ausschlag geben, deren Gesichtskreis durch das sinnliche Leben bedingt ist, so wird der Staat die höhere Bildung weniger befördern.

Wir sehen das in der Tat schon seit einigen Jahrzehnten bei uns, seit die bürgerlichen Klassen einen größeren Einfluß gewonnen haben. Etwa seit Beginn des 19. Jahrhunderts bis in die sechziger Jahre, also vielleicht zwei Menschenalter hindurch, war das Beamtentum die eigentlich herrschende Schicht bei uns. Wir brauchen die Zeit durchaus nicht an sich sehr hoch einzuschätzen; jedenfalls hat das Beamtentum eine gewisse Sorge für die höhere, nicht für den Erwerb verwendbare Bildung ausgeübt. Das Beamtentum wurde durch das Unternehmertum abgelöst. Daß die bürgerlichen Gedanken über diese Bildung barbarisch sind, ist wohl klar; und das zeigt sich wohl auch am Rückgang unserer höheren Bildungsanstalten; die Gedanken der Arbeiter werden noch barbarischer sein.

Wenn der Staat sich auf einem Gebiet zurückzieht, dann tritt nach einiger Zeit eine Selbstversorgung der gesellschaftlichen Mächte ein.

Umgekehrt, wie – seitdem der Staat sich den, wie man sie vorzugsweise nennt, »sozialen« Aufgaben zuwendet – manches staatlich wurde, was vorher der Vorsorge Einzelner gehörte, wird nun manches dieser Vorsorge anheimfallen, was früher staatlich war. Wir sehen, wie in Amerika, wo der Staat am meisten die bürgerlichen Erwerbsziele befördert, die höhere Wissenschaft durch einzelne reiche Leute gefördert wird durch Stiftungen und Beihilfen, und man hat bei uns ja das Beispiel schon nachgeahmt. Wir sehen auch an den Museumsstiftungen dieselbe Erscheinung für die Kunst. Da das eine notwendige Zeiterscheinung ist, so erscheint sie uns auch als gesund; und wahrscheinlich wäre es für die Kunst wenigstens heute am besten, wenn der Staat sich überhaupt nicht mit ihr befassen wollte. Wir leben inmitten dieser Wandlungen, ohne sie uns ganz klarzumachen und meistens ohne zu bedenken, daß die eine immer in engem Zusammenhang mit der andern steht. Aus letzter Ursache entstehen manche Klagen und manche Schwarzseherei.

Wohin die heutige Menschheit geht, das können wir nicht wissen. Ob wir uns in einer Zeit der Auflösung befinden oder der Neubildung, das kann niemand heute sagen. Daß gerade die Besten unter uns schwere Besorgnisse haben, das wollen wir uns nicht verhehlen. Aber schon oft haben die Unbekümmerten recht gehabt, welche gedankenlos dem Leben folgten, gegenüber den Sorgenvollen: denn der Einzelne kann ja das Leben doch nicht überschauen. Nur müssen wir Eines uns klarmachen: wir stehen in einer Wandlung aller Verhältnisse, welche den Späteren als eine Umwälzung erscheinen wird von einer Gewalt, wie sie bisher noch nie auf der Erde gesehen ist.

Volk und Menschheit
(1918)

Die gesamte Menschheit hängt heute nicht nur wirtschaftlich, sondern auch geistig und sogar seelisch zusammen. Die großen gebildeten Völker haben durch Übersetzungen, durch Museen und Sammlungen sich die bedeutenden geistigen Werke aller Völker der Welt bekanntgemacht, nicht bloß der, welche man zu den gebildeten rechnet, sondern auch der, welche man früher als roh und barbarisch ansah, und sie verfolgen mit Aufmerksamkeit die geistigen Bewegungen, welche gegenwärtig bei ihnen stattfinden. Die kleineren Völker, welche sich an die großen anschließen, erhalten von diesen die Mitteilungen; man kann ganz deutlich sehen, welche Völker von Deutschland, von Rußland, von England und von Frankreich ihre Mitteilungen über die geistigen Zustände der übrigen Welt bekommen.

Natürlich muß das eine gegenseitige Beeinflussung ergeben. Die Völker entwickeln sich geistig und seelisch nicht mehr rein aus sich heraus – was ja wohl freilich immer sehr selten geschah – und durch Beeinflussung des einen und andern fremden Volkes; sondern man kann sagen, daß die Menschheit ungefähr einen Zustand erreicht hat, in welchem eine gemeinsame geistige Entwicklung stattfindet, die bei den einzelnen Völkern je nach ihrer besonderen Art immer nur eigentümlich gefärbt ist.

DieBeobachtung des neuen Zustaudes ist ja schon frühzeitig gemacht. Er trat in der Dichtung am auffälligsten in Erscheinung; Goethe prägte für ihn das Wort »Weltliteratur«; er hat selber den Übergang erlebt. Wer heute eine deutsche Literaturgeschichte schreibt, der kann genau den Zeitpunkt angeben, wo der Übergang zur europäischen Literaturgeschichte beginnt. Die Romantik ist schon eine europäische Erscheinung.

Gerade in der Romantik aber finden wir auch schon die merkwürdige Gegenströmung, denn in allen Ländern betont sie das Völkische. Gleichzeitig mit der gegenseitigen geistigen Durchdringung aller Völker und dem Beginn einer einheitlichen Völkerentwicklung fängt die scharfe Betonung der völkischen Unterschiede und Gegensätze an. Die Erscheinung ist ja durchaus verständlich, sie ist nichts weiter als gesund; sie ist lediglich ein Ausgleich, durch welchen die Ebenmäßigkeit hergestellt werden soll. In einer Übersichtsform ausgedrückt, hat der Mensch drei Schichten: er ist Mensch, er ist Volksangehöriger und er ist Einzelwesen. Die inneren Kräfte dieser drei Schichten müssen in einem solchen Verhältnis zueinander stehen, daß sie sich ausgleichen; sobald eine ein Übergewicht bekommen will, müssen die andern sich zur Wehr setzen. Im Mittelalter hat niemand ein besonderes Gefühl dafür, daß er einem bestimmten Volk angehört; er braucht es einfach nicht zu haben, denn sein Volkstum wird ja in keiner Weise bedroht; es gibt keine Eisenbahn und keine Zeitung, ein Jeder lebt so, wie die Vorfahren gelebt haben, und das Volk erhält sich von selber in seiner bestimmten Art. Man denke an die Ähnlichkeit mit der heutigen Hervorhebung des Einzelwesens. Der Mensch war immer ein Einzelwesen, aber er beginnt diesen Umstand erst dann hervorzuheben und unter Umständen zu verteidigen, wenn die Gleichmacherei von Staat und Gesellschaft auf einem gewissen Entwicklungspunkt ihn dazu zwingen. Das, was wir den modernen Individualismus nennen, ist genau ebenso eine Gegenwirkung wie das neuere völkische Bewußtsein.

Die Tatsache solcher Gegenwirkungen hat nun aber weitere Folgen, die sehr merkwürdig sind.

Im Mittelalter hätte niemand etwas gegen das Bild eines Weltreiches gehabt. Man glaubte ja sogar an ein solches Bild, indem man zeitweilig den römischen Kaiser und deutschen König für den Weltherrscher hielt. Die Ursache war, daß eine solche Weltherrschaft immer nur ein Bild sein konnte, daß in Wirklichkeit eine Reihe von kleinen und kleinsten staatlichen, halbstaatlichen und scheinstaatlichen Gebilden nebeneinander waren, in denen das völkische Leben wie das Leben des Einzelnen sich ungehindert bewegen konnte. Heute ist die tatsächliche Möglichkeit eines Weltreiches vorhanden, durch die innige Verkettung aller geistigen und leiblichen Bedürfnisse und Leistungen der Völker; ja, man kann sagen, alles drängt dazu, ein solches Weltreich notwendig zu machen; aber alle Menschen, ausgenommen natürlich die, welche zu dem herrschenden Volk gehören würden, sträuben sich dagegen, daß es eingerichtet wird, und selbst der kleinste Volksplitter im Balkan oder an der Ostsee will das, was er seine Selbständigkeit nennt, behalten.

Wer von Bild und Gedanken ausgeht, der kann hier leicht zu Irrtümern kommen. Nietzsche hatte eine große Schätzung für Napoleon, die wohl von einer falschen Voraussetzung über seine bewußten Absichten ausging. Das Napoleonische Weltreich hätte ja doch Europa staatlich geeinigt, das ohnehin geistig und wirtschaftlich zusammengehört, und da alsdann das Wettrüsten und der gegenwärtige Krieg nicht eingetreten wäre, so hätte eine märchenhafte Blüte des Geistes sich entfalten können. Napoleon war schlau genug, ein solches Bild in den weinerlichen Äußerungen zu hinterlassen, die von Sankt Helena aus von ihm nach Europa kamen. Heute, in diesem fürchterlichen Krieg, wird das, was damals geschah, wieder wichtig und neu. Der Gedanke Nietzsches wird heute wieder von Männern, die man achten muß, aufgenommen. Je nach der Veranlagung kann man ja schwere und weniger schwere Folgen des Krieges für Europa annehmen, und bestechend wirkt jedenfalls das Bild, das uns gegenüber solchen Zukunftsbefürchtungen entrollt wird.

Aber Nietzsche sowohl wie seine Schüler vergessen, daß eine solche Weltherrschaft für die Europäer seelisch unmöglich zu ertragen war. Ganz abgesehen von der Unzulänglichkeit Napoleons, dessen ganze Kunst der Menschenbehandlung darin bestand, daß er auf die Gemeinheit, im besten Fall auf die Selbstsucht rechnete, bei welcher Rechnung man wohl weit kommt, aber nie das Höchste erreichen kann; denn das Höchste erreicht man nur durch selbstlose Hingabe; ganz abgesehen von der Unfähigkeit der Franzosen, eine solche Weltherrschaft erträglich zu machen; der seelische Selbsterhaltungstrieb der europäischen Völker machte das Reich unmöglich. Mit Recht weist man auf die Ähnlichkeit der Zerfleischung des heutigen Europas mit der Selbstzerfleischung Griechenlands hin. Aber man sollte die Geschichte nicht Hofmeistern; wenn die Griechen damals keinen Einheitsstaat bildeten, dann konnten sie ihn nicht bilden; und wenn die Europäer nicht in einem Weltreich aufgehen wollten, dann konnten sie es nicht; sie hätten die gleichmachenden Kräfte überschätzt; »der *Mensch*« wäre zu stark geworden etwa gegenüber dem »Deutschen«, und durch das gestörte Gleichgewicht wäre eine seelische Erkrankung gekommen von der Art, wie wir sie im Römischen Reich sehen. Wer die Aufzeichnungen der Besseren aus der napoleonischen Zeit liest, der wird finden, daß die allgemeine Klage ist, daß die Menschen unsittlich gemacht werden. Solchen Erfahrungen müssen wir glauben; die Wirklichkeit muß immer unser Bild verbessern.

Gewiß steht der Mensch höher als der Deutsche oder Franzose, und auf den höchsten Höhen des Geistes vergessen wir die völkischen Unterschiede. Wir wissen nicht mehr, daß Dante ein Italiener war, und Milton ein Engländer. Aber deshalb dürfen wir nicht vergessen, daß Dante nur als ein Italiener werden konnte, und daß der Mensch nur sein kann als Deutscher, Franzose oder Angehöriger eines sonstigen Volkes. Wir dürfen nicht den Dehler begehen, in den Denker so leicht verfallen, daß sie die Überordnung des Denkens verwechseln mit der möglichen Gestaltung der Wirklichkeit. Grob ausgedrückt wäre das so, als wenn wir die Tatsache, daß uns nur Dantes Geist wichtig ist, uns so vorstellten, als ob Dante nicht hätte auch essen und trinken müssen. Ganz gewiß ist alles Völkische nur Begrenzung, und gegenüber der völkischen kindlichen Eitelkeit kann man ganz ruhig hervorheben, daß einer seinem Volk angehört durch seine Schwächen: aber in der Begrenzung leben die Menschen nun einmal, außer ihr können sie nicht leben, und es ist ein richtiges Lebensgefühl, daß die Begrenzung erhalten wird. Deshalb haben junge und gesunde Völker, wie etwa die Serben, ein so starkes Volksgefühl, das uns ja ganz mit Recht komisch vorkommen mag, weil noch gar Keine Leistungen vorliegen, auf welche es sich stützen kann.

Es geschieht viel Unglück in der Welt dadurch, daß die Gesetze des Lebens der Menschen so viel weniger bekannt sind als die Naturgesetze. Sehr viel erscheint als bewußter Wille und Ergebnis von Überlegungen, was eine so notwendige Gegenwirkung ist, daß sie unter allen Umständen eintreten muß. Der Einzelne, welcher in die Jahre kommt, wird weise, das heißt, er lernt einsehen, daß nicht Zufall und Willkür im Leben herrschen, sondern daß wir allgemeinen Gesetzen unterliegen, die wir ahnen können, denen wir gehorchen müssen, zwischen denen wir uns auch gefahrloser bewegen können, wenn wir von ihnen wissen. Die europäischen Völker sind alle jung, sie haben noch nicht die Erfahrungen des Alters, wie sie etwa das weise chinesische Volk hat; sie führen ihr Leben deshalb noch unbefangen. Aber vielleicht ist es möglich, daß die mangelnde Erfahrung und Weisheit der Älteren bei unserer so ausgezeichneten wissenschaftlichen Schulung zu einem gewissen Grad einmal ausgeglichen wird durch wissenschaftliche Erkenntnis dieser Gesetze. Eines dieser Gesetze ist dieses, daß zwischen allgemein Menschlichem und Völkischem immer ein bestimmtes Verhältnis bestehen muß, und daß eine stärkere Entwicklung des allgemein Menschlichen eine stärkere Reizbarkeit des völkischen Gefühls erzeugt. Der tätige Staatsmann würde vor mancher Überraschung bewahrt bleiben, wenn er das sich immer klarmachte. Etwa bei den früheren russischen Randvölkern wird heute ein um so heftigeres Volksgefühl entstehen, je mehr sie durch den Zerfall Rußlands und ihre nunmehrige Freiheit in den allgemeinen europäischen Strom hineingeraten. Eine Unterdrückung, wie die russische war, wird im Verhältnis eine viel schwächere völkische Gegenwirkung erzeugen als die Einfuhr von heutigen Fabrikwaren, die Entwicklung der wirtschaftlichen Kräfte des Landes, und das, was wir die allgemeine Bildung nennen. Wir haben Beispiel und Gegenbeispiel schon vor dem Kriege gehabt in den rumänischen

Teilen Österreichs und Rußlands. Die Österreicher haben sich redlich bemüht, ihre rumänischen Bewohner zu heben, und die Folge war, daß sie alle von Österreich fort wollten; die Russen haben ihre Rumänen niedergehalten, und die Folge war, daß sie ruhig blieben. Man klagt dann bei solchen scheinbaren Unbegreiflichkeiten über Undankbarkeit, zieht den Schluß, daß man mit Gewalt leichter regiere als mit Milde, folgert einen mangelhaften Volkscharakter, der eben Unterdrückung verlange, und ähnliches: die Ursachen liegen durchaus in allgemein gesellschaftlichen Gesetzen.

Der Sinn der Revolution
(1919)

Wodurch ist letzten Grundes unsre frühere Ordnung zusammengebrochen? Die Männer, welche leiteten, wußten nicht, daß sie Menschen zu führen hatten und deshalb alles so einrichten mußten, daß die Selbsttätigkeit der Menschen erweckt wurde; sie stellten sich ihre Arbeit so vor, daß sie eine große Fabrik verwalteten mit einer Reihenfolge von ineinandergreifenden Maschinen, welche gehorsam jedem Antrieb folgten, der ihnen gegeben wurde. Unser politisches Leben war völlig mechanisiert.

Die Mechanisierung des politischen wie des gesamten Lebens beschränkt sich ja nicht auf Deutschland, sie ist allgemein in der Welt der bürgerlichen Gesellschaft. Daß sie bei uns im Politischen so unheilvoll weit getrieben werden konnte, daß die Andern hier nicht so weit mechanisiert waren wie wir, das kam durch einen unsrer Vorzüge. Das deutsche Volk ist ordnungsliebend und weiß, daß nur durch Aufgehen des Einzelnen im Allgemeinen die Ordnung der Gesellschaft aufrechterhalten werden kann, es ist pflichttreu. Bei dem Franzosen ist die politische Mechanisierung einfach aus dem Grunde nicht so weit zu treiben, weil er nachlässig ist und sich nicht unterordnen mag; bei dem Angelsachsen, weil er seine Persönlichkeit immer für viel wichtiger hält als die Gesamtheit.

Durch die Revolution kommt ja jetzt eine Menschenklasse hoch, welche die verhängnisvolle deutsche Tugend nicht mehr besitzt. Wenn die Kohlenarbeiter streiken, um höhere Löhne zu erhalten, Löhne, welche verständigerweise nie bezahlt werden können, weil jede Arbeit denn doch einen begrenzten Wert hat – in einem Augenblick, wo jede Kohle nötig ist, um ihre Brüder und Söhne aus dem Osten zurückzubefördern, damit sie dort nicht das Schicksal der napoleonischen Armee erleiden: da wird man wohl annehmen können, daß heute wieder eine Veränderung im deutschen Volkscharakter vor sich geht, wie sie schon so oft vor sich gegangen ist. Ob, was kommt, wertvoller ist als das Alte; ob eine vielleicht – vielleicht – sich ergebende größere politische 16Z Begabung – politische Begabung im Rahmen der heutigen Zustände, die ja doch nicht ewig sind – aufwiegen kann, was wir an Sittlichkeit verlieren, das mögen Andere beurteilen; wobei man ruhig zugeben mag, daß jene Sittlichkeit vor dem Kriege durchaus schattenhafter Natur geworden war.

Wir wollen festhalten: Was uns ins Unglück gebracht hat, das war die Mechanisierung unseres politischen Lebens. Die Revolution hat unsere früheren Zustände beseitigt, so glauben wir, wir brauchen ja nicht alle ihre Wirkungen aufzuzählen, jeder Zeitungsleser kennt sie, und nun erwarten wir neue Zustände. Wir wollen nicht ungerecht sein und von heute auf morgen nun eine neue Gesellschaft verlangen. Aber wir müssen doch schon sehen, wohin die Entwicklung gehen kann, und das muß doch etwas Anderes sein, als das, woran wir eben gescheitert sind. Wenn wir uns nüchtern fragen, was denn nun in dem bisherigen Wirrwarr eigentlich tatsächlich geschehen ist, das Schlüsse auf die Zukunft zuläßt, dann werden wir finden: eine weitergehende Mechanisierung; die Diktatur des Proletariats ist nichts weiter als die Fortsetzung der Diktatur der Bourgeoisie, und sie wird voraussichtlich nichts erreichen, als die Bestrebungen der bürgerlichen Gesellschaft bis zur offenbaren Sinnlosigkeit zu führen.

Wir wollen ein Beispiel anführen.

Der Achtstundentag wird angeordnet. Voraussetzung für die Anordnung ist der Satz: Arbeiter gleich Arbeiter, wie für Ludendorff Voraussetzung war: Soldat gleich Soldat. Aber offenbar ist die Ludendorffsche Voraussetzung nicht so unrichtig wie die andere, denn der Soldat ist immerhin wenigstens noch eine in der Wirklichkeit sich aufhaltende Tatsache, den Arbeiter aber gibt es überhaupt nur auf dem Papier, in der Wirklichkeit gibt es nur den Spinner und Heizer, den Ziegelstreicher und Schneider, den Müllkutscher und Tischler. Das Wesen der Mechanisierung besteht darin, daß man die Wirklichkeit verläßt und eine Abziehung schafft; also hier den Begriff »Arbeiter«.

In der Abziehung sind alle Katzen grau. Nc«an stellt im Dunkeln eine Anzahl Katzen in einer Reihe auf wie die Soldaten; dann dreht man das Licht an, indem man sich in die Wirklichkeit zurückbegibt, hier durch die Anordnung des Achtstundentages; und so hat man schwarze und weiße, rote und gefleckte, langhaarige und kurzhaarige Katzen, Katzen und Kater nebeneinander stehen; wer die Anordnung nicht schön findet, dem antwortet man einfach: im Dunkeln sind sie alle grau.

War das nicht die Verfahrungsweise des alten Beamtentums, des Beamtentums, unter welcher das Volk geseufzt hat, des Beamtentums, dessen Macht nun endlich gebrochen ist, des Beamtentums, an dessen Stelle die Diktatur des Proletariats getreten ist? Sollte man nicht denken, daß der Arbeiter wissen muß, daß es den Arbeiter gar nicht gibt, daß man solche Anordnungen wie den Achtstundentag nicht unterschiedslos erlassen kann, sondern daß man bei jedem Gewerbe untersuchen muß - angenommen, man macht die Abziehung auf die Dauer des Arbeitstages – wie lang kann der Arbeitstag sein, wie lang muß er sein, kann man ihn überhaupt vereinheitlichen?

Der Einheitsarbeitstag ist offenbar eines der Kampfmittel des Proletariats gegen die Bourgeoisie. Als solches hat er seinen ungemein großen Wert: in einer Gesellschaftsordnung, die auf der Abziehung aufgebaut ist, daß die menschliche Arbeitskraft lediglich ein Mittel der Warenerzeugung ist. Rein gedanklich, wie das nicht anders möglich ist in einer solchen Gesellschaftsordnung, machen die Träger der Arbeitskraft geltend, daß die Arbeitskraft unlöslich mit der menschlichen Persönlichkeit verbunden ist und daß diese noch anderen Gesetzen unterliegt als denen der kapitalistischen Warenerzeugung. Aber wenn das Proletariat die Diktatur ausübt, dann verneint es doch gerade die kapitalistische Art der Warenerzeugung! Die Diktatur des Proletariats muß doch also auch die Mechanisierung verneinen! Sie muß mit andern Worten doch wieder den Menschen in den Mittelpunkt der Betrachtung stellen, den wirklichen Menschen, nicht eine Abziehung!

Für einen Spinner in einer mechanischen Spinnerei sind auch acht Stunden ein viel zu langer Arbeitstag; wenn einer Müllkutscher wird, dann kann er ganz gut zwölf Stunden arbeiten, ohne Schaden zu leiden. Wenn der Bauernknecht im Winter seine Pferde geputzt hat, dann hat er im wesentlichen seine Arbeit getan; wenn er bei der Ernte nur acht Stunden arbeiten wollte, dann könnten die Leute in der Stadt verhungern. Das sind die selbstverständlichsten Dinge von der Welt, sie erscheinen den Menschen gewöhnlich nur dadurch schwierig, weil ihre persönlichen Vorteile sich mit ihnen verknüpfen und die Vorteile den Menschen immer das Wichtigste scheinen.

Der Achtstundentag ist als Beispiel herausgegriffen, es hätte auch irgendein anderes Beispiel gewählt werden können, das vielleicht nur nicht so deutlich gewesen wäre. Was erklärt werden sollte, ist: die Revolution ist, bis jetzt wenigstens, überhaupt keine Revolution, denn es ist, bis jetzt wenigstens, in ihr noch nicht der einzige Gedanke aufgetaucht, welcher etwas grundsätzlich Neues bringen würde gegenüber dem Bisherigen; der Gedanke nämlich: die bisherige Gesellschaftsordnung dachte immer nur an die Dinge, an die Verhältnisse, im besten Fall an Abziehungen, welche man unter den Begriff Mensch unterordnen konnte. Dadurch aber wurde der wirkliche Mensch vernichtet, nämlich der einzelne Mensch. Ein jeder Mensch ist ein eigenartiges Wesen; selbst der letzte Müllkutscher ist nur einmal in der Welt; und in diesem Umstand liegt seine Würde, liegt seine Berechtigung, Rücksichten auf sich zu verlangen. In diesem Umstand aber allein. Alles andere ist einfältige Empfindelei. Wer über das Los des Arbeiters klagt, der sehe sich den Stier vor dem Pfluge an, das Pferd vor dem Lastwagen. Welches höhere Recht hat der Mensch als Stier und Pferd? Nur das eine, welches sich aus dem Umstande ergibt, daß jeder Mensch ein nur einmalig vorhandenes Wesen ist; um es mit dem richtigen Wort zu nennen: eine Seele hat.

In umstürzlerischen Zeiten spricht man viel von den Rechten der Menschen. Umstürze werden immer von Minderheiten gemacht, und die verlangten Rechte pflegen denn zu bedeuten, was eine solche Minderheit sich auf Kosten der Andern wünscht. In Zeiten der Gegenbewegung ist viel die Rede von den Pflichten. Auch die Gegenbewegung wird von einer Minderheit gemacht, und die Pflichten, von welchen die Rede ist, bedeuten Annehmlichkeiten für diese Minderheit, gleichfalls auf Kosten der Andern. Für das Spiel der Umstellungen und Abwandlungen, als welche sich die Geschichte der Menschheit darstellt, sind die Kämpfe der Umstürze und Gegen-bewegungen mit ihren sittlichen Einbildungen ja notwendig; was wirklich wichtig für die Menschen ist, das geschieht in ganz andern Kreisen als in denen, wo die politischen Veränderungen vor sich gehen. Ein konservativer Herr erregte vor einiger Zeit einiges Aufsehen, es war ihm durch die Umwälzung klargeworden, daß Kaiser

Wilhelm und Herr Liebknecht verwandte Naturen sind; ohne die Umwälzung hätte er das vielleicht nicht begriffen. Vielleicht wird sich im heutigen Rußland ja auch mancher fragen, welcher Unterschied eigentlich zwischen Pobjedonoszew und Lenin besteht, oder zwischen der außerordentlichen Abteilung und der dritten Abteilung. Wenn die Menschen einen wirklichen Umsturz machen wollen, dann müssen sie sich in Kreise begeben, zu denen weder Wilhelm noch Liebknecht, weder Pobjedonoszew noch Lenin Zutritt hat.

Wie war denn in Wirklichkeit der Vorgang der Revolution? Ein kleiner Haufe Kinder spielte, und dadurch brach der Staat zusammen. Haben die spielenden Kinder den Staat gestürzt? Er brach zusammen, weil er unsittlich war: nicht unsittlich im bürgerlichen Sinn, wie heute von den Umstürzlern oft behauptet wird; denn die Männer, welche uns ins Unglück gebracht haben, glaubten ihre Pflicht zu tun; er war unsittlich, weil er nicht auf den lebendigen Kräften der Menschen ruhte. Diese lebendigen Kräfte hat bis heute die Revolution auch noch nicht gefunden, sie ist nichts als die Fortsetzung der früheren Zustände.

Der Mensch ist von Gott auf die Erde gesetzt, um seine Seele weiterzubilden. Das ist die Aufgabe jedes Einzelnen, die nur den Einzelnen angeht, nur vom Einzelnen gelöst werden kann. Der Satz ist nicht zu beweisen, denn er ist eine Wirklichkeit, er steht in eines jeden Menschen Gewissen geschrieben. Es gibt keine politischen Rechte als die: daß dem Einzelnen diese Arbeit möglich bleibt; und keine politischen Pflichten als die: daß der Einzelne dafür sorgt nach seinem Vermögen, daß Zustände sind, in denen dieses Recht besteht.

Der Mietling
(1918)

Wenn ein Brautpaar heute in ein Möbelgeschäft geht, so wird ihm ein zurückhaltend höflicher Herr, in schwarzem Gehrock mit tadellosem Selbstbinder entgegenkommen, der sich erkundigt, was das Brautpaar wünscht; er wird es führen und ihm Zimmer zeigen in jeder Preislage von vierhundert Mark aufwärts bis zu dreitausend Mark.

Das Zimmer für vierhundert Mark ist preiswert, und das Zimmer für dreitausend Mark ist preiswert, denn das Brautpaar ist in ein altes und angesehenes Geschäft gegangen; aber natürlich ist das Zimmer für vierhundert Mark nicht so gut, wie das für dreitausend Mark, und der Herr im Gehrock, der allmählich vertraulich geworden ist, kann auch nicht zu dem Zimmer für vierhundert Mark raten, das Geschäft führt das Zimmer nur, weil es die Kunden verlangen, und wenn er, der Herr im schwarzen Rock, sich eine Wohnung einrichten würde, so würde er nicht unter achtzehnhundert Mark heruntergehen. Das Brautpaar sieht sich an, der junge Mann wird etwas verlegen, der Herr im schwarzen Rock stimmt seinen Ton etwas weniger hochachtungsvoll, und schließlich ist das Zimmer für vierhundert Mark auch sehr gut, denn das Geschäft hat den Grundsatz, daß die Kunden es empfehlen sollen, denn auf die Anzeigen in der Zeitung gibt es nichts, und kurz und gut, der Herr im schwarzen Gehrock zieht einen Block heraus und schreibt auf, wohin er die Möbel schicken lassen darf.

In der Fabrik, in welcher die Möbel hergestellt werden, sind die Arbeiter beschäftigt. Die Arbeiter sind tüchtige Leute, die alle seit langen Jahren in dem Geschäft tätig sind; sie kommen des Morgens mit ihren Blechkännchen in der Hand und arbeiten an den Sägen, und an den Hobelmaschinen, und in der Fournierabteilung, und im Leimraum; sie arbeiten fleißig, umsichtig und schnell und verdienen hohe Löhne, und wenn Feierabend ist, dann ziehen sie ihren Straßenrock an, nehmen die Blechkännchen und gehen nach Hause. Sie verarbeiten

Hölzer aus Amerika und aus Ungarn, aus Schweden und aus Polen, und es ist nur guter Stoff, den sie verarbeiten; natürlich ist das Holz besser bei den Zimmern für dreitausend Mark, aber auch bei den Zimmern für vierhundert Mark wird nur ausgesuchtes Möbelholz verwendet und nicht etwa Kistenbretter, wie das in manchen Geschäften üblich ist, denn das Geschäft ist ein altes und angesehenes Geschäft, und das Geschäft hat den Grundsatz, daß die Kunden es weiter empfehlen sollen, denn auf die Anzeigen in den Zeitungen gibt es nichts.

Man muß doch sagen: alle Leute in diesem Geschäft tun ihre Pflicht, der Mann im schwarzen Gehrock so gut wie die Arbeiter an den Maschinen. Sie tun ihre Pflicht, und das ist ihr Stolz, wie sie nur ein Beamter tun kann; und wenn der Kastengeist nicht wäre, durch welchen der Beamte sich immer mehr dünkt, als der Bürger, so wäre es eigentlich doch das Angemessene, daß man diesen Leuten auch einen Titel gäbe, und sie etwa als Tischlereibeamte bezeichnete.

Ein neues Brautpaar kommt, der Herr im schwarzen Gehrock zeigt ihm die Zimmer in jeder Preislage von vierhundert Mark an aufwärts bis zu dreitausend Mark. Die jungen Leute sehen sich die Zimmer an und bekommen einen traurigen Gesichtsausdruck. Es ist etwas Besseres, das sie wünschen, und der Herr im schwarzen Gehrock macht sie in dem Zimmer für dreitausend Mark aufmerksam auf die saubere Arbeit, auf die Schranktüren, welche schließen, wie die Türen eines Geldschrankes, auf das Holz, das so gleichmäßig ist, wie wenn es gar nicht gewachsen wäre, sondern in einer Fabrik gegossen oder gewalzt; er bewegt seine Hände immer eifriger und spricht immer schneller, das Brautpaar wird immer trauriger, es stößt sich heimlich an, und der junge Mann sagt endlich stockend, daß seine Braut sich die Sache noch überlegen muß und daß sie beide wiederkommen werden. Dann geht das Brautpaar zu einem Antiquitätenhändler. Da stehen alte Möbel, die zum großen Teil niemals so gut geschlossen haben, wie die guten Möbel von heute, und die heute alle schlecht schließen; die zum Teil für andere Bedürfnisse bestimmt sind, als die heutigen Menschen haben; die trügerisch aufgeputzt sind; in denen der Wurm nagt und unter dem Glanz der Fourniere sich Morschheit verbirgt: die Gesichter der jungen Leute werden lebendig, sie freuen sich, sie eilen mit Ausrufen der Überraschung von einem Stück zum andern, und sie kaufen sich hier ihre Möbel zusammen in dem Bewußtsein, daß sie immer ein Vergnügen an ihnen haben werden, auch wenn sie sich als nicht praktisch herausstellen sollten und im Verfall begriffen sind.
Diese alten Möbel sind nicht von Leuten gemacht, welche man eigentlich als Tischlereibeamte bezeichnen müßte, sondern von Tischlern. So ein Tischler hatte sein Häuschen und arbeitete mit seinem Lehrling und Gesellen. Wenn jemand einen Schrank bei ihm bestellte, dann überlegte er sich, welche Bretter er nahm, und stellte die Masern des Fourniers zusammen, damit die Äste eine schöne Zeichnung ergaben. Er machte selber einen Entwurf, den er mit den Kunden besprach, oder er nahm ein Buch mit guten Entwürfen vor, und die Zeichnung der Masern mußte für den Entwurf passend sein. Das mußte er sich aber alles überlegen. Mittags am Eßtisch besprach er mit dem Gesellen, ob er metallne Schlüsselschilder nahm; abends, wenn er zu Bett ging, machte er sich noch einmal den Seitenriß einer Leiste klar. Der alte Meister arbeitete nicht pflichtgemäß, wie der Arbeiter,

welcher in die Fabrik geht, sondern er sagte: »Ich will Ehre mit dem Stück einlegen.«

Wenn der Meister sagte: »Ich will Ehre einlegen«, dann tat er also etwas Anderes wie seine bloße Pflicht. Wenn wir das Wort genau betrachten, dann finden wir zwei Bestandteile in ihm.

Erstens: wenn der Kunde von dem Meister verlangt hätte, er solle ihm ein Zimmer für vierhundert Mark tischlern, dann hätte der Mann gesagt: »Das tue ich nicht, damit kann ich keine Ehre einlegen, denn für vierhundert Mark kann ich nichts Dauerhaftes und Ordentliches machen.« Hätte der Kunde auf seinem Wunsch bestanden, so hätte der Mann gesagt: »Wenn Sie Schund haben wollen, dann gehen Sie zu einem Pfuscher, ich bin ein Handwerker und meine Handwerkerehre verbietet mir, Schundware herzustellen.«

Der Herr im schwarzen Gehrock ist ein anständiger Mann. Er gibt seinem ersten Brautpaar zu verstehen, daß es für vierhundert Mark Schundware bekommt. Aber da die Schundware verlangt wird, so läßt er sie herstellen und verkauft sie. Er handelt pflichtgemäß. Man kann ihm keinen Vorwurf machen. Der Kunde will nun einmal so.

Zweitens: der Kunde des Meisters ist ein Mann von der Gesinnung des zweiten Brautpaares. Er will eine gute und ehrliche Ware und will bezahlen, was sie kostet. Der Mann im schwarzen Rock zeigt die von den Arbeitern pflichtgemäß hergestellte Ware. Der Meister aber tut mehr als seine Pflicht. Er wird bezahlt für seine Arbeitsstunden, er denkt aber an seinen Schrank auch in seinen Mußestunden, und dafür läßt er sich nicht bezahlen. Er tut mehr als seine Pflicht. Dieses Mehr bewirkt, daß das Stück selbst heute noch, wo es schon im Verfall ist, Freude macht, während das bloß pflichtgemäß hergestellte Zimmer langweilt.

Die Tischlerei ist nur ein Handwerk. Schon im Handwerk genügt es nicht, wenn die Menschen nur ihre Pflicht tun; ein guter Handwerker muß mehr tun: er muß tun, was ihm seine Ehre gebietet, und er muß seine ganze Persönlichkeit in seine Arbeit geben. Die Heilige Schrift hat einen Namen für den Mann, der nur seine Pflicht tut: er ist der Mietling. Die Mietlinge, das sind die Leute, von denen es Phil. 2, 21 heißt: »Sie suchen alle das Ihre, nicht das Jesu Christi ist«; der Mietling Joh. 10, 13: »fliehet, denn er ist ein Mietling, und achtet der Schafe nicht.«

Wenn der Mietling schon nicht genügt für ein einfaches Handwerk, wenn schon ein Schrank getischlert werden muß von einem Mann, der nicht an das Seine denkt, sondern das Jesu Christi ist: wie fürchterlich muß der Mietling da versagen, wo es sich um die großen Dinge der Menschheit handelt!

Wir führen einen Krieg um unser Leben. Die Lage ist sehr ernst für uns geworden. Wir wollen uns nichts vorlügen: die ganze Welt ist unser Feind, aber einem Volk, bei dem alles in Ordnung ist, kann auch die ganze Welt nichts schaden. Wenn dieser Krieg unglücklich für uns ausgeht, dann ist nicht die Übermacht schuld, sondern unsere eigene Unzulänglichkeit. Wir haben die Pflicht zum Maßstab unserer Ansprüche an das Höchste gemacht; wir dürfen uns nicht wundern, wenn es nicht auslangt für das Höchste bei uns, denn der Maßstab ist zu klein. Während in Bulgarien sich vielleicht der Krieg entschied, durch welchen bestimmt wird, ob das deutsche Volk vernichtet wird oder leben bleiben kann, hatte der deutsche Gesandte in Bulgarien Urlaub. Der Fürst Bülow hat einmal von den deutschen Diplomaten gesagt, daß sie nach Bildung, Verstand und Charakter wahrscheinlich höher stehen als die Diplomaten der anderen Staaten. Das ist sehr möglich. Aber wahrscheinlich wäre der Gesandte irgendeines anderen Staates nicht in Urlaub gewesen während der bulgarischen Vorgänge.

Von Herrn von Kühlmann, der immerhin doch noch zu den Vorzüglichsten unter unseren Staatsmännern gehörte, wird erzählt – ob es wahr ist, das ist gleich, es könnte jedenfalls wahr sein – daß er nach seinem Abschied gesagt habe, er sei froh, daß er die Last los sei und nun die Gedichte des Herrn Werfel und das bayrische Barock studieren könne, welches beides die wichtigsten Erscheinungen des Tages sind. Vielleicht ist Herr von Kühlmann gebildeter und klüger und hat einen besseren Charakter als Lloyd George und Clemenceau. Er hat auch ganz bestimmt stets seine Pflicht getan in seinen Amtsstunden. Aber Lloyd George und Clemenceau würden ganz gewiß nicht sagen, daß sie froh seien, wenn sie zurücktreten müssen.

Der Gesandte ist ja nicht geflohen, er brauchte nur notwendig eine Erholung. Herr von Kühlmann ist ja nicht geflohen, er war nur froh, als er die Last los war. Es wird kein Mensch auftreten können, der behauptet, daß beide Beamte nicht ihre Pflicht getan hätten. Der Mietling, welcher flicht, tut auch seine Pflicht. Er hütet seine Schafe pflichtgemäß, aber wenn ein wildes Tier kommt, so kann man von ihm doch nicht verlangen, daß er sich für seine Schafe töten läßt; dazu ist sein Lohn nicht hoch genug, und er hat ja auch Weib und Kind zu Haus, gegen die er Pflichten hat. Nein, auch der Mietling erfüllt seine Pflicht. Wir müssen uns gewöhnen, vom Staatsmann mehr zu verlangen, als daß er seine Pflicht tut. Wir müssen begreifen, daß ein Beamter nie ein Staatsmann werden kann.

Anmerkung 1920: Diesen Aufsatz wollte eine Zeitung nicht abdrucken, weil bei aller Gegnerschaft gegen Kühlmann doch das Urteil über ihn als einen Mietling zu hart sei.

Unsere Ansichten heute sind so falsch, daß auch die einfachsten Dinge nicht verstanden werden. Gerade Kühlmann ist als Beispiel gewählt, weil er einer der Besseren ist.

Kühlmann wußte, daß wir Frieden schließen mußten und daß jeder Kriegstag das Unglück größer macht. Er hatte in seiner Reichstagsrede das mit verschleierten Worten gesagt. Der Graf Westarp trat ihm entgegen, Ludendorff empfing ihn kalt, und da nahm er seinen Abschied. Die Zeitung, welche ihn von mir zu hart beurteilt fand, ist ein führendes Blatt der Mehrheitsparteien.

Ein Staatsmann muß ein Mann sein, und nicht ein Beamter. Ich glaube, daß Bismarck ein Unglück für Deutschland gewesen ist; aber er war ein Staatsmann, und was ein Staatsmann sittlich sein soll, das kann man an ihm sehen. Bei einer Gelegenheit sagte er zu König Wilhelm: »Ich bin auf das Schicksal Straffords gefaßt; ich habe den Mann stets als anständig empfunden.« Weder Kühlmann, noch die Zeitung, welche ihn zu hart beurteilt fand, haben je daran gedacht, daß ein Staatsmann nicht den Abschied nimmt und sich mit dem beschäftigt, was gerade im Tagesgeschwätz als Kultur bezeichnet wird; sondern daß er so handelt, daß er sich auf das Schicksal Straffords gefaßt machen muß.

Der Staatsmann
(1917)

Man kann sich vorstellen, wie die wilden Vorfahren der heutigen Menschheit auf den Begriff der Seele gekommen sind. Ob die Ansicht, die hier entwickelt wird, richtig ist, darauf kommt es nicht an; jedenfalls könnte sie richtig sein. Ein Mensch stirbt: seine Leiche liegt unbeweglich da. Aber wenn seine Angehörigen schlafen, dann erscheint er ihnen noch im Traum. Die Leute ziehen den Schluß: außer dem sichtbaren und greifbaren Körper gibt es noch einen gewissermaßen luftförmigen Körper, der in dem andern wohnt und der bewirkt, daß der andere lebt. Der Tod bedeutet, daß dieser luftförmige Körper den festen Körper verläßt und nun in irgendeiner Weise für sich bleibt, indessen der feste Körper verwest. Diesen luftförmigen Körper nennt man Seele.

Das ist eine ganz kindliche Anschauung wilder Völker.

Wenn die Menschen auf eine höhere Stufe der Entwicklung gelangt sind, dann wird ihnen klar, daß das, was man den Körper nennt, nicht aus sich verständlich ist. Wir wollen uns unphilosophisch ausdrücken mit den Worten des täglichen Lebens, die ja falsch sind, aber wir wollen unsere Untersuchung nicht verwickeln. Es wird ihnen klar, daß etwas Unbegreifliches in ihnen sein muß, das eigentlich das Wesentliche von ihnen ist. Sie finden in dem Schatz der Vorstellungen und Worte ihrer Vorfahren die Seele; und dieses Unbegreifliche wird nun Seele genannt und in irgendwelcher verworrenen Weise mit der unsinnigen Vorstellung der ältesten Vorfahren verbunden.

Wir bleiben immer in der volkstümlichen Sprechweise: was die Seele ist, was ihre Unsterblichkeit bedeutet, das können wir nie wissen. Wir wissen nur, daß jenseits der ziemlich engen begreiflichen Welt eine ungeheuer große unbegreifliche Welt ist; und unsere Vorstellung von der Seele, die wir von Kindheit auf haben, hat mit dieser unbegreiflichen Welt so wenig zu tun, wie ein Wort mit einem Ding zu tun hat: man hat eben dem Ding einen Namen gegeben, und damit gut, weiter ist nichts. Das ist der Stand der Dinge, wenn wir auf unsere Vernunft hören. Mit dem Gefühl kommen wir weiter. Aber da das Gefühl nur durch Mittel Andern mitzuteilen ist und diese Mittel die Neigung haben, eine selbständige Bedeutung zu beanspruchen, so werden wir mit den mystischen Zusammenhängen sehr vorsichtig sein. Die wirklichen Mystiker sind immer sehr vorsichtig gewesen und sind sehr vernünftige Leute, die sich auf den mystischen Schwindel nicht einlassen. Wenn man das Volk begreifen will, dann wird man immer auf die Ähnlichkeit der Einzelmenschen kommen. Wir mögen uns noch so sehr klar machen, daß die Zellen des menschlichen Körpers nicht den Einzelwesen im Volk entsprechen; wenn wir die Einheit des Volkes begreifen wollen, dann müssen wir uns »Volk« vorstellen wie einen einzelnen Menschen. Der Ordnung der Einzelzellen zum Körper beim Einzelnen entspricht dann die Ordnung des Volkes zum Staat. Und dem, was wir Einzelmenschen »Seele« nennen, entspricht dann das – nun, was wir auch im Volk »Seele« nennen müssen.

Nochmals: wir sind uns klar, daß wir mit Hilfsvorstellungen und Hilfsbegriffen arbeiten, welche ihrerseits wieder gänzlich in der Luft hängen; aber wir können nicht anders vorgehen.

Die Seele des einzelnen Menschen führt ein selbständiges Leben und hat ihre eigene Geschichte. Sie kann sich bilden und sich entwickeln, sie kann verkümmern und sterben; sie kann schlummern und wach sein, sie kann gesund sein und krank werden. Wenn wir die Natur der Seele kennenlernen wollen, dann müssen wir die Religionsordnungen und die Theologie der verschiedenen Völker studieren. Auf neunundneunzig Hundertstel Unbegreifliches finden wir vielleicht ein Hundertstel, wo wir Zusammenhänge ahnen können.

Auch die Seele der Völker führt ihr selbständiges Leben und hat ihre Geschichte. Auch hier werden wir nur sehr wenig begreifen können. Das deutsche Volk, die Völker der europäischen Gesittung, die ganze Menschheit sind heute in einer solchen Lage, daß es notwendig ist, zu soviel Klarheit über solche Dinge zu kommen, wie wir erreichen können.

Wir müssen von vornherein wissen, daß uns unsere Betrachtung dadurch erschwert wird, daß bewußte Absichten überall im Vordergrund stehen, die doch nicht das Bewegende sind; wir müssen das Bewegende suchen; daß Manschen in hoher Stellung zu wirken scheinen, die doch nicht wirken, sondern selber bewirkt werden; wir müssen das Bewirkende suchen.

Angenommen den Staat als Einzelmenschen, dann entspricht dem bewußten Willen des Einzelnen der Staatsmann. Unser bewußter Wille ist eine Selbsttäuschung. Wir haben dunkle Triebe, eine Außenwelt, auf welche wir wirken wollen, und die wir doch wieder selber geschaffen haben, Rückwirkung der Außenwelt, Aufsteigen des Dunklen zur Bewußtheit, bei der es sich oft mißversteht, Rückwirkung des nun Bewußten auf das Dunkle, Fassen der Ziele in Worte, wobei sicher Mißverständnisse vorkommen, Rückwirkung der Außenwelt auf die bewußte Absicht und die Fassung in Worte, wobei wieder neue Mißverständnisse kommen, Rückwirkung auf die Rückwirkung ... und so fort, ein verwirrtes Garn, dessen Anfang wir nicht zu finden vermögen.

Auch der Glaube, daß der Staatsmann den Staat leitet, ist eine Täuschung. All das Verwickelte, das bei der Einzelseele sich fand, findet sich auch hier, gesteigert dadurch, daß die zusammensetzenden Teile des Verhältnisses schon selber wieder zusammengesetzt sind. Auch hier kommen wir nicht weiter, wenn wir nicht eine Hilfsvorstellung gebrauchen. Wir wollen das uralte Bild anwenden, mit dem man das Verhältnis der Seele zum Körper bezeichnet hat, das Bild von Roß und Reiter. Roß und Reiter gehören zusammen; der Reiter will und das Roß gehorcht, das Roß gibt die Kraft, der Reiter den Geist, den Willen und das Ziel; der Reiter muß wissen, was er dem Roß zumuten darf, aber er holt vielleicht mehr aus ihm heraus, als er selber denkt; das beste Roß taugt nichts unter einem schlechten Reiter und umgekehrt. Wir wollen uns klar machen, daß das Bild falsch ist: es wäre richtig, wenn das Roß den Reiter aus sich selber geschaffen hatte.

Wir wollen einen großen geschichtlichen Vorgang nehmen. Als das Altertum zusammenbrach, da traten an die Völker, welche die damalige gebildete Welt umwohnten, staatsmännische Aufgaben. Der Trieb mußte in ihnen allen sein, sich über die reichen Länder zu stürzen, welche nun keinen Schutz mehr hatten. Die Germanen folgten dem Trieb. Sie siedelten sich im Römischen Reich an, behielten ihre alten Einrichtungen bei, ließen die römischen Einrichtungen bestehen, und es erfolgte ein allgemeiner Verfall. Die Mongolen folgten dem Trieb. In Attila hatten sie einen Staatsmann, sie versuchten eine neue Form der menschlichen Gesellschaft zu schaffen, aber die staatsmännische Begabung Attilas und der Mongolen war zu gering gewesen,

und der Versuch mißglückte. Im Oströmischen Reich bildete man die staatsmännischen Pläne der letzten bedeutenden Kaiser weiter und schuf ein staatliches Gebilde, das alle Achtung verdient. Das Merkwürdigste aber geschah in Arabien. Dort trat ein Mann auf, der den Arabern einen ganz neuen Lebensinhalt gab, und die bis dahin gänzlich ungeschichtlichen Wüstenreiter eroberten die ganze Welt und bildeten eine neue Gesellschaftsform. Mohammed konnte nur tun, was er tat, weil die Möglichkeit in den Arabern vorhanden war. Wäre nicht auch bei den so vielseitig begabten Germanen die Möglichkeit gewesen; bei den Mongolen, welche staatsmännisch vielleicht begabter sind als die Araber; bei den hochgebildeten Byzantinern?

Mohammed hatte eine Idee gehabt, und die Idee war seinem Volk angemessen gewesen. Die Germanen hatten gar keine Idee, sie wollten Söldner werden oder Acker haben; und wenn sie zu mehr gedrängt wurden, so war das gegen ihre Absicht. Die Mongolen hatten eine zu kurze Idee. Die Byzantiner hatten die Vorstellungen von Hadrian und Diocletian, daß man ein großes Reich verwalten muß und daß Ordnung sein muß. Mohammed hatte den Gott der Araber gefunden. Mit ihrem Gott eroberten die Araber die Welt und schufen sie neue Staaten, neue Gesellschaften und neue Gesittungen.

Wir wollen ein kleines Beispiel wählen. Als das Deutsche Reich zerfiel, mußte irgendeiner der Teile die Herrschaft übernehmen. In dem ärmlichsten und entlegensten Teil Deutschlands fanden sich aufeinanderfolgend drei Staatsmänner: der Große Kurfürst, Friedrich Wilhelm I. und Friedrich der Große, welche den preußischen Staat schufen. Sie hatten nicht einen Gott wie Mohammed, und deshalb trug ihr Werk nicht soweit wie das Werk Mohammeds, aber sie hatten eine Idee: das Preußentum; wir können die Idee nicht anders nennen, es ist eine Mischung von Pflicht, Entsagung, Härte, Unterordnung und anderem. Weshalb hat nicht das viel glücklicher gelegene Kursachsen die Führung Deutschlands übernommen?

Heute bricht die ganze alte Welt zusammen. Man kämpft ja bei Saloniki und in Flandern, im Atlantischen Ozean und in Mesopotamien. 177 Das ist etwas Ungeheures; aber nicht darum handelt es sich, ob Deutschland besiegt wird oder nicht, wie die Kurzsichtigen, und ob die Welt amerikanisch-japanisch wird oder nicht, wie die Weitsichtigen denken: es handelt sich darum, ob es ein Volk gibt, das die Welt führen kann und ob in diesem Volk sich ein Staatsmann findet, welcher die Idee dieses Volkes darstellt, diese Idee, die ihm heute selber noch nicht bekannt ist, wie den Arabern Allah nicht bekannt war und den Preußen das Preußentum.

Alles Äußere unterliegt dem Zufall. Ein Zufall ist im letzten Grunde auch Sieg und Niederlage selbst im gewaltigsten Krieg. Worauf es heute ankommt, das sind nicht die zufälligen äußeren Ereignisse, sondern das, was jedes Volk in seiner Hand hat, was ihm kein Zufall nehmen kann: das aus sich zu machen, was es sein soll. Das deutsche Volk hat eine große Aufgabe von Gott zugewiesen bekommen, die es noch nicht erfüllt hat; was unsere Gegner der Welt zu geben hatten, das haben sie ihr schon gegeben, und das neue Land Amerika hat nichts

Neues zu sagen: Deutschland hat noch zu geben. Das ist unsere Aufgabe, uns dazu zu bilden, daß wir das können.

(Dem vorliegenden Durchschlag hat Paul Ernst handschriftlich hinzugefügt: »1917; ungedruckt wegen Staatsgefährlichkeit.«)

Geheimer Ausspruch Bismarcks über Goethe
(1918)

Die Lehre von Marx, wie sie volkstümlich dargestellt wird, behauptet eine »Herrschaft« des Adels, der eine »Herrschaft« der Bourgeoisie gefolgt sei, die ihrerseits wieder von einer »Herrschaft« des Proletariats abgelöst werde.

Mit dem Wort »Herrschaft« ist etwas Anderes gemeint, als das Wort sonst ausdrückt. Marx will sagen, daß die Klassen, welche er nennt, in bestimmten Zeiten ihre Klassenziele als allgemeine Ziele der Gesellschaft durchsetzen. »Herrschaft« der Bourgeoisie hat es nie gegeben. In den bourgeoisen Zeiten ist die Herrschaft in der Hand der Beamtenwelt, die ihrerseits mehr oder weniger von den Parlamenten abhängig ist; denn darauf kommt der Zustand tatsächlich hinaus; man muß freilich »Regierung« und »Verwaltung« unterscheiden, und es gab außerdem nicht nur parlamentarische, sondern auch monarchische Regierungen; aber wer die Verwaltung hat, der hat denn tatsächlich auch die Regierung, er ist ein Herrscher, dessen Herrschaft nur in einer gewissen Abhängigkeit von dem anerkannten Herrscher steht. Wie die Herrschaft des Proletariats aussehen würde, davon mag Rußland ein Bild geben; sie würde als Herrschaft der Volksbeauftragten durch Beamte, Geheimpolizei und Rote Armee erscheinen.

Wenn man so nach dem Marxschen Schema die »Herrschaft« der drei Klassen betrachtet, dann macht man sich nicht klar, daß die Herrschaft des Adels etwas ganz Anderes ist als die der beiden andern Klassen. Beim Adel ist der Herrscher Selbstzweck, bei den anderen Klassen nur Mittel für die Zwecke der ganzen Gesellschaft, wie sie nun einmal aufgefaßt wird. Bei aristokratischer Gesellschaftsordnung ist die Vorstellung, daß es gewisse Menschen gibt, die nur für sich selber da sind, und andere, welche für andere Menschen leben; bei den andern Gesellschaftsordnungen leben alle Menschen für die Andern und keiner für sich. Bei der aristokratischen Gesellschaftsordnung hat man

Diener oder ist selber Diener; bei den andern Ordnungen ist man ein nützliches Glied der Gesellschaft, ist also auf jeden Fall Diener.

Was jeden Menschen von Geist gegen die »Herrschaft« des Proletariats empört, das ist die Zumutung, daß es unter ihr nur noch nützliche Glieder der Gesellschaft geben soll, denn er weiß, daß man notwendig die Leute mit Geist nie zu diesen nützlichen Gliedern rechnet, wenigstens nicht, solange sie leben. Grundsätzlich denkt die bürgerliche Gesellschaft ja ebenso. Aber in ihr gibt es für die Männer von Geist doch immer irgend welche nicht vorhergesehene Möglichkeiten, sie können irgendwo unterschlüpfen und unbeachtet leben; das ist unter dem unbarmherzig nützlichen Proletariat nicht mehr möglich. Goethe ist der große bürgerliche Dichter – soweit ein bürgerlicher Dichter groß sein kann – und bei ihm kann man denn den Anspruch auf den gesellschaftlichen Nutzen ganz deutlich sehen, man kann auch sehen, wie der Anspruch die dichterische Welt zerstört, die nun eben einmal nicht »nützlich« ist.

Faust strebt nach Selbstvollendung: so sehr, daß er sich dem Mephistopheles übergeben will, wenn er nur einmal rastet, wenn er zum Augenblick nur einmal sagt: »Verweile doch, du bist so schön«. Dieses Streben nach Selbstvollendung muß doch wohl bewirken, daß der Mensch ganz auf sich allein ruht, daß er nicht andere braucht, auch nicht als Zweck. Und was ist das Ergebnis, als er in das hohe Alter eintritt, wo er die Früchte dieser Lebensarbeit ernten würde? Er schafft Land, damit Menschen auf ihm wohnen können. Gibt es nicht schon Menschen genug? Müssen es noch mehr werden? Muß selbst dem Meer Boden entrissen werden, damit dort, wo die Wogen einsam rollten, nun Menschen wimmeln können, die stolz sagen, daß sie tätig sind, wenn sie für ihre Bedürfnisse sorgen? Ist das der Zweck dieses mit ungeheurem Aufwand geführten Lebens gewesen? Nicht: ein Mensch soll höher kommen, sondern: es sollen Dutzende, oder Hunderte, oder auch Tausende von Dutzenden mehr leben? Wozu sollen sie leben? Wird etwas anders durch ihre erhöhte Zahl?

Um Wilhelm Meister zu bilden, ist ein Lebensgang durch alle Gesellschaftsschichten nötig, muß eine geheime Gesellschaft bestehen, welche diesen Lebensgang mit überlegner Klugheit leitet. Wozu? Es gibt zu wenig Chirurgen, Chirurgen sind aber nützliche Glieder der menschlichen Gesellschaft. Also als Ergebnis des Aufwandes ergibt sich ein tüchtiger Chirurgus.

Welch ein reizendes Wesen ist Philine! Sie ist das verklärte Bild eines Dirnchens, das sich und Andern zum Vergnügen lebt und sich nicht durch töricht überflüssige Gedanken beschwert. Ein Dirnchen denkt natürlich nicht an seine Zukunft; sie ist ein Schmetterling, der ein paar Stunden im Sonnenschein gaukelt und dann irgendwo still vergeht: wenn sie von einem guten Dichter gedichtet ist, nicht zu häßlich und nicht zu empfindsam, sondern wie ein Wesen verschwinden muß, das eben nur Jugend hat und haben kann. Aber bei Goethe wird sie zur Damenschneiderin, wie sie in die gesetzten Jahre kommt, eine zierliche, gefallsüchtige und geschickte Damenschneiderin, aber doch eben ein nützliches Glied der Gesellschaft.

Ja, was ist denn diese Gesellschaft, der nun Faust, Meister und Philine zum Opfer gebracht wurden? Nichts weiter als die Summe all der Menschen, die sich für die Gesellschaft geopfert haben, also immer Einer für den Andern, mit dem Ergebnis, daß nun lauter Landwirte, Chirurgen und Damenschneiderinnen herauskommen.

Ist denn das ein Zweck für das Leben, lohnt sich da das Leben überhaupt? Mit der bürgerlichen Gesellschaft kommt es auf, daß die Wünschen zwecklos schaffen und arbeiten, nur um zu schaffen und zu arbeiten. Niemand hat etwas von der Arbeit; nur, daß mehr Menschen ihr Brot finden, deren einziger Lebenssinn eben ist, daß sie ihr Brot finden.

Die bürgerliche Gesellschaft unterscheidet sich von der proletarischen ja nur dadurch, daß die Organisation, durch welche dieses herrliche Ziel erreicht wird, anders ist. Beim Bürgertum hat man Bourgeoisie und Proletariat, freien Wettbewerb und wöchentlichen Arbeitslohn. Im Kommunismus hat man an Stelle des Bourgeois den Beamten, der die Bücher führt; und da Jeder das Recht auf Auskommen hat, auch wenn er nichts tut, so hilft man mit Maschinengewehren nach, wenn die Leute die Folgerungen aus diesem Recht ziehen. Mir scheint ja die bürgerliche Ordnung, einmal den dummen Zweck angenommen, die vernünftigere und weniger rohe Form zu sein. Aber wenn sie es auch nicht wäre, wenn wirklich im kommunistischen Zukunftsstaat die Menschen nun jene Engel würden, die aus bloßer Sittlichkeit nützliche Mitbürger sind, der Unterschied ginge doch nicht auf das Wesentliche. Das Wesentliche ist, daß bei beiden Gesellschaftsformen der Mensch für die Gesellschaft da ist, nicht die Gesellschaft für den Manschen. Ameisen und Bienen leben ja auch und sicher sind sie für ihre Gesellschaften nützlich; müßten denn die Menschen mit ihren höheren Fähigkeiten nicht höhere Ziele haben?

Ein Volk wird von seinen Dichtern gebildet. Niemals noch war der Einfluß von Goethe so tief und so breit, wie in der Zeit vor dem Kriege, in welchem die bürgerliche Gesellschaftsordnung zusammenbrach, weil die Bürger nicht wußten, wie man das Zusammenbrechen verhüten konnte. Goethe hat unsere höhere Schicht gebildet, die so anständig war und so pflichttreu, und so unbeschreiblich mittelmäßig. Ein Bekannter, dessen Vater viel in der Nähe Bismarcks war, erzählte mir einmal einen Bismarckschen Ausspruch, den ihm sein Vater unter dem Siegel der tiefsten Verschwiegenheit überliefert hätte: mein Bekannter erzählte ihn mir wieder unter dem Verschwiegenheitssiegel, denn ihn schauderte, als er berichtete, und er meinte, dergleichen Geheimnisse seien nicht für den offenen Markt: Bismarck hatte gesagt, Goethe sei doch auch nur so eine Schneiderseele gewesen.

In Bismarck war eine Herrschernatur, die auf Befehlen eingerichtet war und auf Gehorchen, auf Treue und auf rücksichtslosen Freiheitssinn. Er lebte in einer bürgerlichen Zeit, er konnte ja nichts anderes sein, als ein bürgerlicher Staatsmann. Aber wie hat er das Bürgertum verachtet! Er ist sein Leben lang der stolze Mann gewesen, der wußte, daß Andere für ihn da waren und nicht er für Andere, der bewußt ein Diener seines Herrn war, weil er als Diener stolz sein konnte und sein Herr ein Herr war.

Also den kleinen Übergang von der bourgeoisen Ordnung zur proletarischen sollen wir nun erleben. Wie wird es werden? Man wird natürlich Faust nicht ein so langes unnützes Leben führen, Meister nicht so kostspielig erziehen lassen und Philine gleich von Anfang an auf die Schneiderin ausbilden. Der Unterschied ist wohl nicht so sehr groß.

Organisation
(1920)

Wenn man die geistigen Bewegungen der Menschen betrachtet, so wird man immer unterscheiden müssen zwischen den allgemeinen Bewegungen der großen Menge und den geistigen Leistungen der bedeutenden

Menschen. Man kann den Schnitt nicht scharf ziehen, denn auch der bedeutendste Mensch kann sich nicht ganz frei machen von dem Druck, welchen die große Menge auf seinen Geist ausübt; es ist hier eines jener Verhältnisse, welche begrifflich nie ganz klar dargestellt werden können. Jedenfalls wird jeder zugeben, daß man in der Wirklichkeit möglichst dafür zu sorgen hat, daß die Wirkung der bedeutenden Menschen auf die sogenannte Entwicklung des geistigen Lebens nicht allzusehr behindert wird.

Wir wollen ein Beispiel wählen.

Etwa um 1830 brach der deutsche und mit ihm der europäische Idealismus zusammen. Es folgte eine Zeit des Materialismus, vertreten durch keinen einzigen bedeutenden Manschen. Die Gegenwirkungen gegen den Materialismus beginnen in den sechziger Jahren, sie gehen auch nicht von irgendwie bedeutenden Menschen aus: ihr erstes Zeichen ist wohl der Spiritismus und die Vorläufer des heutigen Gesundbetens in Amerika. Diese Gegenwirkungen fanden ihren stärksten Widerstand in Deutschland; nicht weil Deutschland besonders materialistisch gewesen wäre; sondern weil in Deutschland die Wissenschaft am besten organisiert war, und die Wissenschaft steht natürlich immer auf dem Boden der jeweils herrschenden Weltanschauung. Die deutschen Professoren legten gegen das, was sie als amerikanischen Schwindel bezeichnen mußten, sofort die kräftigste Verwahrung ein, und da sie vernünftige, ehrenhafte und gebildete Männer waren, so glaubten die Deutschen natürlich ihnen und nicht den sehr verdächtigen amerikanischen Versuchspersonen. Es gab auch unter den deutschen Gelehrten damals selbständig denkende Männer, welche es für richtig hielten, die merkwürdigen Erscheinungen zu untersuchen, und welche Philosophen genug waren, um den herrschenden Materialismus kindlich zu finden. Zöllner machte in Gemeinschaft mit Weber und Fechner Versuche mit einem amerikanischen Medium; er hatte den Mut, seine wissenschaftlichen Ansichten öffentlich zu vertreten; das Ergebnis war, daß ihn die andern Gelehrten für mindestens nicht mehr wissenschaftlich ganz zurechnungsfähig hielten. Es kamen unter den Aufregungen der Zeit eigentümliche Erscheinungen bei begeisterten Katholiken. Eine gewisse Luise Lateau zeigte an ihrem Körper die Wundmale Jesu und fand großen Zulauf gläubiger Personen. Virchow, der damals einen großen Ruf hatte, schrieb eine Schrift und fand, daß die Lateau eine

Schwindlerin sei; heute ist wohl allgemein wissenschaftlich die Möglichkeit solcher Erscheinungen angenommen, und wenn Virchows Nachfolger eine heutige Lateau untersuchen würde, so würde er die Ehrlichkeit der Erscheinungen wohl nicht mehr bezweifeln. In der Schrift, welche Virchow damals schrieb – sie hatte als Titel »Über Wunder« – sagte er ganz offen: »Man freut sich nicht, neue Erscheinungen zu sehen; im Gegenteil, sie sind oft peinlich.« Er hat damit ein sehr wahres Wort ausgesprochen. In der Tat, »man« findet alles Neue peinlich, und wenn »man« die Macht hat, so unterdrückt »man« es. »Man« ist dabei durchaus kein bösartiger oder dummer Mensch; »man« ist eben nur einfach ein Mensch, wie die Menschen sind.

Es ist ja sehr gut, daß den Menschen alles Neue peinlich ist und daß sie sich nicht freuen, neue Erscheinungen zu sehen. Die Welt ist schon so, wie sie ist, unruhig und aufgeregt genug. Wenn die Menschheit jeder neuen Anregung Folge geben würde, so würde sie bald geistig erkranken; vielleicht kann man die Übel unserer heutigen Zeit zum großen Teil aus einer geistigen Erkrankung herleiten, welche durch zu schnelles Aufnehmen neuer Erscheinungen gekommen ist.

Aber bei allen gemeinsamen Betätigungen der Menschheit geschieht es, daß nicht die wirklichen Gründe für sie vorgebracht werden, sondern irgend welche vorgeschobenen allgemeinen Erwägungen, welche man ja denn wohl, wenn man bitter ist, als Lügen bezeichnen kann. Als Virchow den Fall Lateau untersuchte, da sagte er nicht, daß man nun einen ordentlichen und vernünftigen Wissenschaftsbetrieb habe, wo man mit dem Vergrößerungsglas arbeite und mit dem Proberöhrchen, wo man eine Menge wertvoller Ergebnisse gewonnen habe und sich nicht stören lassen wolle durch irgendwelche Kräfte, welche weder mit dem Vergrößerungsglas, noch mit dem Proberöhrchen untersucht werden können; sondern er sprach von der Würde der Wissenschaft, für die es keine Wunder gebe. Damals hallte noch ein wissenschaftlicher Streit nach, in welchem ein Mann ganz vernünftig erklärt hatte, Wissenschaft sei Wissenschaft, aber es gebe auch noch Dinge außer der Wissenschaft, in denen ein Köhler unter Umständen besser Bescheid wisse, wie ein Professor. Der »Köhlerglaube« wurde als eine ganz verächtliche Erscheinung hingestellt, der Bezirk und die Form der gerade herrschenden Wissenschaft als »die Wissenschaft« bezeichnet, diese »Wissenschaft« nun noch außerdem mit einem Heiligenschein versehen, der ihr gar nicht zukam, auch wenn sie umfassender gewesen wäre; und so wurde gegen die unglücklichen Vertreter des Neuen mit Mitteln gekämpft, welche nur nach dem Grad, nicht nach der Art verschieden waren vom Scheiterhaufen, mit welchem die mittelalterliche Kirche die Vertreter des Neuen bekämpfte.

Noch einmal: der Haß gegen das Neue ist nötig. Es ist auch nötig, daß ein gewisser Kampf gegen das Neue stattfindet. Wahrscheinlich erfordert dieser Kampf die Selbstlüge bei den Vertretern des Alten, daß sie – je nachdem – die Vernunft, die Sitte, die Religion, kurz irgendwelche heiligsten Güter der Menschheit zu schützen haben; aber man muß wenigstens genau wissen, was dieser ganze Vorgang bedeutet, denn sonst kann es geschehen, daß die beharrenden Mächte zu stark werden und das ihnen unbehagliche Neue überhaupt völlig unterdrücken.

Es klingt vielleicht auffällig, wenn ich behaupte, daß diese letztere Gefahr heute vorliegt.

Jede Zeit hält sich für die tugendhafteste, klügste, fortgeschrittenste und fortschreitendste, die es je gegeben hat. Sie betont deshalb ihre Eigentümlichkeiten, die sie vor andern Zeiten auszeichnen, immer als besondere Errungenschaften und Fortschritte; diese Eigentümlichkeiten sind aber natürlich nichts weiter, als die Ergebnisse ihrer besondern Lebensbedingungen und haben an sich gar keine Beziehung zu Fortschritt oder Rückschritt der Menschheit und gar keinen unbedingten Wert oder Unwert.

Wir erleben jetzt den Zusammenbruch der bürgerlichen Gesellschaftsordnung und die Entstehung einer neuen Gesellschaftsordnung. Die Einen glauben, daß diese Ordnung sozialistisch ist; vielleicht kann man mit mehr Recht annehmen, daß der nationale Kapitalismus sich in einen Weltkapitalismus verwandelt – welcher denn freilich etwas wesentlich Verschiedenes vom nationalen Kapitalismus ist, wie etwa die Villa zur Karolingerzeit etwas wesentlich Verschiedenes von der Villa zur Zeit Trajans war – innerhalb dessen sich eine sozialistisch geordnete Gesellschaft bildet, die als Ganzes Ausbeutungsgegenstand des Weltkapitalismus ist, wie etwa der sozialistische Jesuitenstaat in Paraguay Ausbeutungsgegenstand des Jesuitenordens war. Vielleicht ist auch das nicht richtig, kommt auf die Dauer eine Rückkehr zur einfachen Naturalwirtschaft und Vernichtung der Zivilisation heraus.

Nun, sei das wie es wolle: jedenfalls beginnt eine Zeit, wo auf alle Fälle zunächst noch vielmehr organisiert wird, wie bisher.

Noch vielmehr, denn im Vergleich zu früheren, freien Zeiten der Menschheit hat man schon bis 1914 organisiert genug, wie man schon am Beispiel der deutschen Wissenschaft sah, welche den Okkultismus ablehnte, weil sie zu gut organisiert war.

Organisation bedeutet die Unterdrückung des einzelnen zugunsten einer Gesamtheit. Da alles Neue, alles Bedeutende vom Einzelnen ausgeht, so bedeutet sie die Unterdrückung des neuen Lebens zugunsten des alten und des Bedeutenden zugunsten des Mittelmäßigen. Das muß man sich klar machen.

Natürlich ist die Sache nicht so, daß man sich sagen kann: »Organisation hat unzweifelhaft viele Vorzüge; sie hat ja freilich, wie eben behauptet wird, auch ihre Nachteile; wir wollen prüfen, ob die Vorteile die Nachteile überwiegen und uns dann entscheiden.« Sondern wir werden überhaupt nicht gefragt, das Weitergehen der Organisation ist eine Notwendigkeit, gegen die sich niemand sträuben kann. Nur die allgemeine Regel ist, daß jede Organisation den Geist hemmt durch Unterdrückung der selbständigen Menschen und durch Begünstigung der Mittelmäßigkeit. Man mache sich das klar: und man suche wenigstens, ähnlich wie man Naturschutzparks erhält, künstlich irgendwelche Winkel zu schützen, in welchen die alte Unordnung bestehen kann. Man glaube: das höhere Leben ist nicht möglich ohne solche Winkel der Unordnung, und irgendeine Lebensmöglichkeit sollte man doch in unsrer sozial denkenden Zeit auch den wertvolleren Menschen zugestehen.

Der Adel
(1920)

Der Graf v. Tressnau war ein Gelehrter und Schriftsteller, der um die Mitte des achtzehnten Jahrhunderts die altfranzösische Literatur studiert hatte und Auszüge alter Romane herausgab, die damals zum größten Teil nur handschriftlich vorlagen. In der Einleitung zu einem solchen Auszug, in welcher er seinen Lesern die alte Dichtung verständlich zu machen sucht, erzählt er folgende kleine Geschichte:

»Ein berühmter Mann, welcher der Achtung und Erkenntlichkeit aller denkenden Leute während eines hundertjährigen Lebens würdig war, sagte eines Tages bei einer Frau von höherem Geist in meiner Gegenwart und vor einer der Freundinnen des Hauses (welche die Musen und Eroten beweint haben und noch beweinen): ›Ich erinnere mich, gelegentlich geschrieben zu haben, und ich bereue es nicht, daß das Naive nur eine Spielart des Niedrigen ist …‹ (dabei war dieser Mann ein Zeitgenosse und Freund von Lafontaine gewesen!) Die Herrin des Hauses und ich schlugen die Augen nieder und wagten dem geliebten und achtungswürdigen Greis nichts zu antworten; aber seine junge Freundin, wiewohl von denselben Gefühlen durchdrungen, konnte ihre erste Bewegung nicht zurückhalten und rief aus: ›Ja, Sie haben recht, wenn Sie an die einzige Art von Geist nicht glauben, die Ihnen fehlt.‹ – Auf diese Worte schlug der Greis seinerseits die Augen nieder und antwortete nicht; die junge Person wurde feuerrot; die Tränen standen ihr sogar in den Augen; sein und unser Schweigen erdrückte sie. Verzweifelt, daß sie den verehrungswürdigen Mann gekränkt hatte, sagte sie leise: ›Was hat mich auch zu dieser Unklugheit bewegen können?‹ Ich antwortete ihr: ›Nun, wer verdiente es mehr als Sie, das Werkzeug der Wahrheit zu sein?‹«

Man spricht so oft von der gesellschaftlichen Gesittung der Franzosen. Sie ist ja heute auch verschwunden; nur ihre Nachwirkungen sind noch immer vorhanden und verursachen die allgemeine Zuneigung der Welt für das französische Volk. Sie war lebendig in der Zeit, als Geist, Vornehmheit und Reichtum in einer Klasse vereinigt waren, und unsere Geschichte ist eine kleine Probe von ihr.

In der kleinen Gesellschaft Tressans stoßen zwei Welten aufeinander: die adlige und die bürgerliche. Der verehrungswürdige Greis vertritt die bürgerliche, die übrigen die adlige Welt. Das Bürgertum hat ja seitdem gesiegt; es hat in dem Maße gesiegt, daß die Leute jetzt überhaupt nicht mehr wissen, was Adel ist; vielleicht ist es heute, wo nun in der Lohnarbeiterklasse auch der niedrigste Teil des Bürgertums sich zu dem, was man Gleichberechtigung nennt, emporgerungen hat, nicht ganz unangebracht, wenn man sich einmal klarmacht, was Adel eigentlich bedeutete.

Adel ist Gesinnung; das ist das Erste. Er ist nur insofern ein Stand, als er eine Gesinnung ist. Er hat das mit dem anderen höheren Stand, dem Priesterstand, gemeinsam.

Diese beiden Stände unterscheiden sich also in ihrer Beschaffenheit von dem sogenannten dritten Stand, dem Bürgertum. Man kann natürlich dem Bürgertum angehören und als einzelne Persönlichkeit eine adlige oder priesterliche Gesinnung haben oder sich sonstwie auszeichnen; aber das hat mit der Tatsache, daß man Bürger ist, nichts zu tun. Wenn Man adelig oder ein Priester ist und nicht die adelige oder priesterliche Gesinnung hat, dann wird man aus seinem Stand ausgestoßen; aus dem Bürgertum kann man nicht ausgestoßen werden, denn Bürger ist jeder, der nicht adelig oder Priester ist. Mit anderen Worten: der Adel ist die Ordnung der adelig, und die Kirche die Ordnung der priesterlich Gesinnten. Jede Ordnung ist genötigt, nach äußerlichen Merkmalen zu gehen. Erfahrungsgemäß findet sich adelige Gesinnung am sichersten bei Personen, welche von Eltern mit adliger Gesinnung abstammen und in Verhältnissen leben, durch welche sie irgendwie von der Gemeinheit des Erwerbslebens befreit sind. Bei Männern, welche diese Bedingungen erfüllen, ist also ein günstiges Vorurteil gegeben, und man wird sie in den Ritterorden aufnehmen, wenn sie dieses Vorurteil nicht enttäuschen. Man darf doch auch nicht vergessen, daß die Personen des Standes sich ja alle persönlich kannten und genau wußten, was von einem jungen Mann aus einem bestimmten Haus voraussichtlich zu erwarten war. Es war damit aber nicht ausgeschlossen, daß auch ein junger Mann ohne Ahnen und ohne Vermögen in den Ritterorden aufgenommen wurde; nur hatte er es naturgemäß schwerer, indem ihm kein günstiges Vorurteil half und er erst beweisen mußte, was man bei den Andern ohne weiteres glaubte.

Im Mittelalter war das gesellschaftliche Leben, soweit es eine politische Form angenommen hatte, auf den Ordnungen der Stände, Klassen und Berufe aufgebaut. Indem Adel und Geistlichkeit nun die herrschenden Stände waren, war die Herrschaft im Volk – soweit man damals von Herrschaft sprechen konnte – also in den Händen von Leuten, welche nur insofern in der Lage waren zu herrschen, als sie eine höhere Gesinnung hatten.

Wir müssen uns natürlich immer klarmachen, daß hier nicht von den Zeiten des Verfalls dieser mittelalterlichen Ordnung gesprochen wird, von den Zeiten also, wo Adel und Geistlichkeit als die auf Kosten Anderer bevorzugten Stände erscheinen. Aus diesen Zeiten stammt die demokratische Gegnerschaft gegen den Adel.

Eine solche Gegner-schaft ist erst möglich, wenn der Adel kein Adel mehr ist; und nicht die »Demokratie« hat die »Adelsherrschaft« gestürzt, sondern die Adelsherrschaft fiel von selber, als sie nicht mehr Herrschaft der sittlich Besten war. Daß sie sich aber jahrhundertelang gehalten hat, das beweist, daß sie nicht nur vorgeblich, sondern auch tatsächlich einmal adelig gewesen ist.

Eine Gesellschaftsordnung, in welcher die Leitung in der Hand eines Verbandes der Menschen von höherer Sittlichkeit liegt, ist nun offenbar aber eine natürliche Ordnung.

Die natürliche Aufgabe des Menschen ist seine seelische Höherbildung. Alles Andere ist nur ein Mittel für diese Aufgabe; und zu diesen Mitteln gehört vor allen Dingen der Erwerb seines Unterhalts. Seit dem Sturz der Adelsherrschaft haben wir bürgerliche Gesellschaftsordnungen der verschiedensten Art, zu denen auch, wenn sie sich durchsetzen ließen, die sozialistischen und kommunistischen Ordnungen gehören würden. Diese bürgerlichen Ordnungen ruhen nicht auf der Herrschaft eines Verbandes der Menschen von höherer Sittlichkeit, sondern sie sind Einrichtungen zum besseren, ertragreicheren oder gleichmäßigeren Erwerb des Lebensmittelunterhaltes.

Die adelige wie die bürgerliche Gesellschaftsordnung hat als Zweck die Erhaltung des gesellschaftlichen Lebens. Aber im ersten Fall kommt dieser Zweck als Nebenwirkung zustande, im zweiten Fall als einzige Wirkung. Im ersten Fall bleibt die natürliche Aufgabe des Menschen auch im gesellschaftlichen Leben an ihrer Stelle; im zweiten Falle muß sie die ihr gebührende erste Stelle einem Mittel abtreten. Von hier aus kommt das allgemeine Übel der bürgerlichen Gesellschaft, daß die Mittel zum Zweck werden; an diesem allgemeinen Übel ist noch jede bürgerliche Form der Gesellschaft zugrunde gegangen; wie nun vor unseren Augen die kapitalistische Form zusammenbricht, genau so wird auch die sozialistische zusammenbrechen: in Gier, Gemeinheit und Vernichtung jeder höheren Errungenschaft des menschlichen Geistes. Fast sinnbildlich wirkt die Gegenüberstellung der Kriegssitten des Mittelalters und der Gegenwart. Der Krieger des Mittelalters durfte nur so viel Nahrung vom Feld des feindlichen Bauern nehmen, als er von der Landstraße mit der Lanze erreichen konnte; heute wird das feindliche Land ausgehungert. Damals war der Krieg ein Gottesgericht, denn der

Stärkste siegte, das war der, welcher der Mutigste war, weil seine Sache die gute Sache war; heute ist er eine Probe dafür, wer die größten Machtmittel in der Hand hat. Einem Ritter, der gekämpft hätte, wie im Weltkrieg gekämpft ist, wären die goldenen Sporen zerbrochen als einem feigen, treulosen und verräterischen Ritter.

Nun ruht aber das, was wir Kultur nennen, auf der höheren Sittlichkeit. Die Leute wundern sich oft, woher es eigentlich kommt, daß heute die eigentliche Kunst vollkommen außerhalb der Gesellschaft steht, daß die Dichter und Künstler die Gesellschaft verachten und von ihr nicht gekannt werden, während im Mittelalter die Kunst zur Gesellschaft gehörte. Wenn heute ein Fürst oder Präsident einen Bau macht, ein Bild oder eine Figur bestellt, eine Dichtung unterstützt, so weiß man doch im voraus, daß da nur das verächtliche Zeug herauskommt, dessen selbst die große Masse sich nach kaum einem Menschenalter schon schämt. Im Mittelalter traf der Fürst, der Bürgermeister, der Zunftvorstand sogar, der ein Kunstwerk bestellte, unzweifelhaft den besten Künstler, und das elende Lumpenpack der Kitschiers, wie man sie heute nennt, gab es überhaupt nicht. Es ergab sich daraus, daß im Mittelalter jede künstlerische Begabung sich ausleben konnte, während heute Einer nur weniges von dem gestalten kann, was in ihm lebt.

Wir können uns an dem Geschichtchen, das am Anfang unserer Betrachtung berichtet ist, den Zusammenhang klar machen.

Nach seiner Gesinnung gehört der Künstler zum Adel. Wenn die Könige wirklich Könige sind und nicht Philister, welche komödiantisch sich mit dem Königsmantel behängen, dann steht der Dichter neben ihnen. Noch ein Mann wie der alte Kaiser Wilhelm, der als Mensch etwa eine kleinbürgerliche Beamtennatur war, hatte die alte vornehme Gesinnung der Kunst gegenüber. Er wird vermutlich nicht viel von Musik verstanden haben, aber sein königliches Gefühl ließ ihn über Richard Wagner das Richtigste aussprechen, das damals vielleicht über ihn gesagt ist: »Entzückende Sekunden und widerliche Stunden«, und ließ ihn diesem Mann gegenüber, der zu seiner Zeit doch die bedeutendste Kunsterscheinung war, das angemessenste Benehmen innehalten.

Die drei vornehmen Personen in unserer oben berichteten Anekdote »Tressan und die beiden Damen«, schätzten das »Naive« in der Kunst – wir würden heute sagen »die Natur« – richtig ein. Der Bürger kann die Natur nicht verstehen, denn sein ganzes Leben geht gegen die

Natur; er findet das Naive eine Spielart des Niedrigen; für ihn gibt es nur die Verlogenheit, die von Menschenalter zu Menschenalter umschlägt, von Empfindsamkeit zu Roheit, von Verstiegenheit zu Plattheit, bei der nichts beständig ist als die Albernheit.

Wie sollte es auch anders möglich sein? Der Künstler ist eng verbunden mit dem Göttlichen, in seinem Werk äußert sich, was der göttliche Wille mit den Manschen ist. Auch der vornehme Mann ist eng verbunden mit dem Göttlichen, in seinem Leben wird das erfüllt, was Gott von den Menschen verlangt. Das Leben des vornehmen Mannes hat dieselbe Beziehung zum Ewigen wie das Kunstwerk; deshalb fühlt der Vornehme, was Kunst ist, ohne daß er einen Kunstrichter braucht, und versteht sich der Künstler mit dem Vornehmen, ohne daß ein Kunsthändler nötig ist. Aber ein Mann, der sein Volk ordnet lediglich nach dem Gesichtspunkt der reichlicheren oder billigeren Erwerbung des Unterhalts, hat doch nicht die geringste Verbindung mit dem Göttlichen. Lloyd George ist gewiß ein hervorragender Mann in seiner Art und sicher viel klüger als der alte Kaiser Wilhelm war; aber der Gemeinheit eines solchen Mannes wird doch die Kunst ewig verschlossen bleiben, und er würde einer Erscheinung wie Wagner ewig ohne Verständnis gegenüberstehen. Der Gelehrte, von dem Tressau erzählt, kann doch keinen Schimmer von Kunstverständnis gehabt haben.

So kommt es heute, daß die höchsten menschlichen Begabungen sich zum großen Teil in fruchtlosen Kämpfen aufreiben müssen und nur weniges von dem, das sie der Menschheit schenken könnten, von ihnen geschaffen werden kann.

Aber die unheilvolle Wirkung einer unnatürlichen Gesellschaftsordnung beschränkt sich nicht nur auf diese Menschen.

In der großen Menge verstreut sind überall die Möglichkeiten höherer Gesittung vorhanden. Diese entfalten sich in günstigen Verhältnissen und verkommen in ungünstigen. Das Volk richtet sich stets nach seinen Führern. In Zeiten adliger Gesittung ist vornehme Gesinnung auch im Volk vorhanden, indem alle Möglichkeiten höheren Lebens zu Wirklichkeiten werden.

Wir können heute die Probe machen. Die Zeit, welche nun zusammengebrochen ist, war gewiß alles andere als vornehm. Aber wenn auch kein König mehr da war, wenigstens der Mantel des Königs war noch auf dem Thron zu sehen. Und es war im Volk, wenn auch keine sittliche Gesinnung, doch wenigstens ihre äußere Form noch vorhanden. Heute ist auch diese geschwunden, die Gemeinheit tritt uns unverhüllt entgegen. Weshalb sollte sie auch nicht? Sie ist ja heute die Herrscherin in unserem Volk.

Freie Bahn jedem Tüchtigen
(1919)

In demokratischen Zeiten haben die Schlagwörter eine große Bedeutung. Das Wesen der Demokratie besteht darin, daß die Führer des Volkes nicht durch Geburt oder durch bedeutende Persönlichkeit an ihrer Stelle stehen, sondern dadurch, daß sie der großen Menge sagen, was sie will. Die große Menge will immer das, was den Einzelnen aus ihr für den Augenblick das Angenehmste ist. Da aber die Menschen gewohnt sind, sich ihre Wünsche als Ideale vorzustellen, so muß es eine der Haupttätigkeiten des demokratischen Volksführers sein, dieses für den Augenblick Angenehmste so auszudrücken, daß es als eine sittliche Forderung erscheint. Auf solche Weise entstehen die politischen Schlagwörter.

Eines dieser Schlagwörter ist das, welches jedem Tüchtigen freie Bahn verspricht. Jeder vernünftige Mensch sieht die Sinnlosigkeit des Schlagwortes ein: denn die ewig menschliche Gemeinheit, welche durch keinen Umsturz oder Gegenschlag zu beseitigen ist, sieht eine ihrer Hauptaufgaben darin, dem Tüchtigen grundsätzlich den Weg zu versperren. Da die große Masse nun eben einmal gemein ist, so kann man sich sagen, was das bedeutet, wenn sie freie Bahn für den Tüchtigen verlangt.

Aber so ernst, wie es hier aufgefaßt ist, wird das Schlagwort ja auch nicht gemeint. Es kommt lediglich hinaus auf eine Umschreibung des Wortes Freiheit, welches Hobbes so erklärt, daß es die Möglichkeit bedeutet für jeden, mit seiner Kraft und Macht zu erreichen, was er will und kann. Nachdem die Freiheit aus den Höhen des Geistes in die trüben Niederungen des politischen Denkens gelangt war und da in der Wirklichkeit Folgen gehabt hat, welche die guten Leute nicht ahnten, die sie predigten, ist man ja bedenklich gegen sie geworden, und der Sozialismus als Idee ist aufgekommen als Rückschlag gegen die Freiheit. Auch dem Sozialismus ist der Sündenfall in das politische

Denken hinab zugestoßen; in dessen Unklarheit und Verworrenheit befindet er sich nun; man braucht sich nicht zu wundern, wenn unter den vielen haarsträubenden Widersprüchen, welche er heute enthält, sich auch der findet, daß in der Gestalt unseres Schlagwortes die alte wohlbekannte freisinnige Redensart von ihm wieder aufgenommen ist: sind ja doch in Wahrheit neun Zehntel der Sozialdemokraten von heute dieselbe Art von Männern, welche vor fünfzig Jahren Fortschrittler waren.

Sozialismus bedeutet die Ordnung des gesamten Volkes zu einem bestimmten Zweck, bei rücksichtsloser Unterdrückung der etwaigen Ziele der Einzelnen. Das ist eine formale Bestimmung. Der Inhalt wird in diese Ordnung erst hineingebracht dadurch, daß man angibt, welches der höhere Zweck ist. Wenn ich die marxistische Sozialdemokratie recht verstehe, so ist dieser Zweck bei ihr die möglichst bequeme Herstellung von möglichst vielen Gebrauchsgegenständen bei möglichst gleichmäßiger Verteilung; es gibt aber auch andere Arten von Sozialismus mit höheren Zwecken, als dieser ist. Es versteht sich, daß man sich bei der Betrachtung dieser Zwecke nicht irreleiten läßt durch Bestimmungen wie »Das Wohl aller«: denn eben, was das Wohl aller ist, das ist ja die Frage; nicht jeder wird es in der bequemen Herstellung und gleichmäßigen Verteilung der Massenartikel sehen.

Die Sozialdemokratie ist von der gewerblichen Arbeit ausgegangen, nicht von der landwirtschaftlichen, in der gewerblichen Arbeit also müssen ihre Ursachen liegen. Die der heutigen, kapitalistischen Ordnung der gewerblichen Arbeit vorhergehende Ordnung war die der Handwerkerverfassung der mittelalterlichen Stadt.

In der mittelalterlichen Handwerkerverfassung war die Ordnung so, daß man den Bedarf an gewerblichen Gegenständen genau kannte, daß man wußte, wieviel Handwerksmeister bei ehrlichem Lohn und redlicher Arbeit ihn decken konnten, und daß man so viel Stellen für Meister hatte, wie der notwendigen Zahl der Handwerker entsprachen. Ein Meister damals konnte nicht »mit seiner Kraft und Macht erreichen, was er wollte und konnte«, er konnte also nicht etwa, wenn er besonders tüchtig war, sich eine Werkstätte von zwanzig und mehr Gesellen halten, indessen die anderen Freister der Stadt, die weniger tüchtig waren, verhungern mußten; er durfte nicht einen Gesellen mehr haben als die andern. Er konnte auch nicht höhere Preise nehmen, weil seine Erzeugnisse geschmackvoller waren, und er durfte nicht durch niedrigere Preise, die er bei größerer Tüchtigkeit in seiner Arbeit ermöglichen konnte, die andern unterbieten, um so die Kunden an sich zu locken. Also: es war durchaus keine »freie Bahn für den Tüchtigen.« Auf Grund der allgemeinen Tatsache der Durchschnittlichkeit und Mittelmäßigkeit, welche leben will, war eine Ordnung geschaffen, wo dem Tüchtigen unmöglich gemacht war, äußerlich weiter zu kommen als der Untüchtigere. Wir wollen uns hüten, die mittelalterliche Arbeitsverfassung als einen Ausbund von Weisheit aufzufassen; sie war nichts als das Ergebnis der allgemein menschlichen Gemeinheit. Aber sie war als solche vernünftig, sie war nicht durch Schlagwörter und hohle Redensarten verlogen, und so hatte sie denn ein überraschend gutes Ergebnis: da dem Tüchtigen unmöglich war, äußerlich höher zu kommen als seine Arbeitsgenossen, so suchte er innerlich höher zu kommen: der Tüchtige legte in seine Arbeit mehr als ihm, der nicht mehr verdiente als der Untüchtige, bezahlt wurde: das war die Ursache des mittelalterlichen Kunstgewerbes; denn jede Kunst, auch das Kunsthandwerk, ist nur möglich als freies Geschenk, und der Schacher, welcher mit der Kunst verdienen will, wird nur wertloses Zeug machen. Und das war die Ursache des seelischen Hochstandes im Handwerk, denn der Mann, welcher seine Kraft nicht verzetteln konnte in Führen von Geschäftsbüchern, Handeln, Schreiben von Rechnungen und Beaufsichtigungen und Antreiben von widerwilligen Arbeitern, wendete sich nun auf das Wesentliche, auf das Heil seiner Seele. Die vorlutherischen Bibelausgaben gehen wahrscheinlich auf Handwerker zurück, in Handwerkerkreisen wurzelte die vorreformatorische freie Frömmigkeit; und naturgemäß wirkten die wenigen Wertvollen, da sie gesellschaftlich eng mit den Dumpfen und Stumpfen verbunden waren, auch auf diese.

Der Liberalismus hat die alte Handwerksverfassung zerstört. Er hat ihr mit Recht vorgeworfen, daß sie Tatkraft, Entschlußkraft, Unternehmungsgeist und ähnliches lähmte, mit einem Wort, daß sie durch die wirtschaftliche Unterdrückung der Tüchtigen zugunsten der Untüchtigen den wirtschaftlichen Aufschwung hinderte. Der Liberalismus

bewirkte nun, daß jeder »mit seiner Kraft und Macht erreichte, was er wollte und konnte«, er schuf freie Bahn dem Tüchtigen. Wer nun Verstand, Kraft, Fleiß, Tüchtigkeit, Mut und Ausdauer hatte, der las nicht mehr die Bibel und arbeitete nicht mehr schöne Dinge, die ihm niemand bezahlte, sondern er vergrößerte seinen Betrieb: mit einem Wort, er wurde aus einem Handwerker ein Unternehmer. Der wirtschaftliche Aufschwung kam. Die »freie Bahn jedem Tüchtigen« ist eine Vorbedingung des Kapitalismus.

Die Arbeiter haben ja nun im Kapitalismus ein Haar gefunden; andere Leute vielleicht auch. Ein Teil ihrer Bestrebungen entspricht völlig den Bestrebungen der mittelalterlichen Handwerker. Das sind im wesentlichen die gewerkschaftlichen Bestrebungen. Diese sind zwar engherzig, selbstsüchtig und kleinlich, sie sind aber jedenfalls vernünftig und natürlich. Und was natürlich und vernünftig ist, wird immer einmal irgendwelche guten Früchte tragen. Ein anderer Teil wird durch die allgemeinen politischen Redensarten bestimmt; und dieser ist scheinbar großartiger und hat die herrlichsten Menschenziele, ist in Wirklichkeit aber unvernünftig.

»Freie Bahn jedem Tüchtigen« wird kein Gewerkschaftsführer verlangen, wenigstens nicht als Gewerkschaftsführer; das verlangt nur der politische Wahlredner.

Es gibt eine alte Schnurre von einem polnischen Juden, der zum erstenmal in seinem Leben in einem Kaffeehaus sitzt und eine Tasse Schokolade trinkt. Er philosophiert: »Schokolade schmeckt gut, Knoblauch schmeckt gut: wie gut muß nun erst schmecken Schokolade mit Knoblauch.« Die politische Arbeiterbewegung befindet sich in der Lage dieses Juden, sie möchte Schokolade mit Knoblauch.

Die gewerkschaftlichen Ziele sind klar und einfach einzusehen, ähnlich wie die Ziele der alten Handwerker: der Durchschnitt will leben, Einer will es so gut haben wie der Andere, und wenn sich etwa die Schuster zusammengeschlossen haben, so will der eine Schuster ebensoviel Lohn haben und ebensowenig arbeiten wie der andere Schuster. Die politischen Ziele sind notwendig unklar, denn bei ihnen handelt es sich nicht darum, daß die Mittelmäßigkeit einer gleichartigen Masse sich durchsetzt, sondern die Mittelmäßigkeit einer ungleichartigen Masse will sich durchsetzen. Ein Sattlergeselle sieht, daß ein anderer Mensch den Staat leitet. Wir wollen nichts über das Verhältnis der beiden Menschen sagen, vielleicht ist der andere dumm und der Sattlergeselle immerhin noch gescheiter; aber auch, wenn er es nicht ist, dann wird er das sich jedenfalls einbilden, er wird rufen: Weshalb bin ich nicht Leiter des Staates? Zum Wesen der Mittelmäßigkeit gehört ja doch, daß sie die höhere Menschlichkeit gar nicht sieht, daß sie sich für vortrefflich hält. Der Sattlergeselle ist notwendig überzeugt, daß er zum mindesten so tüchtig ist wie der Staatsleiter; wäre er es nicht, so würde er sich ja nicht mit den politischen Dingen befassen, in die der Verständige sich ja doch nicht hineinbegibt, wenn er nicht unbedingt muß; er ruft: »Freie Bahn jedem Tüchtigen«, und nachdem er das lange genug gerufen hat, wird er wirklich denn auch Leiter des Staates.

Was die Gewerkschaften wollen, was die alten Handwerker wollten, das kann man doch wohl als »Demokratie« bezeichnen; was unser Sattlergeselle in der Politik will, das ist auch »Demokratie«. Man sieht, wie dasselbe Wort zwei ganz verschiedenartige Erscheinungen bezeichnet; zwei Erscheinungen, die beide aus derselben Minderwertigkeit entspringen, und von denen die eine zu vernünftigen Zuständen führt, die andere zu unvernünftigen.

Denn wir stehen in der politischen Entwicklung ja erst am Anfang.

Niemand wird Herrn Ebert ein gewisses Wohlwollen versagen. Er ist ein braver Mann, der niemand etwas Böses tut. Aber jeder wird auch zugeben, daß Herr Ebert nur durch Zufall an seine Stelle gekommen ist, daß so ziemlich alle anderen Mitglieder des Sattlerhandwerks seinen Platz ebensogut ausfüllen würden wie er. Mit anderen Worten: Freie Bahn für den Tüchtigeren ist noch gar nicht gemacht, der Tüchtigste kommt immer noch nicht hoch.

Er wird aber hochkommen.

Nur muß man sich fragen: Wer ist denn der Tüchtigste? Da das Hochkommen nicht von ihm abhängt, sondern von den Andern, offenbar der, welchen die Andern für den Tüchtigsten halten. In der demokratischen Politik ist das der, welcher den Leuten sagt, was sie am liebsten hören wollen. Jeder aber hört das am liebsten, was darauf hingeht, daß es ihm selber immer besser gehen soll. Nun hält sich jeder selber für tüchtig und glaubt, wenn der Tüchtige freie Bahn hat, so wird er selber schon hochkommen. Bei den Handwerkern sahen wir, daß das zur Herrschaft der wirklich Tüchtigsten führt, denn wenn die Tüchtigkeit durch die Tat bewiesen werden soll, dann kommen nur die wirklich Tüchtigen hoch.

Mit anderen Worten: man kann nicht Gott dienen und der Welt.

Wer freie Bahn dem Tüchtigen will, der will eine Ordnung, welche auf der Macht ruht, eine Ordnung von der Art, wie heute der Kapitalismus ist. Die Schlagworte der politischen Demokratie sind stets die

Redeweise der Tyrannis gewesen: der Tyrann versteht die Kunst, dem Mann aus dem Volk am besten zu sagen, was er hören will; und wenn er dann oben ist, so zieht er die Tüchtigsten hervor und setzt diese an die ihnen gebührende Stelle. Viele Leute sind daher der Ansicht, daß die Tyrannis eine gar nicht so unebene Art der staatlichen Ordnung ist, und jedenfalls ist sie besser als gar keine. Daß freilich die Menschen unter ihr sittlich werden, dürfte man kaum behaupten: und eine Erhöhung der allgemeinen Sittlichkeit gehört doch auch zu den Erwartungen der Sozialdemokratie.

Das Reich Gottes in uns
(1919)

Je urtümlicher die Zustände der Menschen sind, desto stärker ist die Abhängigkeit von den Naturgewalten, desto mehr Leid und Unglück kommt durch Mißernte, wilde Tiere und allerhand unberechenbare Naturereignisse. Aber dafür leben die Menschen in ihrem Kreise enger zusammen. Die ursprüngliche Geschlechtsgenossenschaft ist das, was bei uns Familie und Staat ist; sie umfaßt beinahe alle Menschen, welche sich kennen, und gewährt den Schutz und seelischen Rückhalt, den heute de Familie gewährt. Alle Menschen zwar, welche nicht Geschlechtsgenossen sind, gelten von Natur als Feinde. Aber man muß sich hüten, aus diesem Umstand zu bedeutende seelische Forderungen zu ziehen. Der ruhende Kriegszustand mit den übrigen Menschen bedeutete schließlich nichts weiter als der ruhende Kriegszustand heute zwischen den verschiedenen Staaten. Die allgemeine Stimmung der urtümlichen Menschen war sicher nicht, wie die früheren Denker annahmen, daß ein Mensch zum anderen stehe wie zum Wolf; sondern die Menschen fühlten sich brüderlich verbunden.
Wenn sich die Zivilisation entwickelt, dann nimmt die Abhängigkeit der Menschen von der Natur ab. Die Natur ist nicht mehr die Feindin, sie ist die Dienerin des Menschen geworden. Aber dafür verschwindet die allgemeine Brüderlichkeit der Menschen fast ganz. Es bleibt nur der ganz enge Kreis der Familie, in welcher sie sich hält; außerhalb der Familie hat Jeder Jeden fast zum Gegner; und auf dem Höhepunkt der Zivilisation beginnt sogar die Familie sich aufzulösen.

Es ist natürlich durchaus nicht gesagt, daß die urtümlichen Menschen etwa sittlicher sind als die Menschen der Zivilisation, und man soll ihre Unschuld nicht gefühlig betrachten, wie es in gewissen Zeiten geschah. Jedenfalls aber empfinden wir den Zustand der Zivilisation mit seiner allgemeinen Feindschaft der Menschen als unsittlich. Wir sehen, daß sich Gier, Habsucht, Neid und Haß entwickeln; wir wissen, daß diese Eigenschaften nicht gottgewollt sind; und in jedem höher denkenden Menschen taucht die Vorstellung eines Reiches der Menschheit auf, wie es sein sollte, eines Reiches der Brüderlichkeit und Liebe, welches wir das Reich Gottes auf Erden nennen können, da in ihm die Gebote Gottes befolgt werden.

Dieses Reich Gottes auf Erden erscheint in den Zeiten der Menschheit verschieden; es hat jedesmal die Ausgestaltung, welche der Zeit gerade entsprechend ist. Etwa in Zeiten, wo eine kriegerische Aristokratie das Volk plagt, denkt man sich den Adel verschwunden, den Krieg unmöglich und ein Bauernland, das dicht bevölkert ist mit friedlich ackernden Menschen; in Zeiten des großgewerblichen Kapitalismus malt man sich einen sozialistischen Zukunftsstaat aus, in welchem der Unternehmer verschwunden ist und eine Fabrik neben der andern steht, in welche die Menschen sittlich, heiter, frei und aufgeklärt zu ihrer täglichen Arbeit gehen.

Solche Gedanken, welche notwendig aus dem natürlichen Lebens- und Glückstrieb der Menschen kommen müssen, werden durchkreuzt von andern Gedanken. Derselbe Trieb bewirkt, daß wir fest davon überzeugt sind, daß der sittliche Mensch auch äußerlich glücklich sein müsse. Wir sehen aber täglich, daß das nicht der Fall ist, daß vielmehr gar keine Beziehung zwischen dem äußern Glück und dem sittlichen Wert eines Menschen vorhanden ist. So kommen die Menschen zu dem Schluß: es muß irgendwo ein Leben sein, in welchem der Ausgleich stattfindet; und dieses Irgendwo kann sich nur nach dem Tode befinden. Roh gedacht: als Lohn und Strafe; besser: als Ausgleich, wird in einem ewigen Leben, im Himmelreich, der Gute glücklich sein und der Böse unglücklich.

Dieser Gedanke einer sittlichen Vergeltung geht nun mit jenem andern eines Reiches Gottes auf Erden eine ganz unlösbare Verbindung ein. Die Gedanken haben folgerecht gar nichts miteinander zu tun; aber sie kommen aus demselben Urgrund, und deshalb vermischen sie sich. Es stellt sich auch wohl heraus, daß die Hoffnung auf das Reich Gottes auf Erden schon so oft enttäuscht ist; ein uneingestandenes, tiefes Gefühl der eignen Unzulänglichkeit ist wohl in Jedem; so wird denn in verwirrter Weise das Reich Gottes gleichfalls in das Leben nach dem Tode verlegt, wobei es doch immer noch gleichzeitig als eine irdische Hoffnung bestehen kann, stärker oder schwächer, wie die Umstände sind.

Dieses ganze wirre, widerspruchsvolle, wahnhafte Gedanken- und Wunschgebäude geht nun naturgemäß die innigste Verbindung mit der Religion ein. Religion ist aber bei jedem Menschen etwas anderes, und da die meisten Menschen gemein sind, so entspricht sie bei den meisten durchaus der allgemeinen Gemeinheit; der Philister, welcher keine Ahnung von seiner tiefen Unsittlichkeit hat und sich für einen tugendhaften Menschen hält, ist fest davon überzeugt, daß ihm ein Sitz im Himmel bereit ist, und er weiß genau, daß der Himmel ein Schlaraffenland ist, wo man keine Wettbewerber hat und faulenzen kann, ohne daß man in seinen wirtschaftlichen Verhältnissen zurückkommt.

Auch die höheren Religionen müssen mit den allgemeinen menschlichen Trieben arbeiten, denn alles Menschliche muß nun eben einmal die menschlichen Mittel verwenden. Aber sie biegen den Gedanken um, daß er ihren Zwecken entspricht.

Die höheren Religionen sind geschaffen von Menschen der höchsten Art, welche Verbindung mit dem Göttlichen hatten – man nennt sie Söhne Gottes bei manchen Völkern – und ihr Gutes den übrigen, von ihnen wegen ihres Sitzens in der Finsternis auf das tiefste bemitleideten Menschen mitteilen wollen. Wie weit ihnen die Mitteilung glückt, mag die Frage sein, denn Jeder hört, nicht was der Andere sagt, sondern was seine Seele aus den Worten des Andern vernehmen kann; jedenfalls aber ist die Mitteilung für diese Söhne Gottes eine Notwendigkeit, sie ist ein Teil ihres Selbst.

Auf der Höhe dieser Menschen verschwindet nun eigentlich der alte kindliche Begriff der Religion.

Es handelt sich hier um Buddhismus, Taoismus und Christentum. Bei den beiden ersten Lehren werden manche zugeben, daß sie, im Sinne der Auserwählten aufgefaßt, eigentlich gar nicht mehr Religion sind, sondern etwas anderes: vielleicht Weisheit. Aber auch das Christentum könnte man doch einmal im Sinne der Auserwählten auffassen. Vielleicht rührt seine heutige Notlage daher, daß wir uns auf eine allzusehr für die große Masse berechnete Form des Christentums beschränken. Wenn wir, wie wir doch müssen, das Leitbild unserer klassischen deutschen Dichtung als christlich bezeichnen, wenn wir die Linie finden, die von Eckehart zu Goethe und Hegel führt, dann finden wir vielleicht auch das Christentum der Auserwählten.

Die großen Kinder wollen das Reich Gottes auf Erden. Christus sagt ihnen lächelnd: »Das Reich Gottes ist in uns.« Sie wollen, daß sie in das Himmelreich geführt werden. Christus sagt ihnen lächelnd: »Folgt mir nur nach.« Aber wenn sie ihm nachfolgen, dann gelangen sie nicht in ein Schlaraffenland, wo man nicht mehr vor dem Wettbewerb Angst zu haben braucht, sondern sie kommen auf einen Hügel, wo Christus ans Kreuz geschlagen wird und lächelnd spricht: »Vater, vergib ihnen, denn sie wissen nicht, was sie tun.«

Wir sind ja nun heute Christen. Aber die großen Kinder haben immer noch nicht verstanden. Sie suchen das Reich Gottes auf Erden und schreien nach dem Schlaraffenland, in dem es keinen Wettbewerb gibt. Christus hat gesagt: »Das Reich Gottes ist in euch.« Sie finden es nicht in sich; natürlich nicht; denn Christus hat es wohl in sich, aber das war sein Irrtum, daß er glaubte, die andern hätten es auch in sich. Sie sehen in sich hinein und finden nichts. Sie suchen das Himmelreich. Christus hat gesagt: »Das Himmelreich ist überall da, wo einer ans Kreuz geschlagen wird und lächelnd sagt:›Vater, vergib ihnen, denn sie wissen nicht, was sie tun‹.« Die Leute aber fragen: »Wo ist es? Ist es im sozialistischen Zukunftstaat oder im kommunistischen?«

Woher kommt es, daß der Trieb so stark ist, daß die Leute die Wahrheit nicht verstehen können, auch wenn sie ihnen so klar gesagt wird, wie sie Christus ihnen sagte?

Das Weltgesetz ist tragisch. Alles Weltgeschehen kommt durch einen Kampf zustande. In diesem Kampf muß aber jede Partei überzeugt sein, daß sie im Recht ist; also daß sie das Reich Gottes auf Erden stiften will und einen Zustand vorbereitet, welcher dem des Himmelreiches entspricht. Wir haben diese Blindheit der Menschen ja im Kriege gesehen. Die Deutschen sind wohl immerhin noch das kritischste, die Amerikaner das kindlichste Volk der Welt. Man hält jetzt Herrn Wilson für einen Heuchler; nein, er hat ganz kindlich geglaubt – es kommt auf die Erwartungen an, die man vom amerikanischen Volk hegt, ob man den Glauben nicht als kindisch bezeichnen will: ich persönlich würde es tun – daß er für die Zukunft die Kriege abschaffen und ein Reich der Gerechtigkeit begründen wird.

Die Deutschen waren bedeutend klüger: sie glaubten immerhin nur, daß sie, wenn sie den Krieg gewonnen hätten, die Angelegenheiten der Welt mit einer gewissen Bravheit ordnen würden. Da die Bevölkerungsklassen, welche bei uns heute herrschen, unsere kindischsten sind, so haben wir bei ihnen wieder das Mißverstehen des tragischen Weltgesetzes, den Irrtum, daß das Weltgeschehen nicht ein Kampf ist, sondern daß die Einführung des Reiches Gottes auf Erden möglich ist. Wer die Einsicht in das tragische Weltgesetz hat, der kämpft nicht mehr, der sieht ein und sucht die Kämpfenden zu belehren; daß er belehren will zwischen zwei Heeren, die in Schlachtordnung
gerüstet einander gegenüberstehen, wie in tiefer Sinnbildlichkeit die Bhagavadghita singt: das ist die Kindlichkeit des Mannes, der die tragische Einsicht hat, die Kindlichkeit Christi, der wohl sagte: »Wer Ohren hat zu hören, der höre«, aber doch wußte, daß die Menschen nicht die Ohren haben, um zu hören, wenn er sagte: »Das ist das Himmelreich, daß ich sagen kann: Vater, vergib ihnen.«
Der innere Kampf, der heute entbrannt ist, der durch die ganze zivilisierte Welt gehen wird mit Revolution, Streiks, Lohnforderungen und wahnsinniger Selbstüberhebung des niedrigsten Volkes, der schlimmer sein wird, als der Weltkrieg war, könnte ja in dem Augenblick beigelegt sein, wo den Menschen klar würde, was Christus gesagt hat. In den gesitteten Ländern wie Indien und China, wo ein größerer Kreis von Menschen Zugang zum Geist hat als bei uns, würde in solchen Kämpfen das Wort Christi wohl mehr Verständnis finden; ob so viel, daß der innere Zusammenbruch vermieden würde, mag ja zweifelhaft sein. Bei uns jedenfalls steht die Sache so, daß noch viel Blut fließen muß und viele Tränen, ehe wieder Verhältnisse kommen, die für eine längere Zeit Dauer haben.
Es gibt Männer, welche es als einen Vorzug Europas vor Asien empfinden, daß die Dinge bei uns so gehen, weil dieser Lauf der Dinge Geschichte sei und die Weisheit des Orients keine Geschichte bilde. Das mag sein. Aber jedenfalls ruht dieser Vorzug unseres Lebens nicht auf einer höheren Art unseres Seins, sondern er kommt daher, daß wir noch Barbaren sind.

Die innere Freiheit
(1919)

Unsere bisherige Lebensform ist zusammengebrochen. Der Zusammenbruch kam nicht durch einen übermächtigen Angriff von außen, denn die neuen Mächte und Menschen sind nicht so stark, um etwas zerstören zu können; er kam, weil die Lebensform innerlich morsch war; sie brach von selber in sich zusammen.

Wenn wir die Ursache verstehen, weshalb sie morsch war, dann können wir vielleicht auch die Hoffnung finden, daß eine neue Lebensform sich bildet, denn die Mächte und Menschen, welche jetzt herrschen, können selber eine solche offenbar nicht schaffen, und wenn man nichts sähe, als was äußerlich vor unseren Augen geschieht: die Mischung von Spießbürgerlichkeit, Gier und Narrheit, dann müßte mau verzweifeln.

Bei einer solchen Betrachtung muß man sich von vornherein den Standpunkt klarmachen, von dem aus man sieht. Die Wirklichkeit ist das ungeheure Sehfeld, das uns rings umgibt. Unsere Augen erfassen gleichzeitig nur einen Ausschnitt. Wir müssen wissen, daß nicht dieser Ausschnitt allein ist, daß außer ihm noch der übrige Teil des Sehfelds ist; wir müssen also wissen, daß wir nur einen bestimmten Teil auf einmal sehen; einen Teil, der nicht mechanisch herausgeschnitten gedacht werden darf, sondern organisch mit den andern zusammenhängt. Wir wollen uns auf den Standpunkt stellen, daß wir die Form untersuchen, in welcher der nun abgeschlossenen Zeit das Leben der Menschheit erschien.

Wir machen uns gewöhnlich nicht klar, daß jede Zeit das Leben in einer bestimmten Form sieht. Jede Zeit glaubt, sie sieht die Wirklichkeit. Aber wir sehen nicht mit den Augen, sondern mit dem Geist, wir sehen nicht die Bilder auf der Netzhaut unseres Auges, sondern eine Abziehung aus ihnen, vielleicht sogar noch weniger, ein selbstgeformtes Gedankengebilde. Die Form, in welcher die heute abgeschlossene Zeit das menschliche Leben sah, war die Wirtschaft. Zum Vergleich wollen wir an andere Zeiten denken: da war die Form die Seele, oder die Schönheit, der Geist, die Macht; gestern war die Form die Wirtschaft. Das bedeutet, daß man den Menschen nur betrachtete als Warenerzeuger.

Man verstehe wohl: von früheren Zeiten her und durch die Notwendigkeit des Lebens geschah es, daß auch noch andere Gesichtspunkte gelegentlich vorkamen: man dachte wohl auch einmal daran, daß die Menschen eine Seele haben; daß sie auf die Welt gesetzt sind, um Gott zu dienen; daß Schönheit ist; daß die Menschen von Leidenschaften erschüttert werden. Aber alle diese Gesichtspunkte waren praktisch, für das tägliche Leben und für das durchschnittliche Handeln unbedeutend neben dem einen: der Mansch ist da, um in der Fabrik zu arbeiten, um Handel zu treiben, um neue Maschinen zu erfinden, um Absatzmärkte zu erobern. Frühere Zeiten hatten gesagt: der Mensch arbeitet, um zu leben, sie hatten die Arbeit als Mittel für das Leben aufgefaßt, und oft genug als ein unerwünschtes Mittel; denn wo die Seele sich ganz zu befreien suchte, da fand sie die Lebensform des Bettelmönches, der mit der Almosenschale in Indien und mit dem Bettelsack in Europa von Haus zu Haus zog, um seinen Unterhalt arbeitslos zu bestreiten, weil die Arbeit ihm zu viel von der Zeit fortnahm, welche für die wesentliche Tätigkeit bestimmt war. Die nun abgestoßene Zeit sagte: der Mensch lebt, um zu arbeiten; sie faßte umgekehrt das Leben als Mittel für die Arbeit auf.

Wenn man das Leben als Zweck faßt, dann kann man immer einen noch höheren Zweck finden, für welchen das Leben nun wieder Mittel ist. Faßt man die Arbeit als Zweck, dann ist nur noch ein kurzer Weg möglich; über die Arbeit als Zweck hinaus gibt es nichts mehr, außer: die bürgerliche Moralisierung und Zähmung, eine Art kantische Moralphilosophie, welche sagt, daß wir auf der Welt sind, um unsere Pflicht zu tun. Ist das Leben Zweck, dann können die höhergestimmten Manschen zu Gott kommen; ist es die Arbeit, dann ist für die höhergestimmten Menschen überhaupt kein Ausweg: sie müssen sich abseits von der übrigen Menschheit stellen, und es tritt der Zustand ein, den wir ja heute so kennen, daß er uns als der natürliche erscheint, daß alles höhere Leben in sich beschlossen ist und keine Beziehung mehr zu der übrigen mitlebenden Menschheit hat; es tritt der Zustand ein, daß an die Stelle der bedeutenden Menschen, welche sonst die Führer der Menschheit waren, das bürgerliche Mittelmaß tritt, der Vertreter der Pflicht, der Beamte und Fachmann.

In dieser Zeit des Zusammenbruchs, wo das wüsteste Schelten gegen unsere gestürzten Führer zu hören ist, wollen wir uns doch klarmachen, daß die Gerechtigkeit solche gehässigen Angriffe verbietet.

Die Männer, welche uns in das Unglück geführt haben, haben ehrenhaft ihre Pflicht getan, wie sie es verstanden, und ihnen persönlich ist kein sittlicher Vorwurf zu machen. Nur der heute herrschende Pöbel kann von Schuld am Krieg, von Volksbetrug und Ähnlichem sprechen. Nicht darin liegt die Schuld, daß diese Männer ihre Pflicht nicht getan haben: sie liegt darin, daß sie nicht an die Stelle gehörten, wo sie standen, daß sie untergeordnete Naturen waren, wo sie bedeutende Naturen hätten sein müssen. Das ist auch der Grund, weshalb unsere Besieger ihres Sieges nicht froh werden können: ihre Staatsmänner sind genau dasselbe, was unsere Staatsmänner waren, nur der Zufall hat ihnen den Sieg gegeben; und der Zusammenbruch, den wir heute erleben, wird sich bald auch bei ihnen herausstellen.

Kommen wir nach der kurzen Abschweifung wieder auf unseren Gedankengang zurück. Es war etwas Zweck geworden, was nicht Zweck werden kann, das nach seiner Natur immer nur Mittel sein darf; mit andern Worten: die Menschen lebten zwecklos. Der Mensch ist aber nicht dazu geschaffen, zwecklos zu leben; er muß suchen und suchen, bis er einen Zweck für sein Leben findet; und wenn wir die Narrheit, Verzweiflung, Unsicherheit, Angst und wilde Sehnsucht dieser Tage, Wochen und Monate wirklich verstehen wollen, so müssen wir sie so auffassen, daß die Menschen sich plötzlich darüber klargeworden sind, daß sie einen Zweck für ihr Leben suchen müssen. Nur wenige sind befähigt zu solchem Suchen, die Masse muß den Zweck von ihnen bekommen. Was Wunder, wenn das Wahnsinnigste geschieht, wo die verzweifelte Masse selber sucht?

Man kann die abgelaufene Zeit als die kapitalistische Zeit betrachten. Die Masse will sie ablösen durch Sozialismus und Kommunismus. Wir verstehen nach dem Vorhergesagten vielleicht, daß dieser Gedanke falsch ist. Ob die Möglichkeit einer sozialistischen oder sogar kommunistischen Gesellschaftsordnung vorhanden ist, das soll hier gar nicht betrachtet werden, das ist eine Untersuchung für sich; hier soll etwas anderes untersucht werden: die allgemeine Grundlage der Lehre des Kapitalismus und der sozialistischen und kommunistischen Lehren. Wir sehen sofort, daß die Grundlage die gleiche ist: der Mensch wird lediglich als Gütererzeuger betrachtet, und die Arbeit wird als Zweck des Lebens aufgefaßt. Der ganze Unterschied dürfte sein, daß an Stelle der Kantischen oder auch pietistischen Auffassung, durch welche man hinter die Arbeit die Pflicht setzt, eine materialistische Auffassung tritt, welche hinter sie die Lust setzt: man soll nun nicht mehr als weiteres Ziel die Pflichterfüllung haben, sondern die Befriedigung der Bedürfnisse.

Wir wollen uns an etwas erinnern, was die Menschen heute leicht vergessen: daß wir Christen sind. Wir wollen uns des tiefsinnigsten Mythos unserer Religion erinnern, des Mythos, durch welchen das Christentum bis heute die oberste der Weltreligionen ist, trotz allen Geistes und aller seelischen Vertiefung des indischen Volkes: wir denken daran, daß Gott für die Menschen am Kreuz gestorben ist, von den Toten auferstand und nun lebt und regiert in Ewigkeit. Wir können nun den Fehler, den Sozialismus und Kommunismus mit dem Kapitalismus teilen, mit einem Wort nennen: alle drei Formen sind gottlos; noch mehr, in allen drei Formen wird den Menschen der Weg zu Gott versperrt.

Ich will an einem Beispiel zeigen, wie das gemeint ist.

In gesunden Zeiten der Völker treten die Lehrer der Menschen auf und sagen den Menschen, was Gottes Wille ist; sie sprechen aus der Tiefe ihres Herzens, in welches eben Gott gelegt hat, was er will. Sie wirken als Prediger, als Propheten, als Gesetzgeber, und ihre Wirkung ist unmittelbar von Mund zu Ohr. Niemand denkt daran, daß sie irgendwie leben müssen; ihr Unterhalt findet sich durch freiwillige Gaben der Menschen oder durch Einrichtungen, welche ihnen das Leben sichern, wie Klöster, Kirchen und Stiftungen. Wenn diese Zustände verfallen, dann werden Gaben und Einrichtungen mißbraucht für den Unterhalt untätiger Menschen. Mit dem Aufkommen des Kapitalismus tritt an die Stelle des Almosens und der Stiftung Verlag und Presse; es schiebt sich zwischen Volk und Lehrer eine Mittelsperson, der Unternehmer. Dieser mag ein Mensch sein, wie er will, er ist jedenfalls von den Gesetzen des Marktes abhängig; von ihm wieder hängt der Lehrer des Volkes ab; und der Lehrer kann nicht mehr unmittelbar sagen, was Gott ihm ins Herz gelegt hat, sondern nur noch, was möglich ist innerhalb der geschäftlichen Beziehungen des Buchhandels und Zeitungswesens. Das ist ein furchtbarer Druck. Er lastet nicht nur auf dem Lehrer, er lastet ebenso auch auf dem Unternehmer, vielleicht mit dem Unterschied, daß der Unternehmer ihn sich nicht so zum Bewußtsein kommen läßt. Nun, innerhalb jener Beziehungen gibt es tausend Lücken, durch welche hindurch bei gutem Willen Beider doch eine höhere Wirkung geschehen kann.

Jeder Zeitungsherausgeber weiß, daß er über den durchschnittlichen Tagesbedarf hinaus seinen Lesern gelegentlich einmal Höheres zumuten darf: Samenkörner, von denen viele auf den Weg fallen, viele auf steinigen Boden, und einige auf guten Boden. Jeder Verleger weiß, daß er neben den Schriftstellern, die er vertreiben muß, um sein Geschäft aufrechtzuerhalten, einen Dichter unter die Menschen bringen darf, dessen Werke ihm nichts einbringen und vielleicht nur dauernd kosten. Wird der Zustand besser werden durch die Sozialisierung? Ich fürchte, er wird schlechter. Männer, die bisher selbständig waren und nur durch die Fesseln des Geschäftlichen gebunden wurden, welche ja doch nichts sind als die Ergebnisse der allgemeinen menschlichen Mittelmäßigkeit, die das Wertvolle eben ablehnt um das Geringere: diese selbständigen Menschen werden ersetzt durch Angestellte, welche Andern verantwortlich sind für den Ertrag des Geschäftes. Der Besitzer des Geschäftes kann für Eingebungen und Gedanken und für Männer, welche sie vertreten, Opfer bringen; der Angestellte kann es nicht. Vielleicht werden durch die Sozialisierung ganz schlechte und unehrenhafte Unternehmungen verschwinden: sicher verschwinden durch sie die Unternehmungen, welche unser geistiges Leben fördern, und es tritt eine noch größere Herrschaft der Mittelmäßigkeit ein, als wir heute schon haben. Kein einziger bedeutender Dichter, kein Neues sagender Denker, kein befehdeter Wissenschaftler wird seine Schriften noch in der alten Weise erscheinen lassen können, wenn der opferwillige Verleger fehlt und an seine Stelle der ängstliche Beamte tritt. Daß im geistigen Leben die Mittelmäßigkeit die eigentliche Sünde ist, braucht nicht besonders gesagt zu werden.

Was von Verlag und Presse gilt, das gilt in geringerem Maße, aber ebenso sicher, von allen andern Erwerbsmöglichkeiten. Der Wille der Menschen wird noch mehr wie bisher auf das gerichtet, was den Willen nicht wert ist. Die Sozialisierung ist einfach eine weitergehende Mechanisierung des Erwerbslebens und erzeugt damit nur eine noch stärkere Unfreiheit der Menschen. Es ist bezeichnend, daß seit den ältesten Zeiten alle Vertreter solcher Meinungen – Männer wie Plato darf man nicht zu ihnen rechnen, seine sozialistische Hierarchie ist etwas anderes – immer auf materialistische Ziele kommen: auf den Genuß. Der Trost, der uns heute gesagt wird, lautet denn auch, daß bei völliger Sozialisierung nur noch eine geringe tägliche Arbeitszeit, manche sprechen von vier Stunden, nötig sei, und daß die Leute die übrige Zeit denn zum Genießen verwenden können: welches Genießen denn seinen Gipfel in dem hat, was diese Leute Bildung nennen, welches das schöpferische Leben ausschließt.

Aber noch immer gilt es, daß der Mensch stärker ist als alle Verhältnisse. Denken wir an den Gott, der am Kreuze starb und der in seinen Erdentagen nichts hatte, wo er sein Haupt hinlegen konnte, da doch die Füchse ihre Löcher haben und die Wölfe ihre Höhlen. Denken wir daran, daß nur die Unabhängigkeit von allem Äußeren uns die Würde gibt, die das höhere Leben erfordert. Immer klarer wird den Menschen der Fehler der zusammengebrochenen Zeit, und die Gedanken, welche jetzt herrschen, haben keine Dauer: es wird nur eins übrigbleiben, der auf sich selber gestellte Mensch, der frei seinem Gott entgegentritt. Wenn nicht alle Zeichen trügen, so bereitet sich eine geistige Einkehr der Menschheit vor in all der Unruhe und der Wirrnis des äußeren Lebens, das sich sinnlos heute vor uns abrollt.

Der Stolz
(1918)

In einer isländischen Saga wird erzählt, wie der Held, welcher ein kunstreicher Schmied ist, einen großen Stein als Amboß braucht und auf seiner Insel keinen passenden findet: da stößt er einen Achtruderer ins Meer, rudert nach einer Fjordinsel, läßt den Ankerstein fallen, steigt über Bord, taucht in die Tiefe, holt aus dem Meeresgrund einen Stein in die Höhe und legt ihn aufs Schiff: dann steigt er selbst aufs Schiff, rudert zum Land und legt den Stein vor der Tür seiner Schmiede nieder. Zur Zeit des Erzählers lag der Stein noch da und viel Schlacke daneben. Man sah an ihm, daß er oben abgenützt war: auch war er von der Brandung abgeschliffen und ganz anders als die Steine, die sonst dort sind. Damals konnten ihn vier Männer nicht mehr heben.

Ausdrücklich wird erzählt, nicht nur, daß ein Mann einen Stein hebt, den heute nicht vier Männer heben können, sondern auch, daß er allein einen Achtruderer rudert, und sogar, daß er tauchend den schweren Stein aus dem Wasser holt, was doch offenbar allen Gesetzen der Natur widerspricht. Er schlingt nicht etwa unter Wasser einen Strick um den

Stein, was immerhin auch schon eine Leistung wäre, und zieht ihn auf dem Schiff stehend aus der Tiefe, sondern er holt ihn tauchend hoch.

Die Welt der Sagas ist nicht die wirkliche Welt der Zeit, in welcher sie spielen, sie ist eine dichterische Welt, die geschaffen ist in den Zeiten, in welcher sie gedichtet wurden. Sie erscheint uns heute als einheitlich: wenn wir genau zusehen, dann finden wir Unterschiede der Verfasser und Zeiten: aber diese Unterschiede sind neben der Einheitlichkeit so gering, daß wir durchaus von einer Welt der Sagas sprechen können, wie wir mit derselben Einschränkung von einer Welt der homerischen Dichtung oder der alten Tragödie sprechen.

Worin besteht das Wesentliche dieser Welt?

Kampf, Raub, Seefahrt, Liebe, Rache, Gelage, Erwerb – das ganze äußere Leben der damaligen Menschen, soweit es mit Leidenschaften verbunden ist, die es fesselnd machen, wird uns vorgeführt: die Entdeckung, daß man auch die leidenschaftlosen und deshalb nicht fesselnden Strecken des Lebens dichterisch darstellen könne, wo denn die Empfindsamkeit des Dichters helfend eintreten muß, ist erst der bürgerlichen Neuzeit vorbehalten. Das ist alles aber bloß Stoff der Dichtung, ein Stoff, den etwa die Homerische Dichtung auch hat. Das Wesentliche liegt wo anders: in der Art, wie die stofflichen Inhalte des Lebens von den Menschen gefühlt werden, in den Seelen der Menschen. Das Wesentliche der dichterischen Welt der Sagas besteht in der Darstellung der Seelen der alten Isländer. Diese ist im Dichter genau so wie in dem Helden, von welchem er erzählt, ja, im Dichter kommt sie reiner in Erscheinung, weil sie ungetrübter durch die Wirklichkeit ist; man kann deshalb auch hier mit Recht sagen, daß die Dichtung die höhere Wirklichkeit ist.

Wir wollen uns recht verstehen. Wenn wir die gesamte Dichtung der heutigen Menschheit betrachten, dann gewinnen wir kein einheitliches Weltbild mehr. Die Ursache ist, daß früher nur die herrschende Art Menschen zu Worte kam, und heute – vielleicht, weil keine Herrschaft mehr ist – alle Arten von Menschen dichterisch sprechen dürfen. Auch damals hat es die verschiedenen Arten von Menschen gegeben. Es gibt einen alten japanischen Volksroman aus der Feudalzeit, einer Zeit, in welcher ebenso nur die herrschende Art Menschen sprach. In diesem Roman kommt ein Kaufmann vor. Es wird von ihm gesagt: »Er war zwar nur ein Kaufmann, aber er empfand wie ein Ritter«. Das kann in der Wirklichkeit so gewesen sein, denn in sehr hohem Maße paßten sich die unteren Schichten den Gesinnungen der oberen an; es kann aber auch dichterische Gestaltung sein, welche rücksichtslos ihr Leitbild von allen Menschen verlangt.

Da es sich für uns hier nur um das seelische Leben handelt und die damals schweigenden Manschen ohne eigenes seelisches Leben sind, so können wir tatsächlich die dichterische Welt der Sagas als Ausdruck der Seele des alten Isländertums auffassen.

Deren Mittelpunkt ist nun ein unbändiger Stolz. Der Stolz ist etwas Seelisches und als solches unfaßbar, er ist reine Form, die einen Inhalt braucht. Der Inhalt wird dann durch den Geist gegeben. Der Geist ist noch unentwickelt: dem Menschen ist noch nichts wichtig wie er selber.

Die Griechen, schon der homerischen Zeit, hätten diese Menschen als Barbaren bezeichnet. Mit dieser Bezeichnung verband man nicht etwa eine Verachtung; wir sehen, wie sie die Perser sehr hoch achten und sich nicht darüber täuschen, daß sie selber in ihrer Gesamtheit weniger wert sind als ihre Feinde. Herodot erzählt einmal einen Ausspruch des Darius, er habe gehört, die Griechen wohnten in Städten, und in der Mitte jeder Stadt sei ein Ort, wo sie täglich zusammenkämen, um sich gegenseitig zu betrügen; ein solches Volk brauche man doch nicht zu fürchten. Ähnlich wird uns noch aus der späten römischen Zeit berichtet, daß einmal eine Gesandtschaft von Friesen nach Rom gekommen sei; man habe sie in das Theater geführt, und da haben sie die ersten Plätze verlangt, mit der Begründung, daß sie ein vornehmes Volk seien. Die Friesen hielten sich also für vornehmer als die Römer. Die Bezeichnung »Barbaren« geht auf anderes; vielleicht kann man das, was mit ihr gemeint ist, bezeichnen als jene Unentwickeltheit des Geistes, bei welcher der Einzelne nichts wichtig nimmt wie sich selber, das heißt seine zufällige zeitliche Erscheinung.

Aus dieser Auffassung ergibt sich die Herrschaft der Selbstsucht und der Leidenschaften. Dabei muß man bemerken: der Barbar ist nicht etwa fessellos seinen Leidenschaften unterworfen, weil er seelisch zu schwach wäre, sie zu beherrschen; er zeichnet sich ja gerade durch seelische Kraft aus; wenn es nötig ist für seine Zwecke, dann beherrscht er seine Leidenschaften und spart etwa die Befriedigung der Rache jahrelang auf. Aber er kennt geistig nichts Höheres als die Leidenschaft, und deshalb folgt er ihr.

Sein Stolz ist auch eine Leidenschaft, es ist die Behauptung seines Selbst als eines allen Andern überlegenen Wesens. Dieser Stolz hindert den Barbaren, daß die Seele sich immer als Herrscher fühlt; sie darf sich weder durch Furcht oder Schmerz, noch durch körperliches Unvermögen, noch durch ein Laster unterjochen lassen. Der Barbar ist etwa habgierig oder er berauscht sich durch Getränke; aber er ist nicht geizig oder trunksüchtig; wenn er Höheres sieht als das Geld und den Rausch, dann ist ihm Geld und Rausch nicht mehr wichtig.

Schon die homerische Welt steht höher als die Welt der Sagas; wir sprechen hier wieder von der dichterischen Welt als der eigentlich wirklichen. Wodurch ist sie das?

Die Welt der Sagas ist ganz gottlos. Die homerische Welt ist schon göttlicher. Auch die Götter Homers sind ja noch nicht Gott in unserm Sinne, sie sind noch, wie die früheren Christen sagten, Dämonen;

aber bei Homer ist in den Menschen schon eine höhere Geistigkeit, die bald auch ihre Anforderungen an die Götter stellen wird, zu Gott zu werden. Noch sind Krieg, Raub, Gewalt und List das Herrschende in der Welt; aber schon haben die Menschen gelernt, daß der Einzelne mit seinen Leidenschaften nicht allein ist; Mitgefühl und Duldung beginnen. Die Geschichte, wie Priamos die Leiche des Hektor von Achilles verlangt, wäre in den Sagas nicht möglich.

Damit aber beginnt sich der Stolz zu ändern. Achill, welcher den Hektor um die Stadt schleift, ist noch ganz Barbar; Achill, welcher seine Rache bezwingt, nicht zu einem selbstsüchtigen Zweck, sondern durch eine höhere Geistigkeit, ist es nicht mehr.

Diese höhere Geistigkeit ist die Einbildungskraft, welche dem Menschen erlaubt, sich in die Seele des andern zu versetzen.

Priamos spricht zu Achill:

>»Deines Vaters gedenk', o göttergleicher Achilleus,
> Sein, der bejahrt ist wie ich, an der traurigen Schwelle des Alters!
> Und vielleicht, daß jenen auch ringsum wohnende Völker
> Drängen und niemand ist, vor Jammer und Weh ihn zu schirmen.
> Aber doch, wenn jener von dir als Lebendem höret,
> Freut er sich innig im Geist und hofft von Tage zu Tage,
> Wiederzusehen den trautesten Sohn, heimkehrend von Troja.«

Da denkt Achill an den eigenen Vater, und indem Priamos ihm die Hand küßt:

>>Sanft bei der Hand anfassend, zurück ihn drängt er, den Alten.
Beide nun eingedenk: der Greis des tapferen Hektors,
Weinte laut, vor den Füßen des Peleionen sich windend;
Aber Achilleus weinte dem Vater jetzt, und wieder
Seinem Freund: es erscholl von Jammertönen die Wohnung.<<

Unsere Zeit, welche sich immer weiter zurück barbarisiert, versteht die Zusammenhänge dieser Entwicklung nicht mehr und muß sie sich erklären lassen.

Die höhere Geistigkeit wird durch die Dichtung erzeugt; unsere eigene klassische Zeit faßte die Aufgabe der Dichtung noch so auf und hat das ja auch deutlich genug ausgesprochen; wir dürfen uns nicht wundern, wenn wir die Zeugen des Fortschritts der Entwicklung immer in der Dichtung treffen.

Im tragischen Zeitalter der Griechen geschieht der weitere Schritt. In der damaligen Ausdrucksweise: die Gefahr für den Menschen ist der Übermut, das seelische Ziel, welches er erstreben muß, ist das Gleichmaß. Noch immer ist der stolze Mensch der einzige, welcher zu Worte kommt, dessen Geschehnisse allein wichtig sind, Ödipus ist ein solcher stolzer Mensch, schon ganz aus dem niedrigeren Kreis des Helden und Kämpfers in den des Königs gehoben; schuldlos, wie der Chor auf Kolonos ausdrücklich sagt, hat er Leiden erduldet – die Leiden, die sein Stolz ihm brachte. denn nur durch seinen Stolz blendete er sich und zog außer Landes, indem er etwas sühnte, das er nicht begangen. Nun gibt er die letzte Gabe seines Stolzes; er will nach seinem Tode ein helfender Gott für die Menschen werden. In dem Gespräch des Theseus mit Ödipus steht sich noch das Sittliche, die Scheu vor Übermut und das Gebot des Gleichmaßes, und das Religiöse, der Mensch, der unschuldig Leiden auf sich nimmt und nach dem Tode ein helfender Gott wird, unvermittelt gegenüber; das Unaussprechliche erfährt Theseus allein, hier ist die Anknüpfung an einen Mysterienkult.

Nur einen Schritt brauchte das Christentum noch zu tun, indem es das Unaussprechliche allen mitteilte, nämlich daß jenes sittliche Gebot zwar richtig ist, aber doch nicht die Erfüllung; daß die Erfüllung darin besteht, dem Gott, welcher schuldlos das Leiden auf sich nahm und starb, nachzufolgen.

Die ersten Jahrhunderte des Christentums fielen in die Auflösungszeit der alten Welt. In dieser kamen zum erstenmal in der europäischen Geschichte nicht nur die höheren Menschen allein zu Worte, sondern es sprach jede Art von Mensch. Das Christentum war damals das Gefäß, in das alle diese Menschen ihre Seele ergossen; es ist nicht wunderbar, wenn sein Inhalt nun heute vieldeutig ist, wenn das, was als Ausdruck des höchsten Stolzes entstand, der aus der geistigen Roheit der Barbaren sich in das äußerste Geistige gewendet hatte, als Ausdruck der Sklavengesinnung erscheinen konnte und ein großer Denker von einem Sklavenaufstand sprechen durfte. Nietzsche hat gewiß nicht unrecht; aber er hat nur teilweise recht. Das Christentum krankt daran, daß noch immer die verschiedenartigen Bestandteile in ihm nicht gesondert sind, daß es noch immer falsch verstanden werden kann.

Was wir als das mittelalterliche Christentum bezeichnen, das ist geschichtlich äußerlich eine geistige Schöpfung, die vom Kloster Cluny ausgeht; es ist die Aufnahme des Christentums durch die barbarischen germanischen Völker, durch die es sofort so verstanden wurde, wie es ursprünglich gemeint war. Eins der schönsten Zeugnisse dieses mittelalterlichen Christentums ist die Nachfolge Christi von Thomas a Kempis, der schönste Ausdruck eines ganz auf das Höchste gewendeten Stolzes.

Seit dem Ende des Mittelalters leben wir wieder in einer Auflösungszeit, die nur zuweilen unterbrochen wird durch Versuche einer neuen Gesittung; der letzte dieser Versuche war der deutsche Idealismus, der etwa 1830 zusammenbrach. Wenn nicht alles trügt, dann erreicht in diesem Krieg diese Auflösungszeit ihren Höhepunkt, und eine neue Ordnung der Menschheit bereitet sich vor. Damit wird auch das Sprachengewirr aufhören, das uns heute so betäubt, wo ein jeder Mensch sein Wesen ausdrücken darf, der Gemeinste wie der Edelste; es wird wieder entstehen, was man mit dem oberflächlichen Wort »Konvention« nennt; und auch unsere Religion wird dann wieder eindeutig sein.

Die Arbeit und der Krieg
(1917)

Die Arbeit, das heißt die auf einen noch fernliegenden, zunächst wirtschaftlichen, dann bei höherer Gesittung höheren Zweck gerichtete Tätigkeit ist dem Menschen nicht natürlich. Es hat offenbar lange Zeiträume
gebraucht, bis sie bei den gebildeten Völkern heute als eine Selbstverständlichkeit erscheint. Man erzählt, daß Menschen aus niedrig stehenden, wilden Völkerstämmen, welche alle Vorteile des gesitteten Lebens erfuhren, plötzlich von tiefer Schwermut ergriffen werden, die Kleider von sich reißen und wieder in ihre Wälder und Wüsten fliehen, wo sie gedankenlos in den Tag hineinleben können, ohne den beständigen geistigen Druck der Sorge für das Morgen, ohne die Zielsetzung für ihre Tätigkeit.

Die sogenannten Naturvölker sterben bekanntlich in rätselhafter Weise aus, wenn sie in nahe Berührung mit uns kommen; die Ursachen brauchen nicht in Krankheiten und Lastern zu liegen, welche sie von den Europäern erwerben; sondern es nimmt sie ein merkwürdiger Lebensüberdruß gefangen; die Frauen bekommen keine Kinder mehr, und es wird selbst erzählt, daß die Männer sich heimlich untereinander verpflichten, keine Kinder mehr zu haben. Der Lebensüberdruß wird vor allem erzeugt durch den Einfluß der europäischen Arbeit.

Wir können die Geschichte der gesitteten Völker von heute nicht weit genug zurückverfolgen, um zu wissen, wie die heutige Arbeitskraft bei uns entstanden ist. Aber man kann mit Sicherheit annehmen, daß in den Urzeiten in den Ländern der heutigen Gesittung ein Kampf ums Dasein zwischen Einzelnen, Völkern und Rassen stattgefunden hat, in welchem die arbeitstüchtigsten gesiegt haben.

Die dauernden Siege werden nicht mit dem Schwert erkämpft, sondern mit dem Pflug. Das kriegerischste Volk mag in kurzer Zeit ein weites Herrschaftsgebiet gewinnen; das arbeitstüchtigste wird sich in langer Zeit am weitesten verbreiten. Nach der heutigen Ansicht entstanden die arischen Völker in den Gegenden des heutigen Dänemark und Schleswig-Holstein. Sie haben sich mit dem Schwert neue Sitze erkämpft; daß aber in diesen neuen Sitzen nach Jahrtausenden nicht die Nachkommen der damals Besiegten leben, sondern ihre Nachkommen, das verdanken sie dem Umstand, daß sie auch tüchtigere und weiterblickende Arbeiter waren. Die Urvölker sind vor ihnen dahingeschmolzen, wie die Australier vor den eingewanderten Europäern dahinschmelzen.

Der westliche Zweig der gesitteten Völker von heute ist arischen Ursprungs,

und in ihnen ist die Arbeitstüchtigkeit der Vorfahren vererbt.

Das folgende will nicht mehr sein als ein Einfall. Ich möchte nicht etwa eine Behauptung aufstellen; ich möchte nur dazu einladen, für eine kurze Zeit einmal die Dinge von diesem Einfall aus zu betrachten.

Die Arbeit ist im Lauf der Jahrtausende triebmäßig geworden, und die Befriedigung des Arbeitstriebes gehört für uns zum menschlichen Glück. Man kann behaupten, daß Arbeitsscheue unter uns immer irgendwie krankhafte Persönlichkeiten sind.

Aber welche Art von Arbeit ist das?

Nur wenige von den Gebildeten kennen die einfache körperliche Arbeit, wie sie in den von uns heute als »natürlich« empfundenen Verhältnissen notwendig ist, als deren Hauptvertreterin die bäuerliche Arbeit gelten mag. In ihr findet ein eigentümlicher Ausgleich des Tierischen mit dem Sittlichen statt, der ein tiefes Glück erzeugt, das rein menschlich ist und doch ganz aus dem Tierischen kommt. Die Art der Arbeit, ihre Einteilung, ihr Zweck, ist altherkömmlich, und so ist Sicherheit und Ruhe; aber es muß doch immer im besondern Fall das Herkömmliche neu angewendet werden, es sind auch neue Entdeckungen und Fortschritte jeder Art anzuwenden; und so muß immer eine selbständige Gedankentätigkeit sie begleiten. Neben dieser eigentümlichen Mischung von Ruhe und Tätigkeit im Geistigen ist im Körperlichen eine gleichmäßige Anstrengung aller Kräfte und Glieder unter doch fast nur gesunden Bedingungen, oft bei Anregung der Sinne zu Empfindungen von Schönheit.

Die Leute klagen ja fast immer, und sie sehen meistens mit einem gewissen Neid auf die höheren Berufe, indem sie geneigt sind, die starke körperliche Anstrengung für ein Übel zu halten. Man läßt sich durch diese Klagen leicht irreführen. Aber wir wissen ja selber fast nie, was uns gut ist; unser Bewußtsein täuscht uns da beständig. Man kann schon glauben: wenn überhaupt bei Menschen Glück vorhanden ist, so ist es außer bei Frauen, welche in einer gesunden Häuslichkeit leben, bei den körperlich schwer arbeitenden Männern zu finden, in der wundervollen Müdigkeit des Feierabends, in der Ruhe der Seele, welche keine weiten Ziele sieht und durch die naturgegebenen Zustände befriedigt ist, in der frischen Tätigkeit des Geistes, welcher sich nur lösbare und einfache Aufgaben stellt. Würde man dem Mann die schwere körperliche Arbeit nehmen, so entstände das menschliche Zerrbild des Philisters, der doch nie ohne geheime Unruhe und Unbefriedigtheit ist.

Gewiß ist ja das Glück nicht der Zweck des Menschen; aber es gehört schon sehr viel dazu, um das einzusehen, und noch mehr, um die Folgen aus dieser Einsicht für einen selber zu ziehen. Wenn von irgendwoher das tiefe Glück der großen Menge der Menschen, welches in der früheren Art der Arbeit liegt, gestört werden sollte, dann müßte der Störer gewiß des allgemeinen Hasses sicher sein. Dieser Haß wäre nur so weit bewußt, als den Menschen die Störung selber zum Bewußtsein käme.

Die Summe von Erscheinungen, die man mit dem Wort »Kapitalismus« zusammenfaßt, hat nun eine ganz veränderte Wirkung der Arbeit auf den Arbeiter zur Folge. Es ist, als ob auf jeder Arbeit ein Fluch ruhte, die irgendwie kapitalistisch bestimmt ist: sie macht nicht mehr glücklich, sondern unfroh; sie befriedigt nicht mehr, sondern reizt. Und zwar gilt das von der Arbeit der höheren Stände nun ebenso wie von der des einfachen Arbeiters; sie sind beide betrogen, vielleicht die höheren Stände noch mehr als die Arbeiter: wenn wir wenigstens die Dinge aus dem Gesichtswinkel der Gegenwart ansehen und nicht denken, daß irgendwelche Zukunftspläne, welche wir nicht ahnen können, für die Menschheit ausgedacht sind.

Die Ursachen müssen sehr tief liegen und werden wohl erst zu erkennen sein, wenn der gegenwärtige Zeitabschnitt zu Ende ist. Äußerlich zeigen sich verschiedene Erscheinungen: daß der Arbeiter nicht mehr Herr seiner Arbeitsmittel und seiner Arbeitsleistung ist; daß er nur noch Teilarbeit leistet; daß das Zeitmaß und die Gangart der Arbeit von der Maschine vorgeschrieben wird, und ähnliches. Wir haben heute noch nicht die letzten Folgerungen gezogen; in Amerika ist man damit beschäftigt; und wenn der Krieg zu Ende ist, dann wird man die neuen arbeitsparenden Verfahren auch in Deutschland einführen müssen, die eine selbst heute unerhörte Hast der Arbeit erzeugen. Wenn diese Entwicklung ganz zu Ende gekommen ist, dann wird man sagen können, daß die körperliche Arbeit wenigstens zunächst eine Qual geworden ist, und ähnlich wie der Naturmensch sich gegen die frühere Arbeit der gebildeten Völker wehrte, werden sich diese nun gegen die ganz kapitalistisch gewordene Arbeit wehren. Ob nun hier nicht eine Ursache der Feindschaft der andern Völker gegen uns liegt?

Der Kapitalismus hat ja seine Weltbedeutung in England gewonnen. Als er sich entwickelte, mußte das englische Volk mit den niederträchtigsten Mitteln in die Fabriken getrieben werden; man kann diese in Marxens »Kapital« nachlesen, dessen Darstellung der dort sogenannten »ursprünglichen Akkumulation« noch immer unübertroffen ist.

Der englische Kapitalismus hat aber die andern Völker nicht unmittelbar mit in den kapitalistischen Kreis gezogen, sondern im Gegenteil, er dachte sich ja die Sache so, daß der Kapitalismus auf England beschränkt bliebe, und die andern Länder durch Lieferung der Rohstoffe und Kauf der fertigen Waren von ihm ausgebeutet würden.

Dazu kam, daß die englische Ausfuhr sich auf einige besondere Warenarten beschränkte, nämlich hauptsächlich Stahl- und Baumwollwaren.

Die Stimmung der übrigen Welt war also England gegenüber: man erhält billig Waren, die teilweise besser sind als die, welche man früher hatte, man verkauft Korn und Vieh, und man bedauert die armen englischen Fabrikarbeiter, welche bei diesem Geschäft die Benachteiligten sind.

Als Deutschland sich in die kapitalistische Bewegung begab, war das alles ganz anders.

Zunächst hat man bei uns nie den schroffen Gegensatz der Proletarier gegen die übrige Gesellschaft gehabt, wie ja überhaupt unsere Gesellschaft sehr ausgeglichen ist. So war bei uns auch nie die Rede von den Schändlichkeitn, welche die ersten Zeiten des Kapitalismus in England begleiteten: die Vertreibung der Bauern, die Armengesetzgebung und ähnliches. Aber dafür teilte sich denn die Hetze der kapitalistischen Arbeitsart auch gleich den übrigen Berufen und Ständen mit. Die Deutschen dehnten sofort den Kreis der Waren aus, welche kapitalistisch

hergestellt wurden. Und durch die ungemein schnelle Entwicklung ihrer Volkswirtschaft erschreckten sie die andern Völker und zeigten ihnen, daß sie überflügelt würden und keine Bedeutung mehr haben würden, wenn sie nicht dem Beispiel Deutschlands folgten. Es ging im

Großgewerbe wie mit dem Heer. Wie jede Heeresverstärkung, so bewirkte auch jede Steigerung unseres Großgewerbes selbsttätig eine neue Tätigkeit der andern Völker.

Dadurch wurden diese nun auch in die Hetze hineingetrieben.

Aber der sind die Franzosen und die Südeuropäer körperlich nicht gewachsen; noch nicht einmal die Engländer können es hier mit uns aufnehmen, weil ihnen die Unrast unseres Temperaments fehlt; nur die Amerikaner sind uns gewachsen; aber bei ihnen liegen wieder sonst ganz andere Umstände vor.

Denken wir uns, daß die Naturvölker einen erfolgreichen Widerstand gegen die Europäer leisten könnten: sie würden das doch gewiß tun. In dem Haß der andern Völker gegen uns liegt sehr viel von dem Haß, der durch die Unmöglichkeit entsteht, sich härteren Arbeitsbedingungen anzupassen. Man glaube doch nicht, daß solche Gesinnungen wie der allgemeine Haß der Welt gegen uns sich nur durch die Zeitungshetze bilden. Und auch der Vorwurf des Barbarentums stammt wohl dorther. Denn natürlich muß die gehetzte Arbeit die Menschen barbarisieren, diejenigen Völker, welche ihr nicht gewachsen sind, natürlich am meisten.

Wenn der hier dargestellte Einfall richtig sein sollte, dann ist mit ihm natürlich noch nicht eine Kritik am Kapitalismus geübt: die müßte auf einem andern Blatt stehen. Man könnte sich vorstellen, daß heute mit furchtbaren Mitteln eine Menschenart von höherer Spannkraft gezüchtet wird, die zu den zurückbleibenden Völkern in demselben Verhältnis stände wie der Arier zu den Ureinwohnern Europas; sie entstände auch nicht weit entfernt von den alten Sitzen der ersten Arier. Die Entente wäre dann der Versuch einer Auflehnung gegen diese Züchtung und gegen die Herrschaft der neu gezüchteten Art.

Die Treue
(1919)

In einem mittelalterlichen Roman, »Flores und Blanchefleur«, kommt einmal eine Stelle vor, wo ein Fürst seinen Sohn in die Fremde schickt, damit er dort lernt. Der Sohn hat Gründe, weshalb er zu Hause bleiben möchte, und der Vater sagt: »Merke dir, mein Sohn, daß du Achtung, Liebe und freimütigen Gehorsam einem Vasallen oder Zinspflichtigen nur einflößen kannst, wenn du ihm zeigst, daß du mehr wert bist als er in Gedanken und in Handlungen des Mutes und der Ritterlichkeit. Geh, lieber Sohn, suche dir Ruhm und mache deinen Namen unter den Leuten glänzend!« Die Mutter fügt hinzu: »Und mache, daß deine Dame berühmt wird und du sie verdienst.«

Wenn ein Großunternehmer heute seinen Sohn von Haus schickt, und er ist ein ähnlich tüchtiger Mann wie jener mittelalterliche Fürst, dann sagt er: »Mein Sohn, lerne etwas, denn du kannst einmal von deinen Leuten nichts verlangen, was du nicht selber kannst.«

Das ist ein allgemeines seelisches Gesetz: eine Klasse kann ihre Herrschaft nur behaupten, wenn sie in den Dingen, auf welche die Herrschaft geht, vorzüglicher ist als die beherrschte Klasse. Wenn sich dieses Verhältnis der beiden Klassen verschiebt, dann entstehen die Revolutionen. Dieses allgemeine Gesetz ist formaler Natur, es drückt das Verhältnis der beiden Klassen aus; es ist ewig und wird sich überall wieder in der Geschichte auffinden lassen. Es hat in der Geschichte aber immer verschiedene Inhalte. Diese sind bestimmt durch die Dinge, auf welche die Herrschaft geht.

Das Mittelalter auf seiner Höhe, um das es sich hier handelt, war durch den Feudalismus bestimmt. Der Feudalismus war eine Idee, die entstanden war dadurch, daß Berufskrieger geschaffen wurden, welche an Stelle des Soldes eine dauernde Landanweisung erhielten. Das Wohnverhältnis änderte sich dadurch zu einem Treueverhältnis.

Im untergehenden Altertum waren alle sittlichen Bande gelöst. Man gefällt sich gewöhnlich in der Vorstellung, daß die treuherzigen, blonden und sittlichen Germanen gekommen seien und diese untergehende Welt wieder erneuert hätten. Wenn man aber nüchtern an den Quellen die Vorgänge studiert, so sieht man, daß die sittliche Auflösung seit den Einfällen der Barbaren nur noch furchtbarer wurde und daß die Verderbnis sofort auf die Barbaren übergriff. Wenn man nur mit einiger Vorstellungskraft begabt ist, dann kann man sich das ja auch wohl selber sagen. Menschen höherer Art gibt es natürlich zu allen Zeiten. In solchem sittlichen Verfall können sie nichts tun, als in die Wüste gehen und Einsiedler werden, oder sich in unfruchtbaren Predigten erschöpfen. Man frage sich nur, was Einer etwa heute tun kann?

In diese verfaulende Welt, in welcher Gemeinheit und Laster der höchsten Zivilisation und eines gelegentlich bis zu indianischer Roheit

sich steigernden Barbarentums sich zu einem fürchterlichen Gemenge vereinigten, kam durch die Not der Zeit der erste geschichtliche Anfang des Feudalismus. Die Not der Zeit muß die Verarmung der Gemeinfreien durch Raub, Plünderung, Krieg und Kriegsdienst, Morden und Brennen gewesen sein, und das endgültige Verschwinden der für die Zivilisation notwendigen Edelmetalle – der Gegenwart vorbehalten blieb die geistreiche Erfindung des durch Papier gedeckten Papiergeldes, wo man die Umlaufsmittel in unendlicher Steigerung vermehren kann, indem man jedesmal für jede Papiermark drei neue Papiermark ausgibt, für jede dieser wieder drei neue und so fort –, und der Anfang des Feudalismus war, daß ein vermutlich sehr übler Herr einem vermutlich gleichfalls sehr üblen Soldaten sagte: »Ich kann dir deinen Sold nicht mehr auszahlen, ich mache dir aber den Vorschlag, dir ein Haus mit etwas Land zu geben; du weißt ja, mit den Sklaven ist es nichts mehr heutzutage, sie wollen nicht mehr arbeiten; ich habe meine Leute angesiedelt und lasse mir einige Abgaben von ihnen machen; ich überweise dir einige von diesen Leuten, und so kannst du ganz gut leben, und ich brauche kein Bargeld zu zahlen.«
Also das Lohnverhältnis änderte sich zu einem Treueverhältnis.
Damit wurden die Menschen natürlich noch nicht anders. Aber es war eine Form geschaffen, in welche sich das von höherer Menschlichkeit gießen konnte, was in der Welt vorhanden war. Es ergoß sich in die Form, und nach ein paar hundert Jahren war die Form erfüllt; und es geschah das Wunder, das in solchen Fällen immer geschieht: der Feudalismus war eine Idee geworden, welche auf alle übrigen Lebensverhältnisse übergriff und sie beherrschte; und für eine Weile war die Welt sittlich geordnet. Dadurch, daß die Menschheit eine Form für das sittliche Leben hatte, konnte die Gemeinheit nicht mehr herrschen; es geschah das Wunder, daß die neunundneunzig Hundertstel gemeiner Menschen so leben mußten wie das eine Hundertstel höherer Menschen. Wir sahen aus den angeführten Worten des alten Romans, in welcher Art die Wirkung war: ein Mensch muß in Gedanken und Handlungen vornehm sein, sonst kann er seine Stellung nicht halten. Die Menschen führen den gesellschaftlichen Kampf ums Dasein nicht mit Gewalt, List, Betrug, Untreue, Spitzbüberei und Roheit, sondern mit Vornehmheit.
Der Kapitalismus ist eine Idee, wie es der Feudalismus war. Er ruht auf der rein selbstsüchtig eingestellten Arbeitstüchtigkeit. Wie der

Feudalismus die Menschen aus tiefem Verderb zu Sittlichkeit geführt hat, so hat der Kapitalismus sie aus altem Schlendrian zu unerhörter Arbeitsfähigkeit erzogen. Wenn heute so viel gegen ihn gesagt wird – und mit Recht –, so soll man das doch nicht vergessen, daß er eigentlich zuerst den Menschen gezeigt hat, was sie leisten können. Wenn unsere Zeit erst unter der Last der Jahrhunderte begraben sein wird, dann werden die Leute mit Bewunderung für die mögliche Kraftsteigerung des Menschen ihre etwa noch vorhandenen Reste betrachten.

Die selbstsüchtig eingestellte Arbeitstüchtigkeit ist aber keine sittliche Idee, deshalb hat sie nicht eine einheitliche Gesellschaft bilden können. Wir finden, daß im Mittelalter die Einzelpersönlichkeit nicht entwickelt war. Sie brauchte nicht entwickelt zu sein, denn die Idee der Gesellschaft genügte, damit der Mensch sich harmonisch bilden konnte. Wer heute ein harmonischer Mensch sein will, der muß sich außerhalb der Gesellschaft halten, der muß eine Persönlichkeit

werden: auf eigene Gefahr natürlich, was denn erklärt, daß der weitaus größte Teil der Persönlichkeiten verunglückt ist. So kommt es, daß das Mittelalter abgestorben ist, wie ja eben alles Organische auf Erden einmal abstirbt; unsere Zeit aber ist zusammengebrochen, wie alles Unorganische einmal zusammenstürzt; sie hinterläßt uns nur Trümmer. Auf diesen Trümmern müssen wir nun aufbauen. Bis heute sind ja alle Gesellschaftsformen, welche je gewesen sind, unbewußt entstanden. Die Menschen haben sich nicht gesagt, daß sie eine neue Gestaltung ihrer Verhältnisse machen wollen, die sie sich vorher ausdachten, sondern die neue Gestaltung ist über sie gekommen, ohne daß sie es recht gemerkt haben. Aber wir sind heute bewußter als frühere Zeiten. Es wäre nicht unmöglich, daß wir die Aufgabe erfüllten: bewußt zu bauen.

Wir müssen uns das Eine klarmachen.

Alle Menschen, welche heute neu bauen wollen, gehen von der Verteilung der Güter aus. Das ist aber ein falscher Ausgangspunkt, denn die Verteilung der Güter ist nicht eine Ursache, sondern eine Folge. Wir müssen von den sittlichen Bedürfnissen des Menschen ausgehen. Das ist allgemein gesagt. Aber ich kann nichts Besonderes sagen. Könnte ich das, so wäre ich ja der Erretter der heutigen Menschheit. Ich kann nur sagen, in welcher Richtung die Errettung liegen muß; vielleicht, wenn sich vieler Augen nach dieser Richtung wenden, sehen einige etwas.

Ich will an einem Beispiel zeigen, was ich meine. Die Beziehung, die wir Deutschen zum Staat hatten – auch sie ist vernichtet, das mache man sich nur klar –, war sittlicher Art. Das Gefühl trug nur nicht genug, deshalb wurde es unterdrückt durch die Mechanisierung und die Bürokratisierung. Wäre es genügend tragfähig gewesen, dann hätte es sich nicht überwuchern lassen. Es ist also nicht etwa romantisch wieder heraufzubeschwören, man fasse das folgende nur als Beispiel auf. Im Heer kam dieses Staatsgefühl am stärksten zum Ausdruck. Nun, in der fürchterlichen Gemeinheit, die uns heute von allen Seiten umgibt, die bewirkt, daß manchen von uns die Scham erfüllt, den deutschen Namen tragen zu müssen, kommt aus dem letzten untergehenden Rest unseres Heerwesens eine Handlung, welche uns wieder Stolz und Hoffnung geben kann. Der Admiral, der die Flotte versenkte, ist offenbar ein Mann, in welchem die alte Gesinnung noch lebt. Er hatte vom Kaiser den Befehl bekommen, daß die Flotte nicht in die Hände des Feindes geraten darf, und er erfüllte den Befehl. Bei den Matrosen fing die Revolution an. Die Matrosen, welche diesem Mann zur Verfügung standen, werden gewiß nicht besser gewesen sein als andere. Aber keiner von ihnen ging zum Feind und verriet, was geschehen sollte; ja, als die Tat geschehen war, da erklärten sie einhellig, daß sie mit ihrem Admiral dieselbe Strafe erleiden wollten. Man muß annehmen, daß der eine Mann, in welchem der Gedanke der Treue gegenüber dem Staat lebendig war, diese ganze Menge der anderen Männer mit sich gerissen hat. Diese anderen Männer dachten nicht an Achtstundentag, Herrschaft des Proletariats, Löhne und Streiks, sondern sie dachten: »Unser Admiral hat die Treue gehalten; ein Lumpenhund, wer ihm nicht die Treue hält.« Wir müssen suchen, daß wir eine Ordnung finden, in welcher Mann dem Mann die Treue halten kann. Dazu ist notwendig, daß wir Männer haben, welche eine Treue bis zum Tod für sich beanspruchen können; und eine Idee, welche hervorragende Männer dergestalt zu beseelen vermag, daß sie sich an die Spitze des Volkes stellen an Stelle der armseligen Schacher, welche heute dort stehen; welche bewirkt, daß sie solche Männer sind, die Treue bis zum Tode von den anderen beanspruchen können.

Machiavellismus
(1918)

Wir sind Bürger zweier Welten: wir gehören der Welt der von uns sogenannten Wirklichkeit an, in welcher die Notwendigkeit alles zwingt; und wir sind zugleich Bürger der sittlichen Welt, in welcher 225 die Freiheit herrscht. Diese Welten sind wie zwei Kreise, welche sich schneiden, sie haben also jede einen Teil mit der andern gemein. Die Schnittpunkte liegen jedesmal in unserm Innern.

Die zwei sich schneidenden Kreise mit dem gemeinsamen Stück stellen das Verhältnis bildmäßig dar für den durchschnittlichen Menschen. Aber wir müssen uns hüten, dieses Bild für eine durchaus richtige Darstellung des Zustandes zu halten. Es kann Menschen geben, in welchen sich die Welten nicht schneiden; welche ganz in der Welt der Wirklichkeit und welche – das erscheint den meisten heute wohl unglaubhaft, in Zeiten seelischer Hochspannung der Menschheit erscheint es nicht so – welche ganz in der sittlichen Welt leben. Wir müssen uns also sagen, daß das Leben in den zwei Welten nicht eine unentrinnbare Notwendigkeit ist. Je nachdem, was wir für Menschen sind, wissen wir oder wissen nicht, daß wir völlig in der Welt der Sittlichkeit leben können. Dieses Leben in der Welt der Sittlichkeit ist aber eine ganz andere Art Leben, wie das in der Welt der Wirklichkeit: es hat vor allem nichts mit der Zeit zu tun.

Der natürliche Drang der Menschen zur Selbsttäuschung macht sie geneigt, diese Umstände im Dunkeln zu lassen. Wir müssen wissen, daß der erste Schritt zur höheren Menschlichkeit der ist, daß wir erbarmungslos gegen unsere seelische Feigheit werden und diese Umstände, welche so einfach und zugleich so schwierig zu verstehen sind, mit größter Nüchternheit uns darstellen.

Es wird von einem buddhistischen König erzählt, welcher an den Grenzen seines Reiches Säulen aufrichten ließ. Aber auf diesen Säulen stand nicht geschrieben: bis hierher reicht das Königreich dieses Mannes; sondern es stand auf ihnen geschrieben, daß Buddha die Menschen erlöst hat. Auf dem Höhepunkt des europäischen Mittelalters war das Kaisertum eine sittliche Macht; einer der weltlich mächtigsten Kaiser konnte den Beinamen des Heiligen erhalten; und der Name ist nicht im eng kirchlichen oder gar pfäffischen Sinn verdient, sondern er ist im menschlichen Sinn wahr. Die sittliche Welt dieser Herrscher mußte sich darstellen in der ewig sich wandelnden wirklichen Welt, sie hat sich vielleicht nur für kurze Augenblicke ganz rein dargestellt, und der wissenschaftliche Geschichtsforscher wird List, Betrug, Gewalttat, Unterdrückung und andere Ereignisse der wirklichen Welt unter ihrer Regierung so reichlich finden, daß er jene kurzen Augenblicke vielleicht gar nicht sieht. Aber diese Augenblicke bedeuten mehr, als ihnen nach ihrer zeitlichen Ausdehnung zukommt, denn in der sittlichen Welt hat die Zeit keine Bedeutung. Eines jeden Menschen, auch des größten Herrschers Wirkung wird schwächer und schwächer, wie die Kreise eines in den See geworfenen Steines sich verbreiten und flacher werden, bis sie ganz vergehen; aber daß Asoka und Heinrich auf dem Throne saßen, das wirkt noch heute auf uns, wie es zu seiner Zeit wirkte.

In der schlimmsten Zeit der italienischen Renaissance, als die kleinen Staaten Italiens von machtgierigen und gewissenlosen Herrschern geleitet wurden, schrieb Machiavell sein berühmtes Buch. Man hat es verschieden beurteilt: die Einen sahen in ihm ein ruchloses Werk und in dem Verfasser einen Bösewicht; die Andern betrachteten es als den ersten Versuch, die Politik wissenschaftlich zu verstehen, und verehrten den Verfasser als einen kühnen und großen Geist. Man wird heute wohl über die spießbürgerliche Angst vor Machiavell lächeln; aber man muß sich doch klarmachen, daß – bei aller Hochachtung vor dem großen Geist – die Sache nun auch nicht einfach damit abgetan ist, daß man ruhig die wissenschaftliche Auffassung Machiavells annimmt. Man muß sich klarmachen, daß es ein Unterschied ist, ob ich die Wirklichkeit darstelle: das ist stets eine wissenschaftliche Aufgabe; oder ob ich Verhaltungsmaßregeln gebe: das ist eine wissenschaftliche Aufgabe nur so weit, als es sich um Handlungen handelt, die mit dem sittlichen Menschen nichts zu tun haben. Ich lehre etwa die Behandlung des Vergrößerungsglases, oder ich unterrichte in der Denklehre, aber wo ich Verhaltungsmaßregeln gebe, welche den sittlichen Menschen mit angehen, also in der Politik, da übe ich keine rein wissenschaftliche Tätigkeit aus, sondern außer der wissenschaftlichen Mitteilung gebe ich auch noch sittliche Vorschriften.

Machiavell hat beides nicht scharf genug auseinandergehalten; es ist ihm als dem Ersten in diesen Untersuchungen kein Vorwurf zu machen; wenn aber heute seine Gedankengänge wieder aufgenommen werden, so muß man sich sehr vor dem Irrtum hüten, in den er damals verfallen ist.

Damals herrschten gemeine und nichtswürdige Kleinfürsten; und wenn man die Politik wissenschaftlich betrachtete, dann mußte man untersuchen, mit welchen Mitteln ein gemeiner und nichtswürdiger Mensch, welcher in einem kleinen Gebiet eine unumschränkte Macht hat und von ebenso gestellten andern gemeinen und nichtswürdigen Menschen umgeben ist, seine Ziele durchsetzt, die ihm eben durch seine seelische Verfassung gegeben sind.

Mit einer solchen Untersuchung aber ist nicht das Geringste gesagt darüber, wie ein sittlicher Mensch sich verhalten soll; und damit denn auch nichts darüber, was nun geschieht, wenn in diese gemeine und nichtswürdige Welt ein sittlicher Mensch eintritt: was denn doch nun wieder eine wissenschaftliche Aufgabe sein könnte. Heute herrschen bei allen Völkern, teils mittelbar, teils unmittelbar, teils offen und teils verborgen die Massen. Es ist ein bekanntes gesellschaftliches Gesetz, daß die Masse diese Herrschaft nicht selber ausüben kann, sondern Beauftragte für den Zweck haben muß; und daß diese Beauftragten wieder nicht von der Masse nach ihrer Würdigkeit ausgesucht werden können, sondern sich selber der Masse vorsetzen, indem sie das, was die Masse dunkel fühlt, aussprechen. Da das, was die Masse dunkel fühlt, immer irgendwelche niedrigen Wünsche sind, denn alles Höhere ist zu verschiedenartig, um Massengefühle zu erzeugen, so kommt tatsächlich die Herrschaft der Masse durch die Beauftragten auf etwas ganz Gleiches hinaus wie die Herrschaft jener alten kleinen Fürsten. Wer diese Zustände wissenschaftlich untersuchen will, der hat die Seelenkunde der Masse zu untersuchen, muß die einzelnen Triebe betrachten, welche man anzuspannen hat, und kann dann etwa zeigen, nach welchem Muster man die Lügen verfertigen muß, welche wirken sollen, wie man Mißtrauen sät, und ähnliches.

Es ist allgemein bekannt, daß die Engländer und in zweiter Linie die Franzosen die politischen Waffen ausgezeichnet gebrauchen, welche sie auf solche Weise schmieden, und daß sie mit ihnen Erfolge erzielen, welche unsere kriegerischen Erfolge wettmachen.

Wenn man genau zusieht, so findet man, daß da gar nicht eine besondere Hexerei im Spiel ist. Man braucht eben nur ein solcher Mensch zu sein, daß man nach seiner Natur solche Waffen anwendet.

Der Schluß, welcher notwendig bei uns gezogen werden muß, ist sehr einfach: wenn wir durchdringen wollen, dann müssen wir dieselben Mittel anwenden wie unsere Gegner. Sie sind ja wirklich nicht so schwierig, daß sie große Geister erforderten. Wir verteidigen uns schon gegen die Lüge, daß wir Fett aus den Gefallenen ziehen. Das ist natürlich dumm; denn bei der Masse haftet der Vorwurf gerade durch seine Tollheit, und die Verteidigung langweilt nur, da sie sinnlich nichts Neues bringt. Man müßte etwa erwidern, daß die Engländer die Toten roh verspeisen, und durch einigermaßen geschickte schriftstellerische Ausgestaltung dieses Vorwurfes hätte man den Gegner übertrumpft; dabei müßte man so dumm wie möglich verfahren, denn nur mit einer Dummheit, die selbst den Mittelmäßigsten offenkundig ist, wirkt man gerade auf die Masse.

Aber man mache sich klar: damit gewinnt man für den Augenblick, für den Augenblick nämlich, wo die Masse durch ihre Beauftragten herrscht. Aber man bannt dadurch das Volk in einen niedrigeren Kreis, denn man stellt ihm die Gemeinheit als das Natürliche dar. Die Herrschaft der Masse wird einmal vorübergehen wie die Herrschaft jener italienischen Fürsten; aber im Kreis der sittlichen Welt bleibt jede Handlung bestehen, denn in der sittlichen Welt gibt es nicht die Zeit, nicht Entstehen und Vergehen. Wer das italienische Volk kennt, der wird es gewiß lieben. Aber auch wer das italienische Volk noch so sehr liebt, der wird es doch verachten müssen wegen seines Verrates an seinem Bundesgenossen und wegen des allgemeinen Mangels an sittlichem Mut, daß nicht ein Mann in Italien aufgestanden ist, welcher dem Volke sagte, daß es eine Schändlichkeit beging. Das ist die Folge davon, daß seit der Renaissance die Italiener jene Politik der nichtswürdigen kleinen Fürsten nicht nur geduldet, sondern auch für richtig gehalten haben.

Der geistliche Tod
(1918)

Wenn man lange genug gelebt hat, daß man eine Reihe menschlicher Schicksale verfolgen konnte, so wird man die Beobachtung gemacht haben, daß das Leben der Seele nicht gleichmäßig läuft mit dem Leben des Körpers. Wir sehen einen jungen Manschen sich innerlich entwickeln weit über seine Jahre hinaus; wir sehen ihn innerlich hinter seinen Jahren zurückbleiben; und wir sehen endlich, was vielleicht das Wunderbarste ist, daß bei den meisten Manschen die Seele bis zu einem gewissen Punkte wächst, dann stehenbleibt und selbst abstirbt, indessen der Körper noch Jahre und Jahrzehnte weiterlebt.

Wer die Lebenserfahrung noch nicht hat, daß er solche Beobachtungen anstellen konnte, der kann die geschichtlich bekannten Persönlichkeiten vor seinem prüfenden Auge vorüberziehen lassen. Er wird am besten tun, wenn er für seine Untersuchung Dichter auswählt, weil die Reihe der Werke eines Dichters die Aufeinanderfolge seiner Seelenzustände darstellt. Er wird dann sehen: dieser Dichter lebte seelisch bis zu seinem zwanzigsten Jahre; indessen er vielleicht noch in seinem achtzigsten Jahre schrieb; jener lebte seelisch bis zu seinem körperlichen Tod.

Unsere Vorfahren haben sich mit den Zuständen der Seele mehr beschäftigt als wir, die wir scheinbar wichtigere Dinge zu tun haben. Sie haben, was sie erforschten, in ihrer Sprache ausgedrückt, die nicht mehr unsere Sprache ist und deshalb leicht falsch verstanden wird. Man muß ihre Forschungsergebnisse in dem großen Lehrgebäude suchen, das wir die christliche Dogmatik nennen. Was in der christlichen Dogmatik der »geistliche Tod« genannt wird, das ist die Erscheinung, von welcher hier die Rede ist.

Dieser geistliche Tod nun findet sich nicht nur im Leben der Einzelnen, er findet sich auch im Leben der Völker.

Wenn man sein Auge geschärft hat für diese Dinge, dann mag einem oft ein Grauen überkommen, wenn man inmitten eines großen

Kreises von Menschen steht, aus deren aller Augen eine gestorbene Seele schaut, wenn man die engsten Beziehungen zu Menschen hat, von denen man weiß, daß sie nur noch als leere Hülsen leben, und die doch selber sich notwendig noch für wirkliche Menschen halten müssen. Aber noch fürchterlicher ist für den, welcher sehen kann, der Anblick toter Völker, die sich selber noch für lebendig halten, noch Taten tun und Wirkungen auf andere ausüben, als ob sie noch lebendig waren.

Wir wollen ein ganz schlimmes Beispiel nehmen.

Nach unsern Kenntnissen leben im heutigen Ägypten die reinen Nachkömmlinge des alten Pharaonenvolkes. Man hat in einer Töpferwerkstatt aus einem sehr alten Herrschergeschlecht Fingerabdrücke im

Lehm gefunden, die genau mit den Fingerabdrücken der Leute gegenwärtig übereinstimmen. Als man die erste der bekannten Holzfiguren des sogenannten Dorfschulzen aus dem Nilschlamm ausgrub, riefen die Arbeiter: »Das ist ein Dorfschulze« – die Figur hat den Namen von diesem Ausruf bekommen –; denn die Wirklichkeitsdarstellung zeigte in Haltung, Kleidung, Ausdruck und Körperform ganz das Urbild eines solchen Mannes, wie ihn die Leute noch täglich sehen können. Man dürfte solcher Zeugnisse noch mehrere anführen.

Nun haben die alten Ägypter selbständig eine sehr hohe Gesittung geschaffen und im Wirtschaftlichen und Handwerklichen Entsprechendes erreicht. In einer Kunst, in der Bildhauerei, haben sie das Höchste gewirkt, das Menschen bis heute geglückt ist; wir müssen dabei immer an die Erfüllung der Form denken, denn der seelische Gehalt ist uns bei einer fremden Rasse natürlich sehr schwer zugänglich, und wenn uns ein griechisches Standbild zunächst mehr und Höheres sagt, so kommt das einfach daher, daß der griechische Körper von unserer eigenen Rasse ist. Was wir von der ägyptischen Dichtung wissen, das macht – wir können es nicht ganz verstehen – einen sehr bedeutenden Eindruck, die ägyptische Religion ist sehr ernst und würdig. Im Handwerklichen, das ja bei seiner untergeordneten Natur leichter Vergleiche zuläßt, erstaunt uns selbst heute noch etwa die Bearbeitung des harten Steines in den wunderbaren Schalen schon aus den ältesten Zeiten, die Bewältigung der ungeheuren Masse etwa eines Obelisken.

Nun, im ägyptischen Volk von heute ist von einer höheren Gesittung nichts mehr vorhanden; und selbst das Niedrigste von bloß geistiger Fähigkeit, das mit dem Seelischen schon fast gar nichts mehr zu tun hat, die handwerkliche Begabung, ist völlig verschwunden. Bei den Maschinen des Suezkanals kann man ägyptische Arbeiter nicht gebrauchen, man muß europäische Arbeiter verwenden.

Das Schicksal des ägyptischen Volkes ist besonders furchtbar dadurch, daß es von einer solchen Höhe in eine solche Tiefe gestürzt ist. Gerade dadurch aber kann es uns manches erklären, was wir anderswo – vielleicht auch sogar bei uns selber – noch nicht so deutlich erkennen können.

Ein Volk lebt Jahrtausende, wo der einzelne Jahrzehnte lebt. Bei den Ägyptern können wir die Jahrtausende verfolgen, wenigstens so weit, daß wir ahnen können, wie ihr Schicksal sich erklärt.

Wir erfahren einmal von einem König, dem klar wurde, daß das Volk unter der Umschlingung durch die Priesterherrschaft zugrunde gehen mußte. Er beschloß einen Umsturz, wie er tiefergehend vielleicht nie versucht ist: er wollte einen neuen Gott schaffen, um so, indem mit den alten Göttern die Priester ihre Macht verloren, dem Volk die Möglichkeit einer freieren Ordnung zu geben, eines weiteren und selbständigeren Lebens. Die Priesterherrschaft war, wie der König wohl eingesehen hatte, nur das zweite: das erste war der Glaube des Volkes. Wenn das Volk einen Glauben bekommen konnte, der es aufwärts führte, dann war es gerettet; wenn es den alten Glauben behielt, der früher einmal lebendig gewesen, aber nun tot war, dann starb das Volk. Der König konnte das Volk nicht aufrütteln, der Umsturz mißlang. Nach seinem Tod meißelten die Priester selbst seinen Namen aus den Inschriften, damit er in Vergessenheit geraten sollte. Der König war das Gewissen des Volkes gewesen; es war dem Volk bequemer gewesen, in der alten Weise dahinzuleben, das gedankenlos zu erfüllen, was die Vorfahren mit Geist erfüllt hatten. Wahrscheinlich war, was wir heute »Organisation« nennen, vortrefflich gewesen: wahrscheinlich herrschte Sicherheit des Lebens und Eigentums, war Reichtum bei den höheren Klassen und Wohlleben bei den niedern. Der Name des Königs wurde ausgemeißelt, es wurde vergessen, daß das Gewissen des Volkes einmal gesagt hatte, daß Ordnung und Sicherheit, Reichtum und Wohlleben nicht Ziele für den Menschen sind, daß der Mensch einen Glauben suchen muß und sich nicht damit zufrieden geben darf, daß seine Vorfahren auch einen Glauben für ihn geschaffen haben: denn eine Religion ist kein körperliches Gut, das man von seinen Vorfahren ererben kann; sondern sie ist ein Ziel, das unendlich weit vor unserm Auge steht, das wir erstreben müssen während unseres ganzen Lebens; und glücklich sind wir, wenn wir es auf denselben Wegen erstreben können wie unsere Vorfahren.

Sehr selten hat es seitdem wieder einmal einen Herrscher gegeben von der Einsicht jenes Königs: vielleicht hatte auch er die Einsicht nur deshalb gehabt, weil es schon zu spät war.

Ein Volk, das nur für Ordnung und Sicherheit, Reichtum und Wohlleben da ist, das nichts davon weiß, daß es täglich neu seinen Gott suchen muß, sondern seine religiösen Pflichten tut, wie es seine Steuern bezahlt; mag es auch ehrlich und redlich arbeiten, mag es seine Pflicht erfüllen und sittlich sein im bürgerlichen Sinn; ein solches Volk kann, wie alle geschichtlichen Beispiele zeigen, seine Unabhängigkeit nicht bewahren.

Es kamen die ersten Eroberer, rohe Barbaren. Scheinbar wurde im wesentlichen nichts geändert; die barbarischen Herren übernahmen einfach die vorhandene Staatsmaschinerie, und alles ging seinen alten Gang. Das nationale Bewußtsein erstarkt wieder unter der Fremdherrschaft, die Fremden werden vertrieben, und es wird wieder ein nationaler Staat begründet. Aber dieser bedeutet nur eine weitere Zersetzung. Wenn die Seele eines Volkes leer ist, dann fließt von außen, von andern Völkern, Geistiges und auch Seelisches in sie hinein. Aber diese Fremdstoffe können nicht verarbeitet werden; sie wirken nur als Gift. Als im Ausland sich eine genügend bedeutende geistige Macht entwickelt hatte, verfiel ihr Ägypten rettungslos; wir können in der Bildhauerei am deutlichsten verfolgen, wie die griechische Gesittung auflösend und vernichtend wirkt.

Die bloße Lebenskraft des Volkes ist noch vorhanden. Als im Orient sich jene Gesittung zweiter Hand entwickelt, welche wir als hellenistische Kultur bezeichnen, da steht Ägypten wieder im Vordergrund. Die Formensprache in den bildenden und schmückenden Künsten war griechisch, und die gesprochenen und geschriebenen Worte, die Begriffe und Ideen in Philosophie und Wissenschaft waren griechisch; aber der Boden, auf dem die hellenistische Kultur wuchs, war größtenteils ägyptisch. Es kommt das Christentum. Es ist in Ägypten mit besonderer Inbrunst aufgenommen, und eine seiner wichtigsten Erscheinungen, das Mönchtum, entstand bei den Ägyptern. Es kommt die Lehre Mohammeds; und das Volk, das seine alten Götter verlassen hatte für den hellenistischen Olymp, und diesen für den christlichen Gott, nahm nun den Glauben an Allah an. Und noch jetzt war seine Lebenskraft nicht erloschen. Wie es die griechische Formensprache gelernt hatte, so lernte es nun die Formensprache der Araber und baute, schnitzte und goß die schönsten der arabischen Kunstwerke.

Heute ist auch diese Fähigkeit erloschen. In die neuzeitliche Maschinentechnik kann sich das Volk nicht mehr hineinfinden. Aber die Fellachen bebauen noch immer ihre Äcker, sie erzeugen Kinder, und auch deren Kinder haben Kinder; in Arbeit, Schlaf und Essen vergeht ihr Leben.

Die Urahnen haben in ihrer Bildhauerei eine Form gefunden, durch welche sie das höchste Seelische ausdrücken konnten. Die Ahnen haben die heitere Zierkunst von Herkulanum und Pompeji geschaffen; die Väter haben die Kalifengräber bei Kairo gebaut; die Söhne können nicht die Arbeit eines englischen Schlossergesellen machen. Man muß die Jahrtausende beobachten können, wenn man das Leben eines Volkes verstehen will; die Jahrhunderte genügen nicht. Seit Goethes Tod und dem Zusammenbruch der Hegelschen Philosophie hat Deutschland kein seelisches Leben mehr gehabt. Es ist möglich, daß die deutsche Seele nur schlummert, und daß sie nach dem Erwachen gestärkt um so Besseres gibt. Wir wissen es nicht, aber wir müssen es glauben, denn Deutschlands Seele ist die Rechtfertigung für das Bestehen von Europa; Europa müßte zugrunde gehen, wenn die deutsche Seele nicht wieder erwachte. Vielleicht ist dieser Krieg geschickt, um sie wieder zu erwecken: das wäre seine Rechtfertigung.

Der Chef
(1917)

Der Beamte ist Untergebener eines Vorgesetzten; der Handwerker ist Geselle eines Meisters; der Arbeiter ist Mann eines Herrn. Man könnte wahrscheinlich noch einige andere Arbeitsverhältnisse finden, bei denen die im Verhältnis stehenden Personen durch eigentümliche Wörter bezeichnet werden.

Diese eigentümlichen Wörter verschwinden heute allmählich, und es setzt sich ein neues allgemeines Wort für sie durch, welches aus dem Französischen genommen ist: das Wort Chef. Zuerst wurde es in kaufmännischen Betrieben gebraucht, dann ging es auf die Beamten über, und heute scheint es auch bei Handwerkern und Arbeitgebern sich einzubürgern.

Das französische Wort könnte man ganz genau mit dem Wort Haupt ins Deutsche übersetzen. Haupt hat auch bei uns eine sinnliche und eine übertragene Bedeutung: Haupt des Körpers, Haupt einer Verschwörung. Bei den Franzosen wurde in der älteren Sprache Chef auch noch sinnlich gebraucht statt des heute allgemein üblichen tête; gegenwärtig verwendet man es nur in der übertragenen Bedeutung.

Wie soll man diese Wandlung der Sprache auffassen?

Man kann sagen, daß hier wieder einmal eine einfältige Fremdwörterei geschieht. Aber damit hat man nichts erklärt. Man kann beklagen, daß wieder einmal die besonderen, inhaltreichen Ausdrücke durch einen allgemeinen, scheinbar viel- und wirklich nichtssagenden Ausdruck ersetzt werden. Aber damit hat man auch nichts erklärt.

Wie ist der Vorgang?

Das Wort wird für Vorgesetzten, Geister, Herrn und ähnliche Wörter gebraucht. Es ist allgemeiner wie diese. Die Sprache wollte offenbar aus den vorhandenen besonderen Werten keins herausnehmen und ihm diesen allgemeinen Wert verleihen, wie sie es etwa mit dem Wort »Herr« hätte ganz gut tun können. Sie wählte ein Fremdwort.

Ein Fremdwort ist wie ein Reis, das von einem fremden Baum abgeschnitten und in unsern Garten gesteckt wird. Es hat bei uns keine Wurzeln. Sollte es nicht gerade erwünscht gewesen sein, ein solches wurzelloses Wort zu haben?

Der Vorgesetzte ist ein Mann, der von einem höhern Mann vorgesetzt ist; dieser höhere Mann ist wieder durch einen höhern vorgesetzt und so hinauf bis zum König, der seine Stelle vor den Andern von Gott erhalten hat. Das Wort »Meister« ist nicht deutschen Ursprungs, es ist aus dem lateinischen » *magister*« entstanden und nur eingedeutscht. Aber diese Eindeutschung ist so geglückt und hat vor so langer Zeit stattgefunden, daß wir es als deutsch empfinden, auch wenn wir keine deutsche Wurzel dafür haben; es hat in unserm Garten Wurzel geschlagen. Wir denken bei »Meister« an das Können, die Reife des Alters, den ansässigen, mit dem Ort verwachsenen Bürger, dem der jüngere Mann, welcher das Können und die Reife noch nicht hat, zugesellt ist. Wieder andersartig ist der Inhalt des Wortes »Herr«. Der Arbeiter ist ein Mann, der für einen andern, welcher Herr eines Besitzes ist, an diesem Besitz seine Arbeitskraft betätigt. Das Wort »Herr« geht nicht auf die Beziehung zum Arbeiter, sondern zum Gegenstand der Arbeit; der Herr ist nicht »mein Herr«, sondern »der Herr«. Die Beziehung ist also viel allgemeiner als in den beiden andern Fällen. Das Wort bedeutet vor allem, daß der Arbeiter an Fremdem schafft, nicht an Eignem. Es können auch Männer, die man sonst nicht als Arbeiter bezeichnet, in das Verhältnis zu einem Herrn treten; wenn der Maurermeister für jemand ein Haus baut, so ist dieser der Bauherr. Das Wort »Chef« hat nichts von diesen Nebenbezügen und Nebenbedeutungen, denn es hat keine Geschichte, keinen Zusammenhang mit uns und unsern Zuständen, keine Wurzel. Es drückt nur das aus, was es heute, in diesem Augenblick unserer Zeit, nach dem Willen derer ausdrücken soll, welche es gebrauchen.

Der »Vorgesetzte«, der »Meister« drücken allgemeine menschliche Beziehungen aus. Der Vorgesetzte ist deshalb der Vorgesetzte, weil sein Recht bis zu Gott hinaufgeht. Der Meister ist deshalb der Meister, weil er die Reife, Festigkeit und Mülle des Lebens darstellt gegenüber dem Gesellen. Die Beziehung des Untergebenen und Gesellen kann sich nie im Arbeitsverhältnis erschöpfen, sie muß immer menschlich werden. Bei den Beamten drückt sich das noch heute im Dienstverhältnis aus, das auch über die Arbeit hinausgeht; bei den Handwerkern äußerte es sich darin, daß die Gesellen im Haushalt des Meisters lebten wie erwachsene Söhne. Der »Herr« drückt eine solche allgemein menschliche Beziehung nicht aus; aber durch eine Zweideutigkeit wurde ste doch in dem Wort gefunden. Man verwechselte gefühlsmäßig den Herrn der Sache – Bauherrn, Fabrikherrn – mit dem alten Grundherrn, welcher Herr der Menschen war, weil die Arbeiter seine Leibeignen waren. Die Lage gab ja oft genug Gelegenheit dazu, daß der Fabrikherr sich als Feudalherr fühlte und den Arbeitern als solcher erschien; und so erhält denn auch dieses Wort, wenn auch unrechtmäßigerweise, eine menschliche Beziehung.

Diese menschliche Beziehung des Wortes »Herr« ist ja nun sicherlich den Menschen von heute unerwünscht; sie ist es ja überhaupt, seitdem sie mit dem Sturz des Feudalismus ihren Sinn verloren hat: daß der Leibeigene den Acker des Herrn bebaut, der dafür seine Kriegslasten und gewisse Verwaltungspflichten übernimmt. Aber auch die andern menschlichen Beziehungen werden heute nicht mehr gewünscht. Die allgemeine Richtung geht ja auf einen Zustand der Gesellschaft, in welchem die menschlichen Beziehungen aufgehoben sind und nur sachliche noch bestehen.

Der Mensch von heute will nicht mehr in einem Abhängigkeitsverhältnis stehen, das bis auf Gott zurückgeht, oder das nach der Ähnlichkeit des Vater-Sohn-Verhältnisses geschaffen ist, oder das mit dem Feudalherrn-Verhältnis verwechselt werden kann. Er will nur noch die von ihm geforderte Arbeit leisten und den Mann, welcher die Arbeit ihm aufträgt, als nichts anderes betrachten wollen als eben den Mann, der ihm die Arbeit aufträgt. Es hat also durchaus seinen Sinn, daß er sich gegen die alten Wörter sträubt. Er hat für den neuen Begriff lein altes Wort gefunden, das er ihm anpassen konnte, und so hat er denn das gänzlich leere Fremdwort gewählt. Der Vorgang ist genau so in der Philosophie.

Die Philosophie bildet in ihrer Entwicklung Begriffe, welche früher noch nicht da waren, für welche es also noch keine Worte gab. Sie kann nun entweder den vorhandenen Worten der Sprache ihren neuen Sinn zuerteilen, so daß das Wort in herkömmlicher Verwendung das bedeutet, was es immer bedeutete, bei den Philosophen aber den neuen Begriff bezeichnet. So gingen die Inder vor, die Griechen und die Deutschen, als Eckehart und noch als Jakob Böhme dachten. Man denke an das Wort Brahma. Oder sie kann neue Wörter bilden. Sie kann das so machen, wie es Krause machte, ein weniger bekannter Philosoph aus unserer klassischen Zeit, in einigen Fällen auch schon Jakob Böhme, indem sie diese Wörter aus deutschen Wurzeln neu bildet. Man denke an das Ichts bei Böhme. Oder sie kann die Neubildung aus fremden Wurzeln vornehmen, wie es im wesentlichen unsere klassische Philosophie getan hat in Erbschaft der mittelalterlichen Scholastik, welche lateinisch schrieb und die Neubildungen denn auch natürlich aus lateinischen Wurzeln vornahm. Man denke an das Wort Entität. Es kommt noch dazu, daß sie auch aus Philosophen in andern Sprachen, welche früher diese Begriffe geschaffen haben, die von diesen angewendeten Worte übernehmen kann; so hat es die gesamte neuere Philosophie getan. Man denke an das Wort Idee.

Ob ein Wort aus einer fremden Wurzel neu gebildet wird, wie Entität, oder einfach übernommen, wie Idee; es ist auf jeden Fall ein fremdes Reis in unserm Garten, es drückt immer nur den gewollten Begriff aus, wie das Wort Chef nur den heute gewollten Begriff ausdrückt. Das hat nun den ungemeinen Vorteil, daß es das Denken sehr erleichtert. Man erinnere sich an die Mathematik. Man setzt hier willkürliche Zeichen ein, welche nichts weiter aussagen, als sie aussagen sollen, und mit diesen arbeitet man nun. Dabei kann man sehr bald zu Begriffen kommen, welche unvernünftig sind, die imaginären Zahlen. Diese kann man überhaupt nicht denken; etwa $\sqrt{-1}$ ist unvorstellbar.

Trotzdem aber kann man, weil man die willkürlichen Zeichen hat, mit ihnen arbeiten und kommt durch ihre Hilfe zu richtigen Ergebnissen. Man kann soweit kommen in den nichteuklidischen Geometrien, daß man mit einem Raum arbeitet, den wir uns nicht vorstellen können, daß man also Geometrien schafft, welche neben der euklidischen unseres dreifach ausgedehnten Raumes stehen, welchen wir allein uns vorstellen können.

Aber das hat auch eine ungemein große Gefahr. Ich will sie an einem Beispiel erläutern.

Das platonische Wort Idee könnte man ganz gut durch Gesicht übersetzen (natürlich nicht visus, sondern visio, nicht der Sinn des Anschauens, sondern eine bestimmte Gattung Anschauung). Wenn ich nun etwa dem Gesicht Gott das Sein zuspreche, so ist das etwas ganz anderes, als wenn ich eine solche Aussage von der Idee Gott mache. Im ersten Fall weiß ich sofort, daß ich etwas ganz anderes meine, als wenn ich etwa sage: dieser Tisch oder Stuhl ist. Im zweiten Fall weiß ich das nicht sofort, ich muß es mir erst jedesmal klarmachen. Ich mache mir das aber nicht jedesmal klar.

Der Unterschied zwischen Mathematik und Philosophie ist, daß die Mathematik nur mit willkürlichen Zeichen rechnet, daß bei ihr also jedes Zeichen für einen Begriff eindeutig ist; die Philosophie aber wendet außer jenen toten Wörtern auch noch lebendige Wörter an. Das Wort »Idee« ist für uns tot, das Wort »Sein« aber ist lebendig. Wenn ich nur lebendige Wörter zusammenstelle, dann kann ich nie mißverstanden werden, dann kann ich mich selber auch nie mißverstehen.

Schon Kant scheint die Gefahr gefühlt zu haben, welche für unser deutsches Denken hier liegt. Fichte muß sie in seiner letzten Zeit ganz bewußt gewesen sein.

Wir schicken uns heute an, nach einer langen und öden Pause wieder da anzuknüpfen, wo unsere klassische Philosophie aufgehört hat. Wir wissen, daß ihre Gegner unrecht hatten, und daß sie mit ihrem aus Kants Kritik entwickelten Idealismus recht hatte.

Aber sie hatte nur recht in dem, was sie meinte, und nicht in dem, was sie sagte. Sie hielt sich für Wissenschaft. Das ist sie nicht. Sie mußte sich dafür halten, weil sie durch die Verbindung der toten Wörter mit den lebendigen einen falschen Begriff von Sein, wie sie es meinte, selber bekam und verbreitete. Sie glaubte, man könne durch den

Begriff das Sein erfassen. Sie hatte recht damit nur, wenn sie sich immer an das Sein der Gesichte gehalten hätte.

Einer der Gegner unserer klassischen Philosophie, Benecke, meinte, daß die Engländer, Franzosen und Italiener in der Philosophie weiter gekommen seien als wir, weil wir spekulativ seien.

Das ist ein Mißverständnis. Die neueren Engländer, Franzosen und Italiener können nicht »spekulieren«, weil ihre Sprache nicht lebendig ist. Was bei uns als ein Unglück geschieht, welches zu vermeiden wäre, das ist bei ihnen Notwendigkeit. Sie können mit ihrer Sprache nur die Erfahrung ausdrücken. Die Erfahrung ist aber im Bereich des Denkens begrenzt, und deshalb können sie schnell zu einem Ende kommen. Man kann sich nicht denken, daß das englische Denken etwa über Hume hinauskäme; es ist mit ihm abgeschlossen. Das kann nun freilich Eindruck machen auf die Menschen: es entstehen scheinbar unbedingt sichere Ergebnisse.

Es geht ja auf allen geistigen Gebieten so. Engländer und Franzosen glauben etwa doch heute in diesem Krieg, daß sie die unbedingt richtige Staatsform gefunden haben; und bei uns gibt es viele Leute, welche uns für politisch unbegabt halten, weil wir das von uns nie glauben können, weil wir an solche endgültigen Wahrheiten überhaupt nicht zu glauben vermögen.

Aber deshalb haben wir auch eine Zukunft, und unsere Feinde, mit Ausnahme vielleicht der Russen, haben keine. Wenn wir glauben, Endgültiges gefunden zu haben, dann haben wir uns sicher geirrt, wie wir uns in unserer klassischen Philosophie geirrt haben, als wir sie für Wissenschaft hielten. Franzosen und Engländer haben das Endgültige gefunden.

Wenn man so die Dinge betrachtet, so wird man den Kampf gegen die Fremdwörter, der ja oft kleinlich scheint, verstehen als aus dem tiefsten Lebensgefühl des Volkes entstanden. Man wird verstehen, weshalb er immer in Zeiten völkischen Selbstbewußtseins aufflammen muß; man wird vielleicht sich auch sagen, daß man Begriffen, welche durch ein Fremdwort ausgedrückt werden müssen, stets mißtrauen sollte. Daß das Wort »Chef« sich verbreitet, das ist kein gutes Zeichen.

Russische Möglichkeiten
(1918)

Seit dem Zusammenbruch des deutschen Idealismus hat die Welt bis heute noch eine bedeutende Dichtung gesehen: die russische. Der deutsche Idealismus hatte um 1830 seine Wirksamkeit im äußern Leben erschöpft; die russische Dichtung hat nicht nur das Leitbild für das höhere russische Leben vor dem Kriege hergegeben, sie ist auch das Lebendige im heutigen revolutionären Rußland.

Wenn man einmal weniger gedankenlos die gegenwärtigen Ereignisse betrachtet, wie das gewöhnlich geschieht, dann wird die russische Revolution vielleicht als das wichtigste dieser Ereignisse erscheinen, denn in ihr wird jedenfalls zum erstenmal der Versuch gemacht, grundsätzlich über die bestehenden Verhältnisse hinauszukommen und eine neue Welt zu schaffen. Schon jetzt kann man wohl sagen, daß sie für die Menschheit eine größere Bedeutung haben wird, als die französische Revolution hatte. Ist anzunehmen, daß der Versuch glückt? Ob man die Frage bejaht oder verneint, das kommt darauf an, ob man glaubt, daß in der russischen Revolution etwas Vernünftiges geschaffen wird.

Etwas Vernünftiges. Daß unsere herrschenden Zustände tief unvernünftig sind, das gibt wohl heute jeder zu. Aber wer sich genauer in der Geschichte umsieht, der wird finden, daß die Menschheit den weitaus größten Teil ihrer Geschichte in unvernünftigen Zustanden verbracht hat. Es ist durchaus nicht gesagt, daß nun eine bestehende Unvernunft durch Vernunft abgelöst werden muß, es kann auch nur eine neue Unvernunft

kommen. Es geht der Geschichte, wie es jeder Wirklichkeit geht; jeder Künstler weiß, daß die Wirklichkeit fast immer falsch ist. Die tiefsten Ziele der russischen Revolution sind in Dostojewski vorgebildet: man muß natürlich es verstehen, die Umsetzung aus dem Politischen und Sozialen ins Menschliche zu machen, wenn man das sehen will, denn ein Dichter hat ja eben eine andere Sprache wie der Staatsmann, er gestaltet mit Charakteren und Schicksalen wie der Staatsmann mit Einrichtungen.

Am schärfsten hat Dostojewski seine Frage im »Idioten« gefaßt. Der Idiot, der Held des Romans, ist ein Erlöser, wie es Buddha und Christus ist. Die Gestalten von Buddha und Christus sind uns in einer geschichtlichen Erzählung dargestellt, wir sehen deshalb ihre erlösende Tätigkeit ausgeübt auf einen so großen Kreis, daß wir die Vorstellung ihres Volkes und ihrer Zeit bekommen; sie sind die lebendigen Herren noch bestehender Religionen geworden, und so erlösen sie noch heute die Menschen, welche an sie glauben. Der »Idiot« ist ein Roman, ein geschlossenes Kunstwerk; hier muß also die große Masse der Menschen, welche in der Geschichterzählung unterschiedlos und zufällig wogt und so den Eindruck der Gesamtheit macht, durch typische Einzelwesen ersetzt werden; und es kann keine unmittelbare Erlösung von Menschen außerhalb der Erzählung durch den Helden geschehen, weil er ja gedichtet ist und nicht als geschichtliche Wirklichkeit geglaubt wird. Das müssen wir uns klarmachen, wenn wir betrachten. Aber wir müssen wissen, daß es sich da nur um formale Unterschiede handelt. Wie vielleicht die geschichtlich geglaubten Gestalten von Jesus und Buddha aus Dichtung entstanden sind, so könnte aus dem Gehalt der Dostojewskischen Dichtung Religion mit geschichtlich geglaubter Persönlichkeit werden: vielleicht, indem Menschen in der Wirklichkeit das leben, was Dostojewski gedichtet hat.

Nun, der Idiot ist also ein Erlöser. Alle Menschen, mit denen er in Berührung kommt, können durch ihn von ihrer Lüge befreit werden und nun vernünftig leben, so, wie es Gott gewollt hat, daß sie leben sollen.

Alle Menschen können das. Aber es gibt Menschen, welche ihm Widerstand entgegenstellen.

Es wird von Christus erzählt, daß er in seiner Heimat predigte. Die Leute warfen ihn mit Steinen. Er sprach gelassen ein Witzwort, schüttelte den Staub von seinen Füßen und ging. In der Geschichte der letzten Tage Buddhas wird von einem Mönch erzählt, der nach Buddhas Tod sich freut und spricht: Nun ist kein Mensch mehr da, der uns immer sagt: »Achtet auf, nehmt euch zusammen.« Es wird über diesen Mönch in der Geschichte kein Tadel ausgesprochen, es wird nur berichtet, was er gesagt hat; wie ja auch Christus keinen Tadel ausspricht, sondern nur ein Witzwort sagt und den Staub von seinen Füßen schüttelt.

Die Dogmatik hat begrifflich ausgearbeitet, was bei den Gottmenschen Leben war. Sie hat die Lehre von der Sünde gegen den Heiligen Geist geprägt, die nie vergeben werden kann.

Die Leute in Nazareth, der buddhistische Mönch, sind nicht erlöst, weil sie nicht hören wollten. Das ist ein sehr einfacher Vorgang gewesen; man kann den Vorgang auch als »Sünde gegen den Heiligen Geist« bezeichnen, die dann natürlich nicht »vergeben« werden kann. In einer barock-gedanklichen Ausdrucksweise ist ein selbstverständlicher Vorgang begrifflich gemacht.

Dostojewskis Held will weiter gehen als Jesus und Buddha. Er will auch den Widerstrebenden erlösen, auch die Sünde gegen den Heiligen Geist soll vergeben werden können. Er hat einen Idealismus, wie ihn Jesus und Buddha nicht hatten.

Jesus und Buddha wirken als Ausdruck der tiefsten göttlichen Vernunft in Anwendung auf das menschliche Leben; von den Unterscheidungen der zwei Erlöser braucht hier nicht die Rede zu sein. Ist im Idioten noch diese Vernunft, oder ist in ihm nicht etwas Anderes: Gewalttat?

Man verstehe recht. Jeder Idealismus vergewaltigt. Wenn man genau zusieht, dann wird man finden, daß der Zusammenbruch des deutschen Idealismus daher kam, daß er die Wirklichkeit vergewaltigte. Christus und Buddha sind nicht Idealisten. Sie haben nie Menschen vergewaltigt. Christus war tief überzeugt, daß der Herr dieser Welt der Teufel ist. Er hat gesagt: »Mein Reich ist nicht von dieser Welt.« In der wunderbar tiefen Geschichte vom Zinsgroschen sagt er: »Gebet dem Kaiser, was des Kaisers, und Gott, was Gottes ist.« 243 Der Idiot ringt um eine weibliche Seele, um Nastaßja. Nastaßja ist als unerfahrenes junges Mädchen ahnungslos einem platten Wüstling zum Opfer gefallen, und dadurch ist sie innerlich zerstört. Sie hat nicht die Kraft gehabt, neben ihr Schicksal zu treten wie neben das Schicksal eines fremden Mitmenschen und sich ihr eigenes Leben aufzubauen, in welchem dann ihr Unglück ein Baustein gewesen wäre; sondern sie ist eine ganz auf Selbstsucht gestellte Natur, die nie sich selber vergessen kann, die durch das Unglück zu Hochmut getrieben wird, weil sie nur durch maßlose Selbstüberschätzung und Verachtung der andern Menschen ihr Selbstgefühl zu bewahren vermag. Sie muß dadurch notwendig in die nächste Nähe geistiger Erkrankung geraten.

Von Meister Eckehart wird häufig ein Wort genannt: »Das Tier, das dich am schnellsten zur Vollkommenheit trägt, ist das Leid.« Das Wort gilt nur für die guten Menschen. Für die Bösen gilt seine Umkehrung: »Das schnellste Tier, das zur Verderbnis trägt, ist das Leid.« Nastaßja ist böse.

Es hat ja doch niemand ein Recht darauf, glücklich zu sein. Glück und Unglück trifft den Einzelnen wie Regen und Sonnenschein die Flur: Regen und Sonnenschein entstehen durch Ursachen, welche mit der Flur nichts zu tun haben. Der Einzelne kann nichts tun, als Glück und Unglück, die für ihn ewig zufällig sein müssen, sich selber sinnvoll zu machen, wie die guten Pflanzen Regen und Sonnenschein für sich nutzen. Er kann das, indem er das Unglück als Strafe auffaßt: und er wird immer finden, wenn er ehrlich ist, daß er die Strafe verdient hat; er kann es auf einer höheren Stufe als Schickung betrachten, durch die ihn Gott zu Höherem führen will; er kann auf der höchsten Stufe, die er vielleicht über die beiden ersten erreicht, alles Zufällige in diesen äußern Dingen vergessen, auch den noch immer selbstischen Gedanken der Schickung, indem er sich bewußt wird, daß seine Seele von Glück und Unglück überhaupt unabhängig ist.

Wie kann man einen Manschen erlösen, der solcher Auffassung nicht fähig ist? Der eine Schächer lästert Jesus und sagt zu ihm: »Wenn du wirklich Christus bist, so hilf dir und uns vom Kreuz.« Was soll ihm Jesus darauf antworten? Er könnte ihm nur sagen: »Folge mir nach, dann ist das Kreuz kein Kreuz.« Aber das weiß ja der Schächer schon, denn er sieht ja die Ruhe Jesu. So antwortet ihm Jesus nichts. Der andere Schächer sagt: »Wir haben unser Schicksal verdient. Herr, gedenke an mich, wenn du in dein Reich kommst.« Jesus antwortet ihm: »Heute abend wirst du mit mir im Paradiese sein.« Das ist mythisch ausgedrückt. In unserer Sprache würde das sein: »Du hast nach deiner Art dein Unglück für deine Seele nutzbar gemacht; in dem Augenblick ist aber das Leid verschwunden. Du bist erlöst.«

Nastaßja ist noch nicht einmal der Auffassung des Schächers fähig. Wie kann sie denn jemand erlösen? Der Erlöser kann nur durch sie mit in den Wirbel des Bösen hineingerissen werden als Opfer: und mit ihm werden dann vermutlich noch andere hineingerissen, wird jedenfalls seine eigene künftige Wirksamkeit unmöglich gemacht.

Mit tiefem Sinn hat Dostojewski die Versuchungen des Bösen nachgewiesen, denen unsere christliche Kirche zuzeiten erlegen ist, in mancher Hinsicht noch erliegt. Aber was er selbst als Weg zeigt, ist nichts als eine weitere solche Versuchung. Nicht durch gewalttätige Willenseinwirkung ist das Reich Gottes auf Erden zu gründen: es muß wachsen wie das Senfkorn.

Und so wird uns auch der Idealismus der russischen Revolution die Erlösung nicht bringen, die wir alle ersehnen, wir gequälten Völker der westlichen Kultur.

Produktivkräfte und menschliche Kräfte
(1918)

Aus dem Nachlaß von Karl Marx ist kürzlich eine Arbeit veröffentlicht, welche durch die russische Revolution zeitgemäß wurde. Marx nimmt in dieser Arbeit Stellung zu der Frage, welche die russischen Umstürzler lange beschäftigt hat, ob nämlich das russische Volk, um zu der erwünschten sozialistischen Gesellschaft – dem von den Gegnern so genannten Zukunftstaat – zu kommen, erst durch den Kapitalismus gehen müsse, oder ob es gleich unmittelbar aus seiner gegenwärtigen Verfassung heraus den Schritt tun könne.

Einmal angenommen, daß die Geschichte der Menschen sich abwickelt, wie es Marx und diese Umstürzler glaubten, ist die Äußerung von Marx, wie es nicht anders zu erwarten ist, sehr klug. Er sagt, daß die westeuropäische Entwicklung durchaus kein unabänderliches Schicksal aller Völker sei, »die zu einer Wirtschaftsordnung kommen wollen, die die größtmögliche Entfaltung aller Produktivkräfte und die höchste Entwicklung der natürlichen menschlichen Kräfte verspricht«.

Seine weitere Ausführung geht uns hier nichts an; mit seiner eigentümlichen romantischen Auffassung urtümlicher Zustände nimmt er an, daß die russische Dorfgemeinde organisch weiterentwickelt werden könne.

Was hier wichtig ist, das ist die Tatsache, daß Marx, der bedeutendste Vorkämpfer des Proletariats, der im wesentlichen die heute erstrebten Ziele der Arbeiter, man darf sagen: die Ziele der heutigen Arbeiter überhaupt, aufgestellt hat; daß dieser Mann, indem er die »größtmögliche Entfaltung aller Produktivkräfte« und die »höchste Entwicklung der natürlichen menschlichen Kräfte« nebeneinander stellt, demselben Irrtum unterliegt, welchem die liberale Nationalökonomie und die Bourgeoisie vor ihm unterlegen ist. Wir sind ja gewöhnt, Liberalismus und Sozialismus, Bourgeoisie und Proletariat als Feinde zu betrachten; vielleicht beginnt heute mancher einzusehen, daß diese

Feinde sich ganz gut vertragen können; wie das möglich ist, wird klar werden, wenn man sich deutlich macht, daß beide auf einem Boden stehen, indem sie nämlich die äußeren Güter maßlos überschätzen. Es war ja nicht erst Ibsen, welcher eine seiner Gestalten sagen ließ, eine Wahrheit werde regelmäßig nach dreißig Jahren eine Lüge. Dieser Ausspruch ist eine Wahrheit, und da er nur formales Gepräge hat, so bleibt er das für immer, nicht nur für dreißig Jahre. Was die Sozialdemokratie wollte, das war eine solche Wahrheit, welche dreißig Jahre alt wird; sie schlug um etwa in der Zeit, als das Sozialistengesetz aufgehoben wurde. Als der deutsche Idealismus zusammenbrach, der letzte Versuch einer seelischen Auffassung der Welt, begann unumstritten die Herrschaft jener Anschauung, welche auch Marx in den angezogenen Worten vertritt. Ein Dichter aus unserer großen Zeit hat seherisch, schon halb in Wahnsinn gehüllt, diese neue Welt dargestellt:

> Zu lang ist alles Göttliche dienstbar schon;
> Und alle Himmelskräfte verscherzt, verbraucht,
> Die gütigen, zur Lust, danklos, ein
> Schlaues Geschlecht, und zu kennen wähnt es,
> Wenn ihnen der Erhabene den Acker baut,
> Das Tageslicht und den Donnerer, und erspäht
> Das Sehrohr wohl sie all und zählt und
> Nennt mit Namen des Himmels Sterne.

Die Produktivkräfte haben ihre größtmögliche Entfaltung gewonnen, das ist in der Ausdrucksweise der Zeit das, was der Dichter meint, wenn er ein schlaues Geschlecht danklos alle Himmelskräfte verscherzen und zur Lust verbrauchen läßt. Die Zeit glaubt, daß auf diese Weise die natürlichen menschlichen Kräfte zu ihrer höchsten Entwicklung gelangen; vielleicht meint Hölderlin diesen fürchterlichen Irrtum, wenn er fortfährt:

> Der Vater aber decket mit heil'ger Nacht,
> Damit wir bleiben mögen, die Augen zu.

Wirklich: hätten die Menschen bleiben können, wenn sie gesehen hätten, wohin sie die Entfaltung der Produktivkräfte führt? Ihr verdanken wir diesen Krieg: und wäre der noch das Schlimmste, was wir ihr verdanken werden!

Die Entfaltung der Produktivkräfte kam zustande durch die immer weiter getriebene Arbeitsteilung und die immer zunehmende Ersetzung der menschlichen Arbeit durch Maschinen. Der Grundsatz ist in beiden Fällen, daß aus der Arbeit in steigendem Maße zunächst das Seelische, dann das Geistige entfernt wird und nur der seelen- und geistlose Handgriff übrigbleibt. Man denke etwa an die Herstellung einer Nähnadel. Im Mittelalter war da ein Handwerker, man nannte ihn Kleinschmied, welcher aus Eisen allerhand kleines Gerät verfertigte, das man bei ihm bestellte: eine Schnalle, einen Haken, ein Schloß, auch eine Nadel. Der Mann hatte in seiner Lehrzeit gelernt, mit dem Eisen umzugehen, die herkömmlichen Geräte zu schmieden, die man verlangte; wenn er begabter war als der Durchschnitt, so zeigte er in seinen Arbeiten nicht nur die gewöhnliche Geschicklichkeit, sondern auch einen höheren Geschmack, einen Sinn für die Form, oder er erfand nützlichere Formen, ja ganz neue Werkzeuge. So sind etwa unsere Uhren im Mittelalter erfunden und die unübersehbar vielen schönen Gegenstände in unsern Kunstgewerbesammlungen gemacht, die sich durch die Jahrhunderte der allgemeinen Zerstörung erhalten haben. Es ist verständlich, daß der Mann seine Arbeit liebte, die ihn ernährte, und in welcher er seine ganze Kraft ausgeben konnte. Offenbar kann ein Mensch eine Nadel schneller machen, wenn er den ganzen Tag nichts weiter tut als nur Nadeln schmieden, sein Leben lang. Offenbar werden die Nadeln noch schneller fertig, wenn man etwa zwanzig Menschen nebeneinander stellt, von denen jeder nur einen Griff zu tun hat bei der Verfertigung der Nadel, und jeder immer nur denselben Griff tut, sein Leben lang. Offenbar geht die Nadelmacherei noch schneller, wenn man eine Reihe von Maschinen hintereinander aufstellt, von denen die erste den Draht zugeführt bekommt und die letzte die fertigen, in Briefe gesteckten Nadeln ausspeit; der Arbeiter hat dann nur noch die Maschine zu beaufsichtigen, sein Leben lang.

Wenn man so weit gekommen ist, daß an die Stelle des Kleinschmieds, der Erfindungen macht und kunstgewerbliche Gegenstände verfertigt, ein Mann getreten ist, welcher Kohlen schaufelt, mit der Ölkanne hantiert, oder aufachtet, daß der Draht regelmäßig eingeführt und die Päckchen regelmäßig ausgespielt werden, dann hat man die Produktivkraft der menschlichen Arbeit zu ihrer höchsten Entfaltung gebracht nach der Meinung der heutigen Zeit, denn der alte Feinschmied hätte vielleicht, wenn er einen Tag nur Nadeln geschmiedet hätte, höchstens fünfzig Stück zustande gebracht, und der Arbeiter von heute, wenn man seinen Anteil an der täglichen Summe der ausgespienen Päckchen berechnete, bringt vielleicht eine Million fertig.

Wir wollen gar nicht untersuchen, ob der Nutzen denn so groß ist, daß heute so viele Millionen Nadeln erzeugt werden; wer etwas zu nähen hat, der kann immer nur eine Isabel gebrauchen, und im Mittelalter haben die Leute ja auch alles genäht, was sie zu nähen hatten; sie nähten eben aus dauerhafteren Stoffen und mit dauerhafterem Zwirn und achteten mehr auf ihre Nadel, und so ging es auch.

Aber was hat denn diese Nähnadelflut mit der höchsten Entwicklung der menschlichen Kräfte zu tun? Gar nichts. Der alte Feinschmied entwickelte seine Kräfte, der heutige Fabrikarbeiter entwickelt sie nicht, sondern er unterdrückt sie in der schändlichsten Weise.

Die Herstellung der Nähnadeln ist nur ein Beispiel. In allen Berufen ist der alte Kleinschmied durch den Mann mit der Kohlenschaufel und Ölkanne ersetzt. In allen Berufen, sowohl in den geistigen wie in denen der Handarbeit; und nur da, wo die alten Verhältnisse sich teilweise gehalten haben, kann der Mansch seine Kräfte noch entwickeln; er kann sie gerade so weit entwickeln, als sich die alten Verhältnisse gehalten haben. Wenn im Bauernstand etwa das Spinnen und Weben der Frauen aufhört, weil in der Fabrik Millionen Meter Gespinste hergestellt werden können, so hört der Geschmack und die Begabung für Gespinste und Webstoffe im Bauernstande auf. Es ist dann Zeit, daß man Kunstgewerbemuseen gründet und sich wundert, daß kein Kunstgewerbe mehr entstehen will.

Der Irrtum, daß man glaubte, die höchste Entwicklung der menschlichen Kräfte habe irgend etwas mit der größtmöglichen Entfaltung der Produktivkräfte zu tun, rührte daher, daß man die menschlichen Kräfte den Produktivkräften gleichsetzte; daß man ganz vergaß, daß die Kräfte des Manschen, welche für den sinnlichen Gebrauch arbeiten, nur ein ganz kleiner Teil aller seiner Kräfte sind.

Man hat aber diese Produktivkräfte auf Kosten aller andern Kräfte des Manschen gesteigert, indem man diese andern Kräfte einfach in der Rechnung ausließ.

Nun haben wir heute das Ergebnis dieser falschen Rechnung.

Die gesteigerten Produktivkräfte, allein gelassen von den höheren Kräften der Menschheit, zeigen sich als gänzlich sinnlos. Sie haben ja nur einen Wert, wenn sie den Zwecken des Menschen dienen. Zwecke setzen können die Menschen aber nur mittels der höheren Kräfte. Sind diese unterdrückt, so wissen die Manschen nicht, was sie mit den Dingen anfangen sollen, welche sie der gesteigerten Produktivkraft verdanken. Man hat oft genug über die Lächerlichkeit einer ungebildeten Bourgeoisie gespottet, man hat nicht bedacht, daß die Bourgeoisie als Bourgeoisie notwendig ungebildet sein muß, daß nur ein einzelner, der sich für sich aus dem Getriebe rettet, heute überhaupt Bildung erwerben kann. Die Löhne sind heute so hoch gestiegen, daß auch die Arbeiter an den sogenannten Kulturgütern teilhaben können. Man beginnt bereits die Arbeiter zu verspotten, welche mit ihrem Geld nichts anfangen können.

Bedenkt man denn gar nicht, wie fürchterlich dieser Zustand ist, daß er nicht Spott, sondern Entsetzen hervorrufen sollte?

Wir haben in Westeuropa die Entfaltung der Produktivkräfte durch den Kapitalismus ermöglicht. Dieser hat gleichzeitig die Gesellschaft in zwei Lager geteilt und eine unüberbrückbare Feindschaft von Klassen in allen Völkern geschaffen. Er hat aber auch gleichzeitig eine noch nie geahnte Feindschaft der Völker gegeneinander entfesselt, denn die kapitalistische Entwicklung der Produktivkräfte muß notwendig durch das Mittel des freien Wettbewerbes auf die Vernichtung des Gegners zielen, die Völker müssen sich als feindliche kapitalistische Gruppen gegenüberstehen, die zuletzt zum Mittel des Krieges, und zwar des Vernichtungskrieges, greifen müssen.

Der Sozialismus hat einige Folgen der kapitalistischen Form der Produktioitätsentfaltung vorausgesehen; er glaubt, vielleicht mit Recht, daß diese heute zusammenbricht, und er schickt sich an, die Herrschaft anzutreten.

Mit ihm aber würde nur noch Furchtbareres kommen. Denn für den, der ernst wollte und dem seine Seele wichtiger war als äußeres Wohlleben, war in der kapitalistischen Gesellschaft immer irgendein Schlupfwinkel vorhanden. Wer nicht Sklave werden wollte, mußte es nicht werden. Die sozialistische Gesellschaft wird unbarmherzig jede solche Möglichkeit zerstören. Sie wird dafür sorgen, daß die Millionen Nähnadeln pünktlich hergestellt werden, und sie wird niemand erlauben, sich von der Pflicht der Herstellung und von dem Glück an dem Verbrauch dieser Millionen von Nadeln auszuschließen.

Der Beruf
(1918)

Das Geschlecht von Männern, welche heute auf der Höhe des Lebens stehen, und deren Wille deshalb heute die Welt beherrscht – soweit die Welt von dem Willen des jedesmaligen Geschlechts beherrscht wird – hat die Vorstellung, daß die einzig würdige Lebensform des Mannes das möglichst restlose Aufgehen im Beruf ist. Dieser Vorstellung verdanken wir die außerordentlichen Leistungen der Gegenwart; wir verdanken ihr aber auch ungemeine Schwächen, die zunächst vielleicht nur von Wenigen gesehen wurden, bald aber sich als unheilvoll allgemein bemerkbar machen werden.

Der Krieg hat auch diese Entwicklung beschleunigt und damit einen Umschlag vorbereitet. Sein sicherstes Ergebnis muß die Notwendigkeit für alle Kulturvölker zu noch gesteigerten Leistungen sein. Wird schon die Entscheidung während des Krieges nicht gefällt durch die günstigere oder ungünstigere Lage der Kämpfenden, sondern durch die Leistungsfähigkeit der betroffenen Völker, so wird die ungemein viel wichtigere Entscheidung nach dem Kriege erst recht durch die Leistungsfähigkeit bestimmt, denn in der Friedensarbeit können ja zufällige und augenblickliche Einwirkungen noch viel weniger Bedeutung haben; sie heben sich gegenseitig auf, und nur das Stetige und Dauernde wirkt. Die berufliche Anspannung wird für das junge Geschlecht noch härter sein als für das heute herrschende; und schon hört man allerorten von Vorschlägen, Plänen und Absichten, wie diese Anspannung auszuführen ist.

Die Aufgabe des Menschen wurde nicht immer so aufgefaßt, wie wir sie heute auffassen. Aristokratische Zeiten hatten eine tiefe Verachtung für unsere Art des Berufslebens; und Zeiten, in welchen sich eine auf dem Berufsleben ruhende Gesellschaft auflöst, hatten einen tiefen Haß gegen den Beruf. Wenn wir die Geschichte richtig verstehen, dann ist sie immer die beste Lehrerin: freilich ist es wohl recht schwer, sie richtig zu verstehen. Man kann die Zeit, in welcher Aristoteles sein verächtliches Urteil über den bürgerlichen Beruf niederschrieb,
noch als aristokratisch bezeichnen, denn jedenfalls herrschte in den maßgebenden geistigen Kreisen die aristokratische Auffassung. Es folgte im Hellenismus und unter der römischen Herrschaft eine Zeit hoher Zivilisation, welche etwa der Gegenwart entspricht. Um etwa

zweihundert nach Christus beginnt der Zusammenbruch dieser Zeit, indem die höhergesinnten Menschen sich in Wüste, Kloster und Mönchstum retten; durch Entsagung, Enthaltsamkeit und Rückkehr zu den einfachsten Lebensverhältnissen wollen sie ihre innere Freiheit erhalten, die sie sonst dem beruflichen Getriebe der großen Welt opfern müßten. Wir Menschen von heute haben noch eine lebendige Erinnerung an den »Edelmann«, den »Kavalier«, den »Gentleman«, welcher den Beamten, den Geschäftsmann, den Gelehrten, den Künstler verachtete und nur eine Tätigkeit für anständig hielt, die wir heute, wenn auch nicht ganz zutreffend, als dilettantisch bezeichnen würden, die freilich aber bei Höhe der Begabung die höchsten geistigen Leistungen hervorbrachte – wie etwa ein Sophokles nicht »Schriftsteller« war, sondern athenischer Bürger, der im Kriege seinem Vaterland als Feldherr diente, und nicht als Kriegsberichterstatter; oder wie die Upanischaden nicht von Professoren geschrieben sind, sondern von Königen und Kriegern. Wir sehen heute aber auch schon eine Zeit heraufkommen, welche den Haß gegen den Beruf hat. In der Jugendbewegung aller Länder – in Deutschland hat sich die Stimmung während des Krieges noch verschärft, in den andern Ländern wahrscheinlich auch – ist das Bewußtsein lebendig geworden von den ungeheuren Gefahren des Berufes und wird der Ausweg gefunden: durch Entsagung und Rückkehr zu einfachen Lebensverhältnissen ihnen zu entfliehen. Die Ähnlichkeit geht so weit, daß sich schon Gegenstücke zu den ersten Klostergründungen finden: Genossenschaften für handwerkliche Arbeit und landwirtschaftliche Siedlung mit scharf bestimmtem sittlichen Zweck und religiösen Absichten, welche soweit den religiösen Absichten der ersten Mönche ähnlich sind, als unsere religiös noch nicht so bewegte Zeit jener auf das tiefste aufgewühlten entspricht. Wenn unsere Krieger erst heimkehren, dann wird diese Bewegung noch ganz andern Umfang gewinnen.

Wir müssen alle vom Leben lernen. Es gibt heute wohl niemand, dem nicht klar ist, daß er vor dem Krieg unsere Verhältnisse falsch beurteilt hat. Die Kulturmenschheit führt ein geschichtliches Leben, das heißt, sie führt ein unnatürliches Leben, ein Leben, das in jedem Augenblick sie irgendwie bedrückt und jeden Augenblick deshalb zu Veränderungen und Neugestaltungen treibt, während das ungeschichtliche Tier und der ungeschichtliche Mensch Jahrtausende in den gleichen Verhältnissen leben, weil diese Verhältnisse für sie natürlich sind und keine Veränderung verlangen. So haben auch wir uns natürlich bedrückt gefühlt. Als wir die Ursache der Bedrückung suchten, glaubten wir sie im Kapitalismus zu finden, denn wir hatten ja gesehen, daß der Kapitalismus gesellschaftliche Formen und Zustände aufgelöst hatte, in welchen die Menschen über die jetzigen Bedrückungen nicht klagten; und eine ganze Klasse der Gesellschaft, das durch den Kapitalismus neu entstandene Proletariat, fand gar seine sämtlichen Leiden, zeitliche wie überzeitliche, allgemeinmenschliche in den Sünden seines Vaters. Während des Krieges erlebten wir eine Weiterbildung des Kapitalismus zu etwas Neuem. Ob dieses Neue Bestand haben wird und sich eine Art Staatssozialismus bildet, wie die Einen glauben; oder ob es nur eine vorübergehende Erscheinung ist, wie die Andern denken; das ist hier ganz gleichgültig. Sicher ist nur Eines: daß so ziemlich alle Klagen, die wir gegen den Kapitalismus vorbrachten, auch gegen das Neue vorgebracht werden können und noch einige neue dazu; daß also der Kapitalismus gar nicht eine so grundlegende Bedeutung gehabt hat, wie man früher annahm; und daß die letzten bewegenden Kräfte unserer Gesellschaft tiefer zu suchen sind als in etwas, das man doch nur als eine Oberflächenerscheinung auffassen darf.

Man hat unsere Gesellschaft als »mechanisiert« bezeichnet. Diese Bezeichnung ist richtig, und wenn man von ihr ausgeht, dann wird man weiterkommen, als wenn man sich bloß auf die Betrachtung des Kapitalismus beschränkt, der ja doch nichts ist als ein Hilfsmittel der Mechanisierung.

Wie hätten wir dann die Erscheinungen, von denen wir sprechen, auf-zufassen?

Wir sahen, daß die Kulturmenschheit immer in unnatürlichen Zuständen

leben muß und immer eine Sehnsucht nach Anderem haben wird, was sie ja denn leicht als »Rückkehr zur Natur« bezeichnet; durch die trügerische Vorstellung, welche solche Bezeichnungen verraten, dürfen wir uns natürlich nicht täuschen lassen; wir dürfen ebensowenig erwarten, daß für sie ein endgültiger Zustand irgendwelcher Art möglich ist. Nietzsche sagt einmal »der Mensch ist das kranke Tier«. Der Ausspruch ist sehr tief. Wenn wir gesund würden, wenn wir die Natur fänden, dann wäre es zu Ende mit unserer eigentlichen Unmenschlichkeit. Die Frage ist ganz anders; sie lautet: »Haben wir nicht in dem gegenwärtigen Zustand ein Bild dessen gesehen, was der Mensch erreichen kann? Müssen wir nicht alles daran setzen, um das Gesehene zu erreichen?«

Wir lassen also die trügerische Vorstellung eines natürlicheren, eines endgültigen Zustandes, wie ihn noch die verschiedenen sozialistischen Lehren haben; wir lassen überhaupt den Wahn, daß es sich um einen Kampf für an sich bessere Zustände handelt oder um ein Überwinden von Schädlichkeiten: wir sehen ein, daß unsere Unruhe lediglich daher rührt, daß wir ein höheres Bild geschaut haben dessen, was wir sein können. Wenn wir die Dinge so ansehen, dann können wir auch gerecht gegen die Gegenwart sein, die wir ja bekämpfen müssen.

Der aristokratische Zustand der Menschheit ist nur eine Unterart des bäuerlichen Zustandes; die Menschen haben ihren Unterhalt durch den Ertrag von Land, das sie selber und ihre Angehörigen bewirtschaften; zu den Angehörigen gehören die Sklaven. Dieser Unterhalt ist bei gesunden Zuständen sehr bescheiden; ein athenischer Patrizier lebte in einer sehr kleinen Wohnung, hatte sehr schlichte und dauerhafte Tracht und aß sehr mäßig und einfach; ein höhergestellter Industriearbeiter von heute gibt mehr aus für seine Person als ein solcher Mann. Zur Zeit des Sokrates waren die alten Zustände ja schon erschüttert; immerhin konnte Sokrates, trotzdem er sich noch nicht einmal Sandalen zu kaufen vermochte und deshalb barfüßig ging, doch mit den vornehmen Männern freundschaftlich verkehren; bei allen Geistesgaben und aller hohen Gesittung auf beiden Seiten war das doch nur möglich, wenn die vornehmen Herren gleichfalls einfach lebten. Man versteht bei solchen Zuständen, wenn Aristoteles sagt, man wünsche nicht übermäßig wohlhabend zu sein, denn man habe dann ja zu viel zu arbeiten, und könne nicht genügend Zeit auf die Ausbildung seines Geistes verwenden. Wörtlich dasselbe hat mir vor einigen Tagen eine große Bäuerin in einer noch altertümlich lebenden Gegend Deutschlands gesagt.

Was ist nun das Auszeichnende eines solchen Zustandes? Offenbar, daß der Mensch in jeder Hinsicht frei und sein eigener Herr ist. Das wissen diese Leute wohl. Von Carsten Niebuhr, dem Vater des berühmten Geschichtschreibers, wird eine niedliche Geschichte erzählt. Er war ursprünglich Bauer, lernte das Feldmessen, machte eine Forschungsreise nach Arabien und wurde eine bedeutende Persönlichkeit. Er kommt einmal in seine Heimat und besucht einen

Jugendfreund in seinem Bauernhaus. Der streicht über seine Orden und goldenen Tressen und sagt: »Dat blänkert jo schön, aber en frigen Mann büst du doch nich mehr, Carsten.« Weshalb haben die Griechen gegen die Perser gekämpft? Sie hätten, wie man heute sagt, Industrie und Handel sehr gut bei sich entwickeln können als Untertanen des persischen Reiches, die persische Herrschaft war nicht drückend; sie wollten lieber arm bleiben und frei sein.

Natürlich kommt bei einem solchen Zustand nicht die größte mögliche Leistung in den meßbaren Dingen zustande. Die wenigen bedeutenden Menschen, welche den Trieb eben in sich haben, werden der Menschheit geben, was sie ihr geben können; die große Menge der mittleren Menschen aber wird so behaglich leben, wie sie kann.

Das wird anders, sobald nicht mehr der Landbesitz die Grundlage für das Leben der Einzelnen ist, sondern die Arbeit, sobald also die Tätigkeit nicht mehr ausgeübt wird für die Befriedigung der doch immer begrenzten eigenen Bedürfnisse, sondern für die unbekannten und aus verschiedenen Ursachen leichter zu erweiternden Bedürfnisse größerer Kreise. Nun tritt Arbeitsteilung ein, und die Einzelnen bekommen einen Beruf. Die Möglichkeit der Steigerung des Erwerbes, bei höher entwickelter Organisation, wie es der Kapitalismus ist, sogar die Notwendigkeit seiner Steigerung tritt ein, damit auch die Möglichkeit und desgleichen Notwendigkeit der Bedürfnissteigerung. Aus Jedem wird nun durch das verwickelte Getriebe der Gesellschaft die größtmögliche Leistung herausgeholt, und die Menschheit macht die erstaunlichsten Fortschritte in allen den Dingen, welche auf diese Weise zu steigern sind: Beherrschung und Leitung der Naturkräfte, äußerer Reichtum, damit Bevölkerungsvermehrung, Erleichterung der schweren Arbeit usw. Die wesentlichen Dinge werden durch diese Steigerung der Arbeitskraft nicht gefördert; denn die bedeutenden Menschen, von denen sie ausgehen, arbeiten ohnehin schon, soviel sie können, und die gesteigerte Zivilisation kann ihnen ihre Arbeit nicht erleichtern. Diese Dinge können sogar geschädigt werden, wenn der rasende Kreis der Reichtumserzeugung auch sie in seinen Wirbel zieht und ihnen nicht mehr die nötige Unabhängigkeit läßt.

Denn, und nun kommt das Aber bei dieser Entwicklung, mit der Freiheit der Menschen ist es nun aus. Sie ist der Preis, welcher für die üppigere Nahrung, die auffälligere Kleidung, den gestiegenen Reichtum, die Vermehrung der Bevölkerung gezahlt ist. Wer einen bürgerlichen Beruf hat: sei er Arbeiter oder Professor, Offizier oder Unternehmer, der ist nicht mehr sein eigener Herr, sondern der Diener seines Berufes.

Wir merken den Verlust der Freiheit gewöhnlich nicht. Aber es wird erzählt, daß man Kinder von wilden Völkerschaften aufzog und ihnen die Segnungen unserer Zustände zuteil werden ließ: sobald sie selbständig wurden, rissen sie sich die Kleider vom Leibe und flohen zu ihren elenden umherirrenden Verwandten in den Wäldern. Wir merken den Verlust gewöhnlich nicht; nur die bedeutenden Menschen Haben ihn natürlich immer gemerkt; wenn ein Dichter dichten soll, was die Leute kaufen, oder ein Philosoph lehren, was sie hören wollen, dann wird diesen Männern natürlich die Unfreiheit unserer Zeit klar; und der wesentliche Inhalt des äußeren Lebens solcher Menschen in unserer Zeit wird denn auch die Art, wie sie der Unfreiheit entgehen.

Nun aber kommt eine Zeit, wo auch den mittleren Menschen die Unfreiheit zum Bewußtsein kommt. Die Hunderttausende, welche im ausgehenden Altertum die Klöster füllten, waren gewiß nicht alle Ausnahmenaturen, sie waren Durchschnitt; auch die jungen Leute, welche gegenwärtig sich überlegen, ob es nicht besser ist, herumziehender Bettler zu werden, als einen Beruf zu ergreifen – sie vergessen unsere musterhafte Polizei -, brauchen noch keine bedeutenden Manschen zu sein. Aber es kommt über sie: daß der Mensch frei sein soll, denn er ist zu höheren Dingen geboren als zum Erwerb des täglichen Lebens.

Zu welchen höheren Dingen? Jeder Mensch hat seine Seele, und jede Seele hat ihr besonderes Ziel. Es gibt nicht Ziele für »die Menschen«. Deshalb kann man diese Frage nicht beantworten.

Die Macht der Worte
(1918)

Eine Frau, welche in weltlicher Weise dem lebt, was man die gesellschaftlichen Verpflichtungen nennt, und infolgedessen ihre Pflichten als Gattin, Mutter und Hausfrau nicht erfüllte, geriet mit ihrem Mann in Zwistigkeiten, die endlich auf rechtlichem Wege ausgetragen wurden. Die Gatten stritten sich besonders um die Kinder; im Laufe der Auseinandersetzungen erklärte die Frau: »Das Kind gehört zur Mutter.« Dieser Ausspruch machte bei der Gerichtsverhandlung einen solchen Eindruck, daß er das Urteil mit bestimmte.

Das Erzählte ist nicht eine besonders merkwürdige Geschichte; das Wichtige ist vielmehr, daß es eine solche nicht ist, und daß Vorfälle solcher Art alltäglich geschehen. Was sie bedeuten, wird den meisten Menschen auf den ersten Blick nicht klar sein, und eine Erklärung ist daher nicht überflüssig.

Der Satz drückt eine einfache logische Beziehung aus. Die Mutter ist nur insofern Mutter, als ein Kind zu ihr gehört; das Kind – die Sprache ist so arm gewesen, kein besonderes Wort zu bilden für das Kind in unserer Beziehung, wir müssen uns daher mit dem allgemeinen Wort behelfen, welches das jugendliche Alter ausdrückt – das Kind, in der Bedeutung des Wortes, welche hier gemeint ist, ist nur insofern Kind, als es zu einer Mutter gehört.

Der Satz drückt zunächst nicht mehr aus, wie etwa der Satz: Das Roß gehört zum Reiter. Der Reiter ist nur insofern Reiter, als ein Roß zu ihm gehört und umgekehrt; wobei wieder eine Armut der Sprache vorliegt, die für »Reitpferd« nicht ein eigenes Wort gebildet hat, um in einer derartigen Wendung gebraucht zu werden.

Über die logische Beziehung hinaus kann ein solcher Satz aber noch eine Gefühlsbeziehung ausdrücken »der eine sittliche Beziehung; und eine solche kann so weit gehen, daß er einen sittlichen Befehl ausdrückt. Wenn man sagt: Der Schuster gehört zum Leisten, dann meint man nicht mehr bloß, daß der Schuster nur insofern Schuster ist, als er mit dem Leisten arbeitet; sondern man meint, es solle ein Jeder mit seinen Arbeiten in dem ihm von Gott zugewiesenen Lebenskreis bleiben.

Insofern der Satz die logische Beziehung ausdrückt, ist er natürlich immer richtig; in allem aber, was über diese hinausgeht, braucht er nicht immer etwas Wahres auszudrücken. So kann man etwa gegen den Satz, daß der Schuster zu seinem Leisten gehört, sehr begründete Einwendungen machen.

Wenn ein Gelehrter in seiner Stube sitzt und arbeitet, dann hält er solche Dinge auseinander. Der Verstand arbeitet bei ihm ungestört durch die andern Fähigkeiten seiner Seele. Es gibt aber Lagen im menschlichen Leben, wo die andern Fähigkeiten der Seele die Arbeit des Verstandes übertäuben; dann halten wir solche Dinge nicht auseinander.

Solche Lagen sind vor allem die, in welchen der Mansch nicht für sich allein Entscheidungen zu treffen hat, sondern wo die Entscheidung durch das Zusammenwirken einer Anzahl von Iberischen getroffen wird. Denken wir uns, daß die Mutter oder ihr Rechtsanwalt den Ausspruch: »Das Kind gehört zur Mutter« vor einem Einzelrichter tut, so wird der Satz vermutlich wenig Glück machen. Der Richter wird kaltblütig fragen, inwiefern sie ihren Pflichten als Mutter nachgekommen ist. Fallt der Ausspruch vor einem Geschworenengericht, so kann man sicher sein, daß er eine Wirkung zugunsten der Mutter ausübt, trotzdem unzweifelhaft richtig an ihm nur die logische Beziehung

ist und es doch erst der Nachprüfung bedarf, ob die sittliche Beziehung gleichfalls vorhanden war.

Die Gesetze der Redekunst sind die Gesetze der Kunst, durch welche ein Einzelner auf eine größere Menge eine solche Wirkung ausübt, daß sie das tut, was er will. Sie kommen alle darauf hinaus, daß der klare Verstand bei der Menge weniger wach ist als beim Einzelnen dadurch, daß in der Menge die andern Fähigkeiten der Seele die Arbeit des Verstandes übertäuben. Wenn man die herkömmlichen Bezeichnungen behalten darf, dann kann man sagen, es sind Gefühl und Wille bei der Menge leichter in Bewegung zu setzen als beim Einzelnen. Zu den Mitteln, welche die Redekunst verwendet, gehören dann unter anderen auch solche Bildungen wie »Das Kind gehört zur Mutter«, in denen etwas logisch unzweifelhaft Richtiges ausgesagt wird, unter dem man etwas Weiteres erschleicht, solange der Verstand übertäubt wird, welches Erschlichene sich denn als der eigentliche Zweck des Satzes für den Redner herausstellt.

Man kann sagen, daß in der heutigen Welt die Worte eine Macht haben, wie sie nie zuvor in der Geschichte der Menschheit hatten. Das wird uns Deutschen in diesem Kriege klar, wir haben es vorher nicht gewußt. Die Engländer und Franzosen, jedes Volk in seiner Art, beherrschen die Kunst, auf die Masse zu wirken. Wir beherrschen diese Kunst nicht, weil unsere öffentlichen Zustände anders sind als bei den feindlichen Völkern und die Ausbildung der Kunst nicht verlangten. Nun sehen wir mit Erstaunen, wie Völker, die gar keine natürlichen Gegensätze gegen uns haben, uns feindlich gesinnt sind auf Grund von bloßen Gedankengängen; was uns schon unverständlich ist; aber was noch schlimmer ist, von Gedankengängen, die uns als rein unsinnig oder bewußt falsch erscheinen.

Wir haben in den politisch unschuldigen Verhältnissen gelebt – ihr Wert oder Unwert soll hier nicht erörtert werden –, daß jeder auf seiner Stube saß, sich gründlich überlegte, was er machen mußte und dann das tat, was er als richtig gefunden hatte. Mit der geistigen Verfassung, welche wir so in uns erzeugt haben (wir bezeichnen sie heute so, daß wir uns sagen, wir seien politisch unbegabt), gingen wir in den Krieg. Der erste Reichskanzler des Krieges war ein urbildlicher 259 Mann dieser Art, die man wohl als die Beamtenart bezeichnen kann. Es war mit Belgien ein Neutralitätsvertrag geschlossen. Wir haben diesen Vertrag gebrochen, weil die Selbsterhaltung uns dazu zwang. Wir haben die Vorstellung von uns, daß wir zum mindesten eines der wichtigsten Völker der Menschheit sind, und dessen Bestehen ist nötiger als das Halten eines Vertrages. Der Reichskanzler führte das offenherzig in seiner Rede aus. Der Erfolg war, daß Wilson sagte: »Die Deutschen nehmen für sich das Recht in Anspruch, beschworene Verträge als einen Fetzen Papier zu behandeln.« Dieser Satz enthält dieselbe Mischung von Wahrheit und Lüge wie der Satz, daß das Kind zur Mutter gehört. Er hat uns mehr Feinde in der Welt gemacht, als England durch die schändlichste Unterdrückung erworben hat.

Nun, das war in der ersten Zeit des Krieges, seitdem ist nach diesem Muster noch mancher Angriff gegen uns geschehen, jedesmal mit Erfolg.

Das Merkwürdigste ist, daß diese Angriffe im Laufe der Zeit sogar bei uns selber Erfolg haben.

Die Vorstellung oom Selbstbestimmungsrecht der Völker ist offenbar ein Unsinn von derselben Art, wie wir bisher besprochen haben. Wir haben im Vorstellungsschatz des englischen Volkes einen entsprechenden Unsinn im Privatrechtlichen. Solche Sätze pflegen immer mit einem gewissen Brustton ausgesprochen zu werden, der ja für einen vernünftigen Manschen den Satz von vornherein verdächtig macht. Der englische Satz ist » *My house is my castle*«. Der Satz ist logisch unzweifelhaft richtig; aber wie für den logisch stets richtigen Satz von der Mutter die sittliche Richtigkeit in jedem einzelnen Fall erst bewiesen werden muß, indem nämlich gezeigt wird, daß die Mutter sich auch als Mutter gegenüber dem Kind verhält; so muß in dem Satz vom Haus die sittliche Richtigkeit auch erst bewiesen werden, indem gezeigt wird, daß der Mann sein Haus auch als Haus benutzt, und nicht als etwas anderes; wenn er es etwa als Falschmünzerwerkstätte verwendet, so kann er doch nicht mehr gut verlangen, daß es die anderen als » *castle*« achten. Wozu noch kommt, daß das Haus ja auch durch sein bloßes Stehen noch in den Rechtskreis anderer » *castles*« eingreift, etwa durch seine Fenster; die dadurch entstehenden Meinungsverschiedenheiten kann der Besitzer des Hauses durchaus nicht einseitig lösen mit dem Hinweis darauf, daß er doch Herr in seinem Haus ist. Genau so ist der Fehler beim Selbstbestimmungsrecht der Völker; und wenn man genau zusieht, dann findet man, daß hier eben die Ursache aller Kämpfe liegt, wenigstens seit den Zeiten, wo man andere Länder angriff, um ihre Einwohner sich dienstbar zu machen. Etwa, um ein besonders bezeichnendes Beispiel zu wählen: die Polen konnten in ihrem Hause keine Ruhe halten und belästigten dadurch ihre Nachbarn, und diese schafften sich den Ruhestörer vom Halse — auf Grund ihres Selbstbestimmungsrechtes — derart, daß sie Polen unter sich aufteilten. Ob sie in der Tat richtig handelten, ist ja eine andere Frage, es ist auch eine andere Frage, ob sie vom höchsten sittlichen Standpunkt aus im Recht waren, aber gegen die platt moralische Rechtfertigung dürfte nichts einzuwenden sein.

Diesen Unsinn nun, von dem wir noch dazu wissen, daß unsere Gegner sich nicht nach ihm richten, haben wir selber von ihnen übernommen. Natürlich kommen wir in der Wirklichkeit nicht mit ihm aus, und da wir die rednerische Geschicklichkeit nicht haben, welche zu seiner Handhabung gehört, so haben wir uns durch die Übernahme nur geschadet.

Wir fanden, daß Engländer und Franzosen die redekünstlerischen Mittel anwenden, weil sie in ihrem öffentlichen Leben die Gelegenheit haben, sie auszubilden. Wir sind durch ihr Fehlen heute im Krieg offenkundig im Nachteil, und es gibt deshalb eine Menge Menschen bei uns, welche raten, daß wir unsere Verhältnisse ändern sollen, um die uns mangelnden Fähigkeiten gleichfalls zu entwickeln.

Nun sind aber doch wahrscheinlich die letzten Ursachen in solchen Erscheinungen nicht in geschichtlichen Zufälligkeiten zu suchen; sie müssen tiefer liegen, im Wesentlichen der Völker verankert sein. Wie im Leben der Einzelnen durchaus nicht notwendig die guten

Eigenschaften Erfolg verschaffen, so geht es auch im Leben der Völker. Erfolg haben diejenigen Einzelnen und Völker, die Eigenschaften besitzen, welche den Zeitumständen entsprechend sind. Heute herrschen die Massen, und deshalb haben die Völker den meisten Erfolg, die nach ihrer Natur über die Mittel verfügen, welche bei der Herrschaft der Massen nötig sind.

Wenn man die englische und französische Sprache näher betrachtet, dann wird man bald finden, wie sich die Vorteile unserer Feinde erklären. In der französischen Sprache wiegen die rednerischen Begriffs- Verallgemeinerungen zu sehr vor, und im Englischen kann man sich überhaupt nicht scharf ausdrücken, sondern kann immer nur so ungefähr sagen, was man meint, indem man den andern halb erraten läßt. Es ist in beiden Fällen natürlich von der heutigen Gebrauchssprache die Rede, die ja denn aber nur eine letzte Folge ist. Die Franzosen verwenden mit Vorliebe Worte, welche Begriffe ausdrücken, in denen alle Katzen grau sind, um dann geschickt immer den gerade erwünschten Sinn den Worten vorzuschieben. Wenn etwa von Paris die Rede ist, dann wird von der »Hauptstadt der Welt« gesprochen. Die »Hauptstadt der Welt« muß man natürlich gesehen haben, sie gibt natürlich den Ton an, wenigstens in allem, was den Franzosen wichtig erscheint, und es ist natürlich ein Verbrechen, wenn man sie beschießt. Sagte man nüchtern »Paris«, so müßte man erst beweisen, daß man es notwendig gesehen haben muß, und so fort. Da der Engländer sich nicht genau ausdrücken kann, so muß er denselben Satz mehrmals in etwas anderer Form sagen. Dadurch prägt er sich dem Zuhörer ein und wirkt zuletzt auf ihn wie eine erwiesene Wahrheit, während er nur eine mehrfach wiederholte Behauptung ist.

Man kann an einer Rede von Clemenceau und Lloyd George die Eigenschaften der Sprache studieren; man kann sie auch an mittleren Schriftstellern beobachten. Ein großer Teil der Eindrucksfähigkeit von Dickens liegt in den beständigen Wiederholungen, und wenn man Gedichte oder Dramen von Viktor Hugo liest, dann kann man sehen, wie auf entsprechend gerichtete Menschen die allgemeinen Redensarten fast zauberisch wirken.

In unserer deutschen Sprache liegen beide Richtungen nicht. Sie wird nie eine Sprache der Redner im heutigen Sinn werden können, und deshalb wird auf unser Volk die Redekunst dieser Art nie Eindruck machen, es wird mit den Mitteln dieser Kunst auch nie auf andere

Völker wirken können. Unsere deutsche Sprache ist zu wertvoll, als
daß sie sich für solche Zwecke hergäbe.

Die alten Sprachen haben eine Redekunst erzeugt; aber die hatte ganz
andere Grundlagen als die Redekunst der Engländer und Franzosen;
sie kam nicht durch die Mängel, sondern durch die Vorzüge der beiden
Sprachen, die als Rednersprachen übrigens so voneinander
verschieden sind, wie es ihrer sonstigen Verschiedenheit entspricht.
Diese Kunst setzte vor allen Dingen eine hohe Begabung der zu Über-
redenden voraus. Aber eine Besprechung dieser Dinge würde zu weit
führen.

Der Schriftsteller
(1916)

Gewisse Berufe hat es zu allen Zeiten bei den Menschen gegeben, und
nur ihre Beziehung zu der Allgemeinheit ändert sich im Wechsel der
Geschichte; gewisse Berufe aber gibt es nur in bestimmten Zeiten. In
diesen prägt sich dann das eigentümliche Wesen der Zeit naturgemäß
ganz besonders aus. Etwa den Bauern und den Kaufmann finden wir
immer, wenn eine gewisse Entwicklung der Menschen stattgefunden
hat; ihre Eigentümlichkeiten sind immer dieselben; und nur dadurch
unterscheiden sich die Zeiten, daß jetzt etwa der Bauer die be-
stimmende Persönlichkeit ist und jetzt der Kaufmann. Aber etwa den
Gelehrten treffen wir nur in gewissen Formen der Gesellschaft an, und
daß er vorhanden ist, gibt dann diesen Zeiten ein bestimmtes Gepräge.
Man kann noch weitergehen. Gewisse Charaktertypen sind allgemein
menschlich und finden sich immer wieder; andere Charaktertypen aber
sind an bestimmte Zeiten gebunden. Es gibt aus der Zeit kurz nach dem
Untergang der griechischen Republiken, als der Hellenismus sich
bildete, ein hübsches Buch über die Charaktere der Menschen von
Theophrast. Die Schilderungen, welche es enthält, passen nur noch
zum Teil auf unsere heutigen Zeilen, trotz der ewigen Gleichheit der
menschlichen Natur. Die Franzosen, welche ja immer eine lebhafte
Anteilnahme für seelenkundliche Dinge gehabt haben, versuchten
mehrfach, das Buch den veränderten Zeiten anzupassen; das gelang
aber nie so recht und konnte auch nicht gelingen.

Die Manschen, welche ein Zeitalter erleben, halten dessen Erscheinungen immer für so notwendig, daß sie sich ihre Fragwürdigkeit nur schwer klarmachen. Zu diesen Erscheinungen, welche man unbesehen hinnimmt, gehören denn auch jene Berufe und Charaktere. Einen der für den Soziologen merkwürdigsten Berufe hat der Schriftsteller, und diesem Beruf entspricht ein sehr merkwürdiger Charakter.

In der bürgerlichen Gesellschaft wird fachmännische Ausbildung bis zu einem Grade getrieben, von dem frühere Zeiten sich nichts träumen ließen. Überall ist es doch heute so, daß jemand, der etwas leisten und erreichen will, sich möglichst frühzeitig auf sein bestimmtes Ziel beschränken muß und in seiner Arbeit nicht über das ganz kleine Gebiet hinausgehen darf, das er genau kennt. Ein Beruf, der zur Voraussetzung hat, daß man ihn ohne fachmännische Ausbildung ausübt, der ausdrücklich eine allgemeine Laienhaftigkeit verlangt, muß in einer solchen Gesellschaft doch eine sehr merkwürdige Erscheinung sein.

Es ist hier nicht die Rede von Persönlichkeiten: daß etwa ein besonders begabter Mensch sich einen allseitigen Überblick verschafft, sondern von einem Beruf: daß die bürgerliche Gesellschaft Menschen braucht, welche ihr über Dinge Mitteilungen machen und Urteile fällen, in denen sie keine fachmännischen Kenntnisse haben und haben dürfen. Der Beruf des Schriftstellers erscheint nicht immer rein ausgeprägt. Er geht oft Verbindungen ein: am meisten mit dem Beruf des Journalisten und des Dichters. Aber man kann ihn für die Betrachtung sehr gut für sich allein nehmen: was etwa an Voltaire Dichter war oder an P. L. Courier Journalist, das kann man leicht abstreichen; der Rest ist der Schriftsteller.

Die Bedeutung des Schriftstellers beginnt mit der Renaissance. Gewisse geschichtliche Vorgänge seit dieser Zeit sind gar nicht ohne ihn zu denken: die Reformation, die Französische Revolution; aber die Vorgänge sind das Geringste: die Entwicklungen, welche ihnen zugrunde liegen, waren nicht ohne die Tätigkeit des Schriftstellers möglich. Es gibt manche Völker, bei welchen der Schriftsteller eine geringere Bedeutung hat, manche, wie etwa die Franzosen, wo er heute der eigentliche Herrscher ist; einen außerordentlichen Einfluß hat er bei jedem neuzeitlichen Volk.

Es gibt einen Beruf, den man in gewisser Hinsicht mit dem des Schriftstellers vergleichen kann, den des Juristen. Der Jurist hat über alle möglichen Verhältnisse und Vorgänge die folgenschwersten Urteile zu fällen, ohne Sachkenntnisse zu besitzen. Aber er unterscheidet sich von dem Schriftsteller dadurch, daß er eine besondere Ausbildung haben muß, durch welche er das besondere juristische Denken lernt. Auch eine besondere Ausbildung braucht der Schriftsteller nicht. Der Möglichkeit nach kann jeder Mensch Schriftsteller sein, wie jeder Mensch andern Menschen Erzählungen, Urteile, Berichte und Meinungen mündlich mitteilen kann; die einzige Bedingung ist, daß das, was er schreibt, einen größeren Kreis von Menschen angeht; und das ist nur bis zu einem gewissen Grade Sache des Studiums – eines übrigens sehr allgemeinen Studiums – und hauptsächlich Sache der Begabung, einer reinen Naturgabe.

Was ist das nun, was die Menschen nicht nur geneigt macht, sondern doch offenbar zwingt, einen solchen Mann anzuhören?

In immer steigendem Maße sind seit der Renaissance oder, wie man will, seit dem Beginn der Neuzeit, oder mit der Entwicklung der bürgerlichen Gesellschaft, die Tätigkeiten den Einzelmenschen abgenommen und Gruppen übertragen. Eine Menge seelischer Vorgänge, welche früher im Einzelnen stattfanden, müssen demnach nun in Gruppen stattfinden. Früher waren sie mehr oder weniger unbewußt, nun müssen sie bewußt werden; sie waren unbeabsichtigt, nun müssen sie gewollt werden; sie geschahen nicht nur in, sondern auch von den einzelnen Tätigen, nun erfordern sie einen besonderen Beauftragten.

Etwa eine mittelalterliche Fehde ist in ihren Ursachen, Gründen, ihrem Verlauf und Ende allen Beteiligten genau bekannt. Ein heutiger Krieg ist nicht ohne den Schriftsteller möglich, welcher Ursachen aufweist, Gründe gibt, den Verlauf berichtet und das Ende mitbestimmt.

Damals sah der Einzelne alles, heute muß ihm alles gesagt werden; er konnte alles beurteilen, heute muß er unterrichtet werden; damals wußte er selber, was er wollte, heute muß es ihm gesagt werden.

Oberflächliche Beobachter haben wohl behauptet, daß der Schriftsteller heute herrsche. Sie haben etwa auf Erscheinungen hingewiesen, wie die Kriegserklärung Italiens gegen Österreich. Aber man läßt sich da sehr durch den Augenschein täuschen. Wie in jeder Demokratie ein Führer nur deshalb Führer ist, weil er die Leute dahin führt, wohin sie wollen, so ist auch in der ungeheuren Menschenvereinigung, die ein heutiges Volk darstellt, der Schriftsteller nur dadurch ein einflußreicher Mann, daß er das sagt, was die Vereinigung hören will: in der Fähigkeit zu spüren, was das Volk einer Zeit will, und das dann auszudrücken, liegt eigentlich die schriftstellerische Begabung; deshalb ist ja auch der glänzendste Schriftsteller späteren Geschlechtern mindestens langweilig, wenn er ihnen nicht geradezu töricht vorkommt: die Schriftsteller einer Zeit bezeichnen sich mit Recht als »die Zeit«; deshalb besteht auch der Gegensatz zu den außerzeitlichen Erscheinungen, die sie erleben.

Wir können mit gutem Recht also sagen, daß die Schriftsteller für ein Volk das sind, was Gehirnfasern und Nerven für den Einzelnen.

Nun aber hat dieser Vergleich doch eine schwache Stelle, und hiermit kommen wir auf den merkwürdigsten Punkt.

Gehirnfasern und Nerven sind einfach Teile des menschlichen Körpers, haben ihre Arbeitsaufgabe, und außer ihr bedeuten sie nichts. Die Schriftsteller aber haben außer ihrer Aufgabe auch noch das, daß sie selbständige Persönlichkeiten sind.

So unterscheidet sich die Ausübung derselben Arbeit im Einzelnen und in der Gesellschaft, wie sich die Leistung einer Maschine von der Leistung eines Menschen unterscheidet. Bei der Leistung des Menschen entstehen immer noch Nebenwirkungen.

Welche können die nun hier sein?

Wenn wir die Tätigkeit der Schriftsteller geschichtlich betrachten, so werden wir finden, daß sie immer auf Widerspruch eingestellt ist. In den weitaus meisten Fällen stehen sie auf der Linken, weil ja naturgemäß im weitaus größten Teil der Zeiten die Rechte herrscht; wenn aber einmal die Linke herrscht, dann stehen sie auf der Rechten. Fast alles Schöpferische in Staat, Religion, Kunst und Gesellschaftsleben geht unter dem Widerspruch der Gesellschaft vor sich: es kommt von Einzelnen, in welchen der Geist des Volkes sich äußert; aber der Geist des Volkes ist ja natürlich stets etwas Anderes als der Geist der Zeit, in welcher er zur Erscheinung kommt. Der Geist der Zeit mag wertvoll sein oder minderwertig sein; der Geist des Volkes ist jedenfalls beides, denn er umfaßt diese Zeit wie alle andern Zeiten des Volkes, er ist dadurch zur Zeit immer in dem Gegensatz, in welchem das Ganze zum Teil steht. Aus den schöpferischen Einzelleistungen entwickelt sich dann unter Irrtümern, Versuchen,

Fehlschlägen alles Tatsächliche. Dieses muß sich weiterbilden teils durch Neuschöpfungen, teils durch Zerstörung. Da die schöpferischen Geister sich im Widerspruch mit der Gesellschaft und der Zeit befinden, so bleibt für den Schriftsteller, der ja nach seiner Natur in Übereinstimmung mit beiden schafft, nur die Gegnerschaft gegen sie. Eine merkwürdige Ausnahmestellung nehmen hier die Philosophen ein. Wenn wir an unsere deutschen Zustände denken, dann können wir doch sagen, daß etwa unsere Klassiker nicht nur auf ihrem Höhepunkt, als sie die Xenien schrieben, die Schriftsteller gegen sich hatten, daß auch noch der alte Goethe ihre Feindschaft verspürte, daß Bismarck nicht nur vor 1870 von ihnen angegriffen wurde, als er sein Werk vorbereitete, sondern auch noch zur Zeit seines Sturzes, als sein Werk längst vollendet war; unsere Philosophen aber, von Kant bis Nietzsche, haben umgekehrt sehr viele Förderung durch die Schriftsteller erfahren und hatten ohne diese Mithilfe nicht die schnelle Wirksamkeit gehabt. Vielleicht besteht eine gewisse Verwandtschaft zwischen dem Philosophen und dem Schriftsteller, wie ja denn die höchsten schriftstellerischen Erscheinungen, etwa ein Hobbes, zu den Philosophen gezählt werden müssen, während man keinen dichtenden oder politisierenden Schriftsteller zu den Dichtern oder Staatsmännern rechnen kann. Jedenfalls steht bei dem Schriftsteller wie bei dem Philosophen immer das Moralische im Mittelpunkt.

Dieses ergibt sich nun seelenkundlich aus folgendem:

Es kann kein Mensch ohne Werturteile wirken. Daß wir bewerten, das erhöht unsere Arbeit über die Arbeit der Maschine und des Tieres. Bei jeder fachmännischen Arbeit nun kommt das Werturteil immer aus der Sache. Bei der Arbeit des Schriftstellers, die ganz und gar nicht – fachmännisch ist, kann es nur aus der Persönlichkeit kommen.

Nun sind alle Werturteile, die aus der Persönlichkeit kommen, im letzten Grade immer moralischer Natur. Jede Persönlichkeit hat als Erstes und Letztes die Selbstbehauptung, und die Selbstbehauptung erscheint immer als Moralität. Es ergibt sich so von selber, daß der Schriftsteller an die Erscheinung stets einen moralischen Maßstab anlegt. Dadurch aber wirkt er zerstörend, denn die Erscheinung ist stets jenseits des Moralischen.

Man denke an unsere Generalstabsberichte. Sie sind von militärischen Fachmännern geschrieben; wo Werturteile in ihnen laut werden, geschieht das, wenn etwa die Engländer im Schützengrabenkrieg

Kavallerie verwenden. Wenn Beschießungen von Lazarettzügen und dergleichen gemeldet werden, so ist das als Rüge aufzufassen, nicht als Werturteil; das seltene Hervorheben eines einzelnen Truppenteils soll eine Auszeichnung sein. Beides hat mit dem Stil des Berichtes, den der erste Quartiermeister v. Stein so meisterlich handhabte, nichts zu tun. Wenn aber ein Kriegsberichterstatter erzählt, dann finden wir sofort etwa ein Hervorheben der Tapferkeit, also ein moralisches Werturteil. Bei den Engländern und Franzosen haben die Schriftsteller einen weit größeren Einfluß als bei uns; bei uns trifft man deshalb verhältnismäßig häufig eine nüchtern fachmännische Auffassung von Krieg und Kriegsziel, bei den Andern fast stets die Behauptung, daß sie für die Kultur kämpfen und ähnliches. Genau so ist es, wenn Künstler über Kunst schreiben und wenn Schriftsteller schreiben. Jeder Künstler schreibt nüchtern und sachlich und spricht nur vom Handwerk: deshalb kann man von Künstlern immer etwas lernen. Der Schriftsteller kommt immer darauf, daß er schreibt, welchen Wert für ihn, der sich als Vertreter der Gesellschaft fühlt, das Kunstwerk hat, über das er spricht: er stellt die Rückwirkung der Gesellschaft auf das Kunstwerk dar.

Die Moralen ändern sich in den Zeiten, es ändert sich auch das, was die Schriftsteller bekämpfen. Der heilige Augustin war so gut ein Schriftsteller wie Voltaire, und Voltaire kämpfte so gut mit moralischen Gründen wie Augustin.

Man muß sich das klarmachen, wenn man manche Erscheinungen unserer Zeit verstehen will, daß von den beiden notwendigen Tätigkeiten des Zerstörens und des Aufbauens, die bei der Einzelpersönlichkeit gewöhnlich sich die Waage halten, in der entwickelten Gesellschaft durch die Träger der betreffenden Tätigkeiten nur die eine, die des Zerstörens, ausgeübt wird. Hier liegt einer der Gründe für das, was man die »Schnellebigkeit unserer Zeit« zu nennen pflegt – im tiefern Sinn für die rasend schnelle Entwicklung unserer Zivilisation.

Bedürfnis und Persönlichkeit
(1916)

Wihelm v. Humboldt sagt einmal in einer unvollendeten Schrift »Theorie der Bildung des Menschen«: »Im Mittelpunkt aller besonderen Arten der Tätigkeit steht der Mensch, der ohne alle, auf irgend etwas Einzelnes gerichtete Absicht nur die Kräfte seiner Natur stärken und erhöhen, seinem Wesen Wert und Dauer verschaffen will. Da jedoch die bloße Kraft einen Gegenstand braucht, an dem sie sich üben ... könne, so bedarf auch der Mensch einer Welt außer sich. Daher entspringt sein Streben, den Kreis seiner Erkenntnis und seiner Wirksamkeit zu erweitern, und ohne daß er sich selbst deutlich dessen bewußt ist, liegt es ihm nicht eigentlich an dem, was er von jenen erwirbt, oder vermöge dieser außer sich hervorbringt, sondern nur an seiner inneren Verbesserung und Veredelung, oder wenigstens an der Befriedigung der inneren Unruhe, die ihn verzehrt.«

Die Geistesrichtung, aus welcher ein solcher Satz entspringt, mag man in Ermangelung eines genauer passenden Wortes als adelig bezeichnen. In ihr fühlt sich der Mensch als Zweck.

Wenn man heute Menschen fragen würde, ob ihr Leben so angelegt sei, daß ein solcher Satz von ihm ausgesagt werden könne, so würden nur sehr wenige mit Ja antworten, die meisten würden verneinen müssen. Je nach der Geistesverfassung der Befragten würde das Nein schmerzlich oder stolz ausfallen. Die einen würden bedauern, daß die Fülle der Berufsgeschäfte ihnen keine Zeit zur Ausbildung ihrer Persönlichkeit lasse: und die andern würden erklären, die Zeit der Menschen, die nur an Genuß dachten, sei vorüber, und wir lebten heute in dem Jahrhundert der Arbeit, der Pflicht und des Großgewerbes.

Einen Gedanken, welcher diesen Wandel erklärt, äußert Humboldt in einer andern Schrift »Über das Studium des Altertums«. Er sagt da: »Der Grieche in der Periode, wo wir die erste vollständige Kenntnis von ihm haben, steht noch auf einer sehr niedrigen Stufe der Kultur« (er meint Zivilisation). »In diesem Zustand wird, da der Bedürfnisse und der Befriedigungsmittel nur wenige sind, immer mehr Sorgfalt auf die Entwicklung der persönlichen Kräfte als auf die Bereitung und den Gebrauch von Sachen verwandt ... Es ist daher bei Nationen auf einer niedrigeren Stufe der Kultur verhältnismäßig mehr Entwicklung der Persönlichkeit in ihrem Ganzen als bei Nationen auf einer höheren.«

Das Wort »verhältnismäßig« ist unterstrichen. Schiller, dem der Aufsatz vorgelegen hatte, schrieb am Rand hinzu: »Ganz gewiß, weil kultivierte Nationen durch Regeln, die immer etwas Allgemeines sind, Naturvölker durch Gefühle sich bestimmen. Die Vernunft« (er meint Verstand) »erzeugt Einheit und dadurch oft Eintönigkeit; der Sinn bringt Mannigfaltigkeit.«

Mit dem Tod Goethes und der Auflösung der Hegelschen Philosophie bricht der deutsche Idealismus zusammen. Zwei Mächte treten gleichzeitig in das Leben des deutschen Volkes ein, welche beide behaupten, seine Erbschaft angetreten zu haben: der Industrialismus und die sozialistische Arbeiterbewegung. Beide Mächte gehören zusammen. Durch wechselseitiges Ursachenverhältnis; sie gehören auch noch in tieferem Sinn zusammen. Dem Sozialismus wie dem Industrialismus

ist der Mensch nur noch Mittel und das wirtschaftliche Ding, welches er erzeugt, der Zweck; der Sozialismus will lediglich die Hemmungen beseitigen, welche dem Industrialismus dadurch anhaften, daß er noch eigenwirtschaftlich ist. Bei dem heute herrschenden Marxischen Sozialismus wird das nicht so klar; deutlich erkennt man das Ziel, welches auch er hat, wenn man Fourier, den zur Zeit jenes Zusammenbruches maßgebenden Sozialisten liest.

Man kann vielleicht nicht sagen, daß der Sozialismus neben dem Industrialismus herrscht; aber jedenfalls herrscht die Gesinnung, aus welcher beide Mächte entstanden sind. Diese Gesinnung ist der unserer klassischen Zeit gerade entgegengesetzt. Seitdem sie zur Herrschaft gekommen ist, haben wir aber unsere Bevölkerung verdoppelt, unsern Reichtum um das Vielfache gesteigert, alle Bedürfnisse und ihre Befriedigungsmittel vermehrt. Wir sind unzweifelhaft zivilisierter geworden gegenüber unserer klassischen Zeit. Es ist durchaus natürlich, daß wir heute mehr durch Regeln (Gesetze und Verordnungen) bestimmt werden als unsere Vorfahren, und daß dadurch – nicht nur dadurch – Einheit, wir klagen schon seit lange: Einförmigkeit erzeugt wird. Die Geschicke der Völker werden nicht bewußt geleitet; sie hängen auch nicht von etwaigen Fehlern und Irrtümern in ihrer unbewußten Entwicklung ab.

Die Behauptung, daß die herrschenden Mächte der Gegenwart die Erben unserer klassischen Zeit seien, wenn sie gerade das Gegenteil von ihr wollen, mag man auf sich beruhen lassen. Ob in dem deutschen

Idealismus ein grundlegender Fehler war, durch den er zusammenbrechen mußte, mag man auch auf sich beruhen lassen. Die Deutschen zur Zeit Goethes und Schillers, Kants und Fichtes dichteten und dachten. Die Deutschen von heute erwerben Reichtum und erhöhen ihre Lebenshaltung; beides ist Wirklichkeit; und jede Wirklichkeit liegt in Gottes Hand und kann durch uns mit unsern unzulänglichen Mitteln nicht beurteilt werden.

Auch der einzelne Mensch, wenn er sein vergangenes und gegenwärtiges Leben betrachtet, kann zu keinem andern Schluß kommen wie ein ganzes Volk. Je tiefer wir in unsere Erlebnisse und Handlungen eindringen, desto deutlicher wird es uns, daß nicht die Richtigkeit oder Unrichtigkeit unserer Schlüsse unser Wollen, sondern daß umgekehrt unser Wollen die Nichtigkeit und Unrichtigkeit unserer Schlüsse bestimmte.

Aber wie der einzelne Mensch, trotzdem ihm das völlig klar sein kann, doch für die Zukunft auf Grund neuer Schlüsse andere Vorsätze zu fassen vermag, so vermögen es auch Völker. Es liegt hier für den Verstand ein Widerspruch, über den er nie fortkommen wird, über den das Gemüt uns ohne weiteres bringt.

Dieser Krieg ist im eigentlichen Sinne der Krieg des Industrialismus und der entwickelten bürgerlichen Gesellschaft. Die Deutschen sind später in die Laufbahn des Industrialismus getreten als andere Völker; die Größe des möglichen wirtschaftlichen Reichtums ist begrenzt; obwohl die Grenze noch nicht erreicht ist, müssen doch andere Völker wünschen, uns in unsere frühere Lage zurückzuwerfen, damit durch unsern Mitbewerb nicht ihr Stück kleiner wird.

Über die Folgen des Krieges kann ja noch niemand etwas sagen; nur eine Folge ist ganz gewiß: eine ungeheure Abnahme des Reichtums in allen kriegführenden Ländern. Da der Befriedigungsmittel weniger werden, so werden denn also die Bedürfnisse nach dem Krieg wohl wieder herabgeschraubt werden müssen.

Man wird ja guttun, diesen kommenden Zustand schon jetzt ins Auge zu fassen, damit man nicht allzusehr überrascht wird, wenn er eintritt; man könnte vielleicht finden, daß er nicht gar so schlimm sein wird, daß er vielleicht sogar seinen Nutzen für uns hat. Unsere frommen Vorfahren glaubten: Wen Gott liebt, dem müssen alle Dinge zum Besten dienen; könnten wir nicht sagen: Wer es bewirkt, daß ihm alle Dinge zum Besten dienen, der liebt Gott?

Die Steigerung der Bedürfnisse in den Jahrzehnten etwa von 1830 an war nicht in der Weise erfolgt, daß die Menschen aus Erwägungen herausgefunden hätten, daß dieses oder jenes gebraucht wird; sondern sie war so erfolgt, daß die Befriedigungsmittel sich vermehrt hatten. Nicht weil die Menschen mehr gebrauchten, sondern weil ihnen mehr angeboten wurde, stiegen die Bedürfnisse. Notwendig mußte es dadurch kommen, daß nicht nur überflüssige, sondern sogar schädliche Bedürfnisse entstanden; und was das Merkwürdigste ist, daß solche Bedürfnisse, die bloß durch die Natur befriedigt werden, an denen also das Großgewerbe oder der Handel nichts verdienen kann, sogar unterdrückt wurden.

Es ist etwa sicher den Wünschen im Grunde gleichgültig, ob auf ihrer Treppe ein Teppichläufer liegt oder nicht; ich kann mir sogar denken, daß einem verständigen Mann sauber gescheuerte Stufen angenehmer sind als der Staubfänger; aber ob man in einer Mietswohnung wie in einer Reihe ineinandergehender Vogelbauer über einer Großstadtstraße wohnt, oder ob man ein Haus hat, aus dem tretend sich Einem die Brust weitet und man Erde und Himmel fühlt, das ist gewiß niemand gleichgültig. Ach, wieviel von unsern heutigen Bedürfnissen gleicht doch dem Teppich auf der Treppe, der uns in einen Vogelbauer führt! Welches Glück könnte es für die Menschen sein, wenn sie erst genötigt sind, auf manche Bedürfnisse von heute zu verzichten, wenn sie dann die überflüssigen und schädlichen Bedürfnisse aussuchten und die von sich würfen!

In den Anfängen der sozialdemokratischen Bewegung prägte Lassalle das Wort von der »verdammten Bedürfnislosigkeit des Proletariats«. Die Bedürfnisse des Proletariats sind außerordentlich schnell gestiegen, genau so schnell wie die Bedürfnisse der Bourgeoisie: Bourgeoisie und Proletariat sind ja ein siamesisches Zwillingspaar, das Schicksal des Einen ist immer auch das Schicksal des Andern. Nur daß der Bourgeoisie niemand eine Aufforderung zuzurufen brauchte, ihre Bedürfnisse zu erhöhen. Gewiß gibt es Arbeiter, welche sich gemüht haben, ihren Geist höher zu bilden; aber es kann doch niemand leugnen, daß der weitaus größte Teil der gestiegenen Bedürfnisse durchaus fragwürdiger Natur war. Der eigentliche Kern aller Leiden des Proletariats in Zeiten steigenden Absatzes, wie wir ihn doch die ganze Zeit durch hatten, ist in der Wohnungsfrage beschlossen.

Wenn es den Proletariern etwa gelungen wäre, sich von der Mietkaserne zu befreien, auf genossenschaftlichem Wege Ansiedlungen von Wohnungen mit Gärten zu schaffen, die für ihre Lebensweise vernünftig eingerichtet wären, dann hätten sie nicht nur ein wirkliches Bedürfnis befriedigt, sondern auch ihrer Klasse einen Halt gegeben, die heute genau so wehrlos jeder Krise gegenübersteht wie vor 60 Jahren.

Humboldt sprach von den Griechen, also von Zeiten, die so weit entlegen sind, daß wir wichtige Einzelheiten besonders über wirtschaftliche Dinge aus ihnen nicht mehr wissen. Vielleicht hätte er sonst zu seinem Satz noch eine Ausführung gegeben, daß von einem bestimmten Zeitpunkt an offenbar den Menschen die vernünftige Leitung ihrer Bedürfnisse entfällt; und vielleicht hätte er gefunden, daß nicht die Steigerung der Bedürfnisse an sich den Erfolg hat, die Entwicklung der Persönlichkeit verhältnismäßig in den Hintergrund zu drängen, sondern die Steigerung der falschen und törichten Bedürfnisse.

In der bürgerlichen Gesellschaft nehmen nur solche Bewegungen einen großen Umfang an und wirken einheitlich, welche auf den Erwerb der Dinge, seine Sicherung und seine Vorbedingungen gehen; alles, was auf das Persönliche geht, bleibt notwendig vereinzelt und un-zusammenhängend, und dadurch wirken solche Bewegungen dann vereinsmeierhaft und schrullig. Das ist aber kein Beweis gegen sie; wenn sie trotzdem überhandnehmen, dann ist das ein Zeichen, daß in der bürgerlichen Gesellschaft ein organischer Fehler sein muß. Fast alle Bestrebungen auf naturgemäße Lebensweise gehören hierher; je industrieller und proletarischer ein Gebiet ist, desto stärker sind in ihm auch diese Bestrebungen. Sie gehen alle auf Vereinfachung der Bedürfnisse, namentlich Ausschalten der schädlichen und törichten. Wenn die Schwierigkeiten, welche nach dem Kriege eintreten, den Erfolg hätten, daß diese Bestrebungen unterstützt und vielleicht durch eine große, allgemeine Bewegung aus dem sektiererischen Winkel herausgetrieben würden in das allgemeine Volksleben, so wäre das gewiß eine der segensreichsten Folgen des Krieges.

Das würde nicht nur eine Gesundung des Volkes bedeuten, sondern auch eine neue Einstellung der Seelen von dem bürgerlichen Ideal des Genusses auf das adelige Ideal des Seins.

Die bürgerliche Ordnung der Gesellschaft hat alle Menschen freigemacht, daß sie wählen können, was ihnen angemessen ist: Es kann heute jeder ein Adelsmensch werden, wenn er nur will.

Bestreben und Forderung
(1917)

Es gibt einen Ausspruch von Goethe: »Vor der Revolution war alles Bestreben, nach der Revolution verwandelte sich alles in Forderung.« Der tiefe Ausspruch kann manches erklären von den oft so unheimlichen Erscheinungen der Gegenwart; und vielleicht, wenn wir Erscheinungen richtig erklärt haben, dann können wir sie besser einordnen, und sie verlieren etwas von ihrer Unheimlichkeit.

Bestreben wie Fordern sind beides Urtriebe, sie stehen in einem gewissen Gegensatz zueinander. Es verändert sich alles, Dinge wie Menschen. Es verändert sich von innen heraus durch Weiterbilden und Entwickeln, wie der Keim aus dem Samenkorn, die Pflanze aus dem Keim, die Blüte aus der Pflanze und die Frucht aus der Blüte hervorwachsen. Geschieht das Hervorwachsen in einem selbstbewußten Wesen, wie der Mensch ist, dann erscheint es als das Ergebnis des Bestrebens, denn was in der unbewußten Natur dumpfes Geschehen ist, das ist im Wünschen bewußtes Wollen. Aber dieselbe Veränderung kann man auch als eine Veränderung von außen her betrachten. Wenn der Same seinen Keim in den Boden senkt, so nimmt er von außen aus dem Boden fremde Stoffe auf, paßt die sich an und verwendet sie zu seinem Aufbau; so wird Pflanze, Blüte und Frucht gebildet durch von außen geholte anorganische Bestandteile. Wenn man diesen Vorgang aus der unbewußten Natur in das menschliche Leben versetzt, so erscheint er als das Ergebnis eines Forderns. Ohne das organische Sichentwickeln und das anorganische Sichaneignen gibt es also keine Veränderung in unserem Sein, das ja nur Veränderung ist; und das Bestreben ist so notwendig wie das Fordern.

Man kann verstehen, daß der Dichter, der ja im höchsten Maße organisch fühlt, den Vorgang immer wird von der Seite des Bestrebens beobachten wollen, und daß ihm das Fordern als etwas Unheimliches erscheint; man wird auch verstehen, daß die Männer, welche ein Volk in den äußeren Dingen leiten, die Politiker, den Vorgang immer von der Seite des Forderns betrachten werden, indem sie das Bestreben, wenn sie es überhaupt bedenken, für eine selbstverständliche Folge der erreichten Forderung auffassen, für ein Verarbeiten des Erreichten.

Die Zeiten innerer Sammlung und äußeren Kämpfens lösen sich naturgemäß ab; in den einen herrschen die Dichter, waltet das organische Bestreben vor; in den andern herrschen die Politiker – das Wort im weitesten Sinne genommen: nicht die Staatsmänner, sondern die Volksführer, die Publizisten, die Männer der Volksvertretung und andere – welche anorganisch fordern. Ist man in dem einen Zeitalter groß geworden und hat eine Bildung von seinen Eindrücken empfangen, so ist verständlich, daß man nur mit tiefster Besorgnis das andere Zeitalter betrachten kann, dessen Anbruch man eben erlebt. Wer in einer organischen Zeit aufwuchs, der wird Auflösung aller Ordnung und Natur in dem neuen Zeitalter sehen, und wer in einer anorganischen Zeit aufwuchs, der wird Stillstand und Rückbildung zu erblicken glauben. Das menschliche Leben ist zu kurz, der Geist selbst des Größten ist zu eng, um beides gleich verstehen zu können: man kann im günstigsten Fall das eine verstehen und das andere sich verstandesmäßig klarmachen. Aber man muß sich, wenn auch nur verstandesmäßig, sagen, daß beides gleich notwendig ist.

Wir leben nun offenkundig in einer anorganischen Zeit, in einer Zeit des Forderns. Diese Zeit beginnt mit der Französischen Revolution. Gefordert wird die allgemeine Gleichheit aller Menschen in allen Dingen. In diesem Kriege geht offenkundig eine neue Welle dieses Forderns durch die ganze gesittete Welt.

Organisch fühlende Menschen fragen mit Recht, was denn bis nun aus der bereits erreichten Gleichheit herausgekommen sei: und man wird ihnen ehrlich antworten müssen, daß das nicht viel Erfreuliches ist. Aber man muß seinen Blick so einstellen, daß er einen weiteren Zeitraum umfaßt; zu diesem Zeitalter des Forderns gehört notwendig ein Zeitalter des Bestrebens, dessen erste Anfänge man vielleicht jetzt schon beobachten kann.

Man denke an die geschichtliche Ähnlichkeit der Reformation. Die Reformation hatte gefordert. Was war das Ergebnis? Nach hundert Jahren zeigte es sich, daß hundert Bildungsansätze zerstört waren, daß alle Gelegenheit vernichtet war, wo Einzelne und Gesellschaften hatten nach Höherem streben können, daß der Friede verschwunden war, in dem allein eine Höherentwicklung möglich ist; die Menschen müssen doch damals das Gefühl einer völligen Auflösung gehabt haben. Diese Auflösung fand ihren Höhepunkt in dem fürchterlichen Dreißigjährigen Krieg, der das Land endgültig zu verwüsten schien, von welchem die Reformation ausgegangen war. Aber dann kam das Zeitalter des Bestrebens, das seinen Höhepunkt fand in unserem deutschen klassischen Idealismus: dieser ist doch nur möglich als Ergebnis der Reformation, als das Aufbauen zu einem Organismus, Aufbauen jener anorganischen Stoffe, die damals durch Forderung zusammengekommen waren.

Unsere frommen Vorfahren sagten: Wir stehen in Gottes Hand,, Gott wird alles zum Besten fügen. Wir Heutigen haben eine andere Ausdrucksweise als unsere Vorfahren: aber wenn wir glauben, daß der Einzelne den Weltenlauf nicht überschauen kann, daß von einem höheren Standpunkt, als der ist, den der Einzelne einnehmen kann, alles geschichtliche Geschehen sinnvoll erscheint, dann glauben wir in Wirklichkeit dasselbe wie unsere Alten. Wir können in derselben Sicherheit, in demselben Vertrauen leben wie sie.

Man kann die göttliche Bedeutung der verschiedenen Völker erkennen durch eine solche Einsicht.

Damit die Reformation möglich war, mußte es ein deutsches Volk geben; damit die Revolution möglich war, mußte ein französisches Volk da sein. Man kann das eine Volk lieben und das andere sehr wenig schätzen; aber für die gesamte Menschheit sind beide Völker wichtig, jedes hat seinen eigenen Beruf zu erfüllen.

Wir können ruhig davon sprechen, daß wir in einer Zeit leben, in welcher die Begehrlichkeit der Massen erwacht ist; und wir können, wenn wir auf die Länder sehen, wo die Massen am meisten erreicht haben, was sie wollten, zu dem Schluß kommen, daß die Begehrlichkeit sich selbst betrogen hat. Würde ein gebildeter italienischer Katholik über das Deutschland der ersten Hälfte des 17. Jahrhunderts anders geurteilt haben? War etwas von evangelischer Freiheit in den damaligen

kleinlich durchzankten Landeskirchen zu sehen? Dennoch stand damals die ganze Welt im Bann der deutschen Gedanken, auch die katholische Welt. Es ist heute ebenso mit den Gedanken der Französischen Revolution. Wollen wir ehrlich sein, so müssen wir sagen, daß sie uns lächerlich erscheinen; dennoch stehen wir selber in ihrem Bann. Die Franzosen haben den Mut gehabt, diese Gedanken zu gestalten; was sie endgültig für die Menschheit bedeuten, das werden wir erst sehen können, wenn das Zeitalter des Bestrebens aus ihnen nun etwas Organisches geschaffen hat – vielleicht sind es nicht die Franzosen, denen diese Aufgabe zufallen wird.

Denn hier zeigt sich nun der Wert der einzelnen Völker außer jener Bedeutung.

Die Deutschen mit ihrer religiösen Revolution forderten doch nur Seelisches; die Franzosen mit ihrer politischen forderten im Grund Materielles. Das Seelische, das nur erst durch Forderung angeeignet war, kann allmählich durch Bestreben zum wirklichen Eigentum gemacht werden; das Materielle ist erworben durch die erfüllte Forderung und kann nicht näher und tiefer angeeignet werden; es ist nur möglich, daß aus dem Materiellen sich wieder Seelisches bildet.

Das aber scheint bei den Deutschen vor sich zu gehen.

Die Franzosen haben in ihrer Revolution dem Adel seine erworbenen Rechte geraubt und einen Kleinbauernstand geschaffen, der in Besitz und Erwerb sein Genügen findet und bei Nüchternheit, verständigem Sinn und bürgerlicher Bescheidenheit mit dem kleinen Lebensgenuß zufrieden, als Grundlage für ein Volk von kleinen Rentnern dient. Mit einem Wort: die Franzosen haben jetzt, was sie wollen. Vielleicht erklärt sich der Unsinn ihrer Beteiligung am Weltkrieg daraus, daß ein unbewußtes Gefühl sie treibt, daß ein solches Leben nicht genügt, und so halten sie sich die hohlen Worte von Ruhm und Freiheit vor ihr Philistertum als Deckung. Bei den Deutschen gilt Besitz und Erwerb nur als ein Mittel der Höherbildung. Das wird ja durchaus nicht immer bewußt, und in der Wirklichkeit treffen wir oft genug eine rein sinnliche Verwendung; die Höherbildung wird oft genug ganz oberflächlich gefaßt als ein Erwerb von Wissen und Steigen auf eine höhere gesellschaftliche Stufe; aber der Grundtrieb ist jedenfalls eine Befreiung und Bildung der Seele; und vielleicht liegt es nur an dem Fehlen einer großen Schauung heute, welche einen solchen Trieb in Bewegung setzen könnte, daß wir in der Wirklichkeit so viel von jenem Unerfreulichen sehen. Sehr lehrreich ist der Vergleich des Wortlautes der Marseillaise in den beiden Sprachen, wie es da im Deutschen schließlich darauf hinauskommt, daß »Der Feind, der uns umlagert« – »Der Unverstand der Massen« ist: rührender kann doch in einem Revolutionslied, das diese Massen selber singen, das geistige Streben nicht ausgedrückt werden.

Es fehlt heute die große Schauung: in dem Augenblick, wo wir sie haben, werden in unserem Volk tausend Kräfte ihr zuströmen, welche sich in der Zeit des Forderns gebildet haben. Diese Schauung kann nicht von den Fordernden geschaffen werden, die muß aus anderen Bezirken des Volkes kommen. Darum, wenn uns heute das Herz oft schwer wird gegenüber dem Anorganischen, Begehrlichen, Zügellosen: wir müssen uns immer sagen, daß für die höheren Geister des Volkes gerade nun eine Aufgabe gestellt ist, die scheinbare Auflösung in eine neue Bildung zu verwandeln, indem ihr ein großes sittliches Ziel gegeben wird. Es ist ein altes Bild, daß man sich ein Volk als einen Körper denkt. Nun, dieser Körper ist sehr erstarkt, er weiß nicht, was er anfangen soll mit seinen strotzenden Kräften. Im Sitz seiner Seele müssen ihm Betätigungen gewiesen werden: dann wird ein Segen sein, was Vielen von uns heute, und gewiß nicht den Schlechtesten, oft genug als ein Fluch erscheinen mag.

Die Seligkeitslehre
(1919)

Was ist Seligkeit? Ist sie ein Zustand nach dem Tode, ist sie eine Form unserer Seele, die wir schon in diesem Leben erreichen können?
Die Frage ist falsch gestellt. Was nach dem Tode mit uns geschieht, darüber können wir nichts wissen; wir können vernünftigerweise auch nichts darüber glauben, wenn wir das »glauben« so auffassen, wie es die Menschen heute tun, nämlich, trotz aller Verwahrung, als eine Art von Fürwahrhalten. Die Männer, welche die Religion selber erlebt haben, machen nicht einen solchen Unterschied zwischen der Seele in diesem Leben und der Seele nach dem Tode; denn Religion, welche innige Verbindung mit dem Ewigen ist, geht jenseits der Grenzen von Raum und Zeit vor sich, jenseits also unserer Vernunft in einem Bereiche unseres Geistes, in welchem das Heute und Morgen, Leben und Tod nichts bedeuten, in welchem sich die zufällige Seele selbst als ewig setzt.
Es ist unmöglich, Leuten, welche nie ein Kunstwerk erlebt haben, klarzumachen, was Kunst ist; es ist ebenso schwer, Leuten, welche nie Religion erlebt haben, Religion klarzumachen. Menschen, welche diese Erlebnisse gehabt haben, sind ungemein selten, unter Tausenden

trifft man vielleicht einen. Trotzdem wird über Kunst oder Religion allgemein gesprochen; und wie man so spricht und handelt, als ob jeder, der zu den höheren Gesellschaftskreisen gehört, ein Mann sei, für den die Kunst etwas bedeutet, so benimmt man sich allgemein so, als ob jedermann im ganzen Volk religiös sei oder religiös sein könne. Dadurch geschieht viel Unglück. Denn es wird ein Ersatz, irgendein Gedankengespinst den Leuten gegeben, die Leute werden genötigt, diesen Ersatz aufzunehmen. Aus diesem Umstand ergeben sich Folgen, das Ganze wird unter »Kunst« oder »Religion« eingeordnet, und es hat doch mit Kunst oder Religion gar nichts zu tun; während Kunst und Religion den Menschen unter allen Umständen erhöhen, bewirken diese Ersatzmittel, wenn sie nicht auf Gleichgültigkeit stoßen, ein Herunterdrücken der Menschen.

Das deutsche Volk erlebt heute Tage bitteren Unglücks. Die Größe dieses Unglücks ist noch nicht zu ermessen; ganz unmöglich ist es nicht, daß es einen Umfang hat, neben welchem selbst die Folgen des Dreißigjährigen Krieges verschwinden; das ist keine Übertreibung, welche hier gesagt wird, das ist ein überlegter Satz.

In einem solchen Unglück ist der einzige Trost die Religion.

Wir wollen diesen Satz nicht falsch verstehen. Was uns jetzt nottut, das ist: unser Gewissen zu fragen, wo unsere Schuld sitzt, und uns zu ändern, da wo wir uns ändern müssen; die Wirklichkeit nüchtern und ohne die gewohnten Redensarten und Lügen zu betrachten und zu sehen, wie wir unser neues Leben einrichten müssen; und nach unserer klaren Überlegung unbeirrt und ordentlich zu handeln.

Aber das genügt nicht. Der höherstehende Mensch kann überhaupt nicht bloß leben durch sein vernünftiges Handeln in bezug auf die Dinge dieser Welt; der gewöhnliche kann es nur, wenn es mit den Dingen dieser Welt seinen ruhigen und glücklichen Fortgang hat.

Der höherstehende Mensch muß immer sein Leben mit dem Ewigen verbinden, der gewöhnliche muß es in Zeiten der Not. Wenn also gesagt wird, daß in einem solchen Unglück, wie wir es heute erleben, der einzige Trost die Religion ist, so heißt das, daß die Gesamtheit außer ihrem vernünftigen und kräftigen Handeln noch jene höhere Verbindung suchen muß. Diese soll aber nicht in schwächlicher Weise die männliche Tätigkeit ersetzen.

Wir müssen die Dinge dieser Welt für uns wieder in Ordnung bringen, denn wir leben in dieser Welt. Aber ein Trost wird es für uns sein, wenn wir uns klarmachen, wie wenig sie eigentlich bedeuten, wie geringfügig sie sind neben dem, was uns kein Unglück rauben kann, der Verbindung mit dem Ewigen.

Die Lehren der Bergpredigt scheinen auf den ersten Blick mehr sittlicher Art zu sein als religiöser. Als sittlich werden sie alle jüngeren Menschen empfinden, als schwere Gebote, die uns zu erfüllen vorgestellt sind.

Der Jugend wird die Verbindung mit dem Ewigen schwerer als dem reiferen Alter; vielleicht kann man sagen, daß der Glaube ein Gewinn unseres Lebens sein muß.

Das Gebot, daß wir dem Übel nicht widerstreben sollen, steht im Mittelpunkt des Gedankenkreises der Bergpredigt: es wird ausgeführt in orientalisch witziger Weise durch die Beispiele des Backenstreiches, des Rocks und des gezwungenen Mitgehens. Unverkennbar ist der Zusammenhang der, daß diejenigen selig gepriesen werden, welche dieses Gebot erfüllen.

Der junge Mensch glaubt, die Lehre ist so, daß der, welcher das Gebot erfüllt, selig wird; mit ihm glaubt das die große Menge der Menschen, und der Unterschied ist etwa der, daß die einen von einer jenseitigen Seligkeit träumen, die andern annehmen, daß sie den Lohn schon in diesem Leben in Gestalt einer neuen Seelenverfassung genießen.

Es braucht nur einer kurzen Überlegung, daß man die Unrichtigkeit dieser Ansicht einsieht. Faßt man das Nichtwiderstreben als ein Gebot auf, dann muß die vernünftige Antwort lauten: dieses Gebot kann niemand erfüllen. Ja, wenn Männer kommen, welche erklären, daß die Gesinnung unmännlich ist, welche auf Erfüllung eines solchen Gebotes zielt, so ist ihre Ansicht nicht so einfach von der Hand zu weisen, und man kann also mit Recht sagen: dieses Gebot darf niemand erfüllen. Der Irrtum liegt darin, daß der Satz kein Gebot enthält, daß er gar nicht sittlich gemeint ist. Er beschreibt einen Zustand und ist religiös gemeint. Die Seligkeit soll nicht die Folge des erfüllten Gebotes sein, sondern sie ist der Zustand der Seele, in welchem man ganz von selber dem Übel nicht widerstrebt.

Glauben muß man erleben, man kann ihn nicht durch Lehre übermittelt bekommen. Was eben gesagt ist, das kann kein Mensch verstehen, der es nicht erlebt hat; und weil so wenig Menschen den Glauben wirklich erlebt haben, deshalb wird auch die Seligkeit der Bergpredigt immer falsch aufgefaßt.

Wir kommen auf den Anfang unserer Betrachtung. Wenn in dem schweren Unglück unseres Volkes uns die Religion ein Trost sein soll, so ist das nicht so gemeint, daß sich nun die Kirchen füllen müssen und daß die Kanzelberedsamkeit eine große Bedeutung gewinnen wird; jedermann weiß ja, wie viel oder wie wenig Kirche und Kanzel mit der Religion zu tun haben. Es ist noch nicht einmal gesagt, daß die Leute wieder mehr in der Bibel lesen sollen, obwohl das immerhin kein Schade wäre. Es ist etwas Anderes gemeint: daß die Leute sich wieder darauf einstellen, daß sie den Glauben erleben können.

Bis hierher war der Gedankengang wohl den Menschen, welche sich »modern« nennen, fremdartig und schien ihnen veraltet. Aber man muß sich klar machen, daß die Dinge der Seele, seit es Menschen auf der Erde gibt, immer dieselben gewesen waren, und daß nur die Worte verschieden sind, in welchen man über sie spricht. Wir wollen nun mit den Worten der heutigen Menschen fortfahren.

Wir betrachten unsere Aufgabe biologisch. Je schwerer die Last ist, welche Einer zu tragen hat, desto größer muß seine Kraftaufwendung sein. In glücklichen Zeiten erschlaffen die seelischen Kräfte des Menschen, wie ihre anderen Kräfte; in schweren Zeiten werden die Menschen zur höchsten Kraftentwicklung gezwungen.

Ein Übel ist eine Schädigung des Menschen. Je geringer die Kraft eines Menschen ist, desto tiefer wird er jede Schädigung empfinden, und ganz natürlich wird er desto stärker durch Widerstreben sie abzuwenden oder auszugleichen suchen. Je höher die Kraft eines Menschen ist, desto geringer wird er die Schädigung fühlen, desto weniger wird er geneigt sein, dem Übel zu widerstreben. Ein Seelenzustand, in welchem man überhaupt nicht dem Übel widerstrebt, ist also ein solcher, in welchem die Seele ganz außerordentlich stark sein wird. Mit anderen Worten: wenn wir sagen, daß in unserem Unglück unser einziger Trost die Religion ist, dann sagen wir, daß wir unsere Seelen stark machen sollen.

Nachdem wir eine Weile mit den Worten der heutigen Menschen gesprochen haben, müssen wir wieder weiter gehen und Worte gebrauchen, welche wenigstens der größte Teil der heutigen Menschen nicht gebrauchen wird.

Wie können wir diese Stärkung unserer Seelen erreichen?

Wenn wir, wie wir ja müssen, die alten, herkömmlichen Worte beibehalten, so können wir sagen, daß die wichtigste Seelenkraft der

Wille ist. Es wäre denkbar, daß es wissenschaftliche Untersuchungen darüber gäbe, wie man den Willen stärken und auf bestimmte Dinge wenden kann. Die Askese und sonstige Übungen, welche in den Religionen angewandt werden, wären die Ausübung einer solchen Wissenschaft. Aber diese Übungen werden von den höher gerichteten Gläubigen im besten Falle immer nur als Vorstufen bezeichnet; das Wesentliche ist etwas anderes: das Aufgehen unseres Willens in Gott. Wessen Wille in Gott aufgegangen ist, der wird dem Übel nicht mehr widerstreben.

Für dieses Aufgehen des Willens in Gott können wir keinen Ausdruck aus der heutigen wissenschaftlichen Sprache finden. Es ist eine Verbindung von Einsicht – von Einsicht, die lebendig geworden ist – mit einem eigentümlichen Streben. Es ist ein Erleben, deshalb ist es nicht zu beschreiben. Was man sagen kann, das ist folgendes, das, wie man sich klarmachen muß, begrifflich gefälscht ist und deshalb durchaus nicht das Erlebnis ausdrückt.

Durch unsere vielen irdischen Wünsche verzetteln wir unsere seelische Kraft. Die Jugend ist die Zeit der vielfachen irdischen Wünsche; sie muß es sein, denn nur durch Wünsche und Wunschbefriedigung oder Wunschversagung lernen wir die Wirklichkeit kennen, die wir kennen müssen, wenn wir volle Menschen sein wollen. Wir müssen uns aber den verhältnismäßigen Unwert dieser Dinge klarmachen; nur klarmachen, denn wir fühlen ihn schon durchaus im Fortgang des Lebens durch die Enttäuschungen der Erfüllung, durch das zunehmende Wertloswerden immer größerer Teile unseres Besitzes. Es genügt, wenn wir bewußt leben, also die allgemeinmenschlichen Lebenserfahrungen ausnützen. Indem so die Verzettelung der seelischen Kraft immer mehr aufhört, sammelt sich die Kraft immer mehr. Von allen Gegenständen, auf welche sie sich wenden kann, bleibt ihr endlich nur der eine, auf den sie sich also gesammelt und mit höchster Stärke wendet, den unsere Vorfahren Gott nannten, und den nur eine Scheu uns hütet, ebenso zu nennen, weil der Name Gottes zuviel unnütz gebraucht wird. Hat dieser Zustand seine Vollkommenheit erreicht, dann sind wir selig. Es ist nun eine Selbstverständlichkeit, daß wir dem Übel nicht widerstreben, denn das Übel bedeutet uns ja nichts mehr.

Die Macht und die Freiheit
(1918)

Wir haben alle auf der Schule die Geschichte von Diogenes und Alexander gehört. Diogenes sitzt in seiner Tonne, und Alexander fragt ihn, ob er nicht etwas für ihn tun kann. Diogenes antwortet: »Wenn du mir vielleicht aus der Sonne gehen möchtest.«

Der alte Erzähler, der die Geschichte überliefert hat, fügt hinzu, daß Alexander darauf gesagt habe: »Wenn ich nicht Alexander wäre, dann möchte ich Diogenes sein.« Das hat Alexander gewiß nicht gesagt, denn wenn er das hätte sagen können, dann wäre er nicht Alexander gewesen. Der alte Erzähler war ganz und gar nicht seelenkundig, daß er so etwas glauben konnte.

Alexander hat ein großes Reich erobert, er hat, wie man heute sich ausdrückt, ein Weltreich begründet. Diogenes hat in seiner Tonne gesessen und Witze über andere Leute gemacht. Beide Männer haben gelebt und sind gestorben; man erzählt von ihnen noch andere Geschichten als diese und denkt: »Ja, das war nun Alexander und das war Diogenes.«

Aber Alexander und Diogenes sind mehr als zwei zufällige Männer, welche gelebt haben und gestorben sind: sie verkörpern zwei große Willensrichtungen der Menschheit, und ihre Begegnung ist sinnbildlich für große geschichtliche Vorgänge. Es ist kein Zufall, daß ihre Geschichte in einem gewissen Zeitpunkt erzählt wird. Hundert Jahre vorher hätte sie nicht erzählt werden können, erst mußte den Menschen klarwerden, daß hier eine Aufgabe für das Nachdenken und eine Wahl für ihre Sittlichkeit vorlag.

Dieser Krieg hat die europäischen Völker verarmt. Vielleicht wird er noch Folgen haben, die wir heute nicht ahnen können, wenn nämlich die merkwürdige Selbstauflösung großer Reiche, wie Rußland und Österreich waren, fortschreitet. Nachdem die Menschen lange Zeit hindurch die Geschichte von Alexander und Diogenes nur als Anekdote gehört haben, bei der sie sich nichts weiter dachten, werden sie nun die Geschichte wieder selber erleben.

Der Krieg bedeutet einen Kampf der verschiedenen nationalen Kapitalmächte um die Weltherrschaft. Man beurteilt das heutige Kapital sehr häufig noch immer falsch, indem man es als Reichtum auffaßt: es ist nicht Reichtum, sondern Macht. Wenn jetzt Amerika für eine Weile die Weltherrschaft erringt und alle andern Völker ausbeutet, so ist der Drang, der es treibt, genau derselbe wie der Drang Alexanders war; nur die Mittel sind zum Teil andere geworden.

Wir haben alle Ursache, uns einmal zu fragen, was denn die Macht bedeutet; wenn es uns gelingt, eine richtige Antwort zu finden, dann können wir uns auf dem Wege der sittlichen Selbstbestimmung von ihr befreien.

Griechenland war unfrei geworden. Aber war Diogenes unfreier unter der Herrschaft des makedonischen Königs, als da die Griechen einen selbständigen Staat hatten? Diogenes hatte eingesehen, daß alle die Dinge, auf welche sich die Unfreiheit bezieht, gleichgültig für ihn waren, daß er auf sie verzichten konnte. Nachdem er verzichtet hatte, blieb als Rest nur noch das Wesentliche seiner Persönlichkeit zurück, über die kein Mensch eine Macht ausüben kann.

Was bedeutete für einen Mann wie Diogenes die frühere Freiheit?

Das Wort Freiheit hat eine Vieldeutigkeit, wie wenige Worte haben; es bedeutet eigentlich nur die Verneinung des Zwanges, und je nach dem Zwang, welcher gemeint ist, wird es bestimmt. Als die Griechen noch freie Staaten hatten, konnten sie nach Belieben über Krieg und Frieden entscheiden – das heißt, die Mehrheit der Bürger entschied, und die Minderheit hatte sich zu fügen. Wenn Diogenes damals zur Minderheit gehörte, war er da vielleicht frei? Die politische Freiheit des Staates ist etwas ganz anderes als die Freiheit der Persönlichkeit.

Machen wir eine Abziehung, um uns das Verhältnis der beiden ganz klarzumachen.

Diogenes ist persönlich frei, weil er sein Wollen äußerer Dinge auf das Allernotwendigste beschränkt hat; er ist so frei wie der indische Bettler. Lebt er in einem Staatswesen, welches viele Ansprüche an die Bürger stellt, so wird seine persönliche Freiheit durch dieses beschrankt. Der antike Staat machte Ansprüche an seine Bürger, die wir uns etwa vorstellen können, wenn wir das, was heute im Krieg der Staat von uns verlangt, uns noch sehr gesteigert denken: der Staat betrachtete Gut und Blut der Bürger als sein Eigentum und kannte keine Grenze, wo er mit seinen Ansprüchen aufhörte. Nachdem die politische Freiheit dahin war, als die Griechen unter makedonischer Herrschaft standen, konnte der Staat solche Ansprüche nicht mehr stellen, mußte sich immer mehr auf die bloße Steuerleistung beschränken. Dieser aber war der Arme entzogen, denn er hatte nichts.

So kommt es, daß die persönliche Freiheit überhaupt erst entsteht nach dem Verlust der politischen Freiheit.

Man wende nicht ein, daß die Freiheit des Wortes und die sogenannte Freiheit des Denkens nach dem Verlust der politischen Freiheit nicht mehr möglich sind. Sie brauchten mit politischer Freiheit durchaus nicht verbunden zu sein, Rechtsverfahren, welche die Athener über ihre hervorragendsten Männer wegen Gottlosigkeit verhängten, beweisen das; und umgekehrt kann bei politischer Unfreiheit eine sehr große Freiheit im Geistigen herrschen, wenn nur die den Machthabern wesentlichen Punkte geschont werden. Das aber ist lediglich Sache der Klugheit. Im zarischen Rußland herrschte in der Tat eine viel größere Gedankenfreiheit und selbst Freiheit des Wortes als etwa in Amerika. Wie kommt es nun, daß trotzdem alle edelgesinnten Menschen die politische Freiheit auf das leidenschaftlichste anstreben?

Wir sind persönliche, in sich abgeschlossene Wesen; wir sind aber auch zugleich Angehörige unseres Volkes, das als selbständiger Staat in der Wirklichkeit steht. Das Volk, das sich im selbständigen Staat verkörpert, hat seine Seele und seinen Willen, die entstehen aus den Seelen und den Willen der Einzelnen, nicht durch bloßes Zusammenzählen, sondern auf eine geheimnisvolle andere Weise. Wie wir für uns persönliche Freiheit erstreben müssen, so müssen wir für unsere Gemeinschaftseele die politische Freiheit erstreben.

Dabei müssen wir wissen, daß hier gerade die Höchststehenden zu Kämpfen kommen können. Das ewige Muster dafür, wie solche Kämpfe in edler Weise auszutragen sind, wird Sokrates sein, der, als ihn seine Freunde zur Flucht aufforderten vor dem ungerechten Tod, in seinem Gefängnis blieb, weil er den Gesetzen seines Staates nicht ungehorsam sein wollte.

In seinen Reden an die deutsche Nation hat Fichte in unübertrefflicher Weise den Sinn der politischen Freiheit auseinandergesetzt. Er kommt darauf hinaus, daß nur in politischer Freiheit ein Volk seine eigene Geschichte lebt.

Was kann ein Volk tun, wenn diese Freiheit in Gefahr steht?

Diogenes hat eine ewig gültige Antwort gegeben. Wenn das gesamte griechische Volk aus Männern bestanden hätte wie Diogenes, dann wäre es frei gewesen, dann wäre die persönliche Freiheit mit der politischen zusammengefallen. Macht kann ein Anderer nur über uns ausüben, wenn wir wollen: Macht ist durchaus ein Beziehungsbegriff,

Alexander ist nur deshalb der Herr Griechenlands, weil sich die Griechen zu ihm als ihrem Herrn verhalten. Hätten ihm alle Griechen geantwortet wie Diogenes, so war er machtlos.

In noch viel höherem Maße als damals gilt das heute, denn viel mehr als damals ist die Macht heute wirtschaftlich. Amerika kann Europa und mit ihm Deutschland nur knechten durch den Kapitalismus. Ob ein Volk aber sich kapitalistisch unterjochen läßt, das liegt bloß an ihm.

Vor dem Kriege hat in Deutschland der Reichtum geherrscht, und die Bereicherung war das Ziel aller. Hätten wir den Krieg gewonnen, was wäre entstanden? Wir hätten unsere Seele nur noch tiefer versinken lassen im Sinnlichen und Gemeinen. Heute sind wir ein armes Volk geworden, und wir sehen, daß ein Volk auch arm leben kann, wir haben sogar begonnen, den Reichtum zu verachten, seit wir deutlich vor Augen gesehen haben, wie er im Kriege erwuchert werden konnte. Wir sind arm geworden; aber nun können wir ein besseres Ziel haben, als wir vor dem Krieg hatten: wir können uns wieder auf unsre große Zeit besinnen, wo das deutsche Volk die Welt beherrscht hat durch seinen Geist.

Nur an uns liegt es, daß das siegreiche Amerika ohnmächtig vor uns zurückweichen muß. Es wird ebensowenig sagen, wie Alexander es gesagt hat, daß es an unsrer Stelle sein möchte, wenn es nicht an seiner wäre: denn was wäre Amerika, wenn es nicht mächtig wäre? Die Macht wird nie selber zugeben, daß sie ohnmächtig ist, denn damit würde sie ja ihre innere Lüge aufdecken. Aber auch heute selbst, wo wir unsern tiefsten Stand erreicht haben, werden wir Deutschen sagen: wir möchten nicht Amerika sein, wenn wir nicht Deutschland sein dürften.

Der neue Gott
(1919)

Man erinnert sich des Gleichnisses vom Sämann, der ausging zu säen. Aller Wahrscheinlichkeit nach lautet das Gleichnis eigentlich so, wie es uns von der Sekte der Nassener aufbewahrt ist: »Es ging ein Sämann aus zu säen. Und Etliches fiel auf den Weg und ward zertreten, und Etliches fiel auf steiniges Land und ging auf, und da es keine Tiefe fand, verwelkte es und starb ab; und Etliches fiel auf schönes und gutes

Land und brachte Frucht, Etliches hundertfach, Etliches sechzigfach, und Etliches dreißigfach.« Aller Wahrscheinlichkeit nach – das ist eine Lehrmeinung, welche man ja nicht zu glauben braucht, welche aber jedenfalls außerordentlich viele von den Rätseln der Entstehung des Christentums löst – waren die Nassener eine christliche Sekte aus der Zeit vor Christi Geburt, vielleicht hat sich mit aus ihnen das Christentum gebildet, also kann man an ihnen beobachten, wie ein neuer Gott unter den Manschen geboren wird.

Nur trümmerhafte und unverständliche Reste sind in unseren Evangelien von den tiefsinnigen jenseitigen Bezügen erhalten, welche diese Christen vor Christus zwischen dem Einzelwesen und dem Weltall gefunden hatten, welche ja nur bildlich dargestellt werden konnten. Der Sämann ist das Absolute, von dem das Weltall ausgeht. Man stellt sich das bildlich vor als Samen, welchen der Sämann wirft. Nur dunkel kann man ahnen, was es bedeuten soll, daß dieser Same drei Möglichkeiten findet: der eine Teil wird zertreten, der andere geht auf und verdorrt schnell, weil seine Wurzeln keine Nahrung finden, der dritte wächst und trägt vielfach, und zwar in Zahlen, welche wieder eine höhere Bedeutung haben. Nur dunkel kann man ahnen, was das bedeuten soll: verschiedene Welten, die doch wieder in der einen, für uns wirklichen Welt enthalten sind, die erschlossen werden aus dem verschiedenen Zustand der Einzelmenschen – man denke daran, daß Mikrokosmos und Makrokosmos sich gegenseitig abbildend geglaubt werden. Die verschiedenen möglichen Zustände der Einzelmenschen sind: die Choiker oder die große sinnliche Masse, die irdisch Gefesselten; die Psychiker, welche mit dem Verstand die Lehre aufnehmen können, die Berufenen; und die Pneumatiker, die Auserwählten, in denen auch eine Seele vorhanden ist, in welcher der Same Nahrung findet.

War alles Frühere ein Nachsinnen über Jenseitiges, ein Dichten und Ahnen von Unbegrifflichem, das nur in gleichgestimmten Gemütern Verständnis finden mag, so sind wir mit dem Letzten, den möglichen Zuständen der Einzelmenschen, auf verhältnismäßig sicherem Boden – verhältnismäßig sicherem, wenn wir an die heutigen wissenschaftlichen Ansprüche denken –, nämlich bei seelenkundlichen Tatsachen. Überall, wo die Menschen über das Göttliche nachgedacht haben, sind sie dazu gekommen, die drei Klassen zu finden: die sinnliche große

Masse, die überhaupt nicht in Frage kommt, die Berufenen und die Auserwählten.

Das Gleichnis scheint bei den Nassenern eine große Bedeutung gehabt zu haben. Man wird das verstehen, wenn man sich ihre Lage klarmacht. Die Nassener waren Männer, welche inmitten des religiösen Verfalls den neuen Gott suchten. Sie mußten sich doch die Frage stellen: Wer kann den neuen Gott überhaupt finden? Ist Gott erst gefunden, dann kann leicht der Glaube entstehen, welchen heute die christlichen Kirchen vertreten: daß Gott für Alle gekommen ist. Aber diese Nassener waren noch nicht in einer solchen geschichtlichen Lage wie die spätere Kirche. Die spätere Kirche und mit ihr wir selber, auch wenn wir uns nicht an die kirchlichen Lehren halten, müssen also das Gleichnis ganz anders auffassen, als es ursprünglich gemeint war; wir müssen es als eine Art moralisierender Betrachtung auffassen, von welcher aus uns ja auch immer ein Wort wie »Viele sind berufen, aber Wenige auserwählt« unverständlich, hart und unheimlich klingen wird. Wir sind heute in derselben Lage, in welcher jene dunkeln und rätselhaften Nassener waren: wir suchen den neuen Gott. Wie sie, müssen wir uns die Frage vorlegen: wer kann den neuen Gott finden? Und wie sie werden wir antworten müssen: Nicht die sinnliche große Menge; nicht die Männer, welche bloß klug sind und Wissen haben; sondern diejenigen, in deren Seele er wachsen kann.

Es ergibt sich also von vornherein, daß diejenigen im Irrtum sind, welche glauben, daß irgendeine allgemeine Volksbewegung, eine Gemeindebildung oder Gemeindeerneuerung unsere religiöse Sehnsucht werde befriedigen können; und ebenso diejenigen, welche glauben, etwa in der Art der liberalen Theologen, durch Wissen von den geschichtlichen Vorgängen – es ist in Wirklichkeit immer nur ein Deuten – oder durch Einsicht in die geistigen Bedingungen der Religion werde ein neuer, lebendiger Glaube geschaffen; nur diejenigen, welche als Pneumatiker anzusprechen sind, können mitarbeiten.

Was sind das aber für Männer?

Nochmals: wir müssen das Andenken an die Deutung vergessen, welche wir vom Standpunkt der vorhandenen Religion von dem Gleichnis geben. Der Suchende ist eine andere Art von Mensch wie der Nehmende, und sehr möglich ist es, daß er dem Nehmenden als fragwürdig, ja als unheimlich erscheint. Als fragwürdig und unheimlich stellen sich in der späteren Überlieferung, in der Überlieferung der Zeit, da das Christentum gefunden war, sehr oft die Sekten und Männer dar, welche das Christentum geschaffen haben; als fragwürdig und unheimlich werden die entsprechenden Männer auch heute Vielen erscheinen, welche noch den Glauben an die bestehenden kirchlichen Religionen haben.

Um uns die Zeit klarzumachen, in welcher das Christentum entstand und die Art Menschen, in denen es sich bildete, wollen wir an die Ähnlichkeit eines im übrigen ja freilich sehr diel schwächlicheren Vorganges denken, der sich vor unsern Augen abspielt, nämlich unserer Revolution. In demselben Ministerium, in demselben Vertretungskörper sitzen Männer, welche sich der eine wie der andere als Sozialdemokraten bezeichnen, welche die entgegengesetzten politischen Grundtriebe verkörpern: die einen sind zersetzend und auflösend buchstäblich bis zur Sinnlosigkeit, die andern sind aufbauend und schaffend, die einen sind Revolutionäre, die andern Konservative der entschiedensten Art. Wenn die späteren Zeiten nichts von den Vorgängen heute mehr vorliegen hätten als etwa den Bericht über die Sitzung einer solchen Körperschaft, so müßte ihnen doch die Sozialdemokratie als eine im höchsten Maße widerspruchsvolle, unheimliche und fragwürdige Erscheinung vorkommen. Wie sich unsere Zustände entwickeln werden, kann man noch nicht wissen; denken könnte man sich jedenfalls, daß ein sehr ruhiges und friedliches kleines Bürgertum sich entwickelte; was sollte das dann später zu den Kämpfen zwischen den Mehrheitsozialisten und den Spartakusleuten sagen? Nun geschieht dabei doch nicht selten, daß Einzelne von der einen Richtung zur andern gehen; das macht den Anblick noch verwirrender. Stellen wir uns nun vor, daß die religiösen Fragen ja doch die Menschen viel tiefer erregen als die politischen und daß sie den ganzen Menschen bewegen, so können wir eine ungefähre Ahnung von dem Zustand bekommen, in welchem in religiös schöpferischen Zeiten die Menschen sind.

Durch zwei Bestandteile wird die Religion gewöhnlich ziemlich von Anbeginn an verfälscht: durch gedankliche Inhalte und durch die natürliche Selbstsucht des Menschen.

Religion ist ein Gefühl. Gefühle lassen Ach nur sehr bedingt unmittelbar auf Andere übertragen und haben deshalb stets die Neigung, Gedanken irgendwelcher Art an sich zu ziehen, sich mit ihnen innig zu verbinden und durch diese Verbindung mittelbar sich auf weitere Kreise zu übertragen. In der Religion haben wir verschiedene Gedankengebilde, welche so benutzt werden: Gott, Unsterblichkeit, Seelenwanderung, Jenseits und ähnliche. Geschichtlich tritt uns Religion fast immer nur in Verbindung mit solchen Gedanken entgegen, welche dann als Inhalt der religiösen Gefühle erscheinen.

Diese Inhalte wechseln, da sie, wie alle Gedanken, der Prüfung unterworfen sind. Wir müssen uns hüten, daß wir nicht glauben, eine neue Religion vor uns zu haben, wenn wir ein anderes Gedankengebilde sehen. Für die Religion ist nur das Gefühl wichtig. So ist etwa viel weniger Ähnlichkeit zwischen unserm heutigen Protestantismus und dem Glauben Luthers als zwischen diesem und dem Katholizismus.

Ähnlich wie die gedanklichen Inhalte die Religion sofort verfälschen, indem sie den Blick von der Hauptsache auf etwas Nebensächliches wenden, verfälscht die natürliche Selbstsucht des Menschen, welche, wie allem, was die Menschen betrifft, so auch der Religion sogleich ihren Stempel aufdrückt. Diese Selbstsucht ist aber zu allen Zeiten gleich, nur die Dinge, auf welche sie sich wendet, ihre Wünsche, sind in den Zeiten verschieden, je nach Bildung und Überlegung. Der beständige Wunsch der Selbstsucht geht auf Glück: Glück in diesem Leben, und wenn das nicht sein kann, in einem Jenseits, das denn nur dadurch wichtig wird, daß man Glück in ihm erhofft: denn sonst wäre es doch nichts als ein geglaubter leerer Raum.

Wir können nun uns ungefähr klarmachen, wo und wie der neue Gott entsteht, dessen Werden wir ja stets fühlen in den Verzweiflungen und Narrheiten unserer Zeit. Er entsteht nicht in der großen Masse, nicht im Bezirke der Verstandesbildung, sondern bei den Pneumatikern, bei Einzelnen, Wenigen, welche abseits stehen von den beiden großen Mächten der Gegenwart: vom Volk und von der Wissenschaft. Diese Einzelnen erscheinen fragwürdig und vielleicht sogar unheimlich. Der neue Gott hat nichts mit neuen Lehren über Gott und Ewigkeit und ähnlichem zu tun und ist unabhängig von dem Glücksstreben, welches ja den größten Teil der heutigen Menschheit in einer Weise besessen hält, wie das vielleicht noch niemals der Fall gewesen ist, seit es Menschen gibt.

Denken wir nur daran, daß alle ältere Religion aus dem Osten gekommen ist, daß mit der Entwicklung und Herausbildung des Christentums der Westen religionsbildend wird; und daß sofort der tiefe Unterschied gegen jede östliche Religion sich zeigt: daß für die Westländer die Einzelseele eine überragende Bedeutung gewinnt; daß diese Bedeutung von Stufe zu Stufe gesteigert wird.

Könnte nicht in dem, was wir den modernen Individualismus nennen, die lebendige religiöse Arbeit der Gegenwart geschehen?

Das Wort »Individualismus« gehört ja zu jenen leidigen Worten, bei denen man sich alles Mögliche denken darf. Aber bei der Unbestimmtheit der Sache ist ein anderes Wort nicht möglich.

Die Personen, welche die Träger sind, sind Künstler oder Menschen mit künstlerischer Veranlagung. Nie früher hat man Kunst aufgefaßt als Selbstdarstellung der Persönlichkeit; erst seit wenigen Geschlechtern geschieht das, und die Richtung geht bis zur Selbstauflösung der Kunst. Ist nicht eine folgerichtige Weiterentwicklung von der Lehre des Neuen Testaments von dem einen Sünder und den tausend Gerechten bis zu diesem Individualismus?

Wohl jeder, der ernst an das Wesentliche des Lebens denkt, wird oft gefragt werden von Suchenden: Was muß ich tun, um Gott zu finden? Was kann ein heutiger Mensch auf eine solche Frage antworten? Er kann nur sagen: »Suche dich selber, vielleicht gelangst du dann auf den Weg, der dich zu Gott führt.«

Revolution
(1919)

Was wir heute erleben, das sind die notwendigen Folgen der Anschauungen, welche bis dahin in den Köpfen waren; denn alles, was in den Köpfen ist, das wird auch einmal Wirklichkeit. In den Köpfen war die Vorstellung von der Unhaltbarkeit des Kapitalismus.

Nur ist die Wirklichkeit nachher denn aber doch wieder sehr verschieden von der Vorstellung, welche sie darstellt. Man wird gewiß glauben, daß mancher Sozialist und Revolutionär sich die Sache ganz anders gedacht hat, als sie nun wirklich gekommen ist.

Die Ursache könnte sein, daß die Vorstellung von der Unhaltbarkeit entstand durch einen allgemeinen Druck, der ja nicht bloß von den

Proletariern empfunden wurde, sondern ebenso – vielleicht noch mehr – von dem großen Teil der Menschen, die weder Proletarier noch Kapitalisten sind, ja von den Kapitalisten selber. Aber nur die Tatsache des allgemeinen Druckes war richtig. Es wäre möglich, daß die Menschen sich diese Tatsache durch eine falsche Erklärung hätten verständlich machen wollen und daß aus dieser falschen Erklärung dann falsche Vorstellungen über Besserungen, Veränderungen und eine Höherentwicklung gefolgt wären; mit einem Wort, daß der Sozialismus und Kommunismus zwar insofern berechtigt wären, daß sie ein Unbehagen der Menschen an ihren Zuständen bewiesen, als Forderungen einer neuen Gesellschaftsform aber falsch. Es würde dann also der fürchterliche und scheinbar hoffnungslose Zustand von heute sich daraus erklären, daß man etwas Unmögliches aufzubauen versucht.

Jede Forderung muß vernünftigerweise auf Grund des Bestehenden gemacht werden. Auch Sozialismus und Kommunismus wurden auf Grund des Bestehenden gefordert. Aber die Wirklichkeit ist unendlich vieldeutig. Wenn man auf Grund des Bestehenden fordert, dann muß man erst eine Abziehung machen, vorher kann man mit der Wirklichkeit nicht geistig arbeiten. Hier aber kann der Fehler liegen. Man kann eine falsche Abziehung gemacht haben.

Sozialismus und Kommunismus drücken zwar seelische Ansprüche aus, nämlich die Ansprüche auf die menschliche Freiheit und Würde, welche im Kapitalismus dadurch unterdrückt werden, daß in ihm der Mensch nur als Mittel der Gütererzeugung behandelt wird; sie sind aber wirtschaftlich abgeleitete Formen. Hier muß der Fehler liegen. Man hat einfach die falsche Abziehung des Kapitalismus beibehalten, indem man die Menschen immer noch lediglich als Mittel der Gütererzeugung betrachtet, und will nichts ändern, als die Ordnung dieser Gütererzeugung, die nicht mehr privatkapitalistisch sein soll, sondern gesellschaftlich. Mit andern Worten: Sozialisten und Kommunisten sind überhaupt nicht Revolutionäre, sie wollen nur eine – in bezug auf den wichtigen Punkt nebensächliche – Umformung. Es tut mir leid, daß ich es sagen muß, ich habe sonst etwas für die Spartakisten übrig, sie scheinen wenigstens Mut zu haben, und der ist heute eine seltene Ware; aber auch die Spartakisten sind gar keine Revolutionäre. Sie werden mich ja auf das tiefste verachten und werden finden, daß ich bürgerlich bin. Ja, auch die Gegensätze von bürgerlich und proletarisch sind keine revolutionären Gegensätze. Bürgerlich und proletarisch sind Gegensätze in dem Kreise der Gütererzeugung. Das Falsche der heute zusammenbrechenden Gesellschaft war, daß sie die Gesellschaft nur auf die Gütererzeugung abzog: ein offener Blick in das Leben hätte ihr genügen müssen, um zu zeigen, daß die Gütererzeugung nur ein kleiner und durchaus nicht bedeutender Teil der gesellschaftlichen Wirklichkeit ist. Revolutionär ist erst der Schritt, welcher den Kreis der Gütererzeugung verläßt; dieser Schritt ist noch niemand eingefallen, der Bolschewismus ist gerade deshalb so fürchterlich, weil er noch tiefer in sie hineinführt. Die Ursache für den Druck, der zu seelischen Zuständen führte vom Unbehagen bis zur Verzweiflung, war nicht der Kapitalismus an sich, sondern die durch ihn verursachte falsche Abziehung des gesellschaftlichen Menschen auf den Gütererzeuger; und was die Menschen in Wirklichkeit heute wollen, das ist, daß sie nicht mehr Gütererzeuger sein wollen, sondern Manschen. Die wirkliche Revolution, die an die Wurzel fassende Revolution wird erst kommen, wenn die Leute das einsehen.

Vielleicht blitzt dann der erste Hoffnungsstrahl durch die düstern Wolken, welche jetzt den ganzen Himmel umziehen, denn dann erscheint die erste Möglichkeit eines vernünftigen Wollens. Alles, was heute gewollt wird, ist entweder Verlegenheitsauskunft bei den ruhigeren Menschen, oder Verzweiflung bei den leidenschaftlicheren. Bei den Deutschen haben bis heute die ruhigeren Menschen die Oberhand, bei den Russen sind die leidenschaftlicheren Naturen zur Herrschaft gekommen; beide wissen aber selber in ihrem tiefsten Innern, daß ihre Bestrebungen nichtig sind und auf Wichtiges hinausgehen.

Die nun verflossene Zeit hat den Irrtum begangen, daß sie überall an die leitenden Stellen den Juristen setzte. Ein Jurist ist ein Mann, der genau weiß, wie ein Vertrag gemacht werden muß, aber er weiß nicht, was in dem Vertrag stehen soll. Der Jurist gehört an die zweite Stelle, als Ausführer gewisser Befehle; an die erste Stelle gehört ein Mann, der nicht an die Mittel denkt, sondern an die Zwecke. Im höheren Kreis, im politischen, hat man denselben Fehler gemacht. Man hat den Volkswirtschaftler an die erste Stelle gesetzt. Der Volkswirtschaftler kann aber wohl wissen, wie eine Gesellschaft ist; er kann nicht wissen, wie sie sein soll. Marx war ein ausgezeichneter volkswirtschaftlicher

Gelehrter. Aber wenn er ein Bild des künftigen Zustandes der Menschheit entwarf – er hat es entworfen trotz aller gescheiten Entwicklungslehre –, dann überschritt er die Grenze seiner Fähigkeiten. Dieses Bild hat nicht ein Teilmensch oder Fachmann zu entwerfen, sondern jener Vollmensch, den Plato als den Philosophen bezeichnet, den ein Anderer Propheten nennen kann, ein Dritter den schöpferischen Staatsmann. Dieser geht dann nicht von der zufällig vorhandenen Wirklichkeit aus, sondern von den ewigen Bedürfnissen der menschlichen Seele, und dem Volkswirtschaftler mag die Aufgabe zufallen, die von dem Vollmenschen gesteckten Ziele durch Entwerfung von Straßen mit dem Heutigen zu verbinden. Sieht man genauer zu, dann wird man auch bei Marr finden, daß seine Wirksamkeit nicht darauf ruht, daß ei ein ausgezeichneter volkswirtschaftlicher Gelehrter war, sondern darauf, daß er auch ein Philosoph war: wenn man erst einsehen wird, daß seine Philosophie das Platteste und Seichteste von Geschwätz war, das man sich nur vorstellen kann, dann wird die Welt von dem furchtbaren Alpdruck befreit sein, der heute auf ihr lastet. Dann wird die wirkliche Revolution kommen, gegen welche das, was wir jetzt erleben, ein Kinderspiel ist, die Revolution, welche die Welt wirklich umgestaltet.

Wir wollen den Punkt, auf den es ankommt, zu finden suchen. Ein siebenjähriger Knabe beschäftigt sich in der Wirtschaft des Vaters mit allerhand Arbeiten: er tragt das Holz ins Haus, er hackt Reisig, er sammelt Tannäpfel und dergleichen. Einige dieser Arbeiten tut er gern, andere nur gezwungen auf Befehl. Gern tut er Arbeiten wie das Reisighacken, wo eine körperliche Bewegung mit einer gewissen Freiheit und Selbständigkeit verbunden ist, denn das Hackmesser muß beim Reisig immer anders gerichtet werden, das erfordert immer einen besonderen Entschluß. Aber von allen diesen Arbeiten berichtet er prahlerisch als von besonderen Leistungen. Außerdem beschäftigt er sich mit ganz selbständiger Tätigkeit: er zeichnet und malt seine Kinderbildchen, schreibt Briefe an seine kleinen Basen und ähnliches. Er hält auch diese Betätigung für wichtig, aber er prahlt nie mit ihr, sondern weist sie immer mit einem eigentümlichen bescheidenen Stolz auf.

Man vergleiche den Charakter des Handwerkers mit dem Charakter des Proletariers. Beim urbildlichen Handwerker wird man immer den bescheidenen Stolz auf die Leistung finden, beim Proletarier die hohle

Prahlerei nach dem Muster von »Alle Räder stehen still«, bei welcher nie bedacht wird, was denn nun wäre, wenn einmal der Mann versagte, der die Räder entwirft.

Man stößt hier auf etwas allgemein Menschliches, das bis in die letzte Tiefe geht: der Handwerker arbeitet menschlich angemessen, er arbeitet frei wie das Kind, welches zeichnet und Briefe schreibt; seine Arbeit ist ein Spiel, das außer seiner Eigenschaft als Spiel noch einen Nutzen für die andern abwirft. Noch beim Hacken des Reisigs ist etwas Spieleigenschaft der Arbeit vorhanden. Wenn die Arbeit aber ganz mechanisch ist, also keine freie Betätigung möglich bleibt, dann wird das menschliche Selbstbewußtsein unterdrückt; es muß irgendwie wieder zum Vorschein kommen; es kommt als leere Prahlerei zum Vorschein.

Selbstüberhebung, Unbotmäßigkeit, Haß gegen den weiter der Arbeit sind notwendige Eigenschaften des Proletariers. Sie kommen nicht daher, daß er nur seine Arbeitskraft besitzt, also ans seiner eigentlichen Proletariereigenschaft, sondern sie kommen aus der Art seiner Arbeit. Diese aber wird durch keinen Sozialismus und Kommunismus als solche geändert. Heute bekommt ein Berliner Müllkutscher 35 Mark Lohn den Tag. Besser kann es dem Mann im kommunistischen Wolkenkuckucksheim nicht gehen, denn dieses Geld ist natürlich mehr wert als seine Arbeit, und auch im Kommunismus geht es nicht, daß man zehn Kuchen unter zwanzig Leute so verteilt, daß jeder einen ganzen Kuchen bekommt. Aber zufrieden ist der Müllkutscher auch mit den 35 Mark nicht, er ist es nicht mit hundert, nicht mit tausend: denn er hat eine Seele, die unzufrieden ist; und die hat er, weil er eine Arbeit tut, welche eine solche Seele erfordert.

Wir wollen uns nicht in die heutigen wehleidigen Untersuchungen verirren, ob aus dem Mann hätte ein Goethe werden können, wenn er nicht als Müllkutscher geboren wäre. Ob seine Gesinnung entsteht durch seinen Beruf, oder ob sein Beruf erst dadurch möglich wird, daß seine Gesinnung vorhanden ist: das ist ja gänzlich gleichgültig. Die Tatsache ist, daß die bestehende Gesellschaft – mit Absicht ist der Ausdruck gebraucht: denn was heute zusammenbricht, das ist nicht diese – dadurch, daß es in ihr seelenlose Arbeiten gibt, seelenlose Menschen in sich schließt, Menschen, welche nie das göttlich gesetzte Ziel der Menschheit erreichen können und immer Zerrbilder bleiben.

Wenn wir eine wirkliche Revolution wollen, so müssen wir damit anfangen, daß wir die Arten von Arbeit aufheben, welche den Menschen zum Zerrbild seiner selbst erniedrigen. Wir haben uns eine Gesellschaftsverfassung auszudenken, in welcher diese Aufhebung möglich ist. Diese wird gewiß nicht kapitalistisch sein: aber auch Sozialismus und Kommunismus können da nicht helfen: helfen wird nur, wenn die Menschen eine solche Seele bekommen, daß es keine seelenlosen Arbeiten für sie gibt.

Die Macht
(1917)

Das deutsche Denken seit dem Zusammenbruch des Idealismus hat sich sehr viel mit der Frage der Macht beschäftigt. Diese Beschäftigung des Denkens war nur ein Widerschein tatsächlicher Vorgänge; denn in derselben Zeit entwickelte sich bei uns der Kapitalismus und trat die starke Bevölkerungsvermehrung ein. Wir haben immer gesagt, daß wir niemand bedrohen wollen, daß wir nur unsern Platz neben den andern Völkern verlangen; aber immerhin hat sich die Zahl der Deutschen in kurzer Zeit verdoppelt und es ist bei uns eine Industrie entstanden, welche sich bis in die äußersten Winkel der Welt verbreitet hat. Wir wollten niemand bedrohen, daß heißt, wir wollten niemand Land wegnehmen und nicht andere Völker unterdrücken. Unsere Gegner glauben uns das nicht. Aber dieser Unglaube entsteht nicht, wie wir allgemein denken, durch Verleumdungen, er entsteht nur durch unordentliches Denken. Die Bevölkerungsvermehrung und Entwicklung unseres Großgewerbes ist tatsächlich Machtsteigerung. Das Erobern und Unterdrücken ist auch Machtsteigerung, nur von ursprünglicherer
Art. Was unsere Gegner wirklich meinen mit ihren Vorwürfen, das ist, daß wir unsere Macht gesteigert haben. Da das aber offenkundig auf die ehrlichste Weise von der Welt geschehen ist, nämlich durch Fleiß, Verstand und Ordnung, so ist es für die Gegner durchaus von Vorteil, sich das gedanklich nicht allzu klarzumachen und uns Eroberungsabsichten unterzuschieben. Wir mögen erklären, soviel wir wollen, daß wir ja nicht die geringste Ursache hatten zu erobern, weil es auch so ganz gut ging; eben, daß es so ganz gut ging, ist ja das, was

uns eigentlich zum Vorwurf gemacht wird. Wir werden gut tun, das auch nach dem Krieg im Auge zu behalten. Man hat gesagt, und zwar von einflußreichster Stelle, daß in der Welt genug Raum für dae Deutsche Großgewerbe neben dem englischen, daß Englands Krieg aus Geschäftsneid also ganz töricht war. Ja, England führt den Krieg gar nicht aus Geschäftsneid. Es führt den Krieg um die Macht. Es ist falsch, wenn wir England bloß als den gierigen Kaufmann betrachten. England ist der Weltbeherrscher. Und wir haben uns selber mißverstanden, wenn wir glaubten, wir wollten nur in Frieden arbeiten. Was ungewußt hinter unserer Entwicklung stand, das war der Wille zur Macht.

Unser Staatsbegriff wurde in der Zeit des deutschen Idealismus gebildet. Damals waren aber die Deutschen nach außen ohnmächtig; sie hatten noch keinen Staat. Das, was sie Staat nannten, das war die Ordnung ihrer innern Angelegenheiten; und so konnte denn die bekannte Bezeichnung des Staates als der verkörperten Sittlichkeit entstehen; aus einem Mißverständnis. Wir haben diesen Staatsbegriff noch heute, und ihm verdanken wir es ja, daß wir in gewisser Hinsicht, nämlich, wenn wir von innen nach außen sehen, ein Staatswesen höherer Art haben als unsere Feinde.

Aber inzwischen haben wir nun einen wirklichen Staat bekommen. Der wirkliche Staat hat mit der Sittlichkeit gar nichts zu tun; er ist der verkörperte Machtwille – kann man sagen: eines Volkes? Vielleicht. Er erscheint freilich fast immer als der Machtwille einer Klasse, Partei, eines Kreises, einer Gruppe. Wir müssen noch viel über das Seelenleben der Gesellschaft forschen, ehe wir wissen werden, was hier richtig ist. Nur das ist sicher: der Staat ist Machtwille.

Wir haben keinen großen Denker gehabt, der uns diese veränderte Lage klargemacht hätte, und waren deshalb hauptsächlich auf die naturgemäß bruchstückhaften Gedanken der Geschichtsforscher angewiesen. Sehr viel Verwunderung bei uns in diesem Krieg würde schwinden, wenn wir einen großen philosophischen Staatslehrer gehabt hätten; wir würden dann vor allem England verstehen.

Das Reich Gottes ist nicht von dieser Welt, auch nicht das Reich der Sittlichkeit, aus dem es herauswächst. Wessen das Reich dieser Welt ist, das hat uns Gott deutlich genug gesagt. Wir leben aber in dieser Welt.

Es sind zwei Möglichkeiten: Gottes Gebot an seine Auserwählten erfüllen und nicht widerstreben dem Bösen; dann gelangen wir zu den Zuständen, in welchen das indische Volk lebt. Vielleicht hat das indische Volk recht, und jedenfalls müssen wir ihm immer die tiefste Achtung bezeugen; es lebte und lebt sein Leben nach seinem Gewissen und nach dem göttlichen Ziele hin, welches ihm deutlicher geworden ist als irgendeinem andern Volk. Oder wir müssen uns sagen: Die Auserwählten sollen nach Gottes Ratschluß immer nur ein kleiner Kreis sein, und nach Gottes Ratschluß herrscht in dieser Welt die Sünde; nur durch den Kampf des Bösen mit dem Guten entwickelt sich das, was Gott mit uns vorhat; deshalb wollen wir in dieser Welt, die nicht Gottes ist, unsern Mann stehen. Wir entrüsten uns gern über die Heuchelei der Engländer; hüten wir uns, daß wir nicht aus einem heldenhaften Irrtum eine andere Heuchelei entwickeln, weil wir uns die furchtbare Doppelgesichtigkeit des Staates nicht klarmachen.

Der Trieb zur Macht ist ein tragischer Trieb. Sind wir glücklicher durch unsere Großstädte, in welchen sich endlose Häuserreihen ziehen mit Proletariern, oder Villenvororte sich erheben, in welchen die Bourgeois wohnen; die einen nur von dem Trieb beherrscht, ihre Arbeit so schnell wie möglich abzutun, damit sie, wenn es hochkommt, in sinnlosem Vergnügen vergessen können, daß sie ohne Zweck leben; die andern in ständiger Angst zitternd, daß sie überflügelt werden, daß alles, was sie geschaffen, plötzlich wertlos wird, dem notwendigen Zwang folgend, nach weiterer Ausdehnung des Geschäftes, nach größerer Last und Sorge auszuschauen, ebenso ohne Zweck lebend wie die andern? Wir haben unsere Bevölkerung verdoppelt, unsern Reichtum vervielfacht; aber sind denn die Proletarier ein Gewinn für unser Volk, sind es die reichen Leute? Ist denn die Steigerung der Lebenshaltung ein Gewinn, die doch erkauft wurde um Ruhe des Gemütes, Muße zu höherer Tätigkeit, um Nervenkraft, Heiterkeit und Familienglück, um gesunde Luft, Stille der Natur und Anblick von Feld und Wald? Wir wissen es ganz genau: wir sind dem Zweck des Menschen weit entrückt, und wir sind noch nicht einmal glücklicher geworden; dennoch haben wir diesen Zustand erstrebt und wollen ihn gegen alle Feinde aufrechterhalten.

Ein Volk handelt hier nicht anders als der Einzelne. Wenn in einem Menschen der Trieb nach Macht vorhanden ist, so muß er ihm folgen, auch wenn er frühzeitig genug merkt, daß jede Macht uns versklavt, uns vereinsamt, uns die Menschen hassen und fürchten lehrt, uns tief unglücklich machen muß. Wahrscheinlich ist von allen menschlichen Leidenschaften die Machtleidenschaft die eigentlich tragische; jedenfalls hat die reine Tragödie immer Könige zu Helden, nicht aus irgendwelchen zufälligen kulturgeschichtlichen Gründen, wie die gewöhnliche herrschende Ansicht ist – denn in ihrer bedeutendsten Erscheinung, in Athen, fand sich die Tragödie ja bei einem Volk, welches vom Königtum überhaupt nur eine unvollkommene Kenntnis hatte – sondern deshalb, weil das geschichtliche Urbild »König« erfahrungsmäßig die reinste Darstellung des tragischen Machtwillens ist: man kann sagen, daß die Tragiker den König hätten erfinden müssen, wenn sie ihn nicht in der Geschichte vorgefunden hätten.

Dieser Weltkrieg mag uns oft als eine riesenhafte Anhäufung von Zufälligkeiten erscheinen. Scheinbar geben zuletzt Verhältnisse, Personen, Ereignisse und Dinge den Ausschlag, die ganz unbedeutend erscheinen: Verschwörungen von romanhafter Lächerlichkeit; eine technische Erfindung, etwa ob man eine Waffe gegen das U-Boot bekommt; die Tatsache, daß Deutschland allein Kali besitzt; ein dummer Zeitungsschreiber; eine falsche Übersetzung und dergleichen. Scheinbar sind wir durch diesen Krieg in den niedrigsten Bereich der schlechten Wirklichkeit eingespannt. Aber wenn wir genauer zusehen, dann werden wir finden, daß auch hier die großen Mächte wirken, die stets gewirkt

haben, die notwendigen Leidenschaften der Menschen, die zu allen Zeiten die gleichen waren und sein werden, und ihr notwendiger Ablauf in Wirkung und Gegenwirkung, welcher denn die großen Schauungen erzeugt - vielleicht kann man sagen: Erscheinung werden läßt.

Man könnte sagen: es stand Deutschland nicht frei, auf das Erstreben der Macht zu verzichten. Durch seine geographische Lage wäre es das geblieben, was es seit dem Ende des Mittelalters war: das Einflußgebiet der andern Mächte, der Schauplatz der europäischen Kriege, das Land, welches den andern Völkern die Soldaten für ihre Kriege lieferte. Wenn wir beklagen, daß unsere klassische Dichtung und Philosophie abgebrochen wurden, so dürfen wir nicht den neuen Geist Deutschlands verantwortlich machen, das Streben nach Macht, sondern die Napoleonischen Kriege, welche Deutschland verarmten, weil Deutschland machtlos war; aber auch das wäre nur eine aus der

Erfahrung abgeleitete Erklärung. Hat sich der Kapitalismus bei uns entwickelt, damit nicht wieder solche Zeiten kommen sollten? Weder die Unternehmer, welche ihre Fabriken bauten, noch die Arbeiter, die mit ihren Familien unsere Städte erfüllen, haben an solche Gedanken gedacht. Unsere wirtschaftliche Entwicklung ging unbewußt vor sich, ja, ihre Träger waren oft genug Gegner unserer Waffenrüstung, welche uns den Krieg aushalten läßt.

Unsere frommen Vorfahren glaubten, daß Gott die Geschicke der Völker leitet. Wissen wir mehr als sie? Wir vermögen die Einzelerscheinungen des geschichtlichen Lebens zu einem großen Teil ursächlich zu verknüpfen – die Menschen haben das auch schon früher gekonnt, und es ist vielleicht fraglich, ob sie hier einen großen Fortschritt gemacht haben; aber über den Grund der Erscheinungen wissen wir jedenfalls nichts, heute so wenig wie früher. Volk auf Volk wird jetzt in den Wirbel des Krieges hineingerissen; beinahe vermögen wir schon die nächsten ursächlichen Zusammenhänge nicht mehr zu erkennen; denn je demokratischer die Völker sind, desto mehr scheinen sie von geheimen Mächten geleitet zu werden, deren Zwecke niemand weiß, die scheinbar in einer rein zufälligen Beziehung zu den Völkern stehen. Wenn wir nicht in diesem Toben des scheinbaren Zufalls alle Übersicht verlieren wollen, dann müssen wir uns mit doppelter Kraft die hinter der Erscheinung liegende, wirkliche Wirklichkeit bewußt machen.

Wir Deutschen sind geneigt, uns selber die Schuld bei Ereignissen zu geben. Wir haben uns dazu erzogen, wie wir es nannten, Gott mehr zu fürchten als die Menschen. Der Erfolg dieser Erziehung ist, daß wir oft vor den andern Menschen zurückweichen: nicht, weil wir sie fürchteten, sondern weil wir denken, daß sie im Recht sind. Es fehlt nicht an Stimmen bei uns, welche die Industrialisierung und das Streben nach Macht, nach unserer Art Macht, für ein Unrecht an unserem besseren Ich halten. Es sind nicht die Stimmen der Schlechtesten unter uns. Aber wir sollten denen antworten: Ein Volk hat es nicht in seinem freien Willen, welchen Weg es gehen will. Wenn wir den Weg gegangen sind, der uns nun die Feindschaft der ganzen Welt erregt hat, so hat ihn uns Gott geführt; und wenn wir das einsehen, so wollen wir auch hoffen, daß Gott vorausgesehen hat, wohin der Weg weiterhin gehen wird.

Gottes Tempel
(1917)

Der Mensch pflegt gewisse Tiere und Pflanzen wegen des Nutzens, den sie ihm bringen. Im Lauf der Zeit hat er durch Züchtung erzielt, daß der Nutzen größer wird. Dadurch können Schwierigleiten entstehen. Die betreffenden Geschöpfe sind von Natur so gebaut, daß ihre Glieder, Tätigkeiten, Fähigkeiten, und alles Übrige, was der Mensch von ihnen benutzen kann, in einer solchen Beziehung zu ihrem ganzen Wesen stehen, wie es für ihre Art gerade lebensnotwendig ist. Wenn der Mensch durch seine Züchtung das ihm Nützliche einseitig stärkt, so wird offenbar die Ausgeglichenheit in der Natur des Geschöpfes gestört; stellt man sich auf den Standpunkt des Geschöpfes, so muß man das Gezüchtete als entartet oder krankhaft bezeichnen.

Etwa das Schwein ist ein Tier, das bei geringer Körperbehaarung unter kalten Himmelsstrichen lebensfähig sein muß; es hat deshalb die Fähigkeit, eine Fettschicht zu bilden, durch welche es gegen die Kälte geschützt wird. Dadurch wird es für diese Gegenden ein wichtiges Schlachttier und wird deshalb seit undenklichen Zeiten als Haustier gezüchtet.

Dem Menschen ist das Schwein an sich gänzlich gleichgültig; ihm ist nur wichtig, daß es sich schnell und gut mästet. Er hat also durch alle Mittel, welche dem Züchter zu Gebote stehen, neue Rassen erzeugt, welche frühreifer und mastfähiger sind als die Naturschweine.

Diese einseitige Züchtung aber hat das natürliche Gleichgewicht zerstört, das in dem Körper des Naturschweins vorhanden ist. Die Knochen sind brüchig geworden, Herz- und Lungenfähigkeit hat abgenommen, die Muskeln sind geschwächt und anderes mehr. Die neu gezüchteten Schweine sind im biologischen Sinn entartete Tiere. Dadurch aber entstehen Erscheinungen, welche dem Zweck widersprechen, den der Mensch mit den Schweinen hat. Die entarteten Tiere sind nicht so widerstandsfähig gegen Krankheiten; es treten die Seuchen auf, welche die Schweinebestände von Jahr zu Jahr mehr schwächen; und so ist es heute schon dahin gekommen, daß manche Gutsbesitzer die Schweinezucht ganz aufgegeben haben, da sie wegen der Seuchenverluste nicht mehr einträglich ist. Man braucht kein Seher zu sein, um zu sagen, daß in absehbarer Zeit, wenn nicht eine

Gegenbewegung kommt, das Schwein aus unserer Wirtschaft ausscheiden muß.

Natürlich aber kommt die Gegenbewegung. Man besinnt sich darauf, daß das Tier ein Lebewesen ist, das seinen Zweck in sich beschlossen hat, und beginnt wieder biologisch wertvolle Tiere zu züchten.

Es ist nun sehr merkwürdig, daß die Menschheit seit undenklichen Zeiten das Schwein als Haustier gehabt hat, aber bis vor ganz kurzem niemals solche Eingriffe in die Lebensfähigkeit der Rassen machte. Man kann sich nicht anders denken, als daß früher die Menschen ein stärkeres Gefühl für das Lebensfähige hatten. Dieses Gefühl wird sich wohl durch das engere Zusammenleben mit dem Tier entwickelt haben; denn da, wo die früheren Menschen der Natur ferner standen, haben sie es nicht gezeigt; sie haben etwa die unheilvollen Folgen der Wälderverwüstung nicht gefühlt. Es würde denn hier so gehen, wie es oft geschieht, daß das Fehlen dieser Gefühle durch die Erfahrung nnd verständig bewußte Leitung der Dinge ersetzt werden muß.

Aus dem Beispiel der von den Menschen gezüchteten Tiere und Pflanzen können wir nun Schlüsse auf den Menschen selber ziehen. In den einfacheren Zuständen leben die Menschen so, daß die Ausgeglichenheit des Lebewesens sich von selber einstellt. Körperliche Arbeit jeder Art, bei welcher nicht der eine oder andere Teil des Körpers besonders angestrengt wird, wechselt ab mit geistiger Arbeit, welche jene körperliche Arbeit leitet und lenkt und in freien Zeiten zu ständiger Leistung in Religion, Dichtung, Kunst und anderem kommt. Diese einfacheren Zustände haben sich sehr lange erhalten; wir haben sie noch bei den Bauern und kleineren Ritter-gutsbesitzern. Durch die mannigfaltige Ausgliederung der Arbeit wird nun etwas Ähnliches erzeugt, wie der Zustand bei dem gezüchteten Vieh. Es werden gewisse Fähigkeiten, Kräfte, Leistungen usw. gesteigert, ohne Rücksicht darauf, ob diese Steigerung nicht vielleicht einseitig ist und also die Ausgeglichenheit gestört wird, welche für ein biologisch tüchtiges Geschöpf notwendig ist.

Die Alten wußten sehr viel besser als wir die Gefahren eines solchen Zustandes, da es bei ihnen Staaten gab, die wesentlich aristokratisch waren; die Aristokratie aber, solange sie gesund ist, hat immer die Kalokagathie als Zielbild für ihre Mitglieder vor Augen, jene biologische Ausgeglichenheit, die nur ins Menschlich-Sittliche übertragen ist. Es wird erzählt, daß einst die Korinther, die ein

Bourgeoisstaat waren, mit den Athenern, die sich, ähnlich wie manche Schweizer Kantone von heute, bei demokratischer Verfassung doch noch ihre aristokratische Gesellschaft in Tüchtigkeit erhalten hatten, Krieg anfangen wollten. Der athenische Gesandte ging mit den korinthischen Herren in eine Volksversammlung und wies sie auf die Leute hin, die da saßen; sie waren alle irgendwie durch einseitige gewerbliche Tätigkeit körperlich entstellt; und er hielt ihnen vor, daß man mit solchen Männern gegen ein so wohlgewachsenes Volk, wie die Athener seien, keinen Krieg führen könne.

Auch wir heute wissen, daß Entartungserscheinnngen bei uns auftreten, und es ist uns auch ganz klar, daß sie in den Städten zu finden sind, in den Kreisen der Fabrikarbeiter, der Kaufleute, der Unternehmer, der Gelehrten, der Beamten und ähnlichen. Es machen sich auch Gegenbewegungen bemerkbar. Der Sport ist eine solche, die Versuche der Rückkehr zu naturgemäßer Lebensweise, der Kampf gegen die Laster wie der Alkoholismus, gegen die Krankheiten wie die Tuberkulose und anderes mehr. Es ist aber klar, daß diese Gegenbewegungen nie endgültige Besserung schaffen können, denn es werden hier immer nur Folgen bekämpft, nie Ursachen.

Hier versagt nämlich die Ähnlichkeit mit dem Tier. Der Mensch kann Tiere züchten, aber nicht sich selber. Dem Tier gegenüber steht er wie ein Gott; und so kann auch nur Gott Wandel schaffen in der unheilvollen Entwicklung unserer Zivilisation; müssen wir uns ja doch sagen, daß manche der Versuche der heutigen Menschheit eher schädlich wirken; wie denn etwa der Kampf gegen die Krankheiten die natürliche Ausmerzung allzu geschwächter Menschen hindert.

Die Tiere sind abhängig vom Menschen; wie der die Eltern auswählt und die Jungen aufzieht, so werden sie. Aber wenn das einzelne Tier über sich selber nachdenken könnte, so vermöchte es doch wenigstens für sich die günstige oder ungünstige Entwicklung zu beeinflussen. Auch die Menschen sind abhängig. Wir haben nicht die Wahl, ob wir die Großstädte zerstören wollen und in Verhältnissen leben, wo gleichmäßig Körper, Geist und Seele sich gesund entwickeln können. Wir können nur glauben, daß Gott mit der Entwicklung, welche die Kulturmenschheit seit etwa zwei Jahrhunderten genommen hat, seine guten Absichten verfolgt. Aber jeder Einzelne kann für sich, ja, auch für seinen kleinen Kreis, tätig sein, daß die Schädigungen gemildert, vielleicht sogar aufgehoben werden.

Es ist eine sehr tiefe Einsicht unserer christlichen Religion, daß unser Leib Gottes Tempel ist. Wenn wir wieder verstehen würden, was Gott ist, dann könnten wir auch diesen tiefen Gedanken fassen, und dann wäre Vielen geholfen.

Die Leute auf dem Lande sind ja gewiß nicht sittlicher als die Leute in der Stadt. Dennoch, wenn man dauernd auf dem Lande lebt und nur gelegentlich in die Großstadt kommt oder Wirkungen des großstädtischen Lebens spürt, kann man sich einer tiefen Verachtung des städtischen Lebens nicht erwehren, die rein sittlicher Natur ist. Sie geht auf die gedankenlose Selbstverwüstung des Lebens in der Großstadt. Es ist ein großes Unglück, daß durch die Häufung von Menschen und Mächten in der Großstadt die Großstadt auch für unsere Kultur so wichtig geworden ist, daß sie die Richtung für das geistige Leben des Volkes angibt. Dadurch wird ihre Gedankenlosigkeit und Leere auch auf die Teile des Volkes übertragen, die in günstigeren Verhältnissen leben. Man kann sagen, daß die Leute auf dem Lande viel eher ohne Glauben an Gott auskommen könnten, als die Leute in der Stadt; sie können schließlich auch ohne ihn leben, denn sie leben so, daß eine innere Ausgeglichenheit bei ihnen möglich ist; bei den Städtern müßte der Glaube an Gott und eine gereifte Einsicht alle Schäden des künstlichen Lebens bekämpfen, die sonst zu Unnatur, Sinnlosigkeit, Laster und Krankheit führen.

Durch diesen Krieg, der vielleicht ein neues Zeitalter einleitet, ist zum ersten Male ein wertvolles Band zwischen dem Abendland und dem Orient geschaffen, denn die Verbindung Englands mit dem Osten mußte fruchtlos bleiben, da sie nur Ausbeutung und Unterdrückung zum Zweck hatte. Unser Abendland hat eine hochentwickelte Zivilisation und eine verkümmerte Seele; der Orient hat wohl lange geschlummert; aber er hat sich die Kraft der Seele erhalten. Der wirtschaftliche Aufschwung des Orients wird ja wohl nicht ausbleiben, und alle Schatten, die dieser Aufschwung schon bei uns hatte, werden noch tiefer sein als bei uns; aber vielleicht kommt aus der religiösen Inbrunst des Ostens wieder eine seelische Kraft, welche die Schäden der Zivilisation dort wie hier überwindet, welche bewirkt, daß auf das materialistische Zeitalter ein geistiges Zeitalter folgt, auf die Krankheit und Entartung Gesundheit und Natur. Wie das geschehen soll, das können wir ja nicht wissen: wir wissen nur, daß es uns nötig ist.

Das Böse
(1918)

In dem großen epischen Gedicht der Inder, das mehr eine Sammlung, ähnlich etwa der Bibel, ist, als ein einheitliches Gedicht, findet sich eine Einlage, eigentlich also ein kleines Epos, die bei uns unter dem Namen von Nala und Damayanti bekannt ist.

Das Gedicht ist von Rückert frei und von Holtzmann noch freier übersetzt. Die Vermittler dieser alten Werke haben für eine bearbeitungsmäßige und nicht getreue Übertragung den Rechtsgrund, daß das alte Gedicht uns ja nur in späteren Bearbeitungen vorliegt, die oft genug die ursprüngliche Schönheit zerstört haben. Gelehrte von Geschmack und Urteil können vielleicht das Alte aus dem Zertrümmerten und Geflickten wiederherstellen und dem deutschen Leser dergestalt eine größere Freude bereiten, als wenn ste wörtlich übersetzten und alles oft Ungereimte und Pfäffische der späteren Schriftsteller uns mitteilten.

Aber bei der größten Gelehrsamkeit und dem feinsten dichterischen Verständnis kann ein solcher Bearbeiter doch weder seine persönliche Auffassung noch die Befangenheit seiner Zeit ausschalten. Es geht mit solchen Bearbeitungen, wie es mit Wiederherstellungen alter Bauwerke geht. Vielleicht sind sie für die große Masse nützlich: wobei man denn sich freilich fragen soll, ob dieser Nutzen einen Wert hat; für den, welcher sein Gemüt an dem echt Alten ergötzen will oder Belehrung in wichtigen Dingen sucht, wird eine treue Wiedergabe des nun wirklich Vorhandenen doch angenehmer sein. Es gibt von Nala und Damayanti eine alte, verschollene Übersetzung von Kosegarten, die vor Rückert und Holtzmanns Werken erschien; sie ist sprachlich zwar unbeholfen, aber sie gibt den Urtext treuer wieder. Wer nicht in der glücklichen Lage ist, Sanskrit zu lesen, wird sich mit Vorteil an sie halten.

Die indische Dichtung kam erst in den Zeiten nach Europa, als unser geistiges Leben sich schon im Niedergang befand. Die griechische Dichtung hat den Vorteil, daß unsere großen Geister sich an ihr bildeten, sie studierten und ihre Bewertung, teilweise auch ihre Auffassung den Nachkommen mitteilten. Die indische Dichtung wurde bei uns durch die Schlegels eingeführt, die ja gewiß in ihrer Art hervorragende Männer waren, aber doch nicht zu den ersten gehörten und deshalb für die Nachlebenden nicht so bedeutend werden konnten. Auch die heutige Schätzung Calderons leidet ja darunter, daß er zu spät zu uns gekommen ist.

Man muß, wenn man indische Dichtung verstehen will, versuchen, diesen Schaden für sich gutzumachen. Das wird unserer Zeit aber sehr schwer, denn wir sind bei allem kindlichen Stolz auf unsere geistige Selbständigkeit in den wichtigen Dingen doch so abhängig vom fachmännischen Urteil wie das finsterste Mittelalter. Zu diesen wichtigen Dingen gehört die Dichtung.

Nehme man an, daß die Inder im Dichten genau so wie im Denken in gewissen Formen das Höchste erreicht haben: das denn nun freilich von seiner besonderen Art ist und in dieser verstanden werden muß. Diese besondere Art ist ein leichteres Durchscheinen des göttlichen Gehaltes durch die gefälligen Schleier der Darstellung im Epos. In der griechischen Dichtung haben wir dieses Durchscheinen stark nur in der Tragödie und in der orphischen Lyrik; die Inder haben keine Tragödie geschaffen; sie brauchten sie nicht, denn sie haben schon im Epos, natürlich in anderer Weise, was die Griechen in der Tragödie haben mußten. Wenn man das bedenkt, dann beurteilt man vielleicht auch die Überarbeitungen anders wie gewöhnlich. Bei den Griechen sind aus den alten Heldenliedern in einer mittelalterlich-höfischen Luft die homerischen Gedichte entstanden. Bei den Indern wurde aus ihnen in der philosophisch-priesterlichen Luft der Brahmanen das, was wir heute vorliegen haben. Der Unterschied ist nur, daß die Spätlinge der homerischen Zeit verlorengegangen sind, die Spätlinge der großen Zeit der indischen Neudichtung aber nicht; und das Ungünstige ist dabei, daß das Törichte und Alberne dieser Spätlinge so dicht in das Gute verwoben ist, indem ihre Arbeit mit der Arbeit der klassischen Dichter ineinander geschweißt wurde.

Wir kommen nach dieser langen Einleitung zu unserer Aufgabe. Das indische Epos ist etwas Anderes als das griechische, das uns immer noch – wenn freilich unbewußt genug – als Muster gilt, nach welchem beurteilt wird; und es erfüllt in einem wesentlichen Stück die Zwecke der griechischen Tragödie. Ob hier die höchsten dichterischen Möglichkeiten erfüllt sind, also eine Form vollendet ist, das überzeugend zu beantworten würde eine lange stilistisch-handwerkliche Untersuchung erfordern; ich persönlich bin geneigt, diese Frage zu bejahen; wir würden unsere Kenntnis der dichterischen Formen erweitern, wenn wir das indische Epos genauer untersuchten. Die griechische Tragödie ist die sinnbildliche Darstellung eines seelischen Vorganges; das indische Epos ist dasselbe. Wenn man einen solchen Vorgang begrifflich sagen will, so kommt man natürlich sofort in Schwierigkeiten; eben darin beruht ja der Wert der hohen Dichtung, daß sie uns die Zunge löst für sonst Unsagbares, das die größte Wichtigkeit hat. Wir müssen uns also mit einer recht plumpen Ausdrucksweise begnügen. Nala und Damayanti stellt die Wirkung des Bösen im Menschen dar.

Wenn wir begrifflich das Böse zu verstehen suchen, dann sind wir an die Bedingungen der Sprache gebunden. Diese läßt es uns nach ihrer Natur als ein Ding erscheinen; wenn die Menschheit sich noch in der Zeit befindet, wo sie sich mythisch ausdrückt, dann wird aus dem Ding eine Person gemacht, und die Gestalt des Teufels entsteht. Mit diesen so geschaffenen Vorstellungen des Bösen als eines Dinges oder als einer Person kommen wir aber stets in unlösbare Widersprüche. Es steht dem Ding Böse das Ding Gut gegenüber, der Person des Teufels die Person Gottes, und die Menschen können keine befriedigende Aufklärung darüber geben, wie denn das Böse in die Welt gekommen ist, wie das Verhältnis des Teufels zu Gott gedacht werden soll. In den verderblichen Versuchen, eine solche Aufklärung zu schaffen, sind Jahrtausende menschlichen Denkens vergangen.

Die Dichtung kann solche unlösbare Aufgaben lösen, indem sie zeigt, daß sie nur durch die Sprache gestellt sind, daß der Zusammenhang ganz einfach ist, wenn man die dichterische Darstellung gibt statt des unzutreffenden Begriffes. In Nala und Damayanti ist der innere Vorgang des Bösen in unübertrefflicher Weise dargestellt: eben als ein innerer Vorgang und nicht als ein Ding. Das Böse ist ein Vorgang; die Schwierigkeit entsteht einfach dadurch, daß bei ihm sich die Welt der Wirklichkeit mit der Welt der Werte schneidet, wie zwei Kreise sich schneiden, so daß ein Teil des Vorganges zwei Welten gemeinsam ist, und es wäre natürlich falsch, wenn man den gemeinsamen Teil mit der Bezeichnung aus der Welt der Werte zu der Welt der Wirklichkeit nähme. Ein guter Dichter wird das aber nie tun; er wird mit ruhiger Miene seine Welt der Wirklichkeit darstellen und es dem Gefühl des Hörers überlassen, wie der sich seine Welt der Werte schafft: denn die

Welt der Werte schafft sich jeder aus seinem eigenen Gewissen neu; und wie er den gemeinsamen Teil abgrenzt.

Das scheint sehr einfach zu sein. Aber noch heute wissen die wenigsten Menschen von diesem Zusammenhang, und viel Unglück entsteht noch heute durch dieses Nichtwissen. Sehr merkwürdig ist, daß die dichterische Lösung der Frage bekannt sein kann und daß die Menschen doch verzweifelnd philosophisch und theologisch sie zu lösen suchen. Der indische Geist hat auf seiner Höhe nicht nur in unserem Gedicht, sondern in vielen andern Dichtungen und Legenden das Böse dichterisch als Vorgang dargestellt; dennoch beschäftigt sich heute die Schiwa- Theologie, die im gegenwärtigen Indien wichtigste Theologie, noch immer mit der Frage, wie das Ding Böse in die Welt gekommen ist, wie es sich zu dem Ding Gut verhält; und diese Theologie ist das Gedankengespinst einer Religion, welche vielleicht ursprünglich aus einer Dichtung entstand.

Nala ist ein König, der alle Haftpflichten erfüllt, die Veden liest, den Göttern richtig opfert und die Tugenden der Sanftmut, Wahrhaftigkeit, Gelübdetreue, Redlichkeit, Festigkeit, Spendung, Andacht, Unschuld, Zucht und Geduld übt: also er ist ein sittliches Idealbild, Um Damayanti werben die Götter, sie aber zieht ihnen den Menschen Nala vor, und die Götter erkennen, daß sie damit recht hat. Kali und Dwapara, zwei böse Geister, beschließen aus Zorn, Nala zu verderben; Kali ist von den beiden der Höhere oder Tätigere.

Hier haben wir aus der Theologie einen mythischen Teufel. Der Dichter kann nicht die Vorstellungen seiner Zeit und seines Volkes verneinen; er nimmt sie einfach in seine Dichtung hinein. Das erschwert ja so sehr das Verständnis solcher Werke, daß sie nicht folgerichtig wie Gedankengebäude sind, sondern die Wirklichkeit – zu der denn auch der Glaube an den Teufel gehört – ruhig annehmen, auch wenn Widersprechendes dadurch herauskommt.

Lange wartet Kali auf die Gelegenheit; endlich im zwölften Jahre hat er sie; Nala hat eines Abends ein Bedürfnis verrichtet, sich beschmutzt und nicht sofort gewaschen; da fährt Kali in ihn hinein. In ihm sitzend, erregt er ein Würfelspiel zwischen Nala und seinem Bruder, in welchem Nala alles verspielt, selbst seine Kleidung. Damayanti folgt ihm treu in die Wildnis; er raubt der Schlafenden die Hälfte ihres Kleides und läßt sie allein; sie rettet sich und dient unerkannt an einem Hofe, Nala desgleichen an einem andern; sie wird von ihrem Vater aufgefunden: Nala wird von Kali befreit durch ein neuerworbenes Wissen, die Gatten vereinigen sich wieder, und Nala gewinnt sein Reich zurück.

Nala handelt schändlich. Aber in der dichterischen Darstellung ergibt sich ungezwungen das eine aus dem andern. Sehr tief ist, daß der Anfang eine Verletzung eines scheinbar gleichgültigen Reinlichkeitsgebotes ist; Holtzmann hat das ganz ausgelassen, Rückert abgeschwächt. Leidenschaft und Stolz, beide an sich nicht böse, ziehen Nala immer weiter, bis ihn, wieder sehr tief, ein neuerworbenes Wissen befreit. Der Gedanke der Erlösung vom Bösen durch das Wissen geht bekanntlich durch die ganze Geschichte des indischen Geistes bis zum Buddhismus, vielleicht auch noch weiter. Wir können ihn schwer fassen, und man stellt bei uns etwa dem Ausspruch Buddhas, daß die Einsichtslosen ihm nicht nahen sollen, das gefühlig mißverstandene Christuswort von den »Kindlein« gegenüber. Sobald wir ihn fassen können, werden wir auch seine Richtigkeit einsehen: wenn das Böse ein Vorgang in uns ist, dann ist es ja in dem Augenblick besiegt, wo wir seinen Zusammenhang wissen. Es ist dann der verwickelte seelische Weg von Reue und Buße nicht nötig, den wir westlichen Völker haben. Die Inder haben bekanntlich die Vorstellung von verschiedenen Weltaltern oder Yugas, und nach okkultistischer Anschauung leben wir heute in dem vierten, dem Kali-Duga, dem Zeitalter Kalis.

Kali fährt aus Nala aus, als er das neue Wissen hat; wenn wir das neue Wissen fänden, vielleicht würde dann aus unserm Yuga auch Kali ausfahren.

Die Gerechtigkeit
(1912)

Frauen und Kinder haben ein leidenschaftliches Gefühl für Gerechtigkeit. Die Männer haben wohl eingesehen, daß es »nicht immer« – soll heißen: eigentlich nie, nämlich nur zufallsweise – nach der Gerechtigkeit im Leben hergeht; aber die meisten von ihnen halten das doch für beklagenswert. Man weiß, daß in den Jugendzeiten des Volkes sich religiöses Nachdenken auf die Frage richtet: Wie ist das Leiden des Gerechten zu erklären? Und noch in unserer Bibel haben wir ja im Hiob ein Zeugnis aus dem Denken jener Zeit vor uns.

Sollte die Gerechtigkeit nicht vielleicht auch eine von jenen Zielsetzungen sein, welche nicht geschaffen werden aus der Kraft, der Erfahrung und Einsicht der Menschen, sondern aus jugendlicher Unerfahrenheit und Beschränktheit des Denkens?

Wir haben viele solcher Zielsetzungen, welche großen Schaden anrichten in unserem Leben, und denen man einmal gehörig nahekommen sollte, um ihren Trug einzusehen.

Jene kindliche Religionsansicht, die unsere beschränkte Gerechtigkeitsvorstellung an das göttliche Walten anlegt und etwa, nachdem sich nun doch herausgestellt hat, daß eine gerechte Vergeltung im Diesseits nicht stattfindet, ausdrücklich ein Jenseits schafft, um sie dorthin ins Unprüfbare zu verlegen, ist durch das Christentum längst überwunden, wiewohl im volkstümlichen Glauben diese Ansichten gerade durch Belegstellen aus dem Neuen Testament befestigt werden: wir alle werden ja nicht in der wirklichen Lehre Christi, nicht im Christentum der wenigen hochstehenden Christen erzogen, sondern in diesem volkstümlichen Glauben, der gedankenlos Widerspruch an Widerspruch reiht, und so mag der obige Ausspruch zunächst seltsam erscheinen. Aber man lese die Geschichte vom Schächer am Kreuz ohne dogmatische Voreingenommenheit, um nur Eines hervorzuheben, und man wird finden, daß sie eine, wie im Neuen Testament so oft, fast witzige oder geistreiche Zuspitzung des Gedankens ist: Vor Gott gibt es keine Gerechtigkeit. Wir brauchen nicht salbungsvoll hinzuzufügen:

Wir sind allzumal Sünder; denn wahrhaftig, es gibt sichtliche Unterschiede unter den Menschen.

Wohltat erntet Undank: ist sie sittliche Tat, wenn sie sich darüber beklagt? Bedeutende Männer, welche der Menschheit Gutes erwiesen, werden verfolgt: sind sie denn nicht erst dadurch bedeutende Männer, statt kluger Geschäftsleute, die eine gute Kapitalsanlage machten? Die menschliche Gemeinheit, welche ja so ungeheuer klug ist, hat die Überschätzung des Talentes erzeugt und schiebt menschliche Größe auf Begabung, die eben Naturanlage sei und nicht jedem erreichbar; während sie in Wirklichkeit nichts ist als ehrliches Wollen für eine Sache, das jeder haben kann – er hat es nur nicht, weil er die Gerechtigkeit liebt und deshalb ein« Belohnung haben möchte statt der Verfolgung.

Es gehört Lebenserfahrung dazu, um die Nichtigkeit der Gerechtigkeitsvorstellung einzusehen. Man muß es an Nahestehenden oder an sich selbst erlebt haben, wie bedeutende Leistung notwendig Haß erzeugen muß, wie der Erfolg und die Belohnung die Mittel sind, durch welche hervorragende Menschen durch die Gesellschaft zahm gemacht werden; wie nur die Feindschaft der Andern einen Menschen vorwärts treibt, wie die Liebe ihn sofort zu Zugeständnissen nötigt. Wen Gott lieb hat, den züchtigt er; seinen eingeborenen Sohn hat Gott am Kreuz sterben lassen. Wäre Christus nicht gekreuzigt, was wäre dann seine Lehre? Nichts Neues, nichts, das nicht da und dort sogar besser gesagt wäre. Aber das ist das Wesentliche, daß man den Menschen richtete, welcher sagte: »Richtet nicht«, daß man den kreuzigte, der noch am Kreuz lächelnd sprach: »Herr, vergib ihnen, denn sie wissen nicht, was sie tun.«

Jeder tüchtige Mann tut seine Arbeit um der Arbeit willen, nicht für den Lohn, das gilt vom einfachen Tagelöhner aufwärts bis in das höchste Geistesleben. Aber wer Gerechtigkeit will, der will Lohn. Würde es einen hochgesinnten Menschen treiben, ein Sokrates zu werden, wenn er dabei das Vermögen eines Vanderbilt erwerben könnte? Sokrates machte Witze über die Sophisten, welche sich bezahlen ließen; dafür mußte er als Sophist den Schierlingsbecher trinken. Als er sagte: »Opfert dem Asklepios einen Hahn«, hat er da sich über die Ungerechtigkeit beklagt? Fand er nicht vielmehr den Giftbecher ganz in der Ordnung und starb mit einem Scherz auf den Lippen?

Das Leben ist ungerecht, denn es ist nicht auf Lohn und Strafe, auf Leid und Freud gestellt, außer das Leben der Gemeinen: sondern auf Höheres, das Herausarbeiten eines göttlichen Wesens in uns, das anfangs schwach ist, durch unsere tierische Natur unterdrückt werden kann und durch unsere Anstrengung stark werden muß, bis es über das Tierische den Sieg davonträgt. Bei den verschiedenen Menschen ist dieses Göttliche verschieden, die Selbstentwicklung eines Goethe geht nach anderer Richtung wie die eines Kant. Man sieht, das Selbstvervollkommnungsbestreben ist im Grunde eine tragische Lebensauffassung.

Tragisch: wenn man will. Doch sollte sich nicht die Tragik auch noch überwinden lassen durch eine tiefere Einsicht? Entsteht sie nicht eigentlich nur dadurch, daß das betrachtende Ich immer sich als den empfindenden und also leidenden Mittelpunkt der Welt betrachtet? Wie, wenn wir diese ichbezügliche Auffassung aufgeben, unser Ich gleichsetzen mit der Fliege, welche von der Spinne getötet wird, dem Korn, das unter der Sense fällt? Sind wir denn dadurch, daß wir zu Selbstbewußtsein gelangt sind, so besonders wichtig geworden? Wenn es uns gelänge, uns neben uns zu stellen, als Beschauer neben den Empfindenden, wäre dann nicht nur tragisch das Leid überwunden, sondern sogar die tragische Überwindung des Leides? Könnten wir dann nicht sagen: das Leiden entstand nur durch eine falsche seelis-che Blickrichtung, es ist nur ein Schein? Die Erfahrung scheint das zu bestätigen; die einzige Hilfe bei schwerem Leiden, selbst körperlichem (das ja in den meisten Fällen wohl eigentlich seelichen Ursprungs ist), ist die Einsicht, daß das leidende Ich etwas uns Fremdes ist.

Offenbar ist die Idee der Gerechtigkeit der erste Versuch des Menschen, über die Selbstsucht fortzukommen, die jedem Lebendigen zunächst natürlich ist. »Ich bin schließlich einverstanden, daß du auch Gutes bekommst, aber du mußt es wenigstens verdienen« – das ist doch eigentlich der Ursprung der Gerechtigkeitsvorstellung: gewiß kein sehr hoher Ursprung, nämlich der Neid.

Alle menschlichen Zielsetzungen werden immer irgendwo in den Kämpfen der Menschen untereinander als Kampfmittel benutzt, und man kann den Wert der Zielsetzungen bemessen nach den Kämpfen, in welchen man sie verwendet. Nun, von der Gerechtigkeit spricht man nie in den höheren Religionen, nie in der Kunst, nie in der Liebe, aber immer in den gesellschaftlichen Beziehungen: Schutzzoll und Freihandel, Liberalismus und Sozialismus arbeiten bei der volks-tümlichen Werbung – die ja oft den eigentlichen Sinn der Bewegungen enthüllt, indem sie die Leidenschaften zeigt, auf welche sie gehen – mit Gerechtigkeitsredensarten. Ein Unternehmer beweist uns, daß es »nur gerecht« ist, wenn er hunderttausend Mark jährlich verdient, und ein Arbeiter ist empört über die »Ungerechtigkeit«, daß der »Mehrwert« nicht wenigstens der Gesamtheit zugute kommt. Nie gesellschaftlichen Kämpfe sind ja gewiß notwendig, und die Erhöhung der Selbstsucht über sich selbst hinaus zur Gerechtigkeitsidee ist gewiß nicht an sich verwerflich; aber es sind doch die niedrigsten Kämpfe, um die es sich hier handelt, die, welche eben gerade über dem Tierischen stehen.

Es ist wohl nötig, daß man selbst lange unter der Ungerechtigkeit gelitten und mehr Gerechtigkeit verlangt hat, bis das Einem klar wird.

Deshalb ist der begeisterte Verehrer der Gerechtigkeit wahrscheinlich gewöhnlich ein glücklicher Mensch, dem es im ganzen gut gegangen ist. In Zeiten, wo man sich unglücklich fühlt, hat die Seele tiefere Bedürfnisse als das Gerechtigkeitsverlangen, sucht sie Trost in der Religion. Aber das Glück pflegt ja wohl überhaupt nicht die Menschen zu vertiefen und zu veredeln.

»Gott läßt die Sonne aufgehen über Gerechte und Ungerechte«: in diesem Satz ist eine höhere Sittlichkeit, größere Stärke, weitere Erfahrung und kältere Vernunft vorhanden, wie in allem Gerechtigkeitsstreben: und diesem Gott sollen wir suchen gleichzuwerden. Regt sich vielleicht unser alter Adam, wenn er dem Niedrigen ebenso gütig gegenübertreten soll wie dem Edlen? Er wird bald sehen: nicht die Gerechtigkeit, sondern die Güte gibt dem Niedrigen seine Kraft, seine einzig gerechte und gute Kraft: die Einsicht in sich selbst, die Beschämung und das Streben, höher zu werden.

Die Religion des Philisters
(1912)

Man soll den gesunden Menschenverstand nicht unterschätzen. Er ist durchaus notwendig und kommt nicht so häufig vor, wie man gewöhnlich annimmt. Die heutigen Lebensverhältnisse, welche die Menschen voneinander absondern und in Bedingungen leben lassen, welche von den letzten materiellen Gründen des Lebens allzu weit entfernt sind, beanlagen offenbar zu einer gewissen Albernheit, der eine Verbesserung durch den platten Wirklichkeitssinn immer guttun wird. Die Engländer, welche am längsten in diesen Zuständen der neuzeitlichen Zivilisation gelebt und das künstlichste Gesellschaftsgebäude in ihr errichtet haben, brauchen diese Verbesserung offenbar besonders notwendig. Was man seit dem Beginn des neunzehnten Jahrhunderts in England geistreich zu nennen pflegt, ist weiter nichts als ein Aufruhr des gesunden Menschenverstandes gegen die Narrheiten unnatürlicher und verlogener Lebensformen; er ist sicher sehr nützlich und sehr gut innerhalb seines Kreises; aber ebenso schädlich wie eine Unterschätzung der Plattheit ist ihre Überschätzung, die man ihr besonders bei uns in Deutschland zuteil werden läßt, wenn sie sich als »Esprit« verkleidet.

Da der liederliche Philister geistig wohl immer tiefer stehen wird als der ehrenhafte, so kann man die Natur des englischen Esprit besser bei Wilde durchschauen als bei Shaw. Der Vorgang ist etwa so: in einer Gesellschaft, wo die alte Jungfer den Ton angibt, wird man immer die Verwandtschaft überschätzen; die alte Jungfer kann sich seelisch nur als Tante betätigen; diese Betätigung ist in der Natur nicht vorgesehen, führt deshalb unbedingt zu Albernheiten; der verständige Mensch wird die Scherereien beklagen, welche ihm diese überflüssige Liebe verursacht, und versuchen, sich ihr möglichst geräuschlos zu entziehen. Diese Gesinnung, welche man ja billigen wird, aber doch nicht für überwältigend tief oder neu halten kann, erscheint bei Wilde in einer Fassung, daß der bewundernde Deutsche sich einbildet, das Unerhörteste an Weisheit zu erfahren, was es gibt; Wilde sagt etwa: »Verwandte sind unbequeme Menschen, sie bekümmern sich immer um Dinge, welche sie nichts angehen.«

Solange die Plattheit in dieser Weise gesellschaftliche Albernheiten verbessert, können wir sie ja ruhig aus England einführen; aber es droht heute von diesem Punkt aus eine Gefahr, die man noch rechtzeitig ankündigen muß.

Der englische Esprit wirft sich nämlich seit einiger Zeit auf die Religion.

Es braucht ja nicht jeder Religion zu haben; wenige sind auserwählt; es brauchen auch nicht alle Völker religiöse Veranlagung zu besitzen. Die Engländer mit ihrem gänzlichen Mangel an jenseitigem Sinn haben es ja doch für ihre Verhältnisse ganz weit gebracht, sie waren bis vor kurzem ganz zufrieden, so zufrieden, daß sie den oft so wenig scharfsichtigen Deutschen auch hier weismachen konnten, daß sie es weitergebracht haben als wir.

Eine Sehnsucht nach Religion geht heute durch die gesamte Kulturmenschheit; woher sie stammt, was sie bedeutet, das wird uns wohl ewig unklar bleiben; in diesen Dingen ruhen die letzten Geheimnisse des Lebens der Menschheit, des Aufgehens und Niedergehens der Völker und Gesittungen. Gewiß ist das geistige Leben im heutigen Deutschland auf einem recht traurigen Tiefstand angelangt; aber dennoch, wer auf die kleinen Zeichen achtet, der kann sich der Ansicht nicht verschließen, daß gerade bei uns neue religiöse Kräfte aus den Tiefen des Volkslebens ans Tageslicht steigen wollen, und daß die

Nation, welche seit dem Mittelalter die tiefsten religiösen Männer erzeugt hat, der Welt wieder ein neues religiöses Leben schenken kann. Unserer kirchlichen Religiosität hat das englische Beispiel genug geschadet; die kirchliche Religiosität bedeutet ja nicht viel im Verhältnis zur eigentlichen Religion, und wo in diesen Dingen überhaupt Schaden gestiftet werden kann, da ist eben etwas nicht in Ordnung; immerhin, bei der Auslandsvergötterung der Deutschen wäre es gut, wenn man die heutige englische Espritreligion rechtzeitig erkennen wollte als das, was sie ist: als ein braves und ehrliches Philistertum, das keine Ahnung davon hat – eben als Philistertum –, daß vor, hinter, neben, über und unter den Philistern noch Welten sind, daß der Philister nicht das Maß der Dinge ist, auch nicht der Zweck der Schöpfung, und daß Religion etwas ist, das der Philister nie haben kann.

Shaw ist bekannt als ein Mann, welcher geistreiche Unterhaltungsstücke schreibt, die dem Durchschnittsmenschen sehr skeptisch scheinen, und der sich mit hoffentlich verständigen sozialpolitischen Dingen in Tat und Gedanken beschäftigt. Er hat nun eine Rede über die Religion gehalten, in der er etwa sagt: »Ich bin ein anständiger Mensch. Jeder anständige Mensch ist ein anständiger Mensch. Man kann ein anständiger Mansch sein, wenn man Atheist ist, und man kann es sein, wenn man Christ ist« (man ahnt bei uns kaum, welchen geistigen Tiefstand diese englischen Worte Atheist und Christ ankünden). »Anständigkeit ist nämlich gleich Religion. Die meisten heutigen Christen haben gar keine Religion. Religion hat, wer sich als das Werkzeug irgendeines Zweckes im Weltall erkennt, nämlich der Entwicklung von Ordnung, Kraft und Leben. Das Wunder der Schöpfung dauert immer noch an. 11m sich zu erfüllen, braucht die schaffende Macht Augen, Hände und Hirne. Das sind wir. Durch uns tut sie ihr Werk. Wer dies begreift, hat Religion. Der Zweck des Lebens ist, dem Zweck des Weltalls zu dienen. Immer höher sich entwickelnd muß der Mansch zum Übermenschen werden, dieser zum Überübermenschen und so weiter. Die Entwicklung muß auf ihrem unendlichen Weg einmal ein Wesen schaffen, das stark und weise sein wird, fähig, das ganze Weltall zu begreifen und seinen Willen auszuführen, mit anderen Worten: einen allmächtigen und allgütigen Gott.« In der Rede sind zwei Gedankengänge zu unterscheiden:

Erstens die Gleichsetzung von Religion und Anständigkeit: »Jeder Gentleman hat Religion. Er hält daran fest, daß es gewisse Dinge gibt, die er tun, und andere, die er lassen muß, ganz unbekümmert um die Folgen für ihn. Einen solchen Mann kann man einen frommen Mann nennen oder auch einen Gentleman. Ein Gentleman ist ein Mann, der für sich ein anständiges Leben verlangt, worin er seine Fähigkeiten entfalten kann, der dafür bereit ist, alles, was er kann, für sein Land zu tun, und der den Gedanken verachtet, für das, was er tut, bezahlt zu werden.«

Zweitens die Gleichsetzung von Religion und Empfindung seines Selbst als Werkzeuges für einen Zweck im Weltall, der scheinbar das Schaffen eines Gottes aus der höher zu entwickelnden Menschheit sein soll.

Was Shaw mit dem Ersten meint, das ist noch nicht einmal das Sittliche, das ist das einfach Moralische, das mit der Religion nicht das Geringste zu tun hat. Man vergleiche seine Beschreibung mit dem Pharisäer, dessen Urbild uns das Neue Testament so schön schildert, und man wird finden, daß sie paßt, wenn man von kleinen nationalen Unterschieden absieht. Die Pharisäer waren ja doch keine schlechten Menschen; sie waren eben nur die anständigen und ehrsamen Philister ihrer Zeit, gegen die Christus ja auch nichts weiter sagt als das Eine, daß der Philister nun einmal keine Religion hat, indem er sich einbildet, seine kleinliche Moral sei Religion, genau ebenso wie Shaw. Ein Freund erzählte mir einmal, er habe einer Heilsarmeeversammlung beigewohnt, und nach Schluß, spät in der Nacht, sei er mit seinem Banknachbarn, einem früheren Offizier, durch die Straßen gegangen und habe alles mit ihm besprochen. Zuletzt, als sie sich trennten, indem der Andere sich auf den letzten Nachtomnibus schwang, habe der ihm zugerufen: »Ich werde zu Gott beten, daß er Sie in furchtbare Sünden fallen läßt, damit Sie zum Glauben an ihn kommen. Sie sind zu moralisch.« Dieser Mann, der trotz seiner Bildung das Geschwätz der Heilsarmeeversammlungen anhörte, wußte, was Religion ist, mein Freund ahnte es wenigstens; Shaw ist aber so entfernt von ihr, wie es ein Pharisäer nur sein kann.

Das Zweite hat schon eine gewisse Beziehung zur Religion, aber so wie Shaw es empfindet, ist es auch nur ehrbares Bürgertum mit neuzeitlicher Bildung und Idealismus – für einen Menschen, der nur einigen Geschmack hat, so ziemlich das Greulichste, das er sich denken kann.

Man kann sich vielleicht so ausdrücken, daß das, was das gequälte Herz von Gott erfleht, ein Zweck des Lebens in dieser scheinbaren allgemeinen Sinnlosigkeit ist. Aber der Fromme – der eben ein Skeptiker ist und ein weiser Mann – läßt diesen Zweck dann ganz in Gott ruhen, er ist nicht so unbescheiden, daß er ihn schwarz auf weiß haben will: das ist ja eben seine Religion, daß er die Zuversicht der Zweckmäßigkeit seines Lebens bekommt, auch ohne verstandesmäßige Aufklärungen, durch ein Gnadengeschenk, eine Empfindung, ein Einswerden mit Gott, die Wiedergeburt oder wie man nun sonst diesen Zustand nennen möge. Der vorwitzige Shaw aber kennt aus der Wissenschaft – wenn in diesem Fall auch nicht gerade aus der allerneuesten, sondern aus der von gestern – seinen Zweck ganz genau und deutlich, in einer Art von volkstümlichem Darwinismus, nach welcher sich der Mensch Mühe zu geben hat, allmählich zu Gott zu werden, wie seine braven Vorfahren sich zu ihrer Zeit bemüht haben, es aus der Urzelle bis zum Menschen zu bringen.

Diese kindliche Zuversicht ist wohl das Allerentgegengesetzteste der Religion, wie der Gentleman der größte Gegensatz gegen den Frommen ist: aber sie ist der treffendste Seelenausdruck des freudigen Philisters, der sich ja von dem Bewußtsein, wie herrlich weit er es bis jetzt gebracht, erholt in der Hoffnung, wie herrlich weit er es noch bringen wird.

Die ganz einfachen Gemüter halten Shaw für eine Art Hanswurst (vielleicht haben sie in ihrem dunklen Drange nicht so ganz unrecht); Feingeistigere glauben, daß er ein gefährlicher Denker ist, und die ganz Feingeistigen finden ihn einen edlen Weisen. Es wäre wunderbar, wenn die Anerkennung, welche in diesen Urteilen liegt, Herrn Shaw nicht noch weiter treiben würde auf seiner Bahn zum Übermenschen, denn eins ist jedenfalls sicher: was ihn bewegt, das ist eine übermenschliche Eitelkeit.

Der Wert der Worte
(1918)

Wir haben die Worte, von denen wir annehmen, daß wir allgemein feste Begriffe mit ihnen verbinden; durch diese Worte verständigen wir uns mit unseren gleichzeitig lebenden Mitmenschen; durch sie glauben wir unsere Begriffe der Zukunft zu überliefern und die Begriffe der Vergangenheit kennenzulernen.

Die Ansicht, daß wir allgemein feste Begriffe mit den Worten verbinden, ist aber grundfalsch. Die Worte verändern in der Zeit unmerklich oder merklich ihren Sinn, und sie bedeuten auch für die Zeitgenossen durchaus nicht immer dasselbe.

Aus diesem Umstand ergeben sich sehr große Schwierigkeiten für das gesellige Leben der Menschen; sehr viele Kämpfe sind nur durch ihn entstanden.

Wir wollen ein grobes Beispiel nehmen, bei welchem der Begriff, welcher durch das Wort ausgedrückt wird, sich merklich geändert hat. Wr gebrauchen heute allgemein das Wort »Herr« vor dem Eigennamen eines Mannes, wenn wir ihn anreden oder über ihn sprechen. Im Mittelalter drückte das Wort vor dem Namen einen bestimmten gesellschaftlichen Rang aus. Wer das nicht wüßte, der würde ganz falsche Schlüsse ziehen; man weiß das aber allgemein, und so ist man zu irrtümlichen Ansichten nicht versucht. Es gibt noch heute Gegenden, wo man Männer aus den niedrigsten Schichten nicht mit »Herr« anredet; man weiß aber, daß deshalb nicht etwa ein Arbeiter in Berlin ein vornehmerer Mann ist als ein Arbeiter in Oberbayern.

Ein Beispiel von gerade entgegengesetzter Art wäre etwa das Wort »Gott«. Wir müssen wissen, daß das Wort in jedem Jahrhundert etwas Anderes bedeutet hat und heute gleichzeitig bei jeder Art Menschen, ja, unter den Höchststehenden, bei jedem Einzelmenschen, etwas Anderes bedeutet; wir müssen das wissen, wir wissen es auch; aber es ist doch nicht zu leugnen, daß wir uns oft genug Mühe geben, es zu vergessen.

In der Mitte zwischen den beiden äußersten Punkten liegt ein Wort, bei welchem gerade heute die Begriffsverschiebung große Folgen hat: das Wort »Arbeit«.

Alles Seelische, das wir mit dem Wort Arbeit verbinden, verbinden wir mit dem Wort, insofern es einen Begriff ausdrückt, der heute immer mehr verschwindet, dadurch entstehen eine Menge schiefer Urteile und Gedanken und sehr viel Haß und Feindschaft unter den Menschen.

Wenn man heute einen selbständigen kleinen Bauern beobachtet, der nicht von Schulden gedrückt wird und nicht vom Geldteufel geplagt ist, dann kann man eine Vorstellung davon gewinnen, was früher Arbeit war – wohlgemerkt, die schwerste Arbeit. Diese Arbeit ist nicht wesentlich verschieden vom Spiel des Kindes: nur ihre Zwecksetzung ist verständiger als das Spiel. In den natürlichen Verhältnissen wachst das Kind auch von selber aus dem Spiel in die Arbeit hinein; da bei den Frauen die natürlichen Verhältnisse sich allgemein am längsten gehalten hatten, so war das bei ihnen am deutlichsten durch das Spielen mit Puppen und mit Puppenküche; es ist sehr bezeichnend für unsere Zeit, daß diese alten Madchenspiele zurückgehen und abgezogeneren Spielen Platz machen.

Diese alte Arbeit war eine Betätigung der geistigen wie körperlichen Kraft zum unmittelbaren Erwerb der Nahrung, Kleidung und Wohnung; sie ging immer unmittelbar auf den Bedarf, und dieser wurde unmittelbar durch sie befriedigt; sie wechselte beständig ab und nahm alle Seiten des Menschen in Anspruch; Trägheit und Fleiß zeigten sich in ihren Folgen unzweideutig; und wenigstens in unseren Breitegraden entsprach sie durchaus dem Bedürfnis des Menschen, der bei uns sich ja regen muß. Manches von dem, was früher Erwerbsarbeit war, haben wir heute als Vergnügen, wie etwa die Jagd, die Bienenzucht, die Gemüsegärtnerei, ja, das Holzhacken. Der Fluch, der in der Geschichte vom Sündenfall auf die Arbeit gelegt ist, entspricht den Verhältnissen ganz anderer Völker. Wir haben immer das Bewußtsein gehabt, daß die Arbeit ein Segen ist, und unsere Religion hat sie auch immer so aufgefaßt, trotz der Überlieferung jenes Fluches aus den jüdischen Glaubensbüchern.

Im Lauf der Zeit haben sich Arten von Arbeit abgespalten, welche unter ganz anderen Bedingungen geschehen. Auch unter ihnen gibt es solche, die als Segen, ja, als leidenschaftlich erfaßtes Glück erscheinen. Die Arbeit des Künstlers oder auch des Gelehrten ist von der Art.

Vielleicht bezeichnet nichts tiefer den Unterschied der neuen Zeit von der älteren, als das Entstehen zunächst einer neuen Art von Arbeit, welche immer nur als Last, ja als Fluch aufgefaßt werden konnte, und die Neigung, diese Art von Arbeit die gewöhnliche und allgemeine werden zu lassen, indem auch die Manschen, welche noch in den alten

Verhältnissen arbeiteten, ihre Arbeit der neuen Art anähneln mußten. Indem wir uns die Begriffsverschiebung nicht klarmachen, haben wir immer noch nicht das rechte Verständnis für diesen neuen Anstand gewonnen und bilden uns immer noch falsche Gedanken über ihn.

Ein Mann, der zwölf oder auch zehn oder auch acht Stunden in einer Fabrik steht und eine Anzahl mechanischer Spindeln beaufsichtigt: er hat nichts zu tun als aufzupassen, ob ein Faden reißt und einen gerissenen wieder anzuknüpfen; ein Mann, der eine solche Arbeit Tag für Tag zu verrichten hat, der fährt ein nervenzerrüttendes Leben und muß seine Arbeit als eine fürchterliche Qual empfinden. Es wird ihm selber vielleicht nicht klar, wodurch er leidet; vielleicht wird es ihm selbst heute noch nicht klar, wo Sozialdemokratie und Gewerkschaftsbewegung ihn, wie sie es nennen, aufgeklärt haben. Er fühlt nur, daß er unbefriedigt ist, daß er etwas suchen muß, etwas, das er für Glück halt, und das vielleicht Alkohol, Ausschweifung, Vergnügen, Aufregung, Streit, Leichtfertigkeit – irgendeine der Erscheinungen ist, durch welche sich bei den Proletariern das Leben auflöst. Der Außenstehende gibt dem Mann die sittliche Schuld; der Tieferblickende sucht die Schuld in den gesellschaftlichen Verhältnissen, in der Wohnungsfrage, in der Hoffnungslosigkeit seines Daseins, in vielen anderen ähnlichen Dingen: die Schuld liegt darin, daß die Arbeit, welche für den Menschen das höchste Glück bedeuten soll, indem sie eine Äußerung aller seiner Kräfte ist, eine Qual für ihn geworden ist.

Das Schlimme ist ja nicht die Maschinenarbeit an sich; sie ist sicher etwas Unseliges gegenüber der natürlichen Arbeit; aber wenn die Menschen eine andere gesellschaftliche Ordnung hätten, wenn sie nur ausnahmsweise geleistet werden müßte von Menschen, welche im übrigen naturgemäß leben können, so wäre sie durchaus erträglich. Das Schlimmere ist, daß sie verbunden wird mit der allgemeinen seelenlosen Hast des heutigen Erwerbslebens, bei dem es nicht mehr darauf ankommt, daß ein ensch für sich oder auch für einen andern ein vernünftiges Bedürfnis befriedigt, sondern wo die Absicht ist, daß ein Reingewinn entsteht, der immer bedroht ist von Mitstrebenden, immer durch größere Hast wieder erobert werden muß. So hat sich denn das Seelenlose der Maschinenarbeit überall sonsthin in unserem Leben verbreitet, auch wo nicht mit der Maschine gearbeitet wird; und überall ist denn das Ende, das beim Arbeiter an den Spindeln sich zeigte: daß die Menschen erschöpft werden, ohne doch ihre eigentliche Kraft ausgegeben zu haben, und daß nun das Bedürfnis entsteht nach allen jenen Äußerungen, die wir schon beim Arbeiter sahen. Diese Äußerungen selber aber nehmen dann gleichfalls wieder das Wesen des Maschinenmäßigen an, und wenn es etwas gibt, das den Zuschauer trauriger stimmen kann als die Arbeit der Menschen von heute, dann sind es ihre Vergnügungen.

Was hier gesagt ist, das ist ja gewiß nicht neu; es ist seit Beginn der gegenwärtigen Zeitläufte von vielen Leuten schon gesagt, immer ohne Erfolg. Es wird auch heute noch ohne Erfolg gesagt, denn wir können ja täglich sehen, wie Menschen, welche noch in natürlichen Zuständen leben, sich freiwillig in das Getriebe des heutigen Lebens begeben, in welchem sie notwendig unglücklich werden müssen. Gerade das unglücklich Machende ist es, das anzieht, das Erregende, Beunruhigende. Man kann über die Erscheinung von den verschiedensten Gesichtspunkten aus nachdenken. Wäre nicht ein Gesichtspunkt, von dem aus man sie einmal untersuchen sollte, die Macht des Wortes?

Wir machen uns die Macht des Wortes selten klar, weil wir immer dunkel die Vorstellung haben, daß die Worte sich mit den Begriffen, und diese sich mit den Erscheinungen decken. Wie wir sahen, ist das durchaus nicht der Fall; wir wissen das auch gedanklich; bei gewissen Verhältnissen auch praktisch; bei gewissen Verhältnissen treibt es uns, so zu handeln, als wüßten wir es nicht; bei den allermeisten Verhältnissen aber gehen wir nach jener dunklen Vorstellung, die ja dem Menschen natürlich sein muß, denn wenn er sich jede Regung überlegen wollte, dann könnte er ja nicht leben.

Urtümliche Völker haben den Glauben an eine zauberische Kraft der Worte. Uns heute erscheint ein solcher Glaube unverständlich, weil wir den Gedankengang dieser alten Völker nicht mehr verfolgen können.

Der Gedankengang ist aber ganz richtig. Diese Völker empfinden das Leben frischer als wir, und es sind ihnen deshalb auch die Widersprüche deutlicher, die wir aus Gewohnheit nicht mehr sehen. Sie wissen, daß die Wirklichkeit etwas Anderes ist als das Wort, und daß das Wort uns zwingt, so zu leben, wie das Wort will, und nicht, wie die Wirklichkeit verlangt. Man kann sagen: unser gesamtes gesellschaftliches Leben heute wäre anders, wenn die Menschen für die heutige Arbeit ein Wort gefunden hatten, das von dem Wort für die frühere organische Arbeit verschieden wäre.

Von dem alten dänischen Singspieldichter Heiberg liegt ein reizendes kleines Werk vor, das auf diesem zauberischen Wesen des Wortes ruht. Ein Mensch, so, wie so Menschen zu sein pflegen, stirbt, und seine Seele macht sich auf den Weg ins Jenseits. Sie findet zwei Tore; über dem einen steht »Himmel«, über dem anderen »Hölle«. Da er so war, wie Menschen zu sein pflegen, so ist er natürlich überzeugt, daß er in den Himmel gehört. Er klopft an, Petrus sieht aus dem Pförtnerfenster und begrüßt ihn. Es entwickelt sich ein Gespräch, und im Verlauf dieses Gespräches fragt die Seele: »Nun, was treibt man denn eigentlich im Himmel?« »Oh«, erwidert der heilige Petrus, »man hört gute Musik, Bach, Haydn, Händel« ... »So?« fragt erstaunt die Seele. »Man liest gute Bücher, Homer, Sophokles « ... »Soo?« fragt noch erstaunter die Seele. »Man arbeitet sehr fleißig ...« »Sooo?« fragt noch erstaunter die Seele und fährt fort: »Nun, ich will doch auch einmal an der anderen Pforte fragen. « Am andern Tor erkundigt sie sich gleichfalls, was man drinnen tut. »Oh«, erwidert der öffnende Teufel, »wir haben hier Weinstuben, Bierstuben, Cafes; da sitzt man, es ist wunderschöner Tabaksrauch überall, man liest Zeitungen, man spielt Karten, man trinkt, man spricht über die Verhältnisse seiner Mitmenschen« ... »Da gehöre ich hin«, ruft jubelnd die Seele aus und geht in die Hölle.

Heiberg war ein Dichter, und eine Hauptaufgabe des Dichters ist es ja, die Beziehungen zwischen Wirklichkeit und Wort immer wieder ins Gleiche zu bringen. Er hat es hier mit Himmel und Hölle getan, indem er den Leuten zeigt, daß das Wort Himmel den Zustand des guten Menschen (das brauchen nicht gerade die bürgerlich-braven zu sein) bezeichnet. Ich glaube, daß das Singspiel mehr nützt als viele Predigten: vielleicht würden unsere Zustände heute besser sein, wenn wir Dichter hätten, welche in solcher Weise den Worten ihren wahren Wert geben könnten.

Auri sacra fames
(1916)

Es hat zu allen Zeiten reiche und arme Leute gegeben, und es ist keine Zeit denkbar, wo es sie nicht gäbe, wie es immer klug und dumm, begabt und unbegabt, schön und häßlich geben wird. Der Reichtum an sich ist durchaus kein Vorzug, er kann selbst eine drückende Last werden; Manner von höherem Geist haben ihn immer als solche empfunden und gelegentlich auch den Schluß gezogen, sich seiner zu entäußern. Zum mindesten hat er die Folge, daß er die Manschen von der Natur und ihren Mitmenschen entfernt und es ihnen dadurch schwer macht, zu einem ausgeglichenen Leben zu gelangen. Seelisch niedrigstehende Menschen sind immer zum Neid geneigt. Alles Äußere ist für den Menschen nur ein Mittel, seine Seele zu entwickeln; wer äußerlich unglücklich gestellt ist, der kann sich durch das Unglück höher bilden, und der Glückliche kann das Glück so verwenden, daß er innerlich höher kommt. Alles kann den fördern, der eine Seele hat, welche sich fördern lassen will, und in diesem Sinn ist es durchaus richtig, wenn man sagt, daß alles Äußere gleichgültig ist. Wer aber eine gemeine Seele hat, welche diese Gabe nicht besitzt, sich fördern zu lassen, der ist immer geneigt, die Schuld auf das Äußere zu schieben: wenn er nicht arm wäre, dann hätte er dies erreicht, und wenn er nicht krank wäre, dann hätte er das geschaffen. Ein solcher Gang der Empfindungen und Gedanken ist die Ursache des Neides.
In natürlichen Verhältnissen und bei gewöhnlicher seelischer Gesund-
heit
der Menschen kommt nun der Neid verhältnismäßig selten vor. Zwar ist hier vielleicht die Verhältniszahl der seelisch hochstehenden Menschen nicht größer als anderswo; aber wie es eine heilende Kraft der Natur bei körperlichen Schädigungen gibt, so gibt es sie auch bei geistigen Schädigungen. Die unfruchtbare Betrachtung, wie alles wäre, wenn dies oder das anders wäre, das zwecklose Vergleichen der eigenen Verhältnisse mit andern verbrauchen Kraft, ohne mit ihr etwas zu nützen, sie zehren am Menschen; und der gesunde Mensch sucht immer einen Weg, auf dem er mit seiner Kraft für sich selber vorwärts-kommen kann, auch wenn es nur in den äußeren Dingen des Lebens ist. Ein Bauer, der fleißig arbeitet, bis er müde ist, und seine freie Zeit zu Nachdenken über die Verbesserung seines Landes und zu

Gesprächen über Preise, Absatzmöglichkeiten, Einkauf und Erfahrungen mit Angeboten verwendet, wird sicherlich zweckmäßiger für sein Wohlergehen handeln als einer, der die Vorzüge des Gutsbesitzers bebrütet und sich mit seinen Nachbarn gegen ihn aufhetzt. Gegenwärtig sehen wir aber große Teile des Volkes vom Neid gegen den Besitz ergriffen.

Es ist ja einfach, wenn man eine sittliche Verwerfung der Leute ausspricht. Gewiß ist der Neid stets gemein, und ein Neidischer ist ein gemeiner Mensch. Aber es ist nicht jede menschliche Seele von Natur geeignet, sich zum Höheren zu bilden. Wenn die niedrigern Seelen, statt die ihnen angemessene Art von Vollkommenheit zu erreichen, allgemein einem bestimmten Laster verfallen, so muß die Ursache, außer in ihnen selber, auch noch in allgemeinen gesellschaftlichen Verhältnissen liegen.

Will man klar sehen, so darf man zunächst diesen Neid nicht mit allen den oft ja auch recht unerfreulichen seelischen Begleiterscheinungen des Klassenkampfes verwechseln. Der Klassenkampf, eigentlicher ausgedrückt: der Kampf zwischen Proletariat und Unternehmertum, ist ein notwendiges Mittel in der bürgerlichen Gesellschaft zur gesellschaftlichen Weiterentwicklung, wie es etwa der Wettbewerb, der Kampf der Unternehmer untereinander, ist. In diesem Kampf spielt gelegentlich der Neid eine Rolle als Hetzmittel, hält er die Leute zusammen und betont die Gegnerschaft gegen die andern. Aber ähnlich wie im Kampf der Nationen, werden auch im Kampf der Klassen durch die Gemeinschaftlichkeit so viele sittliche Triebe geweckt und gestärkt, daß hier die schlechten Triebe nie verheerend auf die Seelen wirken können und im ganzen und großen wahrscheinlich die Menschen seelisch höher geführt werden.

Der Neid, um den es sich hier handelt, ist das unfruchtbare, verzehrende und sinnlose Laster, das mit allgemeinen Bestrebungen nichts zu tun hat und sich nur gegen den Menschen selber richtet, der es beherbergt, indem es ihn unfroh, gehässig, träg und bitter macht und ihm jedes Glück nimmt, das er haben könnte.

Es wäre vielleicht möglich, sein Überhandnehmen heute folgendermaßen zu erklären.

Äußere Voraussetzung für den Neid ist die Möglichkeit des Vergleiches. Wenn man jemand beneiden soll, dann müssen die Dinge, wegen deren man ihn beneidet, mit denen, die man selber hat, auf denselben Nenner gebracht sein. Wenn der Mensch irgendwie kann, sucht er aber nach einer Gelegenheit, sich als besser wie andere zu fühlen, und das wirkt dann dem Neid wieder entgegen. Ein Weinbauer etwa wird nicht neidisch über einen Kornacker sein, sondern über einen Weinberg, soweit er nicht überzeugt ist, daß auf seinem Berg der beste Wein von der Welt wächst. In früheren Zeiten waren nun die meisten Güter der Menschen miteinander nicht vergleichbar; nachdem sich aber die Geldwirtschaft verbreitet hat, werden sie es, indem die Menschen sich immer mehr angewöhnen, die verschiedenartigen Beschaffenheiten, indem sie einen Geldwert der Dinge feststellen, in Zahlengrößen auszudrücken. Wenn der Weinbauer Weinberg und Acker in Geld schätzt und findet, daß der Acker des Nachbarn zehnmal so viel wert ist wie sein Weinberg, dann ist die Vergleichung sofort gemacht und für den Neid die Gelegenheit gegeben; jene Gegenwirkung durch den Eigendünkel ist dann nicht mehr möglich, denn nur der, welcher den meisten Geldwert besitzt, kann ihn noch haben, der also, welcher ohnehin beneidet wird. Seit den ältesten Zeiten haben alle höher gesinnten Menschen die furchtbaren sittlichen Gefahren des Goldes gesehen. Wie viele Dichter und Philosophen, wie viele Propheten und Heilige haben das Gold verflucht: Haus und Hof, Acker und Vieh, Schmuck und Putz, alle Güter, welche Menschen haben können, werden gewiß nie ohne Bedenken besessen und können sicher den Menschen in seinen höheren Zwecken irremachen; aber nie hat sich auf sie der Haß so gewendet wie auf das Gold, nie hat man in dem Maße angenommen, daß eine Kraft der Unsittlichkeit an sich in ihnen steckt, etwas Teuflisches; man hat die Gefahr immer nur im Menschen selber gesehen, der besitzt, nicht im Besitz. Das Gold hat immer eine Ausnahmestellung eingenommen. Und wodurch unterscheidet sich das Gold von jedem andern Ding? Nur dadurch, daß es Geld ist, daß man jedes andere Ding für Gold kaufen, jeden andern Wert in Gold ausdrücken kann. Wenn aber die Geldwirtschaft, wie das heute der Fall ist, ganz durchgedrungen ist, dann ist sozusagen jeder Besitz unter dem Fluch des Goldes, denn jeder Besitz erscheint als ein Geldwert. Es ist nur natürlich, daß in der Klasse, welche erst mit der entwickelten Geldwirtschaft entstanden ist und nur in ihr bestehen kann, im Proletariat, der Neid sich am leidenschaftlichsten entwickelt hat. Dem Proletarier muß sich ja alles in Geld ausdrücken: Nahrung und Kleidung, Vergnügen, Kummer, Glück, Leid, Bildung und

Charakter. Es ist ja selbstverständlich, daß in ihm die wahnsinnige Vorstellung entstehen muß, wenn er mehr Geld hätte, dann stände er auch menschlich höher – ist nicht in seinem Gegner, dem Kaufmann, dieselbe Vorstellung vorhanden, daß der Reiche höher steht als der Arme, daß der Mensch nur gilt, was er hat? Wir sprechen hier nicht von Einzelnen, sondern von Klassen; der Einzelne kann natürlich kraft der Freiheit des Willens sich über die Ansichten und Vorstellungen seiner Klasse erheben. Die beiden Klassen, welche das Wesen der heutigen Gesellschaft bestimmen, haben diese Ansicht vom Geld; die Klassen, welche sie nicht haben, sind Überbleibsel einer früheren oder Anfänge einer künftigen Gesellschaft: der Adel, die Beamten, die Gelehrten; oder sie leben ungeschichtlich, wie die Künstler, außerhalb der Gesellschaft. Offenbar haben die Menschen noch in keiner Gesellschaftsform eine solche Kraft entfaltet wie in der heutigen. Der heutige Mensch lebt nur für Eines: für seine Arbeit; der eine offenkundig gezwungen, der andere scheinbar freiwillig. Er lebt nicht mehr für sich selber. Die Arbeit ist nicht mehr Ausfluß der Persönlichkeit, wie es früher selbst oft genug noch das Handwerk war. Aber sie ist darum auch nicht Selbstzweck geworden, wie uns von wohlmeinenden Leuten oft eingeredet werden soll; die Arbeit geschieht nur des Geldes wegen. Dieses abgezogene Ziel: die höchstmögliche Zahl, bewirkt, daß keine Kraft der Menschen mehr nebenher geht, wie das früher der Fall war; daß alle Kraft sich sammelt auf einen einzigen Weg. Auch die Laster der Menschen müssen diesem allgemeinen Zuge folgen. Da, wo die heutige Gesellschaft sich schon einigermaßen befestigt hat, sehen wir die vom Wege führenden Laster abnehmen, die auf dem Wege gehenden zunehmen: vor allem den Neid.

Geld ist nicht an sich ein Gut, man kann sich für Geld nur Güter kaufen. Wenn die seelischen Kräfte mit höchster Anspannung also auf das Geld gehen, so gehen sie auf ein Mittel. Wie, wenn für das Mittel so viel Kräfte verbraucht werden, daß nachher nicht mehr genug da sind, um es zu gebrauchen?

Das ist aber tatsächlich die Lage unserer heutigen Gesellschaft. Wir klagen alle darüber, daß unsere reichen Leute von ihrem Gelde keinen vernünftigen Gebrauch machen können, daß zwar die äußere Möglichkeit einer großen Kultur da ist, aber nicht die Männer, welche diese Möglichkeit verwenden können. Wenn man das heutige Proletariat genau betrachtete, so würde man dieselbe Klage über das

Proletariat vorbringen müssen, wie über die neuen Reichen. Auch die Proletarier haben keine vernünftige Verwendung für ihre doch sehr gestiegenen Einnahmen. Beide Klassen kommen nicht weiter, als daß sie immer hastiger die Zahlen ihres Einkommens zu erhöhen streben. Je mehr aber das geschieht, je gleichartiger sich im Grunde Bourgeois und Proletarier werden, desto mehr muß der Neid beim Proletariat zunehmen. Der Proletarier sieht: der Andere ist ja gerade ein solcher Mensch wie ich, weshalb ist er reich und bin ich arm? Bei dem Bourgeois nimmt entsprechend das Gefühl der Menschenverachtung zu, das als Laster bei ihm dem Neid der Untern entspricht; denn nur so kann er ja vor sich selber seine höhere Stellung rechtfertigen. So wird in den Kreisen des Erwerbslebens eine immer giftigere Luft erzeugt. Ob die einmal zu einem Ausbruch führt, wie man früher glaubte, oder nicht: das ist ja ziemlich nebensächlich. Die Hauptsache ist, daß in dieser Luft der Mensch seinen Pflichten nicht nachkommen kann: sittlich, gütig und heiter zu sein, sich selber zu einem höheren Wesen zu bilden und andere zu seiner Nachahmung zu zwingen.

Wir wollen frühere Gesellschaftsformen nicht romantisch verklären. Aber sie hatten doch immer das eine für sich: sie zwangen nicht die ganze Gesellschaft in ihre Form, sie hatten ihre Poren und Löcher, in welchen die Menschen leben konnten, welche an das Wesentliche dachten. Die heutige Gesellschaftsordnung, scheinbar die freieste von allen, und jedem äußern Zwang abgeneigt, übt doch einen furchtbaren inneren Zwang aus und zwingt den Menschen mehr wie jede frühere Ordnung ihr Gepräge auf. Gegen den äußern Zwang wehren sich die Menschen, den innern aber spüren sie meistens gar nicht; weil ja doch den meisten der Zustand, in welchem sie gerade leben, als der natürliche und gewöhnliche vorkommt.

Vornehme Armut
(1914)

In früheren Zeiten galt in unserem Volke als anständig, weniger zu scheinen, als man war. Der Ursprung dieser Gesinnung lag wohl in der eigentümlichen gesellschaftlichen Stellung unseres geistigen Lebens; bei uns hat der bescheidene Mittelstand die Kultur getragen, und Personen, welche durch ihre Verhältnisse genötigt wurden, außerordentlich einfach zu leben, hatten die allerhöchste geistige Herrschaft. Es ist den Menschen eigen, daß sie gern aus der Not eine Tugend machen; was Beschränkung und Zwang war, das wurde Wille und Freiheit, und was Demut hätte werden können, das wurde Stolz. Solange die früher sogenannten höheren Klassen, die Gelehrten, Beamten und Offiziere, den Ton bei uns angaben, war diese Gesinnung geblieben, vielleicht mit einigen Unterschieden größerer oder geringerer Betonung einer daneben hergehenden bescheidenen Darstellung der Standeswürde, die immer das Geistige und Sittliche betonte, nicht das Äußerliche.

Das wurde anders seit der großen wirtschaftlichen Entwicklung und dem Annehmen des Reichtums in den Klassen der Handels- und Gewerbetreibenden. Die neuen Geschäftsleute hatten große Gewinne; und da die Umstände für den Geschäftsmann es erfordern, daß er es durch seine Lebenshaltung zeigt, wenn er viel verdient, so kam für diese Kreise die alte Gesinnung in Abgang. Es war nun sogar nicht selten, daß die Neigung aufkam, mehr zu scheinen, als man war. Gleichzeitig fand eine gründliche Umwälzung in den gewerbetätigen Teilen des Kleinbürgertums statt. Das Handwerk, das früher hier gesellschaftlich den Ton angegeben hatte und sich nach der über ihm stehenden Klasse der Gebildeten in seinen Sitten und Gewohnheiten richten konnte, ging immer mehr zurück. An seine Stelle trat ein neuer Mittelstand der höheren Arbeiter. Diese besaßen nicht mehr die verwandtschaftlichen Beziehungen zu den höheren Klassen, die das frühere Handwerk hatte, sondern standen gesellschaftlich ganz auf sich und bildeten ihre Lebensgewohnheiten aus ihren Verhältnissen. Diese wieder wurden dadurch bestimmt, daß die Arbeiter jahrzehntelang im Kampf lagen mit den Unternehmern um höhere Löhne, damit sie die ihnen angemessene Stellung einnehmen konnten. Als Zweck der höheren Löhne erschien ihnen dabei die Befriedigung der sinnlichen Bedürfnisse, die Steigerung ihrer Lebenshaltung, weil sie allein aus diesem Zweck die Begründung für ihre Kämpfe herleiten konnten. So gewöhnte man sich denn in dieser neuen Klasse von Anfang an daran, auszugeben, was man hatte, und zwar für die äußeren Bedürfnisse auszugeben. Wenn man über solche Dinge Statistiken hätte, so wäre es lehrreich, zu sehen, wie viele Studierte früher aus den Handwerker-kreisen kamen, weil die Eltern unter ihren Verhältnissen lebten und das Gesparte an den Sohn wenden konnten; und wie wenig man in dem neuen Mittelstand der Werkführer, Meister und sonstigen höheren Arbeiter in den Fabriken eine aufsteigende Klassenbewegung bemerken kann, weil die Leute jetzt alles für sich selbst verwenden.

Mit dieser gesellschaftlichen Entwicklung lief eine Entwicklung der allgemeinen Anschauung gleich, die man als Materialismus im weitesten Sinn auffassen kann. Nicht nur, daß eine materialistische Metaphysik in großen Kreisen aufkam und die früheren religiösen Anschauungen ersetzte, die ja wohl nicht überall Leben wirkten, aber doch als bloße Anschauungen immerhin den Menschen höher wiesen; auch in der Lebensführung machte sich der Materialismus als Grundsatz immer mehr bemerkbar, indem Essen, Trinken, Kleidung, Wohnung, kurz alle äußeren Bedürfnisse, die doch eben nur Bedürfnisse oder Mittel sind, immer mehr als Zweck aufgefaßt wurden. So war es denn dahin gekommen, daß vor dem Krieg unser Volk seine alte, einfache, vornehme Einstellung verloren hatte und in den oberen wie unteren Schichten eine materialistische Gesinnung um sich griff, welche alles Höhere nicht nur vernachlässigte, sondern sogar verachtete. Man sagt ja, daß immer eine bestimmte Klasse, die gerade herrscht, der Menschheit den Stempel aufprägt, daß im Mittelalter, als das Rittertum herrschte, ritterliche Gesinnung auch im arbeitenden Volk vorhanden war, und daß in der Gegenwart, wo der Geschäftsmann herrscht, natürlich die geschäftliche Gesinnung allgemein sein muß: recht viel Geld zu verdienen und jeden für dumm zu halten, der das nicht tut. Aber der deutsche Idealismus hatte ja, wie wir sehen, im deutschen Kleinbürgertum seinen Ursprung. Aber ebenso wie bei uns Einzelnen der Wille unfrei ist und durch alle Umstände bestimmt und, wenn wir wollen, dann doch wieder ganz frei ist, so geht es auch den Völkern: wenn ein Volk will, so kann es sich von dieser Herrschaft der materiellen Umstände befreien. Und das deutsche Volk mit seiner Fähigkeit, das Leben abgezogen zu betrachten und sich im Handeln von seinen Einsichten bestimmen zu lassen, ist am ersten dazu imstande: wenn es den Krieg glücklich beendet hat, so hat es die Pflicht, an diesen neuen Krieg zu gehen, den Krieg gegen den Materialismus, den es zum großen Teil mit gegen sich selbst führen muß. Und man glaube nur: dieser Krieg wird schwerer sein als der andere. Die Zeit der materiellen Herrschaft und der Knechtung und Ausbeutung anderer Völker ist vorüber, sie könnte auch von Deutschland nie ausgeübt werden, denn dazu ist die deutsche Nation, wie sie genügend gezeigt hat, zu ungeschickt. Sie kann nur geistig herrschen, so, daß sie zum Wohle der anderen Völker und nicht zum eigenen Wohle herrscht. Da muß sie vor allen Dingen erst wieder auf ihr wahres Wiesen sich besinnen, das sie fast ein Jahrhundert lang hat durch fremdes Wesen unterdrücken lassen; sie muß wieder da anknüpfen, wo sie bei Goethes Tod den Faden hat fallen lassen. Noch haben wir die Kraft dazu. Wohl mancher Leser hat in diesen Wochen den Ausspruch gehört, der von Menschen der verschiedensten Klassen gemacht ist: »Dieser Krieg war nötig für uns, es war die höchste Zeit, wir wurden zu materialistisch.« Die Männer, welche jetzt draußen im Felde stehen, sind in einer furchtbaren Schule; wir sehen es den Gesichtern der Rückkehrenden an, daß etwas Gewaltiges mit ihnen vorgegangen ist. Die das erleben, können es nicht gestalten und aussprechen, sie können nur sich verwundern, wenn sie plötzlich aus dem Schützengraben auf die Tauentzienstraße versetzt werden. Wir, die wir zurückgeblieben sind und die Eindrücke verstehen können, die bei Jenen nur im Sinnlichen bleiben können, weil sie zu gewaltig sind, wir haben die Pflicht, zu gestalten und auszusprechen; und wenn wir die Worte finden, so werden die heimkehrenden Krieger unsere Bundesgenossen sein beim Aufbau des neuen Deutschland. Eins dieser Worte ist: vornehme Armut!

Der Mut
(1915)

Man achtet den mutigen Mann und verachtet den Feigling. Wir machen uns aber selten klar, daß diese Bewertungen zwei verschiedene Wurzeln haben: wir achten den Mutigen, weil wir annehmen, daß er für einen außerpersönlichen Zweck seine Persönlichkeit ohne Zaudern einsetzen wird; und wir achten ihn, weil wir eine gewisse Kraft in ihm verspüren. Im einen Fall achten wir ihn als sittliche Person, im anderen als körperliche.

Jemand erzählte mir, wie er einmal mit einem Anderen reiste, einem Gelehrten, den er wegen seines sittlichen Mutes, den er in seiner Wissenschaft im Kampf gegen herrschende Meinungen bewies, auf das höchste achtete. Bei einem Gasthausbrand war für Beide die Möglichkeit, ihre Reisesachen zu retten; der Gelehrte aber wagte sich nicht in das Haus, obwohl gar keine wirkliche Gefahr für ihn gewesen wäre. Der Erzähler, selber ein geistig sehr hochstehender Mann, konnte sich einer gewissen Verachtung gegen den Anderen nicht enthalten, und als ich mir den Auftritt recht vergegenwärtigte, da fühlte ich, daß ich selber ihn auch verachtet hätte.

Umgekehrt erlebte ich einmal, wie ein höherer Beamter, der durchaus den Eindruck machte, daß er in einem solchen Fall ohne jedes Bedenken in das brennende Gasthaus zurückgegangen wäre, einem Vorgesetzten nachgab, dem gegenüber er hätte auf seiner Ansicht bestehen müssen. Ich stellte später bei einem gelegentlichen Nachdenken über solche Dinge mir die beiden Fälle lebhaft vor und kam zu dem Schluß, daß mir die Handlung des Beamten gefühlsmäßig nicht einen so verächtlichen Eindruck machte wie die des Anderen, obwohl sie doch wirklich verächtlich war, während man bei dem Anderen ganz richtig sagen konnte, daß sein Reisekoffer ihm eben die Überwindung einer Furcht nicht wert gewesen ist.

Zum Teil mag sich das Gefühl daraus erklären, daß das Sinnliche auf uns einen stärkeren Eindruck macht als das Geistige: der vor dem brennenden Haus unentschlossen stehende Mann fällt uns mehr auf, als der im Gespräch ruhig nachgebende. Zum großen Teil aber rührt es daher, daß unsere Gefühle den Vorstellungen einer urtümlicheren Kulturstufe entsprechen. Der körperliche Mut wirkt unmittelbar auf uns, und wir fragen uns eigentlich nie, wie es sich mit seiner geistigen und sittlichen Begründung verhalten mag; der geistige Mut wirkt oft nicht unmittelbar auf unser Gefühl, er muß von uns erst verstandesmäßig erschlossen werden. Etwa, wenn ein Denker oder Künstler ganz allein und im Gegensatz zu allen anderen Menschen schafft, so wird wohl nur wenigen Menschen klar, welchen merkwürdigen Mut dieser Mann zeigt.

Wenn wir den körperlichen Mut bewundern, so bewundern wir eine 337 Kraft, und an sich bewundern wir nur etwas, das der Schönheit, Gesundheit und Stärke gleichwertig ist, einen körperlichen Vorzug, zu dem der Betreffende nicht sehr viel kann. Da aber der körperliche Mut so oft mit dem sittlichen verbunden ist, so stellen wir ihn trotzdem höher, und es wird uns selten klar, daß wir hier geneigt sind, ungenau zu fühlen.

Es wurde bekannt, daß in einer Seeschlacht ein deutsches Schiff zur Übergabe aufgefordert wurde, daß der Kapitän die Übergabe verweigerte, und daß die Mannschaft mit dem Schiff unterging, indem sie sang: »Deutschland, Deutschland über alles.«

Diese Männer hatten körperlichen und sittlichen Mut. Jeder von ihnen hing am Leben; er hatte Eltern, Geschwister, Frau und Kinder; er freute sich seines Daseins und hatte viele Pläne für die Zukunft; aber er wußte, daß es seine Pflicht war, bis zuletzt auf dem Schiff auszuharren, und daß er für diese Pflicht sein Leben opfern mußte. Diese Männer waren Helden, und sie drückten in edler Weise das Selbstbewußtsein des Helden durch ihren Gesang aus. Ein englischer Geistlicher, der auf einem Schiff gefahren war, das von einem unserer Unterseeboote torpediert wurde, erzählte, als die Matrosen im Wasser gewesen seien und sich mühsam an schwimmenden Gegenständen festgehalten hätten, da habe ein großer Teil von ihnen gesungen: « *'t is a long way to Tipperary.«*

Sicher kann man diesen Männern den körperlichen Mut nicht absprechen. Aber sind wir sittlich im Recht, wenn wir diesen Mut achten, wenn wir diese Männer womöglich mit unseren Leuten vergleichen? Man hört verschiedentlich: »Die englischen Soldaten sind ja zum großen Teil Gesindel, aber sie haben Mut.« Ist es richtig, wenn man den Söldner, der sein Leben verkauft, weil es gerade neun Schilling die Woche wert ist, mit unserem Soldaten vergleicht, der seine Pflicht tut?

Es soll gewiß nicht behauptet werden, daß es nicht in einem Söldnerheer auch Männer geben kann, die ihren Beruf sittlich empfinden; der Soldatenberuf erzieht ja zur Ehre; aber das hindert nicht, daß das Söldnerheer als Ganzes eine unsittliche Einrichtung ist, denn ein Mann muß wohl sein Leben seinem Vaterland opfern, aber er darf es nicht verkaufen, auch nicht seinem Vaterland. Man wird nie finden, daß Söldner in ihrem eigenen Land geachtet werden, wie der Soldat geachtet werden muß.

Wir sind nicht die Herren unseres Lebens, wie wir nicht die Herren des Lebens anderer Menschen sind. Jeder Mensch, mag er kirchlich gläubig sein oder nicht, muß wissen, daß ihm das Leben geschenkt ist, damit er irgendeinen Zweck erfüllt, der über ihm steht, der ihm selber oft genug nicht zum Bewußtsein kommt. Deshalb ist ein jeder Selbstmörder ein Verbrecher, und ein Mensch, der nicht alles tut, was er ehrenhafterweise tun kann, um sein Leben zu erhalten, handelt schlecht. Jene Matrosen, welche einen Gassenhauer sangen, als sie mit dem Tode kämpften, zeigten den körperlichen Mut roher Seelen, denn in der Lebensgefahr dachten sie nicht an das, was für sie das Göttliche sein mußte, sondern sie prahlten mit Unempfindlichkeit. Der sittliche Mensch, mag er nun von Natur mehr oder weniger unempfindlich gegen Gefahr und Tod sein, wird für einen sittlichen Zweck so handeln wie die deutschen Seeleute: nicht, weil er sein Leben gering achtet, denn der sittliche Mansch achtet es hoch; sondern weil er seine Pflicht noch höher achtet.

Es kommt aber noch Eines dazu.

Der körperliche Mut ist ein Ergebnis, welches entsteht aus dem Kampf zwischen dem Wunsch, am Leben zu bleiben, und der Furcht vor dem Tode. Es kann Einer nun mutig sein, weil seine Todesfurcht gering ist; er kann es aber auch sein, weil er so roh ist, daß seine Einbildungskraft keine Vorstellung schaffen kann von Tod und Nachtleben, daß er an nichts denkt, wie an den Augenblick. Das ist der Fall bei diesen englischen Matrosen. Soll man eine solche unempfindliche Roheit hochachten? Man müßte dann auch den Mut eines Verbrechers achten, der doch vernünftigerweise sich sagen müßte, daß er mit der größten Wahrscheinlichkeit ergriffen wird, und der doch sein Leben in die Schanze schlägt für einen geringen Geldbetrag, den er erbeuten kann. Dieser Verbrecher handelt nicht so, weil er höher steht als die anderen Menschen, sondern weil er niedriger steht, weil ihm Eigenschaften fehlen, welche die anderen Menschen haben.

Jener Gelehrte, der seine Angst nicht bezwingen konnte vor dem brennenden Gasthaus, wäre vielleicht in eine wirkliche Gefahr gegangen, etwa, indem der Brand schon weiter um sich gegriffen hatte, wenn in seinem Koffer eine Handschrift gelegen hätte, die ihm wichtig war; wenn ein bedeutender Zweck gewesen wäre, dann hätte er vielleicht auch körperlichen Mut gezeigt. Hat er nicht recht? Haben wir nicht unrecht, die seine Zaghaftigkeit belächeln, wo es nur etwa Wäsche und eine Zahnbürste gilt? Stellen wir uns nicht auf den Standpunkt der rohen englischen Matrosen, die im Tode mit Unempfindlichkeit prahlten? Ja, muß denn nicht bei dem höheren Menschen mit der Empfindlichkeit auch die Furcht vor dem Tode wachsen, muß nicht der Mut eine um so sittlichere Eigenschaft sein, je größer die Angst ist, die der Mensch zu besiegen hat?

Das gilt doch wohl nur bis zu einem gewissen Punkt. Wir können doch wohl nicht Sittliches und Körperliches so schroff gegenüberstellen und müssen doch wohl zugeben, daß oft genug das Sittliche auf dem Körperlichen ruht.

Jede Gewaltsamkeit wirkt unrein auf uns. Stellen wir uns den zaghaften Gelehrten vor, der sich in eine wirkliche Gefahr wegen seiner Handschrift begibt, so würden wir gewiß kein reines Gefühl haben: wir werden mit dem Verstand ihn sehr hoch achten; aber wir werden uns nicht bezwingen können, daß wir nicht wenigstens leicht lächeln über ihn. Er wirkt, mögen wir uns noch so sehr zusammennehmen, komisch auf uns.

Die Zaghaftigkeit oder Feigheit, die er in dem erzählten wirklichen Fall bewies, rührte von einer Nervenschwäche, Entschlußunfähigkeit, einer übertriebenen Tätigkeit der Einbildungskraft in Ausmalung der Gefahren her, kurz von irgend etwas Krankhaftem oder Unausgeglichenem. Wir achten ihn rein verstandesmäßig wegen seines sittlichen Mutes in seiner Arbeit, wir lächeln über ihn mit einer gewissen Achtung, wenn er etwa seine Handschrift rettet; aber jenes reine Gefühl haben wir nie bei ihm, wie bei den deutschen Seeleuten, jenes Gefühl, das ohne weiteres uns zur Nachahmung mitreißen würde. Der Gelehrte ist doch eigentlich kein rechter Mann.

Bei den deutschen Seeleuten hat man den Eindruck eines Handelns, das harmonisch ist, oder schön, oder das Natur geworden ist, die höhere Natur, die der Mensch nicht von Hause aus hat, sondern die ihm als Leitbild vorsteht, und die er erwerben muß.

Man erinnert sich vielleicht an Erwägungen ähnlicher Art in Schillers reizender Schrift über Anmut und Würde. Solche Erwägungen leiten aus dem Ethischen in das Ästhetische über; sie zeigen, wie die letzten Urteile über die menschlichen Handlungen immer von der Kunst gefällt werden.

Der sittliche Mut
(1917)

Im Rolandslied, das zwar in altfranzösischer Sprache, aber von einem Germanen gedichtet ist und einen uns Deutschen ganz verwandten Geist atmet, kommt gegen den Schluß eine sehr merkwürdige Stelle vor. Wir haben von den größten Heldentaten in Ausdauer, Kühnheit und Todesverachtung gehört. Nun war Roland durch den Verräter

Ganelon den Sarazenen ausgeliefert. Nach dem alten germanischen Recht kann der Kaiser nicht über Ganelon das Urteil sprechen, sondern es wird ein Gerichtshof von zwölf vornehmen Herren einberufen.

Diese wissen den schändlichen Verrat, dem Roland, die anderen Pairs und zwanzigtausend der besten Ritter zum Opfer gefallen sind. Aber die Männer, welche in der Schlacht dem Tod ohne Wimperzucken in die Augen sehen, haben hier plötzlich Angst. Sie verurteilen den Verräter nicht zum Tode, sondern erklären, für dieses Mal wollen sie ihn freilassen, und er werde ja wohl eine solche Tat nicht wieder begehen. So würde der schändliche Mensch frei ausgehen und hätte Gelegenheit zu einer neuen Abscheulichkeit, wenn nicht ein Ritter aufträte, der, gleichfalls nach altem germanischem Recht, ihm seinen Verrat vorwirft und ihn zum gerichtlichen Zweikampf herausfordert. Dieser Ritter ist von Gestalt gar nicht ansehnlich und hat sich in der Schlacht noch gar nicht bemerkbar gemacht. In dem Zweikampf wird Ganelon dann besiegt, und so wird die Tat denn doch bestraft.

Unsere alte deutsche Dichtung war bei einer sehr tiefen Welt- und Menschenkenntnis »idealistisch«, wie man das heute nennen würde; das heißt, sie war echte Dichtung, welche die wirkliche Natur nachbildet; aber sie tat das immer in der höchsten Gesinnung, dabei muß sie denn von selber dahin kommen, daß sie nicht die zufällige, sondern die urbildliche Natur nachbildet, nicht den Eindruck, sondern das Gefüge von Welt und Mensch.

So ist auch der Vorgang von Ganelons Anklage von tiefer und erschütternder Wahrheit: von einer Wahrheit, die nicht zeitlich ist, sondern ewig, weil sie ewige Richtungen und Ziele des Menschenherzens ausdrückt. Die Wahrheit geht so bis ins Einzelne, daß sogar erzählt wird, wie der Mann mit dem sittlichen Mut sich nicht durch besondere Körpereigenschaflen auszeichnet; auch das ist urbildlich und kann immer beobachtet werden; und ebenso ist urbildlich, daß der Schwächere, der die gute Sache vertritt, den Stärkeren besiegt, welcher das schlechte Gewissen hat.

Wir sind von den Zeiten, in welchen das Rolandslied spielt, durch einen sehr tiefen und weiten Raum getrennt.

Lassen wir die Frage aus dem Spiel, ob die damaligen Menschen Barbaren waren und wir Kultur haben. Die Frage läßt sich wohl nicht entscheiden, und ich für meine Person wäre durchaus geneigt, wenn ich die Dichtung betrachte, uns Heutige für die Barbaren zu erklären;

und die Kunst ist doch wohl der Ausdruck der Kultur. Aber dieser Unterschied kommt für unsere Betrachtung nicht in Frage; es handelt sich um den Unterschied zwischen Roheit und Zivilisation. Wir Heutigen sind hochzivilisiert, wir haben einen geordneten Staat, regelmäßiges Gerichtswesen, eine alle Teile des Volkes umfassende Volkswirtschaft, in welcher Einer dem Andern dient; wir haben Gleichheit des Rechtes, zuverlässige Beamte, und kurz und gut, alles ist so geregelt, wie es sein kann, um dem einzelnen Bürger Ruhe, Sicherheit, Behagen und das größtmögliche Wohlleben als Entgelt für seine der Allgemeinheit erwiesene Arbeit zu verschaffen. Die rohe Gesellschaft der alten Franken hatte nichts dergleichen. Der Einzelne war wirtschaftlich und rechtlich auf sich und die kleine Gemeinschaft seiner Anverwandten beschränkt und befand sich im Grunde mit allen Anderen in einer dauernden Fehde, die nur zeitweilig durch die höhere Gewalt des Kaisers oder durch Übereinkommen mit den Andern aufgehoben wurde.

Nur sehr selten sehen wir in dieser rohen Gesellschaft Einrichtungen, die unserer Zivilisation ähnlich sind. Eine solche Einrichtung ist der Gerichtshof, der über Ganelon entscheiden soll. Hier aber treffen wir sofort auf die niederträchtigste Feigheit; und zwar bei denselben Männern, welche da, wo sie sich in den Formen ihrer rohen Gesellschaft bewegen, also in der Schlacht, den größten Mut beweisen.

Die Schlacht ist damals eine Anzahl von einzelnen Zweikämpfen, die heute etwa den Fliegerkämpfen entsprechen würden, nicht einer heutigen Schlacht, in welcher der Einzelne eine Art Beamter ist, der seine aufgetragene Pflicht erfüllt. Nun sehen wir heute, wo die Menschheit auf einer hohen Stufe der Zivilisation angelangt und auch das Kriegswesen in den Mechanismus hineingezogen ist, den Mut in der Schlacht viel allgemeiner verbreitet, als er damals war. Heute haben wir Millionen von Helden wie damals Einzelne; und selbst Völker wie die Italiener haben doch ein Heer, welches unerschüttert unter den schwierigsten Verhältnissen bei fürchterlichen Verlusten angreift. In früheren Zeiten waren sie so weit entfernt von Heldentum, daß die altfranzösischen Epen, als sie zu ihnen kamen, ihnen nicht anders als komisch erscheinen konnten. Sogar Strapazen scheinen besser ertragen zu werden als früher, und offenbar können die doch von Natur viel abgehärteteren und stärkeren wilden Völker in den Reihen unserer Gegner nicht solche Leistungen im Erklettern von

Felsen, Herüberbringen von Kanonen über Gebirge, Durchwaten von Sümpfen und dergleichen aufweisen wie die Europäer, die doch oft aus Fabriken, aus Stuben und scheinbar ganz verweichlichenden Verhältnissen kommen.

Es scheint demnach so zu sein, daß in der Zivilisation der Mut im Krieg verstärkt wird.

Wie kann man sich das erklären?

Der Wille des Einzelnen wird gestärkt, wenn er zwischen Vielen steht, die in derselben Richtung wollen. Das Geheimnis der dramatischen Wirkung zum Beispiel liegt darin, daß man als Dichter solche Willenskräfte erregt, welche allen Menschen gemeinsam sind; die Vielen, welche das Theater füllen und nun durch den Dichter zu gleichem Willen angeregt werden, fühlen ihren Willen verstärkt, und dadurch kommt etwas seelisch ganz Neues heraus, das man dann dramatische Wirkung nennt. Durch die Zivilisation werden die Menschen eng aneinander geschlossen, ihre Lebensnotwendigkeiten miteinander verflochten, erhalten große Teile ihrer Seele dieselbe Richtung. Das heutige Heerwesen ist selber ein Erzeugnis dieser Zivilisation, wie es die Fabrik oder der heutige Staat ist; es hat verschiedene technische Mittel, um die Gleichheit des Wollens noch zu erhöhen und auch denjenigen Soldaten, die von. Hause aus noch nicht in dem allgemeinen Zusammenhang stehen, das einzuprägen, was für den Krieg nötig ist. So entzündet sich hier Wille an Wille, stärkt sich Kraft an Kraft und erhöht sich Mut an Mut.

Man kann das an einer sehr merkwürdigen Folge beobachten. Früher gab es immer das sehr verbreitete Urbild des Miles gloriosus, des Prahlers, welcher sich nicht nur der Taten rühmt«, welche er begangen, sondern auch solcher, welche er nicht begangen hatte. Die Epen aller Völker, welche sich ja immer mit Kriegshandlungen beschäftigten, sind voll von Zügen solcher Prahlerei; die Leistung wird stets übertrieben, selbst bei Homer, dem harmonischen, selbst bei den ältesten französischen Epen, die so nüchtern sind; ganz zu schweigen von den Taten des Marko Krailewitsch oder Rustem. Heute wird nicht geprahlt. Im Gegenteil herrscht eine Stimmung bei den Beteiligten, die man Bescheidenheit nennen muß, da man kein anderes Wort für die merkwürdige und ganz neue Erscheinung hat. Der alte Krieger fühlt: ich erzähle meine Taten; der heutige weiß: ich war nur ein kleines Rad in einer großen Maschine.

Der seelische Mut muß nun dem körperlichen Mut natürlich zugrunde liegen; aus ihm und einem gesunden Körper entsteht der Mut in der Schlacht; denn wenn Einem beim Angriff die Nerven nicht gehorchen, so nützt ihm der seelische Mut nichts. In der Schlacht also unterliegt der Mann den allgemeinen Gesetzen des kriegerischen Mutes. Aber da, wo der seelische Mut allein, ohne den körperlichen auftritt, wie in jener Gerichtsverhandlung gegen Ganelon, herrschen offenbar andere Gesetze. Der seelische Mut allein ist nämlich jüngerer Herkunft wie der Schlachtenmut. Es fehlt ihm eine Stütze des Instinkts.

Wenn ich mit dem Seitengewehr in der Hand auf meinen Feind losgehe, dann frage ich mich nicht, ob ich zu diesem Vorgehen auch sittlich berechtigt bin. Es sind die Triebe meiner Urahnen in mir erwacht. Wenn ich aber einen Menschen zum Tode verurteilen soll, dann drängt sich mir sofort der Gedanke in den Vordergrund: »Wie? Hast du denn ein Recht, diesen Menschen zu verurteilen? Weißt du denn, wie seine Handlung in seiner Seele eigentlich vor sich ging? Hast du nicht selber oft in der Nähe solcher Handlungen gestanden? Hat dich nicht vielleicht eine bloße Zufälligkeit von ihnen zurückgehalten? Würdest du, wenn du diese und diese Vorbedingungen mit dem Verbrecher teiltest, nicht ebenso gehandelt haben?« Und wenn das alles nicht zutrifft, dann muß man sich doch fragen: »Weißt du, ob der Mensch sich nicht ändern will? Darfst du ihm, auch wenn er es heute nicht will, die Möglichkeit dazu abschneiden?« Der sittliche Mut geht ja nicht bloß auf solche Dinge wie ein Gerichtsurteil; er ist zu fast allen unseren Handlungen höherer Art erforderlich, und bei fast allen unseren Handlungen höherer Art können, nein, müssen wir solche Bedenken haben, wie eben geschildert sind. Als Luther die katholische Kirche angriff, mußte er sich fragen, ob er das Recht dazu hatte; wenn ein Philosoph eine neue Meinung ausspricht, die Menschen irre machen wird, muß er sich fragen, ob er das darf; wenn ein Künstler etwas Neues schafft, dann zerstört er Altes, das Wert hat; als Bismarck das Deutsche Reich begründete, hat er viel Ehrwürdiges vernichtet; wenn ein kleiner Beamter gegenüber seinem Vorgesetzten eine eigene Meinung vertritt, dann rüttelt er doch an den Grundfesten des Staates; und so geht es fort.

Der sittliche Mut besteht also darin, daß man bewußt vor sich selber eine Verantwortung für seine Handlung übernimmt in dem Sinn, daß man sich sagt: ich tue diese Tat mit gutem Willen, aber auf die Gefahr hin, daß sie schlecht ist. Luther und Kant, Bismarck und der kleine Beamte, so viele Menschen, die im kleinen täglichen Leben, und die großen Geister, welche in den geschichtlichen Stunden der Menschheit ihre Entschlüsse fassen: sie alle handeln auf die Gefahr hin, etwas Schlechtes zu begehen. Was unterscheidet die Tat Luthers von den Handlungen Thomas Münzers, die Bismarcks von den Handlungen der Achtundvierziger, die Kants von denen anarchistischer Denker? Sicher nicht die Willensrichtung – vielleicht noch nicht einmal immer eine höhere Einsicht. Der ist kein geistiger Held, den die Menge nicht wenigstens eine Zeitlang dem Blutgerüst oder dem Irrenhaus zuweist. Indem die Zivilisation die Menschen zusammenschweißt, erhöht sie den Mut in der Schlacht. Aber diesem seelischen Mut muß sie schaden, denn sie stellt dem seelischen Helden nun eine geschlossene Masse gegenüber, die früher nicht da war, die mit den zögernden, zurückhaltenden Trieben seines Innern gegen sein Vorwärtsdrängen paktiert. Aber noch mehr. Wenn die Menschen durch die Zivilisation zur Gesellschaft zusammengeschweißt werden, dann müssen offenbar diejenigen seelischen Eigenschaften gestärkt werden, durch welche man nachgibt, sich fügt, sich einordnet, seine vorgeschriebene Pflicht tut, und diejenigen Eigenschaften werden unterdrückt, durch welche man selbständig prüft, selbständig entscheidet. So kann eine Bürokratie zwar tüchtige und ehrenwerte Beamte erziehen, aber nicht den Staatsmann, welcher diese Beamten gebraucht. Es entsteht das, was man »subaltern« nennt.

Man kann sich keinen subalternen Bauern vorstellen. Der Mann mag persönlich zufälligerweise die niedrigsten Eigenschaften haben, aber subaltern kann er überhaupt nicht sein, weil er ja in den Angelegenheiten seines täglichen Lebens immer selbständig entscheidet; alles andere empfindet er einfach als Zwang, dem er sich fügen muß. Aber ein Minister kann subaltern sein; er kann sich vor der Verantwortung der selbständigen Entscheidung fürchten.

Wir sehen auch, wie die Folgen aus diesem Umstand gezogen werden. Die Menschen werden bei zunehmender Zivilisation tatsächlich subalterner und so entsteht nun ein Verfahren in der entwickelten Gesellschaft, die Verantwortlichkeit zu teilen, damit sie dem Einzelnen nicht so schwer aufliegt. Im Staat geschieht das etwa, indem Ausschüsse und Körperschaften Entschlüsse fassen, die ein Einzelner fassen könnte; indem die Untergebenen durch die Vorgesetzten überwacht werden, wo denn der Untere vor sich die Verantwortung auf den Oberen und der Obere auf den Unteren schieben kann. In der Gesellschaft sehen wir, wie an die Stelle der Einzelpersönlichkeit immer mehr die Verbände treten.

Man hat sich oft gefragt, woher es eigentlich kommen mag, daß bei hochentwickelter Zivilisation die Menschen geistig und seelisch unfruchtbar werden. Hier liegt der Grund. Nur der seelische Mut, der die Verantwortung auf sich nimmt, der die Vereinzelung und die Feindschaft Aller nicht fürchtet, nur der erzeugt schöpferische Taten. Das ist ein Grund, weshalb die rohen Völker schöpferischer sind als die zivilisierten, das ist eine der Hauptursachen, durch welche die antike Zivilisation unter die Herrschaft der Germanen kam.

Nun kann man sich einen Ausweg denken. Wenn der allgemeine Druck die Menschen subaltern macht, dann werden sich die wertvollen Menschen in sich selbst verschließen und durch die Anstrengung, mit welcher sie ihr höheres Selbst verschlossen in der untergeordneten Umgebung bewahren, noch vorzüglicher werden. Wenn dann Not ist, dann treten sie hervor. Es entsteht ein ganz neues geistiges Heldentum. Die rohen Völker denken sich den Helden als Jüngling: bei den zivilisierten wird es der Greis sein.

Nachwort des Herausgebers

Die Bezeichnung des vorliegenden Bandes als »Tagebuch eines Dichters« erscheint vielleicht merkwürdig. In der Form des Tagebuches begegnen wir gewöhnlich einer Abfolge von zwanglos aneinandergereihten Tatsachenberichten und von stimmungsgetragenen, gefühlsbewegten wie gedanklichen Persönlichkeitsäußernngen. Paul Ernst jedoch, unter seinen Zeitgenossen einsam und im Wesentlichen kaum verstanden, pflegte sein Erleben und Erfahren überpersönlich zu betrachten, im Zusammenhang mit unserem gemeinsamen Schicksal und unseren Aufgaben zu sehen, und so entsprach es ihm, daß er gewissermaßen ein öffentliches Tagebuch fährte, in dem er Gedanken und Erlebnisse seiner Tage in Zeitungsaufsätzen ganz allgemeinen Inhalts festhielt. Zu diesen größtenteils im parteilosen roten »Tag« erschienenen Aufsätzen war die äußere Veranlassung meist geringfügig, oft nur eine Buchbesprechung oder eine Tagesbegebenheit, aber durch die Art, wie der Dichter eine aufgenommene Frage mit seiner Wirklichkeitsanschauung erfüllt und bis in ihre Tiefen treibt, gibt er ihrer Erörterung etwas über den Einzelanlaß und die eigene Zeit hinaus Bedeutsames. Von diesen »Tagebuchaufzeichnungen« gilt einerseits das gleiche, was Ernst in dem Aufsatz »Dichtung und Nation« an Gogols Briefen hervorhebt, nämlich daß sie nicht von persönlichen Angelegenheiten handeln, sondern eigentlich Aufsätze über die verschiedenen Angelegenheiten seines Volkes sind; andrerseits sind sie persönliche, meist in einem Zug und fast ohne Verbesserungen niedergeschriebene Äußerungen, eine Art Selbstgespräch, also weder wissenschaftliche Abhandlungen noch schöngeistige Versuche, sondern, um es mit einem heute üblichen philosophischen Ausdruck zu sagen, »existentielle« Äußerungen eines deutschen Dichters aus dem für uns so bedeutungsschweren zweiten Jahrzehnt dieses Jahrhunderts.

Ein geistig freier, wesensadliger Dichter, nicht ein an gesellschaftliche oder parteiliche Vorurteile gebundener Schriftsteller, verfaßte diese Aufsätze. Als Angehöriger seines Volkes und als religiöser Mensch ringt der Dichter um das Bild dessen, was wir sein können, erlebt die verschiedentlichen Wandlungen und Spannungen dieser Zeit zwischen menschlicher Vornehmheit und bürgerlichem wie proletarischem Massentum, zwischen Innerlichkeit und Macht, zwischen Maschinen-arbeit, Natur und Höherbildung der Seele oder zwischen westlichem und östlichem Geist, und erahnt die Wege des neuen religiösen, volklichen wie menschlichen Werdens. Aus dieser Grund-haltung des Dichters ergibt sich die Ausdrucksweise: vor allem geht es Ernst um das Aussprechen seiner ursprünglichen, natürlichen Emp-findung, an zweiter Stelle erst steht das verwendete Tatsachenbeispiel, der logische Beweisschluß oder das Einzelurteil. Im Gespräch äußerte Ernst einmal, daß unsere geistige Welt durch die wenigen Manschen eigener Art und Wirkungskraft lebe, und daß die Urteile eines bedeutenden Menschen, mögen sie auch für sich betrachtet manchmal einseitig und überschärft erscheinen, beim steten geistigen Ausgleichs-kampf im Leben seines Volkes dennoch wegweisend wirken. Solche wegweisenden Urteile enthält auch dieses Buch.

Die Auswahl und Anordnung der vorliegenden Aufsätze traf Paul Ernst auf seinem Gut Sonnenhofen bei Königsdorf in Oberbayern, wo er von 1918 – 1925 lebte. Im Herbst 1931 übergab er auf seinem späteren

Wohnsitz in St. Georgen an der Stiefing die Sammlung, die neben einigem Ungedruckten aus Zeitungsabdrucken bestand, dem jetzigen Herausgeber zur endgültigen Druckvorbereitung und bat ihn, bei der Durchsicht auf noch vorhandene, gut zu verdeutschende Fremdwörter, auf Verschreibungen und auf Zeitbedingtes, das nicht mehr unmittelbar verständlich sei, zu achten. Der Dichter starb, bevor er einige Zweifelsfragen entscheiden und zum endgültigen Text seine Zustimmung geben konnte, doch wurden nun vor der Veröffentlichung die Aufsätze mit Frau Else Ernst, die mit dem Schaffen ihres Gatten vertraut war, einzeln durchgesprochen. Eine Reihe von Fremdwort-Verdeutschungen erfolgte, wobei die vom Dichter später geübte Ausdrucksweise berücksichtigt wurde; die Streichungen blieben auf ganz wenige, nichts Wesentliches berührende Fälle beschränkt, da es sich ja um freie, in der geschichtlichen Zeit stehende Äußerungen handelt. – Die noch vorhandenen handschriftlichen Vorlagen sowie die mit eigenhändigen Verbesserungen des Dichters versehenen Abdrucke werden in St. Georgen aufbewahrt.

Karl August Kutzbach.

<u>Titelliste Taschenbuch-Literatur-Klassiker</u>

Bd. 1 *Abenteuer und Fahrten des Huckleberry Finn*, Mark Twain, Bd. 2 *Andersens Märchen*, Hans Christian Andersen, Bd. 3 *Anton Reiser*, Karl Philipp Moritz, Bd. 4 *Aus dem Leben eines Taugenichts*, Joseph Freiherr v. Eichendorff, Bd. 5 *Bahnwärter Thiel*, Gerhard Hauptmann, Bd. 6 *Bambi Eine Lebensgeschichte aus dem Walde*, Felix Salten, Bd. 7 *Bauern, Bonzen und Bomben*, Hans Fallada, Bd. 8 *Bel Ami,* Guy de Maupassant, Bd. 9 *Bergkristall*, Adalbert Stifter, Bd. 10 *Candide oder der Optimismus*, Voltaire, Bd. 11 *Caspar Hauser oder Die Trägheit des Herzens*, Jakob Wassermann, Bd. 12 *Dantons Tod*, Georg Büchner, Bd. 13 *Das Bildnis des Dorian Grey*, Oscar Wilde, Bd. 14 *Das Dschungelbuch*, Rudyard Kipling, Bd. 15 *Das Fräulein von Scuderi*, ETA Hoffmann, Bd. 16 *Das Gemeindekind*, Marie v. Ebner-Eschenbach, Bd. 17 *Das Heptameron*, Margarete v. Navarra, Bd. 18 *Märchenbriefbuch der heiligen Nächte*, Max Dauphtendey, Bd. 19 *Das Marmorbild*, Joseph v. Eichendorff, Bd. 20 *Das Schloss*, Franz Kafka, Bd. 21 *Das Urteil*, Franz Kafka, Bd. 22 *David Copperfield*, Charles Dickens, Bd. 23 *Der abenteuerliche Simplizissimus*, Grimmelshausen, Bd. 24 *Der arme Spielmann*, Franz Grillparzer, Bd. 25 *Der eingebildete Kranke*, Moliere, Bd. 26 *Der ewige Spießer*, Ödön v. Horváth, Bd. 27 *Der Fürst*, Nocolò Machiavelli, Bd. 28 *Der Glöckner von Notre Dame*, Victor Hugo, Bd. 29 *Der goldene Esel, Apuleius, Bd. 30 Der goldene Topf*, ETA Hoffmann, Bd. 31 *Der Graf von Monte Christo*, Alexandre Dumas, Bd. 32 *Der grüne Heinrich*, Gottfried Keller, Bd. 33 *Der kleine Häwelmann und andere Märchen*, Theodor Storm, Bd. 34 *Der kleine Lord*, Frances Hodgson Burnett, Bd. 35 *Der letzte Mohikaner*, James Fenimore Cooper, Bd. 36 *Der Prozess*, Franz Kafka, Bd. 37 *Der Sandmann*, ETA Hoffmann, Bd. 38 *Der Schimmelreiter*, Theodor Storm, Bd. 39 *Der Schuss von der Kanzel*, Conrad Ferdinand Meyer, Bd. 40 *Der Seewolf*, Jack London, Bd. 41 *Der seltsame Fall des Dr. Jekyll und Mr. Hyde*, Robert Louis Stevenson, Bd. 42 *Der Stechlin*, Theodor Fontane, Bd. 43 *Der Sturmheidhof (Sturmhöhe)*, Emily Brontë, Bd. 44 *Der Tor und der Tod*, Hugo v. Hofmannsthal, Bd. 45 *Der Weg ins Freie*, Arthur Schnitzler, Bd. 46 *Der zerbrochene Krug*, Heinrich v. Kleist, Bd. 47 *Deutsches Märchenbuch*, Ludwig Bechstein, Bd. 48 *Deutschland. Ein Wintermärchen*, Heinrich Heine, Bd. 49 *Die Abenteuer der sieben Schwaben*, Ludwig Aurbacher, Bd. 50 *Die Burg von Otranto*, Horace Walpole, Bd. 51 *Die drei Musketiere*, Alexandre Dumas, Bd. 52 *Die Elixiere des Teufels*, ETA Hoffmann, Bd. 53 *Die Geschichte meines Lebens*, Georg Ebers, Bd. 54 *Die Insel Felsenburg*, Johann Gottfried Schnabel, Bd. 55 *Die Judenbuche*, Annette v. Droste-Hülshoff, Bd 56. *Die Kameliendame*, Alexandre Dumas, Bd. 57 *Die Kartause von Parma*, Stendhal, Bd. 58 *Die Kreutzersonate*, Lew Tolstoi, Bd. 59 *Die Leiden des jungen Werther*, Johann Wolfgang v. Goethe, Bd. 60 *Die Leute von Seldvyla I*, Gottfried Keller, Bd. 61 *Die Leute von Seldvyla II*, Gottfried Keller, Bd. 62 *Die Marquise*, George Sand, Bd. 63 *Die Marquise von O.*, Heinrich v. Kleist, Bd. 64 *Die Memoiren der Fanny Hill*, John Cleland, Bd. 65 *Die Ratten*, Gerhard Hauptmann, Bd. 66 *Die Räuber*, Friedrich v. Schiller, Bd. 67 *Die Regentrude*, Theodor Storm, Bd. 68 *Die Reisen des Baron zu Münchhausen*, Bd. 69 *Die Schatzinsel*, Robert Louis Stevenson, Bd. 70 *Die Verlobten*, Allessandro Manzoni, Bd. 71 *Die Verwandlung*, Franz Kafka, Bd. 72 *Die Verwirrungen des Zöglings Törleß*, Robert Musil, Bd. 73 *Die Waffen nieder*, Berta von Suttner, Bd. 74 *Die Wahlverwandtschaften*, Johann Wolfgang v. Goethe, Bd. 75 *Don Carlos*, Friedrich v. Schiller, Bd. 76 *Eduards Traum*, Wilhelm Busch, Bd. 77 *Effi Briest*, Theodor Fontane, Bd. 78 *Egmont*, Johann Wolfgang v. Goethe, Bd. 79 *Ein Held unserer Zeit*, Michail Lermontoff, Bd. 80 *Einsichten und Ausblicke*, Gerhard Hauptmann, Bd. 81 *Emilia Galotti*, Gottold Ephraim Lessing, Bd. 82 *Erinnerungen aus galanter Zeit*, Giacomo Casanova, Bd. 83 *Erzählungen*, Wilhelm Busch, Bd. 84 *Es waren zwei Königskinder*, Theodor Storm, Bd. 85 *Essays*, Michel de Montaigne, Bd. 86 *Franz Sternbalds Wanderungen*, Ludwig Tieck, Bd. 87 *Fräulein Else*, Arthur Schnitzler, Bd. 88 *Frühlings Erwachen*, Frank Wedekind, Bd. 89 Gedanken, Blaise Pascal,

Bd. 90 *Gefährliche Liebschaften*, Pierre-Ambroise-François Choderlos de Laclos, Bd. 91 *Gegen den Strich*, Joris-Karl Huysmany, Bd. 92 *Geschichte des Fräuleins von Sternheim*, Sophie v. La Roche, Bd. 93 *Geschichte vom braven Kasperl und dem Annerl*, Clemens Brentano, Bd. 94 *Geschichten aus dem Wienerwald*, Ödön v. Horváth, Bd. 95 *Glanz und Elend der Kurtisanen*, Honore de Balzac, Bd. 96 *Glück und Unglück der berühmten Moll Flanders*, Daniel Defoe, Bd. 97 *Götz von Berlichingen*, Johann Wolfgang v. Goethe, Bd. *98 Gullivers Reisen*, Jonathan Swift, Bd. *99 Heidis Lehr und Wanderjahre*, Johann Spyri, Bd. 100 *Heinrich von Ofterdingen*, Novalis, Bd. 101 *Hiob Roman eines einfachen Mannes*, Joseph Roth, Bd. *102 Immensee*, Theodor Storm, Bd. 103 *Iphigenie auf Tauris*, Johann Wolfgang v. Goethe, Bd. 104 *Italienische Märchen*, Clemens Brentano, Bd. 105 *Ivannhoe*, Walter Scott, Bd. 106 Jahrmarkt der Eitelkeiten, William Makepaece Thackeray, Bd. 107 *Jane Eyre*, Charlotte Brontë, Bd. 108 *Jugend ohne Gott*, Ödön v. Horvath, Bd. 109 *Jürg Jenatsch*, Conrad Ferdinand Meyer, Bd. 110 *Kabale und Liebe*, Friedrich v. Schiller, Bd. 111 *Kasimir und Karoline*, Ödön v. Horvath, Bd. 112 *Kinder- und Hausmärchen*, Gebrüder Grimm, Bd. 113 *Kleiner Mann, was nun*, Hans Fallada, Bd. 114 *König Alkohol*, Jack London, Bd. 115 *Krambambuli*, Marie Ebner-Eschenbach, Bd. 116 *Lausbubengeschichten*, Ludwig Thoma, Bd. 117 *Lavinia - Pauline - Kora*, George Sand, Bd. 118 *Leben und Lüge*, Detlev von Liliencron, Bd. 119 *Lebensansichten des Katers Murr*, ETA Hoffmann, Bd. 120 *Lenz. Der hessische Landbote*, Georg Büchner, Bd. 121 *Lieutenant Gustl*, Arthur Schnitzler, Bd. 122 *Lord Jim*, Joseph Conrad, Bd. 123 *Luise*, Johann Heinrich Voß, Bd. 124 *Madame Bovary*, Gustave Flaubert, Bd. 125 *Märchen*, Wilhelm Hauff, Bd. 126 *Maria Stuart*, Friedrich v. Schiller, Bd. 127 *Max Havelaar*, Multatuli, Bd. 128 *Meister Floh*, ETA Hoffmann, Bd. 129 *Michael Kohlhaas*, Heinrich v. Kleist, Bd. 130 *Minna von Barnhelm*, Gotthold Ephraim Lessing, Bd. 131 *Moby Dick*, Hermann Melville, Bd. 132 *Nathan, der Weise*, Gotthold Ephraim Lessing, Bd. 133-1 und 133-2 *Nils Holgersson wunderbare Reise*, Selma Lagerlöf, Bd. 134 *Niels Lyne*, Jens Peter Jacobsen, Bd. 135 *Nußknacker und Mausekönig*, ETA Hoffmann, Bd. 136 *Oliver Twist*, Charles Dickens, Bd. 137 *Onkel Toms Hütte*, Herriett Beecher Stowe, Bd. 138 *Peter Schlemihls wundersame Geschichte*, Adalbert v. Chamisso, Bd. 139 *Peterchens Mondfahrt*, Gerdt v. Bassewitz, Bd. 140 *Pinocchio*, Carlo Collodi, Bd. 141 *Reinecke Fuchs*, Johann Wolfgang v. Goethe, Bd. 142 *Rheinmärchen*, Clemens Brentano, Bd. 143 *Rinaldo Rinaldini*, Christian August Vulpius, Bd. 144 *Robinson Crusoe*; Daniel Defoe, Bd. 145 *Romeo und Julia*, William Shakespeare Bd. 146 *Schach von Wuthenow*, Theodor Fontane, Bd. 147 *Schachnovelle*, Stefan Zweig, Bd. 148 *Schatzkästlein des rheinischen Hausfreundes*, Johann Peter Hebel, Bd. 149 *Schelmuffskys Reisebeschreibung*, Christian Reuter, Bd. 150 *Schloss Gripsholm*, Kurt Tucholsky, Bd. 151 *Siebenkäs*, Jean Paul, Bd. 152 *Sternstunden der Menschheit*, Stefan Zweig, Bd. 153 Tao te king, Laotse, Bd. 154 *Till Eulenspiegel*, Hermann Bote, Bd. 155 *Tolldreiste Geschichten*, Honorè de Balzac, Bd. 156 *Tom Jones, Geschichte eines Findelkindes*, Henry Fielding, Bd. 157 *Tom Sawyers Abenteuer und Streiche*, Mark Twain, Bd. 158 *Troquato Tasso*, Johann Wolfgang v. Goethe, Bd. 159 *Traumnovelle*, Arthur Schnitzler, Bd. 160 *Trost der Philosophie*, Boethius, Bd. 161 *Über den Umgang mit Menschen*, Adolph Freiherr v. Knigge, Bd. 162 *Uli der Knecht*, Jeremias Gotthelf, Bd. 163 *Uli der Pächter*, Jeremias Gotthelf, Bd. 164 *Ungeduld des Herzens*, Stefan Zweig, Bd. 165 *Ut oler Welt*, Wilhelm Busch, Bd. 166 *Vater Goriot*, Honorè de Balzac, Bd. *167 Väter und Söhne*, Ivan Sergejeviç Turgenev, Bd. 168 *Verlorene Illusionen*, Honorè de Balzac, Bd. 169 *Von der Freiheit eines Christenmenschen*, Martin Luther – Bd. 170 *Von der Ursache, dem Prinzip und dem Einen*, Bruno Giordano, Bd. 171 *Vor Sonnenuntergang*, Gerhard Hauptmann, Bd. 172 *Walden oder Leben in den Wäldern*, Henry D. Thoreau, Bd. 173 *Wilhelm Meisters Lehrjahre*, Johann Wolfgang v. Goethe, Bd. 174 *Wilhelm Meisters Wanderjahre*, Johann Wolfgang v. Goethe, Bd. 175 *Wilhelm Tell*, Friedrich v. Schiller

<u>Von demselben Autor/Herausgeber sind bei BOD bereits erschienen:</u>
Alle Tage Feiertage
ISBN 978-3-7386-0409-2, 280 S.
Allerlei Anlässe zum Aktionieren, Feiern und Gedenken

100 Kinderlieder
ISBN 978-3-7322-3024-2, 112 S.
100 Kinderlieder, altbekannt und immer wieder gern gesungen

Liederbuch (Deutsche Volkslieder)
ISBN 978-3-8423-6702-9, 312 S.
300 Volkslieder aus 8 Jahrhunderten und aller Herren Länder

Sagen und Erzählungen aus Marburg und Oberhessen
ISBN 978-3-7347-8909-0 , 164 S.
Allerlei Schwänke und Geschichten aus dem Marburger Land

Tausenderlei über die Freiheit
ISBN 978-3-7322-9721-4, 140 S.
Mehr als 1000 Zitate, Bonmots und Aphorismen über die Freiheit

Tausenderlei über das Glück
ISBN 978-3-7322-5525-2, 160 S.
Mehr als 1000 Zitate, Bonmots und Aphorismen über das Glück

Tausenderlei über die Liebe
ISBN 978-3-8423-7474-4, 140 S.
Mehr als 1000 Zitate, Bonmots und Aphorismen zum Thema Nr. Eins

Weihnachtsgedichte– Verse, Reime und Gedichte zum Fest
ISBN 978-3-7347-6393-9, 352 S.
290 Werke bekannter und unbekannter Dichter zum Weihnachtsfest

Weihnachtsgeschichten - Erzählungen und Märchen
ISBN 978-3-7347-6404-2, 392 S.
85 kurze und lange Texte zur Weihnachtszeit

Weihnachtsgeschichten 2
ISBN 978-3-7481-7533-9, 360 S.
35 kürzere und längere Geschichten zur Weihnacht

100 Weihnachtslieder
ISBN 978-3-7322-3375-5, 112 S.
100 Weihnachtslieder aus der Heimat und der ganzen Welt

Lob und Tadel an tessitore@web.de